De wraak van Prada

Lauren Weisberger bij Boekerij:

De duivel draagt Prada
Gossip & Gucci
Chanel chic
Champagne in Chateau Marmont
De wraak van Prada

www.boekerij.nl

Lauren Weisberger

De wraak van Prada

De duivel is terug

Voor R en S,
met liefde

ISBN 978-90-225-6653-4
ISBN 978-94-6023-672-3 (e-boek)
NUR 302

Oorspronkelijke titel: *Revenge Wears Prada*
Vertaling: Sabine Mutsaers
Omslagontwerp: DPS design & prepress services, Amsterdam
Omslagbeeld: © Henry Steadman
Zetwerk: Mat-Zet bv, Soest

1

Zo lang als ze leefde

De striemende regen viel schuin naar beneden, koud en meedogenloos, en werd door de wind alle kanten op gezwiept, waardoor een paraplu, een regenjas en regenlaarzen vrijwel nutteloos waren. Niet dat Andy een van bovengenoemde zaken hád. Haar Burberry-paraplu van tweehonderd dollar had geweigerd open te gaan en was uiteindelijk geknakt toen ze hem probeerde te forceren; het korte jasje van konijnenbont met de enorme kraag zónder capuchon snoerde haar taille schitterend in, maar voorkwam niet dat ze verkleumd raakte tot op het bot, en haar gloednieuwe suède Prada-pumps met blokhakken juichten haar luid toe in hun felle fuchsiatint, maar lieten het grootste deel van haar voeten bloot. Zelfs haar skinny legging gaf Andy het gevoel dat ze met blote benen rondliep; door de wind leek het leer net zo weinig bescherming te bieden als een paar zijden kousen. Het pak sneeuw van bijna veertig centimeter dat in New York was gevallen begon nu al weg te smelten tot een grijze drab, en Andy wenste voor de duizendste keer dat ze ergens anders woonde – alles was beter dan dit.

Als om die gedachte kracht bij te zetten, toeterde een taxi die op volle snelheid door oranje was gereden naar Andy, omdat ze het in haar hoofd had gehaald te proberen de straat over te steken. Ze wist zich te beheersen en stak geen middelvinger op – iedereen was tegenwoordig bewapend – maar ze vloekte in gedachten, met opeengeklemde kaken. De volgende twee of drie stratenblokken maakte ze aardige vorderingen, haar hakken in aanmerking genomen. 52nd Street, 53rd Street, 54th Street… Het was nu niet ver meer, en ze zou zich tenminste even kunnen opwarmen voordat ze begon aan de race terug naar kantoor. Net toen ze zichzelf troostte met de belofte van een beker warme koffie en misschien, heel misschien, een chocoladekoek, hoorde ze opeens ergens dé ringtone.

Waar kwam dat geluid vandaan? Andy gluurde om zich heen, maar haar medevoetgangers leken het niet te horen, terwijl het gerinkel toch steeds harder klonk. *Br-rrring! Br-rrring!* Die ringtone: ze zou hem overal herkennen, zo lang als ze leefde, al verbaasde het Andy dat er nog telefoons waren die dat geluid voortbrachten. Ze had het al een hele tijd niet meer gehoord en toch... toch kwam het allemaal in razend tempo terug. Nog voordat ze het toestel uit haar tas haalde, wist ze wat ze te zien zou krijgen, maar toch was het een schok om die naam op het schermpje te lezen: MIRANDA PRIESTLY.

Ze nam niet op. Ze kon het niet. Andy haalde diep adem, drukte op 'weigeren' en gooide de telefoon weer in haar tas. Vrijwel onmiddellijk begon hij weer te rinkelen. Andy voelde haar hartslag versnellen en het werd steeds moeilijker om lucht in haar longen te krijgen. Adem in, adem uit, droeg ze zichzelf op, terwijl ze haar kin introk om haar gezicht te beschermen tegen de regen, die inmiddels natte sneeuw was geworden, en gewoon dóórlopen. Ze was nog geen twee straten van het restaurant verwijderd – ze zag de verlichting al in de verte, als een warme, flonkerende belofte – toen een bijzonder gemene windvlaag haar uit haar evenwicht bracht, waardoor ze terechtkwam in een van de ergste dingen die de winter in Manhattan met zich meebracht: een zwarte, modderige plas die bestond uit water en strooizout en half gesmolten drab en Joost mocht weten wat nog meer, zo smerig en koud en schrikbarend diep dat er niets anders op zat dan je eraan over te geven.

En dat is precies wat Andy deed, daar in die helse plas die zich had gevormd tussen de straat en het trottoir. Als een flamingo stond ze daar, sierlijk op één ondergedompelde voet, terwijl ze de andere op tamelijk indrukwekkende wijze wel dertig of veertig seconden boven de natte drab hield en haar opties afwoog. Iedereen liep met een grote boog om haar en het papperige meertje heen; alleen de mensen met kniehoge rubberlaarzen durfden er dwars doorheen te plenzen. Maar niemand stak haar de helpende hand toe, en toen het tot Andy was doorgedrongen dat de plas zo'n enorme omtrek had dat ze naar geen enkele kant zou kunnen ontsnappen, ook niet met een heel grote sprong, zette ze zich schrap voor de volgende koudeschok en plaatste ze haar linkervoet naast de rechter. Het ijzige water schoot langs haar been omhoog tot aan de onderkant van haar kuit en slokte daarbij niet alleen beide fuchsiaroze schoenen maar ook ruim tien centimeter van haar leren broekspijp op, en het kostte Andy grote moeite om niet in tranen uit te barsten.

Haar schoenen en haar legging waren voorgoed verpest, haar voeten voelden aan alsof ze ze zou kunnen verliezen door bevriezing, en om aan de drab te ontkomen zat er niets anders op dan er dwars doorheen te sjokken, en Andy dacht alleen maar: dat krijg je ervan als je een telefoontje van Miranda Priestly weigert.

Maar ze had geen tijd om te treuren, want zodra ze de stoeprand had bereikt en was blijven staan om de schade op te nemen, ging haar telefoon opnieuw. Het was moedig geweest – zeg maar gerust ronduit roekeloos – om het eerste telefoontje te negeren. Dat kon ze niet nog een keer doen. Druipend, bibberend en bijna in tranen tikte Andy op het schermpje en zei hallo.

'Ahn-dre-ah? Ben jij dat? Je bent al een eeuwigheid weg. Ik vraag het je maar één keer: waar blijft mijn lunch? Ik laat me niet aan het lijntje houden.'

Natuurlijk ben ik het, dacht Andy. Je hebt mijn nummer gebeld. Wie zou er anders opnemen?

'Het spijt me vreselijk, Miranda. Het is afschuwelijk weer en ik doe mijn best om...'

'Ik verwacht je hier onmíddellijk terug. Dat was het.' En voordat Andy nog een woord kon zeggen, werd de verbinding verbroken.

Ook al waren haar schoenen volgelopen met ijswater dat op de meest walgelijk denkbare manier rond haar tenen sopte, ook al was het zelfs met droge voeten moeilijk geweest om op die hakken te lopen, en ook al werden de trottoirs met de seconde gladder omdat de regen opvroor: Andy begon te hollen. Ze sprintte zo goed en zo kwaad als het ging naar de volgende hoek en had nog maar één huizenblok te gaan toen ze haar naam hoorde roepen.

'Andy! Andy, blijf staan! Niet zo hard lopen!'

Die stem zou ze uit duizenden herkennen. Maar wat deed Max hier? Hij was dat weekend weg, de stad uit, al wist ze niet meer precies waarvoor. Ja, toch? Ze bleef staan en draaide zich om, zocht hem met haar blik.

'Hier ben ik, Andy!'

En toen zag ze hem. Haar verloofde, met zijn dikke zwarte haar en zijn felgroene ogen, met die ruige, knappe trekken, zat schrijlings op een enorm wit paard. Andy was niet zo dol op paarden sinds ze als kind van zeven haar pols had verbrijzeld na een val van een pony, maar dit dier zag er heel vriendelijk uit. En dat Max midden in Manhattan in een vliegende sneeuwstorm op een wit paard zat... Andy was zo dolblij om hem te zien dat ze daar niet eens vraagtekens bij plaatste.

Hij stapte af met het gemak van een ervaren ruiter, en Andy probeerde zich te herinneren of hij haar ooit had verteld dat hij aan polo deed. In drie grote passen stond hij naast haar en hij omhelsde haar, warm en verrukkelijk. Ze voelde de spanning uit haar lijf wegtrekken nu ze zich in zijn armen liet zakken.

'Arme schat van me,' mompelde hij, zonder zich ook maar iets aan te trekken van het paard of de starende voetgangers. 'Je zult het wel ijskoud hebben.'

Tussen hen in klonk het geluid van een telefoon – dé telefoon – en Andy wist niet hoe snel ze moest opnemen.

'Ahn-dre-ah! Is het woord "onmiddellijk" zo moeilijk te begrijpen? Ik...'

Andy trilde over haar hele lichaam toen ze Miranda's schelle stem in haar oor hoorde tetteren, maar voordat ze een vin kon verroeren, viste Max de telefoon uit haar hand, drukte op 'beëindigen' en mikte het toestel trefzeker in de plas die kort daarvoor nog Andy's voeten had opgeslokt. 'Je bent klaar met haar, Andy,' zei hij, en hij sloeg een groot donzen dekbed om haar schouders.

'*Oh my god*, Max, hoe kon je dat nou doen? Ik ben hartstikke laat! Ik ben nog niet eens naar het restaurant geweest, en ze vermoordt me als ik niet terug ben met haar lunch voordat...'

'Sst,' zei hij, en hij legde twee vingers tegen Andy's lippen. 'Je bent in goede handen. Je bent nu bij mij.'

'Maar het is al tien over een en als ze niet...'

Max stak zijn handen onder Andy's armen en tilde haar moeiteloos op, waarna hij haar in dameszit op het witte paard zette, dat volgens Max Bandit heette.

Daar bleef ze in geschokt stilzwijgen zitten terwijl Max haar drijfnatte schoenen uittrok en ze op het trottoir gooide. Uit zijn plunjezak – dat ding dat hij overal mee naartoe sleepte – haalde hij Andy's lievelingspantoffels tevoorschijn, een laarsjesmodel met fleecevoering, en schoof ze aan haar rauwe, rode voeten. Hij legde het donzen dekbed over haar schoot, wikkelde zijn eigen kasjmieren sjaal om haar hoofd en hals en gaf haar een veldfles met daarin 'speciaal bereide' warme chocolademelk. Haar lievelingsdrankje. Toen stapte hij met één indrukwekkend vloeiend gebaar op het paard en nam de teugels in handen. Voordat ze nog iets kon zeggen, draafden ze in stevig tempo over 7th Avenue, waarbij het politie-escorte vóór hen de weg vrijmaakte van gemotoriseerd verkeer en voetgangers.

Het was een enorme opluchting om het weer lekker warm te hebben en bemind te worden, maar Andy kon de paniek niet van zich afzetten die werd veroorzaakt door het niet naar behoren uitvoeren van de door Miranda opgelegde taak. Ze zou ontslagen worden, zoveel was zeker, maar als het nog erger werd dan dat? Stel dat Miranda zo woest was dat ze haar oneindige invloed zou aanwenden om haar assistente een lesje te leren, om haar in te wrijven wat er gebeurde als je Miranda Priestly – niet één maar twee keer – de rug toekeerde? Wat dan?

'Ik moet terug!' brulde Andy tegen de wind in toen de draf overging in galop. 'Max, draai om en breng me terug, ik kan niet...'

'Andy! Hoor je me, lieverd? Andy!'

Haar ogen vlogen open. Het enige wat ze voelde, was het bonzen van haar eigen hart in haar borstkas.

'Niks aan de hand, schat. Je bent gewoon hier. Het was maar een droom. Een afschuwelijke droom, zo te zien,' zei Max op geruststellende toon, en hij legde een koele hand tegen haar wang.

Ze hees zich overeind en zag de vroegeochtendzon door het raam de kamer binnenstromen. Nergens sneeuw, regen of een paard te bekennen. Haar voeten waren bloot maar warm onder het boterzachte beddengoed, en Max drukte zijn sterke lijf veilig tegen haar aan. Ze snoof diep, en Max' geur – zijn adem, zijn huid, zijn haar – vulde haar neusgaten.

Het was maar een droom.

Ze keek om zich heen in de slaapkamer. Het was alsof ze nog half sliep, wazig doordat ze op het verkeerde tijdstip wakker geworden was. Waar waren ze? Wat was er aan de hand? Pas na een blik op de deur, waar een pas gestoomde en bloedmooie jurk van Monique Lhuillier hing, wist ze het weer: deze haar onbekende kamer was de bruidssuite – háár bruidssuite – en zij was de bruid. De bruid! Een stoot adrenaline maakte dat ze rechtop in bed ging zitten, zo razendsnel dat Max een verraste kreet slaakte.

'Waar droomde je over, schat? Ik hoop niet dat het iets met vandaag te maken had.'

'Helemaal niet. Gewoon spoken uit het verleden.' Ze boog zich naar hem toe om hem te kussen en Stanley, hun Maltezer leeuwtje, wurmde zich tussen hen in. 'Hoe laat is het? En wacht eens… wat doe jij hier?'

Max keek haar aan met dat duivelse lachje waar ze zo van hield en stapte uit bed. Andy kon het niet laten, zoals altijd, om zijn brede schouders en zijn platte buik te bewonderen. Hij had het figuur van een jongen van vijfentwintig, maar dan beter: niet te hard en gespierd, maar wel strak en fit.

'Het is zes uur. Ik ben een paar uur geleden naar binnen geslopen,' zei hij terwijl hij een flanellen pyjamabroek aantrok. 'Ik was eenzaam.'

'Maak dan maar gauw dat je weer wegkomt, voordat iemand je ziet. Je moeder vond het reuze belangrijk dat we elkaar niet zouden zien voor de huwelijksvoltrekking.'

Max trok Andy uit bed en sloeg zijn armen om haar heen. 'Dan vertel je het haar toch niet? Ik wilde niet aan deze lange dag beginnen zonder jou gezien te hebben.'

Andy veinsde irritatie, maar stiekem was ze blij dat hij was binnengeslopen voor een snelle knuffel, vooral in het licht van haar nachtmerrie. 'Mij best,' verzuchtte ze theatraal, 'maar nu ga je terug naar je kamer voordat iemand je ziet! Ik ga gauw Stanley uitlaten voordat de massa hier binnenvalt.'

Max duwde zijn heupen tegen haar aan. 'Het is nog vroeg. Als we snel zijn, kunnen we best nog even...'

Andy moest lachen. 'Ga weg!'

Hij kuste haar weer, heel zachtjes deze keer, en liep de suite uit.

Andy nam Stanley in haar armen, kuste hem vol op zijn natte neusje en zei: 'De grote dag, Stan!' Hij blafte enthousiast en probeerde te ontsnappen, en ze moest hem loslaten om te voorkomen dat hij haar armen aan flarden zou krabben. Een paar heerlijke seconden lang slaagde ze erin de droom te vergeten, maar al snel keerden de beelden terug, gedetailleerd en net echt. Andy haalde diep adem en haar pragmatische kant nam het over: het waren de zenuwen voor haar trouwdag. De klassieke angstdroom. Niet meer en niet minder.

Ze bestelde een ontbijt via de roomservice en voerde Stanley stukjes roerei en geroosterd brood terwijl ze telefoontjes afhandelde met haar moeder, haar zus, Lily en Emily – die allemaal stonden te trappelen tot ze aan de voorbereidingen konden beginnen – en ze deed Stanley zijn riem om voor een snelle wandeling in de frisse oktoberlucht voordat het allemaal te hectisch zou worden. Het was tamelijk gênant om rond te lopen in de badstof joggingbroek waarop met knalroze letters het woord BRUID op de kont was geborduurd – ze had hem cadeau gekregen van haar vriendinnen – maar stiekem was ze er ook wel trots op. Ze propte haar haar onder een petje, strikte de veters van haar sneakers, ritste een Patagonia-fleecevest dicht en slaagde er wonderwel in het uitgestrekte terrein van het Astor Courts Estate te bereiken zonder ook maar één levende ziel tegen te komen.

Stanley dribbelde met haar mee, zo opgetogen als zijn korte pootjes hem toestonden, en trok haar naar de bosrand die het terrein omzoomde, waar de blaadjes al hun felle herfstkleuren hadden. Ze wandelde bijna een half uur met hem, in ieder geval zo lang dat iedereen zich afvroeg waar ze was gebleven, en hoewel de lucht fris was en de uitgestrekte velden rond de farm schitterend waren en Andy opgewonden en lacherig was vanwege haar trouwdag, kon ze het beeld van Miranda maar niet uit haar hoofd zetten.

Hoe was het mogelijk dat dat mens haar nog steeds achtervolgde? Het was bijna tien jaar geleden dat ze op botte wijze een einde had gemaakt aan haar verblijf in Parijs en de zielsverwoestende periode als Miranda's assistente bij *Runway*. Ze was toch zeker ontzettend *gegroeid* sinds dat gehate jaar? Alles was veranderd, in positieve zin: de eerste post-*Runway*-jaren als freelancer, die ze met trots had uitgebouwd naar een vaste baan als schrijvend redacteur bij een huwelijksblog, *Happily Ever After*. Enkele jaren en tienduizenden woorden later had ze haar eigen tijdschrift kunnen lanceren, *The Plunge*, een schitterende glossy in het hoogste segment, die nu al drie jaar in de schappen lag en, ondanks alle voorspellingen van het tegendeel, zowaar winstgevend was. *The Plunge* werd genomineerd voor onderscheidingen en de adverteerders verdrongen elkaar.

En nu, te midden van haar professionele succes, ging ze ook nog eens trouwen! Met Max Harrison, zoon van wijlen Robert Harrison en kleinzoon van de legendarische Arthur Harrison, de man die Arthur Harrison Publishing Holdings had opgericht in de jaren vlak na de Grote Depressie, dat onder zijn leiding was uitgegroeid tot Harrison Media Holdings, een van de meest prestigieuze en winstgevende bedrijven in de Verenigde Staten. Max Harrison, lange tijd te vinden in het circuit van 'meest begeerde vrijgezellen', iemand die was gezien met de Tinsley Mortimers en Amanda Hearsts van New York – en waarschijnlijk een aanzienlijk aantal van hun zusjes, nichtjes en vriendinnen – was haar verloofde. Er zouden die middag burgemeesters en andere hoogwaardigheidsbekleders aanwezig zijn, klaar om de jonge Harrison-telg en zijn kersverse bruid toe te juichen.

Maar het mooiste van alles? Ze hield van Max. Hij was haar beste vriend. Hij droeg haar op handen en maakte haar aan het lachen en had waardering voor haar werk. Ze zeiden toch altijd dat de mannen van New York er pas aan toe waren als ze eraan toe waren? Max was al een paar maanden na hun eerste ontmoeting over trouwen begonnen. En nu, drie jaar later, was het zover.

Andy gaf zichzelf in gedachten een schop onder de kont omdat ze ook maar een seconde van haar tijd verspilde aan die belachelijke droom, en ze nam Stanley mee terug naar haar suite, waar zich intussen een heel legertje vrouwen had verzameld, paniekerig kwetterend omdat ze zich kennelijk hadden afgevraagd of ze er soms vandoor gegaan was. Zodra ze binnenkwam, ging er een collectieve, hoorbare zucht van verlichting door het gezelschap en Nina, haar *wedding planner*, begon onmiddellijk bevelen uit te delen.

De uren daarna gingen in een roes voorbij: douchen, föhnen, krulspelden, mascara en genoeg plamuur op haar gezicht om een hormonale tiener een egale huid te bezorgen. Iemand deed haar tenen terwijl een ander haar ondergoed ging halen en een derde wikte en woog over de kleur van haar lippen. Voordat ze goed en wel besefte wat er gebeurde, hield haar zus Jill Andy's ivoorwitte bruidsjurk open, en een seconde later plooide haar moeder de tere stof op haar rug en trok de rits dicht. Andy's oma kakelde verrukt. Lily moest huilen. Emily ging stiekem een sigaret roken in de badkamer van de bruidssuite, in de veronderstelling dat niemand het doorhad.

Andy probeerde het allemaal in zich op te nemen. En toen was ze alleen. Voor slechts een paar minuten, totdat ze werd verwacht voor de portretfoto's in een van de grote balzalen, liet iedereen haar met rust zodat ze zich konden omkleden, en Andy ging onhandig op een teer antiek stoeltje zitten en deed haar best om geen centimetertje van zichzelf te kreuken of verpesten. Binnen twee uur zou ze een getrouwde vrouw zijn, voor de rest van haar leven verbonden met Max, en hij met haar. Het was bijna niet te bevatten.

De vaste telefoon in de suite ging. Max' moeder.

'Goedemorgen, Barbara,' zei Andy zo hartelijk als ze maar kon opbrengen. Barbara Anne Williams Harrison, typisch een dochter van de Amerikaanse Onafhankelijkheidsoorlog, afstammelinge van niet één maar twee ondertekenaars van de grondwet, niet weg te slaan uit het bestuur van iedere liefdadigheidsinstelling die serieus meetelde in Manhattan. Barbara gedroeg zich altijd uiterst beleefd tegen Andy, van haar chique Oscar Blandi-kapsel tot aan haar Chanel-ballerina's. Ze was beleefd tegen iederéén. Maar erg uitbundig was het niet. Andy deed haar best om het niet persoonlijk op te vatten, en Max verzekerde haar dat ze het zich verbeeldde. Misschien had Barbara helemaal in het begin gedacht dat Andy een bevlieging was voor Max. Destijds was Andy ervan overtuigd geweest dat alle hoop op een hechte band met haar schoonmoeder verkeken was, doordat Barbara een kennis was van Miranda. Uiteindelijk had ze beseft dat Barbara gewoon zo wás: koel en beleefd tegen iedereen, zelfs tegen haar eigen dochter. Ze kon zich niet voorstellen dat ze die vrouw ooit 'mam' of 'ma' of 'moeder' zou noemen. Niet dat ze daartoe was uitgenodigd...

'Hallo, Andrea. Het drong zojuist tot me door dat ik je de ketting nog niet heb gegeven. Het was vanmorgen zo'n heksenketel, en in alle drukte was ik te laat voor de kapper en de visagist! Ik bel je om door te geven dat de ketting in een fluwelen doosje bij Max op de kamer ligt, in het zijvak van die smerige plunjezak van hem. Misschien lukt het jou wél om hem ervan te overtuigen dat hij eens iets fatsoenlijkers zou moeten kopen. Ik heb het al oneindig vaak geprobeerd, maar hij wil gewoon niet naar me...'

'Dank je wel, Barbara. Ik ga de ketting meteen halen.'

'Waag het niet!' zei ze scherp. 'Jullie mogen elkaar niet zien voor de huwelijksvoltrekking. Dat brengt ongeluk. Stuur je moeder of Nina maar. Of wie dan ook. Goed?'

'Natuurlijk,' zei Andy. Ze hing op en liep de gang in. Ze had inmiddels geleerd dat het makkelijker was om Barbara naar de mond te praten en vervolgens gewoon haar eigen gang te gaan; met tegenstribbelen bereikte je niets. Dat was ook de reden waarom ze als *something old* een familie-erfstuk van de Harrisons zou dragen in plaats van iets uit haar eigen familie: omdat Barbara erop had gestaan. Zes generaties Harrisons hadden de bewuste halsketting gedragen bij hun huwelijk, en dat zou Andy nu ook doen.

De deur van Max' suite stond op een kier, en ze hoorde in de badkamer de douche lopen toen ze binnenkwam. Klassiek geval, dacht ze. Ik ben al vijf uur bezig met de voorbereidingen en hij gaat nu pas douchen.

'Max? Ik ben het. Niet naar buiten komen!'

'Andy? Wat doe jij hier?' schalde Max' stem door de badkamerdeur.

'Ik kom alleen even de ketting van je moeder halen. Niet binnenkomen, oké? Ik wil niet dat je me in mijn jurk ziet.'

Andy rommelde in het vak van de plunjezak. Ze voelde geen fluwelen doos, maar haar hand stuitte op een dubbelgevouwen vel papier.

Het was gebroken wit, zwaar briefpapier met in schuingedrukte donkerblauwe schrijfletters Barbara's initialen erin geprent. Andy wist dat Barbara in haar eentje Dempsey & Carroll in bedrijf hield door de hoeveelheid briefpapier die ze er liet drukken; ze gebruikte al veertig jaar hetzelfde ontwerp voor verjaardagskaarten, bedankbriefjes, uitnodigingen voor etentjes en condoleancepost. Barbara was ouderwets en formeel en zou nog liever doodgaan dan dat ze iemand een lomp mailtje of – het idee! – een sms stuurde. Het was dus volkomen logisch dat ze haar zoon op zijn trouwdag een traditionele, handgeschreven brief zou sturen. Andy wilde het vel net weer dichtvouwen en terugstoppen, toen haar oog op haar eigen naam viel. Voordat ze er goed over kon nadenken, begon ze te lezen.

Beste Maxwell,
Al weet je dat ik mijn best doe om jou je privacy te gunnen, ik kan mijn mond niet langer houden over dit soort belangrijke kwesties. Ik heb mijn zorgen al eerder geuit, en je hebt me steeds op het hart gedrukt er rekening mee te houden. Maar nu, gezien je naderende huwelijk, kan ik niet langer wachten en zal ik je ronduit zeggen wat me van het hart moet:
Ik smeek het je, Maxwell, trouw alsjeblieft niet met Andrea.
Begrijp me niet verkeerd. Andrea is aardig, en ooit zal iemand vast wel een aangename echtgenote aan haar hebben. Maar jij, lieverd, jij verdient veel beter! Jij hoort samen te zijn met een meisje uit de juiste familie, niet met iemand uit een gebroken gezin, iemand die alleen maar verdriet en echtscheidingen kent. Een meisje dat begrip heeft voor onze tradities, onze manier van leven. Iemand die de naam Harrison kan overdragen op de volgende generatie. En het allerbelangrijkst: een levensgezel bij wie jij en je kinderen vóór haar eigen, zelfzuchtige carrièreplannen gaan. Denk hier eens goed over na: wil je dat je vrouw tijdschriften redigeert en zakenreisjes maakt, of heb je liever iemand die

anderen vooropstelt en de filantropische belangen van de Harrison-tak nastreeft? Verlang je dan niet naar een partner die liever voor jouw gezin zorgt dan dat ze haar eigen ambities op de eerste plaats zet?

Ik heb het je al gezegd: ik beschouw je onverwachte samenzijn met Katherine in Bermuda als een teken. Je klonk zo verrukt toen je me over jullie ontmoeting vertelde! Negeer die gevoelens alsjeblieft niet. Er is nog niets vastgelegd – het is nog niet te laat. Het is duidelijk dat je altijd dol bent geweest op Katherine, en het is nog veel duidelijker dat zij een fantastische levensgezel voor je zou zijn.

Ik ben altijd heel trots op je, en ik weet dat je vader daarboven op ons neerkijkt en jou aanmoedigt om de juiste keuze te maken.

Met alle liefs,

Je moeder

Ze hoorde dat de kraan werd dichtgedraaid en liet van schrik het briefje op de grond vallen. Toen ze het haastig opraapte, merkte ze dat haar handen trilden.

'Andy? Ben je daar nog?' riep hij van achter de deur.

'Ja, wacht... ik wilde net gaan,' wist ze uit te brengen.

'Heb je hem gevonden?'

Ze wachtte even, omdat ze niet wist wat het juiste antwoord zou zijn. Het voelde alsof alle zuurstof uit het vertrek was weggezogen. 'Ja.'

Er klonk nog wat geschuifel, en toen hoorde ze de kraan open- en dichtgaan. 'Ben je nou nog niet weg? Ik moet me aankleden.'

Trouw alsjeblieft niet met Andrea. Het bloed gonsde in Andy's oren. *Je klonk zo verrukt toen je me over jullie ontmoeting vertelde!* Moest ze de badkamer binnenstormen of Max' kamer uit hollen? De eerstvolgende keer dat ze hem weer zag, zouden ze in het bijzijn van driehonderd mensen, onder wie zijn moeder, de ringen uitwisselen.

Er werd geklopt, en meteen daarna ging de deur van de suite open. 'Andy? Wat doe jij hier?' vroeg Nina, haar weddingplanner. 'Goeie god, zo blijft er niets over van je jurk! En jullie zouden elkaar toch niet zien voor de plechtigheid? Als dat geen probleem is, hadden we de foto's wel éérst kunnen doen.' Andy werd gek van haar voortdurende geratel. 'Max, blijf in de badkamer! Je bruid staat hier als een hert dat wordt verblind door een paar koplampen. Wacht, o, ogenblikje!' Ze snelde naar Andy toe toen die probeerde op te staan en tegelijkertijd haar jurk glad te strijken, en ze stak een hand uit.

'Zo ja,' zei ze, en ze trok Andy overeind en streek met haar andere hand over de zeemeerminrok van de bruidsjapon. 'En nu ga je met mij mee. Geen verdwijntruc meer voor dit bruidje, begrepen? Wat is dit?' Ze plukte de brief uit Andy's zweterige hand en hield hem omhoog.

Andy kon het bonzen in haar eigen borstkas horen, en even vroeg ze zich af of ze soms een hartaanval kreeg. Ze deed haar mond open om iets te zeggen, maar er kwam alleen een golf misselijkheid omhoog. 'O, ik geloof dat ik moet...'

Als bij toverslag, of misschien door veel oefening, stak Nina precies op het juiste moment een prullenbak naar voren, die ze zo dicht onder Andy's gezicht hield dat ze de rand met de plastic pedaalemmerzak tegen de zachte onderkant van haar kin voelde. 'Toe maar,' zei Nina met haar nasale stem, die vreemd genoeg toch geruststellend klonk. 'Je bent niet mijn eerste nerveuze bruidje en je zult ook niet mijn laatste zijn. We mogen wel in onze handjes knijpen dat je de boel niet ondergespetterd hebt.' Ze bette Andy's mond met een T-shirt van Max, en door zijn geur, een zware mengeling van zeep en de basilicum-muntshampoo die hij altijd gebruikte – een geur waar ze normaal gesproken gek op was – moest ze weer kokhalzen.

Er werd opnieuw op de deur geklopt. De beroemde fotograaf St. Germain en zijn knappe jonge assistent kwamen binnen. 'Wij zouden Max fotograferen tijdens de voorbereidingen,' verkondigde hij met een geaffecteerd maar onbestemd accent. Gelukkig keurde noch hij noch zijn assistent Andy ook maar één blik waardig.

'Wat is er toch allemaal aan de hand?' riep Max, die nog altijd de badkamer niet uit mocht.

'Max, daar blijven!' brulde Nina op autoritaire toon. Ze wendde zich tot Andy, die betwijfelde of ze de paar honderd meter naar de bruidssuite terug zou kunnen lopen. 'We moeten je make-up nog bijwerken en... jezus, je haar.'

'Ik moet die ketting hebben,' fluisterde Andy.

'Die wat?'

'Barbara's diamanten halsketting. Wacht.' *Denk na, denk na.* Wat had dit te betekenen? Wat moest ze doen? Andy dwong zichzelf om terug te lopen naar die vreselijke tas, maar gelukkig dook Nina ertussen, en ze trok de plunjezak op het bed. Na wat gerommel haalde ze een zwartfluwelen doos tevoorschijn, waarin aan de zijkant de naam CARTIER gegraveerd was.

'Zocht je deze? Kom, we moeten gaan.'

Andy liet zich meesleuren, de gang op. Nina gaf de fotografen opdracht om Max te bevrijden uit de badkamer en trok de deur stevig achter zich dicht.

Ze kon haast niet geloven dat Barbara zo de pest aan haar had dat ze niet wilde dat haar zoon met haar zou trouwen. En dat niet alleen, ze had ook al een andere echtgenote voor hem uitgekozen. Katherine: 'geschikter' en minder 'zelfzuchtig'. Degene die hem was ontglipt – althans, volgens Barbara. Andy wist alles van Katherine. Ze was erfgename van het Von Herzog-kapitaal en, zoals Andy zich herinnerde van haar onophoudelijke gegoogel destijds, ze was een Oostenrijkse prinses in de zoveelste lijn, die door haar ouders naar kostschool was gestuurd, dezelfde eliteschool in Connecticut waar Max destijds op had gezeten. Katherine was daarna Europese geschiedenis gaan studeren aan Amherst, waar ze was aangenomen nadat haar opa – een Oostenrijkse edelman die zich in de Tweede Wereldoorlog bij de nazi's had aangesloten – genoeg geld had gedoneerd om een van de slaapverblijven te laten vernoemen naar zijn overleden echtgenote. Max beweerde dat hij Katherine te braaf vond, te netjes, en over het algemeen veel te beleefd. Ze was saai, zei hij. Te doorsnee, en ze maakte zich te druk om uiterlijke schijn. Zelf kon hij ook niet verklaren waarom hij dan toch vijf jaar lang een knipperlichtrelatie met haar had gehad, maar Andy had altijd vermoed dat er meer achter zat. Kennelijk had ze zich niet vergist.

De laatste keer dat Max de naam Katherine had laten vallen, was toen hij van plan was haar te bellen om over hun verloving te vertellen; een paar weken later was er een prachtige schaal van geslepen kristal van Bergdorf bezorgd, met een briefje waarin ze hun een heel gelukkig leven toewenste. Emily, die Katherine kende via haar eigen man, Miles, had Andy bezworen dat ze zich geen zorgen hoefde te maken, dat Katherine oervervelend en pietluttig was, al moest ze toegeven dat ze 'goeie tieten' had. Maar verder stak Andy met kop en schouders boven haar uit.

Sindsdien had Andy amper nog aan haar gedacht. Iedereen had een verleden. Was zij trots op Christian Collinsworth? Voelde ze de behoefte om Max alle bijzonderheden van haar relatie met Alex te vertellen? Natuurlijk niet. Maar het was een heel ander verhaal om op de dag van je bruiloft een brief van je toekomstige schoonmoeder te lezen waarin ze je verloofde smeekte om niet met jou te trouwen, maar met zijn ex-vriendin. Een ex-vriendin die hij kennelijk had gezien op zijn vrijgezellenfeest in Bermuda, een ontmoeting waarover hij zijn moeder 'verrukt' had verteld en die hij bij Andy voor het gemak maar onvermeld had gelaten.

Andy wreef over haar voorhoofd en dwong zichzelf om na te denken. Wanneer had Barbara dat giftige briefje geschreven? Waarom had Max het bewaard? En wat betekende het dat hij Katherine nog maar zes weken geleden had gezien en dat hij daarover tegen Andy met geen woord had gerept, ook al had ze wel de kleinste details moeten aanhoren over de golfwedstrijden met zijn vrienden, de biefstukken die ze hadden verorberd en de uren die ze op een zonnebedje hadden doorgebracht? Er moest een verklaring voor zijn, dat móést gewoon. Maar welke?

2

Van de Hamptons leren houden: 2009

Andy was er lang prat op gegaan dat ze bijna nooit naar de Hamptons ging. De files erheen, de drukte daar, het gevoel dat je je altijd mooi moest maken en er goed uit moest zien, en op de juiste plekken moest komen... niet bepaald ontspannend. En zeker geen geschikte manier om aan de stadsdrukte te ontkomen. Dan bleef ze liever in haar eentje in New York, waar ze over zomermarktjes slenterde of languit in Sheep Meadow ging liggen en langs de Hudson fietste. In de zomer kon je zonder reservering in ieder restaurant terecht en je kreeg de kans om nieuwe, rustige buurtjes te ontdekken. Ze vond het heerlijk om in de stad een heel weekend te lezen en ijskoffie te drinken zonder zich ook maar een moment buitengesloten te voelen, iets wat Emily stomweg weigerde te geloven. Ze sleurde Andy één weekend per seizoen mee naar het huis van haar schoonouders en stond erop dat Andy dan deelgenoot werd van de befaamde *white parties* en polowedstrijden, en genoeg in Tory Burch gestoken vrouwen om half Long Island mee te vullen. Elk jaar nam Andy zich heilig voor om nooit meer terug te gaan, en iedere zomer pakte ze braaf haar tas, trotseerde ze de Jitney-bus en probeerde ze krampachtig te doen alsof ze het enorm naar haar zin had, tussen precies dezelfde mensen die ze in de stad altijd zag bij netwerkborrels. Maar dit weekend was anders. Dit specifieke weekend zou haar professionele toekomst bepalen.

Er werd kort op de deur geklopt, waarna Emily binnenstormde. Aan haar gezicht te zien beviel het haar helemaal niet dat ze Andy languit op het dikke, zachte dekbed aantrof, met één handdoek om haar hoofd gewikkeld en een tweede onder haar armen, terwijl ze hulpeloos naar de uitpuilende koffer met kleren keek.

'Waarom ben je nog niet aangekleed? De eerste gasten kunnen elk moment hier zijn!'

'Ik heb niks om aan te trekken,' jammerde Andy. 'Ik snap niks van de Hamptons. Ik hóór hier niet. Alles wat ik bij me heb is fout.'

'Andy...' Emily stak een heup naar voren in haar magentaroze zijden jurkje, net onder de plek waar de losvallende stof werd ingesnoerd door een drie keer om haar taille gewikkelde gouden schakelketting, die bij de meeste vrouwen niet eens om een bovenbeen zou passen. Haar lange veulenbenen waren zongebruind, gestoken in goudkleurige gladiatorsandalen, de nagels glanzend gelakt in dezelfde tint roze als haar jurk.

Andy keek naar het volmaakt geföhnde haar van haar vriendin, de glanzende jukbeenderen en de lichtroze lipgloss.

'Ik mag hopen dat dat glanspoeder is en dat je niet van nature zo straalt,' zei ze hardvochtig, wijzend naar Emily's gezicht. 'Niemand verdient het om er zo goed uit te zien.'

'Andy, je weet dat dit een heel belangrijke avond is! Miles heeft gigantisch met gunsten moeten strooien om die mensen allemaal zover te krijgen dat ze zouden komen, en ik ben een maand in de weer geweest met bloemisten en cateraars en mijn ellendige schoonmoeder. Weet je hoe lastig het was om toestemming te krijgen om dat etentje hier te geven? Je zou denken dat we zeventien waren en van plan waren hier een illegaal zuipfestijn aan te richten, zoals dat mens de regeltjes met me doornam. Jíj hoeft alleen maar je gezicht te laten zien, je fatsoenlijk aan te kleden en charmant te zijn, en wat tref ik hier aan?'

'Ik ben er toch? En charmant zijn lukt vast wel, ik doe mijn best. Twee van de drie is toch acceptabel?'

Emily slaakte een zucht, en Andy moest lachen.

'Help me dan! Help je arme vriendin, het modekneusje, om iets enigszins gepasts bij elkaar te vinden, zodat ze er een beetje aardig bij loopt als ze bij een stel wildvreemden om geld gaat bedelen!' Andy zei het om Emily zoet te houden, maar ze wist best dat ze de afgelopen zeven jaar grote vorderingen had geboekt op modegebied. Mocht ze hopen er ooit zo goed uit te zien als Emily? Natuurlijk niet. Maar ze was ook geen hopeloos geval.

Emily graaide een berg kledingstukken van het bed en trok haar neus op. 'Wat was je eigenlijk van plan aan te trekken?'

Andy tastte in de berg kleren en trok er een donkerblauw linnen hemdjurkje met een koord om de taille tussenuit, en bijpassende espadrilles met sleehak. Eenvoudig, elegant en tijdloos. Misschien een tikkeltje verkreukeld, maar beslist geschikt.

Emily trok wit weg. 'Dat lieg je.'

'Moet je die prachtige knoopjes zien. Het was geen goedkoop jurkje, hoor.'

'Die knoopjes interesseren me geen reet!' krijste Emily, en ze smeet de jurk de kamer door.

'Het is een Michael Kors! Dat is toch ook wat waard?'

'Uit de strándlijn van Michael Kors, Andy. Zijn modellen trekken zo'n ding aan over hun badpak. Heb je deze online bij Nordstrom besteld of zo?'

Toen Andy geen antwoord gaf, wierp Emily gefrustreerd haar handen in de lucht.

Andy verzuchtte: 'Kun je me niet gewoon helpen? Het risico is tamelijk groot dat ik dadelijk onder dit dekbed kruip...'

Bij die woorden kwam Emily onmiddellijk in actie, mompelend dat Andy een hopeloos geval was, ondanks Emily's niet-aflatende inspanningen om haar te onderrichten in snit, model, stof en stijl... om maar te zwijgen van de schoenen. De schoenen waren álles. Andy keek toe terwijl Emily druk in de weer ging met de berg kleding: ze hield een paar stukken omhoog, om ze onmiddellijk weer met opgetrokken wenkbrauwen aan de kant te gooien. Na vijf frustrerende minuten liep ze zonder iets te zeggen de gang in en kwam even later terug met een prachtige lichtblauwe jersey maxijurk en een paar schitterende turkoois-met-zilveren oorhangers. 'Hier. Je hebt toch zilveren sandaaltjes? Want de mijne passen je nooit.'

'Deze past me ook niet.' Andy keek wantrouwend naar de mooie jurk.

'Jawel. Ik heb hem een maat te groot gekocht voor als ik me opgeblazen voel, en je hebt een hoop losse stof rond je middel. Dat moet wel lukken.'

Andy moest lachen. Emily en zij waren nu al zo veel jaar vriendinnen dat zulke opmerkingen haar nauwelijks nog opvielen.

'Wat nou?' vroeg Emily met een verbaasd gezicht.

'Niks. Hij is prachtig, dank je wel.'

'Goed, ga je dan nu áánkleden!' Als om haar bevel kracht bij te zetten, ging beneden de voordeurbel. 'De eerste gast! Ik moet rennen. Lief zijn en bij alle mannen informeren naar hun werk, bij de vrouwen naar hun liefdadigheidsdingetjes. Niet expliciet over het blad beginnen tenzij iemand ernaar vraagt, want officieel is dit geen werkdiner.'

'Geen werkdiner? We gaan toch iedereen om geld vragen?'

Emily slaakte een geërgerde zucht. 'Ja, maar nog niet meteen. Tot die tijd doen we alsof het allemaal om de gezelligheid draait. Het is nu van het grootste belang dat ze zien dat we slimme, verstandige vrouwen zijn met een ijzersterk idee. De meeste gasten zijn vrienden van Miles van Princeton. Een heleboel van die hedgefondsmannen, die het prachtig vinden om in mediaprojecten te investeren. Ik zeg het je, Andy: veel glimlachen, toon belangstelling en blijf jezelf, lief en leuk als altijd – en trek die jurk aan – dan komt het vanzelf goed.'

'Glimlachen, belangstelling tonen, lief en leuk doen. Begrepen.' Andy wikkelde de handdoek van haar hoofd en begon haar haar te borstelen.

'O ja, ik heb je aan tafel geplaatst tussen Farooq Hamid, van wie pas bekendgemaakt is dat zijn fonds in de top vijftig van meest lucratieve investeringen van het afgelopen jaar stond, en Max Harrison van Harrison Media Holdings, de huidige president-directeur van het bedrijf.'

'Zijn vader is toch pas gestorven? Nog maar een paar maanden geleden?' Andy kon zich herinneren dat de begrafenis op tv was uitgezonden, en de kranten hadden twee dagen lang vol gestaan met artikelen, herdenkingen en eerbetuigingen aan de man die een van de grootste media-imperia aller tijden had opgezet, om vervolgens een aantal rampzalige investeringsbeslissingen te nemen, vlak voor de crisis van 2008 – Madoff, olievelden in politiek instabiele landen – waardoor het bedrijf een financiële duikvlucht had gemaakt. Niemand wist hoe diep de schade had ingegrepen.

'Ja. Max leidt de zaak nu, en ik hoor van alle kanten dat hij dat vooralsnog heel goed aanpakt. En het enige wat Max nóg liever doet dan investeren in beginnende mediaprojecten, is investeren in beginnende mediaprojecten die worden gerund door aantrekkelijke vrouwen.'

'O, Em, noem je mij nu aantrekkelijk? Echt, ik bloos ervan.'

Emily snoof minachtend. 'Ik had het over mezelf... Zeg, kun je over vijf minuten beneden zijn? Ik heb je nodig!' zei ze voordat ze de deur uit liep.

'Ik ook van jou!' riep Andy haar na, en ze viste alvast haar strapless beha uit de overvolle tas.

Het etentje verliep verrassend ontspannen, heel anders dan Emily's hysterie vooraf had doen vermoeden. De tent die was opgezet in de achtertuin van de familie Everett keek uit over het water, en de open zijkanten lieten de zoute zeebries binnen; ontelbare kaarsjes in glazen houdertjes bezorgden het geheel een ingetogen elegantie. Op het menu stonden zeevruchten van de barbecue en het was spectaculair: doorgesneden kreeften van ruim een kilo, venusschelpen met citroenboter, mosselen gestoomd in witte wijn, verrukkelijke aardappeltjes met knoflook en rozemarijn, maïskolven bestrooid met *cojita*-kaas, mandenvol warme roomboterbroodjes en een schier eindeloze voorraad ijskoud bier met limoen, glazen frisdroge pinot grigio en de zoutste, verrukkelijkste margarita's die Andy ooit had geproefd.

Toen iedereen zich te goed gedaan had aan zelfgebakken appeltaart met roomijs schuifelden ze naar het kampvuur dat een van de bedienden had aangelegd aan de rand van het gazon, compleet met koekjes en marshmallows om te roosteren, warme chocolademelk en dunne zomerdekentjes in een hemels zachte mix van bamboe en kasjmier. Het drinken en lachen ging door, en algauw gingen er een paar joints de groep rond. Andy zag dat zij en Max Harrison de enigen waren die weigerden: ze gaven de sigaret door zodra die hen bereikte. Toen Max zich verontschuldigde en in de richting van het huis liep, kon Andy het niet laten achter hem aan te gaan.

'O, hoi,' zei ze, plotseling schuchter toen ze hem tegen het lijf liep op de enorme veranda die aan de huiskamer grensde. 'Ik was, eh... op zoek naar het toilet,' loog ze.

'Andrea, was het toch?' vroeg hij, ook al hadden ze tijdens het diner drie uur naast elkaar gezeten. Max was in gesprek verwikkeld geweest met de vrouw links van hem, een of ander Russisch fotomodel dat getrouwd was met een van de gasten. Ze was de Engelse taal overduidelijk niet machtig, maar ze had genoeg gegiecheld en bevallig met haar ogen geknipperd om Max' aandacht vast te houden. Andy had een praatje gemaakt met – of liever gezegd geluisterd naar – Farooq, die pochte over de meest uiteenlopende zaken, van het jacht dat hij eerder dat jaar in Griekenland had besteld tot zijn meest recente profiel in *The Wall Street Journal*.

'Zeg maar gewoon Andy.'

'Andy dan.' Max stak een hand in zijn zak en haalde een pakje Marlboro Light tevoorschijn, dat hij Andy voorhield. En al had ze in geen jaren een sigaret gerookt, ze viste er zonder aarzelen een uit het pakje.

Hij stak zwijgend beide sigaretten aan, eerst die van haar en toen die van hem, en nadat ze allebei een lange sliert rook hadden uitgeblazen, zei hij: 'Wat een prachtfeest. Dat hebben jullie fantastisch gedaan.'

Andy glimlachte vanzelf. 'Bedankt,' zei ze, 'maar het was voornamelijk Emily's werk.'

'Hoe komt het dat je niet rookt? Het lekkere spul, bedoel ik?'

Andy keek hem aan.

'Het viel me op dat jij en ik de enigen waren die niet... meededen.'

Natuurlijk, het ging hier slechts over een joint, maar Andy was gevleid dat ze hem was opgevallen. Zij wist behoorlijk wat van Max; ze kende hem als een van Miles' beste vrienden van kostschool, en als naam uit de societypagina's van de krant en de mediablogs. Toch had Emily haar voor alle zekerheid ingelicht over zijn playboyverleden, zijn voorkeur voor knappe, domme meisjes – van wie hij er tientallen had versleten – en het feit dat hij zich niet leek te kunnen hechten aan een 'echte' vrouw, ook al was hij superintelligent en oneindig trouw aan zijn vrienden en familie. Emily en Miles voorspelden dat Max tot zijn veertigste vrijgezel zou blijven; tegen die tijd zou zijn bemoeizieke moeder zo veel druk op hem uitoefenen om een kleinkind voort te brengen dat hij uiteindelijk zou trouwen met een bloedmooi meisje van drieëntwintig, dat in aanbidding naar hem opkeek en nooit vragen stelde bij wat hij zei of deed. Andy wist dat allemaal – ze had aandachtig geluisterd en zelf ook nog wat informatie ingewonnen, die Emily's verhaal leek te bevestigen – maar om een reden die haar nét ontglipte leek deze inschatting toch niet te kloppen.

'Niet echt een reden. In mijn studietijd blowde ik wel mee met de anderen, maar ik heb er nooit veel aan gevonden. Ik sloop meestal naar mijn kamer, waar ik naar mezelf ging zitten staren in de spiegel en in gedachten een lijst opstelde van alle slechte beslissingen die ik ooit had genomen, en mijn tekortkomingen als mens.'

Max glimlachte. 'Klinkt heel gezellig.'

'Uiteindelijk dacht ik: het leven is al zwaar genoeg, snap je. Ik heb geen "pret"-sigaretten nodig om ongelukkig te worden.'

'Daar heb je een punt te pakken.' Hij nam een trek van zijn sigaret.

'En jij?'

Max leek er even over na te denken, bijna alsof hij overwoog welke versie van het verhaal hij haar zou vertellen. Andy zag zijn hoekige kaak verstrakken en zijn donkere wenkbrauwen naar elkaar toe kruipen. Zo leek hij sprekend op de krantenfoto's van zijn vader. Toen hij haar aankeek, glimlachte hij weer, maar deze keer zag ze ook iets treurigs. 'Mijn vader is pas gestorven. De publieke verklaring was leverkanker, maar in werkelijkheid was het levercirrose. Hij is zijn leven lang alcoholist geweest. Zeer lange tijd slaagde hij erin buitengewoon goed te functioneren – als je dronken zijn, elke avond van je leven, "functioneren" kunt noemen – maar de laatste jaren, door de financiële crisis en een paar zware klappen op zakelijk gebied, ging het bergafwaarts. De laatste vijf jaar had hij de boel niet meer in de hand. Dus ben ik in één klap rigoureus gestopt. Geen alcohol, geen drugs, niets anders dan deze kankerstokken, waar ik maar niet vanaf kan komen...'

Nu hij het zei… Het was Andy inderdaad opgevallen dat Max onder het eten alleen maar bronwater had gedronken. Ze had er niets achter gezocht, maar nu ze het verhaal kende, zou ze hem het liefst een knuffel geven.

Ze moest even in gedachten verzonken zijn geweest, want Max zei: 'Zoals je je wel kunt voorstellen, ben ik tegenwoordig het hoogtepunt van ieder feest.'

Andy lachte. 'Ik sta erom bekend er stiekem tussenuit te glippen, om lekker thuis in mijn joggingbroek een film te gaan kijken. Of je nou drinkt of niet, waarschijnlijk ben jij leuker gezelschap dan ik.'

Ze praatten nog even ongedwongen met elkaar terwijl ze hun sigaret oprookten, en nadat Max haar was voorgegaan terug naar de groep, merkte ze dat ze steeds probeerde zijn aandacht te trekken, terwijl ze zichzelf tegelijkertijd voorhield dat hij gewoon een player was, meer niet. Hij was opvallend knap, dat kon ze niet ontkennen. Meestal was ze allergisch voor het type 'gevaarlijke man', maar vanavond meende ze zijn kwetsbare, eerlijke kant gezien te hebben. Hij had haar niet hoeven vertellen over zijn vader of diens drankprobleem. Hij was verrassend openhartig en ongekunsteld geweest, twee eigenschappen die Andy ontzettend aantrekkelijk vond.

Maar zelfs Emily vindt hem iemand aan wie je je vingers niet moet branden, bracht Andy zichzelf in herinnering, en dat wilde wat zeggen, als je bedacht dat haar vriendin zelf getrouwd was met een van de grootste feestbeesten van Manhattan. Toen Max even na middernacht afscheid nam met een braaf kusje op haar wang en een beleefd 'Het was leuk je te ontmoeten', dacht Andy bij zichzelf dat het maar beter was zo. Er waren genoeg leuke mannen, het was nergens voor nodig om aan zo'n fout type te blijven hangen. Ook al was het een lekker ding, en ook al leek hij nog zo lief en oprecht.

De volgende morgen meldde Emily zich om negen uur in Andy's slaapkamer, meteen al schitterend in een kort wit broekje, een gebatikte blouse en sandalen met torenhoge plateauzolen. 'Wil je iets voor me doen?' vroeg ze.

Andy sloeg een arm voor haar gezicht. 'Moet ik ervoor mijn bed uit? Want de margarita's van gisteren zijn nogal hard aangekomen.'

'Weet je nog dat je Max Harrison hebt gesproken?'

Andy deed één oog open. 'Jawel.'

'Hij belde net. Hij wil dat jij en ik en Miles naar het huis van zijn ouders komen voor een vroege lunch, om het over *The Plunge* te hebben. Cijfers doornemen. Ik denk dat hij serieus in ons wil investeren.'

'Fantastisch!' zei Andy, en ze wist niet wat ze fijner vond, de uitnodiging of het nieuws over de investering.

'Alleen gaan Miles en ik dadelijk met zijn ouders brunchen op de club. Ze zijn vanmorgen teruggekomen en willen per se dat we meegaan. We vertrekken al over een kwartier, dus ik kom er niet meer onderuit – en ik heb het écht geprobeerd, neem dat maar van me aan. Kun jij Max in je eentje aan?'

Andy deed alsof ze erover nadacht. 'Ja, dat lukt wel. Als het niet anders kan.'

'Mooi, dat is dan geregeld. Hij komt je over een uur halen. En neem een badpak mee, zei hij.'

'Een badpak? Maar ik zal toch ook...'

Emily hield haar een enorme rieten strandtas voor. 'Bikini – hoog opgesneden voor jou, uiteraard – en een schattig wikkeldoekje van Milly, zonnehoed en factor 30, geen plakspul. Voor na afloop neem je die witte shorts mee die je gisteren aanhad, en daar draag je deze linnen tuniek en die leuke witte Toms bij. Nog vragen?'

Andy zwaaide Emily lachend uit, waarna ze de inhoud van de tas op haar bed kieperde. De hoed en het zonnebrandmiddel gooide ze terug in de tas, en ze deed er haar eigen bikini, een afgeknipte spijkerbroek en een tanktopje bij. Haar bereidheid om Emily's dictatoriale kledingbevelen op te volgen kende grenzen, en bovendien: als het Max niet beviel hoe ze eruitzag, was dat zijn probleem.

Het was een volmaakte middag. Andy en Max toerden rond in zijn speedbootje, sprongen zo nu en dan in het water om af te koelen en picknickten met een feestmaal van koude gefrituurde kip, schijven watermeloen, pindakoekjes en limonade. Ze maakten een strandwandeling van bijna twee uur, waarbij ze amper merkten hoe heet de middagzon was, en vielen daarna in slaap op de dikke kussens van de ligbedden aan het glinsterende, verlaten zwembad van de familie Harrison. Toen ze uiteindelijk haar ogen opendeed

– voor haar gevoel uren later – lag Max naar haar te kijken. 'Hou je van venusschelpen?' vroeg hij met een geheimzinnig lachje.

'Wie houdt er nou niet van venusschelpen?'

Ze trokken allebei een sweatshirt van Max aan over hun zwemkleding en stapten in zijn Jeep Wrangler, waar de wind Andy's haar verwaaide tot heerlijk zoute slierten en ze zich vrijer voelde dan ze zich in tijden had gevoeld. Toen ze uiteindelijk voor de strandtent in Amagansett stopten, was Andy verkocht: de Hamptons waren de fijnste plek op aarde, zolang ze maar samen was met Max, en met een grote pan venusschelpen met veel botersaus binnen handbereik. Val dood met je weekends in de stad. Dit was verrukkelijk.

'Lekker, hè?' zei Max. Hij stak nog een schelp in zijn mond en gooide de lege schaal in het afvalemmertje.

'Ze zijn zo vers dat er hier en daar nog zand in zit,' zei Andy met volle mond. Ze knaagde zonder enige gêne van haar maïskolf, ook al droop de boter langs haar kin.

'Ik wil investeren in jullie nieuwe tijdschrift, Andy,' zei Max, en hij keek haar strak aan.

'Echt? Dat is fantastisch. Emily zei al dat je misschien geïnteresseerd zou zijn, maar ik wilde niet...'

'Ik ben onder de indruk van wat je allemaal al hebt bereikt.'

Andy voelde dat ze begon te blozen. 'Nou, eerlijk gezegd heeft Emily bijna alles gedaan. Ongelooflijk, zo georganiseerd als zij is. Om nog maar te zwijgen van de connecties die ze heeft. Ik bedoel, ik weet niet eens hoe je een bedrijfsplan opstelt, laat staan...'

'Ja, ze doet het goed, maar ik had het eigenlijk over jou. Nadat Emily me een paar weken geleden benaderd had, heb ik bijna alles gelezen wat je tot nu toe hebt geschreven.'

Andy kon hem alleen maar aanstaren.

'Het trouwblog waar je voor schrijft, *Happily Ever After*... ik moet je zeggen dat ik niet vaak over bruiloften lees, maar ik vind je interviews ontzettend goed. Dat stuk over Chelsea Clinton laatst, in de periode rond haar huwelijk – uitstekend werk.'

'Dank je wel.' Het kwam eruit als een fluistering.

'En het staaltje onderzoeksjournalistiek dat je hebt verricht voor *New York* heb ik ook gelezen, over de hygiënebeoordeling van restaurants. Heel interessant. En je reisartikel over die yogaretraite. Waar was dat ook alweer, in Brazilië?'

Andy knikte.

'Ik wilde er meteen naartoe toen ik het artikel uit had. En ik verzeker je dat ik niks met yoga heb.'

'Bedankt. Eh...' Andy kuchte en deed haar best om een brede grijns te onderdrukken. 'Dat betekent veel voor me.'

'Ik zeg het niet om jou een goed gevoel te bezorgen, Andy. Ik zeg het omdat het waar is. En Emily heeft me in het kort je ideeën voor *The Plunge* voorgelegd. Ook die klinken fantastisch.'

Deze keer stond Andy zichzelf wel een grijns toe. 'Weet je, ik moet toegeven dat ik sceptisch was toen Emily me benaderde met haar idee om *The Plunge* te beginnen,' zei ze. 'Ik dacht niet dat de wereld zat te wachten op het zoveelste tijdschrift over huwelijken. De markt leek me verzadigd. Maar toen ik het plan met haar doornam, beseften we dat er een serieus gebrek was aan een *Runway*-achtig blad op dat gebied: in het allerhoogste segment, een glossy met schitterende foto's, honderd procent vrij van kitscherig gedoe. Met celebrity's en de hele beau monde, met bruiloften die voor de gemiddelde lezeres financieel onbereikbaar zijn, maar waar ze wel van dagdroomt. Een blad voor de ontwikkelde, slimme, modebewuste vrouw, met pagina na pagina aan inspiratie voor haar eigen trouwdag. Op dit moment zie je vooral heel veel gipskruid en schoenen die je zelf kunt verven en diadeempjes, maar niets waar de wat wereldser bruid iets mee kan. Daarom lijkt *The Plunge* me een gat in de markt.'

Max keek haar strak aan, met een flesje fris in zijn rechtervuist geklemd.

'Sorry, het was niet mijn bedoeling om een verkooppraatje te houden. Ik draaf helemaal door als ik erover begin.' Andy nam een slok van haar Corona en vroeg zich af of het niet ongevoelig van haar was om te drinken in Max' bijzijn.

'Ik was bereid om te investeren omdat het een solide idee is, omdat Emily erg overtuigend is en jij buitengewoon aantrekkelijk bent. Ik had alleen niet beseft dat je net zo overtuigend kunt zijn als Emily.'

'Ik ben te ver gegaan, hè?' Andy begroef haar gezicht in haar handen. 'Sorry.' Ze praatte door, maar ze kon aan niets anders denken dan het feit dat Max haar aantrekkelijk had genoemd.

'Je bent niet alleen goed in schrijven, Andy. Laten we volgende week met z'n allen in de stad afspreken om de details te bespreken, maar ik kan je nu alvast vertellen dat Harrison Media Holdings graag hoofdinvesteerder van *The Plunge* wil worden.'

'Ik weet dat ik ook namens Emily spreek als ik zeg dat we dat heel fijn zouden vinden,' zei Andy, en ze had meteen spijt van haar formele toon.

'We gaan samen bakken met geld verdienen,' zei Max, en hij hield zijn flesje omhoog.

Andy tikte er met haar bierflesje tegenaan. 'Proost. Op het zakenpartnerschap.'

Max keek haar bevreemd aan, maar hij proostte mee en nam een slokje.

Even voelde Andy zich ongemakkelijk, maar algauw had ze zichzelf ervan overtuigd dat ze het goed had aangepakt. Per slot van rekening bleef Max een player. Hij werd in verband gebracht met fotomodellen en broodmagere societymeisjes. Dit was zakelijk, en 'zakenpartnerschap' klonk goed en verstandig.

De stemming was veranderd, zoveel was duidelijk, en daarom verbaasde het Andy niet toen Max haar meteen na hun schelpenuitstapje aan het eind van de middag weer afzette bij Emily's schoonouders. Hij kuste haar op de wang, bedankte haar voor een fijne dag en repte met geen woord over een nieuwe afspraak, behalve de bespreking bij hem op de zaak samen met Emily en een compleet team van juristen.

Waarom zou hij ook? dacht Emily. Omdat hij een beetje had geflirt en haar aantrekkelijk had genoemd? Omdat ze samen een perfecte dag hadden gehad? Dat was voor Max niets meer dan een plichtpleging: hij testte op zijn gebruikelijke charmante, aantrekkelijke manier zijn toekomstige investering en flirtte er voor de lol een potje bij. En volgens Emily en alles wat Andy op internet over hem had kunnen vinden, was dat voor Max niets bijzonders: hij was er goed in en deed het vaak. Het wilde overduidelijk niet zeggen dat hij ook maar enige belangstelling had voor háár.

Emily was door het dolle heen toen ze hoorde hoe geslaagd de dag was verlopen, en de bijeenkomst de donderdag daarop in de stad verliep zelfs nog beter. Max deed namens Harrison Media de toezegging van een astronomisch bedrag van zes cijfers om *The Plunge* op de rit te krijgen, meer dan ze allebei hadden durven dromen, en wat nog mooier was: toen Max spontaan een feestelijke lunch voorstelde om het te vieren, bleek Emily niet mee te kunnen.

'Als je ook maar enig idee had hoeveel moeite het me heeft gekost om deze afspraak te krijgen, zou je me nooit vragen om zelfs maar te overwegen hem af te zeggen,' zei Emily, waarna ze de deur uit snelde op weg naar een of andere beroemde dermatoloog bij wie ze bijna vijf maanden op de wachtlijst had gestaan. 'Een consult bij haar is nog lastiger te regelen dan een audiëntie bij de dalai lama, en de rimpels in mijn voorhoofd worden met de seconde dieper.'

Dus gingen Max en Andy weer met z'n tweeën, en ook deze keer liep twee uur uit tot vijf, tot uiteindelijk de gastheer van het steakhouse beleefd kwam vragen of ze wilden vertrekken, zodat hij hun gereserveerde tafel kon dekken voor het diner. Max hield haar hand vast toen hij haar naar huis bracht, en Andy vond het heerlijk om naast hem te lopen. Ze wist dat ze een mooi stel vormden, en hun wederzijdse aantrekkingskracht ontlokte voorbijgangers een glimlach. Toen ze bij haar appartementencomplex aankwamen, zoende Max haar ongelooflijk lekker. Een paar seconden maar, maar zacht en precies goed, en ze was blij en tegelijk in paniek omdat hij niet aandrong op méér. Hij zei niets over elkaar terugzien, en al zoende Max iedereen, waar en wanneer hij maar wilde, iets ongrijpbaars vertelde Andy dat ze gauw weer van hem zou horen.

En dat gebeurde ook, de volgende morgen. Die avond zagen ze elkaar opnieuw. Vijf dagen later gingen Andy en Max alleen nog met tegenzin uiteen om te gaan werken; ze sliepen om beurten in elkaars appartement en kozen beurtelings uit welke leuke dingen ze gingen doen. Max nam haar mee naar zijn favoriete Italiaan ergens diep in Queens, een maffia-achtig familierestaurantje waar iedereen hem bij naam kende. Toen ze hem met opgetrokken wenkbrauwen aankeek, verzekerde hij haar dat dat alleen maar kwam doordat hij er als kind minstens twee keer per maand met zijn ouders kwam.

Andy nam hem mee naar haar favoriete comedyclub in de West Village, waar ze zo hard lachten tijdens de late voorstelling dat ze hun drankje over de tafel spuugden. Na afloop doorkruisten ze half downtown-Manhattan, genietend van de zomernacht, om pas tegen zonsopkomst bij Andy's appartement aan te komen. Ze huurden fietsen, namen de tram naar Roosevelt Island en probeerden maar liefst zes verschillende eetkramen uit: ze proefden alles, van ambachtelijk ijs tot luxe taco's en broodjes met verse kreeft. Ze hadden fantastische seks. Vaak. Toen de zondag aanbrak, waren ze doodmoe en voldaan en, in ieder geval als je het Andy vroeg, smoorverliefd. Ze sliepen tot elf uur uit, bestelden een enorme hoeveelheid belegde bagels en picknickten op het vloerkleed in Max' huiskamer, heen en weer zappend tussen een woonmetamorfoseprogramma en de US Open.

'Ik vind het tijd worden dat we het Emily vertellen,' zei Max toen hij haar een koffie verkeerd uit zijn professionele espressoapparaat overhandigde. 'Maar je moet me beloven dat je geen woord zult geloven van wat ze allemaal over me gaat beweren.'

'Dat je een enorme player bent met bindingsangst en de neiging om steeds jongere meisjes na te jagen? Waarom zou ik daarnaar luisteren?'

Max sloeg speels tegen haar haar. 'Allemaal zwaar overdreven.'

'Ja hoor, tuurlijk.' Andy hield haar toon luchtig, maar zijn reputatie zat haar dwars. Dit voelde anders, dat moest ze toegeven – welke playboy kijkt nou vanaf zijn vloerkleed naar metamorfoseprogramma's? – maar dachten al die andere vriendinnetjes dat niet ook?

'Je bent vier jaar jonger dan ik. Telt dat dan niet?'

Andy moest lachen. 'Eigenlijk wel, ja. Het scheelt dat ik amper dertig ben – nog maar een baby, zou je kunnen zeggen – terwijl jij stukken ouder bent. Ja, dat is wel lekker.'

'Zal ik vast iets tegen Miles zeggen? Dat wil ik best doen.'

'Nee, niet doen. Emily komt vanavond bij mij thuis afhaalsushi eten en *House* kijken. Dan vertel ik het haar.'

Andy had zich zo druk gemaakt om Emily's mogelijke reactie – Voelde ze zich verraden omdat Andy het niet eerder had verteld?

Zou ze het vervelend vinden dat haar zakenpartner iets was begonnen met hun geldschieter? Was het ongemakkelijk voor haar omdat Max en Miles zulke goede vrienden waren? – dat ze er geen moment aan had gedacht dat Emily misschien allang iets vermoedde.

'Echt? Wist je het al?' vroeg Andy. Ze stak haar in sokken gestoken voeten languit voor zich uit op haar tweedehands bank.

Emily doopte een zalmsashimi in de sojasaus en stak hem in haar mond. 'Denk je nou echt dat ik achterlijk ben? En niet alleen achterlijk, maar ook nog eens stekeblind? Natuurlijk wist ik het al.'

'Sinds wanneer dan? En hoe?'

'Goh, daar vraag je me wat. Misschien die keer dat jullie na die dag samen terugkwamen bij het huis van Miles' ouders met een gezicht alsof je zojuist de beste seks van je leven had gehad. Of na ons gesprek bij hem op kantoor, toen jullie je ogen niet van elkaar af konden houden. Waarom denk je dat ik niet mee ging lunchen? Of misschien wist ik het toen je afgelopen week compleet verdwenen was, mijn telefoontjes en sms'jes niet beantwoordde en nog vager reageerde op mijn vragen waar je had gezeten dan een puber die haar ouders voorliegt. Kom op nou, Andy!'

'Voor alle duidelijkheid: die dag in de Hamptons waren we dus níét met elkaar naar bed geweest. We hadden niet eens...'

Emily stak een hand op. 'Bespaar me de details. Trouwens, je bent mij geen uitleg verschuldigd. Ik ben blij voor jullie, Max is een hartstikke leuke vent.'

Andy keek haar behoedzaam aan. 'Je hebt me anders honderden keren verteld dat hij zo'n rokkenjager is.'

'Dat is hij ook. Maar misschien is dat nu verleden tijd. Mensen veranderen nu eenmaal. Manlief overigens niet, maar ja... Heb ik je verteld dat ik sms'jes heb gevonden tussen hem en een zekere Rae? Niks waar ik hem op kan pakken, maar ik moet er wel achteraan. Maar goed, dat Miles zijn ogen niet van andere vrouwen af kan houden, wil niet zeggen dat Max zich niet kan settelen. Misschien ben jij wel precies wat hij zoekt.'

'Of ik ben gewoon het snoepje van de week.'

'Dat zul je moeten afwachten. En ik spreek uit ervaring.'

'Dat is waar,' zei Andy, voornamelijk omdat ze niet wist wat ze anders zou moeten zeggen. Miles had precies dezelfde reputatie als Max, maar zonder de zachte kant. Hij was innemend genoeg en heel sociaal, en Emily en hij leken veel gemeen te hebben, zoals hun liefde voor feestjes, luxe vakanties en dure kleding. Maar al die jaren dat ze nu samen waren, had Andy nog altijd niet het gevoel dat ze de man van haar beste vriendin echt kende. Emily maakte vaak terloopse opmerkingen over het feit dat hij een 'rokkenjager' was, zoals zij het noemde, maar zodra Andy daarop in wilde gaan, klapte ze dicht.

Voor zover Andy wist was hij nooit daadwerkelijk ontrouw geweest – althans niet openlijk, dat wist ze zeker – maar dat wilde niets zeggen. Miles was slim en discreet, en voor zijn werk als tv-producent was hij zo vaak weg uit New York dat alles mogelijk was. Het zat er dik in dat hij vreemdging. Het zat er dik in dat Emily wist dat hij vreemdging. Maar kon het haar wat schelen? Werd ze gek van bezorgdheid en jaloezie, of was zij een van die vrouwen die het door de vingers zagen zolang ze niet publiekelijk voor schut gezet werden? Andy vroeg het zich vaak af, maar het was het enige onderwerp waarvan ze stilzwijgend overeengekomen waren het er nooit over te hebben.

Emily schudde haar hoofd. 'Ik kan het nog steeds niet echt geloven. Jij en Max Harrison. Ik zou in geen miljoen jaar verzonnen hebben om jullie te koppelen, en moet je nu eens kijken… te gek.'

'We gaan niet trouwen, Em, we trekken gewoon veel met elkaar op,' zei Andy, ook al had ze er allang over gefantaseerd hoe het zou zijn om met Max Harrison in het huwelijk te treden. Beslist een idiote gedachte – ze kenden elkaar nog geen twee weken – maar het voelde nu al anders dan met alle anderen met wie ze ooit iets had gehad, misschien met uitzondering van Alex, vele jaren terug. Het was heel lang geleden dat ze zo enthousiast over iemand was geweest. Max was sexy, slim, charmant en, oké… van goede komaf. Andy had nooit fantasieën gehad over een huwelijk met iemand zoals Max, maar het klonk nu ook weer niet bepaald vreselijk.

'Ja, dat is wel duidelijk. Geniet er gewoon van. Hou me wel op de hoogte, oké? En mocht je toch met hem gaan trouwen, dan wil ik dat je me eeuwig dankbaar bent.'

Emily was de eerste die Andy belde toen Max haar een week later vroeg hem te vergezellen naar een feest dat zijn bedrijf gaf ter ere van Gloria, redactrice bij een van hun tijdschriften, die een boek had geschreven over haar leven als dochter van twee beroemde musici.

'Wat moet ik aan?' vroeg Andy paniekerig.

'Je bent officieel gastvrouw, dus laat het iets spectaculairs zijn. Daarmee valt zo'n beetje je volledige "klassieke" garderobe af. Wil je iets van me lenen of zullen we gaan shoppen?'

'Gastvrouw?' Andy fluisterde het woord bijna.

'Als Max de gastheer is en jij bent zijn date...'

'O help, dat kan ik niet aan. Hij zegt dat het heel druk wordt, omdat het Fashion Week is. Ik ben hier totaal niet op voorbereid.'

'Keer in gedachten gewoon terug naar de *Runway*-tijd. Zíj zal er ook wel zijn. Ik weet dat Miranda en Gloria elkaar kennen.'

'Ik kan dit niet.'

De avond van het feest was Andy een uur voor aanvang aanwezig bij het Carlyle Hotel, om Max te helpen met de laatste voorbereidingen, en alleen al zijn gezicht op het moment dat ze binnenkwam, in een van Emily's Céline-jurken, gecombineerd met grote gouden sieraden en schitterende hoge hakken, was de moeite waard. Ze wist dat ze er prachtig uitzag en ze was trots op zichzelf.

Max nam haar in zijn armen en fluisterde haar in het oor dat ze om op te vreten was. Die avond stelde hij haar aan iedereen – zijn collega's en werknemers, verschillende uitgevers en pr-mensen – voor als zijn vriendin. Andy zwol van geluk. Ze maakte een praatje met al zijn medewerkers en deed haar best om hen voor zich te winnen, en ze moest toegeven dat ze het ontzettend goed naar haar zin had. Pas toen Max' moeder haar opwachting maakte en hem claimde als een haai die om zijn prooi heen cirkelt, merkte Andy dat ze nerveus werd.

'Ik móést het meisje zien over wie Max het de hele tijd heeft,' zei mevrouw Harrison met een wat overdreven, net niet Brits accent, waarschijnlijk veroorzaakt door iets te veel jaren aan Park Avenue. 'Jij moet Andrea zijn.'

Andy keek snel om zich heen op zoek naar Max, die met geen

woord had gerept over de eventuele aanwezigheid van zijn moeder, waarna ze haar aandacht volledig richtte op de boomlange vrouw in het Chanel-mantelpakje. 'Mevrouw Harrison? Wat fijn om u te ontmoeten,' zei ze, en ze dwong haar stem tot kalmte.

Niets in de trant van 'Noem me gerust Barbara' of 'Wat zie je er mooi uit, liefje', of zelfs maar 'Aangenaam'. De moeder van Max nam Andy openlijk van top tot teen op en verkondigde toen: 'Je bent slanker dan ik had verwacht.'

Pardon? Slanker dan Max me heeft beschreven? Of slanker dan ze zelf had gedacht?

Andy kuchte. Het liefst was ze op de vlucht geslagen, maar Barbara ratelde door: 'Gut, ik herinner me nog dat ik zo oud was als jij, toen vlogen de kilo's er vanzelf af. Ik wou dat ik dat ook kon zeggen van onze Elizabeth. Heb je Max' zus al ontmoet? Ze kan ieder moment hier zijn. Mijn dochter heeft de bouw van haar vader. Stevig. Atletisch. Misschien niet echt dik, maar erg vrouwelijk zou ik het niet noemen.'

Praatte deze vrouw echt zo over haar eigen dochter? Andy had onmiddellijk te doen met Max' zus, waar ze ook mocht zijn. Ze keek Barbara Harrison aan. 'Ik heb haar nog niet ontmoet, maar ik heb wel een foto van Elizabeth gezien en ze ziet er heel goed uit.'

'Hmm,' mompelde Barbara, zo te zien niet overtuigd.

Ze had met haar droge, enigszins gelooide huid een iets steviger greep op Andy's blote pols dan prettig was, en ze trok Andy mee. Hardhandig. 'Kom, dan gaan we daar zitten om elkaar wat beter te leren kennen.'

Andy deed haar best om indruk te maken op Max' moeder, om Barbara ervan te overtuigen dat ze haar zoon waard was. Goed, mevrouw Harrison trok haar neus op toen Andy haar werk voor *The Plunge* beschreef en ze reageerde ook enigszins geringschattend op de mededeling dat Andy niet uit Litchfield County of omstreken kwam, waar de familie Harrison een oude paardenfarm had, maar aan het eind van het gesprek had Andy niet het gevoel dat het rampzalig was verlopen. Ze had Barbara belangstellende, gepaste vragen gesteld, een grappige anekdote verteld over Max en laten doorschemeren dat ze elkaar hadden ontmoet in de Hamptons, een detail dat Barbara wel leek te bevallen.

Ten slotte had ze uit pure wanhoop laten vallen dat ze nog bij *Runway* had gewerkt, onder Miranda Priestly. Mevrouw Harrison rechtte haar rug en boog zich naar haar toe voor een nader verhoor. Had Andy het leuk gehad bij *Runway*? Was dat niet de beste leerervaring die je kon hebben, werken voor mevrouw Priestly? Barbara merkte nadrukkelijk op dat alle meisjes uit Max' jeugd een moord gepleegd zouden hebben om bij *Runway* te mogen werken, dat ze allemaal weg waren van Miranda en ervan droomden zelf ooit in haar blad te staan. Mocht Andy's 'aanvangsprojectje' niet slagen, zou ze dan misschien terugkeren naar *Runway*? Barbara leefde helemaal op, en Andy deed haar best om te glimlachen en zo enthousiast mogelijk te knikken.

'Ze vond je vast fantastisch, Andy,' zei Max toen ze later in een tentje in de Upper East Side zaten dat dag en nacht geopend was, allebei nog helemaal hyper van het feest.

'Ik weet het niet. Die indruk kreeg ik niet echt,' zei Andy, en ze nam een slokje van haar chocoladeshake.

'Iederéén vond je fantastisch, Andy. Mijn financieel bestuurder liet me uitdrukkelijk weten dat hij je zo grappig vond. Ik neem aan dat je hem dat verhaal hebt verteld over Hanover in New Hampshire?'

'Dat is mijn vaste anekdote voor Dartmouthers.'

'En de meiden van kantoor kwetterden allemaal door elkaar, over hoe knap ze je vonden en hoe lief je voor hen was. Er zijn natuurlijk maar weinig mensen die op dit soort feestjes de tijd nemen om met hen te praten. Dank je wel.' Max hield Andy een in de ketchup gedoopt frietje voor, en toen ze het aanbod afsloeg stak hij het in zijn eigen mond.

'Ze zijn allemaal ontzettend aardig, echt. Ik vond het gezellig met hen,' zei ze. Ze had het oprecht leuk gevonden om al die mensen te ontmoeten, met als enige uitzondering Max' ijzige moeder. Bovendien was ze dankbaar dat Miranda niet was gekomen. Dat was een zegen, maar gezien haar nieuwe romance en de kringen waarin de familie Harrison verkeerde, wist Andy dat het een kwestie van tijd was.

Ze pakte over het tafeltje heen Max' hand. 'Ik heb een heel fijne avond gehad. Bedankt dat je me hebt uitgenodigd.'

'Nee, jij bedankt, Andy Sachs,' antwoordde Max, en hij kuste haar hand en wierp haar een blik toe die ze tot diep in haar binnenste voelde. 'Zullen we naar mijn flat gaan? De nacht is nog jong, als je het mij vraagt.'

3

Dan zet je door

'Maak je geen zorgen, lieverd, iedereen is nerveus op haar trouwdag. Dat weet je toch wel? Je kent inmiddels het klappen van de zweep, neem ik aan. Jij en ik zouden er samen een boek over kunnen schrijven!'

Nina leidde Andy naar de bruidssuite, met één hand stevig tegen haar onderrug. De spectaculaire tinten rood, oranje en geel van de herfstbladeren strekten zich buiten kilometerslang uit, achter het grote panoramaraam dat de hele lengte van de suite besloeg. Het leek wel of de herfstkleuren nergens zo schitterend waren als in Rhinebeck. Nog maar een paar minuten geleden had het uitzicht fijne herinneringen opgeroepen aan haar jeugd in Connecticut: voetballen op die frisse, heldere herfstdagen, appels plukken en later terug naar de campus voor een nieuw semester. Nu leken de kleuren dof, en was de hemel bijna dreigend. Ze moest steun zoeken bij het antieke schrijftafeltje om haar evenwicht te bewaren.

'Heb je een slokje water voor me?' vroeg Andy. De zure smaak in haar mond dreigde een nieuwe golf misselijkheid op te roepen.

'Natuurlijk, liefje. Als je maar voorzichtig bent.' Nina draaide een flesje open en gaf het haar.

Het water had een metaalsmaak.

'Lydia en haar team zijn bijna klaar met je bruidsmeisjes en je moeder, en daarna komt ze terug om jouw make-up bij te werken.'

Andy knikte.

'Ach lieverd, het komt allemaal goed! Het is heel gewoon dat je even de zenuwen krijgt. Maar straks gaan die deuren open en zie je je knappe bruidegom aan het einde van dat middenpad op je wachten... en dan kun je aan niets anders meer denken en loop je het liefst rechtstreeks zijn armen in.'

Andy huiverde. De moeder van haar aanstaande echtgenoot haatte haar. Of ze was in ieder geval tegen hun huwelijk. Andy wist dat de meeste bruiden probleempjes hadden met hun schoonmoeder, maar dit ging verder dan dat. Het was in het gunstigste geval een slecht voorteken, in het ongunstigste een potentiële nachtmerrie. Natuurlijk kon ze aan haar relatie met Barbara werken, maar ze zou nooit Katherine worden. En hoe zat het met Katherine in Bermuda? Waarom had Max daar helemaal niets over verteld? Als hij niets te verbergen had, waarom verborg hij het dan? Wat zich daar ook had afgespeeld, ze wilde er een verklaring voor horen.

'Nu we het erover hebben: heb ik je ooit verteld over de bruid die met een oliesjeik uit Qatar ging trouwen? Dat drukke type met de grote mond? Er kwamen bijna duizend gasten, ze hadden Necker Island afgehuurd, een van de Britse Maagdeneilanden, en iedereen was overgevlogen. Afijn, ze maakten al de hele week ruzie, over alles, van de plaatsing van de gasten tot aan de vraag wie van beide moeders de dans zou mogen openen. De gebruikelijke dingen. Maar toen, op de ochtend van de bruiloft, maakte de bruid een opmerking tegen haar nichtje over haar carrière als tv-presentatrice, iets in de trant van: "Die en die denkt dat ik nog maar een half jaar, misschien een jaartje het plaatselijke nieuws hoef te presenteren voordat ik een aanbod krijg van een van de grote landelijke zenders." De oliesjeik ging helemaal door het lint. Hij vroeg haar heel zachtjes en op woeste toon waar ze het over had. Ze hadden toch afgesproken dat ze na hun huwelijk zou stoppen met werken? Ik dacht nog: ho! Dat is nogal iets, om zo'n onderwerp niet duidelijk van tevoren te bespreken.'

Andy kon zich niet op het verhaal concentreren, ze voelde voortdurend de spanning in haar voorhoofd. Een doffe hoofdpijn. Ze wilde niets liever dan dat Nina haar mond zou houden.

'Nina, ik...'

'Wacht, het mooiste komt nog. Ik liet die twee dus alleen om het uit te praten, en toen ik een half uur later terugkwam, leek het allemaal prima in orde. Probleem opgelost, dacht ik. Dus hup, hup, hup, de bruidegom loopt naar het altaar, de bruidsmeisjes lopen naar het altaar en de schattige bloemenmeisjes lopen erachteraan, tot ik daar stond met alleen nog de bruid en haar vader. Alles verliep volgens schema. Haar liedje werd gedraaid, de hele balzaal draaide zich om om naar haar te kijken, en toen boog ze zich met een brede, schitterende glimlach op haar gezicht naar me toe en fluisterde iets in mijn oor. Weet je wat ze zei?'

Andy schudde haar hoofd.

'Ze zei: "Bedankt dat je alles perfect geregeld hebt, Nina. Het is precies zoals ik het wilde en ik zal je zeker inhuren voor mijn volgende bruiloft." En ze pakte haar vader bij de arm en liep met geheven hoofd naar voren. Zoiets geloof je toch niet? Ze schreed naar voren om haar jawoord te geven!'

Hoewel ze het onaangenaam warm had, bijna koortsachtig, kreeg Andy kippenvel. 'Heb je ooit nog iets van haar gehoord?' vroeg ze.

'Nou en of. Ze is twee maanden later gescheiden, en een jaar later was ze weer verloofd. De tweede bruiloft was iets kleiner dan de eerste, maar net zo mooi. Maar ik begrijp het wel. Het is één ding om een verloving te verbreken of zelfs de bruiloft af te zeggen nadat de uitnodigingen zijn verstuurd. Dat valt niet mee, maar het gebeurt. Maar op de dag zelf? Dan zet je door. Loop naar het altaar en ga ervoor, de rest regel je later wel. Snap je?' Nina lachte en nam een slok uit haar eigen fles water. Haar paardenstaart danste vrolijk heen en weer.

Andy knikte gedwee. In de bijna drie jaar sinds ze *The Plunge* hadden opgericht, was het aantal keren dat een bruiloft werd afgelast in de laatste weken voor de grote dag op één hand te tellen geweest. Maar op de dag zelf? Nooit.

'Kom, ga in die stoel zitten en doe de kapmantel om, dan kan Lydia dadelijk meteen aan de slag. Ze weet dat ze de make-up wat zachter moet maken als de portretfoto's eenmaal klaar zijn. O, ik kan niet wachten om het artikel straks te zien! Dat wordt een recordoplage.'

Nina was zo tactisch om er niet bij te zeggen wat ze allebei dachten: deze bruiloft zou niet alleen voor een recordoplage zorgen omdat Andy medeoprichter was van het blad waarin ze zelf zou prijken, en omdat Monique Lhuillier persoonlijk Andy's unieke bruidsjurk had ontworpen en Barbara Harrison vakkundig de beste weddingplanner, de beste bloemist en de beste cateraars had geregeld die er – tegen forse betaling – te krijgen waren, maar vooral omdat Max president-directeur van de derde generatie was van een van de grootste mediaconcerns in Amerika. Het deed er niet toe dat Max vanwege de economische neergang, in combinatie met enkele slechte investeringsbeslissingen, stukje bij beetje het onroerend goed van de familie moest verkopen. Het feit dat Max zich voortdurend zorgen maakte over de financiële levensvatbaarheid van het bedrijf deerde het grote publiek nauwelijks; de naam Harrison in combinatie met zijn knappe voorkomen, zijn onberispelijke manieren en zijn indrukwekkende opleiding hielden de illusie in stand dat Max, zijn zus en zijn moeder oneindig vermogend waren. Het was jaren geleden dat ze op de *Forbes*-lijst van rijkste Amerikanen hadden geprijkt, maar het beeld was in stand gebleven.

'Reken maar,' hoorde Andy een zangerige stem achter zich zeggen. 'Deze bruiloft gaat ons uitverkochte schappen opleveren,' zei Emily, en ze maakte een pirouette en een kniebuiginkje. 'Besef je wel dat dit best eens de eerste niet-afzichtelijke bruidsmeisjesjurk uit de geschiedenis zou kunnen zijn? Als je dan toch per se bruidsmeisjes wilt – wat ik persoonlijk op het randje vind – neem dan in ieder geval fatsoenlijke jurken, zoals deze.'

Andy draaide zich om in haar stoel om Emily beter te bekijken. Met haar opgestoken haar, waardoor haar lange, elegante hals goed uitkwam, zag ze eruit als een schitterend, teer porseleinen poppetje. De paarsrode kleur van de zijden jurk gaf haar wangen een roze gloed en accentueerde haar blauwe ogen; de stof viel losjes over haar borst en heupen en reikte tot aan haar enkels. Je kon het gerust aan Emily overlaten om er beter uit te zien dan zij op haar trouwdag, en dan nog wel in een bruidsmeisjesjurk.

'Je bent prachtig, Em. Het doet me deugd dat je de jurk mooi vindt,' zei Andy, die blij was dat ze even afleiding had.

'Laten we niet overdrijven. "Mooi" is een groot woord, maar ik vind hem in ieder geval niet monsterlijk. Wacht, draai je eens om, dan kan ik je bekijken… Wauw! Ze boog zich zo dicht naar Andy toe dat die een vleug sigarettenrook vermengd met pepermunt kon ruiken. Ze werd op slag weer misselijk, maar het trok snel weg. 'Je ziet er goddelijk uit. Hoe krijg je dat verdomme voor elkaar, die tieten? Heb je stiekem een borstvergroting genomen? Dat meen je niet, zulke informatie verzwijg je toch niet voor me?'

'Je staat er versteld van wat een goede coupeuse kan doen met een paar kipfilets,' zei Andy.

Nina brulde vanaf de andere kant van de suite: 'Afblijven!' maar Emily was haar te snel af. 'Hm, goed hoor, vooral hier in het midden is het lekker vol.' Ze gaf een duwtje tegen Andy's decolleté. 'En die belachelijke knots van een diamant boven op deze ferme jongens? Lekker, hoor. Max zal er blij mee zijn.'

'Waar is de bruid?' hoorde Andy haar moeder roepen vanuit het zitgedeelte van de suite. 'Andy, lieverd? Jill en ik zijn hier met oma en we willen je allemaal zien!'

Nina liet haar moeder, haar zus en haar oma binnen en maande iedereen om Andy de ruimte te geven. Ze zei dat Andy een beetje duizelig was en vroeg de gasten niet te lang te blijven, waarna ze eindelijk vertrok om het zoveelste laatste detail te gaan regelen.

'Wat denkt ze wel, het is hier geen ziekenhuis met bezoekuren,' zei Andy's oma. 'Wat is er, lieverd, ben je een beetje nerveus voor je huwelijksnacht? Dat is heel gewoon. Denk erom: niemand zegt dat je het leuk moet vinden, als je maar zorgt dat…'

'Mam, kun jij haar stil krijgen?' mompelde Andy, en ze drukte haar vingers tegen haar slapen.

Mevrouw Sachs wendde zich tot haar moeder. 'Ma, alsjeblieft.'

'Wat nou? Die jonge meiden van tegenwoordig denken de wijsheid in pacht te hebben omdat ze het nest in duiken met iedereen die hun kant op kijkt.'

Emily klapte verrukt in haar handen. Andy keek smekend naar haar zusje.

'Oma, ziet Andy er niet prachtig uit?' vroeg Jill. 'En is het niet bijzonder dat ze net zulke oorbellen draagt als u op uw trouwdag? De druppelvorm raakt nooit uit de mode.'

'Negentien jaar was ik, een onschuldige maagd nog, toen je opa met me trouwde, en ik ben tijdens de huwelijksreis in verwachting geraakt, net zoals iedereen. Niks geen flauwekul van eicellen invriezen, zoals jullie tegenwoordig allemaal moeten. Heb je dat al gedaan, Andy? Ik heb ergens gelezen dat vrouwen van jouw leeftijd altijd hun eicellen moeten invriezen, of ze nu een man hebben of niet.'

Andy slaakte een zucht. 'Ik ben drieëndertig, oma. En Max is zevenendertig. Ik hoop dat we ooit kinderen zullen krijgen, maar ik kan je zeggen dat we niet van plan zijn er vanavond al aan te beginnen.'

'Andy? Waar is iedereen?'

'Lily? We zijn hier! Kom gauw,' riep Andy.

Haar oudste vriendin kwam de suite binnen; ze zag er prachtig uit in de halterjurk die ze had gekozen, van dezelfde paarsrode zijde als de jurken van de andere bruidsmeisjes. Naast haar, in weer een ander model van dezelfde stof, stond Max' jongere zusje Elizabeth, die achter in de twintig was. Max en zij hadden ongeveer dezelfde bouw, met sterke benen en brede schouders; misschien een tikkeltje te breed voor een vrouw. Maar de lachrimpeltjes rond Eliza's ogen en haar sproetjes – precies de juiste hoeveelheid op de juiste plaatsen – verzachtten haar trekken en maakten haar vrouwelijker. En de volle bos van nature blond haar dat in dikke, glanzende golven over haar rug viel, was spectaculair.

Elizabeth had sinds kort iets met Holden White, door iedereen Tipper genoemd, een oud-klasgenoot van Colgate. Ze waren elkaar tegen het lijf gelopen op een jaarlijks tennistoernooi ter nagedachtenis aan zijn vader, die met zijn vliegtuig tegen een berg in Chili was gevlogen toen Tipper twaalf was.

Andy had een akelige gedachte: vond Elizabeth haar soms ook niet goed genoeg voor Max? Besprak ze het met haar moeder en zaten ze samen te zwijmelen over Katherine, met haar indrukwekkende golfhandicap en haar aristocratische accent?

Haar gedachten werden onderbroken door Nina.

'Dames? Mag ik even de aandacht?' Nina stond met een gespannen gezicht in de deuropening. 'Het is tijd om ons te verzamelen in de grote zaal. De plechtigheid begint over zo'n tien minuten. Mijn teamleden staan beneden klaar met jullie boeketten en zullen jullie je plaats wijzen. Jill, zijn je zoontjes zover?'

Andy forceerde een glimlach. Haar moeder, haar oma en haar vriendinnen namen afscheid, wensten haar succes en gaven een kneepje in haar hand. Het was nu te laat om iets tegen Jill of Lily te zeggen, om van hen te horen dat ze zich aanstelde.

Het werd buiten al een beetje schemerig – de korter wordende oktoberdagen – en de twaalf zilveren kandelaars hadden precies het theatrale effect dat Nina had beloofd. Andy wist dat de zaal langzaam volstroomde, en ze stelde zich de gasten voor met de uitgedeelde glazen champagne, onder het genot van de harpmuziek die speciaal voor dit pre-plechtigheidsmoment was uitgezocht door een van de talloze attente planners.

'Andy, liefje? Ik heb nog iets voor je,' zei Nina, en ze legde de afstand tussen de deur en Nina's stoel in drie passen af. Ze hield een dichtgevouwen velletje papier omhoog.

Andy nam het aan en keek vragend naar haar.

'Van daarstraks? Toen je moest overgeven? Ik heb het gedachteloos in mijn zak gestopt, denk ik.'

Andy keek waarschijnlijk geschrokken, want Nina wist niet hoe snel ze haar gerust moest stellen. 'Wees maar niet bang, ik heb het niet gelezen. Het brengt ongeluk als iemand anders dan de bruid of bruidegom een liefdesbrief leest op de huwelijksdag, wist je dat?'

Andy kreeg weer het bekende gevoel in haar maag. 'Kun je me even alleen laten?'

'Natuurlijk, schat. Maar niet te lang! Ik kom zo terug om je weer naar beneden te begeleiden, over...' De rest van de zin hoorde Andy niet meer, ze had de deur al dichtgedaan.

Ze vouwde de brief open en liet haar ogen weer langs de woorden gaan, ook al stonden ze voorgoed in haar geheugen gegrift. Zonder erbij na te denken liep ze, zo snel als de jurk dat toeliet, naar de toiletpot, waar ze het vel papier in kleine stukjes scheurde en in het water gooide.

'Andy? Liefje, ben je daarbinnen? Heb je hulp nodig? Probeer alsjeblieft niet zelf naar de wc te gaan, niet in dit stadium,' riep Nina door de deur heen.

Andy stapte naar buiten. 'Nina, ik...'

'Sorry, lieverd, maar het moment is aangebroken, begrijp je? Alles waar we tien maanden aan gewerkt hebben, allemaal precies volgens plan, naar dit ene moment toe. Had ik al gezegd dat ik je aanstaande heb gezien? Mijn hemel, hij ziet er spectaculair uit in zijn smoking. Hij staat al klaar voor de trouwambtenaar. Andy! Hij wacht op je.'

Hij staat al klaar voor de trouwambtenaar.

Andy had het gevoel dat ze geen controle had over haar benen toen Nina haar de hoek om leidde. Daar, naast de klapdeuren, stond haar stralende vader.

Hij kwam naar haar toe gelopen, pakte haar hand, gaf een kus op haar wang en zei dat ze er prachtig uitzag. 'Max boft maar,' zei hij terwijl hij haar zijn linkerarm aanbood, zodat ze haar arm erdoor kon haken.

Die eenvoudige woorden veroorzaakten bijna een vloedgolf, maar Andy slaagde erin om de brok in haar keel weg te slikken. 'Bofte' Max? Of maakte hij, zoals zijn moeder suggereerde, een kapitale fout? Eén woord tegen haar vader en hij zou er voor haar zijn. Wat zou ze hem graag in het oor fluisteren: 'Papa, ik wil dit nu nog niet,' zoals ze als kind van vijf had gedaan toen hij haar had aangemoedigd om in het gemeentezwembad van de duikplank in het diepe te duiken. Maar toen de ruimte om haar heen zich vulde met muziek besefte ze, bijna alsof ze uit haar lichaam getreden was, dat de bodes de klapdeuren hadden geopend, en alle aanwezigen waren gaan staan om haar te begroeten. Driehonderd gezichten hadden zich naar haar omgedraaid, glimlachten naar haar, juichten haar toe.

'Ben je er klaar voor?' fluisterde haar vader, en zijn stem bracht haar met een ruk terug in de realiteit.

Ze haalde diep adem. Max houdt van me, dacht ze. En ik hou van hem. Ze hadden nota bene op háár aandringen drie jaar gewacht om te gaan trouwen. Goed, haar schoonmoeder mocht haar niet. Goed, de ex van haar kersverse echtgenoot wierp een lange schaduw. Maar daar draaide hun relatie toch niet om?

Andy keek naar haar vrienden en familie, collega's en kennissen, en ze onderdrukte alle eerdere gedachten, richtte zich op Max' lachende ogen terwijl hij daar trots op haar wachtte en hield zichzelf voor dat er niets aan de hand was. Ze ademde in door haar neus, rechtte haar schouders en zei nog een keer tegen zichzelf dat ze de juiste keuze maakte. Toen begon ze te lopen.

4

En het is officieel!

Die ochtend werd ze wakker van een rinkelende telefoon. Ze ging met een ruk rechtop in bed zitten, en even wist ze weer niet waar ze was, tot het razendsnel en chaotisch allemaal terugkwam. De stralende gezichten toen ze door het middenpad liep, de ene voet voor de andere, langzaam naar voren. De liefdevolle, tedere blik van Max toen hij een hand naar haar uitstak. Liefde en angst streden bij haar om voorrang op het moment dat zijn lippen de hare raakten en hun verbintenis werd bezegeld in het bijzijn van iedereen die ze kenden. Daarna poseren voor de foto's op het terras terwijl de gasten genoten van het cocktailuur. De band die hen had aangekondigd als 'meneer en mevrouw Maxwell Harrison'. Hun eerste dans, op Van Morrison. Haar moeder die huilend een toespraak hield, recht uit het hart. Max' studievrienden die een schuine maar charmante uitvoering van hun oude strijdlied ten beste gaven. Samen de bruidstaart aansnijden. Dansen met haar vader. De breakdance van haar neefjes op 'Thriller', door iedereen toegejuicht.

Voor de buitenwereld was het de perfecte avond geweest, daar was ze van overtuigd. Niemand, en zeker niet haar kersverse echtgenoot, leek enig besef te hebben van wat Andy doormaakte: de verdrietige, woedende gedachten, de verwarring die ze had gevoeld toen Barbara tandenknarsend de minst persoonlijke 'laten we het gelukkige paar feliciteren'-toost uitsprak die Andy ooit had gehoord uit de mond van de moeder van een bruidegom; het voortdurende gepieker over de vraag of Miles en de andere vrienden van Max iets wisten van Katherine en Bermuda wat zij niet wist. Wat nu? vroeg ze zich af. Moet ik er zelf over beginnen? Jill, haar ouders, Emily, Lily, al haar vrienden en familie en al Max' vrienden en familie hadden haar in de loop van de avond hartelijk gefeliciteerd, omhelsd, haar jurk bewonderd en gezegd dat ze een mooie bruid was. Stralend. Een geluksvogel. Volmaakt. Zelfs Max, degene die haar van de hele wereld het beste zou moeten begrijpen, leek niets door te hebben en wierp haar in de loop van de avond steeds blikken toe alsof hij wilde zeggen: *Ja, hè? Ik ook! Wat is dit leuk en misschien ook een beetje maf, maar laten we ervan genieten, want je beleeft het maar één keer.*

Uiteindelijk, om één uur 's nachts, was de band gestopt en waren de laatste gasten vertrokken met hun elegante linnen *goodiebag* vol lokale wijn, honing en nectarines. Andy was Max gevolgd naar de bruidssuite. Hij moest haar hebben horen overgeven in de badkamer, want toen ze naar buiten kwam, was hij lief en bezorgd.

'Arme schat,' zei hij sussend, en hij streelde haar verhitte wangen, bezorgd als altijd wanneer ze zich niet lekker voelde. 'Er heeft hier iemand te veel champagne gedronken op haar huwelijksfeest.'

Ze sprak hem niet tegen. Koortsachtig en misselijk liet ze zich door hem uit haar jurk en in het enorme hemelbed helpen, waar ze dankbaar haar hoofd in de berg koele kussens liet zakken. Hij kwam terug met een koud washandje en legde dat op haar voorhoofd, onophoudelijk babbelend over de nummers die de band had gespeeld, de goede toespraak van Miles, Agatha's schandalige jurk en het feit dat de bar al om twaalf uur door zijn favoriete whisky heen was. Ze hoorde de kraan lopen in de badkamer, het toilet werd doorgespoeld en de deur ging dicht. Hij kroop naast haar in bed en drukte zijn blote borst tegen haar aan.

'Max, ik kan het niet,' zei ze, en haar stem klonk scherp.

'Natuurlijk niet,' zei hij zacht. 'Je voelt je beroerd, ik weet het.'

Andy deed haar ogen dicht.

'Je bent mijn vrouw, Andy. Mijn vróúw. We vormen een fantastisch team, schat.' Hij streelde haar haar, zo teder dat ze wel kon huilen. 'We gaan samen een fantastisch leven opbouwen en ik beloof dat ik altijd voor je zal zorgen. Wat er ook gebeurt.' Hij gaf een kus op haar wang en knipte het nachtlampje uit. 'Ga maar slapen, zodat je je gauw beter voelt. Welterusten, mijn lief.'

Andy mompelde welterusten en probeerde, voor de duizendste keer die avond, de brief uit haar hoofd te zetten. Op de een of andere manier viel ze toch vrijwel meteen in slaap.

De stroken zonlicht die door de jaloezieën voor de houten balkondeuren vielen duidden erop dat het nu ochtend was. De hoteltelefoon was even gestopt met rinkelen, maar begon nu weer. Naast haar kreunde Max zacht terwijl hij zich omdraaide. Dat was vast Nina, die belde om door te geven dat het warm genoeg was om de brunch buiten te houden; de laatste beslissing die voor dat weekend genomen moest worden. Andy sprong uit bed, in haar ondergoed van de vorige nacht, en sprintte naar het zitgedeelte van de suite, zodat ze zou kunnen opnemen voordat Max wakker werd. Ze kon hem nu nog niet onder ogen komen.

'Nina?' zei ze buiten adem in de hoorn.

'Andy? Sorry, zo te horen stoor ik... Ik bel straks wel terug, veel plezier nog.' Emily's glimlach was door de telefoon heen te horen.

'Emily? Hoe laat is het?' vroeg Andy, en ze liet haar blik door de kamer gaan op zoek naar een klok.

'Sorry, schat. Half acht. Ik wilde de eerste zijn om je te feliciteren. Het verslag in de *Times* is fantastisch! Je staat op de eerste pagina van de huwelijken en de foto is top! Is die van de verlovingsserie? Wat een mooie jurk. Waarom had ik die nog nooit gezien?'

Verslag in de *Times*. Dat was ze alweer bijna vergeten. Ze hadden alle informatie maanden geleden al aangeleverd, en zelfs toen er iemand van de redactie had gebeld om nog wat feiten na te trekken had ze zichzelf voorgehouden dat plaatsing niet gegarandeerd was. Belachelijk natuurlijk. Met Max' familieachtergrond was de enige vraag of ze het hoofdartikel zouden krijgen of alleen een standaardvermelding, maar op de een of andere manier had ze het uit haar hoofd gezet. Ze had de informatie aangeleverd op verzoek van Barbara, al zag ze nu in dat het een mandaat was geweest en geen verzoek: huwelijken binnen de familie Harrison werden aangekondigd in de *Times*, punt uit. Andy had het er maar op gehouden dat het leuk zou zijn om een dergelijke aankondiging ooit aan hun kinderen te laten zien.

‘Er hangt een krant aan je kamerdeur. Ga die halen en bel me terug,’ zei Emily en ze hing op.

Andy trok de hotelbadjas aan, zette het koffiezetapparaat aan en ging het paarsfluwelen tasje pakken dat aan de kamerdeur hing, waarna ze de ultradikke zondagseditie van de *Times* op het bureau gooide. De voorpagina van het katern ‘Sunday Styles’ bevatte een profielschets van een stel jonge nachtclubeigenaren, met daaronder een artikel over de opkomst van wortelgroenten in trendy restaurants. En pal daarna, zoals Emily al had beloofd, hun gloriemomentje: het huwelijk werd als eerste vermeld.

Andrea Jane Sachs en Maxwell William Harrison zijn zaterdag door buitengewoon ambtenaar Vivienne Whitney in de echt verbonden op Astor Courts Estate in Rhinebeck, New York.
Sachs (33) zal voor professionele doeleinden haar eigen naam blijven gebruiken. Zij is medeoprichter en hoofdredacteur van bruidsmagazine The Plunge *en is cum laude afgestudeerd aan Brown.*
Sachs is de dochter van Roberta Sachs en dr. Richard Sachs, beiden uit Avon in Connecticut. De moeder van de bruid is makelaar in Hartford County, haar vader is psychiater en heeft een eigen praktijk in Avon.
Harrison (37) is president-directeur van Harrison Media Holdings, het mediaconcern van zijn familie. Hij is afgestudeerd aan Duke en heeft een masteropleiding afgerond aan Harvard.
Harrison is de zoon van Barbara en wijlen Robert Harrison uit New York. Moeder van de bruidegom zit in het bestuur van het Whitney Museum en is lid van de Raad van Bestuur van liefdadigheidsinstelling Susan G. Komen for the Cure. Harrisons vader was tot aan zijn overlijden president-directeur van Harrison Media Holdings. Zijn autobiografie, getiteld Print Man, *was een bestseller in binnen- en buitenland.*

Andy nam een slokje koffie en zag in gedachten het gesigneerde exemplaar van *Print Man* voor zich dat Max al vanaf de dag dat ze hem had ontmoet op zijn nachtkastje had liggen. Hij had het haar laten zien toen ze ruim een half jaar iets met elkaar hadden, en al had hij dat nooit met zoveel woorden gezegd, ze wist dat het zijn dierbaarste bezit was. Pa Harrison had er slechts in geschreven: 'Beste Max, zie bijgevoegd. Liefs, papa.' Met een paperclip was een brief aan het boekomslag bevestigd, geschreven op eenvoudig geel papier, vier kantjes in totaal, op klassieke wijze in drieën gevouwen. De 'brief' was in werkelijkheid een hoofdstuk uit het boek dat Max' vader had geschreven, maar dat hij eruit had weggelaten uit angst dat het te persoonlijk was, dat Max het op een dag gênant zou vinden omdat er te veel in werd prijsgegeven over hun leven.

In het bewuste hoofdstuk begon zijn vader bij de nacht van Max' geboorte (tijdens een hittegolf in de zomer van '75) en hij beschreef in detail hoe zijn zoon in de daaropvolgende dertig jaar was uitgegroeid tot de fijnste jongeman die hij had gehoopt ooit te mogen kennen. Hoewel Max niet had gehuild toen hij het haar liet lezen, had Andy zijn kaak zien verstrakken en was zijn stem schor geworden. En nu was het familiefortuin grotendeels opgeslokt door een aantal rampzalige zakelijke beslissingen die pa Harrison in de laatste tien jaar van zijn leven had genomen. Max beschouwde het als zijn taak om de goede naam van zijn vader te herstellen en ervoor te zorgen dat zijn moeder en zijn zus er voor altijd warmpjes bij zaten. Het was een van de dingen die Andy het allermooist aan hem vond, zijn toewijding aan zijn familie. En ze was ervan overtuigd dat de dood van zijn vader een keerpunt was in het leven van Max. Ze hadden elkaar maar heel kort daarna leren kennen, en Andy prees zich altijd gelukkig dat zij degene was met wie hij in die periode een relatie had gekregen. 'Mijn laatste verkering,' zei hij altijd.

Ze pakte de krant weer op en las verder.

Het stel heeft elkaar ontmoet in 2009, via wederzijdse vrienden die hen zonder vooraankondiging gekoppeld hebben. 'Ik dacht naar een zakelijk etentje te gaan,' aldus Harrison. 'Tegen de tijd dat het dessert geserveerd werd, kon ik aan niets anders denken dan de vraag wanneer ik haar weer zou zien.'

'Ik weet nog dat Max en ik er even tussenuit glipten om ongestoord met elkaar te kunnen praten. Of liever gezegd: ik sloop

achter hem aan. Je zou kunnen zeggen dat ik hem stalkte,' vertelt Sachs lachend.
Ze begonnen meteen met daten en daarnaast ontwikkelden ze een professionele relatie: Harrison is hoofdfinancier van het tijdschrift van Sachs. Toen ze zich verloofd hadden en in 2012 gingen samenwonen, beloofden beiden de carrière van de ander te steunen.
Het echtpaar zal zijn tijd verdelen tussen Manhattan en het familielandgoed van de bruidegom in Washington, Connecticut.

Hun tijd verdelen? dacht ze bij zichzelf. Echt niet. Toen de penibele financiële situatie van de familie Harrison aan het licht was gekomen na de dood van Max' vader, had Max een aantal zware beslissingen genomen namens zijn moeder, die te veel verdriet had om goed te kunnen functioneren en bovendien, in haar eigen woorden, niet zo goed was in zaken, 'want dat is toch meer iets voor mannen'. Andy had de meeste van die gesprekken niet bijgewoond, aangezien haar relatie met Max toen nog pril was, maar ze wist nog goed hoe vreselijk ze het had gevonden dat het huis in de Hamptons moest worden verkocht, slechts zestig dagen na hun volmaakte zomerdag daar, en ze herinnerde zich de slapeloze nachten toen het tot Max was doorgedrongen dat hij ook het ouderlijk huis moest verkopen, een groot herenhuis aan Madison Avenue waar hij zijn jeugd had doorgebracht.

Barbara woonde nu twee jaar in een prima tweekamerappartement in een stokoud, respectabel pand in 84th Street, ter hoogte van West End, nog altijd met een aantal mooie tapijten en schilderijen en piekfijn beddengoed, maar ze was nooit over het verlies van haar twee schitterende huizen heen gekomen en bleef maar doorzeuren over wat zij haar 'verbanning' naar de West Side noemde. Het penthouse aan zee in Florida was verkocht aan de familie Dupont, vrienden van de Harrisons, die het spelletje meespeelden en deden alsof ze geloofden dat Barbara 'geen tijd en geen fut meer had' om naar Palm Beach te gaan; het chalet in skigebied Jackson Hole was voor een fractie van de werkelijke waarde verkocht aan een drieëntwintigjarige internetmiljonair.

Het enig overgebleven onroerend goed was het landhuis in Connecticut, gelegen op ruim vijf hectare glooiend boerenland, compleet met een stal voor vier paarden en een vijver die groot genoeg was voor roeiboten, maar aan het huis zelf was sinds de jaren zeventig niets meer gedaan en dieren waren er al lang niet meer, vanwege het dure onderhoud. De familie zou te veel geld moeten investeren om de boel te moderniseren, dus verhuurde ze het huis zo vaak mogelijk; per week, per maand of zelfs voor een weekend, altijd via een betrouwbare, discrete tussenpersoon, zodat niemand wist dat hij een huis huurde van deze vermaarde familie.

Andy dronk haar koffie op en keek nog eens naar de huwelijksaankondiging. Hoeveel jaar had ze die pagina's niet gelezen, smullend van de foto's van al die gelukkige bruidjes en knappe bruidegoms, en aandachtig gekeken naar hun opleiding en baan, hun toekomstperspectieven en hun achtergronden? Hoe vaak had ze zich niet afgevraagd of zij daar ooit tussen zou staan, welke informatie er dan over haar gepubliceerd zou worden en of er een foto bij zou staan? Tien keer? Vaker? En nu… wat een raar idee dat andere jonge vrouwen, opgekruld op de bank in hun studiootje, met een slordige paardenstaart en in een rafelig oud joggingpak, nu lazen over Andy's bruiloft en dachten: een perfect stel! Allebei een goede opleiding en een goede baan, en op de foto lachen ze alsof ze smoorverliefd zijn. Waarom kan ik nou niet zo'n man vinden?

Er was nog iets. Het briefje, ja. Dat kon ze maar niet uit haar hoofd zetten. Maar het was een andere herinnering die haar nu slappe knieën bezorgde: die keren dat ze haar eigen *New York Times*-huwelijksaankondiging had geschreven, met Alex als bruidegom. Ze had wel tien verschillende versies gemaakt toen ze verkering met hem had. Andrea Sachs en Alexander Fineman, beiden afgestudeerd aan bla, bla, bla. Ze had zo vaak geoefend dat het bijna vreemd was om haar naam nu naast die van Max te zien.

Waarom kon ze de laatste tijd het verleden maar niet van zich afzetten? Eerst de nachtmerrie over Miranda en nu de herinneringen aan Alex.

Nog altijd in haar luxe hotelbadjas, met een diamanten trouwring aan haar linkerhand, hield Andy zichzelf voor dat ze zich niet moest verliezen in het herschrijven van de geschiedenis. Jawel, Alex was een fantastische vriend geweest. Meer dan dat: hij was haar vertrouwenspersoon, haar partner en haar beste vriend geweest, maar hij kon ook vreselijk koppig en behoorlijk afkeurend zijn. Voor haar baan bij *Runway* had hij zijn neus al opgehaald toen ze werd aangenomen, en hij had haar loopbaan nooit zo gesteund als ze had gehoopt. En al had hij het nooit hardop gezegd, ze had onbewust het gevoel gehad dat hij teleurgesteld in haar was omdat ze niet voor een minder zelfzuchtige carrièreopbouw had gekozen, in het onderwijs of de geneeskunde of iets in de non-profit.

Max daarentegen stond volledig achter haar carrière. Hij had vanaf het allereerste begin geïnvesteerd in *The Plunge* en beweerde dat het een van de ingrijpendste en beste zakenbeslissingen was die hij ooit had genomen. Hij vond haar gedrevenheid en nieuwsgierigheid prachtig en zei voortdurend dat het zo verfrissend was om een vriendin te hebben die geïnteresseerd was in andere dingen dan het zoveelste liefdadigheidsavondje of de vraag wie er met Kerstmis naar St. Barths gingen.

Hij had het nooit te druk om haar ideeën voor een nieuw artikel aan te horen, haar te introduceren bij waardevolle zakenrelaties of advies te geven over manieren om meer adverteerders te trekken. Het gaf niet dat hij niks wist van bruidsjurken of taarten: hij was onder de indruk van het product dat Emily en zij op de markt brachten en vertelde voortdurend hoe trots hij op Andy was. Hij had begrip voor volle agenda's en rare werktijden: in al die jaren dat ze hem nu kende, had hij nooit moeilijk gedaan wanneer ze laat thuiskwam of zakelijke telefoontjes afhandelde na werktijd, of wanneer ze op zaterdag naar de redactie ging omdat ze zich ervan wilde verzekeren dat de lay-out perfect was voordat het blad de deur uit ging. Grote kans dat hij dan zelf ook aan het werk was: op zoek naar nieuwe klanten, in de weer met de slinkende portfolio van mediaholdings die nog in handen waren van Harrison Media, of in het vliegtuig op weg om een brandje te blussen of gekwetste ego's te sussen. Ze pasten zich aan elkaars werkschema aan en moedigden de ander aan, boden elkaar advies en steun. Ze kenden allebei de regels en stemden daarmee in: hard werken, maar ook leuke dingen doen. En het werk kwam op de eerste plaats.

Toen de deurbel van haar suite ging, keerde Andy met een ruk terug naar de werkelijkheid. Ze was er nog niet aan toe om haar moeder of Nina of zelfs maar haar zusje te zien, dus ze hield zich doodstil. Ga weg, dacht ze dwingend. Laat me gewoon even nadenken.

Maar het hield niet op. Er werd nog drie keer gebeld. Met haar laatste krachten pleisterde ze een brede glimlach op haar gezicht en zwaaide de deur open.

'Goedemorgen, mevrouw Harrison!' zong de bedrijfsleider van hun trouwlocatie, een gedrongen oudere man wiens naam ze was vergeten. Hij werd vergezeld door een vrouw in uniform die een roomservicewagentje voor zich uit duwde. 'Mogen wij u dit feestelijke ontbijt aanbieden? Van het huis. We dachten dat meneer Harrison en u vast wel een hapje zouden lusten voordat de brunch begint.'

'O, dank u wel. Heel fijn.' Andy trok de badjas wat steviger dicht en deed een stapje terug om het karretje door te laten. Ze zag het DO NOT DISTURB-bordje dat ze afgelopen nacht aan de deurknop had gehangen op de vloer in de gang liggen. Met een zucht raapte ze het op en hing het terug.

De serveerster reed het afgedekte ontbijt op de kar naar het zitgedeelte van de bruidssuite en stalde het uit voor het grote panoramaraam. Ze maakten een praatje over de huwelijksvoltrekking en het feest terwijl de jonge vrouw vers sinaasappelsap inschonk, de potjes boter en jam van hun dekseltjes ontdeed en ten slotte eindelijk met een onhandig buiginkje afscheid nam.

Blij dat het lijnen voor haar trouwdag eindelijk voorbij was pakte Andy het mandje brood en snoof door het servet heen de heerlijke geur op. Ze koos een warme roombotercroissant uit en nam een hap. Ze rammelde ineens van de honger.

'Kijk eens aan, je voelt je dus wat beter,' zei Max, die met warrig haar de slaapkamer uit kwam, in een pyjamabroek van zachte jersey en met ontbloot bovenlijf. 'Kom eens hier, dronken bruidje van me. Hoe gaat het met je kater?'

Ze kauwde nog op haar croissant toen hij haar in zijn armen nam. Het gevoel van zijn lippen in haar hals bracht een glimlach op haar gezicht.

'Ik was niet dronken,' mompelde ze met volle mond.

'Wat is dit?' Hij pakte een muffin met bosbessen en nam een grote hap. Toen schonk hij voor hen allebei nog wat koffie in – die van Andy precies zoals ze hem graag dronk, met een vleugje melk en twee zoetjes – en hij nam een grote slok. 'Hm, wat is dit heerlijk.'

Andy keek toe hoe Max daar met ontbloot bovenlijf koffie zat te drinken. Hij zag er verrukkelijk uit. Het liefst was ze met hem terug in bed gekropen en er nooit meer uit gekomen. Had ze het zich allemaal maar verbeeld? Was het een akelige droom geweest? Hij kwam voor haar staan, schoof een stoel voor haar aan, noemde haar lachend 'mevrouw Harrison' en legde met een zwierig gebaar een servet over haar schoot; dit was de man van wie ze tot dertien uur geleden had gehouden en die ze boven alles had vertrouwd. Rot op met die stomme brief. Wat deed het ertoe wat zijn moeder van haar vond? Of dat hij een ex was tegengekomen? Hij hield niets voor haar achter. Hij hield van háár, van Andy Sachs.

'Hier, de aankondiging in de krant,' zei ze, en ze hield Max het 'Sunday Styles'-katern voor. Ze moest lachen toen hij het uit haar hand griste. 'Goed stukje, hè?'

Hij liet vluchtig zijn ogen over de tekst gaan. 'Goed?' zei hij even later. 'Het is perfect.'

Hij kwam naar haar kant van het tafeltje gelopen en liet zich op één knie zakken, zoals hij had gedaan toen hij haar een jaar geleden ten huwelijk vroeg. 'Andy?' vroeg hij, en hij keek haar recht in de ogen, op die typische manier van hem waar ze zo dol op was en waarvan haar hart sneller ging kloppen. 'Ik weet dat er iets is. Ik heb geen idee waarom je zo nerveus bent of waar je mee zit, maar ik wil dat je weet dat ik meer van je hou dan van wie of wat ook ter wereld, en dat ik er altijd voor je ben als je erover wilt praten. Goed?'

Zie je wel! Hij begrijpt me! had ze het liefst uitgeroepen tegen iedereen die het horen wilde. *Hij voelt aan dat er iets aan de hand is. Dat alleen al betekent toch dat het goed zit?* Toch kwamen er ook andere woorden naar boven – *Ik heb je moeders brief gelezen. Ik weet dat je Katherine hebt gezien in Bermuda. Is er iets gebeurd tussen jullie? En waarom heb je me niet verteld dat je haar hebt gezien?* – maar Andy kon ze niet over haar lippen krijgen. Ze gaf een kneepje in

Max' hand en probeerde de angst uit haar hoofd te zetten. Dit was haar enige echte huwelijksweekend en dat liet ze niet bederven door onzekerheid en gekibbel.

Andy kon het van zichzelf niet uitstaan dat ze zo laf was. Maar alles zou goed komen. Dat moest gewoon.

5

Dat zou ik amper daten willen noemen

Met ingehouden adem draaide ze de deur van de redactieloft van *The Plunge* in West Chelsea van het slot. De kust was veilig. Andy had hier vóór negen uur 's morgens nog nooit een levende ziel aan het werk gezien – geheel in de traditie van de werktijden in de New Yorkse creatieve sector kwamen de meeste medewerkers pas om een uur of tien binnenrollen, vaak zelfs pas rond half elf – en ze was heel blij dat vandaag geen uitzondering was. De twee of drie uurtjes voordat iedereen binnendruppelde waren haar productiefste tijd van de dag, ook al voelde ze zich soms een tikkeltje Miranda-achtig wanneer ze mensen mailde en hun voicemail insprak nog voordat ze wakker waren.

Niemand had er gek van opgekeken, ook Max niet, toen Andy voorstelde om hun korte huwelijksreisje naar de Adirondacks eerder te beëindigen. Toen ze na twee dagen kotsen – en helaas voor Max nog altijd geen echtelijke seks – had gezegd dat ze nu allebei liever thuis zouden zijn, had Max haar niet tegengesproken. Bovendien stond er voor de feestdagen in december een echte huwelijksreis van twee weken naar Fiji op het programma. Dat was een cadeau van de beste vrienden van Max' ouders, en hoewel Andy niet op de hoogte was van alle details, had ze de woorden 'helikopter', 'privé-eiland' en 'chef-kok' vaak genoeg horen vallen om zich er enorm op te verheugen. Eerder teruggaan na hun uitstapje even buiten New York leek dus niet veel voor te stellen.

Andy en Max hadden een routine ontwikkeld toen ze een jaar eerder gingen samenwonen, vlak na zijn huwelijksaanzoek. Doordeweeks stonden ze om zes uur op. Hij zette koffie voor hen beiden terwijl zij havermoutpap of fruitsmoothies maakte. Dan gingen ze gezamenlijk naar de Equinox op 17th Street, ter hoogte van 10th Avenue, en brachten daar precies drie kwartier door; Max deed een combinatie van gewichten en de *stairmaster* en Andy bracht de tijd door op de loopband, de snelheid altijd op 5,8, haar blik strak gericht op de romantische comedy die ze voor dat doel had gedownload op haar iPad, en intussen wenste ze vurig dat de tijd sneller ging. Douchen en omkleden deden ze thuis, waarna Max haar afzette bij het kantoor van *The Plunge* op 24th Street, om vervolgens in zijn auto van de zaak via de West Side Highway koers te zetten naar zijn eigen kantoor, in het westelijk deel van midtown. Beiden zaten iedere ochtend rond acht uur aan hun bureau, een schema waar niet aan getornd werd – hevige ziekte of extreme weersomstandigheden daargelaten.

Maar vanochtend had Andy de wekker van haar telefoon twintig minuten eerder gezet, op de trilstand, en ze was onder de dekens uit geglipt zodra haar kussen begon te bibberen. Zonder te douchen of koffie te drinken had ze haar fijnste, donkergrijze broek aangetrokken, de witte buttondown blouse die overal bij paste en haar saaiste zwarte regenjasje, en net toen ze de deur uit glipte, hoorde ze Max' wekker gaan. Ze stuurde hem een kort sms'je om door te geven dat ze vroeg naar haar werk moest en dat ze hem vanavond zou zien op de Yacht Party, ook al was haar maag nog steeds van streek en had ze last van haar spieren. Ze was doodmoe, en gisteravond had ze lichte verhoging gehad.

Haar mobiele telefoon ging meteen nadat ze haar jas had uitgetrokken.

'Emily? Waarom ben jij al wakker?' Andy keek op haar fijne gouden horloge, een verlovingsgeschenk van haar vader. 'Het is zeker twee uur te vroeg voor jou.'

'Waarom neem je de telefoon op?' vroeg Emily verbaasd.

'Omdat jij me belde.'

'Ik wilde alleen maar je voicemail inspreken. Wist ik veel dat je zou opnemen.'

Andy moest lachen. 'Bedankt. Zal ik ophangen? Dan beginnen we opnieuw.'

'Hoor jij niet uitgerust te beginnen aan een loodzware dag wijnproeven of iets dergelijks?'

'Herfstwandeling gevolgd door massage, dat stond er voor vandaag op het programma.'

'Maar waarom ben je nu al op? Je bent toch nog niet terug?'

Andy zette de telefoon op de speaker, zodat ze haar jas kon uittrekken en in een stoel kon ploffen. Ze had het gevoel alsof ze in geen weken had geslapen. 'We zijn eerder teruggekomen omdat ik me zwaar beroerd voelde. Hoofdpijn, overgeven, koorts. Ik weet niet of het voedselvergiftiging of griep is, of misschien gewoon een soort vierentwintiguursvirusje. Bovendien wilde Max de Yacht Party van vanavond niet missen, en daar moet ik straks dus ook naartoe. Vandaar.' Andy keek naar haar verschrikkelijke outfit en bracht zichzelf in herinnering dat ze vanavond op tijd naar huis moest gaan om zich om te kleden.

'Is de Yacht Party vanavond? Waarom ben ik niet uitgenodigd?'

'Omdat ik niet zou gaan. En nu we onverwacht terug zijn, ben ik van plan om er precies een uur te blijven, en daarna ga ik naar huis om me in te smeren met dikke klodders Vicks VapoRub en een *Toddlers and Tiaras*-marathon te houden.'

'Op wiens boot is het dit jaar?'

'Ik weet zijn naam niet meer. De zoveelste hedgefondsmiljardair. Heeft meer huizen dan wij schoenen hebben. Waarschijnlijk meer vrouwen ook. Hij was kennelijk bevriend met Max' vader, maar Barbara vond dat hij een heel slechte invloed op hem had, dus verbood ze haar man om met hem om te gaan. Ik geloof dat hij ook casino's bezit.'

'Dat klinkt als iemand die weet hoe je een leuk feestje geeft...'

'Hij komt zelf niet eens. Heeft zijn jacht uitgeleend aan Max, als vriendendienst. Wees nou maar niet bang, je mist niks.'

'Dat zal wel. Dat zei je vorig jaar ook en toen was de volledige cast van SNL er.'

Het tijdschrift *Yacht Life* had in zijn tienjarig bestaan nooit een dubbeltje winst opgeleverd, maar dat weerhield Max er niet van het uit te roepen tot een van de waardevolste holdings van Harrison Media. Het blad gaf het bedrijf aanzien en flair: iedereen die ertoe deed wilde zijn boot in *Yacht Life* zien staan. Elk jaar in oktober werd de zogenaamde Yacht Party gehouden, waar de jaarlijkse Jacht-van-het-jaartrofee werd uitgereikt, en ieder jaar opnieuw trok deze gebeurtenis een indrukwekkende hoeveelheid beroemdheden, die zich ophielden op het dek van een zwaar *over the top* jacht dat rond Manhattan voer. De gasten kregen Cristal en luxe hapjes met veel verse truffel geserveerd, zodat ze zouden vergeten dat ze laat in het najaar over de vervuilde Hudson voeren en niet op de warme wateren van Cap d'Antibes.

'Dat was wel leuk, hè?' vroeg Andy.

Emily zweeg even. 'Is dat alles? Je voelt je niet goed en de Yacht Party is vanavond? Of is er iets anders aan de hand?'

Je kon zeggen wat je wilde over Emily – ze kon bot en agressief zijn, op het onbeschofte af – maar Andy kende niemand die zo opmerkzaam was als zij.

'Iets anders? Wat dan?' Andy's stem sloeg over, zoals altijd wanneer ze loog of zich slecht op haar gemak voelde.

'Dat weet ik niet, daar belde ik nou juist voor. Je hebt iedereen leuk voor de gek gehouden dit weekend, maar volgens mij loop je ergens over te stressen. Zijn het de gebruikelijke zenuwen omdat je nu echt aan hem vastzit? Ik kan je zeggen dat ik ook paniekaanvallen heb gehad in de week na onze bruiloft. Dagenlang lopen janken. Ik vond het een vreselijk idee dat hij in theorie de laatste man was met wie ik ooit nog seks zou hebben. De laatste die ik zou zóénen! Maar dat gaat vanzelf over, Andy. Echt.'

Andy's hartslag versnelde enigszins. In de twee dagen sinds ze het briefje had gevonden, had ze er met geen woord over gerept, met niemand.

'Ik heb een briefje van Max' moeder in zijn tas gevonden. Waarin ze hem feitelijk vertelde dat hij een grote fout maakte als hij met me zou trouwen – als hij het huwelijk al zou doorzetten.'

Het bleef stil aan de andere kant van de lijn.

'Jezus, ik had iets veel ergers verwacht.'

'Moet dat een geruststelling zijn?'

'Serieus, Andy, wat verwacht jij dan? De familie Harrison is hartstikke ouderwets. En wie kan er nou wél de goedkeuring van haar schoonmoeder wegdragen? We zijn nooit goed genoeg voor hun zonen.'

'Katherine is blijkbaar wel goed genoeg. Heeft Miles je verteld dat Max haar heeft gezien in Bermuda?'

'Hè?' Emily klonk verbaasd.

'Barbara schreef dat Katherine geweldig is en ze vroeg of Max het niet als een "teken" beschouwde dat ze elkaar waren tegengekomen in Bermuda! En dat hij "verrúkt" was geweest.'

'Katherine? Ach, hou toch op. Je gaat je toch niet druk maken om Katherine? Ze stuurde hem ieder jaar rond haar verjaardag of op dagen dat ze iets te vieren hadden een link met haar lievelingssieraden. Dat mens droeg verdorie twinsets, Andy. Oké, wel van Prada, maar het bleven twinsets. Ze was bij ons de minst favoriete van al zijn vriendinnen.'

Andy drukte haar vingertoppen tegen haar voorhoofd. Emily en Miles kenden Max al langer dan zij, compleet met al zijn exen en de vriendinnetjes die ze in de loop der jaren voorbij hadden zien komen. Details die Andy helemaal niet wilde weten.

'Dat is goed om te horen,' zei Andy, die hoofdpijn voelde opkomen.

'Hij heeft het niet verteld omdat het voor hem niet belangrijk was,' zei Emily. 'En omdat hij gek is op jóú.'

'Em, ik...'

'Hij is smoorverliefd op je, en bovendien is het een fantastische kerel, ook al had hij in het verleden een nogal slechte smaak als het om vriendinnen ging. Goed, ze was in Bermuda. Big deal. Hij zou nooit met haar vreemdgaan. Met niemand! Dat weet jij net zo goed als ik.'

Twee dagen eerder zou Andy gezworen hebben dat Emily gelijk had. Max was niet het braafste jongetje van de klas, maar Andy was verliefd geworden op een man die in zijn hart wel degelijk deugde. Het was bijna te erg om het alternatief zelfs maar in haar gedachten toe te laten. Maar ze kon er niet omheen: ze flipte als ze tot zich liet doordringen dat hij het had verzwegen...

'Ze is zijn ex, Emily! Zijn eerste liefde! Het meisje met wie hij zijn maagdelijkheid heeft verloren. Hij is alleen niet met haar getrouwd omdat ze "geen uitdaging" voor hem vormde. Hij heeft nog nooit iets negatiefs over haar gezegd. Dan ga ik me toch onwillekeurig afvragen of hij niet een laatste keer heeft uitgeprobeerd hoe het voelde. Oude herinneringen ophalen. Hij zou niet de eerste zijn die iets stoms doet op zijn vrijgezellenfeest. Misschien heeft hij bedacht dat het zo slecht nog niet zou zijn, net zo'n leventje als zijn vader, met een lief vrouwtje thuis. Maar later besloot hij de rebel uit te hangen en kwam hij mij tegen. Heel fijn voor hem.'

'Doe niet zo theatraal,' zei Emily, maar Andy hoorde iets in haar stem wat haar aan het twijfelen bracht. Bovendien had Emily als eerste het woord 'vreemdgaan' in de mond genomen. Andy had zich nog ingehouden tot haar vriendin dat woord hardop uitsprak...

'Wat moet ik nou doen? Stel dat hij inderdaad is vreemdgegaan?'

'Andy, je overdrijft. Bovendien doe je hysterisch. Ga met Max praten. Je moet het hele verhaal horen.'

Andy's keel werd dichtgesnoerd. Ze huilde zelden – en als ze huilde, was het bijna altijd van de stress en niet echt van verdriet – maar nu kreeg ze tranen in haar ogen. 'Dat weet ik. Ik kan bijna niet geloven dat dit echt gebeurt. Als het waar is, hoe kan ik het hem dan ooit vergeven? Voor hetzelfde geld is hij verliefd op haar! Ik dacht dat we de rest van ons leven met elkaar zouden doorbrengen en nu...'

'Andy! Ga gewoon met hem praten,' zei Emily. 'Weg met die waterlanders en praat erover, oké? Ik kom vandaag laat naar kantoor, want ik heb een ontbijtbespreking met de vertegenwoordigers van Kate Spade. Maar je kunt me mobiel bereiken.'

Andy wist dat ze zich moest zien te beheersen voordat haar collega's kwamen. Ze ademde diep in, bibberig, en beloofde dat ze Max erover zou aanspreken, al wist ze nu al dat ze het zo lang mogelijk zou uitstellen. Opeens kon ze de allerzwartste vragen niet uit haar gedachten verdrijven: wie zou er hun appartement uit moeten? Zij natuurlijk – ze hadden het gekocht met het familiekapitaal van Max. Wie zou Stanley houden, hun Maltezer leeuwtje? Wat moest ze tegen de mensen zeggen? Tegen bekenden? Haar ouders? De zus van Max? Hoe zou dat gaan, van beste vrienden die onder één dak woonden, in één bed sliepen en elkaars dromen en plannen steunden, naar volslagen vreemden? Hun levens waren met elkaar verweven: huis, familie, werk en agenda's, toekomstplannen, het blad. Als ze hem kwijtraakte, hoe overleefde ze dat? Ze hield van hem.

En alsof Max veertig straten verderop aanvoelde dat er iets aan de hand was, kwam er een mailtje van hem binnen.

Lieve Echtgenote,
Ik hoop dat je vroege vertrek van vanmorgen betekent dat je je wat beter voelt. Ik miste onze gezamenlijke ochtend. Ik moet steeds denken aan ons fantastische weekend en hoop dat jij ook nog rondloopt met een glimlach op je gezicht. Ik heb wel honderd mailtjes gekregen van mensen die genoten hebben. Ik heb vandaag tot twee uur een bespreking, maar daarna bel ik je om de plannen voor vanavond door te nemen. Ik wil graag dat je erbij bent, maar alleen als je je beter voelt. Laat het me weten.
Liefs,
Je Echtgenoot

Echtgenote. Ze was Max' echtgenote. Het woord galmde door haar hoofd; het klonk vreemd en tegelijkertijd heerlijk vertrouwd. Ze haalde diep adem en maande zichzelf tot kalmte. Er ging niemand dood. Het was geen terminale kanker. Ze hadden geen drie kinderen en een wurghypotheek. Bovendien hield ze van hem, ondanks zijn bemoeizieke moeder. Hoe kon ze níét houden van de man die afgelopen Valentijnsdag – een dag waarvan Andy herhaaldelijk had gezegd dat ze het verschrikkelijke onzin vond, al dat kleffe rozehartjesgedoe – zwarte doeken met lichtgevende, zelfklevende sterretjes over hun balkon had gedrapeerd en er een tweepersoonstafeltje onder had gezet? Hij had kaastosti's met ansjovis geserveerd (haar lievelingseten) in plaats van tournedos, en bloody mary's met extra peper in plaats van cabernet, en haar eigen grote beker Häagen-Dazs-koffie-ijs in plaats van luxe bonbons. Ze hadden tot ver na middernacht buiten gezeten en naar de nachtelijke hemel gekeken door de professionele telescoop die Max had gehuurd, omdat Andy maanden eerder had geklaagd dat ze het vreselijk vond, het enige nadeel van de stad, dat je de sterren er niet kon zien.

Ze zouden zich hier samen doorheen slaan.

De komende uren was het makkelijk genoeg om dat in gedachten steeds te herhalen, nu het nog stil was en ze de redactie bijna voor zichzelf had. Maar ze voelde dat de paniek een tandje werd opgeschroefd toen om tien uur iedereen binnendruppelde en ze allemaal het weekend wilden doornemen, van minuut tot minuut, en het escaleerde helemaal toen Daniel, de artdirector, kwam aanzetten met een schijfje met digitale beelden die hij zo snel mogelijk met haar wilde bekijken.

'Ze zijn prachtig, Andy. Adembenemend. Dat was een goede zet van je, om St. Germain te nemen voor de foto's. Het is een diva, dat weet ik, maar wel een verdomd goede. Hier, moet je kijken.'

'Heb je de foto's van het weekend al?' vroeg Andy.

'Ongeretoucheerd. Vraag me niet wat we hebben betaald om er spoed achter te zetten.'

Daniel, die door Andy een jaar eerder was aangenomen nadat ze maar liefst tien potentiële kandidaten op sollicitatiegesprek had gehad, schoof een geheugenkaartje in Andy's iMac. Aperture werd geopend en vroeg of ze de foto's wilde importeren. Daniel klikte op 'ja'.

'Hier, moet je deze kijken.' Hij klikte weer iets aan en een foto van Max en haar vulde het 27 inch-scherm. Ze keek rechtstreeks in de camera, met felblauwe ogen en een volkomen egale huid. Max drukte zijn lippen tegen haar wang; zijn kaak was geprononceerd en zijn profiel volmaakt. De bladeren achter hen knalden bijna van het beeld af met hun oranje-, geel- en roodtinten en vormden een fel contrast met zijn zwarte pak en haar witte jurk. Het leek een plaatje uit een tijdschrift, een van de mooiste die ze ooit had gezien.

'Spectaculair, hè? En kijk deze dan.' Nog een paar keer klikken en het scherm vulde zich met een zwart-witopname van het feest. Tientallen genodigden stonden rondom de dansvloer, lachend en klappend, terwijl Max haar in zijn armen nam voor hun eerste dans, op 'Warm Love'. Op de foto bukte Max om Andy op haar voorhoofd te kussen; hij had zijn armen om haar middel geslagen en haar kastanjebruine haar viel golvend over haar rug. De rij knoopjes die ze bij de laatste pasbeurt nog aan de sleep hadden toegevoegd was schitterend, zag Andy. En ze was blij dat ze voor de minder hoge kittenhakjes had gekozen; het grotere, zichtbare lengteverschil tussen hen beiden kwam eleganter over op de foto's.

'Hier, moet je jouw solo-opnamen zien. Bloedmooi.' Daniel ging met zijn cursor naar de map 'portretten' en riep de minifotootjes op. Na een minuutje scrollen klikte hij er een aan. Het scherm kwam tot leven en Andy zag haar eigen gezicht en schouders, bewerkt met een heel subtiel glinsterpoeder dat haar een mooie gloed gaf. Op de meeste foto's glimlachte ze expres ingetogen (volgens de fotograaf waren lijntjes en rimpels moeilijker te verdoezelen met een 'volle' glimlach), maar er was één foto bij waarop ze breeduit grijnsde, en ook al waren haar kraaienpootjes en lachrimpeltjes daarop zichtbaarder, het was veruit de meest authentieke foto. Hij was duidelijk genomen voordat ze haar bezoekje bracht aan de suite van Max.

Iedereen had tegen haar gezegd dat ze St. Germain onmogelijk zouden kunnen krijgen, maar ze had het niet kunnen laten om het toch te proberen. Het had ruim een maand gekost, en minstens tien telefoontjes naar St. Germains agent, voordat hij zelfs maar een boodschap van Andy wilde aannemen, omdat *The Plunge* volgens hem veel te nietig was voor zijn wereldberoemde cliënt, maar hij zou haar informatie overbrengen als ze beloofde op te houden met bellen. Toen Andy een week later nog niets had gehoord, had ze St. Germain een handgeschreven brief gestuurd, die ze per koerier bij zijn studio in Chinatown had laten afleveren. In de brief beloofde ze hem twee toekomstige coveropdrachten naar keuze, met bijbehorende shoot op een verre locatie, volledig op rekening van *The Plunge*, en het blad zou bovendien zijn volgende liefdadigheidsgala sponsoren, ten bate van de slachtoffers van de aardbeving in Haïti, een project waar hij zich actief voor inzette. Haar aanbod had geleid tot een telefoontje van een vrouw die zich alleen bekend wilde maken als 'een vriendin van St. Germain', en toen Andy instemde met haar verzoek om een cover te wijden aan het geliefde nichtje van St. Germain dat in het najaar zou gaan trouwen, had de onmogelijk te boeken fotograaf voor de opdracht getekend. Het was een van haar grootste overwinningen op werkgebied geweest, en ze glimlachte als ze eraan terugdacht.

Andy had er vreselijk tegen opgezien om te worden vastgelegd door zo'n beroemde fotograaf – die ook nog eens was gespecialiseerd in naakten – maar St. Germain had haar onmiddellijk op haar gemak gesteld. Ze zag meteen wat hem zo goed maakte.

'Wat een verademing!' had hij jubelend gezegd zodra hij Andy's bruidssuite binnenkwam, met twee assistenten in zijn kielzog. Andy herinnerde zich dat ze onverklaarbaar dankbaar was geweest dat ze überhaupt waren komen opdagen. En ondanks het feit dat ze niets anders aan had gehad dan een strapless beha en een soort elastische kous vanaf haar borsten tot aan haar knieën, had ze niets dan vreugde en waardering gevoeld bij de aanblik van de fotograaf.

'Wat is een verademing? Dat je alleen maar een doodgewone bruid hoeft te fotograferen in plaats van een hele brigade modellen in bikini? Hallo, ik ben Andy. Wat leuk om je eindelijk te ontmoeten.'

St. Germain was hooguit één meter vijfenzestig, tenger gebouwd en met een lelieblanke huid, maar hij had de stem van een enorme rugbyspeler. Zelfs zijn onbestemde accent (Frans? Brits? Misschien een vleugje Australisch?) leek niet bij hem te passen.

'Ha ha! Ja, precies. Die meiden waren knettergek, *aberrant*! Maar even serieus, *ma chérie*, ik ben zo blij dat we geen bodymake-up nodig hebben. Dodelijk vermoeiend.'

'Geen bodymake-up, dat beloof ik je. Als alles volgens plan verloopt, zul je er niet eens achter komen of ik mijn bikinilijn wel netjes geharst heb,' zei Andy lachend. Na al het gedoe om hem te kunnen boeken had ze verwacht dat hij een verschrikking zou zijn, maar St. Germain was onweerstaanbaar charmant. Ze wist van zijn 'vriendin' dat hij rechtstreeks uit Rio was gekomen, waar hij een fotosessie had gehad voor de befaamde badpakkeneditie van *Sports Illustrated*. Vijf dagen, vijfentwintig modellen: honderden, zo niet duizenden centimeters bruine, gespierde benen.

St. Germain knikte alsof ze iets bloedserieus had gezegd. 'Dat is mooi. Och, ik ben het zo beu om tegen magere meiden in felgekleurde bikini's aan te kijken. Natuurlijk dromen de meeste mannen ervan, maar je weet wat ze zeggen: toon mij een mooie vrouw en ik toon u een man die het beu is... Nou ja, de rest is wel duidelijk.' Hij lachte er duivels bij.

'Zo te horen was het helemaal niet zo vreselijk,' zei Andy glimlachend.

'Nee, misschien niet.' Hij boog zich naar Andy toe en draaide haar kin naar het licht toe. 'Blijf zo zitten.'

Voor ze wist wat er gebeurde, overhandigde een assistent hem een camera met een lens zo groot als een haardblok, en St. Germain klikte twintig of dertig keer.

Andy's hand vloog naar haar gezicht. 'Hou op! Mijn ogen zijn nog niet opgemaakt. Ik moet de jurk nog aan.'

'Nee, nee, je bent juist mooi zo. Prachtig! Je verloofde zegt zeker ook dat je prachtig bent als je boos wordt?'

'Dat zegt hij helemaal niet.'

St. Germain stak de camera naar links. Een in het zwart gestoken assistent nam hem aan en gaf hem onmiddellijk een andere.

'Hm, dat zou hij eens moeten zeggen. Ja, zo ja. Lekker twinkelen, schat.'

Andy liet haar schouders zakken en draaide zich naar hem om. 'Huh?'

'Vooruit, twinkelen!'

'Ik geloof niet dat ik weet hoe dat moet, "twinkelen".'

'Raj!' blafte hij.

Een van de assistenten vloog op van achter de bank, waar hij een reflectiescherm vasthield. Hij stak een heup naar voren, tuitte zijn lippen, hield zijn hoofd een beetje schuin en keek door geloken oogleden naar hen, in een lonkende, sexy bedoelde pose.

St. Germain knikte. 'Snap je? Dat zeg ik tegen die bikinimeiden. Twinkelen.'

Andy moest weer lachen nu ze eraan terugdacht. Ze wees naar een van de fototootjes waar Daniel langs scrolde. Daarop had ze haar ogen halfdicht, alsof ze onder invloed was, en ze tuitte haar lippen als een eend. 'Zie je dat? Daar twinkelde ik.'

'Pardon?'

'Laat maar.'

'Hier,' zei Daniel, en hij vergrootte een foto van het moment dat Andy en Max elkaar kusten tijdens de plechtigheid. 'Moet je kijken hoe mooi.'

Het enige wat Andy zich kon herinneren, was dat gespannen gevoel, alsof ze buiten haar lichaam was getreden. Het was begonnen zodra de deuren opengingen. De eerste tonen van Pachelbels *Canon* waren voor haar het teken geweest dat ze niet meer kon vluchten. Terwijl ze zich vastklampte aan de arm van haar vader had ze de ouders van haar zwager zien zitten, een paar verre neven van haar moeder en de Caribische nanny van Max, de vrouw van wie hij tot zijn vierde jaar had gedacht dat ze zijn moeder was. Haar vader had haar niet alleen met zachte hand naar voren geduwd, misschien had hij haar ook wel overeind gehouden. Rechts van haar glimlachte een groep vriendinnen uit haar studietijd, met hun echtgenoten. Voor hen zat een hele troep oude kostschoolvrienden van Max, een stuk of tien in totaal, de een irritant genoeg nog knapper dan de ander, met hun al even aantrekkelijke vrouwen aan hun zij. Ze hadden zich allemaal naar haar omgedraaid. Vluchtig vroeg ze zich af waarom de aanwezigen niet waren opgedeeld in twee helften, gast-van-de-bruid en gast-van-de-bruidegom. Gebeurde dat tegenwoordig niet meer? En hoorde zij, als residerend huwelijksexpert, het antwoord op die vraag niet te weten? Maar ze wist het niet.

Vanuit haar ooghoek zag ze een flits limoengroen: Agatha, de ultratrendy assistente die ze deelde met Emily, had kennelijk van de grote Opperhipster een memo ontvangen met de mededeling dat neonkleuren weer in waren, net als baarden en gleufhoeden. Om Agatha heen zat de complete, bijna twintigkoppige redactie. Sommigen, zoals haar chef fotografie en haar redactiechef, wisten zowaar de indruk te wekken dat ze het leuk vonden om het weekend van Columbus Day op te offeren aan de bruiloft van hun baas. De assistenten, bureauredacteuren en de meiden van de verkoopafdeling slaagden daar minder goed in. Andy had het wreed gevonden om hen allemaal uit te nodigen en hen te dwingen een 'werkgelegenheid' bij te wonen terwijl ze al zo veel uren draaiden, maar Emily had erop gestaan. Ze redeneerde dat het goed was voor het moreel om de hele redactie samen te laten feesten, drinken en dansen. En dus had Andy zich gewonnen gegeven, net zoals ze zich gewonnen had gegeven toen het ging om de keuze van de bloemist, de cateraar en de omvang van de bruiloft.

Toen ze het einde van het middenpad naderde, waarbij haar benen aanvoelden alsof ze door een meter sneeuw banjerde, trok één gezicht haar bijzondere aandacht. Zijn blonde haar was iets donkerder geworden, maar de kuiltjes in zijn wangen waren onmiskenbaar. Hij droeg een maatpak, onberispelijk, zwart – geen smoking natuurlijk, want in zoiets burgerlijks zou hij nog niet dood gevonden willen worden. Hij zei altijd dat dresscodes bedoeld waren voor mensen die geen smaak hadden. Hij zei wel meer, en Andy wist nog goed dat ze zich aan zijn orakelachtige uitspraken had vastgeklampt alsof ze van God zelf afkomstig waren. Haar post-Alex, pre-Max vergissing: Christian Collinsworth. Hij zag er nog net zo verrukkelijk en gewichtig en zelfverzekerd uit als de laatste keer dat ze naast hem wakker was geworden in Villa d'Este, nu vijf jaar geleden, naakt en verstrikt in de lakens, slechts enkele momenten voordat hij terloops mededeelde dat zijn vriendin de volgende dag zou aankomen daar aan het Comomeer, en hij informeerde of Andy haar misschien wilde ontmoeten. Toen Emily haar had verzocht om Christian uit te nodigen voor de bruiloft, als vriendendienst voor haar, had Andy fel geweigerd, maar nadat moeder Harrison Christian boven aan haar gastenlijst had gezet, samen met zijn ouders, die zeer dierbare vrienden van de familie Harrison bleken te zijn, had ze niet kunnen weigeren.

O ja, Barbara? Sorry hoor, maar misschien is het ongepast om iemand uit te nodigen voor de bruiloft met wie ik een fijne affaire heb gehad. Begrijp me niet verkeerd, hij was fantastisch in bed, maar ik ben bang dat het wat ongemakkelijk zou worden tijdens het cocktailuurtje... Dat snap je toch wel?

Dus daar stond hij, met één hand op de rug van zijn moeder, en hij draaide zich om naar Andy en wierp haar die speciale blik toe. De blik die in vijf jaar niet veranderd was, alsof hij wilde zeggen: wij weten allebei dat we samen een heerlijk geheimpje hebben. Het was de blik die Christian ongetwijfeld bewaarde voor de helft van alle vrouwen in Manhattan.

'Straks zie ik op weg naar het altaar een man zitten met wie ik seks heb gehad,' had Andy klaaglijk tegen Emily gezegd toen ze de gastenlijst van moeder Harrison had gezien. Het maakte niet uit dat

Katherine op gebod van Max van de lijst was geschrapt. Andy had wel kunnen juichen toen hij tijdens een brunch ter voorbereiding van de bruiloft tegen zijn moeder zei: 'Katherine komt niet. Geen ex-vriendinnen,' ondanks haar status als goede vriendin van de familie. Toen Andy naderhand aan Max had opgebiecht dat Christian Collinsworth ook op de lijst van zijn moeder stond, had hij haar aangekeken en gezegd: 'Die hele Christian laat me koud als hij jou ook koud laat.' Andy had instemmend geknikt: het was misschien maar beter om het erbij te laten en Barbara niet nog meer tegen de haren in te strijken.

Emily had geërgerd haar ogen ten hemel geslagen. 'Daarmee ben je hetzelfde als exact negenennegentig procent van de bruiden, een enkele godsdienstfanaat daargelaten, en de zonderlingen die elkaar op de kleuterschool hebben leren kennen en nooit met iemand anders naar bed zijn geweest. Zet het uit je hoofd, ik kan je verzekeren dat Christian dat ook al lang heeft gedaan.'

'Dat weet ik heus wel,' zei Andy. 'Ik was waarschijnlijk nummer honderdzoveel voor hem. Maar toch zou ik het gek vinden om hem op onze bruiloft te zien.'

'Je bent een vrouw van drieëndertig die al acht jaar in New York woont. Ik zou me zorgen maken als er niemand op je bruiloft kwam met wie je het bed hebt gedeeld, behalve je aanstaande.'

Andy was opgehouden met het bewerken van de lay-out die voor haar lag en keek Emily aan. 'Wat hier de vraag oproept...'

'Vier.'

'Niet waar! Wie dan? Ik kan alleen Jude en Grant bedenken.'

'Ken je Austin nog? Met die katten?'

'Je hebt me nooit verteld dat je met hem naar bed bent geweest!'

'Het is nou niet bepaald iets om over op te scheppen.' Emily nam een slokje van haar koffie.

'Dan heb ik er pas drie. Wie nog meer?'

'Felix, van *Runway*. Hij werkte op de...'

Andy viel bijna van haar bureaustoel. 'Felix is homo! Hij is vorig jaar getrouwd met zijn vriend. Wanneer heb jij seks met hem gehad?'

'Jij altijd met je hokjesgeest. Felix was iets eenmaligs, na afloop van Fashion Rocks. Op een bepaald moment moesten we van Miranda drankbestellingen opnemen, backstage in de vipruimte. We hadden allebei veel te veel martini's gedronken. Het was lachen. We zijn later ook naar elkaars bruiloft gegaan, en waarom niet? Je moet je niet zo druk maken.'

Andy wist nog dat ze overstag gegaan was, maar dat was vóór ze in een trouwjurk gehesen naar het altaar liep om haar jawoord te geven aan iemand die haar misschien wel had bedrogen, terwijl de man door wie ze altijd enigszins geobsedeerd was geweest naar haar grijnsde (ondeugend, zou ze zweren!) vanaf de zijlijn.

De rest van de plechtigheid ging in een roes voorbij. Pas toen ze het glas hoorde breken dat Max geheel volgens traditie vertrapte, kwam ze weer bij haar positieven. Glasscherven! Ze waren getrouwd. Van nu af aan zou ze nooit meer gewoon Andrea Sachs zijn, zichzelf, wat dat ook mocht betekenen. Na die fractie van een seconde zou ze voor altijd een van de twee titels dragen die haar op dat moment geen van beide aantrekkelijk voorkwamen: getrouwd of gescheiden. Hoe had het zover kunnen komen?

Andy's telefoon op de redactie begon te rinkelen. Ze keek op de klok: half elf. Agatha's stem klonk door de intercom. 'Goedemorgen, Andy. Ik heb Max voor je op lijn één.'

Agatha kwam elke dag later op haar werk, en toch kon Andy het niet opbrengen er iets van te zeggen. Ze boog zich naar haar eigen intercomknop toe om te zeggen dat ze nu niet aan de telefoon kon komen, maar daarbij stootte ze haar koffie om, en tegelijkertijd drukte ze de 1 in.

'Andy? Gaat het wel goed met je? Ik maak me zorgen, lieverd. Hoe voel je je nu?'

De koffie, die inmiddels zo was afgekoeld dat de knoeiboel erger aanvoelde dan wanneer de vloeistof heet was geweest, droop langzaam vanaf het bureau rechtstreeks op Andy's broek. 'Goed, hoor,' zei ze snel. Ze keek om zich heen op zoek naar een tissue of desnoods een vel papier om de gemorste koffie mee op te deppen. Toen ze niets kon vinden, bleef ze zitten kijken hoe de bruine plas langzaam haar vloeiblad doorweekte en in haar schoot liep, en ze begon te huilen. Alweer. Voor iemand die zelden huilde, jankte ze de laatste tijd wat af.

'Huil je nou? Andy, wat is er?' vroeg Max, en de bezorgdheid in zijn stem maakte dat de tranen alleen maar harder gingen stromen.

'Nee, niks,' loog ze, en ze zag dat de koffie zich verspreidde tot een kring op haar linkerbovenbeen. Ze schraapte haar keel. 'Zeg, ik moet vanavond nog naar huis om me om te kleden voor de Yacht Party, dus ik laat Stanley wel uit. Bel jij de uitlaatdienst af? En kom je ook nog naar huis of zie ik je op het feest? Vanaf welke pier vertrekt de boot ook alweer?'

Ze namen de details van die avond door en Andy slaagde erin het gesprek te beëindigen zonder dat haar tranen nog ter sprake kwamen. Ze werkte haar make-up bij in het spiegeltje dat ze op haar bureau had staan, nam twee pijnstillers, spoelde ze weg met cola light en jakkerde de rest van de dag vrijwel zonder pauze door – en godzijdank zonder te huilen. Het lukte haar zelfs om een half uurtje vrij te maken om haar haar te laten föhnen bij Dream Dry, en nadat ze zich thuis had omgekleed en een glas ijskoude pinot grigio had gedronken, voelde ze zich weer een beetje mens.

Max kwam naar haar toe gesneld zodra ze van de rode loper de boot op stapte, de open zitkamer van het jacht in. Zijn zachte kus en zijn kruidige pepermuntgeur maakten haar duizelig van genot. En toen kwam al het andere weer terug.

'Je ziet er prachtig uit,' zei hij, en hij zoende haar in haar hals. 'Ik ben blij dat je je wat beter voelt.'

Een golf misselijkheid raakte Andy als een klap in het gezicht. Haar hand vloog naar haar mond.

Max fronste zijn voorhoofd. 'Door de wind wordt het water ruw en wiebelt de boot nogal. Wees maar niet bang, ze zeggen dat het dadelijk minder wordt. Kom, ik wil met je pronken.'

Het feest was in volle gang, en samen met Max nam ze minstens honderd huwelijksfelicitaties in ontvangst. Was het echt nog maar vier dagen geleden dat ze naar het altaar liep? Er stond een frisse bries; Andy hield met één hand haar haar in bedwang en trok met de andere de kasjmieren omslagdoek steviger om haar schouders. Ze was bovenal dankbaar dat haar schoonmoeder een eerdere verplichting had gehad, ergens in de Upper East Side, waardoor ze vanavond niet van de partij zou zijn.

'Dit zou wel eens de mooiste boot tot nu toe kunnen zijn,' zei Andy met een blik op de Marokkaans ingerichte woonkamer van het jacht. Ze knikte naar een rijk bewerkt wandkleed en streek met haar vingertoppen over het handmatig aangebrachte houtsnijwerk van de bar. 'Heel smaakvol.'

De echtgenote van de uitgever van *Yacht Life*, een vrouw van wie Andy de naam nooit kon onthouden, boog zich naar haar toe en zei: 'Ik heb gehoord dat hij een blanco cheque heeft gekregen om de boel hier in te richten. Letterlijk blanco: vul maar in.'

'Wie is "hij"?'

De vrouw keek haar aan. 'Wie "hij" is? Valentino natuurlijk! De eigenaar heeft hem ingehuurd om het complete jacht in te richten. Kun je het je voorstellen? Hoeveel moet het wel niet kosten om een van de meest vooraanstaande modeontwerpers ter wereld in de arm te nemen om de stof van je banken uit te kiezen?'

'Dat durf ik niet eens te schatten,' mompelde Andy, al durfde ze dat natuurlijk best. Er was maar weinig wat haar nog choqueerde na haar jaar bij *Runway*, en de zaken waaraan de krankzinnig rijken hun geld uitgaven vielen daar niet onder.

Andy keek toe hoe de vrouw (Molly? Sadie? Zoe?) een tortilla-chipje met tartaresaus in haar mond stak en al kauwend langs Andy heen staarde.

De vrouw zette grote ogen op. 'Oh my god, daar heb je hem. Niet te geloven, hij is gewoon gekomen,' mompelde ze door haar hap eten heen, wat de hand die ze voor haar mond hield niet kon verbergen.

'Wie?' vroeg haar man, ogenschijnlijk zonder enige belangstelling.

'Valentino! Hij komt net aan. Kijk dan!' De vrouw slaagde erin de hap door te slikken en met een bijna elegant gebaar haar lippenstift bij te werken.

Max en Andy draaiden zich met een ruk om naar de rode loper en inderdaad: een zongebruinde, strakgetrokken Valentino deed behoedzaam zijn loafers uit en stapte aan boord. Een kruiperige bediende die zich enigszins afzijdig had gehouden, overhandigde hem een hijgend mopshondje met een natte snuit, dat hij zonder commentaar aannam en begon te aaien. Hij liet zijn blik schaamteloos over het feest gaan en stak toen, ogenschijnlijk tevreden noch ontevreden, zijn vrije hand uit naar zijn metgezel. Zijn vaste partner Giancarlo was nergens te bekennen, en Andy keek vol afschuw toe hoe vijf lange vingers met roodgelakte nagels zich vanuit het trappenhuis benedendeks als een klauw om Valentino's onderarm wikkelden.

Neeeee!

Andy gluurde naar Max. Had ze zojuist hardop gegild of had ze de kreet alleen in gedachten geslaakt?

Als in slow motion verscheen de vrouw in het zicht, centimeter voor gevreesde centimeter: de bovenkant van haar bobkapsel, gevolgd door haar pony, en toen haar gezicht, vertrokken in die al te bekende uitdrukking van buitengewoon ongenoegen. Haar gedistingeerde witte pantalon, zijden tuniek en kobaltblauwe hoge pumps waren allemaal van Prada, en haar militair aandoende jasje en de klassieke doorgestikte tas van Chanel. De enige opsmuk die ze droeg was een brede, geëmailleerde armband in een bijpassende kleur blauw. Andy had jaren geleden gelezen dat deze armbanden de plaats hadden ingenomen van haar sjaals als vaste Hermès-accessoire – kennelijk had Miranda er inmiddels zo'n vijfhonderd, in alle denkbare kleuren en maten – en Andy deed in gedachten een schietgebedje als dank dat het niet langer haar taak was om ze voor haar te regelen.

Met een soort gefascineerde huiver keek Andy toe hoe Miranda weigerde haar schoenen uit te trekken, en ze merkte niet eens dat Max een kneepje in haar hand gaf.

'Miranda,' zei ze, half fluisterend, half hoestend.

'Het spijt me verschrikkelijk,' zei Max in haar oor. 'Ik had geen idee dat ze zou komen.'

Miranda hield niet van feesten en ze hield niet van boten, en je mocht dus aannemen dat ze al helemaal niet van feesten op boten hield. Er waren drie, misschien vijf mensen op aarde die Miranda ertoe zouden kunnen overhalen een boot te betreden, en Valentino was een van hen. Ook al wist Andy dat Miranda zich niet zou verwaardigen langer dan tien minuten of een kwartier te blijven, ze raakte in paniek bij de gedachte dat ze in één kleine ruimte verbleef met de vrouw van haar nachtelijke angstdromen. Was het echt al bijna tien jaar geleden dat ze 'Fuck you' tegen haar had geroepen in een Parijse straat en vervolgens het land uit was gevlucht? Want het leek wel gisteren. Andy pakte haar telefoon. Ze wilde niets liever dan Emily bellen, maar opeens drong het tot haar door dat Max haar hand had losgelaten en die nu uitstak naar Valentino.

'Fijn om u weer te zien,' zei hij, op de formele toon die hij reserveerde voor vrienden van zijn ouders.

'Neem me niet kwalijk dat ik stoor,' zei Valentino met een buiginkje. 'Giancarlo zou vanavond eigenlijk uit mijn naam hierheen gaan, maar ik was toch in New York voor mijn ontmoeting met deze bevallige dame, en ik wilde mijn boot graag nog eens zien.'

'Fantastisch dat u kon komen.'

'Je blijft toch niet de hele tijd "u" tegen me zeggen, Maxwell? Je vader was een goede vriend van me. Ik heb gehoord dat je het goed doet met de zaak, nietwaar?'

Max glimlachte gespannen; hij kon niet inschatten of Valentino de vraag stelde uit beleefdheid of dat hij zich zorgen maakte. 'Ik doe in ieder geval mijn best. Kan ik iets te drinken halen voor u en... mevrouw Priestly?'

'Miranda, schat, begroet Maxwell eens even. Maxwell Harrison, de zoon van wijlen Robert Harrison. Maxwell leidt momenteel Harrison Media Hol...'

'Ja, daar ben ik van op de hoogte,' viel ze hem koeltjes in de rede, en ze keek Max aan met een strakke, ongeïnteresseerde blik.

Valentino reageerde net zo verbaasd als Andy zich voelde. 'Aha! Ik wist niet dat jullie elkaar kenden,' zei hij, duidelijk in afwachting van een verklaring.

Precies op het moment dat Max mompelde: 'We kennen elkaar niet,' zei Miranda: 'Dan weet je het nu.'

Er viel een ongemakkelijke stilte, waarna Valentino bulderend begon te lachen. 'Ik voel dat hier een verhaal achter zit! Nou, ik verheug me er al op dat een keer te horen! Haha!'

Andy beet op haar tong en proefde bloed. Ze was weer misselijk, haar mond voelde aan alsof ze krijt had gegeten en ze kon met geen mogelijkheid bedenken wat ze tegen Miranda Priestly zou moeten zeggen.

Gelukkig legde Max, altijd een stuk socialer dan zij, een hand op Andy's rug en zei: 'En dit is mijn vrouw, Andrea Harrison.'

Bijna had Andy hem in een reflex verbeterd – 'voor mijn werk gebruik ik de naam Sachs' –, totdat het tot haar doordrong dat hij bewust haar meisjesnaam had vermeden. Maar het deed er niet toe. Miranda had al een interessanter iemand gespot aan de andere kant van het vertrek, en tegen de tijd dat Max haar naam had uitgesproken, liep Miranda al zes meter verderop. Ze had Max niet bedankt en zelfs niet Andy's kant op gekeken. Valentino wierp hun een verontschuldigende blik toe, klemde het mopshondje onder zijn arm en snelde achter haar aan.

Max zei tegen Andy: 'Het spijt me echt heel erg. Ik had geen flauw idee...'

Andy legde haar hand tegen zijn borst. 'Geeft niet. Echt niet. Trouwens, het ging beter dan ik had durven hopen. Ze keek niet eens naar me. Het is niet erg.'

Max gaf haar een kus op haar wang en zei dat ze er prachtig uitzag, dat ze zich door niemand hoefde te laten intimideren – en al helemaal niet door de legendarisch botte Miranda Priestly – en vroeg haar om even te wachten, dan ging hij twee glazen water halen. Andy glimlachte zwakjes naar hem en draaide zich om en keek hoe het anker werd opgehaald en het schip langzaam wegvoer van de pier. Ze drukte haar lichaam tegen de metalen reling en probeerde haar ademhaling onder controle te krijgen door de frisse oktoberlucht diep in te ademen. Haar handen trilden, dus sloeg ze haar armen om haar bovenlijf en sloot ze haar ogen. Nog even en deze avond zou voorbij zijn.

6

Een overlijdensbericht publiceren wil nog niet zeggen dat het waar is

Toen op de ochtend na de Yacht Party om zes uur Max' wekker ging, had Andy dat ding (of hem) het liefst een rotschop gegeven. Max moest haar aansporen om zich uit bed te slepen en een hardloopbroek en een oud sweatshirt van Brown aan te trekken. Traag nam ze een hap van de banaan die hij haar op weg naar buiten in handen stopte, en lusteloos liep ze achter hem aan, de hoek om naar de sportschool, waar het alleen al een te grote inspanning was om haar lidmaatschapskaart door de gleuf bij de ingang te halen. Ze stapte op een crosstrainer en stelde die optimistisch in op vijfenveertig minuten, maar verder dan dat kwam ze nauwelijks: zodra het programma na de warming-up overschakelde op vetverbranding, drukte ze de noodknop in, pakte haar flesje water en haar *US Weekly* en ging op een bankje voor de spinningstudio zitten. Toen haar telefoon ging en ze Emily's nummer in beeld zag, liet ze het toestel van schrik bijna uit haar hand vallen.

'Het is acht minuten voor zeven. Dit meen je niet,' zei Andy, en ze zette zich schrap voor Emily's gebruikelijke woordenstroom.

'Hoezo, lig je nog in bed?'

'Natuurlijk lig ik niet in bed. Ik ben in de sportschool. Maar waarom ben jij al op? Bel je vanuit de gevangenis? Of vanuit Europa? Het is al de tweede keer deze week dat ik vóór negen uur iets van je hoor.'

'Je raadt nooit wie me net belde, Andy!' In Emily's stem klonk een opwinding door die ze normaal gesproken bewaarde voor beroemdheden, presidenten of ex-vriendjes met wie ze nog niet helemaal in het reine was.

'Niemand, mag ik hopen, vóór zeven uur 's morgens.'

'Raad nou maar.'

'Serieus?'

'Ik zal je een hint geven. Het is iemand die jij heel, heel interessant zult vinden.'

Ineens wist Andy het. Waarom belde dat mens Emily? Om haar geweten te sussen door alles op te biechten? Om zich te verdedigen door te beweren dat het echte liefde was? Om te vertellen dat ze zwanger was van Max? Andy had nog nooit van haar leven iets zo zeker geweten.

'Het is Katherine, hè?'

'Wie?'

'De ex van Max. Die hij op Bermuda heeft gezien en die...'

'Heb je hem daar nou nog niet naar gevraagd? Serieus, Andy, je stelt je aan. Nee, Katherine was het niet, waarom zou zij mij in hemelsnaam bellen? Het was Elias-Clark.'

'Miranda,' fluisterde Andy.

'Nou, nee. Het was een zekere Stanley, die verder weinig losliet over zijn functie, maar na een beetje googelen ben ik erachter dat hij als jurist in dienst is bij Elias-Clark.'

Andy boog zich voorover en stak haar hoofd tussen haar knieën, waarna ze keihard 'Call Me Maybe' uit de spinningstudio hoorde schallen. Ze ging staan en drukte een hand tegen haar vrije oor.

'Ik heb geen idee waar hij voor belde, maar hij heeft gisteravond mijn voicemail ingesproken en zei dat het belangrijk was; of ik hem zo snel mogelijk wilde terugbellen.'

'Jezus.' Andy ijsbeerde heen en weer tussen de dameskleedkamers en de matjes om te stretchen. Ze zag dat Max in de fitnesshoek in de weer was met *lat pull-downs*.

'Interessant, hè? Ik moet zeggen dat het me intrigeert,' zei Emily.

'Het moet iets met Miranda te maken hebben. Ik heb haar gisteren gezien. Eerst op het feest, en daarna nog eens in mijn nachtmerries. Het was een lange nacht.'

'Je hebt haar gezíén? Waar, op tv?' Emily lachte.

'Haha. Omdat ik zo'n suf leven heb dat jij het je niet eens kunt voorstellen? Ik heb haar gezien op de Yacht Party! Ze was daar met

Valentino. We hebben met z'n allen cocktails gedronken en daarna zijn we met z'n viertjes bij Da Silvano gaan eten. Ze was heel charmant, moet ik zeggen. Het verbaasde me.'

'Oh my god! Ik ga dood. Waarom heb je me niet gebeld zodra je thuiskwam? Of vanaf de toiletten in het restaurant? Andy, dat lieg je! Dit is krankzinnig!'

Andy begon te lachen. 'Natuurlijk is het krankzinnig, gek. Denk je nou echt dat ik aan de tagliatelle heb gezeten met Miranda zonder jou erover te vertellen? Ze was er inderdaad, maar ze kéék niet eens naar me, en de enige interactie die ik met haar heb gehad was het opsnuiven van haar Chanel Nr. 5 toen ze me zonder een blik van herkenning straal voorbijliep.'

'Ik haat je,' zei Emily.

'Ik jou ook. Maar even serieus, dat is toch te toevallig? Ik heb haar gisteravond voor het eerst sinds eeuwen weer gezien en meteen de volgende dag belt ze jou?'

'Zij heeft me niet gebeld, die Stanley belde,' zei Emily.

'Dat is hetzelfde.'

'Denk je dat ze erachter gekomen zijn dat we Miranda's naam gebruiken om beroemdheden te boeken? Dat is toch niet strafbaar?' Emily klonk bezorgd.

'Misschien heeft ze eindelijk ontdekt dat je haar volledige adressenbestand met tweeduizend namen hebt gepikt en sleept ze je nu voor de rechter om het niet te laten uitlekken,' opperde Andy.

'Na negen jaar nog? Dat lijkt me sterk.'

Andy kneedde haar pijnlijke kuiten. 'Het zou ook kunnen dat ze heeft besloten dat ze je terug wil. Dat je de beste stomerijwegbrenger en lunchhaler bent die ze ooit heeft gehad en dat ze je móét terugkrijgen.'

'Heel leuk. Zeg, ik spring gauw onder de douche en ben er over een half uur. Zien we elkaar op de redactie?'

Andy keek op haar horloge, dolblij dat ze een smoes had om de sportschool te verlaten. 'Goed, ik zie je daar.'

'O ja, Andy? Ik bak de biefstukken vanavond. Kom je wat vroeger om me te helpen? Dan kun jij de courgette doen. Miles is niet voor acht uur thuis.'

'Klinkt goed. Ik zal tegen Max zeggen dat hij iets met Miles moet afspreken. Tot zo.'

Op hoog vuur dichtgeschroeide entrecote met in luciferdunne reepjes gesneden courgette, dat was de maaltijd die ze al vijf jaar lang voor elkaar klaarmaakten, sinds ze die gerechten samen hadden leren bereiden tijdens een kookcursus. Het was het enige maal dat ze in de hele cursus onder de knie gekregen hadden. En hoe vaak ze die verdomde biefstuk met courgette ook hadden gemaakt – een keer of twee, drie per maand – Andy moest nog iedere keer denken aan 2004, het jaar dat ze net weg was bij *Runway* en haar hele wereld op z'n kop stond.

Andy was niet iemand die nog precies wist wat ze aanhad op haar eerste schooldag, haar derde date of haar verjaardag, en zelfs niet wanneer ze bepaalde vriendinnen had leren kennen of hoe ze de meeste feestdagen had doorgebracht. Maar het jaar na haar vertrek bij *Runway* was voorgoed in haar geheugen gegrift: het gebeurde niet vaak dat je in één jaar tijd ontslag nam, je ouders gingen scheiden, je vriend je na zes jaar dumpte en je beste vriendin (oké, beter gezegd, haar oudste vriendin) naar de andere kant van het land verhuisde.

Het was begonnen met Alex, nog maar een maand nadat ze na het beruchte 'fuck you'-incident met Miranda was teruggekeerd uit Parijs. Jawel, ze kromp inwendig ineen telkens wanneer ze daaraan terugdacht, vol afschuw over haar eigen wangedrag. Jawel, ze beschouwde het als de meest onprofessionele en lompe manier om ontslag te nemen, hoe vreselijk de baan in kwestie ook was geweest. En jawel, als ze het allemaal zou moeten overdoen, als ze de tijd kon terugdraaien en het moment opnieuw kon beleven, dan zou ze het waarschijnlijk weer precies zo doen. Het was gewoon té lekker. Terug naar huis gaan – naar Lily, naar haar familie en naar Alex – was de juiste keuze geweest, en het enige waar ze spijt van had, was dat ze het niet eerder had gedaan, maar tot haar verbazing kon ze niet met één knip in haar vingers alles goedmaken. In het jaar dat ze bij *Runway* had moeten rennen en vliegen en ze had geleerd zich staande te houden in de meest angstaanjagende slangenkuil die de modewereld rijk was, had Andy zich zo laten meeslepen door haar eigen uitputting en zorgen dat ze amper de tijd had gehad om op te merken wat er om haar heen gebeurde.

Wanneer waren Alex en zij zo ver uit elkaar gegroeid dat hij vond dat ze niet meer genoeg met elkaar gemeen hadden? Hij bleef volhouden dat alles anders was geworden tussen hen. Dat hij haar niet meer kende. Het was heel goed van haar dat ze was opgestapt bij *Runway*, maar waarom zag ze niet in dat ze een compleet ander mens was geworden? Het meisje op wie hij verliefd was geworden had naar niemand anders geluisterd dan naar zichzelf, maar de nieuwe Andy deed alles om het anderen naar de zin te maken. 'Wat wil je daar nou mee zeggen?' vroeg Andy dan, en ze beet op haar lip, beurtelings verdrietig en kwaad. En Alex schudde alleen maar zijn hoofd. Ze kibbelden voortdurend. Hij leek altijd teleurgesteld in haar te zijn.

Uiteindelijk zei hij dat hij een poosje alleen wilde wonen en o ja, hij had via Teach for America een baan aangenomen in de Mississippidelta. Andy zat in zak en as, maar tegen die tijd verbaasde het haar al niet meer. Officieel was het uit tussen hen, maar zo voelde het niet. De maand daarop belden ze elkaar regelmatig en zagen ze elkaar zo nu en dan. Er was altijd wel een reden om te mailen: een trui die was blijven liggen, een vraag voor haar zus, een plan om de kaartjes voor David Gray te verkopen die ze maanden geleden al hadden gekocht voor het concert dat najaar.

Zelfs het afscheid voelde onwerkelijk; het was misschien wel de allereerste keer dat Andy zich niet op haar gemak voelde bij Alex. Ze wenste hem het beste. De omhelzing was broederlijk. Maar diep in haar hart zat ze in de ontkenningsfase: Alex kon niet voor altijd in Mississippi blijven wonen. Ze zouden de tijd nemen, de afstand tussen hen gebruiken om na te denken, een adempauze te nemen en alles eens goed op een rijtje te zetten, en dan zou hij inzien dat hij een afschuwelijke fout had gemaakt (zowel met Mississippi als met haar) en hij zou niet weten hoe snel hij moest terugkeren naar New York. Ze hoorden bij elkaar. Dat wist iedereen. Het was gewoon een kwestie van tijd.

Maar Alex belde niet. Niet tijdens de twee dagen durende rit naar zijn nieuwe thuis, niet na aankomst en ook niet toen hij eenmaal zijn nieuwe huurwoning had betrokken, een huisje, want het stadje was te klein voor flatgebouwen. Andy bleef maar redenen verzinnen, die ze als een mantra door haar hoofd liet gaan. *Hij is moe van de lange autorit, hij is van slag omdat hij spijt heeft van zijn nieuwe leven,* en haar favoriet: *zijn mobiel heeft natuurlijk geen bereik in Mississippi.*

Maar toen er drie dagen verstreken, en vervolgens een week waarin ze nog altijd niets had gehoord, niet eens een mailtje, drong het tot haar door: dit was menens. Alex was weg. Hij was op z'n minst van plan om letterlijk afstand te nemen en het zag er niet naar uit dat hij nog terugkwam. Ze huilde iedere morgen onder de douche en iedere avond voor de tv en zo nu en dan midden op de dag, gewoon omdat het kon. Het schrijven voor *Happily Ever After*, het aanstormende huwelijksblog dat haar had gecontracteerd om op freelancebasis kopij te leveren, hielp ook niet bepaald. Wie was zij om de ideale cadeaulijst samen te stellen, of aan te komen met bijzondere huwelijksreizen, buiten de platgetreden paden, terwijl haar eigen vriend haar zo'n waardeloos mens vond dat hij zelfs niet even kon bellen?

'Ex-vriend,' zei Lily toen Andy haar die vraag stelde. Ze zaten in Lily's oude kinderkamer in het huis van haar oma in Connecticut en dronken koude, stroperige citrusthee, die Lily bij haar Koreaanse manicure had gekocht nadat ze het spul tijdens haar laatste afspraak geserveerd had gekregen.

Andy's mond viel open. 'Hoor ik dat nou goed?'

'Ik wil je niet kwetsen, Andy, maar het lijkt me belangrijk dat je de waarheid onder ogen ziet.'

'De waarheid onder ogen zien? Wat wil dat zeggen? Hij is amper een maand weg.'

'Een maand waarin je helemaal niets van hem hebt gehoord. Ik denk heus niet dat het altijd zo zal blijven, maar zijn boodschap lijkt me overduidelijk. Niet dat ik het met hem eens ben, maar ik zou niet willen dat je denkt...'

Andy stak een hand op. 'Het is wel duidelijk, dank je.'

'Doe nou niet zo flauw. Ik weet dat het moeilijk is. Dat ontken ik ook niet. Jullie hielden van elkaar. Maar ik denk dat je je nu op de toekomst moet richten. De draad weer oppakken.'

Andy snoof minachtend. 'Is dat een van de pareltjes der wijsheid die je hebt geleerd tijdens je AA-bijeenkomsten?'

Lily deinsde achteruit alsof ze een klap in haar gezicht had gekregen. 'Ik zeg het alleen omdat ik om je geef,' zei ze zacht.

'Het spijt me, Lil, zo bedoelde ik het niet. Je hebt gelijk, dat weet ik. Ik kan alleen bijna niet geloven...' Hoe hard ze ook haar best deed om de tranen weg te slikken, haar keel werd dichtgesnoerd en ze kreeg tranen in haar ogen. Ze begon te snikken.

'Kom eens hier, lieverd.' Lili schoof dichter naar Andy's vloerkussen toe.

Meteen daarna voelde ze de armen van haar vriendin om zich heen, en Andy besefte dat dit de eerste keer sinds weken was dat iemand haar omhelsde. Het voelde zo fijn, gênant fijn.

'Zo zijn mannen nu eenmaal. Ze nemen de tijd. Hij trekt wel bij.'

Andy veegde de tranen weg en wist er een lachje uit te persen. 'Ik weet het.' Ze knikte. Maar ze wisten allebei dat Alex geen doorsneeman was, en hij had op geen enkele manier de indruk gewekt dat hij wel zou bijtrekken, toen niet en nooit niet.

Lily plofte naast haar neer. 'Het wordt tijd dat jij een verhouding gaat overwegen.'

'Een verhouding? Moet je niet eerst een relatie hebben om "een verhouding" te beginnen?'

'Gewoon iets kortstondigs, een onenightstand, weet ik veel. Ik hoef je er toch niet aan te herinneren hoe lang het geleden is dat je met iemand anders dan Alex naar bed bent geweest? Want ik...'

'Nee, dat hoeft niet.'

'In het tweede jaar, Scott-nog-wat, die jongen met de nogal ongelukkige onderbeet. Jullie hebben het gedaan in de badkamer van het studentenhuis toen ik moest kotsen, weet je nog?'

Andy sloeg een hand tegen haar voorhoofd. 'Hou alsjeblieft op.'

'En de volgende dag kreeg je een kaart van hem. Op de voorkant stond "Vannacht" en binnenin: "... heb je mijn wereld op z'n kop gezet". Jij vond dat het liefste, meest romantische gebaar dat je maar kon bedenken, weet je nog?'

'Ik smeek je om je mond te houden.'

'Je bent maandenlang met hem naar bed gegaan! Ondanks zijn Teva-sandalen, ondanks het feit dat hij zijn eigen was niet deed en zijn hardnekkige gewoonte om je zoetsappige kaarten te sturen met "Zomaar..." erop. Je hebt bewezen dat je bereid bent oogkleppen te dragen als het op mannen aankomt. Dus ik zeg: doe dat weer!'

'Lily...'

'Of niet. Je bent nu in de positie om voor iets beters te kiezen, als je dat zou willen. Twee woorden: Christian Collinsworth. Hij duikt toch nog regelmatig op?'

'Ja, maar hij heeft alleen belangstelling voor me omdat ik bezet ben. Bezet wás. Zodra hij doorheeft dat ik beschikbaar ben, gaat hij ervandoor.'

'Als je met "beschikbaar" bedoelt dat je openstaat voor een serieuze relatie, dan heb je waarschijnlijk gelijk. Maar als je bedoelt dat je openstaat voor het idee van vrijblijvende seks, puur voor de lol, denk ik dat je hem wel kunt interesseren.'

'Zullen we gewoon weggaan?' zei Andy om van gespreksonderwerp te veranderen, en ze scrolde door de berichten op haar BlackBerry. 'Travelzoo heeft een aanbieding van vier dagen Jamaica: drie overnachtingen, vlucht en hotel, volpension, in het weekend van Presidents' Day voor driehonderdnegenennegentig dollar. Niet verkeerd, toch?'

Lily zweeg.

'Kom op, dat is toch leuk? Lekker in de zon, margarita's drinken – nou ja, jij niet, maar ik wel – en leuke jongens ontmoeten? Het is een zware winter geweest, we hebben wel iets leuks verdiend.'

Andy wist dat er iets mis was toen Lily zwijgend naar het tapijt bleef staren.

'Wat nou? Neem je boeken mee. Je kunt op het strand lezen. Dit is wat we allebei nodig hebben nu.'

'Ik ga verhuizen,' zei Lily bijna fluisterend.

'Wat ga je?'

'Verhuizen.'

'Heb je een appartement gevonden? Ik dacht dat je het schooljaar hier wilde uitzingen omdat je toch maar twee keer per week college hebt, om dan in de zomer iets te gaan zoeken.'

'Ik verhuis naar Colorado.'

Andy staarde haar aan, maar kon het niet opbrengen iets te zeggen. Lily brak een microscopisch klein stukje suikerbrood af, maar liet het op de schaal liggen. Bijna een minuut lang zeiden ze allebei geen woord; Andy had het gevoel dat het wel een uur was.

Uiteindelijk haalde Lily diep adem. 'Ik ben toe aan iets totaal anders, geloof ik. De drank, het ongeluk, die maand in de afkickkliniek... Er zijn te veel dingen die ik associeer met de stad, allemaal negatief. Ik heb het mijn oma nog niet eens verteld.'

'Colorado?' Andy had een heleboel vragen, maar ze was te geschokt om iets anders te zeggen.

'De universiteit van Boulder maakt de overstap heel makkelijk: ik mag mijn studiepunten meenemen en het is geen probleem dat ik eigenlijk pas één semester heb afgerond. Ze hebben daar frisse lucht en een fijn programma en een heleboel mensen die niet al bij voorbaat mijn hele verhaal kennen.' Toen Lily opkeek, had ze tranen in haar ogen. 'Maar jou hebben ze er niet, dat is het enige waar ik treurig van word. Ik zal je zo ontzettend missen.'

Er volgde gesnotter. Ze snikten en omhelsden elkaar en veegden de mascara van elkaars wangen; ze konden zich niet voorstellen hoe het zou zijn om gescheiden te worden door een heel land. Andy probeerde Lily's plan te steunen door haar duizenden vragen te stellen en goed naar de antwoorden te luisteren, maar ze kon slechts aan één ding denken: over een paar weken zou ze helemaal alleen achterblijven in New York. Geen Alex, geen Lily, geen leven.

Een paar dagen na Lily's vertrek trok Andy zich terug bij haar ouders in Avon. Net toen ze drie porties van haar moeders aardappelpuree met veel boter en room achter de kiezen had, weggespoeld met twee glazen pinot, en ze overwoog de knoopjes van haar spijkerbroek los te maken, pakte haar moeder over de tafel heen haar hand en kondigde ze aan dat Andy's vader en zij gingen scheiden.

'Ik kan niet genoeg benadrukken dat we heel veel van jou en Jill houden, en natuurlijk staat dit helemaal los van jullie,' ratelde mevrouw Sachs, die vijf kwartier in een uur praatte.

'Ze is geen kind meer, Roberta. Andy denkt heus niet dat het haar schuld is dat er een einde komt aan het huwelijk van haar ouders.'

De toon van haar vader was scherper dan anders, en als ze heel eerlijk was, moest ze toegeven dat dit al een tijdje het geval was.

'Het is een gezamenlijke beslissing die we als vrienden hebben genomen. We hebben geen van beiden... iemand anders, zo zit het niet. We zijn alleen uit elkaar gegroeid in al die jaren.'

'We willen verschillende dingen,' voegde haar vader er weinig behulpzaam aan toe.

Andy knikte.

'Heb je niets te zeggen?' Mevrouw Sachs fronste haar voorhoofd, een en al ouderlijke bezorgdheid.

'Wat valt er te zeggen?' Andy goot de rest van haar wijn naar binnen. 'Weet Jill het al?'

Haar vader knikte en mevrouw Sachs schraapte haar keel.

'Nou... als je... misschien... nog vragen hebt?' Haar moeder keek bezorgd. Een snelle blik op haar vader bevestigde dat hij op het punt stond over te schakelen naar de psychiaterstand: hij zou haar uithoren over haar gevoelens, en irritante dingen zeggen als: 'Wat je nu ook ervaart, het is heel begrijpelijk.' Of: 'Ik weet dat je aan de situatie zult moeten wennen.' Daar was ze nu niet voor in de stemming.

Andy haalde haar schouders op. 'Luister, het is jullie zaak. Als jullie er allebei tevreden mee zijn, gaat het mij verder niet aan.' Ze veegde haar mond af met haar servet, bedankte haar moeder voor het eten en liep de keuken uit. Hiermee verviel ze natuurlijk in haar oude pubergedrag, maar ze kon er niets aan doen. Ze wist ook wel dat de ontbinding van het huwelijk van haar ouders, na vierendertig jaar, niets met háár te maken had, maar toch dacht ze onwillekeurig: eerst Alex, toen Lily en nu dit. Het was te veel.

Als afleiding hielpen de vele uren die ze besteedde aan research, interviewen en schrijven voor *Happily Ever After* wel even, maar Andy slaagde er nog steeds niet in om de onbestemde hoeveelheid tijd tussen het afronden van haar werk en het moment dat ze naar bed ging, te vullen. Ze was een paar keer iets gaan drinken met haar redacteur, een tijger van een vrouw die voornamelijk over Andy's schouder gluurde naar de jonge studenten die rondhingen in de happy-hourtenten waar ze met haar kwam, en zo nu en dan ging

Andy uit eten met een oude bekende van Brown of een vriendin die voor zaken in New York was, maar het grootste deel van de tijd was ze alleen. Alex was van de aardbodem verdwenen. Hij had niet één keer gebeld, en het enige contact tussen hen beiden was zeer kort geweest: 'Fijn dat je eraan gedacht hebt, hopelijk gaat alles goed,' had hij haar gemaild als reactie op het lange, emotionele en – achteraf – vernederende bericht dat Andy op zijn voicemail had ingesproken voor zijn vierentwintigste verjaardag. Lily had het naar haar zin in Boulder en raakte niet uitgepraat over haar appartement, haar nieuwe kantoor en de yogalessen die ze had geprobeerd en waar ze helemaal weg van was. Het lukte haar niet eens om te doen alsof ze ongelukkig was, om Andy een plezier te doen. En Andy's ouders gingen officieel uit elkaar; ze waren overeengekomen dat mevrouw Sachs het huis hield en dat Andy's vader zou verhuizen naar een nieuwe flat dichter bij de stad. Kennelijk waren de scheidingspapieren ingediend, ze waren allebei in therapie – deze keer niet samen – en hadden beiden 'vrede' met de beslissing.

Het was een lange, koude winter. Een lange, koude, éénzame winter. En dus deed Andy wat iedere jonge New Yorker vóór haar op zeker moment in zijn of haar eerste tien jaar in de stad had gedaan: ze schreef zich in voor een kookcursus met de naam 'Hoe kook ik water?'

Het had een goed idee geleken, gezien het feit dat ze haar oven gebruikte als opslagplaats voor catalogi en tijdschriften. Als ze thuis 'kookte' kwam er niet meer aan te pas dan een koffiekan of een pot pindakaas, en eten bestellen – hoe sober ze het ook probeerde te houden – was veel te duur. En het zou ook inderdaad een goed idee geweest zijn, ware het niet dat New York de kleinste stad ter wereld was op precies die momenten dat je behoefte had aan anonimiteit. Want wie zat er tijdens de allereerste kookles tegenover haar in de proefkeuken, zeer intimiderend en met een gekweld gezicht? Niemand minder dan de enige echte eerste assistente van *Runway*, Emily Charlton.

New York City, een stad met negen miljoen inwoners, en Andy slaagde er niet in haar enige vijand uit de weg te gaan. Wanhopig wenste ze dat ze een petje of een grote zonnebril bij zich had, iets om haar te beschermen tegen die felle, woeste blik die Andy nog altijd achtervolgde in haar nachtmerries. Zou ze weggaan? Van de cursus afzien? Kijken of ze op een andere avond kon komen? Terwijl ze haar opties afwoog, las de instructeur de namen van de cursisten op. Toen Andy werd afgeroepen, zag ze heel even een lichte schok door Emily heen gaan, maar ze herstelde zich goed. Ze slaagden erin oogcontact te vermijden en kwamen tot de onuitgesproken overeenkomst om te doen alsof ze elkaar niet herkenden. De tweede les was Emily afwezig, en Andy hoopte dat ze was afgehaakt en niet meer terug zou komen. De derde keer kon Andy zelf niet komen omdat ze moest werken. Beiden baalden toen ze de ander tijdens de vierde cursusavond weer zagen, maar door een subtiele verandering was het nu te lastig om elkaar volledig te negeren, en ze knikten elkaar ijzig toe. Tegen het einde van de vijfde les bromde Andy nauwelijks verstaanbaar 'hallo' in Emily's richting, en Emily bromde iets terug. Nog maar één avond te gaan! Het was denkbaar, en zelfs waarschijnlijk, dat ze de cursus konden uitzitten met uitwisseling van niet meer dan een paar vage keelklanken, en Andy was opgelucht.

Maar toen gebeurde het ondenkbare. Het ene moment las de instructeur de ingrediëntenlijst van die avond op, en het volgende moment zette hij de twee gezworen vijanden bij elkaar als 'keukenpartners', waarbij Emily de leiding kreeg over het voorbereidende werk en Andy werd opgedragen toezicht te houden op het bakken. Voor het eerst keken ze elkaar aan, maar ze wendden allebei gauw hun blik af. Andy zag het met één oogopslag: Emily zag hier net zo tegen op als zij. Zonder een woord te zeggen gingen ze naast elkaar staan, en toen Emily het ritme had gevonden van het snijden van de courgettes, in luciferdunne reepjes, dwong Andy zichzelf om te vragen: 'En, alles goed?'

'Alles? Ja, hoor.' Emily was er nog altijd even goed in om de indruk te wekken dat ze ieder woord dat over Andy's lippen kwam uitermate smakeloos vond. Het was bijna een geruststelling om te zien dat er niets veranderd was. En hoewel Andy kon merken dat ze het eigenlijk niet wilde vragen en het antwoord haar hoegenaamd niets interesseerde, wist Emily toch uit te brengen: 'En met jou?'

‘Met mij? Prima, het gaat prima. Niet te geloven dat het al een jaar geleden is, hè?’

Stilte.

‘Herinner je je Alex nog? Hij is naar Mississippi verhuisd, waar hij nu lesgeeft.’ Andy kon het niet opbrengen om toe te geven dat hij het uitgemaakt had. Ze deed haar uiterste best om zichzelf het zwijgen op te leggen, maar het lukte niet. ‘En Lily, die vriendin van me die ’s avonds laat altijd langskwam op de redactie als Miranda weg was, die dat ongeluk heeft gehad toen ik in Parijs zat? Ook verhuisd! Naar Boulder. Nooit gedacht dat ze het in zich had, maar ze is yogafanaat geworden en doet nu aan bergbeklimmen. En dat allemaal binnen een half jaar. Ik schrijf tegenwoordig voor een huwelijksblog. *Happily Ever After*, ken je dat?’

Emily glimlachte. Niet gemeen, maar ook niet aardig. ‘Heeft *Happily Ever After* iets te maken met *The New Yorker*? Want ik kan me herinneren dat er sprake van was dat je dáárvoor zou gaan schrijven...’

Andy voelde haar wangen gloeien. Wat was ze naïef geweest! Jong en dwaas. Na een paar jaar buffelen, mensen interviewen en tientallen stukken schrijven die nooit geplaatst waren, telkens weer redacties bellen en eindeloos ideeën voor artikelen proberen te slijten, had ze een wijze les geleerd: het was in deze stad al een enorme uitdaging om überhaupt iets gepubliceerd te krijgen, over welk onderwerp dan ook.

‘Ja, dat was nogal dom van me,’ zei Andy zacht. Ze wierp een vluchtige blik op Emily’s lieslaarzen en haar boterzachte leren motorjack en vroeg: ‘En jij? Nog steeds bij *Runway*?’

Ze vroeg het puur uit beleefdheid, want het leed geen twijfel dat Emily was opgeklommen naar een of andere glamourpositie en dat ze met plezier zou blijven zitten waar ze zat, tot ze een miljardair aan de haak had geslagen of tot aan haar dood, afhankelijk van welke van de twee het eerste kwam.

Emily stortte zich op het snijden van de courgettereepjes, en Andy wenste vurig dat het haar geen vingertopje zou kosten. ‘Nee.’

De spanning was tastbaar toen Andy de courgettereepjes van Emily in ontvangst nam en er fijngehakte knoflook, zout en peper overheen strooide alvorens ze in de gloeiend hete pan te gooien. De olijfolie begon onmiddellijk te spetteren.

'Vuur lager zetten!' riep de instructeur vanaf zijn positie vooraan in de keuken. 'We fruiten hier courgette, het moet geen kampvuur worden.'

Emily draaide de gasvlam lager en sloeg haar ogen ten hemel, en door dat nauwelijks waarneembare gebaar werd Andy teruggevoerd naar hun kantoortje op de redactie van *Runway*, waar Emily wel duizend keer per dag geërgerd met diezelfde, toen nog iets helderder ogen had gerold. Iedere keer dat Miranda brulde om een milkshake, een nieuwe jeep, een slangenleren tas, een kinderarts of een vlucht naar de Dominicaanse Republiek liep Andy paniekerig rond in een poging het verzoek te ontcijferen, terwijl Emily haar ogen ten hemel sloeg en luid zuchtte om haar incompetentie. Een tafereel dat zich eindeloos herhaald had.

'Em, ik eh...' Ze zweeg meteen weer toen Emily met een ruk haar hoofd omdraaide en haar strak aankeek.

'Ik heet Emily,' zei ze afgemeten.

'Emily, sorry. Hoe kon ik dat vergeten? Miranda heeft me een jaar lang zo genoemd.'

Tot haar verrassing bracht Emily een proestend geluid voort, en Andy meende zelfs een echt glimlachje te bespeuren.

'Dat deed ze echt, hè?'

'Emily, ik...' Andy wist niet goed hoe ze verder moest gaan, en ze roerde in de courgettestaafjes, ondanks het bevel van de instructeur om ze te laten fruiten 'zonder ze al te veel te verstoren'. 'Ik weet dat het lang geleden is, eh, dat... jaar, maar ik heb een vervelend gevoel over de afloop.'

'Bedoel je de laffe manier waarop je je dat reisje naar Parijs hebt toegeëigend, terwijl ik er al mijn hele leven van droomde – en ik daar veel langer werkte, en stukken harder dan jij – om het vervolgens in je hoofd te halen ter plekke óp te stappen? Zonder er ook maar even bij na te denken wat dat voor gevolgen zou hebben voor Miranda's humeur, en hoeveel tijd het mij zou kosten om een nieuwe assistente aan te nemen en in te werken? Het heeft me trouwens bijna drie weken gekost, hetgeen betekende dat ik al die tijd vierentwintig uur per dag, zeven dagen per week in mijn eentje beschikbaar moest zijn voor ieder wissewasje.' Emily staarde naar de courgettereepjes. 'Je hebt me niet eens gemaild om afscheid te nemen, om me te bedanken of voor mijn part te zeggen dat ik kon doodvallen. Dat was de "afloop".'

Andy keek haar kookpartner aan. Was Emily nou echt gekwetst? Ze zou het niet geloofd hebben als ze het niet met eigen ogen had gezien, maar het zag ernaar uit dat Emily het echt erg vond dat Andy niets meer van zich had laten horen.

'Het spijt me, Emily. Ik nam aan dat ik wel de laatste was van wie je op dat moment wilde horen. Het is geen geheim dat ik niet bepaald dol was op mijn werk voor Miranda, maar ik besef nu pas dat het voor jou ook niet makkelijk is geweest. Ik had misschien wel wat minder lastig kunnen zijn.'

Emily snoof weer. 'Lastig? Je was gewoon een eersteklas bitch.'

Andy ademde diep in door haar neus en blies uit door haar mond. Ze wilde het allemaal terugnemen, Emily alsnog een hielenlikker en een slijmbal noemen, want dat was ze, en voorgoed afstand nemen van *Runway* en iedereen die er ook maar iets mee te maken had. Alleen al door het gesprekje van de afgelopen zestig seconden kwamen alle ellende en spanningen van toen weer terug: de slapeloze nachten, de eindeloze bevelen, de eeuwig rinkelende telefoon en de kleinerende, beledigende en passief-agressieve opmerkingen. Iedere morgen het gevoel dat ze dik, dom en ontoereikend was, iedere avond de uitputting, neerslachtigheid en totale moedeloosheid.

Maar wat had het voor zin om zich er nu druk om te maken? Over anderhalf uur was de cursus voorgoed voorbij en kon Andy vertrekken; ze zou onderweg naar huis een grote beker roomijs halen en hopelijk hoefde ze haar akelige ex-collega hierna nooit meer te zien.

'Hier, de courgette is klaar. En nu?' vroeg Andy, en ze zette de pan op het achterste pitje en goot een laagje olijfolie in een andere.

Emily gooide twee handjes gehalveerde spruiten in de nieuwe pan en deed er een mengsel van mosterd, wijn en azijn bij. 'Ze heeft me ontslagen.'

Andy's houten lepel viel kletterend op de vloer. 'Wát zeg je?'

'Ontslagen, ja. Ongeveer vier maanden nadat jij was opgestapt. Ik was net klaar met het inwerken van de vierde nieuweling. Het was een uur of acht 's morgens, op een doorsneedag, en ze kwam aangebeend, keurde me amper een blik waardig en zei dat ik de volgende dag niet terug hoefde te komen – en daarna ook niet meer.'

Andy kon niet voorkomen dat haar mond openviel. 'Dat meen je niet. Heb je enig idee waarom?'

Emily's hand trilde licht terwijl ze in de spruitjes roerde. 'Geen flauw idee. Ik werkte bijna drie jaar voor haar – ik had goddomme Frans geleerd om Caroline en Cassidy in mijn spaarzame vrije tijd bijles te kunnen geven – en ze zette me als oud vuil aan de straat. Binnen een paar weken zou ik eindelijk zoals beloofd gepromoveerd worden naar de moderedactie en *bam!*, zeg maar dag met je handje. Geen verklaring, geen excuus, geen bedankje, niets.'

'Wat erg, dat is echt verschrikkelijk...'

Emily stak haar linkerhand op. 'Dat was vorig jaar. Ik ben eroverheen. Nou ja, misschien niet helemaal – ik bid nog iedere morgen zodra ik wakker word dat ze onder een bus komt – maar daarna kan ik de dag weer aan.'

Als Emily niet zo'n gekwelde blik op haar gezicht had gehad, zou Andy verheugd gereageerd hebben. Hoe vaak had ze zich niet afgevraagd waarom Emily niet inzag dat Miranda haar werknemers op een walgelijke manier vernederde en terroriseerde? Hoe vaak had ze niet gewenst dat ze één vriendin had bij *Runway*? Hoeveel draaglijker zou het niet zijn geweest als ze een medestander had gehad, iemand met wie ze alle ellende had kunnen bespreken? Niemand had harder en met meer toewijding gewerkt dan Emily, en toch had Miranda zich niet aan haar belofte gehouden. Dat was zo verschrikkelijk oneerlijk.

Andy veegde haar handen af aan haar schort. 'Ik heb een keer haar overlijdensbericht geschreven, is dat niet idioot?'

Emily legde haar houten tang neer en staarde Andy aan. Het was de eerste keer in de hele cursus dat ze rechtstreeks oogcontact hadden. 'Wat zeg je nou?'

'Gewoon als oefening, weet je wel? Ik kan gerust zeggen dat ik daarin niet bepaald de nadruk legde op haar prestaties. Het werkte verrassend louterend. Jij bent niet de enige die hoopt dat ze voortijdig aan haar einde komt.'

Eindelijk lachte Emily. 'Wil dat zeggen dat je voor een krant hebt gewerkt? Ik heb je nog een paar keer gegoogeld toen je pas weg was, maar ik kon nooit veel vinden.'

Andy wist niet eens waar ze moest beginnen. Het bezorgde haar een vreemde voldoening om te weten dat Emily ook had geprobeerd haar te volgen. Zelf had ze in de weken na haar vertrek bij *Runway* vaak overwogen om Emily te bellen en haar excuses aan te bieden voor haar abrupte vertrek en het feit dat ze daarmee de eerste assistente in zo'n lastig parket had gebracht, maar als het erop aankwam, had ze het steeds niet gedurfd. Niemand schreeuwde 'fuck you' tegen Miranda Priestly zonder de toorn van Emily Charlton over zich heen te krijgen. Dus was Andy de gegarandeerde scheldpartij, de beledigingen en een ongetwijfeld woedend verbroken gesprek uit de weg gegaan en had ze haar schuldgevoel voor zich gehouden.

'Ja, waarschijnlijk omdat er gewoon weinig over me te vinden viel. Ik heb een tijdje met Lily bij mijn ouders gewoond terwijl zij herstellende was. Ik bracht haar naar de fysiotherapeut en naar haar bijeenkomsten van de AA, dat soort dingen. Ik heb gesolliciteerd en stukjes ingestuurd naar de plaatselijke krant over verlovingen en huwelijken. Toen ik eindelijk terugkeerde naar de stad heb ik mijn cv naar zo'n beetje ieder tijdschrift en iedere krant gestuurd, en uiteindelijk kwam ik terecht bij *Happily Ever After*. Dat is tot nu toe best oké. Ik mag veel schrijven. En wat doe jij?'

'Wat doe je precies voor die site? Het is toch een huwelijksblog? Ik ken wel hun partnersite over interieurinrichting. Die is niet slecht.'

Dat was met afstand het meest enthousiaste compliment dat Andy ooit uit Emily's mond had gehoord, en ze greep het met beide handen aan.

'Dank je! Ja, alles over trouwen, van verlovingsringen tot bloemen en bruidsjurken, cadeau- en gastenlijsten, trouwlocaties, bestemmingen voor de huwelijksreis, accessoires, weddingplanners, inspiratie voor de openingsdans… et cetera.' Het was niet wereldschokkend, maar Andy had voor zichzelf een fijn gat in de markt ontdekt en was er zeker niet ontevreden mee. 'En wat doe jij nu?'

'Dames daar in de hoek!' brulde de instructeur, en hij wees met een plastic schraper hun kant op. 'Niet praten, koken. Ondanks de naam van de cursus is het de bedoeling dat jullie hier meer leren dan alleen water aan de kook brengen.'

Emily knikte. 'Nu weet ik het weer. Je had Victoria Beckham geïnterviewd over de mooiste herinneringen die ze aan haar bruiloft had, en wat je als bruid zou moeten kiezen als je aan één ding heel veel geld mocht uitgeven. De drank, antwoordde ze, want als er genoeg goede drank is, hebben de mensen het gegarandeerd naar hun zin. Was dat van jou?'

Andy glimlachte onwillekeurig; het was nog altijd nieuw voor haar om te ontdekken dat de stukken die ze schreef ook echt werden gelezen. 'Ja, dat was mijn artikel.'

'Dat vroeg ik me toen al af, maar ik dacht dat het vast een andere Andrea Sachs moest zijn, want jij zou immers oorlogscorrespondent of iets dergelijks worden. Het komt nu allemaal weer terug. Ik heb een google-alert ingesteld voor Posh en ik lees alles over haar. Heb je haar ook ontmoet?'

Stelde Emily haar nu echt vragen over haar leven? Toonde ze belangstelling? Was ze onder de indruk van iets wat Andy had gedaan? Het was zo waanzinnig dat ze het bijna niet kon geloven. 'Een kwartiertje maar, maar inderdaad, toen ze een paar maanden geleden in New York was, ben ik naar haar hotelkamer gegaan. Ik heb hém zelfs ontmoet.'

'Niet!'

Andy knikte. 'Niet lullig bedoeld, maar hoe heb je haar zo ver gekregen dat ze een interview gaf voor een huwelijksblog?'

Andy dacht even na en overwoog hoe eerlijk ze tegen Emily wilde zijn. Toen antwoordde ze: 'Ik heb haar pr-dame gebeld en gezegd dat ik tot voor kort bij *Runway* had gewerkt, rechtstreeks voor Miranda Priestly, en dat ik hoopte, aangezien Miranda zo'n enorme bewonderaar is van Victoria Beckham, dat ze me kort zou willen spreken over haar bruiloft.'

'En dat deed ze, op basis daarvan?'

'Yep.'

'Maar Miranda vindt Victoria Beckham helemaal niks.'

Emily schepte de spruitjes en de courgettereepjes op een bord en ging op een van de werkkrukken zitten. Andy liep naar de schaal met toastjes en kaas, laadde een bord vol, zette dat tussen hen in en pakte de kruk naast Emily.

'Dat maakt niet uit. Het werkt zolang Victoria – of in ieder geval haar pr-dame – Miranda bewondert, en dat doen ze allemaal. Mijn slagingspercentage tot nu toe is honderd procent.'

'Wat, heb je het al eerder gedaan? De indruk gewekt dat je voor *Runway* schrééf?'

'Ik lieg niet,' zei Andy, en ze stak een blokje cheddar in haar mond. 'Hoe zij het willen interpreteren, moeten ze zelf weten.'

'Geweldig. Echt geweldig! En waarom ook niet? Anders levert dat slavenwerk dat je voor haar hebt verricht helemaal niks op. Wie heb je nog meer ontmoet?'

'Even denken. Britney Spears heeft een top tien samengesteld met haar favoriete nummers voor de openingsdans, Kate Hudson vertelde dat ze graag nog ooit stiekem zou willen trouwen, ergens ver weg, Jennifer Aniston heeft voor ons haar droomjurk beschreven, Heidi Klum hebben we gesproken over kapsels en make-up op de grote dag, en Reese Witherspoon heeft een boekje opengedaan over de voor- en nadelen van jong trouwen. Volgende week interview ik J.Lo over gepaste manieren om je tweede of derde huwelijk te vieren.'

Emily boog zich naar het bord en maakte een minisandwich van twee toastjes en een blokje kaas, en het kostte Andy moeite om niet met open mond toe te kijken. Emily Charlton éét?

'Klinkt goed, Andy,' zei ze tussen twee krakende hapjes door.

Andy moest haar toch aangestaard hebben, want Emily lachte even en zei: 'Ja, ik eet tegenwoordig. Dat was het eerste wat terugkwam na mijn ontslag: mijn eetlust.'

'Het is je anders niet aan te zien,' zei Andy eerlijk, en Emily moest weer lachen. 'Ga je me nu nog vertellen wat je tegenwoordig doet?'

De instructeur dook uit het niets op. 'Dames? Wat is dat hier?

Ik weet tamelijk zeker dat "op een kruk toastjes zitten eten" geen onderdeel is van de cursus.' Hij klapte in zijn handen en trok zijn wenkbrauwen op.

'En ik weet tamelijk zeker dat "lullig doen tegen de cursisten" ook niet in de brochure stond. Maar we wilden net gaan,' zei Emily, en ze keek Andy aan.

'Ja, inderdaad. Bedankt voor de fantastische cursus.' Andy's opgewekte toon ontlokte Emily een enthousiast kreetje, en de andere cursisten keken naar hen om. De twee meiden pakten hun spullen en liepen de gang op, waar ze onmiddellijk een lachbui kregen.

Daarna had de sfeer ongemakkelijk kunnen worden, maar dat gebeurde niet. Ze mochten dan voorheen een hekel aan elkaar hebben gehad, ze hadden genoeg tijd met elkaar doorgebracht om zich bij de ander op hun gemak te voelen. Andy stelde aarzelend voor om nog ergens wat te gaan drinken en bij te praten, en Emily stemde daar gretig mee in. Eén margarita werden er drie, die drie liepen uit op een etentje en een afspraak voor over twee dagen. Algauw zagen ze elkaar regelmatig voor het happy hour, een brunch op zondag of een snelle kop koffie in Emily's kantoor op de redactie van *Harper's Bazaar*, waar ze pasgeleden was bevorderd tot junior moderedacteur. Ze had nu een eigen werkkamer, klein, maar wel met een raam.

Andy ging als introducee met Emily mee naar alle chique modefeestjes en nodigde op haar beurt Emily uit om haar als 'medewerkster' te vergezellen wanneer ze beroemdheden interviewde. Ze leverden bijdragen aan elkaars werk, lachten om elkaars kleding en lieten altijd hun telefoon aanstaan, zodat de degene die een date had nog kon bellen als ze diep in de nacht thuiskwam. Andy miste Alex en Lily nog steeds, en ze werd nog altijd treurig bij de gedachte dat haar ouders uit elkaar waren; ze voelde zich nog vaak genoeg eenzaam en afgezonderd, maar dan belde of sms'te Emily weer over een nieuwe sushizaak in SoHo die ze wilde uitproberen, of ze gingen samen de stad in op zoek naar rode lippenstift, een nieuw espressoapparaat of een paar platte sandaaltjes.

Het ging niet van de ene dag op de andere, maar wat Andy voor onmogelijk had gehouden, gebeurde: Emily Charlton, gezworen vijand, was nu haar vriendin. En niet zomaar een vriendin, haar beste vriendin, de eerste die ze belde als er iets leuks of iets vervelends gebeurde. Daarom voelde het ook als een natuurlijke stap toen ze een paar jaar later – na Emily's vertrek bij *Bazaar*, in de periode dat Andy langzamerhand genoeg kreeg van *Happily Ever After* – het idee kregen voor *The Plunge*. Emily had het bedacht, maar Andy verfijnde de doelstelling en de missie van het blad, brainstormde over artikelen en ideeën voor covers en legde contacten voor de eerste bruiloften waarvan ze verslag zouden doen. Door de combinatie van Emily's zakelijke contacten en ervaring met de gedrukte media en Andy's schrijfervaring en expertise op het gebied van huwelijken en aanverwante zaken konden ze een ongekend mooi product neerzetten en uitwerken.

Vervolgens was Max in beeld verschenen, een van de beste vrienden van Emily's echtgenoot, en hun levens waren zo met elkaar verweven geraakt dat Andy zich soms nauwelijks kon voorstellen dat Emily en zij ooit de pest aan elkaar gehad hadden. Door hard werken en dankzij het verstrijken van de tijd waren Emily en zij er allebei in geslaagd Miranda te reduceren tot een beeld in de achteruitkijkspiegel. En nu dit.

Andy voelde een haast onvoorstelbare angst toen ze daar in Emily's kantoor zat, nog in haar hardloopbroek en sweatshirt, haar zweterige handen tot vuisten gebald, zo gespannen dat de nagels afdrukken maakten in haar handpalmen. Ze keek toe hoe Agatha de verbinding met de befaamde telefooncentrale van Elias-Clark tot stand bracht.

'Doen we dit echt?' kreunde Andy. Ze wilde dolgraag méér weten, en tegelijkertijd durfde ze er niet aan te denken wat er aan de hand kon zijn.

'Eh, ja, ik wil graag Stanley Grogin spreken. Ik bel namens *The Plunge*.' Agatha knikte, duidelijk tevreden met haar rol als middelpunt van het drama, en ze schraapte haar keel.

'Meneer Grogin? U spreekt met de assistente van Emily Charlton. Mevrouw Charlton is op zakenreis, maar ze heeft me gevraagd u te bellen om te vragen of ik iets voor u kan betekenen.' Weer een knikje.

Andy voelde een straaltje zweet tussen haar borsten door sijpelen.

'Hm, juist ja. Telefonische bespreking. Mag ik vragen waar het over gaat?' Agatha trok een gezicht alsof ze iets smerigs proefde en sloeg haar ogen ten hemel, à la Emily. 'Jazeker. Ik geef het door, u hoort nog van mij. Hartelijk dank.'

Emily wachtte niet eens tot ze de hoorn had neergelegd; ze boog zich naar de houder van de telefoon om de verbinding te verbreken.

'Wat zei hij?' vroegen Andy en Emily in koor.

Agatha nam een slokje van haar smoothie en leek van het moment te genieten. 'Hij wil graag een telefonische bespreking met jullie samen plannen.'

'Een bespreking? Waarover?' vroeg Andy. Waar zou een jurist van Elias-Clark hen in vredesnaam over willen spreken, na al die jaren? Tenzij hij inderdaad lucht had gekregen van de toch enigszins misleidende manier waarop Andy heel misschien nog wel eens Miranda's naam gebruikte om beroemdheden te strikken.

'Dat wilde hij niet zeggen.'

'Hoe bedoel je, dat wilde hij niet zeggen?' Emily gilde nu bijna. 'Wat zei hij toen je ernaar vroeg?'

'Alleen dat hij bijna iedere ochtend vóór elf uur beschikbaar is en dat hij deze privékwestie wil bespreken met jullie persoonlijk... en enkele van zijn collega's.'

'O god, ze is terug! Ze sleept ons voor de rechter. Ze gaat ons het leven zuur maken. Ik wist het wel...' kreunde Andy.

'Miranda is totaal niet in ons geïnteresseerd, niet in jou en niet in mij, neem dat maar van mij aan,' zei Emily met haar vroegere gezag als eerste assistente. 'Als je alles van die tijd wilt vergeten, onthoud dan in ieder geval één ding: wij zijn dood voor haar en ze heeft veel belangrijker dingen aan haar hoofd dan oude koeien uit de sloot halen. Er moet iets anders aan de hand zijn.'

Emily had gelijk. Het moest wel om iets anders gaan. Maar Andy schrok ervan dat de aanblik van de naam Elias-Clark op het schermpje van haar telefoon haar in één klap terugvoerde naar die vreselijke periode van pure paniek. Het maakte niet uit wat ze van hen wilden. Miranda Priestly, Satan in hoogsteigen persoon, zwiepend met haar duivelsstaart en haar Prada-tas, vulde Andy's wereld opnieuw met pijnlijke herinneringen en verse angstbeelden. Het was alsof de afgelopen tien jaar er niet waren geweest.

7

Typisch mannengedrag

Er was een week verstreken sinds de bruiloft en Andy voelde zich eerder beroerder dan beter. Ze had regelmatig barstende koppijn, ze voelde zich wazig en viel om van de slaap, en soms was ze duizelig. De koorts zakte zo nu en dan, maar leek nooit echt te verdwijnen. Het begon erop te lijken dat ze niet meer van deze griep af zou komen.

Toen ze de kast opentrok om haar meest aftandse fleecebadjas te pakken, tilde Max zijn hoofd van het kussen. 'Goedemorgen.' Hij schonk haar zijn liefste slaperige lachje. 'Kom eens hier, even knuffelen.'

Andy trok het vuurrode vod aan en bond de ceintuur dicht. 'Ik voel me niet zo lekker. Ik zet vast koffie, maar ik ga vandaag niet mee sporten. Misschien moest ik maar wat vroeger naar mijn werk gaan.'

'Andy, kun je even komen? Ik wil met je praten.'

Eén afschuwelijk moment was ze ervan overtuigd dat hij een bekentenis ging afleggen over Katherine. Misschien had hij ontdekt dat de brief van zijn moeder weg was. Misschien...

'Zeg het maar,' zei ze vanaf het voeteneind van het bed, zo ver mogelijk bij hem vandaan. Stanley keek klaaglijk naar haar, boos omdat zijn ontbijt minder snel kwam dan hij had verwacht.

Max pakte zijn bril van het nachtkastje, zette hem op en ondersteunde zijn hoofd met zijn hand. 'Ik wil dat je vandaag naar de dokter gaat. Ik sta erop.'

Andy zei geen woord.

‘Je voelt je nu al negen dagen zo beroerd. Negen dagen, vanaf onze trouwdag...’

Ze wist wat hij eigenlijk bedoelde. Ze waren al een week getrouwd en hadden pas één keer seks gehad, nadat Andy een uur in bad had gelegen omdat ze beweerde dat ze het koud had, wat ook echt waar was. Toen was zijn geduld op geweest, net als haar smoesjes. Maar Andy wilde vooral niets liever dan zich beter voelen.

‘Ik heb al een afspraak gemaakt, voor zo meteen. Ik dacht dat ik altijd nog kon afbellen als het niet meer nodig was, maar ik voel me nog steeds beroerd.’

Dat leek Max tevreden te stellen. ‘Mooi, dat is goed nieuws. Bel je me meteen als je terug bent om te vertellen wat hij zei?’

Andy knikte.

Max trok het dekbed steviger om zich heen. ‘Is verder alles goed? Ik weet dat je je niet lekker voelt, maar je bent zo... Ik weet niet, anders dan anders. De hele week al. Heb ik iets verkeerds gedaan?’

Andy had dit gesprek niet nu willen voeren. Ze wachtte al een hele tijd op het juiste moment, wanneer ze geen van beiden gehaast waren of stress hadden of ziek waren, maar genoeg was genoeg. Het was tijd om te horen hoe het zat.

‘Ik weet alles over Bermuda.’

Zonder het te beseffen hield ze haar adem in.

Max kneep vragend zijn ogen tot spleetjes. ‘Bermuda? Mijn vrijgezellenfeest, bedoel je?’

‘Ja,’ zei Andy. Zou hij tegen haar liegen? Dat was zo’n beetje het enige wat de situatie nog erger zou kunnen maken.

Max keek haar aan. ‘Je bedoelt Katherine,’ zei hij toen zacht, en de moed zonk Andy in de schoenen. Het was dus waar. Het klopte wat er in Barbara’s brief had gestaan: Max had dingen voor haar verzwegen. Dat viel nu niet meer te ontkennen.

‘Dus je hebt haar daar gezien,’ zei ze, meer tegen zichzelf dan tegen Max.

‘Ja, ik heb haar daar gezien. Maar je moet me geloven als ik zeg dat ik geen flauw idee had dat ze daar zou zijn. Ik bedoel, ik weet natuurlijk dat haar ouders dat huis hebben, maar wist ik veel dat zij en haar zus uitgerekend dat weekend – van alle weekends in een heel jaar – hun wellnessuitstapje zouden houden. Op een avond zijn ze cocktails komen drinken. Het is geen excuus, maar denk alsjeblieft niet dat er iets is gebeurd, want dat is niet zo. Helemaal niks.'

Het horen van zelfs deze beperkte hoeveelheid details kwam veel harder aan dan ze had verwacht.

Waarom heb je er niks van gezegd? had ze hem willen toeschreeuwen. *Als het dan allemaal zo lief en onschuldig was, waar sloeg die brief dan op? En waarom heb je het allemaal voor me verborgen gehouden?*

'Hoe ben je daar eigenlijk achter gekomen? Niet dat het geheim was, maar ik ben gewoon benieuwd.'

'Ik heb de brief van je moeder gevonden, Max. De brief waarin ze je smeekte niet met mij te trouwen. Het gaat niet alleen om Katherine, hè?'

Hij keek haar aan alsof hij moest overgeven, en dat bezorgde Andy een kort moment van voldoening.

'En het is duidelijk wél geheim, anders had je het me wel meteen verteld. Of kort daarna. Het betekende genoeg voor je om je moeder erover te vertellen, maar mij dus niet.' Toen hij niets zei, pakte Andy Stanley op en kondigde aan: 'Ik ga douchen, anders kom ik te laat bij de dokter.'

'Ik had het je willen vertellen, ik zweer het je. Maar het leek me egoïstisch om jou bezorgd te maken of een rotgevoel te bezorgen terwijl er helemaal niéts aan de hand is.'

'Bezorgd? Ik zou heus niet bezorgd geworden zijn. Ik had waarschijnlijk deze ring afgedaan!' Na al die dagen in stilte piekeren was het heerlijk om tegen hem tekeer te gaan. 'Ik zou geweigerd hebben me in die witte jurk te hijsen en je mijn liefde te verklaren voor het oog van al onze vrienden en familieleden. Vooral voor jóúw familieleden, aangezien die mij niet eens zien zitten. Ze vinden me niet goed genoeg voor je. Dat zou ik waarschijnlijk gedaan hebben. Dus waag het niet om daar te zitten beweren dat je dit hebt verzwegen uit bezorgdheid om míj.'

Nog terwijl ze het zei, besefte ze dat ze onredelijk was. Natuurlijk had ze die dag nog een keuze gehad. Ze had ervoor gekozen om het huwelijk door te zetten in plaats van haarzelf of Max of hun familie een blamage te bezorgen met haar jaloerse aanstellerij. Ze was met Max getrouwd omdat ze van hem hield en ze hem vertrouwde – althans, dat wilde ze graag – en ze was ervan overtuigd dat hier een logische verklaring voor was. Had ze dan de bruiloft moeten uitstellen, slechts een paar minuten voor de plechtigheid, vanwege een niet-gedateerde brief van zijn kreng van een moeder? Had ze dat zelfs maar gewild? Natuurlijk niet. Maar dat hoefde Max nog even niet te weten.

'Andy, nou reageer je wel heel...'

Ze drukte de hond tegen haar borst, sloeg de badkamerdeur dicht en draaide hem achter zich op slot. Max klopte verwoed op de deur, maar het kloppen werd overstemd door het geluid van de douche. Toen ze even later aangekleed de keuken in liep om een banaan en een flesje ijsthee te pakken, vloog Max overeind en probeerde haar te omhelzen. 'Andy, er is niets gebeurd!' Ze wurmde zich los, zodat alleen zijn hand op haar schouder bleef liggen.

Ze keek om zich heen in hun appartement: een ruimte van tweehonderdtachtig vierkante meter, op het zuiden gelegen, met twee slaapkamers en een kantoor aan huis op de veertiende verdieping, met een terras dat grensde aan de grootste slaapkamer, en een pas gerenoveerde keuken die uitkwam op een enorme huiskamer met een aparte eetkamer. De Harrisons hadden het voor Max gekocht na zijn afstuderen, en al was het een duur appartement, de prijs kwam nog niet in de buurt van het andere onroerend goed van de familie. Om die reden had Barbara Max overgehaald het niet samen met de rest te verkopen. Het zou op z'n minst een goede investering zijn. Toen Andy en hij hadden besloten te gaan samenwonen, had Max onmiddellijk aangeboden zijn geliefde appartement te koop te zetten, zodat ze samen iets nieuws konden uitkiezen, maar Andy had betoogd dat het belachelijk zou zijn om een hoop kosten te maken terwijl het appartement ruimschoots geschikt was voor hen beiden. Max had haar gekust en gezegd hoe heerlijk hij haar gebrek aan materialisme vond. Andy had hem lachend laten weten dat ze wel van plan was het grootste deel van zijn meubelen eruit te gooien en een interieurontwerper in de arm te nemen.

En nu, om zich heen kijkend, bedacht Andy hoe mooi het was geworden en hoezeer ze bofte dat ze daar mocht wonen. Dikke berbers, zachte fluwelen banken en grote fauteuils om heerlijk in weg te kruipen. Aan de wanden hingen ingelijste foto's van de avonturen die Max en zij, alleen en samen, over de hele wereld hadden beleefd. Ze hadden hun snuisterijtjes gecombineerd (haar Afrikaanse houten kikker van latjes die een kwaakgeluid maakte als je met een stokje over zijn rug streek; zijn liggende Boeddhabeeld, dat hij had meegesleept uit Thailand), net als al hun boeken en vele duizenden cd's, waardoor er een warm en knus geheel was ontstaan waar ze zich thuis voelde.

'Bel me zodra je daar klaar bent, oké? Ik maak me zorgen om je. Ik kan vanavond op weg naar huis antibiotica of wat dan ook gaan halen, zeg maar wat je moet hebben. We hebben nog een heleboel te bespreken, dat weet ik, dus ik kom zo gauw mogelijk naar huis. We slaan ons hier samen doorheen, geloof me. Ik had het je moeten vertellen, Andy, dat besef ik nu. Maar ik zweer je dat ik van je hou en dat er niets gebeurd is in Bermuda. Nul komma nul.'

Zijn handpalm op haar schouder voelde als een aanranding.

'Andy?'

Ze keek hem niet aan, reageerde niet.

'Ik hou zo veel van je. Ik zal er alles aan doen om je vertrouwen terug te winnen. Het was een slechte beslissing om je niet te vertellen dat ik een ex heb gezien, maar ik heb je niet bedrogen. En ik ben mijn moeder niet. Kom vanavond alsjeblieft naar huis om met me te praten, oké? Toe nou.'

Ze dwong zichzelf om naar hem op te kijken. Degene die haar aankeek, ogenschijnlijk net zo gespannen als zij, was haar beste vriend, haar partner, de man van wie ze meer hield dan van wie dan ook op de hele wereld.

Het laatste woord was er nog niet over gezegd, wist Andy; er was meer nodig om haar te overtuigen, maar nu even niet. Ze knikte, gaf een kneepje in zijn arm, hees zonder iets te zeggen haar tas over haar schouder en trok de deur achter zich dicht.

'Andrea? Fijn om je weer eens te zien,' zei dokter Palmer terwijl hij Andy's gegevens bekeek.

Hij keek niet op. Hoe kon die man na dertig of misschien wel veertig jaar in de doktерspraktijk nog één klacht over hoofdpijn of een zere keel aanhoren? Ze kreeg bijna medelijden met hem.

'Eens kijken, je bent bijna twee jaar geleden op algemene controle geweest – binnenkort weer, dus – maar vandaag heb je een afspraak gemaakt omdat je ziek bent. Wat scheelt eraan?'

'Er is vast niks aan de hand, maar ik voel me al een week tamelijk beroerd en het lijkt maar niet over te gaan. Ik heb continu hoofdpijn en last van mijn maag.'

'Dat klinkt als het virus dat momenteel heerst. Last van de bovenste luchtwegen?' Hij gebaarde Andy haar mond open te doen. Ze kokhalsde toen hij haar tong naar beneden drukte.

'Nee, dat niet. Maar wel zo nu en dan koorts.'

'Hm. Adem eens diep in? Zo ja.'

In hoog tempo onderzocht hij haar ogen en oren en daarna kneedde hij haar buik en vroeg hoe dat voelde. Ze antwoordde 'goed', maar had de onverklaarbare behoefte hem een stomp in het gezicht te geven omdat hij haar huidplooien (was dat vet?) beetpakte.

'Ik zal een kweekje maken omdat je er nu toch bent en omdat je keel geïrriteerd is, maar ik verwacht niet dat je keelontsteking hebt. Eerlijk gezegd denk ik dat het gewoon een virus is dat je moet uitzieken. Ik raad je aan om een griepprik te nemen, nu je hier toch bent. Naar behoeven pijnstillers innemen, veel drinken en voldoende rust nemen. Bel me even als de koorts erg hoog wordt.'

Hij sprak nu heel snel, maakte intussen aantekeningen, borg haar dossier op en maakte zich klaar om te vertrekken. Waarom hadden artsen toch altijd zo'n haast? Ze had bijna een uur in de wachtkamer gezeten en nu ging hij er na vier minuten al vandoor.

'Ik hoef je niet te testen op seksueel overdraagbare aandoeningen, hè?' vroeg dokter Palmer, zonder de moeite te nemen even op te kijken van zijn werkzaamheden.

'Pardon?' Andy kuchte.

'Louter protocol. Dat vragen we alle ongetrouwde patiënten, gewoon als optie.'

'Nou, ik ben wel getrouwd,' zei Andy. 'Sinds een week.' Ze verwonderde zich erover hoe vreemd het voelde om het woord hardop uit te spreken. 'Getrouwd.'

'Gefeliciteerd! Nou, dan ga ik gauw verder, als dat alles was. Fijn je te zien, Andy, je zult je vast gauw beter voelen.'

Hij wilde de onderzoekskamer al uit lopen, en voordat Andy er goed over na kon denken, flapte ze eruit: 'Ik wil graag overal op getest worden.'

Dokter Palmer draaide zich om.

'Ik weet dat ik het me waarschijnlijk verbeeld en dat er niks is om me zorgen om te maken, maar ik ben er pas achter gekomen dat mijn man zijn ex heeft gezien op zijn vrijgezellenfeest. Ik weet wel dat ze zijn ex is en niet een of andere prostituee, en natuurlijk geloof ik niet dat er echt iets is gebeurd... Hij zweert van niet, maar je kunt niet voorzichtig genoeg zijn. Toch?' Ze zweeg even en haalde diep adem. Toen zei ze iets rustiger: 'We zijn vorig weekend pas getrouwd.'

Andy was er voor negenennegentig procent van overtuigd dat ze zich ongelooflijk aanstelde. Ze was er vrijwel zeker van dat Max niet was vreemdgegaan met Katherine of met wie dan ook. Hij was altijd even liefdevol en eerlijk tegen haar geweest, en al had hij een fout gemaakt door de toevallige ontmoeting niet te melden, ze geloofde hem echt toen hij zei dat er niets gebeurd was. En in het hoogstonwaarschijnlijke geval dat er wel iets gebeurd zou zijn: hoe groot was de kans dan dat hij een geslachtsziekte zou oplopen van Katherine von Herzog, het maagdelijke prinsesje? De familie Von Herzog deed niet aan herpes. Punt uit. Maar toch... als er een piepklein, minuscuul kansje bestond dat haar ziek-zijn iets te maken had met Max en Katherine, dan wilde ze dat weten, eens en voor altijd.

Hij knikte. 'Het lab is aan het einde van de gang links. Laat maar meteen bloed prikken en haal een bekertje voor je urine. Dan kom je hier terug en kleed je je uit. Daar op de stoel ligt een onderzoekshemd, de opening zit aan de voorkant. Ik kom zo terug met een verpleegkundige.'

Andy wilde hem nog bedanken, maar hij was al weg. Ze stapte van de onderzoeksbank en liep naar het lab, waar een grote, dikke vrouw zonder te glimlachen snel en vrijwel pijnloos bloed afnam zonder één keer oogcontact te maken en Andy vervolgens met een bekertje naar de wc stuurde. Vervolgens ging Andy terug naar de onderzoekskamer en trok zoals haar was opgedragen het papieren hemd aan, waarin ze opnieuw op de bank ging liggen. Haar blik viel op een stokoude *Real Simple* die op de stoel lag, en ze slaagde erin om zich te verdiepen in een tienstappenplan voor het uitmesten van je washok tot de dokter binnenkwam, met een andere man.

'Andy, dit is Kevin, onze praktijkassistent,' zei dokter Palmer, gebarend naar een Aziatische jongen die geen dag ouder leek dan zeventien. 'Tot mijn spijt is er momenteel geen vrouw beschikbaar. Dat vind je toch niet erg?'

'Natuurlijk niet,' loog Andy.

Het onderzoek verliep gelukkig vlot. Ze kon niet zien wat de dokter deed en hij legde ook niets uit, maar ze voelde een lichte druk en er werd iets afgenomen, misschien een uitstrijkje. Ze probeerde zich er niets van aan te trekken dat Kevin tussen haar gespreide benen stond te staren alsof hij nog nooit zoiets had gezien. Net toen ze zich buitengewoon ongemakkelijk begon te voelen, legde dokter Palmer het papier over haar onderlijf en gaf een klopje op haar enkel.

'Al klaar, Andrea. Afhankelijk van de drukte op het lab heb ik de uitslag deels vandaag, deels morgen. Ga bij vertrek nog even na of ze bij de receptie het juiste telefoonnummer hebben waarop je te bereiken bent. Als je morgen om vijf uur nog niets hebt gehoord, bel dan gerust even.'

'Eh, ja. Moet ik verder nog...'

'Het komt allemaal goed. Ik spreek je snel.' En voordat ze nog iets kon zeggen of zelfs maar kon vragen waar hij haar op zou testen, was de dokter verdwenen.

Pas toen ze contant voor het consult had betaald en ze in de metro haar kaart door de gleuf had gehaald, besefte ze dat hij helemaal niets geruststellends had gezegd. Niet: 'Er is vast niets om je zorgen over te maken.' Of: 'Het is altijd goed om voorzichtig te zijn, maar het zal allemaal wel meevallen.' Of zelfs maar: 'Ik zie hierbeneden niks om je ongerust over te maken.' Alleen een vaag 'klaar' en weg was hij. Was hij gewoon bang geweest voor een hysterische uitbarsting of had hij iets gezien wat hij niet vertrouwde?

Andy kon zich amper op haar werk concentreren. Enerzijds waren daar Barbara, Katherine, Bermuda en chlamydia, anderzijds was er Miranda. Ze wist echt niet waar ze banger voor was. Ze probeerde zichzelf af te leiden met een snelle blik op 'Page Six' online, maar daar werd ze begroet door een foto van Miranda's dochters. Het waren niet meer de kleine meisjes die Andy jaren geleden hadden gekweld, maar de tweeling zag er nog even ongelukkig uit als toen. Op de foto, genomen tijdens een of andere galerieopening de avond ervoor, was Caroline van top tot teen in het zwart gestoken en hing ze aan de arm van een jongen met een vlassig snorretje en pukkels. Cassidy had – met succes, moest Andy toegeven – de nieuwe look van het half kaalgeschoren hoofd uitgeprobeerd. Haar strakke, glimmende leren broek accentueerde haar angstaanjagend dunne lijfje en gaf haar, in combinatie met haar robijnrode lippenstift, het aanzien van een porseleinen goth-poppetje. Volgens het onderschrift studeerde het duo tegenwoordig: Caroline aan de kunstacademie van Rhode Island en Cassidy aan een of andere Franse universiteit in Dubai, en ze waren thuis vanwege de herfstvakantie. Onwillekeurig vroeg Andy zich af wat Miranda van de keuze van haar dochters zou vinden, en die gedachte bracht even een glimlach op haar gezicht.

Emily klopte op de deur van haar kantoor en kwam binnen zonder haar reactie af te wachten. 'Wat zie jij eruit. Ben je nog steeds ziek? Maar wat belangrijker is: heb je met Max gepraat?'

'Het antwoord is ja, op beide vragen.' Andy viste een gevuld chocolaatje van de schaal die ze op haar bureau had staan en schoof die naar Emily toe.

Emily zuchtte, pelde een chocolaatje uit het folie en stak het in haar mond. 'En, wat zei hij? Ik heb Miles er trouwens naar gevraagd en hij zweert dat ze daar niet met vrouwen hebben opgetrokken. En ik geloof hem. Niet dat hij nooit tegen me liegt, maar meestal weet ik wel of...'

'Het is waar, Em. Katherine is daar geweest, hij heeft het toegegeven.'

Het hoofd van haar vriendin schoot met een ruk opzij, alsof het aan een elastiekje zat. Andy staarde naar de veeg chocolade op Emily's onderlip en vroeg zich af waarom ze zich zo doods voelde.

'Hoe bedoel je, "toegegeven"? Wat heeft hij precies toegegeven?'

Andy's telefoon liet een *ping* horen en er verscheen een sms in beeld. Ze bogen zich allebei over het toestel om te kijken of het van Max was. Dat was het geval, en Emily keek Andy vragend aan.

WAT ZEI DE DOKTER?

De gedachte aan die koude onderzoekstafel, waar haar edele delen werden betast onder toeziend oog van twee mannen, kwam weer terug, en Andy werd overmand door het verlangen om Max te vermoorden. In al die jaren sinds de middelbare school dat ze seksueel actief was geweest – waaronder een aantal tussen de haaien van New York – had ze niet één keer bang hoeven zijn dat ze iets had opgelopen. Ze was voorzichtig op het obsessieve af, en daar was ze trots op. Hoe oneerlijk was het dat ze nu, nu ze dacht eindelijk niet meer op haar hoede te hoeven zijn en zich helemaal te kunnen geven aan nota bene haar echtgenoot, ze de kwelling moest ondergaan van het wachten op de uitslag van een soa-test.

Ze typte met haar duimen een antwoord in. UITSLAG VANDAAG OF ANDERS MORGEN. WRSCH GEWOON EEN VIRUSJE.

'Andy?'

Andy pelde nog een chocolaatje af en beet eerst de bovenkant eraf voordat ze de rest in haar mond stak.

'Kun je even stoppen met snaaien en me vertellen wat hier aan de hand is?' Emily griste de schaal bij haar vandaan en zette hem op de grond. 'Hoe dit verder ook afloopt, je bent straks niet blij als je vijf kilo aankomt van die goedkope chocola, dat kan ik je alvast vertellen.'

'Er valt weinig te vertellen. Ik heb gezegd dat ik weet wat er in Bermuda is gebeurd, en hij gaf het toe en bood zijn excuses aan.'

Emily hield haar hoofd schuin. Vrouwen van over de hele wereld zouden een moord hebben gepleegd voor die roodbruine krullen, en zij had het er steeds over om ze te blonderen. 'Oké, maar je wéét helemaal niet wat er in Bermuda is gebeurd. Je weet alleen dat hij zijn ex tegen het lijf is gelopen.'

Andy stak een hand op. 'Hou alsjeblieft op. Het staat niet eens ter discussie. Ik weet dat je me wilt geruststellen, maar Max blééf zich verontschuldigen en me verzekeren dat het niet zo gepland was, dat Katherine daar toevallig was met haar zus, en ze kwamen elkaar toevallig tegen. Hij beweert dat hij me het nog had willen vertellen, maar op de een of andere verknipte manier vond hij dat egoïstisch, dus hield hij zijn mond en hoopte dat het allemaal zou overwaaien.'

'Ach, Andy, ik geloof echt niet...'

'Geloof het toch maar,' snauwde ze, geërgerd bij de gedachte alleen al dat haar beste vriendin aan haar verhaal zou kunnen twijfelen. 'Ik heb de hele morgen bij de dokter gezeten voor een soa-test.'

Emily's mond viel open, op een zeer onelegante, on-Emilyachtige manier. Toen begon ze te lachen. 'Andy!' kakelde ze met schokkende schouders. 'Dat meen je niet. Max heeft je heus geen geslachtsziekte bezorgd. En ik verzeker je dat hij ook niks heeft opgelopen van Katherine.'

Andy haalde haar schouders op. 'Ik weet niet wat ik erover moet zeggen. Jij beweert dat er niets gebeurd is. Maar hij zat dus wel zes weken geleden "toevallig" tegelijk met zijn ex-vriendin in Bermuda, en nu ben ik ziek en heb ik de raarste, niet te verklaren symptomen. Wat zou jij dan denken?'

'Dat je de grootste *drama queen* op aarde bent. Even serieus, Andy, een geslachtsziekte?'

Ze bleven een poosje zwijgend zitten luisteren naar het binnendruppelende personeel. Toen hoorde Andy dat Agatha de berichten van de vorige avond afluisterde.

'Mag ik even een heel slechte vriendin zijn?' vroeg Emily. 'Zonder dat je het me kwalijk neemt dat ik het vraag?'

'Ik kan niks beloven, maar ik doe mijn best,' zei Andy.

Emily deed haar mond open en sloot hem toen weer. 'Nee, sorry, het doet er ook niet toe. Laat maar.'

'Je wilt over het telefoontje van Elias-Clark beginnen, hè? Vragen wat onze volgende stap is.' Het was nu vier dagen geleden, en Emily had al vijf keer aan Andy gevraagd hoe ze het wilde aanpakken. Intussen had Elias-Clark nog een keer teruggebeld om een telefonische vergadering te plannen, en Agatha had laten weten dat ze zo snel mogelijk contact moesten opnemen. 'Ja, laten we ze maar bellen,' zei Andy.

Emily knikte alleen maar, al was het overduidelijk dat ze hier heel blij mee was. 'Klinkt goed.' Emily's telefoon trilde en ze keek op het schermpje. 'Dat is Daniel. Hij zal jou ook al wel achter je vodden gezeten hebben. Hij wil weten wat we hebben besloten voor de februaricover.'

'Nog niks,' zei Andy, en ze besefte dat ze niet erg behulpzaam was.

'Vind je het nog steeds goed als we jouw bruiloft op de cover zetten? Ik zou in jouw geval geen moment twijfelen en het meteen doen.'

Andy zuchtte. Dat was ze bijna vergeten. 'We hebben de foto's binnen en ze zijn schitterend. Zo'n beetje ons halve budget is opgegaan aan St. Germain en we hebben niks anders voor de cover wat maar half zo goed is. Het hele nummer hangt van die reportage af. Ja, ja, ik snap het.'

'Allemaal waar.'

Zonder waarschuwing kreeg Andy een brok in haar keel. 'Wat moet ik nou doen, Em? Het lijkt wel of alles van de rails loopt. Ik kan gewoon niet geloven dat zijn familie de pest aan me heeft. En ik krijg de zenuwen van dat hele Katherine-verhaal.'

Emily wapperde met haar hand. 'Ik heb gezien hoe jullie naar elkaar kijken. Mens, als Miles en ik maar de helft hadden van wat jij en Max samen hebben, zouden we gebeiteld zitten. Max aanbidt je, en ik ken hem: hij kan zichzelf wel voor z'n kop slaan en vraagt zich af waarom hij zo stom is geweest. Hij is natuurlijk doodsbang om je kwijt te raken. Maar weet je wat dit alles wil zeggen? Dat hij gewoon een man is. Een man die een fout heeft gemaakt door het je niet te vertellen, maar nog wel dezelfde op wie je verliefd geworden bent, degene die altijd beweerde hij nooit iemand had ontmoet met wie hij zich wilde settelen. Tot hij jou tegenkwam.'

Andy keek Emily aan. 'Als dit zijn manier van settelen is, dan wil ik niet weten hoe hij zich gedroeg toen hij nog op jacht was.'

'Weet je nog dat hij je een half jaar na jullie ontmoeting smeekte om bij hem te komen wonen? Hij wilde een ring voor je kopen toen jullie een jaar iets met elkaar hadden! En als die man nog een keer over "een gezin stichten" begint, vermoordt Miles hem. Hij houdt echt van je, Andy, en dat weet je best.'

'Dat weet ik ook wel. Ik moet mezelf er alleen steeds weer aan herinneren.' Andy hoestte en bette haar ogen met een zakdoekje. 'De bruiloft mag van mij in het februarinummer,' zei ze, voordat ze de kans kreeg om terug te krabbelen.

'Echt?' De opluchting op Emily's gezicht was bijna komisch.

'Echt. De foto's zijn inderdaad heel mooi. Het zou verspilling zijn om ze niet te gebruiken.'

Emily knikte en vertrok als een speer uit Andy's kantoor, voordat een van hen iets kon zeggen om het allemaal te verpesten.

Tegen de tijd dat Andy haar straat in liep, voelde ze zich bijna kalm, of in ieder geval iets wat daar dicht bij in de buurt kwam. Max had één keer per week na zijn werk basketbaltraining met zijn team, maar Andy wist dat hij vanavond niet zou gaan omdat hij thuis voor haar wilde zorgen. Als hij op de gebruikelijke tijd was vertrokken van zijn werk, zou hij over een half uurtje thuis zijn. Wat moest ze doen? Accepteren dat haar man keihard tegen haar had gelogen over de ontmoeting met zijn eerste liefde? Ze was toch oud genoeg om te weten dat waar rook is, ook vuur moet zijn? Als hij had verzwegen dat hij Katherine had gezien, moest daar toch meer achter zitten? Bij hem weggaan? Dat zou Barbara wel willen, dat Andy binnen twee weken alweer uit beeld verdween. Een man in pak keek naar haar om. Had ze hardop lopen praten? Werd ze langzamerhand gek?

Ze hees haar uit de kluiten gewassen Louis Vuitton-tas – zo'n gevaarte waarvan werd beweerd dat het meer dan tweehonderd kilo kon dragen zonder dat de hengsels scheurden – op het bankje in de hal en schopte haar schoenen uit. Ze keek op haar horloge. Nog vijfentwintig minuten. Het smeren van een volkorenboterham met pindakaas en het opeten daarvan, weggespoeld met een ijskoude cola light, nam er acht van in beslag. Hoe zou ze beginnen? *Max, ik hou van je, maar laten we een paar dagen de tijd nemen om hier goed over na te denken.* Dat klonk als een tekst uit een film. Diep inademen. Als het zover was, zou ze gewoon zeggen wat in haar opkwam.

Er verscheen een sms op haar schermpje.

OVER 10 MIN THUIS. NOG IETS NODIG?

Ze antwoordde: NEE, DANK JE. TOT ZO.

Ze overwoog om iemand te bellen, wie dan ook, om de tijd te doden. Maar wat moest ze zeggen? *O, hoi Lily, heb je het leuk gehad op de bruiloft? Goede terugvlucht ook? Fijn! Ja, ik wacht tot Max thuiskomt, dan kan ik hem laten weten dat ik een paar dagen alleen wil zijn om na te denken. Een week na onze bruiloft maar liefst!* Andy beet op haar nagelriemen en staarde naar het klokje op haar telefoon, tot het toestel begon te rinkelen en ze bijna van haar stoel viel van schrik. Het was een geblokkeerd nummer, maar ze had het allang opgegeven om die weg te drukken.

'Hallo?' Haar eigen trillende stem verbaasde haar.

'Andrea Sachs alstublieft.'

'Dat ben ik. Met wie spreek ik?'

'O, hallo Andrea. Je spreekt met Kevin, uit de praktijk van dokter Palmer. Ik bel voor de uitslag. Komt het gelegen?'

Komt het ooit gelegen? dacht ze. Ik kan de bevestiging van een akelige geslachtsziekte dadelijk mooi combineren met mijn verzoek om een paar dagen alleen te zijn. Dus wat dat betreft is dit een heel geschikt moment.

'Ja, hoor. Prima. Dank u wel.'

'Goed, eens even kijken... uit het kweekje is gebleken dat je geen keelontsteking hebt, maar dat verwachtten we eigenlijk al. Ook voor de soa's heb ik goed nieuws: negatief voor chlamydia, gonorroe, hepatitis, herpes, hiv, syfilis en bacteriële vaginose.'

Andy wachtte ongeduldig tot hij verder zou gaan, maar er viel een ongemakkelijke stilte.

'Dat is mooi,' zei ze, terwijl ze zich afvroeg waarom hij zo raar deed. 'Ja, toch? Negatief is toch juist goed?'

Kevin kuchte. 'Nou, niet alle uitslagen zijn negatief...'

Andy piekerde of er nog iets had ontbroken aan het lijstje. Hiv had hij toch genoemd? En herpes? Was er soms een nieuwe ziekte, iets van de laatste tijd waar ze nog nooit van had gehoord? Durfde hij het niet te zeggen omdat ze dood zou gaan? Dan zou ze Max in haar val meesleuren, daar kon hij op rekenen...

'Je HCG-spiegel is namelijk heel hoog, Andrea. Gefeliciteerd! Je bent zwanger.'

Ergens in haar achterhoofd had ze al geweten waar hij heen wilde, waarschijnlijk meteen na het woord 'gefeliciteerd', maar ze slaagde er op geen enkele manier in het tot zich door te laten dringen. Het was alsof iemand een gigantisch zwart laken over de lens van haar leven had gegooid. Alleen maar zwart. Ze was bij bewustzijn en ze ademde, maar ze kon niets voelen, zien of horen. Ze had vragen, heel veel vragen, maar boven alles was daar een stilzwijgend, verbijsterd ongeloof. Zwanger? Dat kon niet waar zijn. Het was niet waar. Dit moest een vergissing zijn. Het maakte niet uit dat een stemmetje in haar hoofd zei: *Je vermoedde het allang. Misselijk, onregelmatige menstruatie, spierpijn, een opgeblazen gevoel en algehele misère. Je wist het, Andy, maar je wilde er niet aan.*

Het geblaf van Stanley bracht haar terug in de werkelijkheid. Hij blafte alleen als de voordeur openging, hetgeen betekende dat Max thuiskwam.

'Andrea? Hallo?' Even wist ze niet of het de stem van Max was of die Kevin door de telefoon.

'Ja, ik ben er nog,' zei ze in de hoorn. 'Bedankt voor de informatie.'

'Heb je al een verloskundige of zal ik een verwijskaart voor je schrijven? Zonder echo kan ik niet vaststellen hoe ver je bent, maar aan de waarden te zien zou ik zeggen dat dit geen kersverse zwangerschap is. Het lijkt me verstandig om zo snel mogelijk een afspraak te maken.'

'Andy? Ben je thuis?' riep Max, en de voordeur viel met een klap achter hem dicht. Stanley blafte als een bezetene.

'Dank je wel, Kevin, komt goed.' Het voelde als haar duizendste leugen van die dag. *Geen kersverse zwangerschap.* Wat wilde dat zeggen?

'Hallo,' fluisterde Max, die achter haar was komen staan en haar in haar nek kuste. 'Wie heb je aan de lijn?'

Ze legde haar hand over de hoorn. 'Niemand.'

'Andrea? Kan ik verder nog iets voor je betekenen?' vroeg de stem door haar mobiele telefoon.

'Ben ik daar zo ziek van?' vroeg ze.

Kevin schraapte zijn keel. 'Dat zou in ieder geval de misselijkheid en de vermoeidheid verklaren. Dokter Palmer denkt dat de andere symptomen – zere keel, koorts en spierpijn – hier los van staan. Een virus, stress, misschien gewoon oververmoeidheid. Je zou je nu gauw beter moeten voelen.'

'Ja, binnenkort voel ik me vast fantastisch. Bedankt voor het telefoontje.' Ze verbrak de verbinding, ademde diep in en probeerde haar op hol geslagen hartslag tot bedaren te brengen.

'Alles goed?' vroeg Max. Hij deed de koelkast open, pakte er een groene Gatorade uit en dronk het halve flesje binnen drie tellen leeg.

Andy gaf geen antwoord. Ze betwijfelde of haar stem nog werkte.

Max veegde zijn mond af en keek Andy verontschuldigend aan. 'Sorry dat ik zo laat ben. Ik weet dat we vanavond moeten praten. Hoe staat het ervoor, heeft de dokter al gebeld? Kom eens bij me zitten.'

Andy liet zich door hem meevoeren naar de bank, waar ze in gedachten de afstand tussen de huiskamer en de wc op de gang berekende, voor het geval ze zou moeten overgeven. Max streelde haar haar en Andy had niet de energie om hem tegen te houden.

'Zeg eens iets, lieverd. Ik weet dat het een lange week voor je is geweest, met de bruiloft en doordat je ziek was en... dat hele Katherine-verhaal. Daar wil ik het nog een keer over hebben, want ik geloof dat ik vanmorgen niet duidelijk genoeg ben geweest. Er is niets gebeurd. Echt niet. Ik heb er lang over nagedacht en ik wil dat je weet dat ik alles zou doen – echt álles – om dit de wereld uit te helpen en je rotgevoel weg te nemen.'

Andy wilde iets zeggen, maar het lukte haar niet. Een baby. Een kind van Max en haar. Een Harrison. Ze vroeg zich af of Barbara haar kleinkind ook zou afkeuren.

'Wat gaat er toch om in dat hoofd van je? Wat zei de dokter? Heb je antibiotica gekregen? Moet ik het recept voor je gaan halen? Zeg nu eens wat.'

Ze wist niet waar ze de energie vandaan haalde, maar voordat ze er zelfs maar over na kon denken, dwong ze zichzelf om te glimlachen. *Zwanger. Zwanger. Zwanger.* Het woord galmde door haar hoofd, en het liefst had ze het hardop geroepen. Ze wilde het Max zo graag vertellen! Maar nee, ze had tijd nodig om erover na te denken.

Ze boog zich naar hem toe, gaf een klopje op zijn hand en zei:

‘Zullen we het er een andere keer over hebben? Ik voel me nog steeds niet zo lekker, ik denk dat ik maar even ga liggen.’

En voordat hij de kans kreeg om nog iets te zeggen, was ze verdwenen.

8

Geen jurken van David's Bridal, geen gipskruid en geen schoenen die je zelf kunt verven

In de week na het telefoontje van Kevin dat haar leven had veranderd, had Andy het nieuws nog aan niemand verteld. Niet aan Emily, niet aan Lily, niet aan haar moeder of haar zus en al helemaal niet aan Max. Ze had tijd nodig om na te denken en zat niet te wachten op ongevraagd advies en opgedrongen meningen, en zeker niet op de enthousiaste felicitaties en de blijdschap die ongetwijfeld zouden volgen.

Aan de ene kant was het fantastisch. Een baby! Ze was nooit zo'n meisje geweest dat vanaf haar tiende haar droombruiloft kon uittekenen, van het materiaal van de jurk tot aan de kleur van het bruidsboeket, maar ze had wel altijd een toekomst als moeder voor zich gezien. Destijds was dat het plaatje geweest van twee kinderen op haar dertigste, een jongen en een meisje (eerst de jongen, natuurlijk). Toen ze wat ouder werd en inzag dat twee kinderen voor je dertigste – of zelfs één kind op je dertigste – wel even wat anders was dan ze vroeger had gedacht, was ze van gedachten veranderd. Van haar vijfentwintigste tot haar dertigste had ze er veel over nagedacht, en ze was tot de conclusie gekomen dat twee, misschien drie kinderen ergens tussen haar dertigste en veertigste levensjaar ideaal zou zijn. De eerste twee, een ouder jongetje en een jonger meisje, zouden twee jaar schelen, zodat ze een hechte band hadden en later goede vrienden werden, ondanks het geslachtsverschil. De derde, een meisje, kwam dan drie jaar later, voor Andy genoeg tijd om op adem te komen, maar ook weer niet zo lang dat ze te oud was of ze de kans verspeelde dat de nieuwe baby beste vriendinnen werd met haar grote zus, en het oogappeltje van haar grote broer.

Waar ze natuurlijk niet aan had gedacht, was dat ene puzzelstukje dat maakte dat dit niet honderd procent geweldig nieuws was (om maar te zwijgen van het kleine detail dat ze zwanger was geweest op haar eigen bruiloft, en iedereen die de kleuterschool had afgemaakt dat kon uitrekenen): namelijk dat ze niet wist of ze de vader van haar kind wel kon vertrouwen, dat de oma van haar kind de pest aan haar had en Andy net tijdelijk bij hem had willen weggaan toen ze tot de ontdekking kwam dat ze zwanger was. Over pret bederven gesproken. Alle logische redeneringen die haar ervan hadden overtuigd dat ze moest opstappen als hij was vreemdgegaan met Katherine – behalve een wettelijk document was er niets wat hen bond, ze hadden geen kinderen wier levens ze zouden verwoesten – waren in rook opgegaan, met dank aan een plastic bekertje met urine en een telefoontje van een verpleegkundige.

Het licht werd gedimd en Andy's moeder kwam de keuken uit met een taart die helemaal vol stond met brandende kaarsjes. Ze begonnen allemaal te zingen.

'Moesten ze er zo nodig alle tweeënveertig op, mam?' vroeg Jill.

'Drieënveertig. Eentje extra brengt geluk,' antwoordde mevrouw Sachs.

Kyle en de jongens zongen keihard en schel 'Happy Birthday' en ze stonden erop dat Jill een wens deed.

'Ik wens dat mijn man zich laat steriliseren,' mompelde Jill zachtjes terwijl ze zich over de taart boog.

Andy verslikte zich bijna in haar koffie. De zussen kregen de slappe lach.

'Wat zei je, mama?'

'Ik wenste dat mijn kinderen, mijn man, mijn zusje en mijn moeder gezond en gelukkig blijven,' zei Jill, en ze blies de kaarsjes uit.

'Gaat het wel?' vroeg Kyle aan Andy, en hij stootte haar aan met zijn elleboog. Haar zwager wilde haar een stuk taart op een papieren bordje aangeven, maar Jonah griste het uit zijn hand voordat Andy het kon pakken.

'Jonah! Geef dat onmiddellijk aan je tante. Je kent de regels: dames gaan voor.'

Jonah had zijn vork al boven het glazuur hangen en keek haar smekend aan. Andy moest lachen. 'Laat hem maar, ik neem het volgende stuk wel.'

Jonah stak onmiddellijk zijn vork in het glazuur. Hij nam een enorme hap en grijnsde met zijn chocolademond dankbaar naar Andy.

Kyle gaf haar een nieuw stuk, dat niet werd onderschept, en keek haar strak aan. 'Even serieus, Andy. Er is toch niks? Je ziet er een beetje... moe uit.'

'Moe.' Het grote eufemisme voor 'je ziet er niet uit, hoe komt dat?' Ja, ze was inderdaad moe. Om zo'n duizend verschillende redenen.

Ze dwong zichzelf om te glimlachen. 'Gewoon gedoe op het werk, met de bruiloft en zo. Ik heb nu helemaal geen zin om op reis te gaan. Gelukkig is de klus in Anguilla.'

Kyle keek haar vragend aan.

'Harper Hallow en Mack. Ze trouwen dit weekend in het Viceroy in Anguilla en ik schrijf het artikel. Kennelijk wilde hij de bruiloft eerst houden in een omgebouwde muziekstudio in Fresno – ik geloof dat ze elkaar op tournee hebben leren kennen – maar daar heeft zij een stokje voor gestoken. Goddank.'

Kyle zei: 'Dat zijn nog eens leuke arbeidsvoorwaarden. Letterlijk de hele wereld wil een glimp van die bruiloft opvangen, en jij gaat ernaartoe?'

'Ongelooflijk, hè? Ze heeft echt de beste baan op aarde,' zei Jill, en ze veegde een klodder viezigheid van haar schouder.

Ook al reageerde Andy nog altijd instinctief gespannen wanneer mensen zeiden dat ze 'de beste baan ter wereld' had, ze moest toegeven dat het tamelijk spectaculair was. Ze vond het heerlijk om vanuit het niets iets op te bouwen, nieuwe ideeën uit te werken tot een flitsende lay-out en tot slot een heel tijdschrift. Het was buitengewoon bevredigend om de ene dag te brainstormen en de volgende dag te schrijven, om vervolgens een paar dagen te redigeren, gevolgd door een week plannen voor het volgende nummer. De afwisseling hield het spannend en er waren steeds nieuwe uitdagingen. Maar het fijnst van alles vond ze het om eigen baas te zijn.

Toen Emily met het idee op de proppen gekomen was om samen

een gedrukt huwelijkstijdschrift te beginnen, had Andy ronduit geweigerd. Dat was tijdens hun tweede jaarlijkse gezamenlijke verwenweekendje, een traditie die Andy had voorgesteld toen ze na een heel jaar zuinig zijn en sparen voor een vakantie had beseft dat ze niemand had om mee weg te gaan. Ondanks Emily's recente en (in Andy's ogen) impulsieve huwelijk met Miles, een vijf jaar oudere tv-producent van realityprogramma's die net een onverwacht megasucces achter de rug had, had Emily ermee ingestemd haar kersverse echtgenoot thuis achter te laten in ruil voor vier dagen schoonheidsbehandelingen, zon en strand met Andy.

Dus zaten ze samen in de warmste van de drie binnenbubbelbaden in het beautycentrum van het Mandarin Oriental aan de Riviera Maya in Mexico. Naakt. Ze hadden net een hotstone-massage gehad in het romantische vertrek dat uitkeek over de oceaan en hadden zich vervolgens teruggetrokken in de rustruimte van het vrouwengedeelte, waar Emily haar handdoek op een ligstoel had gegooid en een vreugdedansje had gedaan, om daarna uitgebreid te genieten van haar gemberthee, een hapje gedroogde abrikoos te nemen en zich uiteindelijk langzaam – uiterst langzaam – in het dampende water te laten zakken.

Het kostte Andy grote moeite om niet jaloers te staren naar Emily's ideale schouder-heupverhouding, haar volmaakte borsten, gespierde benen en ronde billen zonder ook maar het minste beetje cellulitis. Toegegeven, Andy was zelf slank, maar haar lichaam had niet dat rijpe van Emily; ze was een en al rechte lijnen en hoeken. Ze vroeg zich af waarom ze zich in hemelsnaam zo opgelaten voelde onder de blik van haar beste vriendin, maar toch liet ze de handdoek pas vlak voor de badrand van zich af glijden en zat ze binnen drie tellen tot aan haar kin in het water. Terwijl Emily honderduit kletste, hield Andy bewust haar schouders onder het kolkende wateroppervlak, en ook al was ze helemaal bedekt, ze voelde zich nog altijd erg naakt.

'Wat nou "nee"? Je hebt mijn idee nog niet eens gehoord,' zei Emily op de charmant-nukkige toon waarvan Andy wist dat die betekende dat ze niet echt geïrriteerd was.

'Ik hoef je idee niet te horen. Ik ben klaar met de gedrukte media.

Net als de rest van de wereld. En of je het nou gelooft of niet, ik vind mijn baan léúk.' In die tijd had Andy een normale, weldenkende baas, schreef ze vier dagen per week voor *Happily Ever After* en werkte ze een pril, langzaam ontkiemend idee voor een roman uit. Met haar flexibele werktijden zou ze waarschijnlijk wekelijks genoeg woorden kunnen schrijven om een literair agent te gaan zoeken. Ze was op weg naar… waarschijnlijk een schamel inkomen, maar dan nog.

'Jawel, maar dat is niet meer dan een baan! Ik heb het hier over een carrière. Het ondernemerschap. We zetten samen een blad op, dat wordt ons kindje. Je maakt mij niet wijs dat je niet toe bent aan iets meer dan de top tien van opsteekkapsels. *Happily Ever After* is een hartstikke leuke website, met zo nu en dan heel aardige artikelen, maar verder een hoop waardeloze opvulling. Dat weet jij net zo goed als ik.'

'En bedankt.'

Emily sloeg met haar hand op het water. 'Doe niet zo beledigd. Je benut je capaciteiten niet. Je hebt veel meer talent dan je nu kwijt kunt. Ik wil dat je lange omslagartikelen gaat schrijven; dat je gaat samenwerken met de beste fotografen, die jouw visie uitwerken; dat je ideeën uitbesteedt aan andere auteurs en hun artikelen redigeert, hen begeleidt, de leiding neemt. Je reist naar verre bestemmingen en interviewt beroemdheden, en natuurlijk nemen we volop cadeaus en gratis reisjes aan, en iedere denkbare korting, want we gaan niet beweren dat we volkomen objectief zijn. Hoe léúk klinkt dat?'

Andy stak haar onderlip naar voren. 'Het klinkt niet vervelend.'

'Dat kun je wel zeggen, ja. Helemáál niet vervelend. Ik word naar buiten toe het gezicht van het blad, ik doe alle dingen waar jij een hekel aan hebt: feestjes organiseren, adverteerders het hof maken, mensen aannemen en ontslaan. Ik regel een kantoor en schaf alle apparatuur en benodigdheden aan. We zoeken fantastische mensen die dit soort zaken in goede banen kunnen leiden, zodat wij ons erop kunnen concentreren het beste huwelijkstijdschrift van Amerika te worden. En had ik het al gehad over een fatsoenlijke ziektekostenverzekering? En een salaris waarvan je voor de verandering uit eten kunt, en dan niet op kosten van de baas? Kun je het je vóórstellen?'

Andy voelde de spanning uit haar lijf wegtrekken daar in het bubbelbad; de knopen in haar schouders verdwenen eindelijk. Ze moest toegeven dat ze het zich inderdaad kon voorstellen. Sterker nog: het klonk verdomd goed. Maar toch vroeg ze zich af of Emily en zij het wel in zich hadden om een echt, serieus tijdschrift op te zetten en te runnen. Bij elkaar opgeteld hadden ze enkele jaren als beginnend assistente en junior redactrice op hun naam staan, aangevuld met wat schrijfklussen voor een website. Hoe moest hun nieuwe huwelijkstijdschrift zich onderscheiden van de tientallen andere bladen die ademloos schreven over frutsels en kantjes en sluiers en nauwsluitende jurken? En waar moesten ze het trouwens van betalen? Kantoorruimte in Manhattan? In haar eigen studio had Andy amper plaats voor het wandtafeltje dat dienstdeed als bureau, en al was het herenhuis waar Emily met Miles woonde groter en chiquer, er was nauwelijks plaats voor een lichtbak, laat staan voor een opmaakafdeling. Het mocht dan fantastisch klinken, maar was het ook haalbaar?

Emily legde genietend haar hoofd in haar nek, waardoor haar chique, ingewikkelde knot drijfnat werd. 'Andy, jij bent veel te praktisch ingesteld. Je kijkt nooit eens naar de leuke kanten. Laat het allemaal maar aan mij over, ik heb alles onder controle.'

'Hè ja, dat is een goed businessplan. Als we de bank om een lening vragen en ze willen weten waar we het geld voor nodig hebben, dan zeg ik gewoon dat Emily alles onder controle heeft.'

'Dat is ook zo! Miles heeft minstens tien vrienden, bankiers in New York en van die Hollywoodtypes, die altijd graag willen investeren in dit soort dingen. Ze smijten maar al te graag met geld voor creatieve initiatieven, vooral wanneer het iets met media of de uitgeverswereld is. Ze kunnen er niets aan doen, ze denken automatisch aan seks, modellen en glamour. En wij gaan die gedachtegang natuurlijk stimuleren. Want als je het mij vraagt, wordt ons tijdschrift heel anders dan alle flutblaadjes die er nu op de markt zijn.'

Andy moest de informatie over hun potentiële geldschieters nog verwerken, maar de opmerking dat hun blad zich zou onderscheiden van de rest leek haar een utopie. 'O ja? Ik heb de markt van bruiloften en aanverwante zaken anders behoorlijk goed leren kennen en geloof me, het valt niet mee om steeds weer met iets nieuws te komen. Er verandert niet zo veel van jaar tot jaar.'

'Dat doet er niet toe,' bromde Emily. Het gebubbel nam af. Emily stapte het bad uit, haar volmaakte huid glimmend van het water. Ze ging op een bankje tegenover Andy zitten, nam een slokje van haar thee en zei: 'Ons blad wordt überstijlvol. Het hogere segment. De luxe versie. Bij ons zul je nooit reclame aantreffen voor een uitverkoop. Geen "betaalbare huwelijksreizen", "slimme trucs om geld te besparen" of "mooie boeketten voor minder". Geen artikelen over afgeprijsde zus-en-zo... niks. Geen jurken van David's Bridal, geen gipskruid en geen schoenen die je zelf kunt verven.'

'Je weet dat we midden in een wereldwijde economische crisis zitten, hè?'

'En juist daarom willen onze lezeressen iets hebben om naar te streven. Denk jij nou echt dat negenennegentig procent van de mensen die *Runway* lezen zelfs maar een paar kousen uit dat blad kan betalen? Natuurlijk niet,' zei Emily.

Ondanks haar pragmatische inslag merkte Andy dat ze steeds enthousiaster werd. 'Dat is waar,' zei ze. '*Runway* is voor die mensen geen catalogus, het is een inspiratiebron. Voor slimme, modebewuste vrouwen die geen geld hebben om zich in haute couture te hullen is het een hulpmiddel om hun eigen stijl te ontwikkelen, een houvast bij het kiezen van spullen die ze wél kunnen betalen. Het klinkt logisch dat al die vrouwen die zich laten inspireren door de onbereikbare looks in *Runway* ook inspiratie zouden opdoen bij de onbereikbare huwelijken waarvan we verslag doen in *The Plunge*.'

Emily straalde. '*The Plunge*?'

'Is dat geen geschikte naam? '*Take the plunge*: de sprong wagen, de stap zetten... Simpel, theatraal niet te moeilijk. Precies goed.'

'Prachtig. Mens, het is top! *The Plunge*. Je bent geweldig, zo gaan we ons blad noemen!' Op dat punt ging Emily staan en deed ze doodleuk een maf dansje, spiernaakt. 'Ik wist wel dat je het zou snappen. Denk maar vast na waar je graag naartoe wilt voor ons allereerste nummer. Sydney misschien? Of Maui? De Provence?

Buenos Aires? Geloof me nou maar, het wordt fantastisch.'

Emily, die impulsieve, gekke Emily, had gelijk gehad. Natuurlijk waren er hindernissen en obstakels geweest (de onafgewerkte kantoorloft die pas een half jaar na de beloofde datum klaar was; de drukker die veel moeilijker te strikken bleek te zijn dan ze allebei hadden gedacht, het doorspitten van de maar liefst vijfentwintighonderd cv's die ze hadden ontvangen na het plaatsen van acht vacatures), maar op zich was de route vanaf het brainstormen tot aan de uitvoer relatief soepel verlopen, hetgeen vrijwel uitsluitend te danken was aan Emily's blinde vertrouwen en ambitie, en aan de vrienden van Miles, met hun connecties en hun geld. Max was de grootste investeerder van allemaal: hij had een aandeel van 18,33 procent in het bedrijf. Een groep van vijf andere investeerders had samen 15 procent in handen, zodat er voor Andy en Emily ieder een derde overbleef. Gezamenlijk waren ze met 66,66 procent meerderheidsaandeelhouder; ze konden hun vetorecht uitspreken en hadden het laatste woord over alle belangrijke beslissingen die met het blad te maken hadden.

The Plunge werd gemaakt met een hoofdknik naar haute couture en verfijning: unieke designerjurken, diamanten juwelen die het verdienden om van generatie op generatie doorgegeven te worden, richtlijnen voor het uitkiezen van de meest elegante zilveren presenteerbladen, het afhuren van een privé-eiland voor je huwelijksreis en het opstellen van ongeëvenaarde, geraffineerd samengestelde geschenklijsten.

Ze begonnen klein, als kwartaalblad met slechts zo'n veertig pagina's per nummer, maar binnen twee jaar gaven Andy en Emily hun tijdschrift zeven keer per jaar uit (om de maand, met als bonus een special in juni) en hadden ze meer abonnees en een hogere losse verkoop dan ze aanvankelijk hadden begroot.

Zoals Emily al had voorspeld konden slechts weinigen van hun lezers zich de lifestyle veroorloven die in het blad werd geportretteerd, maar ze waren intelligent, modebewust en hadden genoeg belangstelling voor luxe om uit de schitterende foto's en gedetailleerde artikelen inspiratie te putten voor hun eigen bruiloft. De eerste maanden van het bestaan van het blad waren ze nog niet echt uit de band gesprongen. Ze hadden geschreven over iedere bruiloft waar ze welkom waren en waar ook maar een greintje glamour aan te pas kwam: een van Emily's collega's bij *Harper's Bazaar* die trouwde met een hedgefondsman bij een jachtclub; een oude studievriendin van Emily wier verloofde een stuk of tien beroemde actiefilms had geregisseerd; Emily's beroemde dermatologe, die ermee instemde dat haar huwelijk met een bekende nieuwslezer in *The Plunge* verscheen, mits haar nieuwe Restylaneachtige *fillers* in het artikel werden genoemd. De bruiden en bruidegoms mochten dan geen heel bekende namen zijn, hun trouwerijen waren altijd overvloedig en de foto's ervan gaven het blad een vleugje prestige dat het met alleen cadeautips en adviezen voor het uitkiezen van de ringen niet gehad zou hebben.

Ironisch genoeg was het aan een van Andy's connecties te danken dat ze het bruidspaar binnenhaalden waarmee *The Plunge* de sprong maakte van semibekendheid naar internationale aandacht. Max was uitgenodigd voor de bruiloft van een meisje dat hij van vroeger kende: een adembenemende societydame, dochter van een schathemeltjerijke Venezolaan. Ze trouwde met de zoon van een Mexicaanse 'zakenman', als-je-begrijpt-wat-ik-bedoel, haha, vette knipoog. Er was niet meer nodig geweest dan een telefoontje van Max en de belofte aan de bruid dat zij het laatste woord had over de te plaatsen foto's. Het artikel dat eruit voortkwam, met schitterende insidersfoto's van een landgoed in Monterrey en oogverblindende latina's behangen met diamanten, had veel aandacht getrokken van alle roddel- en entertainmentsites en was zelfs genoemd in het tv-programma *60 Minutes*, in een aflevering over de FBI, de Mexicaanse 'zakenman' en het automatischewapenarsenaal van zijn beveiligingsteam, waarbij dat van de Navy Seals verbleekte.

Vanaf dat punt was het makkelijk geweest om bruiloften te boeken. Andy en Emily hadden allebei de telefoonnummers van Miranda's contactpersonen bij *Runway* gekopieerd en schroomden niet om die te gebruiken. Ze ontwikkelden een vaste routine, verfijnd als een choreografie: beiden plozen websites, blogs en roddelbladen uit op zoek naar aangekondigde verlovingen, vervolgens wachtten ze een paar weken tot het opgewaaide stof was neergedaald, waarna ze de ster in kwestie belden, rechtstreeks of via zijn of haar pr-persoon, afhankelijk van de relatie die hij of zij met *Runway* of Miranda had.

Op dat punt lieten ze vrijelijk Miranda's naam vallen en zeiden dat ze samen járen voor haar hadden gewerkt (niet gelogen), waarna ze vertelden (niet al te gedetailleerd) dat ze hun activiteiten hadden 'uitgebreid' naar een luxe huwelijksmagazine. Na zo'n telefoontje werd per koerier het nummer met de Mexicaanse bruiloft bezorgd, en na exact een week wachten belden ze nog een keer. Tot nu tot hadden zeven van de acht sterren met wie ze contact hadden opgenomen ermee ingestemd dat hun bruiloft in *The Plunge* zou verschijnen, op voorwaarde dat ze het recht behielden om de foto's in de tussentijd ook te verkopen aan de weekbladen. Daar maakten Andy en Emily nooit bezwaar tegen; door hun fotografie, de diepte-interviews met de echtparen en de huiselijke, toegankelijke stijl waarin Andy de artikelen schreef, staken ze met kop en schouders boven de supermarktconcurrentie uit.

Bovendien maakte ieder nummer waarin een beroemd actrice, model, muzikant, kunstenaar of societyfiguur werd geportretteerd het weer makkelijker om de volgende celebrity te strikken, meestal zonder dat ze de naam *Runway* vaak moesten laten vallen. Deze formule werkte nu al jaren uitstekend en ze hielden eraan vast. De celebrityhuwelijken waren niet alleen het hoogtepunt van ieder nummer geworden, maar ook het belangrijkste kenmerk van het tijdschrift waarmee ze de verkoop opstuwden.

Soms kon Andy het nog nauwelijks geloven. Zelfs nu weer, bladerend door het pas verschenen novembernummer, met Drew Barrymore en Will Kopelman op de cover, kon ze bijna niet bevatten dat het blad louter bestond dankzij Emily's visie van een paar jaar eerder, na veel gezamenlijk brainstormen en ideeën uitwerken en aanpoten, en doordat ze hadden geleerd van hun fouten sinds die tijd. Andy was inderdaad aarzelend aan het avontuur begonnen, maar het blad was nu haar grote liefde, haar kindje. Ze hadden vanaf de grond iets opgebouwd om trots op te zijn, en ze was Emily iedere dag dankbaar. Dankbaar voor *The Plunge*, voor het aangename inkomen dat het werk haar opleverde en voor het feit dat ze Max had leren kennen.

'Denk je dat Madonna er ook zal zijn?' vroeg haar moeder, die met haar papieren taartbordje bij Andy, Kyle en Jill aan tafel kwam zitten. 'Harper en zij gaan toch naar dezelfde kabbalastudio of zoiets?'

Jill en Andy staarden hun moeder allebei aan.

'Wat nou? Mag ik soms de *People* niet doorbladeren bij de tandarts?' vroeg ze, en ze nam een minihapje van haar taart. Sinds ze was gescheiden van Andy's vader lette ze steeds meer op wat ze at.

'Dat heb ik me ook afgevraagd,' zei Andy. 'Ik denk het niet, want ze zit momenteel voor een of ander project in Australië of Nieuw-Zeeland. Maar de pr-dame heeft bevestigd dat Demi komt. Een stuk minder leuk nu ze *sans* Ashton is, maar evengoed interessant.'

'Persoonlijk zou ik liever bevestigd zien dat niets aan Demi's lijf echt is,' zei mevrouw Sachs. 'Dan zou ik me een stuk beter voelen.'

'Anders ik wel,' zei Andy, en ze nam een laatste hap. Het liefst had ze als een peuter met haar hand in de taart gegraaid en een vuistvol in haar mond volgepropt. Liever misselijk dan uitgehongerd.

'Oké mensen, uit met de pret. Jake en Jonah, breng de bordjes naar de keuken en geef iedereen een kus. Papa laat het bad voor jullie vollopen en ik geef Jared zijn flesje,' zei Jill, en ze wierp Kyle een betekenisvolle blik toe. 'En omdat ik vandaag jarig ben, mag ik kiezen wat ik het liefste wil. Ik ga lekker slapen, en als er vannacht iets is, kunnen jullie bij papa terecht, goed?' Ze hees Jared op haar heup en drukte een kus op zijn wang. Hij sloeg naar haar gezicht. 'Boze dromen, dorst, koud, warm, behoefte aan een knuffel: maak papa maar wakker, afgesproken, liefjes?' De kinderen knikten plechtig en Jared klapte kirrend in zijn handjes.

Jill en Kyle dirigeerden de drie jongetjes de kamer uit, bedankten Andy's moeder voor de taart, wensten iedereen welterusten en verdwenen naar boven. Even later hoorde Andy de badkraan lopen.

Mevrouw Sachs verdween even de keuken in en kwam terug met twee bekers cafeïnevrije English breakfast-thee, die nog moest trekken maar al was voorzien van melk en zoetjes. Ze schoof er een over de tafel heen naar Andy.

'Ik hoorde Kyle daarstraks aan je vragen of er iets aan de hand was...' Andy's moeder concentreerde zich op haar theezakje en wikkelde het touwtje om een lepeltje.

Andy deed haar mond open om iets te zeggen en sloot hem snel weer. Ze was niet zo iemand die tijdens haar studiejaren drie keer per dag naar huis had gebeld en die de intieme details van haar relaties besprak met haar ouders, maar het was moeilijker dan ze dacht – bijna onmogelijk – om haar eigen moeder niet te vertellen dat ze een kind verwachtte. Ze wist dat ze het haar zou moeten vertellen, en ze wílde het ook graag. Het voelde volkomen onnatuurlijk dat Kevin en zij, behalve haar huisarts en de mensen van het lab, de enige twee personen op aarde waren die wisten dat ze zwanger was, maar toch kon ze de woorden niet over haar lippen krijgen. Het had iets onwerkelijks, en hoe vervelend de situatie met Max op dat moment ook was, het voelde niet goed om het aan een ander te vertellen voordat hij het wist, zelfs al was die ander haar eigen moeder.

'Nee, hoor, er is niks,' zei ze, en ze meed haar moeders blik. 'Ik ben gewoon moe.'

Mevrouw Sachs knikte, al had ze duidelijk in de gaten dat Andy iets voor haar achterhield. 'Hoe laat gaat je vlucht morgen?'

'Om elf uur, vanaf JFK. Ik word hier om zeven uur opgehaald.'

'Je gaat in ieder geval een paar dagen naar de zon. Ik weet dat je weinig vrije tijd hebt als je op reportage bent, maar misschien kun je toch een paar uurtjes naar buiten?'

'Ja, ik hoop het.' Even overwoog ze om haar moeder te vertellen over het telefoontje van Elias-Clark, maar ze wist dat dit weer tot een heel gesprek zou leiden. Ze kon beter op tijd naar bed gaan dan zich nu druk maken en daarmee nieuwe nachtmerries over Miranda uitlokken.

'Hoe gaat het met Max? Vindt hij het vervelend dat je al zo kort na de bruiloft naar het buitenland vertrekt?'

Andy haalde haar schouders op. 'Nee, hoor. Hij gaat zondag met zijn vrienden naar de wedstrijd van de Jets, dus waarschijnlijk merkt hij niet eens dat ik weg ben.'

Mevrouw Sachs zweeg na die woorden, en Andy vroeg zich af of ze te ver gegaan was. Haar moeder had Max altijd graag gemogen en ze wilde niets liever dan dat Andy gelukkig was, maar ze pretendeerde niet dat ze ook maar iets begreep van de enorme rijkdom van de familie Harrison en hun behoefte om altijd op de voorgrond te treden.

'Ik kwam vorige week Roberta Fineman tegen bij die lunch in de stad, heb ik je dat verteld?'

Andy probeerde onverschilligheid te veinzen. 'Nee, dat wist ik niet. Hoe gaat het met haar?'

'O, heel goed. Ze heeft nu al jaren een vriend, volgens mij is het serieus. Ik heb gehoord dat hij tandarts is, en weduwnaar. Waarschijnlijk gaan ze trouwen.'

'Hm. Zei ze nog iets over Alex?'

Ze baalde ervan dat ze ernaar vroeg, maar ze kon het niet laten. Na ruim acht jaar zonder Alex – ze was hem één keer tegen het lijf gelopen – was het voor Andy nog steeds een schok dat ze zo weinig wist van hem en zijn huidige leven. Googelen leverde niks op, alleen een biografie die ze al kende en een enkel artikel van drie jaar terug, waarin hij laaiend enthousiast was over de muziekscene in Burlington. Andy had gelezen dat hij aan de UVM had gestudeerd, en voor zover ze wist woonde hij nog in Vermont. Toen ze elkaar tegenkwamen had hij iets gezegd over een vriendin, een meisje dat ook van skiën hield, maar meer had hij niet over haar verteld. Hij had geen Facebook-account, en dat verbaasde Andy niet. Lily wist ook niet veel meer over hem, of ze vertelde het haar niet; waarschijnlijk het eerste, want Andy wist dat Lily en Alex elkaar alleen vakantiekaartjes stuurden en dat hij haar één keer, toen hij overwoog om zich in te schrijven aan de universiteit van Boulder, had gemaild om naar haar ervaringen te vragen.

'Jazeker. Hij heeft zijn master gehaald en komt weer in New York wonen, samen met zijn vriendin. Of misschien zijn ze al verhuisd. Ze heeft een creatief beroep, ik weet niet meer precies wat ze doet. Ze kreeg een goede baan aangeboden in de stad, dus ik neem aan dat Alex hier iets gaat zoeken.'

Interessant. Alex en de creatieve, knappe skiliefhebster waren drie jaar later nog bij elkaar. En nog interessanter: hij kwam weer in New York wonen.

'Ja, hij heeft me over zijn vriendin verteld toen ik hem tegenkwam bij Whole Foods. God, hoe lang is dat wel niet geleden? Ik had net iets met Max… drie jaar dus. Dan zal het wel serieus zijn tussen die twee.'

Dat laatste zei ze in de hoop dat haar moeder het zou ontkennen, zou rationaliseren, dat ze kwam aanzetten met een of andere idiote analyse of mening waaruit bleek dat het natuurlijk helemaal niet zo serieus was tussen Alex en dat meisje, maar mevrouw Sachs knikte slechts en zei: 'Ja, Roberta hoopt dat ze tegen het einde van het jaar verloofd zullen zijn. Dat meisje is natuurlijk pas halverwege de twintig, dus ze zullen wel geen haast hebben. Maar Roberta zit ongetwijfeld net zo te popelen tot er kleinkinderen komen als ik.'

'Jij hebt al kleinkinderen. Drie stuks maar liefst. En alle drie schatten.'

Andy's moeder begon te lachen. 'Wat een druktemakers, hè? Drie jongens, dat wens ik niemand toe.' Ze nam een slokje van haar thee. 'Ik kan me helemaal niet herinneren dat jij Alex bent tegengekomen. Heb je me dat destijds verteld?'

'Ik werkte nog voor *Happily Ever After* en ik kende Max net. Jij maakte toen die riviercruise met je leesclub. Dat weet ik nog omdat ik je over mijn ontmoeting met Alex heb geschreven, en je antwoord was getypt met een raar toetsenbord dat iedere y verving door een z.'

'Dat geheugen van jou blijft me verbazen.'

'Alex was die zomer in New York voor een of andere stage via Columbia. Ik weet nog steeds niet wat hij die dag bij Whole Foods te zoeken had, maar Max en ik waren er alleen even binnengelopen om een flesje water te halen na het hardlopen. Ik zag er niet uit, en Alex was netjes gekleed voor een sollicitatiegesprek. We hebben boven met z'n drieën koffiegedronken, en dat was precies zo ongemakkelijk als je zou verwachten. Toen zei hij iets over zijn vriendin, die ook studeerde, maar het was niet serieus.'

Andy vertelde er niet bij dat haar hart gedurende die hele – te kleine – koffie verkeerd tekeergegaan was, dat ze net iets te hard had gelachen en te enthousiast had geknikt iedere keer dat Alex een grapje maakte of een observatie deed. Ze vertelde haar moeder niet dat ze zich had afgevraagd of hij zich erop verheugde zijn vriendin die avond weer te zien, of hij van haar hield, of hij dat nieuwe meisje beschouwde als de enige persoon die hem echt begreep. Ze zei er niet bij dat ze vurig had gehoopt dat hij haar na die toevallige ontmoeting nog eens zou bellen of mailen, en hoe pijnlijk het was geweest – ondanks haar opwinding vanwege de prille relatie met Max – om niets meer van hem te horen. Ze vertelde niet dat ze die avond onder de douche had gehuild bij de herinnering aan al hun jaren samen en ze zich had afgevraagd hoe het had kunnen gebeuren dat ze vreemden voor elkaar waren geworden, waarna ze zichzelf had toegeschreeuwd dat ze Alex voorgoed uit haar hoofd moest zetten en zich moest richten op haar gevoelens voor Max. Knappe, sexy, grappige, charmante Max die haar wél steunde. Dat zei ze allemaal niet, maar ze had zo'n vermoeden dat haar moeder het begreep.

Andy hielp met de afwas en ruimde de taart op. Mevrouw Sachs deed uiterst gedetailleerd verslag van iedere interactie die ze had gehad op de bruiloft van Andy en Max en gaf haar mening over de kleding die de gasten hadden gedragen en de hoeveelheid drank die ze hadden genuttigd, en ze vertelde wie het in haar ogen naar hun zin hadden gehad en hoezeer de bruiloft afstak tegen de huwelijken van de kinderen van haar vriendinnen die ze de afgelopen jaren had bijgewoond (deze was in alle opzichten beter, uiteraard). Ze meed zorgvuldig ieder commentaar op de familie Harrison. Jill kwam nog even naar beneden om twee bekers en een fles melk te pakken, en Andy had het gevoel dat ze zowel haar moeder als haar zus verried door hun het nieuws niet te vertellen. In plaats daarvan wenste ze Jill een fijne verjaardag, gaf beiden een afscheidskus en vertrok naar haar oude slaapkamer op de eerste verdieping, die het verste van de trap lag.

Er waren plannen om Andy's oude kamer opnieuw in te richten nu ze volwassen was. Ze had haar moeder geholpen bij het uitzoeken van een tweepersoonsbed met leren hoofdbord, plus lakens van hotelkwaliteit en een fris wit dekbedovertrek met een espressobruin biesje, maar haar moeder had er nog niets mee gedaan. Haar witte hoogpolige vloerbedekking, grauw geworden door jarenlang stiekem binnen schoenen dragen, leek wel duizend jaar oud, net als haar paars-wit gebloemde sprei. Er hingen vijf prikborden, vol met aandenkens aan haar middelbareschooltijd: het tennisrooster van het najaar van 1997, uitgescheurde tijdschriftfoto's van Matt Damon en Marky Mark, een filmposter van *Titanic*, een telefoonlijst voor de samenstelling van het jaarboek, de verschrompelde steel van een corsage die ze op een feest had gedragen en waar de bloem allang van uitgevallen was, een ansichtkaart van Jill uit Cambodja, waar ze na haar eerste studiejaar had rondgereisd, een salarisstrookje van de ijssalon waar Andy de zomer na haar diploma-uitreiking had gewerkt, en foto's, heel veel foto's.

Op bijna allemaal stond Lily glimlachend naast Andy; of ze nu een tafzijden jurk droegen voor het schoolfeest, een spijkerbroek voor hun vrijwilligerswerk bij het dierenasiel van Avon of allebei hetzelfde trainingspak, de enige reden waarom ze destijds bij het atletiekteam waren gegaan. Andy trok een punaise los om een foto van het prikbord te halen: Lily en zij op de kermis met een groep vriendinnen in de Gravitron, de een met een nog groener gezicht dan de ander. Ze kon zich nog herinneren dat ze een paar tellen nadat de foto was genomen de bosjes in was gevlogen om over te geven, en ze had drie dagen moeten praten als Brugman om haar ouders ervan te overtuigen dat ze ziek was geweest van de kermisattractie en niet als gevolg van een of ander rebels tienerzuipfestijn (al had dat natuurlijk ook plaatsgevonden).

Nu liet ze zich op haar eenpersoonsbed vallen, dat na al die jaren enigszins doorzakte in het midden, en ze toetste Lily's telefoonnummer in. In Colorado was het tien voor negen, en Lily had waarschijnlijk net Bear in bed gelegd. Ze nam op nadat de telefoon twee keer was overgegaan.

'Ha, schoonheid. Hoe bevalt het leven als getrouwde vrouw?'

'Ik ben zwanger.' Andy had het eruit geflapt voordat ze zichzelf op andere gedachten kon brengen.

Er viel een stilte van drie, misschien vijf tellen voordat Lily zei: 'Andy? Ben jij dat?'

'Ja, ik ben het. Ik ben zwanger.'

'Oh my god. Gefeliciteerd! Jullie laten er geen gras over groeien, hè? Wacht, maar dat kan niet...'

Andy hield haar adem in terwijl Lily het rekensommetje maakte. Ze wist dat de rest van de wereld precies hetzelfde zou doen en dat ze daar gek van zou worden, maar met Lily was het anders. Het was een enorme opluchting om het iemand te vertellen. 'Ja, volslagen onmogelijk. De dokter denkt niet dat het een "kersverse" zwangerschap is, en Max en ik zijn dus nog geen twee weken getrouwd. Volgende week heb ik een afspraak voor een echo. Ik flip helemaal als ik...'

'Niet flippen! Het is eng, dat kan ik me nog al te goed herinneren, maar het is ook prachtig, Andy. Wil je al weten of het een jongetje of een meisje is?'

Daar had je hem: de doodnormale vraag die je een zwangere vriendin stelt. Zo onschuldig dat Andy's keel ervan werd dichtgesnoerd, en ze raakte nog meer van slag door het besef dat dit gesprek met haar alleroudste vriendin niet puur feestelijk kon zijn. Ze konden nu niet bespreken of Andy een jongetje of een meisje zou krijgen, geen namen bedenken of de voor- en nadelen van de ene belachelijk dure wandelwagen afzetten tegen die van de andere. Er waren andere zaken die voorrang hadden.

'Hoe blij is Max? Ik kan het me niet eens vóórstellen! Hij wil al zo lang als jullie elkaar kennen een kind.'

'Ik heb het hem nog niet verteld.' Andy zei het zo zacht dat ze zich afvroeg of Lily het wel had gehoord.

'Je hebt het hem niet vertéld?'

'Het gaat niet zo lekker tussen ons. Ik heb op de dag van ons huwelijk een brief van Barbara gevonden die ik maar niet uit mijn hoofd kan zetten.'

'Hoe bedoel je, "niet zo lekker"? Het kan toch niet zo erg zijn dat je je eigen man niet vertelt dat je zijn kind draagt?'

Toen Andy eenmaal begon te praten, kon ze niet meer ophouden. Ze vertelde Lily alles, echt alles, ook de details die ze zelfs voor Emily had achtergehouden. Dat ze had overwogen om een tijdje bij Max weg te gaan, iets wat ze hem net had willen vertellen toen die Kevin belde. Dat ze hem niet wilde aanraken. Andy slaagde er zelfs in om hardop te zeggen, voor het eerst, dat ze zich maar bleef afvragen of Max haar wel de waarheid vertelde over Katherine.

'Zo, nu weet je alles. Fraai verhaal, hè?' Ze trok haar staart uit het elastiekje en schudde haar haar los. Toen legde ze haar wang op het roze bloemetjeskussen en snoof de geur op; het was waarschijnlijk hetzelfde wasmiddel of dezelfde wasverzachter die ze thuis gebruikte, maar het rook naar vroeger, een geur die ze nooit wilde missen.

'Ik weet gewoon niet wat ik moet zeggen. Zal ik naar je toe komen? Ik kan Bear bij Bodhi achterlaten, dan neem ik morgen het vliegtuig en...'

'Dank je wel, Lil, maar ik vertrek morgenvroeg voor mijn werk naar Anguilla. En je bent pas nog hier geweest. Maar ik vind het heel lief van je.'

'Arme schat! En wat een trut, die Barbara! De heks. Wat zul jij je kwetsbaar voelen. Ik weet nog zo goed dat ik net zwanger was van Bear en ik constant bang was, doodsbang, dat Bodhi me zou laten zitten, in verwachting en moederziel alleen. Geen idee hoe het komt, maar als je een baby verwacht word je heel... gevoelig. Ik kan het niet uitleggen.'

'Jawel, je hebt het zojuist uitgelegd en ik weet precies wat je bedoelt. Een week geleden wilde ik tijdelijk bij Max weg om na te denken. Een kans om open kaart tegen elkaar te spelen en na te gaan hoe het nu echt zit. Dat zou niet makkelijk geweest zijn, maar ik zou het wel gedaan hebben. En nu? Ik krijg een baby! Een baby van Max. Ik wil wel kwaad op hem zijn, maar ik hou nu al van zijn kind.'

'Ach Andy... ik ken dat. En het wordt nog veel erger.'

Andy snifte. Ze had niet eens gemerkt dat ze huilde.

'Denk je dat je nu al veel van dat kindje houdt? Moet jij eens afwachten.'

'Ik... ik had alleen gedacht dat het anders zou gaan.'

Lily zweeg even. Andy kende haar vriendin goed genoeg om te weten dat ze twijfelde of ze over haar eigen ervaring zou vertellen, bang om te veel de aandacht naar zich toe te trekken. Maar toen zei ze: 'Ik weet het, lieverd. Je had een visioen waarin je op een dag, na twee jaar huwelijk, wakker wordt naast je liefhebbende echtgenoot. Jullie gaan samen naar de badkamer om het staafje te bekijken waar je zojuist overheen gepiest hebt, en dan laten jullie je samen dolgelukkig op het bed vallen en je omhelst elkaar opgewonden, lachend van vreugde. Hij gaat mee naar iedere afspraak en masseert je voeten en koopt augurken en bekers ijs voor je. Weet je hoe vaak het zo gaat? Vrijwel nooit. Maar ik kan je vertellen dat dat het niet minder fantastisch maakt.'

Andy dacht aan de dag bijna vier jaar geleden toen Lily had gebeld om te vertellen dat ze zwanger was. Ze woonde toen al twee jaar in Boulder en had besloten om haar studie op een laag pitje te zetten om meer les te gaan geven. Ze spraken elkaar niet zo vaak, maar als ze Lily sprak, benijdde Andy altijd haar blije toon. Aanvankelijk had ze gedacht dat Lily's nieuwe obsessie met yoga te vergelijken was met haar eigen waslijst aan kortstondige interesses, bezigheden waaraan ze telkens weer vol passie was begonnen en die ze al snel weer had opgegeven: tennis, pottenbakken, spinning, koken. Toen Lily vertelde dat ze tegen een kleine vergoeding ging lesgeven, in ruil voor korting op haar yogalessen, had Andy het hoofdschuddend aangehoord. Typisch Lily. Toen ze aankondigde dat ze zich had aangemeld voor een docentencursus van vijfhonderd uur, moest Andy lachen. Maar toen ze de genoemde cursus in recordtijd doorliep en de volgende vier maanden doorbracht in een ashram in Kodaikanal in India, waar ze lessen volgde met namen als 'yoga als middel tegen emotionele stoornissen' en 'yoga voor een sterk hart', onder leiding van wereldberoemde swami's met onuitsprekelijke namen, begon Andy te twijfelen. En kort na haar terugkeer in Amerika kreeg Lily iets met de eigenaar en hoofddocent van haar yoga-instituut, een bekeerde boeddhist die zich Bodhi noemde – oorspronkelijk Brian, uit het noorden van Californië – en een jaar later vertelde ze Andy het grote nieuws: Bodhi en zij verwachtten over zes maanden een kind. Andy geloofde haar oren niet. Een baby? Van Bodhi? Ze had hem één keer ontmoet, toen Lily hem had meegenomen naar Connecticut, en het had Andy moeite gekost om door zijn dikke dreadlocks en zijn nog dikkere spierbundels heen te kijken, en zijn gewoonte om iedere minuut van de dag aan een thermosfles met thee te lurken, warme thee of ijsthee, afhankelijk van het seizoen. Het leek haar op zich een aardige kerel en hij was duidelijk verliefd op Lily, maar Andy kon er verder niet zo veel mee. Ze had weinig vragen gesteld, en omdat Lily haar zo goed kende, had ze gezegd: 'Het was geen ongelukje, Andy, Bodhi en ik blijven de rest van ons leven bij elkaar, maar we hebben geen boterbriefje nodig om dat vast te leggen. Ik hou van hem en we willen samen kinderen.'

Schuldbewust had ze Lily's hele zwangerschap lang haar twijfels gehouden en zich afgevraagd waarom haar vriendin deze sprong in het diepe had gewaagd. Maar zodra ze één blik wierp op Lily die haar zoon de borst gaf, een paar weken na zijn geboorte, had Andy geweten dat Lily de juiste keuze had gemaakt, voor haarzelf, haar vriend en haar zoon. Een tijdje was er een afstand geweest tussen hen – Andy kon op geen stukken na begrijpen hoe Lily zich voelde in haar nieuwe rol als moeder en (min of meer) echtgenote – maar ze was dankbaar dat haar vriendin een nieuw leven voor zichzelf had opgebouwd. En nu was ze dankbaar dat Lily haarfijn begreep wat ze bedoelde.

'Mijn voeten masseren en ijs voor me kopen? Mens, ik zou al gelukkig zijn als ik een paar weken niet bang hoefde te zijn voor chlamydia.'

'Gelukkig kun je er nog om lachen,' zei Lily, en Andy hoorde de opluchting in haar stem. 'Ik weet dat je het nu heel zwaar hebt, maar ik mag toch wel blij voor je zijn? Je krijgt een baby!'

'Ja. Ik zou het zelf niet geloven als ik niet zo dood- en doodmoe en kotsmisselijk was.'

'Ik dacht dat ik kanker had voordat ik ontdekte dat ik zwanger was,' bekende Lily. 'Ik kon letterlijk niet langer dan drie uur achter elkaar mijn ogen openhouden, en ik had er geen andere verklaring voor.'

Andy zweeg en bedacht hoe fijn en hoe vreemd het was om met haar allerbeste vriendin haar zwangerschap te bespreken, en ze moest even weggezakt zijn, want Lily vroeg: 'Andy? Ben je daar nog? Ben je in slaap gevallen?'

'Sorry,' mompelde ze, en ze veegde een straaltje kwijl uit haar mondhoek.

'Ik zal je met rust laten,' zei Lily.

Andy glimlachte. 'Ik mis je, Lil.'

'Ik ben er voor je, lieverd. Je kunt me altijd bellen. En gun jezelf in Anguilla de tijd om een beetje zon mee te pakken, een alcoholvrije pina colada te drinken en even alles te vergeten, afgesproken? Kun je me dat beloven?'

'Ik doe mijn best.' Ze namen uitgebreid afscheid, en Andy probeerde zich niet schuldig te voelen omdat ze niet had geïnformeerd naar Bodhi of Bear. Als je ooit een beetje egocentrisch mocht zijn, bedacht ze, dan was het nu wel. Ze trok haar spijkerbroek uit, die al onaangenaam strak zat, en trok haar trui over haar hoofd. Tandenpoetsen, gezicht wassen, flossen… het kon allemaal wachten. Ze legde haar hoofd weer op het bloemetjeskussen en trok haar kindersprei op tot aan haar kin. Morgenvroeg zou alles er beter uitzien.

9

Alcoholvrije pina colada's in overvloed

De vlucht van elf uur die ochtend. Drie uur vertraging, met een ongeplande tussenlanding in Puerto Rico. Een 'veerboot' vanaf Sint-Maarten waarop het voelde alsof je in een orkaan aan het jetskiën was. En tot slot eindeloos wachten bij de douane, in een ruimte zonder airco, gevolgd door een rit over stoffige, hobbelige lokale wegen. Reizen was al zwaar genoeg wanneer je niet in verwachting was, maar zwanger was het bijna ondraaglijk.

Het hotel maakte alles goed, al was het woord 'hotel' bij lange na niet toereikend voor het oord waar ze verbleef. Het was een sprookje. Een soort charmant dorpje, met vrijstaande villa's met rieten dak, verscholen tussen de weelderige begroeiing, gelegen aan een halvemaanvormig strand. De 'lobby' was een openluchtpaviljoen met marmeren vloeren en meubels van Balinees houtsnijwerk, met rijk bewerkte kooien waarin tropische vogels zongen en uitzicht op een oceaan zo helder en blauw dat Andy heel even dacht dat ze hallucineerde. Toen ze daarstraks het privébalkon van haar suite op liep, had ze in de boom boven haar hoofd een aap zien slingeren.

Nu kwam ze overeind van het bed en nam haar omgeving in zich op. Over het enorme bed was een witte sprei gedrapeerd en ook de rest van het beddengoed was wit; de matras was stevig maar tegelijkertijd, op een wonderlijke manier, donzig zacht. Bij de deur stonden een tafel en stoelen van kokoshout, en links van het bed een driezitsbank en een glazen salontafel met daarop een Bose-stereoinstallatie. Dankzij het rieten dak met bamboeframe, in combinatie met de glazen schuifdeuren aan drie kanten van de bungalow, die helemaal open konden, had je in de suite het gevoel alsof je buiten was. Het kleine, ondiepe zwembad hing vervaarlijk over de rand van het grote balkon; het groene water liep vloeiend over in de omgeving, en de twee teakhouten ligstoelen met gestreepte kussens en bijpassende parasol vormden samen het chicste zonnehoekje dat ze ooit had gezien. De enorme badkamer was vrijwel volledig opgetrokken uit wit marmer, inclusief de dubbele wastafel en de regendouche, die bijna net zo groot was als haar tweede badkamer in New York. Spierwitte handdoeken, luchtig als gesponnen suiker, hingen aan verwarmde rekjes en het aankleedgedeelte was versierd met verse frangipanebloesems. De zacht geurende shampoo en conditioner zaten in stenen potjes waar een houten label aan een touwtje omheen hing.

Helemaal achter in de badkamer, omringd door palmbomen en weelderig groen, stond een enorm ligbad, aan drie kanten omzoomd door tweeënhalve meter hoge muren, maar in de openlucht. Wonderlijk genoeg was het al gevuld met warm, geurig water. Op de rand stond een stenen pot met badzout, er was heel subtiel zachte muziek te horen en de buitenruimte werd gevuld met de geur van groene planten, bomen en aarde, in combinatie met de warmte van de middagzon.

Ze wurmde zich uit haar legging, en nog voordat Andy goed en wel wakker was, lag ook haar T-shirt op de grond. Ze liet zich in het geurige water zakken, dat precies warm genoeg was in de vochtige buitenlucht, en sloot haar ogen. Automatisch liet ze haar handen over haar buik gaan. Ze prikte erin; ze kon nog steeds niet geloven dat er een piepklein leventje in haar groeide. Ook al had ze zichzelf tot nu toe niet toegestaan eraan te denken, plotseling besefte ze dat ze graag een zoon wilde. Ze zou niet kunnen zeggen waarom. Misschien doordat ze zowel haar zus als Lily altijd zag met hun zoontjes, de enige kleine kinderen die ze goed kende en op wie ze dol was. Of misschien was het de gedachte aan een moederskindje, een schattig ventje met lang, warrig haar en een knuffeldoekje dat ze in blauwe miniblazertjes met stropdasje zou hullen en dat bij haar op schoot zou kruipen.

Ze twijfelde, maar Max had ooit gezegd dat hij ervan overtuigd was dat ze alleen maar meisjes zouden krijgen. Hij beweerde dat hij niet kon wachten om hun dochters te leren tennissen en voetballen en golfen, ze in miniatuuruniformpjes te steken en hun elftal te coachen. Hij voorspelde blonde baby's, ondanks het feit dat zij geen van beiden blond waren, en hij zei dat ze meer van hun vader zouden houden dan van iedere andere man op aarde. Het was een van de dingen die Andy zo mooi aan hem vond: de man met het playboyimago was diep in zijn hart een softie. Hij verlangde meer dan wie dan ook naar huisje-boompje-beestje en durfde dat ook toe te geven. Andy had hem nooit anders gekend, maar Max' zus had onmiddellijk gezegd dat hij door zijn ontmoeting met Andy was veranderd in de man die hij altijd al had moeten zijn. Hij zou zijn geluk niet op kunnen als ze hem het nieuws vertelde.

Ergens in de suite ging een telefoon, en Andy keek paniekerig om zich heen, tot ze zag dat er aan de muur bij het bad discreet een toestel was bevestigd.

'Hallo?'

'Mevrouw Harrison? U spreekt met Ronald van de receptie. Mevrouw Hallow heeft me gevraagd u te laten weten dat het diner over een uur begint, op het strand. Mag ik iemand sturen om u erheen te brengen?'

'Ja, graag. Ik zal zorgen dat ik klaarsta.'

Ze draaide de warme kraan open en stak haar voeten onder de straal. Haar hele lijf voelde uitgeput, maar ze was nu klaarwakker en de gedachten tolden door haar hoofd. Over een uur zou ze het diner bijwonen dat voorafging aan het huwelijk van de volgende dag, van het meest invloedrijke stel uit de muziekwereld. Harper Hallow had in de loop van haar carrière maar liefst tweeëntwintig Grammy's verzameld – net zo veel als U2 en Stevie Wonder – en was nog minstens tien keer vaker genomineerd geweest; haar aanstaande, een rapper die bij zijn geboorte de naam Clarence Dexter had meegekregen maar in de hele wereld bekendstond als Mack, zonder achternaam, had honderden miljoenen bij elkaar geharkt door het uitbreiden van zijn muziekactiviteiten met een lucratieve schoenen- en kledinglijn. Met dit huwelijk zouden ze een van de rijkste, beroemdste stellen ter wereld worden.

Na nog een paar minuten in het warme water dwong Andy zichzelf om uit de luxe badkuip te komen en in een rechte lijn door te lopen naar de regendouche, waar ze zich afspoelde en tevreden haar benen schoor op het teakhouten bankje dat er zo attent was neergezet. Ze trok een witte linnen broek aan, een zijden turkoois-met-oranje tuniek en platte, zilverkleurige sandaaltjes; Emily kon trots op haar zijn. Net toen ze haar aantekenblok en telefoon in de door het hotel verstrekte rieten strandtas stopte, ging de bel. Een jonge, schuchtere Anguillaan in een keurig overhemd met korte mouwen begroette haar bedeesd en wenkte haar hem te volgen.

Na drie minuten lopen kwamen ze bij een paviljoen met bar aan het zwembad. De ondergaande zon hing vlak boven het water. Het was inmiddels wat koeler buiten en er was een zilveren reepje maan zichtbaar. Honderden mensen slenterden rond, dronken cocktails uit een kokosnoot of Caribisch bier uit een flesje. Een twaalfkoppige reggaeband speelde eilanddeuntjes, en voor het podium stond een groepje kinderen – allemaal van top tot teen in designerkleding gestoken – giechelend te dansen. Andy keek om zich heen, maar ze zag Harper en Mack nergens.

Haar telefoon ging, net op het moment dat ze een glas bronwater aannam van een geüniformeerde ober.

Andy liep naar de zijkant van de tent en pakte de telefoon uit haar tas. 'Em? Hoi. Hoor je me?'

'Waar ben je nu? Je weet toch dat het diner al twintig minuten geleden is begonnen, hè?'

Emily praatte zo hard dat Andy de telefoon bij haar oor vandaan moest houden. 'Daar ben ik nu, om met allerlei charmante mensen te praten. Maak je geen zorgen.'

'Je hebt nog bepaalde details nodig om het verhaal persoonlijker te maken, en de beste toespraken, met de fijnste roddels, zullen vanavond...'

'Vandaar dat ik hier nu ben, met mijn aantekenboek,' zei Andy. Ze keek naar haar kleine avondtasje en besefte dat ze niet eens een pen bij zich had. Als dit de eerste drie maanden al zo ging, hoe moest het dan het komende half jaar?

'Wat heeft Harper aan?' vroeg Emily.

'Em? Ik kan je bijna niet verstaan. Het waait hier heel hard.' Andy blies in de telefoon om het effect te versterken.

'Hm-hm. Hang maar op en stuur me een foto. Ik wil dolgraag weten hoe ze eruitziet.'

Andy blies nog een keer in de telefoon. 'Doe ik! Ik moet nu echt ophangen.' Ze klikte de verbinding weg en keerde terug naar het feest. Het terrein was omzoomd met houten fakkels, en in het midden van de open tent was een enorme bar waar de gasten zelf hun fruits de mer konden kiezen. Andy wilde net de recorder van haar telefoon inspreken toen er een vrouw met een headset en een overvolle leren map in de hand op haar af kwam lopen.

'Jij bent vast Andrea Sachs,' zei ze opgelucht.

'Dan moet jij Harpers publiciste zijn.'

'Ja, ik ben Annabelle.' Ze pakte Andy bij de arm en nam haar mee naar een van de tafeltjes in het zand. 'Daar staat een mand met teenslippers, als je die liever draagt. Er is een oesterbar en er komen obers langs met hapjes, en natuurlijk kun je te drinken bestellen wat je maar wilt. Mack heeft het eten en de wijn speciaal laten invliegen, dus sla vooral niets over. Ik kan je ook alvast het menu laten zien, als je dat nodig hebt voor je artikel.'

Andy knikte. Pr-mensen van de sterren leken altijd haast te hebben en praatten vaak drie keer zo snel als een ander, maar ze maakten haar werk er beslist een stuk gemakkelijker op.

'Dadelijk gaat het diner beginnen, gevolgd door een half uur toespraken onder leiding van Macks agent, die tevens een goede vriend van hem is, en daarna door het dessert en een digestief. Na de feestelijkheden staan er auto's klaar om de jonge gasten naar de beste discotheek van het eiland te brengen en weer op te halen. Harper gaat uiteraard meteen na het dessert naar haar suite, maar je bent van harte welkom op de afterparty, als je zin hebt.'

'Discotheek? Nou, ik denk dat ik maar...'

'Oké, mooi zo,' zei de vrouw, en ze trok Andy weer mee aan haar arm. Ze kwamen bij een ronde achtpersoonstafel met een opzichtige toef paradijsvogelbloemen in het midden, waaraan zeven aantrekkelijke gasten geanimeerd zaten te praten. 'Je tafel. Mensen, dit is Andrea Sachs van *The Plunge*, het blad dat verslag zal doen van de feestelijkheden, dus maak het haar alsjeblieft naar de zin.'

Andy voelde dat ze vuurrood werd toen iedereen naar haar keek. Haar maag werd samengeknepen toen ze een bekende stem hoorde, die haar in één klap tien jaar terugvoerde in de tijd.

'Zo zo, wie hebben we daar?' De zangerige stem klonk geamuseerd en tegelijkertijd roofzuchtig. 'Wat een interessánte verrassing!'

Nigel keek haar stralend aan; zijn te perfecte gebit gaf bijna licht in het donker.

Andy probeerde iets te zeggen, maar haar mond was zo droog dat ze geen woord kon uitbrengen.

Annabelle lachte. 'Ach ja, ik zou bijna vergeten dat jullie collega's zijn geweest. Wat goed!' riep ze enthousiast uit, en ze gebaarde Andy te gaan zitten. 'Een kleine *Runway*-reünie!'

Toen pas zag Andy dat Nigel werd geflankeerd door Jessica, in haar tijd evenementenplanner bij *Runway*, en Serena van de redactie. Beiden hadden het voor elkaar gekregen er jonger uit te zien dan tien jaar geleden, slanker, bloedmooi en blakend van het zelfvertrouwen. Het zou haar eigenlijk niet moeten verbazen... per slot van rekening was dat typisch *Runway*.

'Wat ben ik toch een bofkontje!' kwetterde Nigel. 'Andrea Sachs, kom eens naast me zitten jij.'

Hij droeg een soort kruising tussen een kaftan en een jurk, spierwit, over een broek die je een skinny jeans zou kunnen noemen, maar die meer weg had van een legging. Om zijn nek hing een zijden sjaal met franje, helemaal tot op de knie, met over de gehele lengte niet al te subtiel het Louis Vuitton-logo. Ondanks de tropische hitte werd het ensemble gecompleteerd door een kozakkenmuts van nerts en paarsfluwelen instappers.

Andy kon niet anders dan naast Nigel gaan zitten. Hij grijnsde breed, maar niet erg vriendschappelijk. 'Ik zal maar niks zeggen over de manier waarop je me in de steek gelaten hebt! Ik had je onder mijn hoede genomen en dít' – hij pakte de stof van Andy's tuniek beet en trok een misprijzend gezicht – 'is mijn beloning? Zomaar opstappen. Zonder zelfs maar afscheid te nemen.'

Na het debacle in Parijs was Andy niet meer teruggekeerd naar de redactie van *Runway* om haar spullen te halen – nog geen potlood – maar ze had Nigel een lange brief geschreven om haar waardering te uiten, zich te verontschuldigen voor de respectloze behandeling van Miranda en hem te bedanken voor zijn begeleiding. Geen reactie. In de maanden daarna had Andy hem dezelfde brief nog een keer gemaild en hem nog een paar 'Hoe gaat het met je? Ik mis je!'-briefjes gestuurd; die laatste had ze zelfs op Nigels blog geplaatst. Niets. In diezelfde periode was Emily binnen een paar tellen na haar ontslag naar zijn kantoor gesneld, zo had ze Andy verteld, maar ze had er niets anders aangetroffen dan een gesloten deur en een onwillige assistent. Ook Emily had Nigel gemaild, en ze had hem een keer uitgenodigd voor een besloten dinertje dat *Harper's Bazaar* gaf ter ere van Marc Jacobs, maar ook daar had ze geen reactie op gekregen.

Andy schraapte haar keel. 'Het spijt me. Ik heb echt mijn best gedaan om...'

'Toe zeg!' krijste Nigel, wapperend met zijn hand. 'Niet over werk praten op een feestje. Meiden, jullie kennen Andrea Sachs toch nog wel?'

Serena en Jessica. Er kon geen knikje of zelfs maar een halfhartig lachje vanaf. Jessica nam met ijzige afkeuring Andy's outfit op terwijl Serena een slokje van haar wijn nam en over de rand van haar glas naar Andy staarde. Andy luisterde naar Nigels geratel over Harpers outfit en het colbert van Mack terwijl ze van haar Pellegrino nipte. Hij was hartstikke gek, dat leed geen twijfel, maar een heel klein deel van de oude Andy was dol op hem. Uiteindelijk wierp Nigel Andy een veelbetekenende blik toe en knoopte een gesprekje aan met het model dat links van hem zat. Serena en Jessica mengden zich onder de andere gasten, en Andy wist dat ze hetzelfde zou moeten doen. Ze had zich in geen jaren zo opgelaten gevoeld in een groot gezelschap. In geen tien jaar, om precies te zijn.

Ze at een stukje maïsbrood en nam nog een slokje van haar water met citroen, en al die tijd wreef ze onder tafel over haar buik. Kwam het door de *Runway*-sfeer van weleer dat ze zich zo slap en misselijk voelde, of door het feit – dat ze steeds uit haar hoofd probeerde te zetten – dat ze ongepland zwanger was en zelfs haar eigen man van niets wist?

De toespraken begonnen. Harpers beste vriendin, een kapster die niet alleen beroemd was vanwege haar haarcreaties maar ook als voorvechtster voor de rechten van transseksuelen, bracht een ontroerend lief en iets te saai eerbetoon aan het gelukkige paar. Ze werd rap gevolgd door een van Macks broers, een profbasketballer die meerdere malen verwees naar Mack en Magic Johnson, zeer ongepast en niet één keer grappig. En toen was de beurt aan Nigel, die een schitterend verhaal afstak over Harper, die hij al kende sinds ze een onhandige twintiger was geweest, onherkenbaar voor de ontelbare aanhangers die haar nu aanbaden. Dat laatste was natuurlijk geheel te danken aan Nigels harde werk. Alle aanwezigen lagen in een deuk.

Uiteindelijk, toen iedereen aan het dessert zat, excuseerde Andy zich en liep ze de tent uit. Ze rommelde in haar tasje op zoek naar haar telefoon en toetste het nummer in zonder al te lang stil te staan bij de internationale gesprekskosten. Dit was een noodgeval.

Emily nam onmiddellijk op. 'Is alles oké daar? Zeg me alsjeblieft dat ze de bruiloft niet hebben afgeblazen.'

'Ze gaan nog steeds trouwen.' Andy was opgelucht de stem van haar vriendin te horen.

'Waarom bel je me dan halverwege het diner?'

'Nigel is hier! Met Serena en Jessica. Ik zit bij hen aan tafel. Dit is letterlijk mijn ergste nachtmerrie.'

Emily moest lachen. 'Kom op, zo erg zijn ze nu ook weer niet. Laat me raden, Nigel deed zeker net of je hem nooit had gemaild en geschreven? Alsof je hem compleet uit zijn leven hebt verbannen?'

'Precies.'

'Wees blij dat zíj er niet is. Het kan echt nog veel erger,' zei Emily.

'Twee keer in twee weken, dat trek ik niet. Dan zou ik echt knettergek worden.'

Emily zweeg aan de andere kant van de lijn.

'Ben je er nog? Wat nou? Je prijst je natuurlijk gelukkig dat je niet meegegaan bent? Ik kan je vertellen dat Anguilla op dit moment niet de aantrekkelijkste plek op aarde is.'

'Ik wil je niet laten schrikken, Andy...' Emily sprak nu heel zacht.

'O, nee, alsjeblieft. Wat is er aan de hand?'

'Niks! Mens, doe toch niet altijd zo dramatisch.'

'Em...'

'Ik heb juist heel goed nieuws. Misschien wel het beste nieuws dat ik ooit heb gehoord.'

Andy haalde diep adem.

'Ik heb die jurist van Elias-Clark gesproken. Hij had me gewoon opgespoord, trouwens, hij belde me op mijn mobiel. Een half uur geleden, wat trouwens behoorlijk laat is voor een zakelijk telefoontje. Daaruit blijkt wel hoe gretig ze zijn! Ik bedoel, je zou toch nooit denken dat zo'n man...'

'Gretig, hoezo gretig, Emily? Wat wilde hij?' Andy hoorde dat ergens achter haar iemand een toost uitbracht via de microfoon, en opeens wilde ze niets liever dan thuis in haar bed liggen, dicht tegen Max aan gekropen, zoals ze altijd hadden gedaan voordat zij de brief had gevonden.

'Eerst herhaalde hij alleen maar dat hij een bespreking wilde. Dus ik dacht dat hij ons een proces wilde aandoen. Ik bedoel, omdat we de verkeerde indruk hebben gewekt over onze werkrelatie met Miranda en we...'

'Emily, kom óp nou!'

'Maar dat is het niet, Andy! Hij wilde er niet op ingaan voordat we elkaar officieel spreken, maar hij zei wel iets vaags over "zakelijke belangstelling" voor *The Plunge* – zijn woorden. Jij weet ook wel dat dit maar één ding kan betekenen!'

Andy knikte. Ze wist precies wat dat betekende. 'Zo te horen willen ze ons overnemen.'

'Ja!' Andy merkte dat Emily haar best deed om de opwinding uit haar stem te weren, maar daar slaagde ze niet in.

'Ik dacht dat we het erover eens waren dat we het blad de eerste vijf jaar niet zouden verkopen. We zouden de tijd nemen om een goed product in de markt te zetten, met een stevige basis. We zijn amper drie jaar bezig, Emily.'

'Jij weet net zo goed als ik dat je een kans als deze niet moet laten schieten!' Emily gilde het nu bijna uit. 'We hebben het hier wel over Elias-Clark, hè. Niks bijzonders, hoor, hooguit het grootste en meest prestigieuze uitgeefconcern ter wereld. Dit zou wel eens de kans van ons leven kunnen zijn.'

Andy voelde een kriebel. Het had iets spannends, en ook iets oneindig bevredigends, het idee dat Elias-Clark belangstelling voor hen zou kunnen hebben. Maar het was ook doodeng. 'Moet ik het je echt uitleggen, Em? Ben je vergeten dat Miranda niet alleen hoofdredacteur is van *Runway*, maar ook de leiding heeft over heel Elias-Clark? Dat zou betekenen dat zij weer onze baas zou worden.' Andy zweeg even, in een poging haar stem onder controle te krijgen. 'Het is maar een onbeduidend detail, maar misschien moet je het toch even in overweging nemen.'

'Daar maak ik me niet echt zorgen over,' zei Emily, en Andy zag haar vriendin in gedachten al een wegwuifgebaar maken, alsof ze het hadden over de vraag waar ze een broodje zouden halen voor de lunch.

'Nou, jij bent ook niet degene die op een feest zit met die trutten van *Runway*. Want dan zou je je er wel degelijk zorgen over maken.'

Emily slaakte een zucht, alsof dit precies de reactie was die ze had verwacht. 'Luister nou even, Andy. Kun je er niet gewoon voor openstaan? In ieder geval tot we hebben gehoord wat ze van ons willen? Ik beloof je dat ik niks zal doen waar jij niet achter staat.'

'Goed. Want ik sta er niet achter om weer voor Miranda Priestly te gaan werken. Dat kan ik je nu alvast vertellen.'

'We weten niet eens wat ze te bieden hebben! Neem wat te drinken, probeer van het feest te genieten en laat de rest maar aan mij over, oké?'

Andy keek om zich heen naar de schitterende omgeving. Misschien moest ze nog maar een alcoholvrije pina colada nemen.

'Het is maar een bespreking, Andy. We komen er wel uit. Zeg mij na: het is maar een bespreking.'

'Goed, het is maar een bespreking,' zei Andy braaf. Ze herhaalde het zinnetje nog drie keer voor zichzelf, en ze deed echt haar best om het te geloven. Maar wie hield ze nu eigenlijk voor de gek? Het was doodeng.

10

De helft van een set badjassen

Hoe lang was het geleden dat ze gezoend hadden? Ze probeerde het zich te herinneren. Het leek onmogelijk, maar voor haar gevoel had ze Max' lippen maar een enkele keer op de hare gevoeld sinds ze de huwelijksgelofte hadden afgelegd en elkaar hadden gekust voor het oog van driehonderd bruiloftsgasten. Het voelde vertrouwd maar opwindend toen Max haar onaangekondigd in een taxi ophaalde van haar werk, en ook ongecompliceerd: ze was blij hem te zien. Het was een enorme opluchting om terug te zijn van Anguilla, weg van Nigel en de anderen van *Runway*, en ze voelde zich veilig in Max' armen, daar op de achterbank van de taxi. Zijn vertrouwde geur, de bedreven manier waarop hij zoende. Het voelde precies zoals thuiskomen hoorde te voelen, in ieder geval tot er op Taxi TV een advertentie werd vertoond voor de Bermuda-route van JetBlue.

Max volgde haar blik naar het scherm. Hij wist precies wat Andy dacht, maar hij probeerde haar af te leiden door nog meer hartstocht in zijn zoenen te leggen.

Ze wilde wel meedoen, maar ineens kon ze alleen nog aan de brief van zijn moeder denken.

'Andy...' Max bespeurde haar afstandelijkheid. Hij probeerde haar hand te pakken, maar ze trok zich los. De zwangerschapshormonen hielpen ook niet bepaald om dit achter zich te laten. Ze had ergens gelezen dat vrouwen die in verwachting waren een afkeer ontwikkelden van de geur van hun echtgenoot. Zou dat nu al in gang gezet kunnen zijn?

Toen de taxi stopte voor hun appartementengebouw op de hoek

van 16th Street en 8th Avenue haalde Max zijn creditcard door de gleuf, hield het portier voor Andy open en voerde een beleefd gesprekje met de avondportier. Andy liep voor hem uit naar hun appartement, waar Stanley zich als een dolle op hen stortte. Het beestje liep achter haar aan naar de slaapkamer, met het enorme hemelbed en de leesstoel met voetenbankje. Ze lokte hem met luchtkusjes en hij liep braaf mee de badkamer in, waar ze de deur op slot deed, de kraan van het bad aanzette en Stanley oppakte.

'Bah, je stinkt,' fluisterde ze in zijn hangoor, en ze begroef haar gezicht in zijn warme nek. Stanley was verslaafd aan *bully's*, kauwsticks waarvan werd beweerd dat ze waren gemaakt van stierenpenis, iets waarvan Andy moest kokhalzen als ze eraan dacht, zwanger of niet.

Hij likte aan haar gezicht en stak nog net niet zijn tong in haar mond. Ook daar moest ze van kokhalzen. Stanley blafte verontschuldigend.

'Geeft niks, jochie. Je bent op het moment niet het enige wat me aan het kotsen krijgt.'

Ze trok haar wikkeljurkje, zwarte panty, beha en onderbroek uit en draaide een kwartslag om haar profiel te bekijken. Afgezien van de vuurrode striem om haar middel op de plek waar de panty haar de hele dag had ingesnoerd, moest Andy toegeven dat haar buik er vrijwel hetzelfde uitzag als altijd. Niet helemaal plat, kon ze zien toen ze eroverheen wreef, maar de welving die ze daar zag was beslist niet nieuw. Misschien was haar middel wat dikker geworden, minder zichtbaar dan een maand of twee geleden. Binnenkort zou ze helemaal geen taille meer hebben. Dat wist ze, en toch was het niet te bevatten; het was bijna net zo onvoorstelbaar als het witte boontje met het kloppende hartje dat nu in haar buik zat.

Met gedimd licht en Stanley languit op een handdoek op het plankje naast de badrand – waar hij zo nu en dan zijn snuit in het water stak om een slokje te drinken – liet Andy zich in het water zakken, en ze slaakte een diepe zucht. Max klopte op de deur om te vragen of alles goed ging.

'Ja hoor, ik zit in bad.'

'Waarom is de deur op slot? Ik wil even binnenkomen.'

Andy keek naar Stanley, die hijgend met zijn kop boven het warme water hing.

'Per ongeluk op slot gedaan,' zei ze. Ze hoorde hem wegsloffen.

Ze maakte een washandje nat en legde dat op haar borst. Diep inademen, langzaam uitblazen. Een paar minuten stond ze zichzelf toe om zo te dobberen, gewichtloos. Ze was er in de wekelijkse e-mail van Baby-Center, waarin verslag werd gedaan van de ontwikkeling van haar baby, aan herinnerd dat het badwater gedurende de zwangerschap niet te warm mocht zijn, en aangezien ze een bloedhekel had aan een bad dat minder dan gloeiend heet was, had Andy met zichzelf een compromis gesloten door niet langer dan vijf minuten ondergedompeld te blijven. Het was niet meer de uitgebreide ontspanningssessie die ze gewend was voor het slapengaan, maar ze zou het ermee moeten doen.

Terwijl het water luidruchtig in het afvoerputje verdween trok Andy haar dikke, zachte badjas aan. Het was de helft van een set, een verlovingsgeschenk van Max' grootouders van moederskant. Andy's badjas was helderrood, met op de linkerborst in witte letters MRS. HARRISON geborduurd; die van Max was wit, met in rode letters MR. HARRISON erop. Toen ze de ceintuur dichtknoopte, dacht ze aan de ruzie die ze hadden gekregen nadat ze het cadeau aan Max had laten zien.

'Leuk,' had hij gezegd terwijl hij de beruchte aftandse plunjezak wegzette, die hij toen al overal mee naartoe zeulde.

'Het is heel attent van je opa en oma, maar ze hebben niet eens gevraagd of ik straks jouw achternaam aanneem,' zei Andy.

'Nou en?' Max trok haar naar zich toe om haar te zoenen. 'Daar gaat ze gewoon van uit. Mijn oma is eenennegentig, laat haar toch.'

'Ja, dat snap ik wel. Alleen… ik wil mijn eigen naam houden na ons huwelijk.'

Max begon te lachen. 'Natuurlijk niet.'

Zijn verwaande zelfverzekerdheid prikkelde haar erger dan iedere andere opmerking die hij had kunnen maken.

'Ik heet al meer dan dertig jaar Andrea Sachs en dat wil ik graag zo houden. Wat zou jij ervan vinden als iemand je op dit punt in je leven zou vragen een andere naam aan te nemen?'

'Dat is wat anders.'

'Nee, helemaal niet.'

Hij nam haar aandachtig op. 'Waarom wil je mijn naam niet dragen?' Het klonk zo oprecht gekwetst dat ze bijna ter plekke overstag ging.

Ze gaf een kneepje in zijn hand. 'Het is geen politiek statement of zo, Max, het is absoluut niets persoonlijks. Sachs is gewoon de naam waarmee ik opgegroeid ben, ik ben eraan gewend. Ik heb hard gewerkt om een carrière op te bouwen, en al die tijd heb ik de naam Sachs gebruikt. Is dat nou zo moeilijk te begrijpen?'

Max zei niets en haalde met een zucht zijn schouders op. Andy begreep dat er waarschijnlijk nog veel van dit soort gesprekken zouden volgen. Dat hoorde toch bij het huwelijk? Discussies en compromissen? Ze omhelsde hem en zoende hem in zijn hals, en ze leken het allebei uit hun hoofd te zetten, maar al snel werd het een van die ruzies die leken te staan voor iets groters en belangrijkers. 'Wie wil er nou niet de naam van haar man aannemen?' vroeg hij steeds, en het ongeloof was hoorbaar in zijn stem. Hij voerde zijn moeder aan als argument ('ze houdt van je als van haar eigen dochter'), iets waarvan Andy het achteraf wel wilde uitgillen; zijn grootouders ('deze naam wordt al tientallen generaties doorgegeven') en speelde in op haar schuldgevoel ('ik dacht dat je er trots op zou zijn om mij als echtgenoot te krijgen – ik ben ook trots op jou als vrouw') en toen dat allemaal tevergeefs bleek, kwam hij met een halfslachtig dreigement: 'Als je dan niet voor het oog van de hele wereld mijn naam wilt dragen, moet ik misschien ook niet voor het oog van de hele wereld een trouwring gaan dragen.' Maar toen Andy daarop schouderophalend had gezegd dat ze het prima vond als hij geen trouwring wilde dragen, had hij zijn verontschuldigingen aangeboden. Hij zei dat hij moest toegeven dat hij teleurgesteld was, maar dat hij zou proberen haar besluit te respecteren.

Ze voelde zich meteen belachelijk omdat ze zo'n star standpunt had ingenomen op een punt dat kennelijk heel belangrijk voor hem was, terwijl zij er zelf eigenlijk niet eens zo héél veel belang aan hechtte. Toen ze haar armen om zijn nek sloeg en zei dat ze 'Sachs' professioneel zou blijven gebruiken, maar dat ze voor al het overige best zijn naam wilde aannemen, leek Max het bijna te begeven van dankbaarheid en opluchting. En stiekem was ze blij geweest, want het mocht dan misschien niet feministisch en ouderwets en wat al niet meer zijn, ze vond het gewoon prettig om dezelfde achternaam te hebben als haar echtgenoot. Nu zou hun baby ook een Harrison worden.

'Hé,' zei hij, opkijkend van zijn GQ toen Andy naar het bed kwam lopen. Hij droeg alleen een strakke Calvin Klein-boxershort. Zijn huid had die volmaakte olijfkleur, altijd heel lichtjes gebruind; zijn buikspieren waren zichtbaar, maar niet té en hij had lekker brede schouders. Ze voelde de aantrekkingskracht, ondanks zichzelf. 'Was het lekker in bad?'

'Altijd.' Ze schonk een glas water voor zichzelf in uit de karaf die ze op haar nachtkastje had staan en nam een slok. Het liefst had ze zich omgedraaid om Max' figuur te bewonderen, maar ze dwong zichzelf om haar boek te pakken.

Max kroop naar haar toe. Zijn bicepsen werden aangespannen toen hij van achteren zijn armen om haar heen sloeg en haar nek kuste. Ze voelde die bekende kriebels van opwinding in haar buik.

'Wat ben je lekker warm. Je zult wel hebben liggen stoven in bad,' mompelde hij, en Andy dacht meteen aan de baby.

Ze voelde weer zijn lippen in haar nek, en voordat ze besefte wat er gebeurde, had Max de badjas over haar schouders tot aan haar middel naar beneden geschoven. Hij nam van achteren voorzichtig haar borsten in zijn handen. Ze schoof bij hem vandaan en trok de badjas weer om zich heen.

'Ik kan het niet.' Ze meed zijn blik.

'Andy.' Zijn stem klonk teleurgesteld. Verslagen.

'Het spijt me.'

'Andy, kom eens hier. Kijk me aan.' Hij pakte met zijn duim en vingers haar kin beet en draaide langzaam haar gezicht naar zich toe. Kuste zacht haar mond. 'Ik weet dat ik je heb gekwetst, en dat vreet aan me. Deze hele situatie...' Hij gebaarde om zich heen. 'Mijn moeder, het feit dat je me niet meer vertrouwt, dat je niet meer bij me wilt zijn... dat is mijn schuld, en ik begrijp waarom je er zo over denkt. Maar het was maar een brief en er is niéts gebeurd. Niets. Het spijt me, maar alleen dat ik het je niet heb verteld, verder niets.' Hij zweeg even, geërgerd nu. 'Je moet het van je afzetten. Misschien staat de straf niet meer in verhouding tot de overtreding.'

Andy voelde dat haar keel werd dichtgesnoerd en ze wist dat de tranen niet lang op zich zouden laten wachten.

'Ik ben zwanger.' Haar stem was niet meer dan een fluistering.

Max verstarde. Ze voelde zijn priemende blik. 'Wat? Hoor ik...'

'Ja. Ik ben zwanger.'

'Jezus, Andy, dat is fantastisch.' Hij sprong van het bed en liep de kamer door, met een opgewonden blik in zijn ogen. 'Hoe lang weet je het al? Hoe heb je het ontdekt? Ben je naar de dokter geweest? Hoe ver ben je?' Hij liet zich op zijn knieën naast het bed zakken en pakte haar handen stevig beet.

Max' zichtbare blijdschap was een geruststelling. Het was zo al zwaar genoeg, ze kon zich niet voorstellen hoe het geweest zou zijn als hij zijn twijfels had gehad (of erger) na het horen van het nieuws. Ze voelde dat hij in haar handen kneep en was hem er dankbaar voor.

'Weet je nog dat ik vorige week naar dokter Palmer ben geweest? Vlak voor Anguilla? Toen is er een urinetest gedaan, en die avond belden ze met het nieuws.' Het leek Andy beter om weg te laten dat ze zich had laten testen op alle denkbare soa's.

'Je weet het al een wéék en hebt het me niet verteld?'

'Sorry. Ik had tijd nodig om na te denken.'

Max keek haar aan, zijn gezicht ondoorgrondelijk.

'Ze dachten trouwens niet dat het een "kersverse" zwangerschap is, wat dat ook mag betekenen. Het is pas met zekerheid te zeggen na een echo, maar ik denk zelf dat het is gebeurd toen we die keer in Hilton Head...'

Ze keek naar Max' gezicht toen hij de herinnering terughaalde. Het huis dat ze hadden gehuurd voor een weekje nazomeren met Emily en Miles. Die ene avond onder de openluchtdouche, vlak voor het eten, toen ze als twee tieners samen weggeslopen waren. Andy had Max bezworen dat het veilig was, ze was een week geleden ongesteld geweest; ze hadden zich laten meeslepen.

'Onder de douche? Denk je dat het toen verwekt is?'

Andy knikte. 'Ik ben die maand op een andere pil overgestapt en was tussendoor een paar weken gestopt. Ik denk dat ik me misrekend heb.'

'Je weet wat dit betekent, hè? Het is voorbestemd. Deze baby is voorbestemd.' Dat was Max' favoriete zinnetje. Hun ontmoeting: voorbestemd. Het succes van haar blad: voorbestemd. Hun huwelijk: voorbestemd. En nu de baby.

'Dat weet ik niet, hoor,' zei Andy, maar ze kreeg de glimlach niet van haar gezicht. 'Ik denk dat we eerder bewezen hebben dat periodieke onthouding niet werkt, maar inderdaad, zo zou je het ook kunnen bekijken.'

'Wanneer kan die echo gemaakt worden? Om uit te rekenen wanneer de baby komt?'

'Ik heb morgen een afspraak bij mijn gynaecoloog.'

'Hoe laat?' vroeg Max, bijna nog voordat ze haar zin had afgemaakt.

'Half tien. Ik was liever eerder gegaan, maar dit was de enige mogelijkheid.'

Hij pakte onmiddellijk zijn telefoon. Andy kon hem wel zoenen toen ze hem zijn secretaresse hoorde opdragen al zijn besprekingen voor de volgende ochtend te verzetten.

'Mag ik je dan morgen vóór onze afspraak mee uit ontbijten nemen?'

Waarom had ze er zo lang mee gewacht het hem te vertellen? Dit was haar Max, de man met wie ze in het huwelijk was getreden. Natuurlijk was hij dolgelukkig met het nieuws dat ze samen een kindje kregen. Natuurlijk had hij zonder enige aarzeling onmiddellijk al zijn afspraken afgezegd om mee te gaan naar haar eerste afspraak met de gynaecoloog – en alle volgende, durfde ze te wedden. En natuurlijk had hij onmiddellijk, instinctief, 'onze' gezegd en zou hij straks ongetwijfeld dingen zeggen als '*we* zijn zwanger' en '*ons* kind'. Ze had niet anders verwacht, maar toch was het een enorme opluchting om het uit de eerste hand te ervaren. Ze stond er niet alleen voor.

'Ik wilde eigenlijk van tevoren een paar uurtjes naar kantoor gaan. Ik ben ontzettend achteropgeraakt de laatste dagen. Eerst de bruiloft, toen die misselijkheid, nu weer dat hele Elias-Clark-verhaal...'

'Andy.' Hij gaf weer een kneepje in haar hand en glimlachte. 'Toe nou.'

‘Ja. Leuk, samen ontbijten.’

Ze werd weer misselijk. Het moest aan haar gezicht te zien zijn, want Max vroeg of het wel goed ging. Ze knikte – ze kon niets zeggen – en liep snel naar de badkamer. Terwijl ze daar stond te kokhalzen, hoorde ze hem gingerale, zoute crackers, bananen en appelmoes bestellen bij het winkeltje op de hoek. Toen ze terugkwam in bed, keek hij haar medelevend aan.

‘Arme schat. Ik ga héél goed voor je zorgen.’

Haar hoofd bonsde nog na van het overgeven, maar merkwaardig genoeg voelde ze zich stukken beter dan de afgelopen weken. ‘Fijn.’

‘Kom eens hier met je voeten.’ Hij gebaarde dat ze naast hem moest komen zitten en trok haar benen bij hem op schoot.

De voetmassage was verrukkelijk. Ze sloot haar ogen. ‘Daar gaat onze huwelijksreis in Fiji,’ zei ze. Het was de eerste keer dat ze eraan dacht. ‘Al zou ik niet weten waarom we in december niet gewoon zouden kunnen gaan, als alles normaal verloopt.’

Max hield op met masseren en keek haar aan. ‘Je gaat niet naar de andere kant van de wereld vliegen, ver bij je dokter vandaan. Je lichaam blootstellen aan de stress van jetlag en die lange reis? Mooi niet. Fiji komt later wel een keer.’

‘Vind je het dan niet erg om het te missen?’

Max schudde zijn hoofd. ‘We gaan alles kopen voor de baby, Andy. Let maar eens op, we richten de ideale kinderkamer in, vol met pluchen beesten en schattige kleertjes en heel veel boeken, en ik ga alles leren wat er te weten valt over baby’s, zodat ik vanaf de allereerste dag weet waar ik mee bezig ben. Ik ga luiers verschonen en de fles geven en met haar wandelen als ze in haar wandelwagentje ligt. We gaan haar iedere dag voorlezen en verhaaltjes vertellen over onze ontmoeting, en met haar op vakantie naar zee, zodat ze het zand onder haar voetjes voelt en leert zwemmen. Wat zal iedereen gek op haar zijn, zowel jouw familie als de mijne.’

‘Op háár?’ Haar hele lijf was nu ontspannen, en voor het eerst in weken kwam haar maag tot rust.

‘Ja, natuurlijk. Het wordt een prachtig blond meisje. Het is voorbestemd.’

Toen ze haar ogen weer opendeed, zag ze op de klok dat het kwart voor zeven 's ochtends was. Ze lag onder het dekbed, nog in haar badjas, Max zachtjes snurkend naast haar. De lichten waren gedimd, maar niet uit. Ze moesten halverwege hun gesprek in slaap gevallen zijn.

Toen ze zich allebei hadden gedoucht en aangekleed, hield Max een taxi aan en reden ze naar Sarabeth in de Upper East Side, een knus ontbijttentje vlak bij de gynaecoloog, met verder niets in de buurt. Andy kreeg met moeite een snee geroosterd brood met huisgemaakte jam en een beker kamillethee weg, maar ze genoot ervan om Max een kaasomelet met gebakken aardappelen, extra knapperige bacon, twee glazen sinaasappelsap en een grote koffie verkeerd te zien wegwerken. Onder het eten, opgetogen over de afspraak die voor hen lag, praatte hij honderduit over de uitgerekende datum, de dingen die ze aan de arts moesten vragen en ideeën om het nieuws aan hun beider families te vertellen.

Ze betaalden de rekening en liepen de zes blokken naar Madison Avenue. Het was druk in de wachtkamer; Andy telde minstens drie duidelijk zichtbaar zwangere vrouwen, van wie twee met echtgenoot, en een handjevol vrouwen die waarschijnlijk te jong of te oud waren om in verwachting te zijn. Hoe was het mogelijk dat het haar nooit eerder was opgevallen? Het was gek om daar met Max te zitten, hand in hand, en hun beider namen door te geven aan de balie. Andy was geschokt toen de receptioniste amper opkeek. Ze had zojuist aangekondigd dat ze voor een echo kwam. Haar eerste! Dat was toch voor iedereén groot nieuws?

Een kwartier later werd haar naam afgeroepen en kreeg ze van een verpleegster een plastic bekertje.

'De wc is aan het einde van de gang rechts. Kom met het urinemonster naar kamer vijf. Uw man mag daar op u wachten.'

Max glimlachte naar Andy, wierp haar een 'sterkte'-blik toe en liep achter de verpleegster aan naar de onderzoekskamer. Toen Andy zich daar drie minuten later bij hem voegde, liep hij door het hokje te ijsberen.

'Hoe ging het?' Hij haalde een hand door zijn haar.

'Ik plaste over mijn hand heen. Zoals altijd.'

'Is het nou echt zo moeilijk?' Max begon te lachen, blij met de afleiding.

'Je moest eens weten.'

Er kwam een andere verpleegster binnen, een voluptueuze vrouw met een vriendelijke glimlach en zilvergrijs haar. Nadat ze een staafje in Andy's urine had gedoopt en had verklaard dat haar monster perfect was, nam ze Andy's bloeddruk op (ook perfect) en vroeg wanneer haar laatste menstruatie was geweest (Andy kwam niet verder dan een ruwe schatting).

'Goed, liefje, dokter Kramer komt zo bij je. Weeg je even – en trek er vooral een pondje af voor je kleren – ontbloot je onderlichaam en leg dit dan over je heen.' Ze gaf Andy een soort papieren laken en wees naar de onderzoekstafel. Max en Andy keken allebei gefascineerd en vol afkeer toe hoe ze een staaf die met het echoapparaat was verbonden omhulde met iets wat sprekend leek op een condoom en daar een klodder glijmiddel op deed. Ze wenste hun nog een fijne dag en deed de deur achter zich dicht.

'Dus zo doen ze dat,' zei Max, starend naar de nu meer dan fallische staaf.

'Ik moet zeggen dat ik dacht dat ze gewoon met zo'n ding over je buik gingen. Dat zie je op tv altijd...'

De deur ging open. Dokter Kramer moest hen gehoord hebben, want ze zei glimlachend: 'Ik ben bang dat het nog te vroeg is voor een echo via de buik. Omdat je foetus nog heel klein is, kunnen we die alleen vaginaal bekijken.'

Ze gaf Max een hand en begon het apparaat in te stellen. Dokter Kramer was een kleine, tengere, knappe vrouw van eind dertig, en haar handelingen waren snel en trefzeker. 'Hoe voel je je?' vroeg ze over haar schouder. 'Misselijk? Overgeven?'

'Allebei.'

'Volkomen normaal. Bij de meeste vrouwen wordt het na twaalf tot veertien weken minder. Kun je heldere vloeistoffen, droge crackers en dat soort dingen binnenhouden?'

'Meestal wel,' antwoordde Andy.

'Maak je over het eten maar niet al te druk. De baby krijgt via je lichaam alles binnen wat hij nodig heeft. Probeer regelmatig iets kleins te eten en zorg dat je genoeg rust neemt.'

Andy knikte. Dokter Kramer tilde het papieren laken een stukje op en vroeg Andy om wat verder omlaag te schuiven op de onderzoekstafel en haar voeten in de met sokken omhulde beugels te leggen. Andy voelde een lichte druk en heel even iets kouds tussen haar benen, en toen niets meer. Het stelde veel minder voor dan een inwendig onderzoek, dacht ze opgelucht.

'Daar gaan we dan.' Dokter Kramer bewoog de staaf heel licht. Het scherm vulde zich met de bekende beelden van zwarte en witte vlekken, zoals ze zo vaak in films had gezien. De dokter wees naar een vlekje in het midden van iets wat een zwart gat leek. 'Daar. Zie je dat? Dat knipperende lichtje? Dat is de hartslag van je baby.'

Max vloog zijn stoel uit en pakte Andy's hand. 'Waar? Dit hier?'

'Ja, dat is het.' Ze zweeg even, keek aandachtig naar het scherm en zei toen: 'Zo te zien is het een sterke, gezonde hartslag. Wacht even... zo.' Ze bewoog de staaf een klein beetje en zette het geluid harder. De hartslag klonk ritmisch, als iets wat van onder water kwam, met de snelheid van een galopperend paard. Het geluid vulde het kamertje.

Andy lag plat op haar rug en kon alleen haar hoofd een paar centimeter van de onderzoekstafel tillen, maar ze kon het scherm en het vlekje met het kloppende hartje heel goed zien: haar kindje. Het was echt en het leefde en het groeide in haar buik. Haar tranen waren geluidloos en haar lichaam bleef roerloos, maar ze kon het niet tegenhouden. Toen ze naar Max keek, die haar hand bijna fijnkneep terwijl hij naar het schermpje staarde, zag ze dat hij ook tranen in zijn ogen had.

'De meting geeft tien weken en vijf dagen aan, en alles ziet er uitstekend uit.' De dokter pakte een plastic schijf met een kartonnen ring en begon eraan te draaien. 'We blijven echo's maken om de datum exact vast te stellen, omdat je niet heel zeker bent van je timing, maar volgens de gegevens van vandaag ben je uitgerekend op 1 juni. Gefeliciteerd!'

'Eén juni,' zei Max eerbiedig, alsof het de mooiste datum ter wereld was. 'Een lentebaby. Kan niet beter.'

Ze verdwenen niet zomaar, al die twijfels en angsten en haar boosheid vanwege de brief – Andy vroeg zich af of ze ooit zouden verdwijnen – maar de aanblik van dat levende witte boontje in haar lichaam en het besef dat Max en zij dat samen hadden gemaakt, dat ze het binnenkort zouden leren kennen en ze, als alles goed ging, voor de rest van hun leven ouders zouden zijn, verdreef het allemaal naar de achtergrond. En toen de dokter alvast naar haar spreekkamer liep en hen alleen liet, sprong Max van pure vreugde nog net niet bij haar op de onderzoekstafel, en hij brulde zo hard 'Ik hou van jou!' dat Andy in lachen uitbarstte, waardoor haar zorgen allemaal nog verder weg leken. Ze zou er wat van maken met Max. Ze zou het hem vergeven en zich over haar twijfels heen zetten. Het was de enige manier om verder te komen. Ze deed het voor hun baby.

11

Beroemder of minder beroemd dan Beyoncé?

Het pand waar de redactie van *The Plunge* was gehuisvest verschilde godzijdank in ieder opzicht van dat van Elias-Clark, en had zelfs weinig weg van de verdieping-zonder-lift die *Happily Ever After* als thuisbasis beschouwde. Het gebouw dateerde van rond 1890; het was oorspronkelijk een houthandel geweest en had daarna een aantal verschillende bedrijven gehuisvest – vleesverwerkingsbedrijf, levensmiddelenfabriek, stoffenpakhuis en meubelmakerij – voordat het werd verbouwd tot de voorspelbare loft met ramen van vloer tot plafond, kale bakstenen muren, gerestaureerde houten vloeren en het zo gewilde uitzicht op de Hudson (en daarmee op Jersey City).

Andy herinnerde zich nog levendig Emily's opwinding van drie jaar terug, toen de makelaar die hun diverse kantoorpanden liet zien, hen had meegenomen naar 24th Street, ter hoogte van 11th Avenue. Het fortachtige pand was indrukwekkend, maar Andy had zich afgevraagd: voelt de buurt niet een beetje te... ruig? Emily zei spottend, terwijl ze behoedzaam over een man heen stapte die laveloos in het portiek lag: 'Ruig? Deze buurt heeft karakter, en dat is precies wat we nodig hebben!' Liever karakter dan een goede verwarming, airco en de overtuiging dat ze niet zouden worden vermoord. Andy had het er niet zo op, maar ze moest toegeven dat het pand er vanbinnen duizend keer beter uitzag dan alles wat ze tot dan toe hadden bezichtigd, en het was ook nog eens goedkoper.

Nu rukte ze het metalen hek van de lift open, stapte naar binnen en deed het hek achter zich dicht, een handeling die ze in de loop der tijd vervolmaakt had, zelfs met een armvol bekers hete koffie. Iedere dag nam ze zich voor om voortaan de trap te nemen, en iedere dag stapte ze weer in de lift en dacht: morgen. Op de vierde verdieping glimlachte ze naar de nieuwste receptioniste van *The Plunge*, ongetwijfeld weer een te hoog opgeleid, pas afgestudeerd meisje dat binnen de kortste keren zou opstappen, waardoor Emily eeuwig bezig bleef met het zoeken van nieuwe kandidaten.

Het was fijn om ook eens laat te komen.

'Goedemorgen, Andrea,' zei Agatha. Ze droeg een donkerblauwe jurk op een gebroken witte panty en rode lakleren pumps, en zoals altijd vroeg Andy zich af hoe haar assistente er toch in slaagde om steeds weer de nieuwste mode te dragen. Het moest dodelijk vermoeiend zijn.

'Goedemorgen!' zong Andy luidkeels.

Agatha bleef als een waakhond staan toen Andy langs haar heen naar haar kantoor liep, een grotere versie van de werkhokjes eromheen, met glazen wanden. Andy zei: 'Loop even mee.' Ze besefte onmiddellijk hoe bot en bevelend het klonk en voegde er met een geforceerd lachje aan toe: 'Als je een minuutje hebt.'

'Emily belt zo'n beetje iedere drie seconden of je er al bent. Ik heb beloofd dat ik je meteen zou doorsturen.'

'Ze wist dat ik vandaag laat zou zijn. Dit is de eerste keer in een half jaar dat ze hier vroeger is dan ik en dan gaat ze meteen hysterisch doen?' zei Andy, en ze besefte dat Emily's onrust iets te maken moest hebben met het telefoontje van Elias-Clark. 'Goed, ik ga al. Wil je eventuele telefoontjes over de bruiloft van Harper doorverbinden naar Emily's kantoor?'

Agatha knikte. Ze trok er een uitermate verveeld gezicht bij.

Dat had *The Plunge* gemeen met *Runway*: meiden met eindeloos lange benen, op stilettohakken en in designerkleding. Zoals afgesproken had Emily het kantoorpersoneel geworven en aangenomen, met als enige uitzondering Carmella Tindale, Andy's reportageredacteur annex bureauchef, die ze had weggekaapt bij *Happily Ever After* omdat ze ervan overtuigd was dat ze niet zonder haar kon. Carmella was aan de dikke kant en had slordig bruin haar, met een grijze uitgroei van bijna drie centimeter. Ze had een voorkeur voor vormeloze broekpakken, met daaronder Merrell-klompen in de winter en FitFlops in de zomer, en haar enige poging tot het volgen van de mode was een echte (volgens Emily) Prada-rugzak, die ze eigenhandig had versierd met een interessante verzameling 3D-verf, glitters en gekleurde draadjes. Carmella was onmiskenbaar een wandelende modeflater van legendarische omvang, en Andy was dol op haar. Maar alle anderen op de redactie waren nauw verwant aan de kliek van *Runway*, de een nog slanker en knapper dan de ander, en met nóg langere benen. Het was ronduit deprimerend.

'Goedemorgen, Andy,' zei Tal, een lange, soepele Israëlische met een bleke huid, gitzwart haar en een figuur waarmee je een tank tot stilstand zou kunnen brengen. Ze droeg een skinny cargobroek, een korte blazer en suède laarsjes met hoge hakken.

'Goedemorgen, Tal. Heb je nog contact gehad met die vertegenwoordiger van OPI? We moeten voor het einde van de week weten of het doorgaat.'

Tal knikte.

Andy's mobiele telefoon ging. 'Fijn. Laat het me weten zodra je uitsluitsel hebt.' Ze pakte haar telefoon. 'Max? Hallo?'

'Hoi, schat. Hoe voel je je?'

Totdat hij het vroeg had ze zich prima gevoeld, maar toen ze erover nadacht kwam er weer een golf misselijkheid opzetten.

'Gaat wel. Ik wilde net naar Emily's kantoor gaan voor een bespreking. Is er iets?'

'Ik zat te denken: als we nou eens mijn ouders en mijn zus samen met jouw moeder, Jill en Kyle, je vader en Noreen vragen om bij ons te komen eten. Dan zeggen we dat we de contactafdrukken van de trouwfoto's met hen willen bekijken om de foto's voor het album uit te kiezen... en als ze hier zijn, vertellen we het grote nieuws.'

De laatste keer dat ze haar moeder en Jill zag had ze het hun zo verschrikkelijk graag willen vertellen, maar nu Lily en Max het al wisten – en Emily; ze was van plan het haar dadelijk te vertellen – vond ze dat op de een of andere manier wel even genoeg.

'O, ik weet niet of...'

'Dat is toch fantastisch? We hebben dat ene onderzoek, hoe heet het ook alweer?'

'De nekplooimeting.'

'Ja. Die hebben we begin volgende week. Dan weten we of het allemaal goed is, en dat is het natuurlijk, en daarna kunnen we onze familie heel gelukkig maken. Ik laat de partyplanner van de zaak wel een cateraar regelen. Die doet de boodschappen, kookt, ruimt op... je hoeft geen vinger uit te steken. Wat zeg je ervan?'

Andy glimlachte naar een hip type van de opmaakafdeling dat langsliep op kaplaarzen en wel vijf kilo vakkundig gevlochten en geknoopte gouden kettingen om haar nek had hangen.

'Andy?'

'Sorry. Eh... goed? Ja, dat klinkt goed.'

'Het wordt geweldig! Volgende week zaterdag?'

'Nee, zaterdagochtend gaan Jill en Kyle en de jongens terug naar Texas. Misschien vrijdag?'

'Prima. Ik nodig iedereen uit en regel de details. Andy?'

'Hmm?'

'Het wordt vast leuk. Ze zullen heel blij voor ons zijn en...'

Andy vroeg zich onwillekeurig af wat Barbara zou vinden van het nieuws. De gevreesde schoondochter zou haar een langverwacht kleinkind schenken. Wat een dilemma! Aan haar ultrastrakke botoxgezicht zou weinig af te lezen zijn. Maar misschien kon het nieuws dat er een baby op komst was de situatie juist in gunstige zin veranderen...

'Ja, een heel goed idee,' zei ze. 'Het is de mooiste manier om het te vertellen.'

'Ik hou van je, Andy.'

Ze zweeg even, een fractie van een seconde maar. Toen zei ze: 'Ik ook van jou.'

'Andy? Hier komen!' commandeerde Emily vanuit haar glazen kantoor. Het was een zinnetje dat Andy griezelig bekend in de oren klonk.

'Ik hoor dat je gesommeerd wordt. Spreek je straks,' zei Max en hij hing op. Andy kon hem bijna horen glimlachen.

Ze liep Emily's kantoor in, nam plaats in een van de leren regisseursstoelen, schopte haar mocassins uit en begroef haar voeten in de dikke schapenvacht die dienstdeed als vloerkleed. Emily had het zuinige inrichtingsbudget van *The Plunge* aan haar laars gelapt en van haar eigen geld haar kantoor ingericht; het leek rechtstreeks uit *Elle Decoration* te komen. Het bureau van rood lakwerk, de witleren stoelen en de schapenvacht waren nog maar het begin. Een strakke, ingetogen kast huisvestte Emily's tijdschriften en boekenverzameling, voor de enorme, theatrale ramen hingen ragfijne witte gordijnen en de enige stenen muur – van kale bakstenen – hing vol met uitvergrote covers van *The Plunge* op canvas, vanaf het allereerste nummer.

Aan de twee glazen wanden die het kantoor scheidden van de rest van de loft had Emily een collectie beeldjes en ballen van gebrandschilderd glas gehangen, die het licht in alle kleuren weerkaatsten. In een hoek stond een modern, levensgroot beeld van twee spelende dalmatiërs, en aan de zijkant van een horizontale boekenkast was een miniatuur-Sub-Zero-koelkast ingebouwd, waar ze haar voorraad Evian, roséchampagne en ijsthee bewaarde. Op de kasten en het bureau stond een tiental persoonlijke foto's in elegante lijstjes. Andy besefte weer dat Emily er vanaf haar twaalfde naar had gestreefd om Miranda's assistente te worden. Of misschien had ze Miranda zelf willen worden?

'Goddank, je bent er eindelijk!' Emily keek vluchtig op van haar computer. 'Ik maak even dit mailtje af, geef me twee tellen.'

Andy zag een stapel contactafdrukken van haar eigen bruiloft liggen. Ze pakte de bovenste foto en bekeek hem aandachtig. Deze had ze op beeld al prachtig gevonden, maar afgedrukt was hij nog mooier. Het was misschien wel de enige foto van haar hele bruiloft waarvan ze het gevoel had dat haar lach honderd procent gemeend was. Net toen de muziek voor hun openingsdans begon, was Max van achteren naar haar toe gelopen en had hij zijn armen om haar heen geslagen. Hij kuste haar in de zijkant van haar hals, wat kriebelde, en ze wierp lachend van verrassing en verrukking haar hoofd naar achteren, tot op zijn schouder. De foto was volkomen naturel, ongeposeerd. Het was geen traditionele keuze voor de cover, maar Andy en Emily waren allebei in voor iets nieuws, iets anders.

'Het is toch haast niet te geloven dat we het maartnummer al weer bijna gaan sluiten?' zei Andy terwijl ze naar de foto van Max en haar zat te kijken.

'Hm-hm,' zei Emily, zonder haar ogen van het scherm te halen.

'Vind je echt dat we een spontane foto kunnen nemen voor de cover? Is dat niet te... luchtig?'

Emily zuchtte. 'Het blijft een St. Germain. Als het nou een kiekje was van een van je neefjes uit Shutterfly...'

'Dat is waar. Ik vind hem heel mooi.'

Emily trok de bovenste la van haar bureau open, haalde een pakje Marlboro en een aansteker tevoorschijn, nam zelf een sigaret en hield Andy het pakje voor.

'We zijn hier op kantóór, Emily.' Andy vond het verschrikkelijk om te horen dat ze klonk als een berispende moeder.

Emily hield het vlammetje bij de sigaret, inhaleerde diep en blies een lange sliert rook uit. 'We hebben iets te vieren.'

'Ik rook al zes jaar niet meer,' zei Andy met een verlangende blik op de sigaret. 'Waarom ziet het er dan nog steeds zo verdomd lekker uit?'

Emily hield haar nogmaals het pakje voor, maar Andy schudde alleen maar haar hoofd. Ze wist dat ze eigenlijk het kantoor zou moeten verlaten tot Emily klaar was met roken – ze moest nu aan de baby denken – maar dan zou Emily haar vermoorden.

'Wat vieren we dan?' Andy staarde gebiologeerd naar de rookwolken die Emily traag en sensueel uitblies.

'Je raadt nooit wie er vanmorgen belde.' Emily deed een merkwaardig soort vreugdedansje in haar stoel.

'Beyoncé?'

'Nee. Waarom nou Beyoncé?'

'Beroemder of minder beroemd?'

'Wie is er nou beroemder dan Beyoncé?'

'Emily, vertel het alsjeblieft gewoon.'

'Raden, je moet raden. Je raadt het nóóit, maar probeer het maar.'

'Hè, leuk. Eens denken... Jay-Z?'

Emily kreunde. 'Wat ongeïnspireerd. Wie zou nou de allerlaatste van de hele wereld zijn die hierheen belt en om een bespreking met ons vraagt?'

Andy blies in haar handen om ze warm te krijgen. 'Obama?'

'Jij bent echt ongelooflijk. Je hebt totaal geen fantasie!'

'Emily...'

'Miranda! Miranda fucking Priestly belde vanmorgen hierheen.'

'Dat kan niet.' Andy schudde haar hoofd. 'Dat is feitelijk onmogelijk. Tenzij er bij *Runway* een revolutie heeft plaatsgevonden waar wij niets van weten, heeft Miranda niet gebeld. Miranda belt niet, nooit, niemand. Want de laatste keer dat ik haar zag was ze fysiek, mentaal en emotioneel niet in staat om zelfstandig, zonder hulp van anderen, een telefoonnummer in te toetsen.'

Emily haalde diep adem en drukte fel de sigaret uit, in een sierlijke glazen asbak die ze in haar bureaula bewaarde. 'Andy? Luister je eigenlijk wel?'

'Huh?' Andy keek naar Emily, die haar geschokt en ongelovig opnam.

'Hoor je wel wat ik zeg?'

'Natuurlijk. Maar zeg het nog eens, want het dringt niet zo goed tot me door.'

Emily zuchtte theatraal. 'Nee, ze belde niet helemaal zelf. Maar haar senior assistente, een Zuid-Afrikaanse die Charla heette, belde om te vragen of jij en ik naar Elias-Clark konden komen voor een bespreking. Over twee weken. Ze benadrukte dat het om een bijeenkomst met Miranda persoonlijk ging.'

'Hoe weet je dat die Charla Zuid-Afrikaans was?' vroeg Andy, puur om Emily gek te maken.

Emily leek ieder moment te kunnen ontploffen. 'Heb je nou helemaal niet geluisterd? Wij – jij en ik – hebben een afspraak met Miranda!'

'Jawel, ik heb je gehoord. Ik doe mijn best om niet te gaan hyperventileren.'

Emily sloeg haar handen in elkaar. 'Er is maar één verklaring mogelijk. Ze wil het met ons over een overname hebben.'

Andy wierp een snelle blik op haar telefoon en stopte die toen in haar tas. 'Je bent gek als je denkt dat ik naar haar toe ga.'

'Natuurlijk ga je wel.'

'Echt niet! Dat trekt mijn zwakke hart niet. Om maar te zwijgen van mijn zelfrespect.'

'Andy, die vrouw staat aan het hoofd van Elias-Clark. Ze heeft het laatste woord over de inhoud van ieder blad dat het bedrijf uitgeeft. God weet waarom, maar zij heeft ons verzocht ons daar te melden, volgende week vrijdag om elf uur. En jij, mijn vriendin en mede-oprichtster, gaat met me mee.'

'Denk je dat ze weet dat we haar naam gebruiken om beroemde namen te strikken?'

'Andy, ik denk echt niet dat haar dat wat kan schelen.'

'Ik geloof dat ik ergens heb gelezen dat ze die ene beroemde historicus, die intellectueel, toestemming heeft gegeven om haar biografie te schrijven. Misschien wil ze dat hij ons gaat interviewen.'

Emily sloeg geërgerd haar ogen ten hemel. 'Hm-hm, dat klinkt logisch. Van de drie miljoen mensen met wie ze de afgelopen jaren heeft gewerkt, wil ze degene die ze voor het oog van dertig man personeel zonder enige aanleiding heeft ontslagen en degene die in Parijs tegen haar heeft gezegd dat ze kon doodvallen. Wat denk je nou zelf?'

'Ik heb geen idee. Maar zal ik je eens wat zeggen? Ik vind het prima zo, ik hoef het niet te weten.'

'Hoe bedoel je, je hoeft het niet te weten?'

'Precies zoals ik het zeg. Ik kom probleemloos de rest van mijn leven door zonder te weten wat Miranda Priestly van ons wilde.'

Emily zuchtte.

'Wát nou?'

'Niks. Ik wist gewoon dat je moeilijk zou doen. Maar toch heb ik gezegd dat we komen.'

'Dat meen je niet.'

'Dat meen ik wel. Ik vind het belangrijk.'

'Belangrijk?' Andy was zich ervan bewust dat het enigszins hysterisch klonk, maar ze had zichzelf niet in de hand. 'Mocht het je ontgaan zijn: we zijn al jaren niet meer de slaafjes van dat krankzinnige mens. We hebben met hard werken en veel toewijding ons eigen succesvolle tijdschrift opgezet, zonder onze medewerkers te terroriseren of iemands leven te verwoesten. Ik zet nooit meer één voet in het kantoor van die vrouw.'

Emily wuifde het weg. 'Het is niet hetzelfde kantoor, ze zit nu op een andere verdieping. En je mag ná die bespreking verklaren dat je daar nooit meer een stap binnen zet. Ik persoonlijk moet weten wat ze wil, en ik kan niet in mijn eentje gaan.'

'Waarom niet? Jij bent degene die helemaal weg van haar is. Ga lekker alleen en breng verslag bij me uit. Ik vind het allang best.'

'Ik ben niet weg van haar, Andy,' zei Emily, nu duidelijk geërgerd. 'Maar als Miranda Priestly een bespreking met je wil, dan ga je.' Emily pakte over haar bureau heen Andy's hand. Ze trok een pruilmondje en haar ogen stonden treurig. 'Zeg alsjeblieft dat je meegaat.'

Andy trok met een ruk haar hand terug. Ze zei niets.

'Alsjeblieft? Voor je beste vriendin en zakenpartner? Degene die je aan je man heeft voorgesteld?'

'Je haalt echt alles uit de kast, hè?'

'Toe nou, Andy. Dan gaan we daarna op mijn kosten bij Shake Shack eten.'

'Wauw, de inzet wordt nu wel erg hoog.'

'Alsjeblieft? Doe het voor mij. Dan sta ik voor altijd bij je in het krijt.'

Andy slaakte een diepe zucht. Miranda bezoeken op haar eigen terrein klonk net zo aantrekkelijk als een dagje gevangenis, maar ze moest toegeven dat ze ook wel nieuwsgierig was.

Ze zette haar handen op het bureau en hees zich overdreven moeizaam overeind. 'Goed, ik ga mee. Maar dan wil ik behalve mijn hamburger, friet en een milkshake ook een Shack-T-shirt en een rompertje voor mijn baby.'

'Deal!' zei Emily, zichtbaar verrukt. 'Ik koop de hele...' Ze zweeg abrupt en keek Andy aan. 'Wat zei je?'

'Je hebt me wel gehoord.'

'Nee, volgens mij verstond ik het verkeerd. Ik dacht dat je iets zei over een baby, maar je bent nog geen vijf minuten getrouwd en je kunt onmogelijk...' Emily keek Andy in de ogen en kreunde. 'Oh my god, dit is geen grapje. Ben je zwanger?'

'Hartstikke.'

'Wat is dat toch met jullie? Vanwaar die haast?'

'Het is nou ook weer niet zo dat we dit gepland...'

'Wat, weet je niet hoe kinderen gemaakt worden? Het is je verdomme vijftien jaar lang gelukt om een zwangerschap te voorkomen. Hoe kan dit dan?'

'Fijn dat je zo hartverwarmend reageert,' zei Andy.

'Je kunt moeilijk beweren dat het runnen van een tijdschrift goed te combineren is met een pasgeboren baby. Ik denk aan de gevolgen voor míj.'

'Het kind is er nog lang niet. Ik begin net aan mijn tweede trimester.'

'Ja hoor, meteen al met vaktermen smijten.' Emily leek de data uit te rekenen. Ze plofte weer in haar bureaustoel en grijnsde vals. 'Goh, het was echt niet gepland.' Ze liet haar stem dalen tot een verrukte fluistertoon. 'Is het eigenlijk wel van Max?'

'Natuurlijk! Wat nou? Denk je soms dat ik na mijn vrijgezellendag in het beautycentrum de deur uit ben gegaan om woeste seks te hebben met een van de yoga-instructeurs?'

'Geef toe, dat zou behoorlijk cool zijn.'

'Zijn er nou echt geen normalemensenvragen die je me wilt stellen? Wanneer ik uitgerekend ben, bijvoorbeeld, en of ik wil weten wat het wordt? Misschien hoe ik me voel?'

'Weet je zeker dat het geen tweeling is? Of een drieling? Want dat zou pas een mooi verhaal zijn.'

Andy zuchtte.

Emily stak haar handen op. 'Oké, oké, sorry. Maar je moet toch toegeven dat het niet niks is. Hoe lang ben je nu helemaal getrouwd? Een maand? En je bent al drie maanden in verwachting? Dat is gewoon niks voor jou, dat is alles. En wat zal Barbara wel niet zeggen?'

De schoonmoederopmerking kwam hard aan, waarschijnlijk omdat Andy zich precies hetzelfde afvroeg. 'Inderdaad, het is niks voor mij. Maar het is nu eenmaal zo, en zelfs Barbara Harrison kan het niet meer terugdraaien. En als je al het andere even vergeet en je je concentreert op de baby, dan is het behoorlijk goed nieuws. Eerder dan we hadden gehoopt, maar nog steeds goed nieuws.'

'Hmm.' Emily's gebrek aan enthousiasme verbaasde Andy niet. Ze had nooit ronduit gezegd dat ze geen kinderen wilde, maar hoewel ze al vijf jaar getrouwd was en een redelijk goede tante was voor de nichtjes van Miles, was Andy daar altijd van uitgegaan. Kinderen maakten troep. Ze hadden plakhandjes en waren luidruchtig en onvoorspelbaar, en je werd er dik en onmodieus van, in ieder geval hele perioden in je leven. Kinderen pasten niet bij Emily.

Er werd op Emily's deur geklopt en Agatha kwam binnen. 'Daniel vraagt of je even kunt komen. Een paar tellen maar. Hij moet je iets laten zien, maar hij verwacht een telefoontje.'

'Ga maar. We hebben het er nog wel over,' zei Andy, opgelucht dat ze het nieuws eindelijk had verteld.

'En óf we het er nog over hebben! Maar laten we ons ook vooral op die bespreking richten, oké? We moeten overleggen wat jij aantrekt...' Ze liep om het bureau heen en trok Andy's kasjmieren vestje open. 'Niet echt een buik, maar dat is wel een puntje waar we voorzichtig mee moeten zijn. Ik denk dat je dat wollen jurkje met die A-lijn moet aantrekken, met die gouden epauletten, weet je wel? Dat is niks bijzonders, maar het valt lekker ruim om je middel.'

Andy moest lachen. 'Ik zal het in beraad nemen.'

'Even serieus, Andy. Het is groot nieuws en zo, maar we moeten tiptop zijn als we naar Miranda gaan. Je gaat toch niet kotsen of zoiets, hè?'

'Nee, ik ga niet kotsen.'

'Mooi. Ik laat je nog weten hoe het afloopt met die lui van Vera. Vergeet niet om contact op te nemen met St. Germain, ze wachten daar op je telefoontje.'

Emily griste haar trenchcoat en haar tas mee en zwaaide over haar schouder naar Andy. 'Nogmaals gefeliciteerd,' riep ze, en Andy kromp ineen. Zou Emily snappen dat haar nieuws niet voor het hele kantoor bedoeld was?

Maar wat maakte het ook eigenlijk uit. Ze was zwanger, en als alles goed ging – Andy hoopte vurig dat dat het geval was – zou ze over zes maanden een kind krijgen. Een kind. De bespreking met Miranda, het geroddel... alles verdween als sneeuw voor de zon als ze er even bij stilstond en ze zichzelf voorstelde met zo'n zacht, zoetgeurend baby'tje. Ze legde twee handen op haar buik en lachte bij zichzelf. Een baby.

12

Een duidelijk valse aanklacht wegens intimidatie, en een paar dwangbuizen

Toen Andy de Starbucks binnenliep die het dichtst bij Elias-Clark in de buurt lag, moest ze zich even vasthouden aan de toonbank. Ze was er tien jaar niet geweest, maar de flashbacks waren zo levendig en onaangenaam dat ze bang was dat ze zou flauwvallen. Een snelle blik om haar heen bevestigde dat er geen bekende gezichten waren achter de kassa of het espressoapparaat. Ze zag Emily aan een tafeltje in de hoek naar haar zwaaien.

'Goddank, daar ben je eindelijk.' Emily nam een teug van haar ijskoffie, voorzichtig door een rietje om haar lippenstift intact te houden.

Andy keek op haar horloge. 'Ik ben bijna een kwartier te vroeg. Hoe lang zit je hier al?'

'Dat wil je niet weten. Ik heb me sinds vier uur vanmorgen tig keer verkleed.'

'Dat klinkt ontspannend.'

Emily rolde geërgerd met haar ogen.

'Maar het is de moeite waard geweest.' Andy keek goedkeurend naar Emily's strakke bouclé kokerrok, het nauwsluitende coltruitje van kasjmier en de torenhoge laarzen met stilettohak. 'Je ziet er prachtig uit.'

'Dank je, jij ook,' zei Emily automatisch, zonder op te kijken van haar telefoon.

'Ja, deze kon ik lenen. Best aardig voor een positiejurk, hè?'

Emily keek met een ruk op, een paniekerige uitdrukking op haar gezicht.

'Ha ha, grapje. Ik heb het jurkje aangetrokken dat jij me had aangeraden, en het is geen positiekleding.'

'Heel grappig.'

Andy onderdrukte een glimlach. 'Wanneer moeten we gaan, denk je?'

'Over vijf minuten? Of nu meteen? Je weet dat ze er een hekel aan heeft als mensen te laat komen.'

Andy pakte Emily's ijskoffie en nam er een slok van. Het spul was stroperig van de suiker, bijna te dik voor het rietje. 'Hoe krijg je die rotzooi weg?'

Emily haalde haar schouders op.

'Oké, laten we één ding onthouden: we zijn Miranda niets verschuldigd. We luisteren alleen naar wat ze te zeggen heeft, meer niet. Ze kan niet langer ons leven verwoesten, enkel en alleen door met haar toverstafje te zwaaien.' Het klonk goed, maar Andy geloofde het zelf eigenlijk niet eens.

'Wie hou je nou voor de gek, Andy? Ze staat aan het hoofd van heel Elias-Clark. Ze is nog altijd de machtigste vrouw in de mode- en uitgeverswereld. Ze kan ons leven makkelijk verwoesten, puur omdat ze daar zin in heeft, en ik weet zeker dat jij ook al sinds drie uur vannacht wakker bent.'

Andy stond op en maakte haar dikke donzen jas dicht. Ze had iets eleganters willen aantrekken, maar het was ijskoud buiten en ze had geen zin om behalve van de zenuwen ook nog eens te lopen bibberen van de kou. Ze had vanmorgen haar vaste half uur besteed aan het aankleedritueel en had de jurk met de epauletten aangetrokken, op advies van Emily. Ze zou er geen prijzen mee winnen, maar er was ook weinig op aan te merken. 'Kom, laten we maar gaan. Hoe eerder we er zijn, des te eerder we weer kunnen vertrekken.'

'Goede instelling,' zei Emily hoofdschuddend. Maar ze kwam overeind en ritste haar bloedmooie korte bontjasje dicht.

Ze wisselden geen woord op weg naar Elias-Clark, en Andy voelde zich best goed totdat ze de lobby in liepen en ze zich bij de bezoekersbalie gingen melden, iets wat ze geen van beiden nog hadden gedaan sinds de dag van hun sollicitatiegesprek.

'Wat is dit onwerkelijk,' zei Emily, en ze gluurde om zich heen. Haar handen trilden.

'Geen Eduardo bij het poortje, geen Achmed bij de kiosk. Ik ken hier niemand meer...'

'Haar ken je toch wel?' Emily gebaarde met haar ogen over haar schouder terwijl ze het bezoekerspasje in haar tas stopte.

Andy volgde haar blik en zag onmiddellijk Jocelyn door de lobby lopen, de recentelijk gepromoveerde beautyredactrice van *Runway* en alom geliefde societyfiguur. Andy wist uit de roddelrubrieken dat Jocelyn de afgelopen tien jaar niet stilgezeten had – twee kinderen met haar eerste echtgenoot, een bankier die miljonair was; daarna nog eens twee kinderen met haar tweede man, een miljardair uit een familie met oud geld – maar dat zou je niet zeggen als je naar haar keek: ze zag er nog net zo jong, slank en fris uit als in de tijd dat Andy daar dagelijks had rondgelopen. Ze was nu een mooie dertiger, hooguit wat rustiger dan tien jaar geleden, met een zelfverzekerde waardigheid. Andy kon haar ogen niet van haar afhouden.

'Ik geloof niet dat ik het kan,' mompelde Andy. De zenuwen gierden door haar lijf. Waar was ze mee bezig? Hoe haalde ze het in haar hoofd dat ze hier zomaar kon opduiken na alles wat er was gebeurd, dat ze het kantoor van Miranda Priestly zou kunnen betreden alsof er niets aan de hand was? Dit was een heel slecht idee geweest, rampzalig. Haar neiging om te vluchten was overweldigend.

Emily pakte Andy bij de arm en rukte haar zo'n beetje het draaihekje door en naar de lift, die ze godzijdank voor zichzelf hadden. Ze drukte het knopje van de achttiende verdieping in en zei tegen Andy: 'We slaan ons hierdoorheen, ja?' Haar stem trilde enigszins. 'Bekijk het van de positieve kant: we hoeven tenminste niet naar de verdieping waar *Runway* zit.'

Andy kreeg geen tijd om te antwoorden; de deuren gleden open en ze stonden oog in oog met een van die bekende kille, witte ontvangstruimtes van Elias-Clark. Miranda was na haar grote promotie verkast naar een enorm kantoor op de verdieping waar de directie huisde, al was haar oude *Runway*-kamer ook nog volledig intact. Kennelijk kon ze ongehinderd switchen van de ene naar de andere kantoorruimte, zodat ze in de helft van de tijd twee keer zo veel mensen doodsangsten kon bezorgen.

'Goh, niks veranderd hier,' mompelde Andy.

De receptioniste, een elegante brunette met een bijna té streng bobkapsel en schrikbarend rode lippenstift, forceerde een glimlach, die meer op een zelfvoldane grijns leek. 'Andrea Sachs en Emily Charlton? Deze kant op.'

Voordat een van hen hun identiteit kon bevestigen – of zelfs maar haar sjaal kon afdoen – hield de receptioniste haar pasje voor de lezer, duwde de enorme glazen deuren open en beende naar binnen, geenszins afgeremd door haar tien centimeter hoge hakken. Emily en Andy moesten het op een drafje zetten om haar bij te houden.

Ze wisselden een blik toen ze achter de receptioniste aan een doolhofachtige gang door liepen, langs vorstelijke kantoren met glazen wanden en een verbluffend uitzicht op het Empire State Building, en hoge piefen in dure pakken die hun diverse hoge-piefenactiviteiten ondernamen. Het ging allemaal zo snel! Er was niet even een momentje om te gaan zitten, op adem te komen, elkaar op te beuren.

De receptioniste had hun geen glaasje water aangeboden en hun jassen niet aangenomen. Voor de allereerste keer begreep Andy – begréép ze het echt – hoe al die redacteuren, schrijvers, modellen, ontwerpers, adverteerders, fotografen en het gewone *Runway*-personeel zich hadden gevoeld bij het verlaten van hun eigen, relatief veilige werkplek voor een bezoekje aan Miranda. Geen wonder dat ze allemaal meer dood dan levend hadden geleken.

Ze kwamen aan bij een groot kantoor dat hetzelfde was ingedeeld als Miranda's werkkamer bij *Runway*: een voorvertrek waar twee smetteloze assistentenbureaus stonden, met daarachter openslaande deuren naar een gigantisch kantoor met een weids uitzicht, stijlvol ingericht in gedekte grijstinten met veel wit, en hier en daar een vleugje lichtgeel en turkoois, wat het geheel de sfeer van een zonnig strandhuis gaf. Fotolijsten van steigerhout, die erin slaagden er antiek en tegelijkertijd modern uit te zien, toonden de inmiddels achttienjarige Caroline en Cassidy, ieder op hun eigen manier knap en ook enigszins vijandelijk. Het kamerbrede tapijt was schrikbarend wit, met als enige kleuraccent een eenzame, woeste veeg turkoois. Net toen Andy's blik op een enorm wandtapijt aan de achterste muur viel, een borduurcreatie die zo was gemaakt dat het een schilderij leek, ging de tussendeur open en verscheen Miranda in hoogsteigen persoon. Zonder naar Andy, Emily of een van haar assistenten te kijken beende ze naar haar bureau en begon ze de overbekende bevelen uit te delen.

'Charla? Hoor je me? Hallo, is daar iemand?'

Degene die Charla moest zijn was net opgestaan om Andy en Emily te begroeten; nu vroeg ze hun met één opgestoken vinger te wachten, ze griste een klembord mee – dat was niet veranderd – en beende Miranda's kantoor in.

'Ja, Miranda, hier ben ik. Wat kan...'

'Bel Cassidy en zeg dat ze haar tennislerares vraagt of ze dit weekend met ons meegaat, bel dan de tennislerares en vraag het haar zelf. "Nee" is geen aanvaardbare optie. Laat mijn man weten dat we morgen stipt om vijf uur vertrekken vanaf het appartement. Licht de garage en het personeel in Connecticut in over onze aankomsttijd. Stuur voor vertrek per koerier dat nieuwe boek, waarvan zondag een recensie is verschenen, naar mijn huis en zet een telefoontje met de auteur in de agenda voor maandagochtend. Reserveer voor vanmiddag één uur een tafel voor de lunch en breng Karls personeel in New York op de hoogte. Zoek uit waar het team van Bulgari logeert en stuur bloemen, veel bloemen. Zeg tegen Nigel dat ik vanmiddag om drie uur kom doorpassen, en geen minuut later, en zorg ervoor dat de jurk en alle accessoires dan klaarliggen. Ik weet dat de schoenen nog niet klaar zijn – die worden op maat gemaakt in Milaan – maar ga de precieze maten even na en zorg dat ik voor de generale exacte replica's heb.' Dat was het moment dat ze eindelijk even ademhaalde, met haar blik naar het plafond gericht, in gedachten op zoek naar een laatste bevel. 'O ja, neem contact op met het team van Planned Parenthood en regel een vergadering om de details voor het benefietgala van dit voorjaar door te nemen. Is mijn afspraak van elf uur er?'

Andy werd zo in beslag genomen door de bijzonderheden van

Miranda's verzoeken, automatisch en instinctief geconcentreerd op het onthouden en verwerken van de informatie, dat ze die laatste zin amper hoorde. Door de por van Emily's elleboog in haar ribben keerde ze met een ruk terug naar het heden.

'Bereid je voor,' fluisterde Emily. Ze trok haar jas uit en gooide die op de vloer naast een van de bureaus.

Andy deed hetzelfde. 'Hoe zou ik dat moeten doen?' fluisterde ze verbeten terug.

'Miranda kan jullie nu ontvangen,' kondigde Charla aan, en haar strakke gezicht was ongetwijfeld een slecht voorteken.

Ze liep niet eens met hen mee. Misschien ging ze ervan uit dat ze het protocol kenden, misschien had ze besloten dat ze niet belangrijk genoeg waren of misschien was het systeem de afgelopen jaren veranderd, maar toen Charla hen wenkte, voelde Andy dat ze op precies hetzelfde moment diep inademde als Emily, en zij aan zij liepen ze zo zelfverzekerd als ze maar konden het kantoor van Miranda in.

Gelukkig, als door een wonder, nam ze hen niet van top tot teen op. Ze keek zelfs helemaal niet naar hen. Ze nodigde hen niet uit om te gaan zitten, begroette hen niet en liet op geen enkele manier blijken dat ze zich van hun aanwezigheid bewust was. Andy moest de neiging onderdrukken om een vordering of prestatie te melden, Miranda te laten weten dat haar lunch gereserveerd was of de tennislerares succesvol was lastiggevallen. Ze voelde de spanning ook van Emily af stralen. Ze stonden daar maar; ze wisten geen van beiden wat ze moesten zeggen of doen. Gedurende misschien wel de meest ongemakkelijke vijfenveertig seconden stilte die iemand ooit, ergens, om wat voor reden dan ook, had ervaren, gluurde Andy naar Emily, maar haar vriendin leek ook verstard te zijn door angst en onzekerheid. En daar stonden ze dan.

Miranda zat op het puntje van haar koude metalen stoel, haar rug kaarsrecht, het bekende bobkapsel zo glad als een pruik. Ze droeg een antracietgrijze plissérok van wol – waarschijnlijk kasjmier – en een zijden blouse met een dessin in verbluffende tinten rood en oranje. Om haar schouders was elegant een capeje van konijnenbont gedrapeerd, en aan een ketting om haar hals hing een robijn zo groot als een duivenei. Haar nagellak en lippenstift hadden dezelfde wijnrode tint. Andy keek gebiologeerd toe hoe die smalle, glimmende lippen de kartonnen koffiebeker raakten, een slok namen en weer loslieten. Miranda liet traag en bedachtzaam haar tong langs haar bovenlip en vervolgens langs haar onderlip gaan. Het was alsof je toekeek hoe een cobra een muis verzwolg.

Eindelijk – eindelijk! – maakte Miranda haar blik los van haar papieren en keek ze in hun richting, al was er geen sprankje concentratie of herkenning te zien. Ze hield haar hoofd enigszins schuin, keek van Emily naar Andy en weer terug en zei toen: 'Ja?'

Ja? Ja? Bedoelde ze nou: waarmee kan ik jullie van dienst zijn, ongewenste kantoorbetreders? Andy voelde haar hartslag nog verder versnellen. Besefte Miranda nou echt niet dat zij hún had gevraagd hierheen te komen? Andy viel bijna flauw van dankbaarheid toen Emily het woord nam.

'Hallo, Miranda,' zei ze, en haar stem klonk vaster dan haar uiterlijk deed vermoeden; ze had een brede neplach op haar gezicht. 'Wat fijn om je weer eens te zien.'

In een reflex grijnsde Andy al net zo breed en gemaakt, en ze knikte er enthousiast bij. Daar ging ze, met haar 'kalm en beheerst blijven'. Daar ging het besef dat dit mens hun niets meer kon maken, dat ze al jaren niets meer over hen te vertellen had. Ze stonden met z'n tweeën te grijnzen als een stelletje chimpansees.

Miranda tuurde naar hen zonder een greintje herkenning. Ze leek ook niet te beseffen dat de afspraak van haar was uitgegaan.

Emily probeerde het nog een keer. 'We waren allebei erg blij met je verzoek voor deze bijeenkomst. Is er iets waarmee we je kunnen helpen?'

Andy hoorde Charla scherp inademen in het aangrenzende kantoortje. Dit had het potentieel om heel snel helemaal mis te gaan.

Maar Miranda keek alleen maar verbaasd. 'Ja, natuurlijk. Ik heb jullie laten komen om het over jullie blad te hebben, *The Plunge*. Elias-Clark heeft belangstelling voor een overname. Maar wat bedoelde je met dat het fijn is om mij wéér te zien?'

Andy draaide haar hoofd met een ruk om naar Emily, maar haar vriendin staarde strak naar Miranda, roerloos. Toen Andy het waagde ook een blik op Miranda te werpen, zag ze dat die vernietigend naar Emily keek.

Andy had geen keus. 'O, ik denk dat Emily bedoelt dat het lang geleden is dat we hier samen hebben gewerkt. Bijna tien jaar! Emily is twee jaar lang je eerste assistente geweest en ik...'

'Tweeënhalf!' blafte Emily.

'En ik heb hier een jaar gewerkt.'

Miranda drukte een rode nagel tegen een onaangenaam vochtige rode lip. Ze kneep geconcentreerd haar ogen tot spleetjes. Na een nieuwe ongemakkelijke stilte zei ze: 'Dat weet ik niet meer. Maar je kunt je wel voorstellen hoeveel assistentes ik sindsdien heb gehad.'

Emily zat erbij alsof ze werd vervuld van een moordzuchtige woede.

Doodsbenauwd voor wat haar vriendin zou gaan zeggen ploeterde Andy voort. Ze forceerde een lachje, dat zelfs in haar eigen oren blikkerig en verbitterd klonk. 'Ik ben eigenlijk wel blij dat je het niet meer weet, aangezien mijn eh... aanstelling hier niet op goede voet is beëindigd. Ik was nog heel jong en Parijs is een mooie stad, maar... het werd me allemaal wat veel.'

Andy voelde nu de boze blik waarmee Emily haar het zwijgen probeerde op te leggen, maar Miranda was degene die haar in de rede viel.

'Was een van jullie dat trieste geval dat alleen nog maar voor zich uit kon staren en moest worden afgevoerd naar een psychiatrische kliniek?'

Andy en Emily schudden allebei het hoofd.

'En jullie waren geen van beiden dat gestoorde kind dat herhaaldelijk dreigde mijn appartement in brand te steken...' Het leek meer een constatering dan een vraag, al keek Miranda hen wel aan om te zien of er een reactie kwam.

Ze schudden nogmaals beiden het hoofd.

Miranda fronste haar voorhoofd. 'Ik herinner me een nietszeggend meisje met vreselijk goedkope schoenen dat me wilde laten arresteren op grond van een overduidelijk verzonnen aanklacht wegens intimidatie, maar zij was blond.'

'Waren wij niet,' zei Andy, ook al voelde ze Miranda's priemende blik op haar enkellaarsjes gericht, die niet aanstootgevend goedkoop waren, maar ook niet van een dure ontwerper.

'Nou, dan kunnen jullie niet erg interessant geweest zijn.'

Deze keer was Andy's glimlach oprecht. Juist ja, dacht ze. *Fuck off* tegen je roepen op een straathoek in Parijs en je halverwege de shows laten zitten is het onthouden niet waard. Dan weten we dat.

Andy's geschokte gedachtegang werd onderbroken door Miranda's schelle stem, die in al die jaren niet veranderd was; nog dezelfde toonhoogte als in Andy's herinneringen en nachtmerries.

'Charla! Halloooo? Is daar iemand? Hállo!'

Er verscheen een meisje in de deuropening dat duidelijk Charla niet was, maar een nog jongere, knappere en nerveuzere versie van haar. 'Ja, Miranda?'

'Charla, ga Rinaldo halen. Ik heb iemand nodig om de cijfers met ons door te nemen.'

Dat verzoek veroorzaakte zichtbare paniek bij het meisje. 'O, eh... ik geloof dat Rinaldo er vandaag niet is. Op vakantie. Kan ik misschien iemand anders laten komen?'

Miranda zuchtte zo diep en zo teleurgesteld dat Andy zich afvroeg of Charla Light op staande voet ontslagen zou worden. Ze gluurde nog eens naar Emily, nu wanhopig op zoek naar contact, maar Emily stond naast haar met haar handen ineengeslagen in een soort dodelijke greep, ogenschijnlijk bijna comateus.

'Dan Stanley maar. Ga hem onmiddellijk halen. Dat was het.'

Niet-Charla maakte dat ze wegkwam, haar gezicht een masker van angst, en Andy had haar het liefst een knuffel gegeven. Maar ze moest ook aan haar eigen Stanley denken, die thuis veilig lag te slapen of waarschijnlijk op zo'n vieze stick zat te kauwen, en ze miste hem verschrikkelijk. Of misschien miste ze gewoon iedere andere plek dan dit kantoor.

Kort daarna verscheen er een man van middelbare leeftijd in een verrassend onmodieus pak in Miranda's kantoor, die zonder begroet te worden onuitgenodigd het kluitje vrouwen passeerde om plaats te nemen op een stoel aan Miranda's ronde tafel. 'Miranda? Zou je me even kunnen voorstellen aan je bezoek?'

Emily's mond viel open. Andy was zo verbaasd dat ze bijna hardop begon te lachen. Wie was die dappere ziel in dat slechte pak die Miranda aansprak alsof ze een gewone sterveling was?

Miranda leek even van haar stuk gebracht, maar ze gebaarde Andy en Emily om met haar mee te lopen naar de tafel. Iedereen ging zitten.

'Stanley, mag ik je voorstellen aan Andrea Sachs en Emily Charlton? Zij zijn de uitgevers van *The Plunge*, de nieuwste aanwinst op de bruiloftstijdschriftenmarkt, zoals ik je een paar weken geleden onder de aandacht heb gebracht. Dames, dit is Stanley Grogin.'

Andy wachtte op een verklaring van Stanley Grogins functie, maar die kwam niet.

Stanley schoof wat mappen heen en weer, mompelde in zichzelf en haalde toen drie aan elkaar geniete stapeltjes papier tevoorschijn uit een leren map, die hij Andy, Emily en Miranda toeschoof. 'Ons bod,' zei hij.

'Bod?' piepte Emily. Haar eerste woord in vele minuten klonk meer als een noodkreet.

Stanley keek Miranda aan. 'Heb je de basisvoorwaarden met hen doorgenomen?'

Miranda wierp hem slechts een boze blik toe.

'Miranda heeft wel gezegd dat ze... eh, dat jullie... Elias-Clark dus... geïnteresseerd was in een overname?' zei Emily.

'*The Plunge* heeft sinds de lancering drie jaar geleden een gestage groei getoond, zowel in het aantal abonnees als in de advertentiecijfers. Ik ben onder de indruk van de elegantie en verfijning van het blad, twee eigenschappen die niet direct hand in hand gaan met een bruidsmagazine. Vooral de maandelijkse celebritybruiloft is zeer aantrekkelijk. Jullie verdienen alle lof voor wat jullie hebben bereikt.' Miranda vouwde haar handen ineen boven haar papieren en tuurde naar Andy.

'Dank je,' wist Andy schor uit te brengen. Ze durfde niet naar Emily te kijken.

'Neem gerust de tijd om het bod te overwegen,' zei Stanley. 'Jullie willen het natuurlijk met jullie eigen mensen doornemen.'

Pas op dat punt drong het tot Andy door hoe knullig ze moesten overkomen, om daar zonder 'mensen' aan te komen. Ze pakte haar papieren op en begon erin te bladeren. Emily deed naast haar hetzelfde. Terwijl de gewichtige frasen haar om de oren vlogen – 'huidige redactiesamenstelling', 'transitie', 'verlaten van de huidige locatie' – verslapte haar concentratie en begonnen de letters in elkaar over te lopen. Pas op de een na laatste bladzijde werd haar blik weer scherpgesteld – op het overnamebedrag, dat zo duizelingwekkend hoog was dat ze met een ruk terugkeerde in de realiteit. Miljoenen. Daar las je niet overheen, over miljoenen.

Stanley verduidelijkte enkele punten die Andy niet helemaal begreep, gaf hun een stapeltje kopieën van het voorstel om aan hun juridische team voor te leggen (niet vergeten, dacht Andy: juridisch team regelen) en stelde voor om over een paar weken een nieuwe bespreking te plannen, waar eventuele vragen beantwoord konden worden. De algehele sfeer was dat deze hele deal allang een voldongen feit was, dat het duo wel officieel gestoord moest zijn om een genereus bod als dit af te slaan, van zo'n prestigieuze uitgever. Het was slechts een kwestie van tijd.

Niet-Charla verscheen in de deuropening om te melden dat Miranda's auto voor de lunch beneden op haar wachtte. Andy wilde dolgraag vragen of Igor nog steeds haar chauffeur was, en zo ja, hoe het met hem ging, maar ze dwong zichzelf om haar mond te houden. Miranda droeg het meisje op haar een Pellegrino met ijs en limoen te brengen, zonder ook maar vaag te laten blijken dat ze haar mededeling over de auto had gehoord, en ze stond op.

'Emily, Ahn-dre-ah,' zei ze. Andy wachtte op 'het was me een genoegen' of 'leuk jullie weer eens te zien' of 'nog een heel fijne middag' of 'we kijken uit naar het volgende gesprek', maar na een paar tellen stilte werd haar duidelijk dat er niets meer zou komen. Miranda knikte naar hen beiden, mompelde iets over 'niet de hele dag op antwoord zitten wachten' en beende het kantoor uit. Andy keek toe hoe niet-Charla haar een weelderige nertsjas en een kristallen bokaal met Pellegrino overhandigde, die Miranda haar beide uit handen griste zonder vaart te minderen. Pas toen ze in de gang verdween, besefte Andy dat ze minstens zestig seconden haar adem ingehouden had.

'Tja, het is altijd een avontuur, nietwaar?' zei Stanley terwijl hij zijn papieren bij elkaar schoof. Hij gaf hun beiden een visitekaartje. 'We kijken ernaar uit zo snel mogelijk te horen wat jullie ervan vinden. Bel mij maar als er vragen zijn. Ik ben beter te bereiken dan zij, maar dat wisten jullie natuurlijk al.'

Hij gaf hun beiden plichtmatig een hand en verdween zonder nog een woord te zeggen de gang in.

'Wat een warme persoonlijkheid,' mompelde Emily nauwelijks hoorbaar.

'Denk je dat hij weet wie we zijn?' vroeg Andy.

'Natuurlijk weet hij dat. Ik durf te wedden dat hij zelfs onze fucking sterrenbeelden nog weet. Hij werkt voor Miranda.'

'Die twee vormen samen een waar dreamteam,' fluisterde Andy. 'Hoe lang heeft de hele bespreking nou geduurd, zeven minuten? Negen? Gasten in de watten leggen, daar doen ze hier niet aan.'

Emily pakte Andy's pols en kneep er zo hard in dat het pijn deed. 'Het is toch niet te geloven, wat er zojuist is gebeurd? Laten we gauw gaan, we móéten dit bespreken.'

Ze bedankten Charla en niet-Charla, en even bedacht Andy hoe onwerkelijk het was dat Miranda haar al die tijd bij haar echte naam had genoemd. Het liefst was ze bij die twee jonge, ongelukkig kijkende meisjes gaan zitten (Charla zag er slechts lichtelijk ontredderd uit, alsof haar geest wel geknakt, maar nog niet helemaal gebroken was; niet-Charla had de levenloze ogen en lusteloze blik van iemand die klinisch depressief is) om hun te verzekeren dat er, mochten ze ernaar streven dit vol te houden, leven was ná Miranda Priestly. Op een dag zouden ze terugkijken op hun jaar dwangarbeid, en ondanks de nodige posttraumatische flashbacks zouden ze met trots kunnen zeggen dat ze de zwaarste assistentenbaan op aarde hadden overleefd. In plaats daarvan lachte ze vriendelijk, bedankte beiden voor hun hulp, nam haar jas aan en snelde achter Emily aan het gebouw uit, zo vlug als ze konden zonder hun laatste greintje waardigheid te verliezen.

'Welke Shake Shack nemen we, de oude of de nieuwe?' vroeg Andy zodra ze buiten waren. Ze rammelde plotseling van de honger.

'Even serieus, Andy,' zei Emily met een zucht. 'Je moet nu toch niet aan hamburgers dénken?'

'Dat was de deal! Hamburger, friet, een milkshake en een rompertje. Als voorwaarde dat ik zou meegaan naar deze bespreking!'

Emily snelwandelde terug naar de Starbucks waar ze elkaar nog geen uur eerder hadden getroffen. 'Kun je je éven op iets anders dan eten richten? Je houdt het van me te goed, oké? Neem wat te drinken.'

Emily bestelde ijsthee voor Andy en een gewone koffie voor zichzelf. Andy was geïrriteerd, maar ze wilde geen scène maken, dus pakte ze de beker en liep achter Emily aan naar een tafeltje in de verste hoek.

Emily's ogen straalden van opwinding, haar handen trilden. 'Ik kan het gewoon niet geloven,' kraaide ze. 'Ik bedoel, ik had het wel gehoopt. Miles wist het zeker, maar ik had zo mijn twijfels. Ze willen ons overnemen! Miranda Priestly is onder de indruk van ons blad! Elias-Clark wil het inlijven. Dat is toch niet te bevatten?'

Andy knikte. 'Ze herkende ons niet eens. Wij maken ons druk over wat ze gaat zeggen en zij heeft geen flauw idee dat een van ons ooit haar...'

'Andy! Miranda fucking Priestly wil ons blad kopen! Óns blad! Kopen! Dringt het wel tot je door?'

Andy merkte nu dat haar eigen handen ook trilden, en ze nam een slokje ijsthee. 'Jawel, het dringt best tot me door. Het is het krankzinnigste idee dat ik ooit heb gehoord. Vleiend, natuurlijk, maar vooral krankzinnig.'

Emily's mond viel zeer oncharmant open. Zo zat ze Andy aan te staren, met haar onderkaak bijna op het tafeltje; het leek een eeuwigheid te duren. Toen schudde ze haar hoofd. 'Jezus, het is geen moment bij me opgekomen...'

'Wat niet?'

'Maar natuurlijk, het is eigenlijk logisch.' Emily sloot haar mond en fronste haar voorhoofd in een vlaag van... wat was het? Teleurstelling? Wanhoop? Woede?

'Emily?'

'Jij wilt helemaal niet verkopen aan Elias-Clark, hè? Je hebt je bedenkingen.'

Andy voelde dat haar keel werd dichtgeknepen. Dit ging de verkeerde kant op. Ergens vanbinnen voelde ze een golf van trots. Ze waren succesvol genoeg om de aandacht te trekken van 's werelds meest vooraanstaande uitgever. Elias-Clark wilde hen toevoegen aan zijn portfolio. Een betere bevestiging was toch niet denkbaar? Maar... Elias-Clark was synoniem aan Miranda Priestly. Was het echt mogelijk dat Emily *The Plunge* aan Elias-Clark wílde verkopen? Ze hadden amper een woord gewisseld, maar toch was de sfeer tussen hen volledig omgeslagen.

'Mijn bedénkingen?' Andy kuchte. 'Ja, dat kun je wel zeggen.'

'Andy, snap je dan niet dat dit is waarvoor we vanaf het allereerste moment zo hard hebben gewerkt? Om het blad te kunnen verkopen? En dat we nu jaren eerder dan we voor mogelijk hadden gehouden een bod hebben gekregen, een fantastisch bod, van letterlijk de meest prestigieuze tijdschriftenuitgever op aarde? Hoe kun je daar nu niet blij mee zijn?'

'Ik ben er wel blij mee,' zei Andy langzaam. Bedachtzaam.

Emily grijnsde breed.

'Ik ben net zo gevleid als jij, Em. Het is waanzinnig dat Elias-Clark ons kleinschalige tijdschriftje wil kopen. Ongelooflijk, op alle fronten. En heb je dat bedrag gezien?' Andy sloeg met vlakke hand tegen haar eigen voorhoofd. 'Ik had niet gedacht dat ik ooit van mijn leven zo veel geld zou kunnen vangen.'

'Waarom zit je er dan bij alsof je hond zojuist gestorven is?' vroeg Emily. Er verscheen een foto van Miles op het schermpje van haar telefoon en ze drukte op 'weigeren'.

'Dat weet je heus wel. Jij hebt het ook gezien.'

Emily deed alsof ze het niet begreep. 'Ik heb nog niet de kans gehad om die papieren woord voor woord te lezen, maar in grote lijnen...'

Andy pakte haar exemplaar en bladerde door naar pagina 7. 'Heb je dit piepkleine clausuletje gezien? Waarin wordt gesteld dat het volledige redactieteam minimaal een kalenderjaar intact moet blijven om de overgang te faciliteren?'

Emily wuifde het weg. 'Het is maar een jaar.'

'Máár een jaar? Goh, waar heb ik dat eerder gehoord?'

'Kom op, Andy. Je kunt álles volhouden als het maar voor een jaar is.'

Andy staarde haar vriendin aan. 'Dat is feitelijk onjuist. Het enige wat ik níét een jaar kan volhouden is voor Miranda Priestly werken. Volgens mij heb ik dat afdoende bewezen.'

Emily staarde haar aan. 'Het gaat hier niet alleen om jou. We zijn zakenpartners, en dit is een droom die uitkomt.'

Het bod op zich streelde Andy's ego natuurlijk, maar hoe kon ze er ooit mee instemmen hun geesteskind uitgerekend aan Elias-Clark te verkopen, om maar te zwijgen van de eis dat ze daar weer een jaar zou moeten werken? Dat was ondenkbaar, en ze hadden nog niet eens lekker kunnen roddelen over wat ze zojuist hadden meegemaakt: het terugzien van Miranda, haar kantoor, die verbijsterde assistentes, alles eromheen.

Andy wreef in haar ogen. 'Misschien draven we allebei door. Zullen we een gespecialiseerde jurist in de arm nemen en die vragen namens ons de onderhandelingen te voeren? Misschien kan die clausule van dat jaar er wel uit. Of misschien zijn er anderen die ons willen overnemen nu we dit bod binnen hebben. Als Elias-Clark er zo om staat te springen ons in te lijven, heb je kans dat anderen dat ook willen.'

Emily schudde alleen maar haar hoofd. 'Het is Elias-Clark. Het is verdorie Miranda Priestly! Dat is bijna een heiligverklaring.'

'Ik doe ook maar mijn best, Emily.'

'Je doet je best? Ik snap niet dat je deze kans niet met twee handen aangrijpt.'

Andy zweeg. 'Vanwaar die haast?' vroeg ze toen. 'Dit is het eerste bod, jaren eerder dan we hadden verwacht. Waarom zouden we zo snel toehappen? Laten we de tijd nemen, er goed over nadenken en dan een beslissing nemen die voor ons allebei het beste is.'

'Dat meen je niet! We zouden aantoonbaar krankzinnig zijn als we dit bod niet zouden aannemen. Dat weet jij net zo goed als ik.'

'Ik hóú van *The Plunge*,' zei Andy zacht. 'Ik hou van wat we samen hebben opgebouwd. Ik hou van onze werkruimte en onze mensen, en ik vind het heel fijn om iedere dag met jou samen te werken. Zonder iemand die zegt wat we moeten doen en hoe we het moeten doen. Ik weet niet of ik dat allemaal al wil opgeven.'

'Ik weet heus wel dat je van je werk houdt. En dat geldt voor mij ook. Maar dit is een kans waar miljoenen mensen een moord voor zouden doen. In ieder geval iedereen die ooit vanaf de grond een bedrijf heeft opgebouwd. Je moet naar het grote geheel kijken, Andy.'

Andy stond op en pakte haar spullen. Ze boog zich naar Emily toe en gaf een kneepje in haar arm. 'We weten het pas vijf tellen. Laten we onszelf de tijd gunnen om hier goed over na te denken, oké? We komen er heus wel uit.'

Emily gaf in een reflex een klap op de tafel, van pure frustratie. Niet erg hard, maar hard genoeg om Andy met een ruk te laten stilstaan. 'Ik mag het hopen, Andy. Ik ben best bereid er nog eens met je over te praten, maar ik kan je nu al zeggen dat we deze kans niet mogen vergooien. Ik laat het niet gebeuren dat onze samenwerking ons eigen succes dwarsboomt.'

Andy hing haar tas over haar schouder. 'Je bedoelt mij. Je laat jóúw succes niet door mij dwarsbomen.'

'Dat zei ik niet.'

'Maar je bedoelde het wel degelijk.'

Emily haalde haar schouders op. 'Jij mag dan de pest aan dat bedrijf hebben, het is wel de top en we kunnen schatrijk worden, helemaal op eigen kracht. Kun je nu niet één keer naar het grote geheel kijken?'

'O, je bedoelt dat ik met dezelfde aanbidding naar Elias-Clark moet kijken als jij? En zo kijk je ook naar Miranda, laten we eerlijk zijn.'

Emily wierp haar een woeste blik toe. Andy wist dat ze nu moest ophouden, maar ze kon het niet.

'Wat nou? Ik durf te wedden dat je het jezelf nog steeds verwijt dat je ontslagen bent. Want ook al was je verdomme de beste assistente die ze ooit heeft gehad, jij hebt nog steeds het gevoel dat het om de een of andere reden terecht is dat Miranda je als oud vuil op straat heeft gezet.'

Er trok een flits van woede over Emily's gezicht, en Andy wist dat ze te ver gegaan was. Maar Emily zei alleen: 'Laten we dit een andere keer bespreken, oké?'

'Mij best. Ik moet nog een boodschap doen in de lunchpauze. Ik zie je op de redactie.' Andy liep zonder nog een woord te zeggen de zaak uit. Het zou een heel lange dag worden.

13

Tegen die tijd kan ik wel dood zijn

Andy legde haar hoofd tegen de rugleuning van de taxi en snoof de niet onaangename vanillegeur van de bungelende luchtverfrisser op. Voor zover ze zich kon herinneren was dit de eerste keer sinds weken dat ze iets rook zonder ervan te moeten kokhalzen. Net toen ze nog een keer snoof ging haar telefoon.

'Hoi,' zei ze tegen Max; ze hoopte dat hij niet over de bespreking met Elias-Clark zou beginnen. Ze verheugde zich erop om hun beider families die avond te vertellen over haar zwangerschap, en ze wilde niet steeds aan Miranda hoeven denken.

'Waar zat je nou? Ik heb wel duizend boodschappen voor je achtergelaten bij Agatha. Hoe is de bespreking gegaan?' Het klonk dringend.

'Hoe het met mij gaat? O, goed hoor, wat lief dat je het vraagt. Was je bezorgd?' zei Andy. Ze had Max vrijwel de hele nacht wakker gehouden met haar gewoel en gepieker over het gesprek met Miranda.

'Even serieus, Andy. Hoe ging het? Ze willen jullie overnemen, of niet?'

Als door een wesp gestoken ging ze rechtop zitten. 'Inderdaad. Hoe weet je dat?'

'Wat kon het anders zijn?' Het klonk triomfantelijk. 'Ik wíst het wel. Ik wist het! Miles en ik hebben gewed over het bedrag. Wat zullen jullie blij zijn.'

'"Blij" is niet het woord dat ik hier zou gebruiken. Misschien komt "doodsbenauwd" dichter in de buurt.'

'Je zou apetrots moeten zijn, Andy. Het is jullie gelukt. Emily en jij hebben dit bedrijf in deze lastige tijden van de grond af opgebouwd, en nu wil de meest prestigieuze uitgever op aarde het van jullie kopen. Beter kan niet.'

'Het is een eer,' zei Andy. 'Maar er kleven beslist een aantal bezwaren aan.'

'Die zijn allemaal op te lossen, daar ben ik van overtuigd. Ik kan jullie een heel goede jurist aanbevelen, van een entertainmentbedrijf waar we vaak mee werken. Die kan alle hobbels voor je gladstrijken.'

Andy kneedde haar handen. Uit Max' mond klonk het alsof het al een beklonken zaak was, terwijl ze het bod pas die ochtend hadden gekregen.

'Hoe laat komt iedereen straks?' vroeg ze, om op een ander onderwerp over te gaan. 'En denk je dat ze iets vermoeden?'

'Ik heb het je al gezegd: ik heb alles onder controle. Er zijn nu twee koks aan het werk hier, een echtpaar, die een feestmaal bereiden. Over een uur komen de gasten. Ze gaan helemaal uit hun dak als we hun over de baby vertellen, en nu hebben we ook nog eens dit fantastische nieuws.'

'Nee, ik wil niks zeggen over...'

'Andy? Hoor je me wel? Ik moet nog een paar telefoontjes plegen, ik zie je straks, oké?'

Ze hoorde dat de verbinding werd verbroken en legde haar hoofd weer tegen de rugleuning. Natuurlijk, haar man was investeerder, en niet zo'n kleintje ook. Het was volkomen begrijpelijk dat hij zo enthousiast was; nu werd duidelijk dat hij een geniale zet had gedaan, en bovendien werd de Harrison-kas flink gespekt. Maar ze was er nog niet aan toe om het aan anderen te vertellen. De baby was één ding – dat was uitgelezen nieuws om te vertellen aan toekomstige grootouders, zelfs aan de Barbara Harrisons van deze wereld – maar een hele avond over Miranda Priestly praten? Nee, liever niet.

Ondanks haar aanvankelijke terughoudendheid moest Andy tegen tien uur toegeven dat de avond een succes was geweest. Iedereen was nog fit en actief. Dat was niet verrassend voor haar familie, die 'tijd om op te stappen' interpreteerde als 'tijd om te beginnen met afscheid nemen, omhelzen, nog een keer omhelzen, lastminutevragen stellen, naar de wc gaan, nog een keer aanbieden om te helpen met opruimen en vervolgens iedere aanwezige kussen', maar het was zeer ongebruikelijk voor Barbara, die altijd heel chic iets-te-laat-maar-niet-onbeleefd-laat kwam, geen troep maakte, attent was, haar gastvrouw kort bedankte en op tijd weer vertrok. Met uitzondering van Eliza, die een uur geleden was vertrokken omdat ze met vrienden had afgesproken, zaten beide families nog in de huiskamer, waar ze geanimeerd praatten, stevig doordronken en lachten als een stelletje tieners.

'Ik ben zo ontzettend blij voor jullie allebei,' zei mevrouw Harrison, op een toon die niets van haar ware gevoelens verried. Misschien meende ze het wel. Misschien was een baby – de belofte van een nieuwe Harrison – voldoende om haar respect bij te brengen voor Andy en haar te accepteren. 'Een kleinkind, tjonge. Daar had ik natuurlijk steeds op gehoopt, maar zo snel al! Wat een verrassing.'

Andy probeerde dat 'zo snel al' te negeren. Max had erop gestaan dat ze niet zouden vertellen dat de baby niet gepland was – hij wilde niet dat iedereen zou denken dat het een ongelukje was – maar Andy was ervan overtuigd dat zijn moeder ook niet blij was met de gedachte dat Max en zij bewust twee maanden voor hun huwelijk een kind hadden verwekt. Dat was in haar ogen natuurlijk typisch iets voor haar niet-chique schoondochter.

'Hij wordt natuurlijk naar Robert vernoemd als het een jongetje is,' zei mevrouw Harrison – het was duidelijk een statement, geen vraag. En om Andy nog verder het bloed onder de nagels vandaan te halen, richtte Barbara haar eis tot Max, alsof hij in zijn eentje de naam bepaalde.

'Natuurlijk,' zei Max zonder zelfs maar Andy's kant op te kijken.

Ze twijfelde er niet aan dat ze de baby naar Max' vader zouden vernoemen als het een jongetje was, en misschien zelfs als het een meisje zou zijn – Andy zou niet anders willen – maar toch gingen haar nekharen overeind staan.

Jill ving Andy's blik en kuchte. Hard.

'Je weet nooit, ik heb zo'n gevoel dat die twee een meisje krijgen. Een volmaakt, lief, klein meisje. Schattig en probleemloos, heel anders dan mijn drie zoontjes. Althans, dat hoop ik.'

'Een meisje zou mooi zijn,' zei mevrouw Harrison instemmend, 'maar op zeker moment willen we toch een jongetje, zodat het familiebedrijf kan worden voortgezet.'

Andy wees haar er niet op dat zij, als vrouw, uitstekend in staat was een bedrijf te runnen en dat voor haar dochters ongetwijfeld hetzelfde zou gelden. En ze hield ook haar mond over het feit dat Max' vader, als man, niet bepaald blijk had gegeven van een groot zakelijk inzicht toen hij namens Harrison Media Holdings zijn rampzalige beslissingen nam.

Max ving haar blik en zei geluidloos 'dank je wel'.

Andy's oma deed vanaf de bank tegenover haar een duit in het zakje. 'Dat kind komt pas over een half jaar. Tegen die tijd kan ik wel dood zijn, en in dat geval sta ik erop dat de baby naar mij vernoemd wordt. Ida komt weer helemaal terug, toch? Al die namen van vroeger zijn weer in zwang.'

'Oma, je bent pas achtentachtig en zo sterk als een beer. Je gaat nog lang niet dood,' zei Andy.

'Ik help het je hopen,' antwoordde haar oma, en ze spuugde drie keer achter elkaar.

'Genoeg over de naam.' Jill klapte in haar handen. 'Wil er nog iemand decafé? Zo niet, dan moesten we maar eens gaan, zodat de toekomstige ouders naar bed kunnen.'

Andy lachte dankbaar naar haar zus. 'Ja, ik ben behoorlijk moe, dus...'

'In onze familie is niemand ouder geworden dan tachtig,' riep oma tegen Andy. 'Je bent gek als je denkt dat ik niet ieder moment dood neer kan vallen.'

'Ma, hou op. Je bent kerngezond. Kom, dan pakken we onze jassen.'

Andy's oma maakte een wegwuifgebaar. 'Ik heb het huwelijk van die twee nog mogen meemaken, dat is al meer dan ik had verwacht. En nu is ze niet alleen aan de man, maar ook nog eens zwanger. De wonderen zijn de wereld nog niet uit.'

Er viel een ongemakkelijke stilte, totdat Andy in lachen uitbarstte. Het was typisch haar oma. Ze sloeg haar armen om haar heen en fluisterde over haar schouder tegen Jill: 'Bedankt dat je ze allemaal de deur uit werkt.'

'Voordat iedereen vertrekt, hebben we nóg een bijzondere mededeling...' zei Max, die ging staan om de aandacht te trekken.

'O god, het is een tweeling,' kreunde Andy's oma. 'Twee handenbindertjes tegelijk, die ook nog eens sprekend op elkaar lijken.'

'Een tweeling?' Mevrouw Harrisons stem werd minstens drie octaven hoger. 'Ach, hemel.'

Andy voelde dat Jill vragend naar haar keek, maar ze was zo druk bezig Max waarschuwende blikken toe te werpen dat ze niet reageerde. Hij meed haar blik.

'Nee, geen tweeling. Het gaat over *The Plunge*. Het ziet ernaar uit dat Andy en Emily...'

'Max, alsjeblieft, niet doen,' zei Andy zachtjes, zo afgemeten en toonloos als maar mogelijk was zonder een scène te maken.

Hij hoorde haar niet of trok zich niets van haar aan.

'... een fantastisch bod van Elias-Clark hebben gekregen voor de overname van *The Plunge*. Een waanzinnig hoog bod, om eerlijk te zijn. Die twee hebben zo'n beetje het onmogelijke bereikt door met een piepjong, beginnend bedrijf de aandacht te trekken en al zo snel kopers te interesseren. Laten we het glas heffen op Andy's harde werk.'

Precies nul mensen hieven het glas. Ze begonnen allemaal door elkaar te praten.

Andy's vader: 'Elias-Clark? Betekent dat de terugkeer van je-weet-wel?'

Barbara: 'Dit had niet op een gunstiger moment kunnen komen! Nu kun je dat persoonlijke projectje van je loslaten en je richten op iets veel dankbaarders: tijd maken voor je baby. En misschien kan ik je betrekken bij enkele van mijn...'

Jill: 'Wauw, gefeliciteerd! Ook al zou je niet aan Elias-Clark willen verkopen, dan nog is het een hele eer om zo'n bod te krijgen.'

Andy's moeder: 'Ik kan me niet voorstellen dat je weer zou gaan werken voor... voor... ach, hoe heet ze ook alweer? Dat mens dat je een jaar lang heeft gekweld?'

Oma: 'Hè? Al die jaren keihard werken om dat verdomde bedrijf op te bouwen en dan verkóóp je het zomaar? De jeugd van tegenwoordig...'

Andy keek woedend naar Max, tot hij de kamer door liep en zijn armen om haar heen sloeg. 'Fantastisch, toch? Ik ben zo trots op haar.'

Jill moest Andy's gezicht gezien hebben, want ze sprong op en riep tegen de anderen dat ze wel genoeg opwinding hadden gehad voor één avond en dat ze onmiddellijk moesten vertrekken, zodat Andy en Max konden gaan slapen.

'Ik bel je morgen vanaf het vliegveld, goed?' zei Jill, die op haar tenen moest gaan staan om Andy te omhelzen. 'Ik ben zo blij voor jullie. Het is echt fantastisch. En ik zal niet gaan zeuren omdat je het mij tegelijk met je schoonmoeder hebt verteld. Ik voel me heus niet beledigd, wees maar niet bang.'

'Mooi,' zei Andy met een grijns. 'Want zwangere vrouwen kunnen niets fout doen, daar ben ik intussen al achter.'

Jill trok haar jas aan – het was ijskoud, zelfs voor november – en zei: 'Geniet er maar van nu het nog kan. Die belangstelling krijg je alleen bij de eerste. Je kunt negen maanden zwanger zijn van de tweede en op knappen staan, maar dan nog staat er geen mens voor je op. En bij de derde?' Ze snoof minachtend. 'Dan vragen ze recht in je gezicht of het wel gepland was. Alsof ze zich niet kunnen voorstellen dat iemand vrijwillig...'

Andy moest lachen.

'Niet dat het in ons geval vrijwillig...'

'Details.' Andy streek Jills haar achter haar oor. Ze was bijna vergeten hoe het voelde om een paar rustige momenten met haar zus door te brengen. Omdat ze ieder aan de andere kant van het land woonden, zagen ze elkaar zelden, en áls ze elkaar zagen, waren de kinderen en Kyle en Max en Andy's moeder er meestal ook bij. Als kind hadden ze nooit een erg hechte band met elkaar gehad – door de negen jaar leeftijdsverschil ging Jill al op kamers toen Andy nog maar een klein meisje was –, maar de afgelopen vijf of zes jaar hadden ze regelmatig telefonisch contact gehouden en geprobeerd elkaar wat vaker te bezoeken. En ze hadden nog meer te bespreken gehad toen Andy zich had verloofd: van het plannen van de bruiloft tot klagen over de gekmakende, geheimzinnige wezens die mannen nu eenmaal waren, en Jill was als eerste bruidsmeisje haar liefhebbende steun en toeverlaat geweest.

Maar niets zou hen sneller op één lijn kunnen krijgen dan Andy's zwangerschap, besefte ze, terwijl ze toekeek hoe haar zus haar bruinleren rijlaarzen aantrok. De afgelopen tien jaar had Jills hele leven gedraaid om het ouderschap, om haar zoontjes, iets wat Andy met haar verstand wel kon begrijpen, maar wat ze nooit echt helemaal had kunnen invoelen. Nu ze zelf binnenkort moeder zou worden, voelde Andy dat Jill en zij straks meer gemeen zouden hebben dan op enig ander punt in hun leven, en plotseling kon ze bijna niet wachten tot ze hun ervaringen konden uitwisselen.

Het duurde nog eens twintig minuten voordat iedereen zijn schoenen en jas had aangetrokken en ze elkaar een laatste keer hadden gekust en gefeliciteerd. Toen de deur eindelijk achter hen dichtviel, stond Andy op instorten.

'Moe?' vroeg Max, en hij begon haar schouders te masseren.

'Ja, moe maar heel gelukkig.'

'Iedereen leek oprecht blij te zijn. En je oma was zeldzaam in vorm vanavond.'

'Zo zeldzaam is dat niet. Maar inderdaad, ze waren allemaal heel blij.' Ze draaide zich om naar Max. Ze nam bewust het besluit om niets te zeggen over zijn Elias-Clark-aankondiging. Max had zo zijn best gedaan om er de volmaakte avond van te maken, en hij was overduidelijk gewoon blij voor haar. Andy dwong zichzelf om het van de positieve kant te bekijken. 'Bedankt voor vanavond. Het was heel bijzonder om het iedereen tegelijk te vertellen.'

'Heb je het naar je zin gehad? Echt?' Max vroeg het zo hoopvol dat ze er onverklaarbaar treurig van werd.

'Echt.'

'Ik ook. En ze vonden je *Plunge*-nieuws ook fantastisch. Ik bedoel, het is ook ongelooflijk. Amper drie jaar bezig en dan al een bod van...'

Andy stak een hand op. 'Zullen we het daar een andere keer over hebben? Ik wil gewoon van de avond genieten.'

Max boog zich naar voren om haar te kussen, en hij duwde haar met zijn lichaam tegen het keukeneiland. Andy voelde die bekende kriebel van opwinding. Het duurde even voordat ze besefte dat ze voor het eerst sinds de bruiloft niet doodmoe of misselijk was. Max beet op haar onderlip, eerst zachtjes en toen wat dringender. Ze gluurde even naar het echtpaar dat die avond de catering had verzorgd en dat nu de keuken aan het opruimen was. Max volgde haar blik.

'Kom mee,' zei hij schor, en hij pakte haar bij haar middel.

'Moet je ze niet betalen?' vroeg ze giechelend, terwijl ze hem op een drafje volgde naar de slaapkamer. 'We kunnen ze toch op z'n minst even gedag zeggen?'

Max trok haar de kamer in en deed zachtjes de deur achter hen dicht. Zonder nog een woord te zeggen kleedde hij haar uit en sloeg zijn armen om haar heen. Zoenend belandden ze samen op het bed, Andy boven op Max. Ze kuste hem in zijn hals en zei: 'Dit kan ik me nog herinneren.'

Max draaide Andy op haar rug en liet zich op haar zakken. Het voelde allemaal even heerlijk: het gewicht van zijn lijf op het hare, de geur van zijn huid, zijn handen op haar lichaam. Traag en teder bedreven ze de liefde. Na afloop legde Andy haar hoofd op zijn borst en luisterde tot zijn ademhaling regelmatig en ritmisch werd. Ze hoorde Stanley blaffen toen de koks vertrokken, en ze moest in slaap gevallen zijn, want toen ze haar ogen weer opendeed, lag ze huiverend op het dekbed en had Stanley zich tussen Max en haar in gewurmd.

Andy kroop diep weg onder het dekbed en bleef zo een kwartiertje liggen. De slaap wilde niet meer komen, ook al was ze zo moe dat ze het gevoel had dat ze zich amper kon omdraaien. Ook dat was iets nieuws sinds ze zwanger was: vermoeidheid tot op het bot in combinatie met slapeloosheid.

Naast haar ademde Max traag en regelmatig; zijn borst ging omhoog en omlaag in een voorspelbaar ritme. Want hoe energiek en actief hij overdag ook was, 's nachts sliep hij als een roos, op zijn rug, met zijn handen over zijn borst gevouwen als een lijk, en hij ging zelden verliggen. Er had een 747 in hun slaapkamer kunnen landen zonder dat hij meer zou doen dan even zuchten, zijn hoofd een paar centimeter verplaatsen en zijn sterke, regelmatige ademhaling hervatten. Het was om gek van te worden, op alle fronten.

Andy stapte voorzichtig uit bed en trok haar Mrs. Harrison-badjas aan, en de dikke, zachte reissokken die ze in de kiosk op het vliegveld had gekocht. Ze pakte Stanley op, die kreunde, en schuifelde de gang door naar de bank, waar ze onelegant neerplofte. Het aanbod aan opgenomen programma's was teleurstellend: voornamelijk oude footballwedstrijden die Max uiteindelijk online had gekeken, een paar sportprogramma's, een stokoude aflevering van *Private Practice* en een *60 Minutes* die ze al had gezien, een *Modern Family* waarvan ze Max had beloofd dat ze hem samen zouden kijken, en het laatste uur van de huwelijksspecial van de *Today Show* van twee weken terug, toen Andy en Emily zich hadden verdiept in alle verkopers en trends die Hoda en Kathie Lee bespraken.

Het live televisieaanbod was niet veel beter: de gebruikelijke talkshows, veel reclame en een herhaling van *Design Star* op HGTV. Net toen Andy het voor gezien wilde houden, viel haar oog op de aankondiging van een programma dat om middernacht begon: *The High Priestess of Fashion: The Life and Times of Miranda Priestly.*

O shit, dacht ze bij zichzelf. Moet dat echt? Anders dan iedereen die ze kende, inclusief Emily, had Andy geweigerd naar de bioscoop te gaan toen de bewuste film daar een jaar eerder draaide. Wie zat er te wachten op die herinneringen? De stem, dat gezicht, de voortdurend teleurgestelde toon en de bestraffende woorden. Voor haar was het allemaal nog vers, als de dag van gisteren – waarom zou ze het dan levensgroot en in kleur gaan zitten bekijken? Maar nu, in de veilige omgeving van haar eigen huiskamer, won de nieuwsgierigheid het. *Ik moet het zien.* Haar duim aarzelde maar heel even voordat ze de zender koos. Ze werd begroet door een kwaad kijkende Miranda, gekleed in een gebroken witte Prada-jurk en op schitterende hakken met een subtiel gouden gespje, en natuurlijk droeg ze haar eeuwige Hermès-armband.

'Dit lijkt me niet het geschikte moment of de geschikte plek,' zei ze met die ijzige stem tegen de arme ziel achter de camera.

'Het spijt me, Miranda,' luidde het antwoord voordat het beeld korte tijd op zwart ging.

En toen, een tel later, zat ze nog steeds in haar kantoor, maar nu gekleed in een wollen mantelpakje, waarschijnlijk Chanel, met enkellaarsjes. En ze keek niet minder ontevreden dan in de vorige scène.

'Aliyah? Hoor je me?'

De camera verplaatste zich naar een lang, buitengewoon slank meisje dat geen dag ouder was dan eenentwintig. Ze droeg een glimmende witte legging, enkellaarsjes die griezelig veel op die van Miranda leken en een schitterend kasjmieren vestje over een zijden mannenoverhemd. Haar golvende haar zat slordig op die sexy Giselle-manier, iets wat Andy nooit voor elkaar kreeg, en ze had dikke kohlranden om haar ogen. Ze zag eruit alsof Miranda haar zojuist had gestoord terwijl ze ter plekke seks had op het assistentenbureau daar in het voorvertrek van Miranda's kantoor: verleidelijk, zwoel en ondeugend. En natuurlijk doodsbang.

'Laat iedereen weten dat ik klaar ben voor de repetitie. Die staat gepland voor vanmiddag, maar ik ben hier over twintig minuten weg. Zorg dat de auto klaarstaat. Bel Caroline op haar mobiel om haar te herinneren aan haar afspraak van vanmiddag. Waar blijft de tas die je zou laten repareren? Die heb ik om drie uur nodig. Net als de jurk die ik vorig jaar of het jaar daarvoor heb gedragen naar dat gala van de bibliotheek. Of was het misschien dat diner van die andere stichting, tegen aids bij kinderen? Of het feest in die akelige loft op Varick, na de najaarsshows van vorig jaar? Het is me even ontschoten, maar je weet welke ik bedoel. Zorg dat hij om vijf uur bij mij thuis wordt bezorgd, met de juiste sandaaltjes. En wat oorbellen waaruit ik kan kiezen. Reserveer voor vroeg in de avond een tafel bij Nobu en voor het ontbijt van morgen in het Four Seasons. En zorg ervoor dat er deze keer voldoende roze grapefruitsap is, niet alleen dat akelige gele spul. Nigel moet om twee uur in de studio van James Holt zijn; zeg mijn kappersafspraak af, maar bevestig de manicure en pedicure.' Op dat punt zweeg ze even om op adem te komen. 'En ik moet het Boek vanavond na elf uur hebben, maar voor middernacht. Laat het niet, ik herhaal: niét, achter bij die idioot van een portier en leg het ook niet bij mij binnen, tenzij ik thuis ben. We hebben vanavond... logés en die laat ik niet graag alleen met het Boek. Dat was het.'

Het meisje knikte op een manier die niet veel vertrouwen wekte. Andy zag onmiddellijk dat ze nieuw was en dat ze binnen een paar uur, zo niet binnen een paar minuten, ontslagen zou worden. Ze had geen pen en papier bij zich en ontbeerde het vermogen om alle verzoeken te onthouden of zelf oplossingen uit te vogelen. Andy's eigen hersenen draaiden onmiddellijk op volle toeren: *Welke 'iedereen' moet ingelicht worden over de repetitie? Waar is de chauffeur nu en kan hij op tijd terug zijn? Waar gaat ze naartoe? Wat voor afspraak heeft Caroline voor vanmiddag, en weet ze dat zelf al? Welke tas? Is die om drie uur klaar en zo ja, hoe krijg ik hem op kantoor? Is ze om drie uur wel op kantoor, of is ze dan thuis? Welke jurk? Ik weet dat ze naar al die evenementen iets anders heeft gedragen, dus hoe moet ik weten over welke jurk ze het heeft? Heeft ze kleur/model/ontwerper genoemd om de zoektocht te vergemakkelijken? Wat voor sandaaltjes? Is er iemand van Accessoires aanwezig en kan zij op tijd oorbellen voor me regelen? Voor hoe laat moet ik precies reserveren bij Nobu? En welke Nobu, die in Tribeca of die in 57th Street? En dat ontbijt in het Four Seasons? Zeven uur? Acht uur? Tien uur? Vergeet niet de hotelmanager een bedankje te sturen voor het roze grapefruitsap. Ga Nigel zoeken, geef hem haar godzijdank specifieke informatie aan hem door en bel al de genoemde afspraken na. Reserveer preventief een suite in het Peninsula, voor het geval Miranda straks midden in de nacht belt om te klagen over haar logés (ongetwijfeld vrienden van haar man) en ze onmiddellijk haar huis wil ontvluchten. Waarschuw de chauffeur voor een mogelijk middernachtelijke rit van Miranda's appartement naar het hotel. Voorzie de hotelsuite van Pellegrino en het Boek, een geschikte werkoutfit voor morgen, inclusief alle accessoires, schoenen en toiletartikelen. Reken erop dat je zelf geen oog dichtdoet terwijl je Miranda door deze zware tijd heen loodst. Herhaal.*

De camera verliet Miranda en volgde het meisje terug naar haar bureau – hetzelfde bureau waaraan Andy tien jaar geleden had gezeten –, waar ze verwoed piepkleine Post-it-briefjes ging zitten volkrabbelen. Er werd ingezoomd op de traan die over haar perzikhuidje gleed. Andy voelde haar eigen keel dichtknijpen en drukte op PAUZE. 'Hou je een beetje in,' beet ze zichzelf toe, en ze zag dat ze haar nagels diep in haar handpalmen had begraven, dat ze de afstandsbediening in een dodelijke greep hield en dat haar schouders bijna tussen haar oren zaten.

Ze durfde haast niet op te kijken, ondanks het stilstaande beeld op de televisie. De angst was vergelijkbaar met de keren dat ze een film keek waarin jonge meisjes in hun eentje zorgeloos door de bossen liepen, met een koptelefoon op, zich totaal niet bewust van de gestoorde seriemoordenaar die ieder moment achter een boom vandaan kon komen. Dit was de reden dat Andy had geweigerd naar de bioscoop te gaan toen de film net uit was, ondanks het aandringen en het geplaag van de mensen om haar heen. Zelf had ze zich een jaar lang vierentwintig uur per dag zo gevoeld. Waarom moest ze dit zichzelf nu weer aandoen?

Stanley blafte naar zijn eigen spiegelbeeld in het raam en Andy trok hem tegen zich aan. 'Zullen we een kopje thee zetten, jochie? Waar heb je zin in, munt?'

Hij staarde haar zwijgend aan.

Ze stond op, rekte zich uit en snoerde haar badjas opnieuw aan. Omdat ze niet wilde wachten tot het water kookte, graaide ze in de grote schaal met koffie- en theecapsules die Max op het aanrecht bewaarde tot ze er een met kruidenthee had gevonden. Die stopte ze in het apparaat, en nadat ze een zakje echte suiker (geen kunstmatige zoetstof meer!) en een wolkje melk in haar thee had gedaan, zat ze binnen een minuut weer op de bank.

Emily had nog contact met een handjevol mensen bij *Runway*, waardoor ze op de hoogte bleef van talloze recente, belachelijke verzoeken die Miranda had gedaan, en de vele waanzinnige ontslagen en publieke vernederingen. Het zag ernaar uit dat het verstrijken van de jaren niet had geholpen om haar een toontje lager te laten zingen of ook maar enigszins af te remmen. Ze werkte zich nog altijd sneller door haar assistentes heen dan door de biefstukken die ze at voor de lunch. Ze eindigde haar bevelen nog steeds met 'dat was het'. Ze belde haar werknemers nog immer dag en nacht en verweet ze dan dat ze haar gedachten niet konden lezen en haar wensen niet konden raden, om vervolgens de hoorn op de haak te smijten en weer terug te bellen. Andy had de beelden niet hoeven zien om het allemaal terug te halen; tot op de dag van vandaag was het horen van een bepaalde oude Nokia-ringtone – in de bus of aan de andere kant van een drukke bar – genoeg om haar een paniekaanval te bezorgen. Nu kwam het allemaal in full colour terug op het scherm tegenover haar.

Na die noodlottige middag in Parijs had het weken geduurd voordat Andy weer een hele nacht kon doorslapen. Ze schrok steeds wakker met een taak in haar hoofd die ze meende vergeten te zijn; ze was de takenmap kwijt of had Miranda voor een lunchbespreking naar het verkeerde restaurant gestuurd. Andy had na haar vertrek nooit meer één *Runway* ingekeken, maar natuurlijk kwelde het blad haar in iedere koffiebar, kapsalon, wachtkamer, bij de pedicure, overal. Toen ze bij *Happily Ever After* een baan aangeboden kreeg door een meisje dat maar een paar jaar ouder was dan Andy zelf en dat haar 'grote creatieve vrijheid' beloofde zolang ze maar schreef over de afgesproken onderwerpen en haar werk op tijd inleverde, voelde dat als een nieuwe start. Lily ging naar Boulder verhuizen, Alex had het uitgemaakt, haar ouders hadden hun scheiding aangekondigd. Andy was een paar maanden daarvoor vierentwintig geworden en woonde voor haar gevoel voor het eerst in twee jaar op zichzelf, in een overweldigend grote stad. Als gezelschap had ze haar televisie en zo nu en dan een oude studievriendin, mits ze zelf contact zocht. En toen kwam Emily, goddank.

Miranda's schelle stem bracht haar met een ruk terug in de werkelijkheid. De maximale pauzetijd van het televisieprogramma was verstreken en de documentaire werd hervat. Andy keek nog even toe hoe Miranda's toekomstige ex-assistente tevergeefs probeerde zich de lijst met bevelen te herinneren die haar zojuist mondeling was toegeworpen. Andy zag de verbazing en paniek, gevolgd door het besef en de verslagenheid, en haar hart ging uit naar het arme kind. Ze zou haar ontslag niet zien aankomen en was er ongetwijfeld van overtuigd dat deze baan haar kruiwagen was naar een grotere, mooiere wereld. Dat meisje kon nu onmogelijk weten dat ze over acht of tien jaar in haar eigen huiskamer zou zitten, misschien met haar eigen echtgenoot en een baby op komst, en dat ze nog steeds zou moeten overgeven of moordneigingen zou krijgen bij het horen van een bepaalde ringtone, het zien van een witte sjaal of wanneer ze per ongeluk langs een bepaalde televisiezender zapte.

Alsof het zo moest zijn verscheen er op dat moment een ondertitel in beeld om aan te geven dat er een dag verstreken was sinds de vorige scène. Miranda droeg nu een schitterende Burberry-jas en liep met een Yves Saint Laurent-tas om haar schouder het voorvertrek van haar kantoor in, op weg naar een lunch of bespreking.

Ze staarde de senior assistente aan – weer een meisje dat Andy niet kende maar met wie ze zich kon identificeren omdat ze in Emily's stoel zat – totdat het meisje het waagde om op te kijken.

'Ontsla haar,' zei Miranda, zonder de moeite te nemen haar volume ook maar één decibel te dempen.

'Pardon?' vroeg de Emily-assistente, maar niet omdat ze het niet verstaan had.

'Haar,' zei Miranda met een knikje naar de jongere assistente. 'Ze kan niks. Ik wil dat ze weg is als ik terugkom. Begin onmiddellijk met sollicitatiegesprekken. Ik verwacht dat je deze keer met iets beters komt.'

Miranda snoerde haar trenchcoat strakker om haar minuscule taille en beende het kantoor uit. De camera draaide naar het bureau van de jongste assistente, die uitermate geschrokken keek, alsof ze zojuist een klap in het gezicht had gekregen. Voordat de tranen in die grote, lieve ogen verschenen zette Andy hoofdschuddend de televisie uit. Ze had genoeg gezien.

14

Dat is in Priestly-land bijna een liefdesverklaring

Andy moest lachen toen Emily met witte knokkels de armleuningen omklemde en zich uiterst voorzichtig in haar stoel op de voorste rij liet zakken.

Emily wierp haar een geërgerde blik toe. 'Wat valt er te lachen? Ik ben tenminste alleen maar geblesseerd, niet topzwaar.'

Andy keek naar haar buik, die nu behoorlijk rond en niet over het hoofd te zien was, na vijf maanden. Ze knikte glimlachend. 'Ja, ik ben topzwaar.'

'We hebben een soort Jay-Z-zitplaatsen,' zei Emily met een blik om zich heen. Max en Miles zaten langs de lijn op het spelersbankje naar de warming-up te kijken, helemaal in de mannenhemel. Hun hoofden schoten van links naar rechts terwijl de ruim twee meter lange spelers renden, wierpen, dribbelden en dunkten. 'Miles komt soms toch wel met heel leuke uitstapjes.'

'Jammer dat ik helemaal niks heb met de Knicks of met basketbal in het algemeen,' zei Andy, en ze wreef over haar buik. 'Ik heb het gevoel dat we het niet op waarde weten te schatten.'

Achter hen brulde de menigte enthousiast toen Carmelo Anthony het veld op kwam voor zijn warming-up.

'Alsjeblieft, zeg.' Emily rolde met haar ogen. 'Ik zit hier vanwege de vip-ervaring, met alles erop en eraan, en jij komt voor het eten. Laat dat duidelijk zijn.'

Andy nam een hap van haar macaroni met kaas en truffel. 'Je moet hier echt wat van proeven.'

Emily trok wit weg.

'Wat nou? Ik mag van de dokter vijftien kilo aankomen.'

'Bedoelt ze daar niet de negen maanden in totáál mee, in plaats van in de eerste helft al?' Emily keek vol afkeer naar Andy's volgeschepte bord. 'Ik bedoel, ik ben geen zwangerschapsexpert, maar als je zo doorgaat, eindig je net zoals Jessica Simpson.'

Andy glimlachte. Ze had inderdaad zo nu en dan een extra cupcake en een punt pizza gegeten nu ze niet langer misselijk was. En het was zeker niet alleen haar buik die was gegroeid – haar gezicht en haar kont waren ook een stuk ronder geworden – maar ze wist dat het binnen de perken bleef. Ze stond er niet eens bij stil, behalve wanneer ze Emily sprak, die zwangere vrouwen nog altijd 'vet' noemde of zei dat ze 'zich wel erg lieten gaan'. Andy had zich erbij neergelegd dat eten tegenwoordig haar enige pleziertje was, en zwangere vrouwen werden door geen mens ingedeeld in de categorie 'dik of dun' of zelfs 'groot of klein'; je was gewoon zwanger.

De mannen draaiden zich om en zwaaiden. Emily trok een pijnlijk gezicht toen ze terugzwaaide, en ze greep naar haar buik. 'Jezus, dat doet pijn. En niet eens fatsoenlijke pijnstillers! Doordat een paar losers verslaafd raken aan het zwaardere spul moeten gewone mensen het de rest van hun leven doen met een Advilletje.'

'Ik zei toch dat het gekkenwerk was om hier mee naartoe te gaan. Wie gaat er nu een week nadat ze uit het ziekenhuis is ontslagen naar Madison Square Garden?'

'Wat had ik dan moeten doen?' vroeg Emily oprecht verbaasd. 'Thuis in pyjama een film kijken op Lifetime terwijl jullie met z'n allen hier zitten? Trouwens,' – ze knikte naar de eerste rij aan de overkant van het speelveld – 'thuis zit Bradley Cooper niet tegenover me.'

'En dan had hij je goudbruine kleur moeten missen,' zei Andy.

Emily streek met haar vingertoppen over haar jukbeenderen. 'Precies.'

Het nieuwjaarsuitstapje met Emily en Miles naar het eiland Vieques was ronduit fantastisch geweest: een schitterende villa aan het strand met twee enorme slaapkamers, een privézwembad, een barkeeper die gespecialiseerd leek te zijn in vruchtendrankjes met rum – en veel zwemmen, tennissen en luieren op het strand. Ze hadden zich niet één keer netjes aangekleed om de deur uit te gaan, en op sommige avonden hadden ze zelfs aan tafel hun badkleding aangehouden, met hooguit een dunne omslagdoek eroverheen. Andy en Emily waren overeengekomen dat ze het tijdens hun vakantie niet over het bod van Elias-Clark of andere zakenbeslommeringen zouden hebben, en met uitzondering van een gesprekje over investeren in strandhuizen als het geld binnen was, hadden ze zich daaraan gehouden. Andy wist dat van uitstel geen afstel zou komen: er stond voor de eerste maandag dat ze terug waren een *conference call* met Stanley gepland. Maar de week zelf? Ze hadden uitgeslapen, veel gedronken (Andy stond zichzelf zo nu en dan een glas champagne toe, en verder volop calorieënbommen in de vorm van alcoholvrije pina colada's; nu ze zwanger was, besefte ze eindelijk hoe het voor Max was, die zelfs na al die jaren nog geen druppel dronk), pulptijdschriften gelezen en acht uur per dag in de zon gelegen. Andy kon zich niet heugen ooit zo'n ontspannen vakantie te hebben gehad.

Totdat Emily blindedarmontsteking kreeg.

'Het is vast gewoon voedselvergiftiging,' had Emily gezegd toen ze op de achtste ochtend bleek, klam en beroerd aan de ontbijttafel verscheen. 'En ga nou niet denken dat ik zwanger ben, want dat ben ik dus niet.'

'Hoe weet je dat zo zeker? Als je moet overgeven...'

'Als de pil in combinatie met mijn spiraaltje geen zwangerschap kan voorkomen, kan ik net zo goed op de kermis gaan staan als de vruchtbaarste vrouw op aarde.' Emily klapte dubbel en hapte naar lucht. 'Ik ben níét zwanger.'

Miles wierp haar een begripvolle blik toe, maar propte vervolgens vrolijk nog een half wentelteefje in zijn mond. 'Ik zei toch dat die mosselen niet goed waren...'

'Ik heb ze ook gegeten en ik voel me prima,' zei Max, en hij schonk voor zichzelf en Andy nog een decafé in uit de roestvrijstalen kan.

'Je hoeft maar één verkeerde te eten,' zei Miles, die vluchtig de *Times* doornam op zijn iPad.

Andy keek toe hoe Emily voorzichtig overeind kwam, waarbij ze haar buik vasthield, om zo snel als ze kon naar haar kamer te lopen.

'Ik maak me zorgen om haar,' zei ze tegen de mannen.

'Dat is vanavond wel over,' zei Miles zonder op te kijken. 'Je weet hoe ze kan zijn.'

Max en Andy wisselden een blik. 'Ga jij anders even kijken,' zei hij zachtjes tegen Andy. Ze knikte.

Ze trof Emily kronkelend aan op haar bed, opgerold tot een balletje, met een van pijn vertrokken gezicht. 'Ik denk niet dat dit voedselvergiftiging is,' fluisterde Emily.

Andy belde de receptie van het resort om naar een dokter te vragen, en ze verzekerden haar dat er onmiddellijk een verpleegkundige zou komen. De vrouw die binnenkwam wierp één blik op Emily, drukte een paar keer op haar buik en verklaarde dat ze blindedarmontsteking had. Ze verstuurde een sms'je, en een paar minuten later verscheen er een hotelbusje om Emily naar het lokale ziekenhuis te brengen.

Nadat ze Emily languit op de middelste bank hadden gelegd, klommen ze allemaal in het busje. Ze waren ruim een week in Vieques, en met uitzondering van een snel bezoekje aan een ander hotel voor de lunch hadden ze geen van allen het resort verlaten. De rit naar het ziekenhuis was kort maar hobbelig; de stilte werd alleen verbroken door Emily's gejammer terwijl ze strak uit het raam staarden. Toen ze eindelijk een parkeerterrein op reden, was Max de eerste die zei wat ze allemaal dachten.

'Is dit het ziekenhuis?' Hij staarde naar het vervallen gebouw, dat eruitzag als een kruising tussen een niet-afgebouwde supermarkt en een militaire vliegtuighangar. De woorden CENTRO DE SALUD DE FAMILIA hingen in neon aan de gevel, al brandde meer dan de helft van de letters niet.

'Daar ga ik niet naar binnen,' zei Emily hoofdschuddend. Het leek haar zo veel inspanning te kosten dat ze bijna flauwviel.

'Je zult wel moeten,' zei Miles. Hij legde Emily's arm over zijn schouder en gebaarde Max hetzelfde te doen. 'We moeten hulp voor je regelen.'

Ze sleepten Emily door de ingang naar binnen, waar ze werden begroet door een doodse stilte. Met uitzondering van een eenzame tiener die een aflevering van *General Hospital* – zo te zien van begin jaren tachtig – zat te kijken op een zwart-wittelevisie die aan een beugel was bevestigd, was de hal volkomen verlaten.

Emily kreunde. 'Haal me hier weg. Als ik niet vanzelf doodga, helpen ze me hier om zeep.'

Miles masseerde haar schouders, terwijl Max en Andy hulp gingen zoeken. De balie achteraan in de ruimte was onbemand, maar de verpleegkundige van het resort die met hen meegekomen was liep ongehinderd naar achteren, trok een zijdeurtje open en brulde naar binnen. Er verscheen een vrouw in een witte jas, met een verbaasde uitdrukking op haar gezicht.

'Ik heb hier een jonge vrouw met een vermoedelijke appendicitis. Graag onmiddellijk bloed nakijken en röntgenfoto's van de buik maken,' zei ze op gezaghebbende toon.

De vrouw in de witte jas wierp een blik op het naamplaatje-met-functieaanduiding van de verpleegkundige en knikte vermoeid. 'Breng haar maar naar achteren,' zei ze, en ze wenkte het groepje om haar te volgen. 'Het bloedonderzoek is geen punt, maar het röntgenapparaat is vandaag buiten werking.'

Terwijl ze de gang door liepen, knipperden de tl-balken met onregelmatige tussenpozen. Andy hoorde dat Emily begon te huilen, en ze realiseerde zich dat ze Emily in die tien jaar dat ze elkaar kenden nooit eerder haar zelfbeheersing had zien verliezen.

'Ze gaan alleen maar bloed afnemen,' zei ze zo geruststellend als ze kon.

De vrouw leidde het hele gezelschap naar een onderzoekskamer, legde een katoenen ziekenhuishemd van twijfelachtige hygiëne op het bed en vertrok weer, zonder een woord te zeggen.

'Er komt zo iemand om bloed te prikken. Uitkleden is nergens voor nodig,' zei de verpleegkundige van het resort.

'Mooi zo, want dat was ik ook écht niet van plan,' zei Emily, die nog steeds haar buik vasthield.

Er verscheen een andere vrouw in een witte jas, die naar haar klembord staarde en zei: 'Was dit de ziekte van Lyme?'

'Nee,' antwoordde Miles met een bezorgd gezicht.

'Oké, wacht, dan zal ik...'

De hotelverpleegkundige kwam ertussen. 'Vermoeden van appendicitis. Ik wil alleen bloedonderzoek en een röntgenfoto ter bevestiging. De naam is Emily Charlton.'

Na nog eens vijf minuten, waarin ze allemaal grondig hadden gecontroleerd of de naald die gebruikt zou worden brandschoon was, nieuw en in verzegelde verpakking, stak Emily haar linkerarm uit, en ze trok een pijnlijk gezicht toen de vrouw bloed afnam. Vervolgens nam de hotelverpleegkundige haar mee naar een ander vertrek voor een röntgenfoto – kennelijk was het apparaat ineens gerepareerd – en ze kwam terug met het nieuws dat het inderdaad blindedarmontsteking was, zoals ze al vermoedde, en dat een operatie noodzakelijk was, zo spoedig mogelijk.

Bij het horen van het woord 'operatie' trok Emily wit weg, en ze viel bijna van de onderzoekstafel waar ze op zat. '*No fucking way*, dat gaat niet gebeuren.'

Max wendde zich tot de hotelverpleegkundige. 'Is er nog een ander ziekenhuis op het eiland? Misschien iets... moderners?'

De verpleegkundige schudde haar hoofd. 'Deze kliniek is niet ingesteld op dit soort operaties, en al was dat wel het geval, dan zou ik het afraden.'

Emily begon nog harder te huilen en Miles zat erbij alsof ook hij ieder moment zou kunnen flauwvallen.

'Er zullen toch wel vaker hotelgasten geopereerd moeten worden? Hoe pakken we dit aan?'

'Ze zou per helikopter overgebracht moeten worden naar San Juan.'

'Oké. Hoe snel kan dat geregeld worden? Hebben uw andere gasten dat ook gedaan?'

'Nee, ik ben bang van niet. We hadden ooit een vrouw die voortijdig weeën kreeg, en een afschuwelijk geval van niersstenen. O ja, en dan was er nog die oudere heer die een lichte hartaanval kreeg, maar nee, ze zijn geen van allen naar San Juan overgebracht. Patiënten vliegen altijd naar Miami.'

'Hoe lang kan deze operatie wachten?' vroeg Max.

'Het hangt ervan af. Hoe eerder, hoe beter, natuurlijk, want we willen niet dat de appendix knapt. Maar in aanmerking genomen dat de pijn nog niet zo lang geleden is begonnen, en omdat het aantal witte bloedcellen niet schrikbarend hoog is, zou ik zeggen dat we het er wel op kunnen wagen.'

Meer hoefde Andy niet te horen: ze schoot onmiddellijk in de regelstand, op de oude *Runway*-wijze. Ze stuurde Max aan terwijl ze in haar telefoon sprak, brulde bevelen naar Miles en slaagde erin om in minder dan een uur een propellervliegtuigje te regelen terwijl ze zelf al over de hobbelwegen op weg waren naar het vliegveld. Ze zorgde ervoor dat er in Miami een ambulance zou klaarstaan op de landingsbaan en belde een chirurg in het Mount Sinai-ziekenhuis – een oude studievriend van Max – die onmiddellijk een collega zou optrommelen voor Emily's operatie. Vervolgens zwaaiden Andy en Max Miles en Emily uit en keerden ze terug naar het hotel om al hun spullen in te pakken, waarna ze de eerste lijnvlucht naar Miami namen die ze konden krijgen.

Toen Andy afscheid nam bij het vliegtuig, zei Max: 'Fantastisch, hoe je dat doet. Als een echte prof. Ik heb nog nooit zoiets meegemaakt.'

'Zo zie ik het graag,' zei Emily met een flauw lachje. 'Ik heb het haar zelf zo geleerd.'

'Nou, je mag dan een gestoord kreng zijn, je kunt niet tippen aan Miranda,' zei Andy, en ze gaf een klopje op Emily's voorhoofd. 'Daag me de volgende keer maar eens uit.'

De operatie was voorspoedig verlopen, gezien de omstandigheden. Omdat Emily's blindedarm gedeeltelijk gescheurd was, hadden de artsen haar bijna een week in het ziekenhuis gehouden, maar er waren geen grote complicaties opgetreden. Andy en Max waren nog een paar dagen gebleven, lang genoeg om getuige te zijn van het waanzinnige bloemstuk dat werd bezorgd, met een kaartje erbij waarop slechts stond: NAMENS MIRANDA PRIESTLY.

Emily's herstelperiode betekende dat ze hun telefonische bespreking moesten verzetten naar een nader te bepalen datum. Andy ging tevreden aan het werk bij *The Plunge*; een hele, heerlijke week lang zonder de dreiging van een Elias-Clark-gesprek. Ze snuffelde wat rond in de babyboetiekjes bij haar in de buurt, probeerde wandelwagens uit en koos het perfecte sekseneutrale beddengoed uit, in schattig limoengroen met witte olifantjes. Toen

Emily haar twee minuten na de landing in New York belde om te vertellen dat Miles 'ziek goede' kaartjes voor hen vieren had voor de wedstrijd van de Knicks die avond, kon Andy alleen maar haar hoofd schudden. Wie deed het Emily na, recht uit het vliegtuig – en toch om door een ringetje te halen – naar een basketbalwedstrijd, slechts enkele dagen nadat er een orgaan bij haar was verwijderd?

Ze keken nog een poosje naar de warming-up van het team en gingen toen op aandringen van Andy naar de privéruimte, voor een hapje en een drankje. Andy laadde haar bord vol met garnalencocktail, krabpoten met veel boter, kip van de barbecue, een maïskolf en genoeg knapperige zoute crackers voor vier personen. Ze zette haar eten even weg op een tafeltje in de hoek om een enorme beker cola te gaan halen (ach, voor een keer kon dat geen kwaad!) en ze nam meteen maar een reuzenstuk chocolademoussetaart mee.

'Jij gaat echt voor de hoofdprijs, hè?' vroeg Emily tussen twee hapjes van haar minibordje rauwkost door.

'Ik ben vijf maanden zwanger en ik word sowieso zo dik als een walvis. Dan kan ik er net zo goed van genieten,' zei Andy voordat ze een hap nam van een grote garnaal.

Emily had het te druk met celebrity's spotten in de kleine vipruimte om zich er druk om te maken. Haar blik ging traag en subtiel het vertrek door en ze speurde ieder gezicht, iedere tas en elk paar schoenen af, totdat Andy zag dat ze grote ogen opzette.

Andy volgde Emily's blik en hapte naar adem, zo hevig dat het stukje garnaal in haar keel schoot. Ze kreeg nog net lucht, maar hoesten hielp niet om het los te krijgen.

Emily wierp haar een verwijtende blik toe. 'Kan het een beetje zachter? Miranda is hier!'

Andy zoog zo veel lucht naar binnen als ze kon en hoestte nog een keer hevig. Uiteindelijk, na wat paniekerig geproest, vloog het stuk garnaal uit haar mond in haar afwachtende handen, waarna ze het in een servetje vouwde en op hun tafeltje gooide.

'Dat is het smerigste wat ik ooit heb gezien,' beet Emily haar zachtjes toe. 'Kots de volgende keer anders gewoon de hele boel onder.'

'Bedankt voor je belangstelling, het gaat wel. Lief dat je zo bezorgd bent.'

'Wat moet Miranda nou bij de Knicks? Ze is geen basketballiefhebber.' Emily gluurde nog een keer haar kant op. 'O, ik zie het al. Ze is met haar vriend, die is zeker fan.'

Andy kneep haar ogen tot spleetjes en tuurde naar de andere kant van het vertrek, waar Rafael Nadal naast Miranda zat. Ze dronken allebei koffie, en Miranda lachte om ieder woord dat over zijn lippen kwam. Ze had een kaarsrecht gebit en haar tanden hadden een normale maat – niets opvallends, in positieve noch negatieve zin – maar de zeldzame keren dat Andy Miranda had zien glimlachen, had ze kippenvel gekregen. De bleke huid werd opgerekt, die dunne witte lippen vormden een nog strenger streepje dan anders en de tanden leken ieder moment te kunnen toehappen als je je te dicht in de buurt waagde... Andy huiverde als ze eraan dacht.

'Jezus, wat een lekker ding,' zei Emily met een zucht; ze deed niet langer moeite om haar gestaar te verbergen.

'Denk je dat ze het met elkaar doen?' vroeg Andy.

Emily keek haar aan en trok haar wenkbrauwen op tot aan het plafond. 'Dat is een geintje, neem ik aan? Hij is haar muze. Haar lievelingetje. Ze zou hem met huid en haar verslinden.'

Andy doopte een krabbenpoot in de boter. 'Kom, dan gaan we de mannen zoeken. Ik wil haar niet opeens tegen het lijf lopen. Ik heb de afgelopen dagen wel genoeg spanning gehad in mijn leven, en jij ook.'

'Doe niet zo idioot.' Emily kwam overeind, ineenkrimpend van de pijn. Ze streek haar haar glad en plukte een paar onzichtbare pluisjes van haar kasjmieren truitje. 'We gaan haar natuurlijk even begroeten. Ze heeft bloemen gestuurd toen ik in het ziekenhuis lag! Het zou ronduit bot zijn om haar daar niet voor te bedanken.'

'Die heeft ze niet zelf gestuurd, Emily. Je weet toch nog wel hoe...'

Maar het was al te laat. Emily hees Andy aan haar onderarm omhoog, op zo'n manier dat het leek alsof ze een loodzware zwangere dame uit haar stoel moest helpen. Met Andy's pols in een ijzeren greep trok ze haar de vipruimte door. 'Gewoon met mij meelopen,' zei ze terwijl ze over het kamerbrede tapijt naar de andere kant van het vertrek liepen. In nog geen tien seconden stonden ze voor Miranda's tafeltje.

Andy keek even naar haar pols, die Emily nog altijd omklemde. Ze hoopte vurig dat het brandalarm spontaan zou afgaan en ze allemaal zouden moeten rennen voor hun leven. Maar er viel alleen een doodse stilte, van alle kanten, tot de in-het-echt-nog-knappere tennisser zijn keel schraapte.

'Heb je iets waar ik mijn handtekening op kan zetten? Of zal ik gewoon een servetje nemen?' Hij keek Emily aan, aangezien Andy strak naar de grond staarde.

'O, nee. Nee, nee, nee,' stamelde Emily op zeer on-Emilyachtige wijze.

Nadal moest lachen. 'Stom van me. Ik zie het al. Jullie komen helemaal niet voor een handtekening, hè? Jullie komen voor mevrouw Priestly.' Met die woorden wendde hij zich tot Miranda en zei: 'Ik wou dat ik net zo veel mooie, jonge aanbidsters had als jij.'

'O, Rafa!' Miranda lachte, en weer spanden haar lippen zich zo griezelig over haar tanden. 'Ik ga bijna blozen.'

Ik ook, dacht Andy. Had Rafael Nadal hen zojuist echt 'mooi' genoemd?

Miranda legde een hand op Nadals arm. Ze giechelde weer.

Emily en Andy wisselden een blik. Miranda zat te flirten!

Gelukkig vond Emily haar stem terug voordat het allemaal nog ongemakkelijker werd. 'Ik ben Emily Charlton en dit is Andy – Andrea – Sachs. Van *The Plunge*?'

Om maar te zwijgen van een flinke periode van legale slavernij, dacht Andy.

'Hartelijk bedankt voor de bloemen! Ze waren prachtig, en het was zo attent van je.'

Miranda nam hen koeltjes op, al wist Andy zeker dat ze hen herkende. En toch gloeiden haar wangen toen Miranda haar traag van top tot teen bekeek. Ze had het liefst haar eigen voeten geamputeerd toen Miranda's blik bleef rusten op haar schoenen (vandaag droeg ze toevallig een paar groezelige All Stars die ze onder uit haar kast had opgediept; ze mocht nu van zichzelf makkelijke schoenen aan). Maar toen Miranda's blik weer naar boven gleed en bleef rusten op haar buik, wilde Andy pas echt op de vlucht slaan.

'Kijk eens aan,' zei Miranda, terwijl haar blik op Andy's middel gericht was alsof ze naar een IMAX-scherm tuurde. 'Zijn we in blijde verwachting?'

'Ja, eh, mijn man en ik krijgen een kindje,' zei Andy haastig, geleid door een onverklaarbare drang om melding te maken van Max' bestaan. 'Ik ben iets over de helft.'

Ze zette zich schrap voor wat er zou komen – waarschijnlijk een opgetrokken wenkbrauw en een opmerking in de trant van: 'Pas op de helft?' – en was dan ook stomverbaasd toen Miranda opnieuw glimlachte. En deze keer was haar lach niet eens griezelig.

'Wat heerlijk voor je.' Het klonk volkomen oprecht. 'Ik ben gek op baby's. Is het je eerste? Je draagt heel mooi.'

Andy was zo in shock dat ze er niet in slaagde te reageren. Ze staarde Miranda alleen maar aan, knikte en wreef beschermend over haar buik. Ze vroeg zich af of ze het wel goed had verstaan.

'Ja, het is haar eerste, en ze willen niet weten of het een jongetje of een meisje wordt. Maar maak je niet ongerust, Miranda, Andrea is pas tegen de zomer uitgerekend, dus we hebben alle tijd om de details van onze...'

Miranda's kille ogen vonkten en haar lippen krulden zich tot twee dunne, sissende cobra's. 'Heb ik je niet geleerd dat het onbeleefd is om bij sociale gelegenheden over zaken te praten?' beet ze Emily toe. Haar hele houding was binnen één tel volledig omgeslagen.

Heb ik je niet geleerd...

Emily deinsde achteruit alsof ze een klap had gekregen. 'Sorry, ik...'

'Miranda, wees niet zo streng,' zei Rafael lachend. Hij ving de blik van een vriend of een fan die bij de bar stond en excuseerde zich. 'Leuk om kennis met jullie te maken. Succes met... alles.' Andy hoorde onmiskenbaar een waarschuwing in zijn stem.

'Het spijt me, Miranda. Ik d-dacht gewoon...'

Miranda onderbrak Emily's gestotter. 'Je kunt morgenvroeg Stanley bellen als je het erover wilt hebben.'

Emily knikte. Andy wilde net zeggen dat ze nodig naar het toilet moest of dat ze maar eens op zoek zou gaan naar hun echtgenoten – alles om daar weg te komen – toen Miranda haar met half dichtgeknepen ogen aandachtig opnam.

'En jij, Ahn-dre-ah: ik zal mijn assistente een kopietje van mijn babylijst laten sturen. Daar kun je veel aan hebben.'

Andy kuchte. 'O, fijn,' zei ze, omdat ze niet wist wat ze anders moest zeggen. 'Dat klinkt goed.'

'Hm. En als je aanbevelingen nodig hebt voor nanny's en oppascentrales en dergelijke: ik ken een aantal heel goede mensen.'

Andy viel nog net niet flauw. Dit was beslist het langste gesprek dat ze ooit had gevoerd met Miranda Priestly zonder dat dat mens haar berispte, commandeerde of vernederde. Even voelde Andy zich schuldig omdat ze dacht: ja, natuurlijk kan Miranda de beste mensen aanbevelen die erin gespecialiseerd zijn andermans kinderen groot te brengen.

Ze keek Miranda glimlachend aan en bedankte haar.

'Het was heel leuk je te zien, Miranda,' zei Emily. Het klonk licht wanhopig. 'Ik hoop je snel weer te spreken.'

Miranda negeerde haar volkomen. Ze knikte naar Andy en ging op zoek naar Rafael.

'Ligt het aan mij of was dat nou het raarste gesprek óóit?' vroeg Andy aan Emily nadat ze Miranda en Nadal hadden zien vertrekken uit de viplounge.

'Wat nou? Ik vond het prima gaan,' antwoordde Emily, maar Andy zag dat ze aangedaan was.

Andy staarde Emily aan. 'Ze vroeg niet eens hoe het met jou ging.'

'Nou, en? Zo is ze gewoon. Dat is niks persoonlijks. Ze deed ronduit lief over je zwangerschap. Ze zei dat je mooi draagt! Dat is in Priestly-land bijna een liefdesverklaring.'

'En vervolgens beet ze jou bijna je kop van je romp met haar scherpe tanden! Zelfs Satan heeft dus schijnbaar een zwak voor ongeboren baby's. Fijn. Maar ik kan niet eeuwig zwanger blijven, Em. Als we de boel verkopen aan Elias-Clark, zul jij een duit in het zakje moeten doen door ook in verwachting te raken.'

Emily trok wit weg. 'Waag het niet om hier...'

Andy moest lachen. 'Ik meen het! Miranda Priestly gedraagt zich alleen maar menselijk wanneer ze bij zwangere vrouwen in de buurt is. Anders is ze een monster. Ik weet dat we er steeds omheen draaien, maar alsjeblieft, je kunt toch niet nog steeds serieus overwegen de zaak aan haar te verkopen?'

Emily zette nog grotere ogen op. 'Overwegen? En óf ik het "overweeg". Ik wíl verkopen! En als jij ook maar een greintje zakeninstinct had, zou je dat ook willen.'

'Als jij een greintje gevoel voor zelfbehoud had, zou je hetzelfde doen als ik: zorgen dat je bij haar uit de buurt blijft.'

'Doe niet zo theatraal!' verzuchtte Emily theatraal.

'Noem jij tien jaar therapie, nachtmerries en flashbacks "theatraal"? Als jij samen met haar de kosten van mijn psychiater wilt vergoeden en je doet er een onbeperkte voorraad slaappillen en tweewekelijkse massages bij, wil ik het wel overwegen. Voor minder doe ik het niet. Ik zou het niet overleven.'

Opeens stonden de mannen voor hun neus. 'Je raadt nooit wie we net gezien hebben,' zei Max, stukken enthousiaster dan hij zou zijn geweest na het spotten van Miranda Priestly.

'Een zekere beroemde moderedactrice?' vroeg Emily serieus.

Max fronste zijn voorhoofd. 'Nee, Megan Fox en haar man. Je weet wel, uit *90210*. Ze zitten vlak naast ons.'

'En ze ziet er in het echt nog lekkerder uit dan op tv,' voegde Miles er behulpzaam aan toe.

Toen ze geen van beiden reageerden, wisselden de mannen een blik. 'Wat is hier aan de hand?'

'We hebben zojuist een Priestly-ontmoeting gehad,' zei Andy, en ze zocht Max' blik voor steun. Tot haar verbazing leefde hij helemaal op.

'Bedoel je Miranda? Echt? Zei ze nog iets over de overname? Is ze kwaad omdat er zo veel tijd is verstreken sinds ze hun bod op tafel hebben gelegd?'

Andy wierp hem een woeste blik toe. 'Er is helemaal niet "veel tijd" verstreken. Het eerste telefoontje kwam na de bruiloft, en toen wilden ze onze kwartaalcijfers nog zien. Miranda is hier degene die van Thanksgiving tot nieuwjaar min of meer vakantie neemt. Het nieuwe jaar is pas een week geleden begonnen, dat valt nogal mee.' Ze wist dat het verdedigend klonk, maar ze kon er niets aan doen.

Miles gaf Max een dreun op zijn rug. 'Kom, dan gaan we wat te drinken halen. Hier lopen de spanningen me te hoog op.'

Max knikte. 'Ik wil alleen zeggen dat áls jullie het doen, je niet te lang moet wachten, want dan denkt ze...'

'Laat het nou maar aan ons over,' zei Andy, en er klonk meer ergernis in haar woorden door dan de bedoeling was.

Max stak een hand op om zich gewonnen te geven. 'Ik geef alleen mijn mening.'

Telkens wanneer ze het erover hadden, ratelde Max maar door over het prestige dat een overname door Elias-Clark met zich meebracht, en dan zei hij dat het een grote eer was om na zo'n korte tijd zo'n indrukwekkend bod te krijgen, en dat het Andy de vrijheid bood om eens iets anders te proberen, iets wat ze heel graag deed – na dat ene helse jaar, natuurlijk.

Andy kon het vermoeden dat hij vooral aan zijn bankrekening dacht niet van zich afzetten; daarnaast wilde hij natuurlijk pochen met zijn slimme investering en zijn slimme vrouw. Ze wist dat Harrison Media Holdings het dit jaar nog slechter deed dan het jaar daarvoor, en Andy's inkomen was dat van Max en vice versa: hij had erop gestaan dat ze in gemeenschap van goederen trouwden – een regeling in Andy's voordeel waar moeder Harrison woest om was geweest –, dus vond Andy het prettig dat Max en zij bij een eventuele overname allebei financieel profijt zouden hebben. Maar waar ze minder blij mee was, was de voortdurende lichte druk die Max op haar uitoefende, subtiel maar onophoudelijk. Ze bemoeide zich toch ook niet met zijn zakelijke beslissingen?

'We staan bij de bar. Vlieg elkaar niet in de haren, oké? De wedstrijd gaat zo beginnen,' zei Miles.

Emily draaide zich naar haar toe, maar Andy kon het niet opbrengen haar aan te kijken.

Toen ze eindelijk opkeek, vroeg ze: 'Wat is er nou?'

'Je gaat hier niet mee instemmen, hè? Nu niet en nooit niet.' Emily vlocht haar vingers in elkaar en het leek haar grote moeite te kosten om haar handen in haar schoot te laten liggen. Ze leek gespannen af te wachten, als een tijger die op het punt staat toe te slaan.

Andy deed haar mond al open voor de zoveelste poging om zich te verdedigen, maar ze sloot hem weer voordat ze een woord had gezegd. 'Het is me nu gewoon te veel, Em. Ik weet dat je daar best begrip voor kunt opbrengen. Ik doe mijn best om bij te blijven op het werk, na al die verloren weken van kotsen en totale uitputting, en binnen een paar maanden komt die baby al – in een noodtempo. Ik moet nog zo veel doen om me voor te bereiden. Dit is sowieso geen geschikte tijd om de zaak te verkopen, laat staan aan háár...'

'Dus je doet het niet?' Emily's verslagenheid was tastbaar.

Natuurlijk deed Andy het niet, en als ze het lef had gehad, zou ze nu eerlijk hebben gezegd: Ik ga nog liever dood of failliet, ik blijf liever voorgoed werkloos dan dat ik nog één dag voor dat mens ga werken. Maar omdat ze nu eenmaal Andy was en niet tegen ruzie kon, omdat ze het verschrikkelijk vond om mensen teleur te stellen, zei ze: 'Ik zeg niet definitief nee, maar voor nu even wel.'

Er verscheen een sprankje hoop op Emily's gezicht. 'Goed. Dat begrijp ik wel. Het wordt je allemaal wat veel nu. En we hebben natuurlijk een fantastisch voorjaar in het vooruitzicht, met veel mooie bruiloften. Stanley heeft zelfs geopperd om eens te brainstormen over een conceptuele samenwerking met Elias-Clark...'

'Ja, laten we die mogelijkheid bekijken als de baby er is.' Andy voelde zich schuldig omdat ze haar vriendin misleidde, maar ze vroeg zich wel af wanneer Emily die Stanley had gesproken, zonder dat zij het wist.

'Als ze dan nog geïnteresseerd zijn,' pruilde Emily.

'Natuurlijk zijn ze nog geïnteresseerd. Tegen die tijd hebben we nóg meer nummers die we kunnen laten zien, meer abonnees, en omdat jij je werk zo goed doet, hebben we dan misschien wel nóg meer adverteerders. Sinds de oprichting zijn we ieder kwartaal gegroeid, en er is geen enkele reden om ervan uit te gaan dat daar verandering in komt. Bovendien: jij weet als geen ander dat het verlangen alleen maar groter wordt als je je moeilijk laat strikken.'

'Ik weet niet of het bij Miranda Priestly ook zo werkt. Ze is niet echt het type dat achter je aan blijft hollen als je je expres moeilijk laat strikken. Maar als het niet anders kan... Ik heb weinig te kiezen,' zei Emily, met een berusting die zeldzaam voor haar was.

'Grote meid!' zei Andy, in een poging haar vriendin aan het lachen te maken.

Emily's verslagenheid duurde maar heel even. Toen zei ze: 'Ik hoop dat de baby je wat milder maakt. Of dat je straks zo dik wordt dat ik je gewoon naar die bespreking kan rollen. Ik zal Stanley deze week bellen om te zeggen dat we een korte onderbreking van de onderhandelingen willen. Tot jouw baby er is.'

Andy knikte. 'Kom, dan halen we wat te drinken om op onszelf te proosten.'

Emily hielp Andy uit haar stoel, een handeling waarbij ze allebei een gekweld gezicht trokken.

'Waar proosten we precies op?' vroeg Andy.

'Ik heb een vaag ziekenhuis op een eiland overleefd, Miranda Priestly heeft min of meer gezegd dat je er prachtig uitziet. En we gaan waarschijnlijk ons bescheiden blaadje verkopen aan 's werelds meest vooraanstaande uitgever. Als dat niet vraagt om een alcoholvrije mojito, dan weet ik het niet meer.'

Andy keek Emily na toen ze zich door de mensenmassa een weg baande naar de mannen; ze zag er weer tevreden uit, en stijlvol als altijd. Andy wist dat ze zojuist een enorme fout had gemaakt – ze had het onvermijdelijke alleen maar voor zich uit geschoven – maar ze nam zich heilig voor het voorlopig uit haar hoofd te zetten. Zo lang als ze maar kon volhouden.

15

Niet niet-proberen is ook proberen, snap je?

Toen ze wakker werd uit een diepe, inktzwarte slaap was het eerste wat Andy opmerkte een uitgesproken lavendelgeur en het elektronisch versterkte geluid van een ruisende branding.

'Wat fijn dat je je hebt kunnen ontspannen,' zei de masseuse zacht, terwijl ze de tafel met de verzameling olieflesjes en warme handdoeken opruimde. 'Zal ik je even van de bank af helpen?'

Andy knipperde verwoed met haar ogen om haar zicht scherp te stellen, maar haar contactlenzen voelden als glasscherven.

'Nee, dank je, dat lukt wel.' In stilte bedankte ze Olive Chase dat ze haar vrijgezellenfeest had gegeven in het wellnesscentrum van het hotel, en dat ze erop had gestaan dat Andy daarbij aanwezig was. Toen Andy had tegengeworpen dat een interview van een uurtje met Olive voldoende was, had de actrice met die prachtige, stralende lach gezegd dat ze een luxueuze zwangerschapsbehandeling voor haar zou boeken, compleet met zoutscrub, melkbad en een volledige lichaamsmassage, waarbij gebruik werd gemaakt van een speciaal voor dat doel ontworpen donutvormig kussen waardoor zwangere vrouwen op hun buik konden liggen. Als ze ooit veel van haar werk hield, was het nu wel. De journalisten van *The New Yorker* mochten gerust vasthouden aan hun integriteit en onafhankelijkheid, zij koos voor een middagje puur genot.

Andy duwde zich met beide armen omhoog in zittende positie en liet het laken tot aan haar middel vallen. Haar buik was nu officieel gigantisch, strakgespannen en zo nadrukkelijk aanwezig dat liggen, zitten en staan allemaal evenveel ongemak opleverden. Het enige moment waarop ze geen last had van de druk en het zware gevoel was als ze volledig ondergedompeld was in water, dus bracht Andy tegenwoordig zo veel mogelijk tijd door in bad. Nu ze achtenhalve maand zwanger was, ging ze niet meer iedere dag naar haar kantoor. Maar toen Olive *The Plunge* had uitgenodigd om de feestelijkheden rond haar vrijgezellendag bij te wonen, had Andy die kans met beide handen aangegrepen. De bruiloft van de actrice was pas na haar bevalling, en Andy wilde niet álles hoeven missen.

Ze zette behoedzaam haar voeten op de grond, pakte haar kleren en begon aan de zware taak van het aankleden: positielegging met hoge voorkant, gevolgd door een zeer onaantrekkelijke combinatie van voedings- en sportbeha, met daaroverheen een tuniek met ruches in een afzichtelijke auberginetint. In deze fase was er stomweg niks leuks of stijlvols meer te krijgen. Toen ze haar gezwollen voeten in Birkenstocks schoof (ze kon niet meer bij haar voeten om zelf gespen of veters vast te maken) zei ze in stilte een dankgebedje dat Emily niet in de buurt was om getuige te zijn van deze outfit.

Andy dacht terug aan het drama van de vorige werkdag. Volkomen vanuit het niets hadden ze een telefoontje gekregen van Elias-Clark, het eerste sinds Emily de onderhandelingen in januari op een laag pitje had gezet. Andy was bij de gynaecoloog voor een routinecontrole – een van de laatste, ze kon het bijna niet geloven – toen Emily haar hysterisch opbelde.

'Stanley heeft mijn voicemail ingesproken,' zei Emily ademloos. 'Hij zegt dat het belangrijk is en dat we onmíddellijk moeten bellen. Hoe laat kun je hier zijn?'

'Dat weet ik niet,' zei Andy naar waarheid. 'Ik had al klaar moeten zijn, maar de dokter maakt zich zorgen omdat de baby niet beweeglijk genoeg is. Ik geloof dat ze nog wat onderzoekjes wil doen.'

'Wat denk je, elf uur? Twaalf? Je komt toch nog wel?'

Andy probeerde geen acht te slaan op Emily's complete gebrek aan belangstelling voor haar ongeboren kind.

'Ik kom wel, ja,' zei ze met opeengeklemde kaken. 'Zo snel als ik kan.'

Dokter Kramer was bang dat baby Harrison te 'slaperig' was. Ze had al een onderzoek gedaan, gevolgd door een echo en ten slotte een zogenaamde non-stresstest – allemaal zonder afdoende resultaat. Andy en Max kregen de opdracht te gaan lunchen, waarbij Andy frisdrank met veel suiker of een zoet dessert moest nemen om de baby wakker te porren, en na een uur mocht ze zich weer melden voor een nieuwe non-stresstest. Dokter Kramer had nonchalant gezegd: 'Het is geen reden tot paniek, maak je geen zorgen. Je bent nu zo ver; zelfs al zou ik de bevalling vandaag moeten inleiden, dan nog is het prima.' Max en Andy keken elkaar aan: vandáág? Gelukkig wees de tweede test uit dat alles normaal was, en Andy haalde opgelucht adem. Emily was een stuk minder begripvol geweest.

'Hier, we bellen Stanley onmiddellijk terug,' zei ze terwijl ze achter Andy aan haar kantoor in liep. 'Hou je jas maar aan.'

'Met mij gaat het goed, en met de baby ook. Lief dat je het vraagt,' zei Andy.

'Natuurlijk gaat het goed, anders was je hier nu niet. Maar wat niet goed is, is Miranda Priestly negeren.'

De secretaresse verbond hen door, en Emily wrong zich in allerlei bochten om uit te leggen waarom ze nu pas belde.

Stanley deed alsof hij het niet hoorde. Of misschien hoorde hij het echt niet. Hij zei alleen maar: 'We zijn bereid namens Elias-Clark het bod met twaalf procent te verhogen. Miranda wil uiteraard meteen antwoord.'

Emily gluurde naar Andy, die hevig nee schudde. 'Niet nu!' mimede ze, wijzend op haar enorme buik. 'We hadden afgesproken dat we het er later over zouden hebben.'

Emily zag eruit alsof ze ieder moment een hartaanval kon krijgen. Ze kneep in de telefoon alsof ze daarmee haar woorden kracht kon bijzetten. 'We bellen héél gauw terug,' zei ze. 'Andy staat op knappen. Ik bedoel, zodra de baby geboren is, zijn we in een veel betere positie om...'

Stanleys reactie was niet bemoedigend. 'Ik zal het doorgeven,' zei hij. 'Maar ik hoef jullie niet te vertellen hoe weinig geduld Miranda heeft.'

'Andy gaat niet lang met zwangerschapsverlof.' Emily's knokkels waren inmiddels spierwit. 'Ik bedoel, we zullen het gesprek wel een paar maanden moeten opschuiven, maar dat verandert niets aan…'

'Miranda laat zich niets gelegen liggen aan zwangerschapsverlof,' zei Stanley. 'Zelf heeft ze maar tweeënzeventig uur vrij genomen voor de geboorte van de tweeling.'

'Ja, dat was opmerkelijk,' mompelde Andy in het tweede toestel, en ze tikte met haar wijsvinger tegen haar voorhoofd om aan te geven dat Miranda knettergek was.

Stanley schraapte zijn keel. 'Laat hier geen misverstanden over bestaan: wachten is niet haar sterkste kant. Maar jullie schema ligt vast, dat is duidelijk. Tot ziens.'

Nadat hij de verbinding had verbroken, keek Emily Andy verwilderd aan. 'Straks kunnen we het vergeten!'

Andy staarde haar aan. 'We hadden het afgesproken. Eerst de baby, dan praten we verder.'

'Misschien moeten we alvast onze jurist daarheen sturen om te gaan praten. Om de hobbels glad te strijken. Tijdrekken.'

'Dat is geen oplossing. Even serieus, Em, ze hebben hun bod verhoogd. Ze willen *The Plunge* dolgraag hebben. Afwachten heeft voor ons alleen maar gunstig uitgepakt. Nog een paar maanden extra kan geen kwaad.'

'Die zwangerschap van jou wordt op deze manier een excuus voor álles.' Emily zei het zachtjes, maar Andy kon haar frustratie voelen.

Nog diezelfde middag werden er per koerier twee dozen bezorgd in het overbekende Hermès-oranje met een bruin lint: voor ieder drie armbanden, stuk voor stuk verschillend en allemaal even mooi. Emily wist niet hoe snel ze die moest omdoen. Andy bekeek de hare met een glimlach. Misschien werkte het toch wel bij Miranda, je expres moeilijk laten strikken.

Andy huiverde nu ze eraan terugdacht. De masseuse bracht haar naar de ontspanningsruimte en hielp haar op een met badstof beklede ligstoel. Even later kwam Olive binnen. Ze droeg een badjas en haar toch al schitterende huid straalde na een gezichtsbehandeling. Voor haar geen rode vlekken of irritaties.

'Hoe was het?' vroeg ze aan Andy, met een schaaltje gedroogde abrikozen en amandelen onder handbereik.

'Goddelijk. Ronduit goddelijk,' zei Andy, alsof ze het tegen een goede vriendin had.

Het had iets onwerkelijks om zo gezellig te babbelen met misschien wel de beroemdste vrouw op aarde. De films met Olive Chase hadden wereldwijd 950 miljoen dollar opgebracht. Ze werd overal herkend, van de bedoeïenenwoestijnen in Egypte tot de ijsvlakten in Siberië en de meest afgelegen gehuchten in het Amazonegebied. Haar romantische verwikkelingen werden uitgebreid uit de doeken gedaan en geanalyseerd en ze liet een spoor van mislukte relaties achter, als doodgereden dieren langs de snelweg. De wereld had de hoop opgegeven dat ze een man zou vinden, liefhebben en houden, en haar status als mooiste single vrouw aller tijden was stevig verankerd – tot groot verdriet van honderdduizenden gewone mannen, die er heilig van overtuigd waren dat ze voor haar in de wieg gelegd waren – toen ze opeens op de rode loper verscheen met... een gewone man.

Je kon proberen het verhaal achteraf op te poetsen of zelfs volledig te herschrijven, maar Clint Sever was en bleef een doodgewone jongen: opgeleid tot technicus, maar tegenwoordig met hart en ziel webdesigner. Toen ze elkaar een jaar terug onder onduidelijke omstandigheden hadden leren kennen (Andy's eigenlijke doel voor het komende interview was meer details over de eerste ontmoeting zien los te peuteren), woonde Clint in Louisville, Kentucky, een wereld van verschil met de glitter en glamour van Hollywood, en schijnbaar was de enige Olive Chase-film die hij ooit had gezien een kerstspecial van twintig jaar terug. Hij was negenentwintig, volkomen gemiddeld van lengte, gewicht en voorkomen, en in alle interviews die Andy had gezien leek hij volslagen onaangedaan door zijn nieuwe leven en de megasterrenstatus van zijn verloofde. Hij had tevreden ingestemd met huwelijkse voorwaarden waarin werd bepaald dat hij niets kreeg bij een eventuele scheiding, nul komma nul, hoe lang het huwelijk ook mocht duren, hoeveel kinderen ze ook mochten krijgen en hoeveel Olive ook verdiende in de jaren dat hij met haar getrouwd was. Hij gaf braaf interviews, liep mee over de rode loper en woonde op verzoek sterrenfeestjes bij, maar hij leek niet onder de indruk, geïntimideerd of overrompeld door dat alles, of zelfs maar meer dan matig geïnteresseerd.

Olive daarentegen hield maar niet op over haar 'nieuwe man', 'de sexy nieuwkomer' in haar leven, en ze noemde hem 'degene die me gelukkiger maakt dan ik ooit voor mogelijk had gehouden'. Hoewel ze tien jaar ouder was dan Clint en ze het bed had gedeeld met vrijwel iedere beroemde acteur, sporter en muzikant die er maar te vinden was (en ze sloot vrouwen ook niet uit, zo ging het gerucht), was Olive nu schijnbaar halsoverkop verliefd geworden op haar gewone sterveling, en ze wilde niets liever dan erover vertellen.

'Mooi! Dit is zo'n heerlijke plek.' Olive trok haar veulenbenen onder zich op de ligstoel naast Andy. 'Voorlopig komt er niemand, dus kunnen we nu wel even praten.'

'Fijn.' Andy haalde haar notitieblok tevoorschijn, maar Olive had duidelijk geen haast om met het interview te beginnen.

Ze wenkte een medewerkster die discreet bij de deur stond en zei: 'Schat, zou jij misschien de regels willen overtreden door ons wat stevigers te schenken? Ik geloof niet dat ik het vandaag red op thee.'

De vrouw keek stralend naar Olive. 'Natuurlijk, mevrouw Chase. Wat kan ik u brengen?'

'Voor mij heel graag een Patrón-margarita. Zonder zout.' Ze zweeg even en schudde toen haar hoofd. 'Trouwens, doe maar extra zout. Wat kan mij het schelen als ik vocht vasthoud.' Aan Andy vroeg ze: 'Voor jou een Shirley Temple? Nee, ik denk het niet, met al die rode kleurstoffen. Van die rare cocktailkersjes krijg je volgens mij vanzelf kanker. We doen voor jou een Pellegrino!'

Andy vond haar meteen leuk.

'Ik heb Daphne, mijn pr-medewerkster, geloosd,' zei Olive, en ze boog zich samenzweerderig naar Andy toe. 'Wat zal ze pissig zijn! Maar jezus, wat kan er nou helemaal gebeuren? Je schrijft voor een bruidsblad! Het is niet bepaald een interview met *60 Minutes* of zo.'

'Dat kun je wel zeggen,' zei Andy, blij dat ze een paar minuten alleen had met Olive, zonder opgelegde regeltjes. Als ze haar lekker kon laten doordrinken, zou ze straks kunnen vragen wat ze maar wilde. De publicatierechten voor de eerste huwelijksfoto's waren al verkocht aan *US Magazine*, maar Andy hoopte dat ze met het meest complete verhaal kon komen, vergezeld van tientallen gevarieerde foto's die verder gingen dan de gebruikelijke vier pagina's van US, een haastklus omdat het blad binnen zesendertig uur na het feest in de winkels moest liggen.

'Wanneer ben je uitgerekend? Zo te zien kan het niet meer lang duren.'

Andy moest lachen. 'Zo voelt het ook. Maar toch heb ik nog een paar weken.'

Olive keek verlangend naar haar buik. 'Ik zou dolgraag zwanger willen zijn. Wordt het een jongen of een meisje?'

'Dat weet ik nog niet. Ik vind het wel een prettig idee dat er na dat zware werk nog een verrassing komt.'

Er trok een blik over Olives gezicht die Andy niet goed kon plaatsen. Iets zei haar dat ze op een ander onderwerp moest overgaan, maar Olive was haar voor.

'Goed, waar zullen we beginnen? Wil je, zeg maar, mijn hele jeugd horen? Zal ik beginnen bij de bevruchting?'

Andy moest lachen. Olive was heel anders dan alle andere beroemdheden die ze ooit had geïnterviewd. Harper Hallow en Mack hadden een nieuwe grens gesteld (althans voor Andy) als het op roem aankwam. Dan was er nog de bekende styliste geweest die haar eigen tv-programma had; de beruchte vrouwelijke kok die haar personeel de huid vol schold en beledigde; de jonge countryzangeres die ging trouwen met een veel oudere popzanger; de vrouwelijke tennisser die de ranglijst aanvoerde; de reality-tv-ster die het *Housewives*-verhaal was ontstegen en wier naam nu op ieders lippen lag; en de Spaanstalige Oscarwinnares met het adembenemende figuur. Onder hen waren veel zeer bekende namen. De meesten waren zo gek als een deur. Ze waren allemaal op hun eigen manier aantrekkelijk en intrigerend. En hier zat Olive Chase, zonder enige twijfel de beroemdste en meest succesvolle van allemaal, en ze leek zo... gewoon. Een figuur om een moord voor te doen, schitterend haar, mooie huid, aanstekelijke lach... alles was aanwezig. Maar dat ze ook ontwapenend zou zijn, bereid om alles te bespreken (en nog wel zonder pr-dame!), zo iemand van wie je meteen het gevoel hebt dat ze je beste vriendin zou kunnen worden, dat had Andy niet verwacht.

'Misschien moeten we beginnen met jullie ontmoeting,' zei Andy met haar pen in de aanslag, en in stilte hoopte ze vurig dat Olive meer te bieden zou hebben dan wat vage clichés.

'O, dat is makkelijk. We hebben elkaar leren kennen zoals iedereen elkaar tegenwoordig leert kennen: op internet.'

Andy probeerde haar enthousiasme te beteugelen. Ze had nog nergens gelezen dat Olive haar date online had gevonden. 'Ik denk niet dat veel beroemde mensen iemand leren kennen op internet. Was je niet bang dat je privacy in het geding kwam?'

Olive nam nog een grote slok van haar margarita en streek haar glanzende, zijdezachte haar naar achteren. Nadat ze even over de vraag nagedacht leek te hebben, knikte ze. 'Natuurlijk wel. Maar ik moest toch iets! Ik kan je niet vertellen aan hoeveel acteurs, sporters, modellen, muzikanten, bankiers en allerlei andere vervelende types ik de afgelopen jaren ben voorgesteld. Ik geloof dat ik zo'n beetje met iedere eikel van Noord-Amerika op stap geweest ben, en ook nog aardig wat uit Europa. Maar dan zat ik 's avonds laat thuis, alweer in mijn eentje, te surfen op de gewone websites van normale mensen. Wat een hoop leuke kerels! Grappige, charmante, fijne mannen. Mannen die gedichten schreven of van diepzeevissen hielden, die met eigen handen een huis bouwden of lesgaven aan een middelbare school. Ik heb gemaild met een vader in Tampa die in zijn eentje drie kinderen grootbracht nadat zijn vrouw was gestorven aan eierstokkanker. Kun je het je voorstellen?'

Andy schudde haar hoofd.

'Ik ook niet! Ik heb nooit zulke mensen ontmoet, alleen maar kerels die me duidelijk wilden maken hoe knap, rijk of machtig ze waren. En ik moet zeggen dat ik daar klaar mee was. Ik heb een profiel aangemaakt waarin ik volkomen eerlijk was over mijn karakter en persoonlijkheid, heel open, maar dan zonder foto of vermelding van het acteren. Ik had nooit gedacht dat ik zonder foto een reactie zou krijgen, maar die kwamen er dus wel. Je zou ervan staan te kijken. Clint was een van de eerste mannen met wie ik ben gaan mailen, en het klikte meteen tussen ons. Soms stuurden we elkaar tien, twaalf berichten per dag. Na twee weken zijn we begonnen met bellen. We hebben elkaar leren kennen op zeg maar de meest essentiële manier die je maar kunt bedenken, want het stond helemaal los van uiterlijk, geld of status.'

'Ik snap wel wat daar fijn aan is,' zei Andy, en dat was niet eens niet ver van de waarheid.

'Hij werd verliefd op de persoon die ik echt ben, niet op mijn mediacreatie.'

'Hoe hebben jullie elkaar voor het eerst ontmoet?' Andy moest zich weer inhouden; ze moest niet te gretig overkomen. Ze had geen idee waarom Olive haar details toevertrouwde die ze niemand anders had verteld, maar ze wilde niets liever dan dat ze daarmee doorging.

'Eens kijken, dat was denk ik nadat we elkaar een week of vijf, zes lang dagelijks hadden gesproken. Tegen die tijd wist hij dat ik in LA woonde, hij dacht dat ik aankomend actrice was. Hij bood aan om naar me toe te komen, maar ik kon het risico niet nemen dat we voortdurend fotografen achter ons aan zouden krijgen. Bovendien was mijn huis misschien een beetje intimiderend voor hem. Dus ben ik naar Louisville gegaan.'

Olive sprak het uit zoals de plaatselijke bewoners dat doen: *Loe-ah-vil.*

'Je bent naar Louisville gegaan?' Andy deed haar best, maar uit haar mond klonk het meer als *Loe-wee-ville.*

'Inderdaad. Met een gewone lijnvlucht, overstap in Denver, alles erop en eraan. Ik wilde niet dat hij me van het vliegveld haalde, in verband met eventuele paparazzi. Hij is naar mijn hotel gekomen.'

'In Louisville zit toch zo'n heel mooi, beroemd oud hotel dat pasgeleden...'

'O, ik zat in het Marriott.' Olive lachte. 'Geen penthouse, geen presidentiële suite of privébutler, geen speciale behandeling. Alleen een schuilnaam en een heel gewone kamer in het Marriott.'

'En?'

'Het was fantastisch! Ik bedoel, begrijp me niet verkeerd, de badkamer was nogal smerig, maar onze eerste ontmoeting was geweldig. Ik heb hem naar mijn kamer laten komen, zodat ik niet herkend zou worden in de lobby, en hij zei door de telefoon nog voor de grap dat ik wel heel hard van stapel liep, maar zodra hij voor mijn deur stond, wist ik dat het goed zat.'

Andy nam een slokje van haar water. 'En het ging goed?'

Olive gilde het bijna uit van enthousiasme. 'Meer dan goed. Het was perfect! Natuurlijk wist hij wie ik was zodra hij me zag' – hoe ze het deed, wist Andy niet, maar Olive slaagde erin dat laatste niet verwaand te laten klinken – 'maar ik heb hem uitgelegd dat ik gewoon dezelfde persoon was met wie hij al die weken had gemaild en gebeld. Hij was verbaasd, of eigenlijk behoorlijk geschokt – in zijn nachtmerries was ik een man van tweehonderd kilo – maar we maakten een fles wijn open en praatten over dezelfde dingen als in de voorafgaande weken: de plaatsen waar we graag eens naartoe zouden willen, onze honden, zijn relatie met zijn zus en de mijne met mijn broer. We praatten, zeg maar, heel open met elkaar, als echte mensen. Ik wist meteen dat ik met hem zou trouwen.'

'Echt? Toen al? Ongelooflijk.'

Olive boog zich samenzweerderig naar haar toe. 'Nou, niet meteen, maar in ieder geval na een paar uur, nadat we de beste seks hadden gehad die je je maar kunt voorstellen.' Olive knikte, alsof ze het met zichzelf eens was. 'Ja, toen wist ik het.'

'Hm,' mompelde Andy, met een blik op haar aantekeningen. Ze hoopte vurig dat haar telefoon het allemaal duidelijk vastlegde, want anders zou geen mens haar geloven. Ze keek naar Olives nog halfvolle margarita en vroeg zich af of ze al eerder met drinken was begonnen, maar ze kwam nuchter over. Andy's telefoon ging. Ze drukte de beller weg en verontschuldigde zich.

'Neem nou op!' drong Olive aan. 'Ik zit maar te ratelen, geef een ander ook een kans.'

'Welnee, het is vast niet belangrijk.'

'Neem op!'

Andy keek naar Olive, die haar brede Hollywood-glimlach tevoorschijn had getoverd, en ze wist dat ze haar moest gehoorzamen. Ze nam op, maar de beller had al opgehangen.

'Net te laat,' zei ze, en ze zette haar telefoon weer op de dictafoonfunctie.

'Ben je getrouwd? Was het een ongelukje? Ben je een alleenstaande moeder met een zaaddonor? Dat laatste had ik zelf ook bijna gedaan.'

Andy moest lachen, en ze moest meteen aan haar oma denken. 'Nee, gewoon ouderwets getrouwd. Al zou je wel kunnen zeggen dat de zwangerschap een ongelukje was.'

'Wat? Gebruikte je, zeg maar, helemaal niks terwijl je tegen iedereen zei dat je nog niet probeerde zwanger te worden? Dat vind ik de beste strategie. Ik zeg altijd: schat, wie niet verdedigend speelt, die speelt aanvallend. Niet niet-proberen is ook proberen, snap je?'

'Tot een paar maanden geleden zou ik het met je eens geweest zijn,' zei Andy lachend.

De vriendelijke vrouw kwam vragen of ze nog iets wilden drinken.

'Ik weet dat veel mensen van mening zijn dat je iemand in zeven maanden tijd niet echt goed kunt leren kennen, maar bij ons is het anders. Het voelt alsof we elkaar al vanaf onze geboorte kennen. Ik kan het niet zo goed uitleggen. Er is gewoon een band tussen ons, en die heeft niets te maken met mijn of zijn werk. Snap je?'

'Ik snap het,' zei Andy, ook al snapte ze het niet. Andy behoorde tot de groep mensen die het gekkenwerk vonden om een verbintenis voor het leven aan te gaan met iemand die je pas zeven maanden kende.

Deze keer ging Olives telefoon. 'Hallo? Hoi, schatje.' Ze knikte en mompelde een hele tijd, en op zeker moment giechelde ze als een tiener. 'Gedraag je, Clint! Ik ben hier met een verslaggeefster. Nee, daar komt niets van in, het is meidendag. Goed. Ik ook van jou.'

Olive klapte haar telefoon dicht en zei tegen Andy: 'Sorry, wat zei je?' Haar telefoon trilde weer, en deze keer pakte Olive het toestel om een sms te lezen. 'Zo te zien zijn de andere meiden bijna klaar. Heb je alles wat je wilde weten? Ga gerust mee om de anderen te ontmoeten...' Het was lief aangeboden, maar Andy voelde dat de actrice hoopte dat ze het aanbod zou afslaan.

'Eh, goed. Ik had het nog even over de bruiloft willen hebben. Ik kan zelf niet komen vanwege mijn zwangerschapsverlof, maar mijn collega Emily is er wel.'

Olive trok een pruilmondje. 'Ik wil dat jij komt.'

Andy viel bijna in katzwijm. 'Dat zou ik ook heel graag willen. Santa Barbara is heerlijk, maar ik denk niet dat ik de baby alleen kan laten. Misschien kun je me vooraf wat bijzonderheden geven over de jurk, de bloemen, hoe je het eten en de decoraties hebt uitgekozen, dat soort dingen?'

'O, dat moet je maar met mijn stylist doornemen. Zij heeft alles uitgezocht.'

'Alles? De jurk toch niet?'

Olive knikte en ging staan. 'De jurk, het eten, de bloemen, de muziek waarop we naar het altaar lopen, alles. Ze kent me door en door. Ik heb gezegd dat ze maar moest kiezen wat zij het mooist vond.'

Zoiets had Andy nog nooit gehoord, in al die jaren dat ze nu over bruiloften schreef. Olive Chase wilde niet zelf zulke beslissingen nemen over de belangrijkste dag van haar leven? Echt niet?

Andy's ongeloof moest van haar gezicht af te lezen zijn, want Olive begon te lachen. 'Ik heb de juiste man gevonden! Na ruim twintig jaar gebruikt en belazerd te zijn, na twintig jaar eenzaamheid, heb ik mijn zielsverwant gevonden. Sorry dat ik het zeg, maar dan interesseren die bloemen me toch geen reet?'

Andy kwam ook overeind, minder elegant dan Olive, en ze glimlachte. Ze had dit kunnen afdoen als het verschil tussen een bruid van negenendertig en een van vijfentwintig, maar ze geloofde ergens ook wel dat Olive Chase, beroemd vanwege haar schitterende borsten en haar vermogen om op commando te huilen, iets had ontdekt waarvan anderen geen weet hadden.

'Daar zit wat in,' zei Andy, al had ze nog veel meer willen zeggen.

'Goed, bedankt voor de margarita en de gezelligheid. Ik ga de meiden maar eens opzoeken. Het was echt leuk je te ontmoeten.' Olive lachte naar haar.

'Dank je wel,' zei Andy, en ze zwaaide Olive, die al bijna het vertrek uit was, halfslachtig na. 'Veel succes ermee.'

Olive had haar telefoon al uit haar tas opgediept en lachte er nu blij in. Andy liet zich weer in de ligstoel zakken en slaakte een zucht. Ze had fantastische nieuwtjes gescoord over de beroemdste vrouw ter wereld, en ze kon alleen maar denken aan Olives woorden vlak voor het afscheid: *Ik heb mijn zielsverwant gevonden. Dan interesseren die bloemen me toch geen reet?*

Andy strekte haar benen en staarde naar de hoge daken van de omliggende gebouwen. Ze nam een slokje van haar water met limoen en ademde diep in; ze hoopte dat de vriendelijke vrouw haar nog een paar minuutjes met rust zou laten. Ze wilde nog even de tijd nemen voordat ze zou terugkeren naar de hectiek van de stad, naar alles wat ze nog moest doen voordat de baby kwam, en de zakelijke telefoontjes en Emily's niet-aflatende paniek; even zitten mijmeren over wat Olive daarnet had gezegd. Als ze het zichzelf nu toestond, zou Andy terugdenken aan haar eigen bruiloft, hoe ze die tot in de puntjes had gepland. De hoeveelheid tijd en aandacht die ze erin had gestoken om ervoor te zorgen dat alles precies goed was. Ze had gestaag de drie jaar verkering met Max doorlopen, als vanzelfsprekend, omdat hij knap, succesvol en charmant was; omdat het makkelijk was en hij de goedkeuring van haar familie en vrienden kon wegdragen, en natuurlijk omdat ze van hem hield. Ze liep in de pas, deed wat er van haar werd verwacht. En dat met een man die de perfectie naderde: rijk, knap, aardig, en met een kinderwens. Maar had ze ergens iets over het hoofd gezien? Voelde dit huwelijk onvermijdelijk? Ze hield van Max, natuurlijk hield ze van hem, maar was hij echt haar... zielsverwant? Hield Andy net zo veel van Max als Olive van Clint?

Met een zucht zette ze haar glas water weg. Waarom moest ze zichzelf per se zo kwellen? Max was perfect, als echtgenoot en als aanstaande vader, en jawel, ook als zielsverwant. Het was toch heel gewoon om vlak voor de bevalling nerveus en van slag te zijn? Zo verging het alle zwangere vrouwen. Andy gluurde even om zich heen om zich ervan te verzekeren dat ze alleen was en toetste toen Max' nummer in. Hij nam niet op, maar alleen al het geluid van zijn stem op de voicemail werkte geruststellend.

'Hoi, schat,' fluisterde ze. 'Ik bel zomaar even. Ik kom zo naar huis en ik kan niet wachten tot ik je weer zie. Ik hou van je.' Ze klikte de verbinding weg en wreef glimlachend over haar buik. Het zou niet lang meer duren.

16

Laat hem een proefritje maken

'Oh my god, wat een schatje! Kom eens hier, liefje, je tante Lily heeft zo lang moeten wachten om je te zien. Wauw, wat lijk je veel op je papa!'

'Ja, het is bijna eng, hè?' zei Andy. Ze hield de baby voor Lily omhoog. 'Lily, dit is Clementine Rose. Clem, dit is nou tante Lily.'

'Die ogen! Zijn ze groen? En al dat zwarte haar! Wat een geluksvogeltje, al bij de geboorte zo veel haar. Het is net of je naar een heel lieve, vrouwelijke miniversie van Max kijkt.'

'Ja, hè?' Andy keek toe hoe haar dochter aandachtig haar oudste vriendin bekeek. 'Ze schijnt ook op de vader van Max te lijken. "Rose" is een verwijzing naar Robert. Het lijkt wel of ik niet meer ben dan een broedmachine om Harrison-klonen voort te brengen.'

Lily moest lachen.

Andy miste Lily erger dan ooit sinds de geboorte van Clementine. Ze had wel een paar nieuwe kennissen opgedaan in het moedergroepje waar ze zich een paar maanden geleden bij had aangesloten, maar ze voelde zich bijna altijd eenzaam. Niet gewend aan de eindeloze vrije tijd van haar zwangerschapsverlof sleepte ze zich in een roes van slaapgebrek van taak naar taak, en de dagen vloeiden in elkaar over in een vrijwel identiek patroon van borstvoeding geven, kolven, luiers verschonen, badje, aankleden, wiegen, zingen, wandelen, koken en schoonmaken. Activiteiten die Andy vroeger tussen haar hectische werkzaamheden door had weten te doen – de was, boodschappen, even naar het postkantoor of naar de drogist – slokten nu uren en soms zelfs hele dagen op, aangezien Clementine met haar niet-aflatende behoefte aan aandacht altijd voorging.

Andy vond het heerlijk om bij haar dochter te zijn, en al zou ze de momenten niet willen missen dat ze knus samen in bed lagen of zij midden op een warme zomerdag een broodje at aan de High Lane terwijl Clem haar flesje dronk, of wanneer ze samen in de beslotenheid van de huiskamer dansten op de cd *Greatest Hits* van Chicago, toch viel de dagelijkse sleur haar zwaarder dan ze ooit had gedacht.

Moeder Harrison vond het een gruwel dat Andy weigerde een vaste oppas in dienst te nemen – er was in de hele geschiedenis geen Harrison-baby geweest zonder eigen verzorger – maar Andy hield voet bij stuk. 'Als het aan je moeder lag, zou ze nog een zoogster voor me regelen,' had ze gezegd na een bijzonder onaangenaam bezoek van haar schoonmoeder, maar Max had er alleen maar om gelachen.

Andy's eigen moeder kwam één keer in de week om haar gezelschap te houden en te helpen met de baby, en dat waren dagen waar Andy voor leefde, maar verder was er weinig interactie met de buitenwereld. Jill was terug naar Texas. Emily dacht er altijd braaf aan om naar Clementine te informeren, maar Andy wist zeker – en had er begrip voor – dat ze niet belde om te informeren hoe vaak Clem die ochtend had gepoept en of ze fijn bij mama op de buik had gelegen. Emily wilde maar één ding: de onderhandelingen met Elias-Clark heropenen. Miranda en Stanley cirkelden als haaien om hen heen, en Emily telde letterlijk de dagen tot het einde van Andy's verlof af. De enige die eindeloos kon en wilde praten over voedingen om vier uur 's nachts en de voor- en nadelen van het fopspeentje was Lily, en die zat duizenden kilometers verderop en had het druk met haar eigen kind en was in verwachting van de tweede.

Andy zag Lily naar haar kijken toen ze zich behoedzaam op de bank liet zakken. Het was één uur 's middags, maar Andy liep nog rond in een joggingbroek van Max, op dikke pantoffelsokken die eruitzagen als Uggs-voor-binnen, en haar dikke sweater met capuchon was zo groot en breed dat hij ooit van een rugbyer geweest moest zijn.

'Voelt het nog steeds niet normaal daarbeneden?' vroeg Lily medelevend.

'Het lijkt er nog niet op.' Andy knikte naar de limonade die ze voor Lily had neergezet.

Lily nam glimlachend een slok. 'Ze zeggen dat je het vergeet, en ik had het niet voor mogelijk gehouden, maar ik zweer je dat ik me er niets meer van kan herinneren. Behalve de pijn van de hechtingen naderhand. Die vergeet ik niet meer.'

'Ik weet nog steeds niet of ik het je wel kan vergeven dat je me niet beter hebt voorbereid. Ik beschouw je als mijn beste vriendin. Jij had dit al eens doorgemaakt, en je hebt me er verdomme niks van verteld.'

Lily sloeg haar ogen ten hemel. 'Natuurlijk niet! Dat is de code waaraan alle vrouwen zich horen te houden. Die regel is nog belangrijker dan niet met de exen van je vriendinnen naar bed gaan.'

'Het is gelul, dat is het. Ik vertel iedereen die het horen wil alle bloederige details. Vrouwen hebben recht om te weten wat ze moeten verwachten. Dat hele geheime genootschap van ervaringsdeskundigen slaat nergens op.'

'Andy! Waar had je vooraf graag meer over willen weten? Dat persweeën voelen alsof je doormidden wordt gescheurd? Had je daar wat aan gehad, zou je het dan makkelijker doorstaan hebben?'

'Ja! Misschien had ik dan niet gedacht dat ik doodging. En verder... even denken. Verder was het ook wel fijn geweest als ik had geweten dat het normaal is om tot je enkels in het bloed te baden, de eerste keer dat een verpleegster je helpt plassen, dat je wordt gehecht op plaatsen waarvan je het bestaan niet eens wist, en dat borstvoeding geven voelt alsof er een piranha aan je tepel knaagt.'

Lily grinnikte. 'En dat een ruggenprik zelden aan beide kanten werkt? Of dat je je serieus afvraagt of je ooit nog iets anders zult kunnen dragen dan de papieren oma-onderbroeken die je in het ziekenhuis hebt gejat? Had je dat vooraf willen weten?'

'Ja! Precies.'

'Ja, hoor. Droom lekker verder. Je zou een zenuwinzinking hebben gekregen als ik je dat soort dingen had verteld, en bovendien had je dan de vreugde van de ontdekking moeten missen.'

'Er klopt gewoon niks van,' zei Andy hoofdschuddend.

'Het hoort zo.'

Andy kon zich nog levendig de schok herinneren – en het ongeloof – toen dokter Kramer na een bevalling van zestien uur een krijsend, met bloed besmeurd baby'tje tussen haar benen vandaan had gehaald met de woorden: 'Het is een meisje! Ze ziet er prima uit.' Pas na tientallen schone luiers en een eindeloze hoeveelheid roze rompertjes, dekentjes, teddyberen en rokjes was het echt tot Andy doorgedrongen: ze had een dochter. Een meisje. Een volmaakt, lief, prachtig dochtertje.

Alsof ze Andy's gedachten kracht wilde bijzetten, slaakte Clementine een kreetje dat deed denken aan een miauwend katje. Andy nam haar van Lily over en bracht haar terug naar de babykamer.

'Hallo, lieverdje,' kirde ze. Voorzichtig legde ze haar op de commode en ontdeed haar van haar jasje, het paarse rompertje en de drijfnatte luier. Ze veegde de babybilletjes droog, strooide er talkpoeder op, deed haar dochtertje een schone luier om en trok haar een roze-met-grijs gestreept T-shirtje met bijpassende maillot aan, en een mutsje in dezelfde tint roze. 'Al klaar, lieverdje. Dat is beter, hè?'

Andy pakte haar op en liep met de baby in haar vaardige armen terug naar de huiskamer, waar Lily druk bezig was haar spullen bij elkaar te zoeken.

'Ik wil niet dat je weggaat.' Andy was bang dat ze zou gaan huilen. De onvoorspelbare jankaanvallen waren de laatste dagen wat afgenomen, maar nu had ze onmiskenbaar een brok in haar keel.

'Ik wil ook niet weg,' zei Lily. 'Ik zal jullie zo missen. Maar ik heb helemaal aan de andere kant van de stad afgesproken met mijn vroegere mentor, en als ik nu niet vertrek, kom ik te laat.'

'Wanneer zie ik je weer?' Andy rekende het in gedachten al uit.

'Jij zult bij mij op bezoek moeten komen als de kleine er is.' Lily sloeg haar trui om haar schouders. Toen ze elkaar omhelsden, voelde Andy Lily's dikke buik tussen hen in. Ze pakte hem met beide handen beet, bukte en zei: 'Lief zijn voor je moeder, hoor. Niet kopjeduikelen daarbinnen.'

'Te laat.'

Ze omhelsden elkaar nog een keer en Andy keek haar vriendin

na toen ze de gang door liep en uit het zicht verdween. Ze veegde een paar tranen weg, hield zichzelf voor dat het door de hormonen kwam en begon de luiertas in te pakken; als Clem en zij niet onmiddellijk vertrokken, zouden ze te laat komen.

Ze liep zo hard als haar verwondingen en de wandelwagen met een huilende Clem toelieten.

'We zijn er bijna, koekie. Kun je het nog heel even volhouden?'

Gelukkig was het niet ver lopen naar de speelzaal waar het moederclubje wekelijks bijeenkwam, want Clementines gehuil was inmiddels overgegaan in klaaglijk gesnik. De andere moeders keken medelevend op toen Andy de baby uit het wagentje tilde, met haar neerzakte op het grote vloerkussen en enigszins ongemakkelijk haar linkerborst tevoorschijn haalde. En ook al hield Clem haar ogen stijf dicht en was haar hele lijfje gespannen van het huilen, ze vond de tepel alsof ze een sonar had en klemde haar mondje er uit alle macht omheen. Andy slaakte een zucht van verlichting. Een snelle blik om haar heen bevestigde dat ze niet de enige was: drie andere vrouwen waren ook in verschillende stadia van borstonthulling, twee anderen verschoonden vieze luiers en drie vrouwen zaten onderuitgezakt op de vloer, met een verdwaasde blik in hun ogen of bijna in tranen over hun spartelende, tegenstribbelende en ongelukkige baby gebogen. Er was maar één vrouw bij die geen afgedragen positiekleding droeg en eruitzag alsof ze had gedoucht: de tante van een van de baby's.

Lori, de leidster van het groepje, een vrouw met krullen die zichzelf 'levenscoach' noemde, ging in de kring van afgetobde moeders zitten, en nadat ze enigszins maniakaal naar elke baby afzonderlijk had gelachen, begroette ze de aanwezigen door een spreuk voor te lezen: '"Het moederschap: hier begint en eindigt iedere vorm van liefde." Wat zegt Robert Browning dat mooi, vinden jullie niet? Zou een van jullie daar iets over kwijt willen?'

De moeder van Theo, een lange, elegante zwarte vrouw die werd gekweld door de vraag of ze haar carrière als jurist al dan niet zou opgeven om fulltime voor haar zoontje te gaan zorgen, slaakte een diepe zucht en zei: 'Hij heeft deze week iedere nacht zes uur aan één stuk geslapen, maar de afgelopen twee nachten werd hij om de drie kwartier wakker, ontroostbaar. Mijn man heeft een paar keer geprobeerd het van me over te nemen, maar nu valt hij steeds in slaap op zijn werk. Wat is dat toch? Waarom gaan we weer de verkeerde kant op?'

Iedereen keek de kring rond. Zo begon elke sessie: zweverige hippiecoach Lori las een mooi, inspirerend citaat voor. Niet één van de aanwezige moeders deed zelfs maar alsof het haar interesseerde, en enkelen reageerden zelfs ronduit vijandig. Onvermijdelijk stelde vervolgens een van hen de vraag die op haar lippen brandde, waarbij Lori's bijdrage volledig werd genegeerd, en de andere moeders haakten er onmiddellijk op in. Het was een vaste gewoonte, een soort onuitgesproken afspraak om de groep te claimen, en Andy moest er iedere keer weer om lachen.

Onwillekeurig stelde ze zich voor dat Emily een keer een van hun sessies zou bijwonen. Ze zou hen ongetwijfeld allemaal meewarig bekijken – afgemat, onopgemaakt, vol spuug- en poepvlekken, hun leven ontdaan van douches, seks, sport en slaap – zoals ze daar in een kring zaten terwijl hun levenscoach haar zweverige citaten opdiepte. En toch was dat tafereel voor Andy ook een enorme opluchting: deze vrouwen waren dan misschien niet haar beste vriendinnen, maar op dat punt in haar leven begrepen ze haar als geen ander. Ze vond het onvoorstelbaar dat ze op zo'n korte termijn een band had opgebouwd met een stel wildvreemden, maar stiekem was Andy dol op hun bijeenkomsten.

'Ik weet precies wat je bedoelt, we zitten in hetzelfde schuitje,' zei Stacy, die bezig was haar voedingsbeha dicht te maken. Haar dochtertje Sylvie, een baby van acht weken met meer haar dan de meeste peuters, liet een grotemannenboer. 'Ik weet dat het te vroeg is om zelfs maar aan slaaptraining te denken, maar ik word echt gék. Vannacht is ze van een tot drie uit bed geweest, helemaal tevreden! Lachen, kirren, naar mijn vinger graaien. Maar zodra ik haar er weer in legde, flipte ze.'

Bethany, die marketingdirector was bij een cosmeticabedrijf, maar naar eigen zeggen zelf nog niet met een eenvoudige lipgloss overweg kon, zei: 'Ik weet hoe je erover denkt, Stacy, echt waar, maar ik zou in dit geval toch eens overwegen haar bij je in bed te nemen. Je moest eens weten hoeveel makkelijker het is nu Micah de hele nacht naast ons ligt. Je rolt gewoon op je zij, steekt er een tepel in en slaapt weer verder. Vergeet even al dat gelul over de ontwikkeling en de band tussen ouder en kind, ik doe het uit pure luiheid.'

Stacy wikkelde Sylvie in haar dekentje. 'Ik heb het gevoel dat ik dat Mark niet kan aandoen. Sylvie neemt toch al negenennegentigkomma-negen procent van mijn tijd en energie in beslag. Moet ik niet op z'n minst dóén alsof ik nog een huwelijk heb?'

'Een huwelijk? Met een baby van twee maanden?' gilde Melinda, de moeder van Tucker, die pas geopereerd was aan een oogkwaal. 'Wat wil je nou zeggen, dat jullie seksleven zo spannend is dat je het niet op het spel wilt zetten door een baby in bed te nemen?'

Ze moesten allemaal lachen. Andy knikte instemmend. Seks was er tussen Max en haar nog niet van gekomen, en ze vond het prima zo.

Rachel, de laatste toevoeging aan het groepje, een tengere blondine met een vlekkerige rode huid en een lang, grillig litteken op haar rechterhand, boog zich naar voren. 'Ik ben net op zesweken-controle geweest.' Ze fluisterde bijna.

'O, nee. Je hebt groen licht gekregen?' vroeg Sandrine met haar licht Franse accent. Haar dochter, een teer poppetje van vier maanden met een dubbele nationaliteit, begon te huilen.

Rachel knikte. Er trok een blik van pure doodsangst over haar gezicht, waarna ze zelf ook in snikken uitbarstte. 'Ethan kan over niets anders meer praten! Hij heeft al weken een aftelkalender op de ijskast hangen, en ik raak al in paniek als ik er alleen maar aan denk. Ik ben er nog niet aan toe!' jammerde ze.

'Natuurlijk ben je er niet aan toe,' zei Bethany. 'Ik moest er de eerste drie maanden ook niet aan denken. En een vriendin van me zei dat het pas na een half jaar niet meer verschrikkelijk was.'

'Max komt ook steeds naar me toe met die speciale blik in zijn ogen, en hij snapt het gewoon niet,' deed Andy een duit in het zakje. 'Ik zweer je dat mijn gynaecoloog vol afschuw naar het tafereel daarbeneden keek toen ik laatst op nacontrole kwam. Hoe kan ik dat aan mijn man tonen?'

'Heel simpel: niet doen,' zei Anita, een stil meisje dat meestal weinig over zichzelf vertelde.

'Mijn zus, die drie kinderen heeft, zweert dat het beter wordt. Je herstelt in ieder geval voldoende om je volgende kind te verwekken,' voegde Andy eraan toe.

'Klinkt lekker. Echt iets om naar uit te kijken,' zei Rachel glimlachend.

'Sorry hoor, maar jullie jagen me de stuipen op het lijf,' zei Sophie, de enige in het vertrek die geen moeder was. 'Al mijn vriendinnen met kinderen zweren dat het wel meevalt.'

'Dat is gelogen.'

'Ze liegen dat ze barsten.'

'En dat blijven ze doen tot je zelf een kind hebt en je hen erop kunt aanspreken. Zo gaat dat.'

Sophie zwaaide lachend haar dikke kastanjebruine haar naar achteren, dat was geknipt in volmaakte laagjes die haar gezicht omlijstten. Ze was de enige onder hen die geen legging, wijde jurk of sweater droeg. Haar nagels waren pas gedaan, haar huid zag er gezond en zongebruind uit. Andy durfde te wedden dat ze haar benen had geschoren en haar bikinilijn geharst, en onder dat nauwsluitende truitje met v-hals zat ongetwijfeld een behaatje met kant en niet zo'n groot geval van corrigerende, extra elastische lycra. Misschien droeg ze zelfs een string. Andy kon het bijna niet verdragen.

Zelfs het kindje dat ze bij zich had zag er schitterend uit. Baby Lola, maar liefst negen weken oud, was van top tot teen in Burberry-ruit gestoken: smokjurkje, maillot, haarband en hoge schoentjes. Ze huilde zelden tijdens hun bijeenkomsten, leek nooit te spugen, en volgens haar tante Sophie sliep ze met zeven weken al de hele nacht door. Sophie kwam iedere week met Lola naar de bijeenkomsten terwijl haar schoonzus, Lola's moeder, lange dagen maakte als kinderarts, met diensten in haar eigen praktijk en in het Mount Sinai-ziekenhuis. Lola's moeder leek te denken dat het groepje een soort speeluur was voor de kleintjes – ook al waren ze geen van allen oud genoeg om zelfs maar rechtop te zitten – en ze had Sophie gevraagd om er in haar plaats met Lola naartoe te gaan. Dus kwam ze braaf iedere week, de slanke, aantrekkelijke Sophie met haar ongetwijfeld ongeschonden vagina; ze bracht een schattig aangeklede Lola mee en luisterde hoe Andy en haar pas bevallen nieuwe vriendinnen klaagden, huilden en om advies smeekten. Het ergste was nog wel dat Andy niet eens een hekel aan haar kon hebben, daar was Sophie te lief en te aardig voor.

'Ik geloof niet dat ik het aankan om nu iets over een normaal seksleven te horen,' zei Rachel, en ze legde haar baby over haar schouder.

'Wees maar niet bang, mijn seksleven is in de verste verte niet normaal.' Sophie staarde strak naar de vloer.

'Hoe komt dat?' vroeg Andy. 'Je woont toch samen met je vriend, die hartstikke gek op je is? Is de idylle verstoord?'

Bij die vraag begon Sophie te huilen. Andy was even geschokt als wanneer ze plotseling voor hun ogen een striptease had gegeven.

'Sorry,' zei Sophie met een piepstemmetje. Zelfs als ze huilde zag ze er nog popperig en lief uit. 'Dat moet ik hier ook helemaal niet vertellen.'

'Vertel ons eens wat er is gebeurd,' zei groepsleider Lori op een irritant geruststellend toontje, duidelijk blij dat ze ook eens een bijdrage kon leveren. 'Wij voelen ons hier allemaal vrij om te spuien wat ons op het hart ligt. Ik weet zeker dat ik namens iedereen spreek als ik zeg dat je hier in veilige handen bent, we willen graag dat je je welkom voelt.'

Het zag ernaar uit dat Sophie haar niet had gehoord of dat ze er, net zoals de anderen, voor koos om Lori te negeren, maar even later, nadat ze voorzichtig haar neus had gesnoten en Lola een kus had gegeven, zei ze: 'Ik ben vreemdgegaan.'

Het bleef een paar tellen stil in het sportzaaltje met de zachte kussenvloer; zelfs geen enkele baby kraaide, en Andy probeerde niet te laten merken hoe geschokt ze was. Uit alles wat Sophie had verteld, bleek dat ze gek was op haar vriend. Volgens Sophie was Xander lief en betrokken, een gevoelige jongen die rekening met haar hield, maar wel op zondag zes uur lang football keek. Ze hadden al jaren een relatie en waren pasgeleden gaan samenwonen, en een paar weken geleden had het in ieder geval nog allemaal heel goed geklonken. Ze hadden het er zelden rechtstreeks over, maar voor Andy's gevoel gingen ze er allebei van uit dat ze zouden trouwen en kinderen zouden krijgen; ook al was Sophie zes jaar jonger dan haar vriend, ze was er zo langzamerhand aan toe.

'Wat versta je precies onder vreemdgaan?' vroeg Bethany, en Andy was opgelucht dat iemand de stilte verbrak.

'Geen gekke dingen,' zei Sophie, die naar haar handen zat te staren. 'We zijn niet met elkaar naar bed geweest of zo.'

'Dan is het geen vreemdgaan,' zei Sandrine. 'Jullie zijn hier in Amerika zo gebrand op de details – of eigenlijk op alles – maar als je van je vriend houdt en hij houdt van jou, dan waait zo'n flirt wel over.'

'Dat dacht ik ook, maar het gaat niet over!' Sophie jammerde nu bijna. 'Het is een leerling in een van mijn fotografiecursussen, dus ik zie hem automatisch drie keer per week. Het is begonnen met een hoop geflirt, voornamelijk van zijn kant, al moet ik toegeven dat ik het erg vleiend vond. Dat iemand zo veel aandacht voor je heeft...'

'Heeft Xander geen aandacht voor je dan?' vroeg Rachel.

Sophie zei handenwringend: 'De laatste tijd amper. Sinds we samenwonen... Ik weet niet wat het is, maar ik voel me net een meubelstuk.'

'Je moest eens weten hoeveel van ons zouden willen dat onze mannen ons bekeken als een meubelstuk,' zei Andy.

De rest van het groepje lachte en knikte.

Bij Sophie kon er geen lachje af. 'Ja, maar wij hebben geen kind samen. We zijn niet getrouwd. Niet eens verloofd! Vinden jullie het niet wat vroeg om dan al als huisgenoten naast elkaar te leven?'

'Wat is er precies gebeurd? Heb je alleen maar geflirt? Neem maar van mij aan dat Xander ook niet gebukt gaat onder schuldgevoel als hij een keer heeft gelachen naar een meisje op zijn werk, en jij moet je ook niet schuldig voelen,' zei Anita.

'Gisteravond na de les zijn we samen gaan eten. Met een paar andere mensen erbij,' zei Sophie snel. 'Maar toen de anderen weg waren, stond hij erop me naar huis te brengen. Eerst hield ik hem een beetje op afstand omdat ik wist dat Xander thuis was, maar uiteindelijk hebben we op de hoek van mijn straat staan vozen. Dat is krankzinnig, want Xander had zo langs kunnen lopen. Goeie god, hoe kon ik dat nou doen?'

'Ik neem aan dat het lekker was?' vroeg Stacy.

Sophie sloeg haar ogen ten hemel en kreunde. 'Lekker? Het was fantástisch.'

Een paar vrouwen joelden. Sophie schonk hun een heel flauw lachje, waarna ze nogal heftig met vlakke hand tegen haar voorhoofd sloeg. 'Het zal nooit meer gebeuren. Zijn jullie het met me eens dat opbiechten om van mijn schuldgevoel af te komen erger zou zijn dan gewoon doen alsof er niets gebeurd is?'

'Natuurlijk moet je het hem niet vertellen!' zei Sandrine hoogdravend. 'Doe toch niet zo preuts.'

Een paar andere vrouwen knikten instemmend, al was het niet duidelijk of ze het met Sandrine eens waren omdat ze gelijk had of omdat ze Frans was.

'Ik voel me zo schuldig. Ik hou van Xander, echt waar. Maar ik begin me af te vragen wat dit wil zeggen...'

'Weet je al wat je gaat doen, de volgende keer dat je... Hoe heet hij eigenlijk?' Dat was Anita, praktisch als altijd.

'Tomás. Ik zie hem morgen bij de cursus. Ik heb natuurlijk gezegd dat het een vergissing was en dat het nooit meer mag gebeuren, maar ik moet de hele tijd aan hem denken. En...' Hier zweeg Sophie, en ze keek nerveus om zich heen. 'Hij heeft me gemaild. Dat hij zich erop verheugt me weer te zien. Ben ik nou een heel slecht mens?'

Een van de baby's begon onbedaarlijk te huilen, en de zoveelste borst werd uit een sweatshirt bevrijd. Het gehuil hield op.

'Wees niet zo streng voor jezelf, Sophie,' zei Andy, die Clementine op haar buik over haar knieën legde en ritmisch op haar ruggetje klopte. 'Je bent niet getrouwd en je hebt geen kinderen, en je bent een hartstikke knappe meid. Laat je lekker gaan! Jullie vinden het misschien belachelijk dat ik dit zeg, maar laat die Tomás maar eens een proefritje maken. Dan kom je hier volgende week in geuren en kleuren vertellen hoe het is gegaan.'

Weer moest iedereen lachen. Wat was dat toch? Waarom leek het feit dat ze geen huwelijksgeloften hadden afgelegd en samen geen kroost hadden voortgebracht te suggereren dat Sophies relatie met Xander minder serieus was dan al die huwelijken om hen heen? Andy wist het niet. Ze voelde zich een tikkeltje schuldig dat ze Sophie aanspoorde om vreemd te gaan, maar het schuldgevoel was minder hevig dan het misschien had moeten zijn. Sophies verkennende zoenpartij met Tomás (die bovendien alleen al door zijn naam sexy leek) klonk spannend, avontuurlijk, precies het soort ongeremde pleziertjes dat je hoorde te hebben voordat je leven werd beheerst door gesprekken over kolven, middeltjes om de ontlasting zachter te maken en zalf tegen luieruitslag. Sophie kwam er heus wel uit: of ze zou teruggaan naar Xander, zekerder dan ooit van wat ze samen hadden – of niet. Misschien was die Tomás de juiste man voor haar, of misschien was dat iemand anders die ze zelfs nog niet had ontmoet. Andy wist dat ze nu met twee maten mat, en ze was zich er sterk van bewust dat er iemand – Xander – gekwetst zou worden, en toch kon ze de gedachte dat het allemaal niet zo veel voorstelde niet van zich afschudden.

Tegen drie uur roerden steeds meer baby's zich, en Lori kondigde aan dat de sessie voor die week was afgelopen. 'Een paar interessante dingen om over na te denken, dames,' zei ze toen iedereen flesjes, fopspenen, bijtringen, spuugdoekjes, dekentjes, voedingsdoeken en pluchen beesten begon in te pakken. 'De volgende keer komt er een slaapspecialist van Baby 911 langs om te vertellen hoe en wanneer je de kleine kunt leren doorslapen. Mail alsjeblieft even als je niet kunt. Ik heb zoals altijd weer inspiratie van jullie gekregen! Nog een fijne week.' Ze verliet het vertrek, zodat de anderen nog even onderling verder konden praten.

De deur was nog maar net achter haar dichtgevallen of Andy hoorde een van de vrouwen naast haar kreunen.

Bethany mompelde: 'Vindt ze het nou echt zo inspirerend dat wij de hele dag in joggingbroek lopen, onder de kotsvlekken en babypoep? Kom op, zeg.'

'Zag je dat gezicht toen ik zei dat we hadden staan vrijen? Ze was duidelijk op zoek naar een gepast citaat ter inspiratie,' zei Sophie.

Andy pakte Clem warm in en nam afscheid van de andere vrouwen. Ze voelden al echt als vriendinnen.

Ze zag pas dat Max thuis was toen ze met de wandelwagen de huiskamer in reed en haar spullen uitpakte.

'Wie hebben we daar?' Hij gaf Andy vluchtig een kus op de wang en richtte onmiddellijk zijn aandacht op Clementine. Als reactie daarop schonk Clem haar papa een brede, tandeloze grijns. Andy lachte instinctief terug. 'Kijk mijn tevreden meisje nou eens,' zei Max, en hij tilde Clementine uit de buggy en nam haar op de arm. Na een vluchtig kusje op haar neus gaf hij haar terug aan Andy.

'Houd haar maar even bij je,' zei Andy. 'Ze vindt het vast fijn om even bij papa te zijn.'

'Ik moet echt even gaan liggen,' zei Max, en hij liep al naar de slaapkamer. 'Het is een ellenlange week geweest. Man, wat een stress.'

Andy liep met hem mee en legde Clem op het bed. 'Heel vervelend voor je, maar ik kan nu echt even een half uurtje gebruiken om te douchen en misschien een bakje cornflakes te eten.' Ze gaf haar dochtertje een kus en legde haar bij Max op het kussen.

'Andy,' zei Max, op die speciale toon die hij soms tegen haar aansloeg. De toon waarmee hij aan één woord genoeg had om aan te geven dat hij ieder moment zijn geduld kon verliezen. 'Ik sta momenteel zwaar onder druk.'

'Daar helpt niets zo goed tegen als een beetje vrolijk babygebrabbel. Geniet van je dochter,' zei Andy voordat ze de deur achter zich dichttrok.

Ze nam een snelle douche in de logeerkamer en kwam tevoorschijn in een yogabroek met een fleecevest. Er stond geen melk meer in de koelkast, maar ze smeerde een boterham met pindakaas en banaan, pakte er een blikje cola light bij en plofte op de bank. Hoe lang was het geleden dat ze tv-gekeken had zonder dat er een baby aan haar borst hing? Of dat ze ongestoord had gegeten? Het was puur genieten.

Ze moest in slaap gevallen zijn, want ineens zaten Max en Clementine naast haar op de bank. Max had Clems pyjamaatje opengeknoopt en kietelde haar buik. Clem beloonde hem met de mooist denkbare lachjes.

'Gaat het een beetje?' vroeg Max terwijl hij Clem onder haar okseltjes kietelde.

'Nu wel.' Ze voelde zich een stuk ontspannener dan daarstraks. Zo ging het de laatste dagen voortdurend: stemmingswisselingen, pieken en dalen, ups en downs.

Clem wisselde haar tandeloze grijns af met verrukte kreetjes.

'Lachte ze nou hardop?' vroeg Max. 'Ik dacht dat ze daar nog te klein voor was.'

Andy kneep in zijn arm.

'Het klonk echt alsof ze lachte.'

Ze had zich altijd voorgesteld dat ze zelf tot over haar oren verliefd zou zijn op haar kind, maar ze had nooit gedacht dat haar man net zo gek op haar zou zijn. Max was een fantastische vader – geïnteresseerd, betrokken, lief en leuk – en er was weinig waar ze zo van genoot als de interactie tussen haar echtgenoot en haar dochter. Ze wist dat er niets aan de hand was, ondanks de kleine territoriale schermutselingen zoals die van daarnet. Sterker nog: voor het eerst in vele maanden zat het helemaal goed. Haar dochter was gezond en tevreden, haar man was lief en meestal vol aandacht, en ze genoot van deze uitputtende maar onbetaalbare maanden met haar pasgeboren baby. De brief van Max' moeder, het feit dat Max Katherine had gezien en dat voor haar had verzwegen... het waren niet meer dan vage herinneringen. Het laatste beetje onrust dat ze voelde werd gewoon veroorzaakt door de hormonen, of door slaapgebrek – of allebei. Ze concentreerde zich op haar gezin. Ze waren samen, moe maar gelukkig, ze genoten van hun kersverse baby en Andy wilde er geen seconde van missen.

17

Een combinatie van James Bond en *Pretty Woman*, met een vleugje *Mary Poppins*

'Ben je bijna klaar?' riep Max vanuit de huiskamer. Andy wist dat hij op zijn gemak een flesje fris zat te drinken. Ze zag hem in gedachten schuin op de bank zitten in zijn donkere Europese pak met de dure Italiaanse loafers eronder, nippend van zijn drankje en scrollend op zijn iPhone. Hij was pas naar de kapper geweest en fris geschoren, en hij rook ongetwijfeld naar shampoo en aftershave met munt, en merkwaardig genoeg ook naar chocolade. Hij verheugde zich natuurlijk op het feest en kon niet wachten tot hij de ronde kon doen langs de mensen die hij kende en die hij leuk vond. Misschien zat hij zelfs ongeduldig met zijn voet te tikken. Ondertussen kreeg Clementine in haar kamertje de fles van Isla, de Australische oppas van tweeëntwintig die Andy had ingehuurd op aanbeveling van het moedergroepje, nadat ze haar gegevens via Google had nagetrokken. Met andere woorden: een wildvreemde.

De bel ging. Even dacht Andy dat het geluid afkomstig was van de televisie, maar toen Stanley begon te blaffen en ze op de camera van de babyfoon zag dat Isla met Clem op de schommelstoel zat, nam ze aan dat het een of andere bezorger was. Misschien iets voor Isla. De vaste telefoon ging, en Andy nam op.

'Ja, stuur maar door naar boven,' zei ze in de hoorn.

'Andrea? Ik wilde alleen even doorgeven...'

De portier werd overstemd door een schelle stem bij Andy's voordeur. 'Hallo, is daar iemand? Hallo?'

'... dat mevrouw Harrison eraan komt. Ze zei dat jullie haar verwachtten.'

'Ja, natuurlijk. Dank je wel.' Andy keek snel naar haar naakte lijf. Ze hoorde Max in de hal voor haar slaapkamer zijn moeder begroeten. Even later stak hij zijn hoofd om de hoek van de deur. 'O ja, mijn moeder is er,' zei hij, en het klonk bijna als een vraag. 'Ze was uitgenodigd voor de opening van een galerie hier om de hoek, dus ze dacht: ik ga even langs om naar de baby te kijken.'

Andy staarde hem aan en zag zijn schaapachtige lachje. 'Dat meen je niet.' En ze dacht: ik kan je moeder nu net zo goed gebruiken als twee gebroken benen.

'Sorry, schat. Die galerie is letterlijk hier om de hoek. En ze heeft over een half uur nog iets anders, ook in de buurt, dus ze zal wel gauw weer weg zijn. We kunnen toch samen wat drinken voor we ieder naar ons eigen feestje gaan?'

'Ik ben nog niet eens aangekleed, Max.' Andy gebaarde naar de puinhoop van handdoeken, zwarte jurkjes en corrigerend ondergoed op het bed.

'Geeft niks, ze komt voor Clem. Neem gerust de tijd, dan schenk ik een glas champagne voor ons in. Ik zie je wel als je klaar bent.'

Het liefst had ze tegen haar man gebruld dat hij met haar had moeten overleggen over deze onwelkome verrassing, maar ze knikte alleen maar en gebaarde dat hij de deur moest dichtdoen. Ze hoorde hoe Max Barbara voorstelde aan Isla – 'Australië, zei je? Wat een interessánt land om...' – en hun stemmen ebden weg toen ze naar de huiskamer liepen.

Andy richtte haar aandacht op een corrigerende onderbroek, geen positiemodel deze keer, maat s. Centimeter voor centimeter wurmde ze het ding over haar bovenbenen, en ze werkten behoorlijk tegen. Het overwinnen van het breedste gedeelte van haar dijen was reden tot vreugde, maar die was van korte duur: de broek moest ook nog over haar kont en buik. Hij sneed en knelde haar hele onderlijf af, en tegen de tijd dat ze de broek eindelijk op z'n plaats had, liep het zweet onaangenaam over haar rug en tussen haar borsten door. Haar haar, dat ze voor het eerst sinds de geboorte van Clem professioneel had laten föhnen, plakte aan haar gezicht en in haar nek. Toen ze een tijdschrift pakte om zichzelf koelte toe te wuiven, slechts gekleed in een huidkleurige, te strakke corrigerende slip en een enorme voedingsbeha waar haar lijf aan alle kanten uit puilde, moest ze lachen. Als dit niet sexy was, wist ze het ook niet meer.

Haar mobiele telefoon op het nachtkastje ging. Als een vetgemest biggetje rolde ze over het bed om op te nemen.

'Het komt nu niet uit,' zei ze automatisch, zoals alleen kersverse moeders dat konden doen.

'Ik bel alleen maar om je sterkte te wensen.' Jills stem klonk hartelijk en vertrouwd, en Andy voelde meteen een vage rust over zich neerdalen.

'Sterkte omdat ik een postnatale, melk lekkende, dikke koe ben in die zee van bloedmooie mensen – of sterkte met het achterlaten van mijn baby bij een vreemde die ik op internet heb gevonden?'

'Allebei!' antwoordde Jill opgewekt.

'Hoe kom ik hierdoorheen?' kreunde Andy, die zich er acuut van bewust was dat ze moest opschieten.

'Zoals iedereen het doet: draag uitsluitend zwart, kijk om de vier of vijf tellen op je telefoon en drink zo veel als de situatie toelaat.'

'Goed advies. Drinken. Telefoon. Nu hoef ik alleen nog mijn lijf in mijn zwarte jurk met lange mouwen te hijsen. Die met de deels open rug, weet je wel? Die ik vóór de baby bijna dag en nacht aanhad?'

Jill moest lachen. Het was geen vriendelijke lach. 'Je bent amper vier maanden verder, Andy. Verwacht geen wonderen.'

Andy keek naar het jurkje dat naast haar op het bed lag. Afhankelijk van haar maat op het moment dat ze het droeg, zat het elegant getailleerd of sexy nauwsluitend, en het was overal voor geschikt, uiteenlopend van een snelle borrelafspraak tot een chique bruiloft, met verschillende accessoires. Maar vanavond leek het alleen geschikt voor poppen, of voor meisjes van hooguit twintig.

'Het gaat niet lukken, hè?' Haar stem was bijna een fluistering.

'Waarschijnlijk niet, nee. Maar wat geeft het? Over een paar maanden kun je het weer aan, dus wat maakt het uit?'

'Het maakt veel uit, want nu heb ik niks om aan te trekken!' Andy wilde niet hysterisch overkomen, maar ze was nog erger gaan zweten en de klok tikte door. Qua jurk was er geen plan B.

'Natuurlijk wel.' Jill sloeg dezelfde toon aan als waarmee ze Jonah toesprak wanneer hij een dwarse bui had. 'De zwarte jurk met de driekwartmouwen. Die je in maart aanhad naar de brunch van oma.'

'Dat is een positiejurk!' jammerde Andy. 'En bovendien was hij geschikt voor de verjaardag van iemand die negenentachtig werd.'

'Kun je nagaan hoeveel dunner je er nu in lijkt.'

Andy zuchtte diep. 'Ik moet echt ophangen. Sorry dat ik niet vraag hoe het met jou gaat. Barbara is hier, ze wilde Clementine zien. Ik zweer je dat ze het expres doet, die ene avond dat ik me niet kan veroorloven om me er druk om te maken, en ik ben toch al een wandelend wrak...' Ze onderbrak zichzelf. 'Er is toch niks aan de hand?'

'Nee, hoor. Ga jij Barbara maar de deur uit werken, en veel plezier vanavond. Het is je eerste uitje in tijden en ook nog eens veelbelovend op werkgebied, en bovendien heb je het verdiend.'

'Dank je wel.'

'Maar denk erom: flink zuipen.'

'Genoteerd. Zwart, telefoon, drank. Doei.' Ze hing op en glimlachte naar de telefoon. Soms miste ze haar zus vreselijk, vooral op avonden als deze.

Max verscheen in de deuropening. 'Ben je nou nog niet aangekleed? Andy, wat is er?'

Andy raapte een natte handdoek van de vloer en hield die voor haar borst. 'Niet naar me kijken!'

Max kwam naar haar toe gelopen en streek door haar zweterige haar. 'Wat is er toch? Ik zie je elke dag naakt.'

Toen Andy niet reageerde, wees hij naar het jurkje dat naast haar lag. 'Dat is te zakelijk,' zei hij lief, en Andy wist dat hij op z'n minst het laatste gedeelte van haar gesprek met Jill gehoord moest hebben en dat hij waarschijnlijk 'klein' bedoelde in plaats van 'zakelijk'. Hij trok haar kast open en nam nonchalant de jurkjes door. Toen haalde hij precies het exemplaar tevoorschijn dat Jill had voorgesteld. 'Hier,' zei hij, en hij stak het haar toe. 'Deze vind ik je prachtig staan.'

Andy snifte, bijna in tranen, en ze trok de handdoek wat steviger om zich heen.

Max haalde de jurk van de hanger en legde hem op het bed. 'Als je deze nou eens aantrekt en even je make-up bijwerkt... De auto staat al te wachten beneden, maar het is nog vroeg. Kom gauw nog even mijn moeder begroeten, dan zijn we daarna meteen weg.'

'Klinkt goed,' mompelde Andy terwijl Max een minieme hoeveelheid *shaping mold* in zijn haar deed en een onzichtbare plooi gladstreek. Ze trok de positiejurk aan. Jill en Max hadden gelijk, het was de enige mogelijkheid, en zo erg was hij nu ook weer niet. Chic? Nee. Sexy? Nee. Maar hij bedekte haar enorme voedingsbeha en haar slappe buik en verhulde haar nog-niet-helemaal-bijgetrokken achterste, en dat was eerlijk gezegd al meer dan ze had durven hopen. Ze trok er een ragfijne panty onder aan, met naad, en een paar Chloé-schoenen met een hak van bijna tien centimeter die haar vóór de zwangerschap al behoorlijk pijnlijke voeten hadden bezorgd en haar nu het gevoel gaven dat ze op Chinese wijze werden afgebonden. Ze negeerde het zeurende gevoel in haar kuiten, dat ongetwijfeld nog voor het einde van de avond zou overgaan in felle pijnscheuten, en ze bracht de nieuwe rode lippenstift aan die ze voor de gelegenheid had gekocht, streek haar geföhnde haar zo goed en zo kwaad als het kon glad en rechtte haar schouders. Was ze weer de oude Andy van vóór de zwangerschap? Niet bepaald. Maar voor iemand die pas een kind op de wereld had gezet zag ze er lang niet slecht uit.

Achter haar floot Max bewonderend toen hij haar via de spiegel bekeek. 'Wat een lekkere mama,' zei hij, en hij sloeg van achteren zijn armen om haar heen.

Heel even liet ze hem aan haar blubberbuik zitten, en ze zei: 'Je vindt die vetrolletjes opwindend, hè? Kom op, geef het maar toe.'

Max begon te lachen. 'Je ziet er fantastisch uit.' Hij omsloot zachtjes met zijn handen haar borsten. 'Deze zijn om van te dromen.'

Andy glimlachte. 'De voorgevel alleen al maakt het bijna de moeite waard, hè?'

'Samen met de kleine. De borsten en de baby doen het 'm voor mij.' Hij leidde haar naar de hal, hielp haar met haar zijden omslagdoek en kneep stevig in haar hand toen Isla de kinderkamer uit kwam met Clementine, die haar oogjes bijna niet open kon houden. Ze werd op de voet gevolgd door Barbara, schitterend gekleed in een getailleerd jurkje met bijpassende blazer en huidkleurige lakleren pumps.

'Hallo, Barbara,' zei Andy. Ze voelde zich plotseling een vormeloze reus naast haar gekapte, elegante schoonmoeder. 'Wat leuk dat je langskwam.'

'Ja, lieverd, ik hoop niet dat het ongelegen komt, maar ik bedacht ineens dat ik mijn kleindochter al weken niet had gezien en ik was in de buurt...' Barbara zweeg even en keek om zich heen in de hal. 'Is hier iets veranderd? Is dat schilderij nieuw? Of misschien die spiegel? Wat een verademing! Ik moet zeggen dat ik nooit erg gecharmeerd ben geweest van de... collage die jullie zo prominent hadden opgehangen.'

'Mam, die "collage" was een mixed-mediawerk van een populaire nieuwe kunstenaar wiens werk door heel Europa te bewonderen is,' zei Max. 'Andy en ik hebben het samen gevonden in Amsterdam en we zijn er allebei gek op.'

'Hmm, je weet wat ze zeggen, hè: over smaak valt niet te twisten,' zong Barbara opgewekt.

Max wierp Andy een verontschuldigende blik toe. Ze haalde haar schouders op. Ze waren nu een jaar getrouwd, en hoewel Andy Barbara's brief aan haar zoon over de keuze van zijn echtgenote niet was vergeten en ze ook niet bepaald aan haar gewend was – ze dacht niet dat ze ooit aan haar zou wennen –, keek ze ook niet langer op van Barbara's gedrag.

In de huiskamer ging Barbara op het puntje van een fauteuil zitten, alsof die wemelde van het ongedierte.

Andy kon het niet laten. 'O, Max, help me herinneren dat we maandagochtend de bestrijdingsdienst bellen. Die is al zo lang niet geweest, het wordt hoog tijd.'

Max keek haar vragend aan. Barbara vloog overeind. Andy kon haar lachen bijna niet houden.

'Heeft ze haar flesje helemaal op?' vroeg Andy aan Isla. Het liefst had ze haar dochter uit de armen van die vreemde geplukt.

'Helemaal, tot de laatste druppel. Ik heb haar een schone luier omgedaan en nu ga ik haar in haar bedje leggen. Ze wilde alleen mama nog even welterusten zeggen.'

'Kom eens hier, mijn kleine schat.' Andy was blij dat ze de kans kreeg om Clementine nog een keer vast te houden zonder zo psychotisch over te komen als ze zich voelde. Ze was Isla er nu al dankbaar voor. 'Lief zijn voor je nieuwe oppas, hè?' Ze kuste haar dochtertje nog één, twee, drie keer op haar bolle wangen voordat ze haar teruggaf aan Isla. Die legde Clementine zachtjes tegen haar schouder en knikte. 'Ik ga haar *Goodnight Moon* voorlezen en in slaap wiegen. En daarna...'

'Vergeet niet haar in haar slaapzakje te leggen,' onderbrak Andy haar.

Max gaf nog een kneepje in haar hand.

'Wat nou?' Ze wierp hem een blik toe. 'Dat is belangrijk.'

Isla zei snel: 'Natuurlijk. In haar slaapzakje, *Goodnight Moon* voorlezen, in slaap wiegen. Het licht dimmen, maar het mag niet helemaal donker zijn, en het ruisapparaat aanzetten. Waarschijnlijk wordt ze rond half tien of tien uur wakker en wil ze weer eten, en anders geef ik haar in haar slaap het flesje dat in de ijskast staat. Ja, toch?'

Andy knikte. 'Als je niet meer weet hoe de flessenwarmer werkt, kun je de melk ook gewoon even opwarmen in een beker met heet water. Maar vergeet alsjeblieft niet te voelen of het flesje niet te warm is voordat je het aan haar geeft.'

'Goed, Andy, zo te horen is alles hier prima onder controle.' Max gaf Clem een kusje op haar voorhoofd. 'Kom even zitten, dan kunnen we daarna gaan.'

'Je hebt onze mobiele nummers, hè, voor alle zekerheid? En op het aanrecht ligt een vel papier met alle telefoonnummers voor noodgevallen. Mijn moeder zit momenteel in Texas, dus aan haar zul je niet veel hebben...' Ze keek even naar Barbara, die aandachtig zat te lezen. 'Misschien is het beter als je gewoon het alarmnummer belt zodra er iets...'

'Ik beloof je dat ik uitstekend voor haar zal zorgen,' zei Isla met een bescheiden, geruststellend lachje, maar desondanks wenste Andy dat ze camera's had geïnstalleerd om haar in de gaten te houden.

Opeens vroeg ze zich geschrokken af hoe het zover had kunnen komen. Ze had bij hoog en bij laag gezworen een coole, relaxte moeder te worden, zo een die zich niet druk maakte om bacillen of babysitters en die niet zo nodig alles biologisch en verantwoord moest hebben. Een moeder die gewoon maar keek hoe het ging en zich niet gek liet maken. Maar dat was veranderd na één blik op dat kleine, kwetsbare wezentje, dat volledig van haar afhankelijk was. Andy had Clementine alleen nog toevertrouwd aan haar moeder, en één keer aan Max' zus, uit nood, toen ze naar de dokter moest en ze Clem niet had willen blootstellen aan de smerige wachtkamer. Ze had alle kruippakjes en rompertjes die ze cadeau gekregen hadden teruggebracht waarvan ze niet heel zeker wist dat ze vrij waren van giftig brandwerend materiaal, net als alle plastic babyspeeltjes waar *Made in China* op stond of waarvan niet was vast te stellen dat ze geen BPA, pvc en ftalaten bevatten.

Ondanks alles wat ze zichzelf, haar man en iedereen die het horen wilde had beloofd, had Andy hemel en aarde bewogen om vast te houden aan Clems schema, een zorgvuldig opgesteld rooster van voedingen, slaapjes, speeluurtjes en wandelingen die vóór alles en iedereen gingen. Niet dat ze nou zo graag een gestoorde moeder wilde zijn die alles per se onder controle moest hebben, maar ze kon het niet laten.

Andy zuchtte diep, ademde langzaam uit door haar mond en forceerde een glimlach. 'Dat weet ik. Dank je wel.' Ze keek toe hoe Isla met Clem naar de kinderkamer liep.

Barbara's stem bracht haar terug naar de werkelijkheid. 'Andrea, liefje? Wat is dit?' vroeg haar schoonmoeder terwijl ze een bundeltje papier omhooghield.

Andy nam plaats op de bank en pakte een glas champagne om zichzelf moed in te drinken. Barbara had waarschijnlijk voor zichzelf besloten dat de bank minder kans bood op ongedierte, want ze kwam naast Andy zitten en sloeg haar benen over elkaar. 'Hier, dit. Er staat op: "Miranda's ultieme babylijst". Die is toch niet van Miranda Príéstly?'

De lijst had op het prikbord boven Andy's bureau gehangen, een plek waarvan ze het nogal merkwaardig vond dat Barbara er had rondgesnuffeld, maar ze kon het nu niet opbrengen daar iets van te zeggen.

'Ach ja, Miranda's lijst. Die heeft ze me vlak na de geboorte van Clementine gestuurd. Miranda is niet zo dol op mensen, maar kennelijk heeft ze wel een zwak voor baby's.'

'Is dat zo?' mompelde Barbara, en haar ogen lichtten op toen ze de lijst doorbladerde. 'Tjonge, hij is behoorlijk uitgebreid.'

'Dat kun je wel zeggen, ja.' Andy keek over Barbara's schouder mee. Ze was bijna flauwgevallen van schrik toen de lijst een paar weken na Clems geboorte was bezorgd, samen met een in roze papier verpakte doos met een witte strik eromheen, en een zilveren rammelaar van Tiffany. Er zat een brief bij met Miranda's briefhoofd en de tekst: 'Gefeliciteerd met de nieuwe aanwinst!' Daaronder, bedekt met zeker vijf lagen tissuepapier, lag de schitterendste nertsdeken die Andy ooit had gezien. Of eigenlijk de énige nertsdeken die ze ooit had gezien. Hij was zijdezacht en gigantisch, en Andy had hem onmiddellijk dubbelgevouwen over het voeteneind van haar eigen bed gelegd, waar ze er elke avond even liefdevol met haar wang langs streek. Clem had er nog niet op overgegeven of gepoept of gekwijld, en als het aan Andy lag, bleef dat zo. Nerts! Voor een baby!

Andy glimlachte bij de herinnering en dacht terug aan wat Emily had gezegd: Miranda moest dit geschenk eigenhandig hebben uitgezocht, want geen enkele assistente zou een grote nertsdeken sturen als kraamcadeau. Aan niemand. Nooit. En alsof dat nog niet bijzonder genoeg was, had ze dus ook 'Miranda's ultieme babylijst' bijgevoegd.

Tweeëntwintig kantjes, met weinig ruimte tussen de regels. Een inhoudstabel met zaken als 'artikelen benodigd voor ziekenhuis', 'artikelen benodigd voor eerste weken thuis', 'toiletartikelen baby' en 'checklist veiligheid'. Uiteraard gaf Miranda ook aanwijzingen voor het samenstellen van de ideale babyuitzet (bij voorkeur van Jacadi, Bonpoint en Ralph Lauren): rompertjes met korte mouw, rompertjes met lange mouw, pyjamaatjes met voet, sokjes, schoentjes, mutsjes, wantjes, broeken met truitje voor jongetjes, kruippakjes of jurkjes met maillot voor meisjes. Washandjes, handdoeken, beddengoed. Wikkeldoeken, dekentjes voor in de wandelwagen en kleden met monogram voor in de kinderkamer. Ze had zelfs een voorkeursmerk voor haaraccessoires.

Maar daar bleef het niet bij. Miranda deed ook aanbevelingen voor kinderartsen, borstvoedingsconsulenten, voedingsdeskundigen, allergologen, kindertandartsen, en artsen die bereid waren huisbezoeken af te leggen. Ze had een lijst opgesteld met de namen van iedereen die je nodig zou kunnen hebben voor het geven van een besnijdenis-, doop- of naamfeest: aanvaardbare synagogen, kerken, moheels, cateraars en bloemisten. Woninginrichters gespecialiseerd in kinderkamers. Een contactpersoon bij Tiffany die het monogram van de baby kon aanbrengen op zilveren lepeltjes, bekers en gedenkbordjes. Een diamantair waar papa het perfecte geboortegeschenk voor mama kon kopen. En het belangrijkst van alles: een lijst van de juiste mensen die een rol konden spelen bij het grootbrengen van de betreffende baby's: nachtzusters, kindermeisjes, babysitters, privéleraren, logopedisten, bezigheidstherapeuten, beroepskeuzeadviseurs en minstens vijf verschillende bureaus – stuk voor stuk geselecteerd door Miranda in eigen persoon – die 'de juiste verzorgers' konden leveren.

Barbara had de lijst inmiddels doorgenomen en legde die op tafel. 'Wat attent van mevrouw Priestly om je haar babylijst toe te sturen,' zei ze. Ze hield haar hoofd schuin en keek Andy aan. 'Ze moet echt iets in je zien.'

'Hm-hm,' mompelde Andy, die geen zin had om Barbara's zojuist ontstane respect voor haar teniet te doen. De lijst was opgesteld door assistenten, dat wist ze heel goed; het enige vleiende eraan was dat Miranda haar personeel had opgedragen hem aan haar toe te sturen. En natuurlijk de nertsdeken, die Andy schaamteloos aan haar schoonmoeder liet zien.

'Spectaculair!' bracht Barbara ademloos uit toen Andy de deken over haar knieën drapeerde, en ze streelde hem eerbiedig. 'Wat een uniek en attent kraamcadeau. Clementine zal er vast gek op zijn.'

Max schonk Andy de laatste druppels champagne bij. In zijn eigen glas en dat van zijn moeder schonk hij Pellegrino. 'Mam, blijf gerust hier als je wilt, maar Andy en ik moeten gaan. De auto staat al twintig minuten beneden te wachten en we zijn nu officieel te laat.'

Barbara knikte. 'Dat begrijp ik, lieverd. Ik kon alleen de kans om mijn kleindochter te zien niet aan me voorbij laten gaan.'

Andy glimlachte grootmoedig. 'Clem vond het ook fijn dat je er was,' loog ze. 'Je bent altijd welkom.'

Ze wees er maar niet op dat Barbara haar geliefde kleindochter niet eens had vastgehouden of zelfs maar een klopje op het hoofd had gegeven. Voor zover zij het had kunnen zien had haar schoonmoeder Clem alleen bewonderd in de veilige armen van haar oppas, en voor het eerst begreep Andy een beetje hoe het voor Max geweest moest zijn om op te groeien met deze vrouw als moeder.

Barbara en zij gingen staan; Andy kuste haar schoonmoeder plichtmatig op de wang en draaide zich om om haar tasje te pakken, maar Barbara legde een hand over de hare. 'Andrea, ik wil iets tegen je zeggen,' zei ze met haar Park Avenue-accent.

Andy raakte in paniek. Max was al halverwege de gang om hun jassen te pakken. Ze kon zich niet herinneren wanneer ze voor het laatst met Barbara Harrison alleen was geweest, en ze kon niet...

Barbara greep nu Andy's beide handen beet en ze werd naar haar schoonmoeder toe getrokken, tot ze zo dichtbij was dat ze haar verfijnde parfum kon ruiken en de groeven rond haar mond kon zien, die zo diep waren dat zelfs de nieuwste en beste *fillers* er niet tegenop konden. Andy hield haar adem in.

'Liefje, ik wilde je zeggen, voor wat het waard is, dat ik je een fantastische moeder vind.'

Andy voelde dat haar mond openviel. Ze was niet minder geschokt geweest als Barbara had opgebiecht dat ze gebukt ging onder een gemene drugsverslaving.

Kwam dit nou puur doordat Miranda Priestly haar belangrijk genoeg had geacht om haar de lijst toe te sturen? Waarschijnlijk wel. Maar het kon Andy niet schelen. Het kon haar niet schelen omdat het desondanks fijn was om te horen, uit de mond van de schoonmoeder die haar niet goed genoeg vond voor haar zoon, en omdat Andy wist dat het waar was: ze had haar onvolkomenheden, net als ieder ander, maar ze was een verdomd goede moeder.

'Dank je wel, Barbara.' Ze gaf een kneepje in de hand van haar schoonmoeder. 'Dat betekent veel voor me, zeker als jij het zegt.'

Moeder Harrison maakte zich van haar los en streek een denkbeeldige lok uit haar ogen. Het moment was voorbij. Maar Andy glimlachte evengoed.

'Nou goed, ik moest maar eens gaan,' zei Barbara op zangerige toon. 'Ik mag beslist niet te laat komen. Iédereen is er vanavond.' Ze aanvaardde Max' hulp bij het aantrekken van haar jas en bood haar zoon vervolgens een wang aan voor een kus.

'Dag, mam. Fijn dat je even langsgekomen bent,' zei Max, en Andy zag aan zijn gezicht dat hij hun gesprek had opgevangen.

Andy wachtte tot de deur achter Barbara dichtgevallen was. 'De wonderen zijn de wereld nog niet uit,' zei ze met een glimlach terwijl ze een kasjmieren sjaal om haar schouders sloeg. 'Ze zei nog net niet dat ze van me hield.'

Max moest lachen. 'Ga nou niet doordraven, hè?' zei hij, maar Andy kon zien dat hij ook blij was.

'Ze houdt van me!' juichte ze lachend. 'De almachtige Barbara Harrison aanbidt Andrea Sachs, moeder der moeders!'

Max kuste haar. 'Ze heeft gelijk.'

'Dat weet ik,' zei Andy glimlachend.

Isla voegde zich bij hen in de gang. 'Ik beloof dat ik goed voor Clementine zal zorgen,' zei ze.

En voordat Andy nog iets kon zeggen of haar baby een laatste kusje kon gaan geven, trok Max haar mee naar de lift en daarna naar de achterbank van de Lincoln Town Car, die naar nieuw leer rook en haar, zoals alle Town Cars, deed denken aan haar jaar bij *Runway.*

'Het gaat vast prima,' zei Max, en hij gaf nog een kneepje in haar hand.

Toen ze in 36th Street, ter hoogte van 10th Avenue, stopten bij Skylight West stond er al een lange rij met soortgelijke auto's. In sommige daarvan zat de chauffeur te wachten, uit andere stapten aantrekkelijke stellen en vriendengroepjes in feestkleding. Andy zwaaide haar portier open nog voordat hun auto helemaal stilstond.

'Het is toch niet te geloven dat Emily dit zo snel voor elkaar gekregen heeft?' vroeg ze zachtjes aan Max terwijl hij haar hielp met uitstappen. 'Een feest om ons driejarig bestaan te vieren is op zich al een uitstekend idee, maar om het te laten sponsoren door Vera Wang en Laura Mercier, dat was een geniale zet.'

Max knikte. 'Dat is heel goed voor de publiciteit. Emily kennende zullen alle grote namen er vanavond wel zijn, en je weet wie er dol is op dit soort feestjes...'

Andy keek hem niet-begrijpend aan. 'Wie dan?'

'Elias-Clark! Dit soort evenementen past precies in hun straatje. Geef een vet feest, zorg dat er flink wat bekende gezichten opduiken en dat het morgen wordt vermeld in alle roddelrubrieken. Fantastisch voor de naam van je blad, en niet alleen bij de lezers. Emily weet dat dit *The Plunge* voor Miranda nog begeerlijker zal maken.'

Max zei het alsof hij een feit vaststelde, als een zakenman die bekend was met het wereldje, maar Andy zette haar stekels op. Ze had beslist de publicitaire voordelen gezien van een luisterrijk, gesponsord avondje met alles erop en eraan, maar ze had er niet bij stilgestaan wat het zou betekenen voor hun onderhandelingspositie. Dit was typisch iets voor Emily. En wat haar nog het meest dwarszat, was dat Max niet leek te begrijpen waarom het haar dwarszat.

Ze waren aangekomen bij de lift die hen naar de bovenste verdieping zou brengen, maar Andy trok Max aan zijn hand mee en gebaarde de andere gasten – die er allemaal even schitterend uitzagen, maar die ze geen van allen kende – om alvast naar boven te gaan.

'Is er iets?' vroeg hij.

Andy voelde dat haar keel werd dichtgesnoerd. Haar telefoon trilde en er verscheen een sms'je in beeld. 'Emily vraagt waar we blijven,' zei ze.

'Kom, dan gaan we naar binnen. Laten we van deze avond genieten, oké?' Max pakte haar bij de hand, en ze liet zich meevoeren de lift in.

Een heel jonge vrouw in een sexy rood jurkje dook nog net naar binnen voordat de deuren dichtgingen. 'Bovenste verdieping?' vroeg ze.

'Het feest van *The Plunge*, zeker?' zei Max, en ze grijnsde.

'Ik ben niet eens uitgenodigd,' zei het meisje. 'Mijn bazin wel, en toen ze niet kon, heb ik haar gesmeekt om mij te laten gaan. Dit is hét evenement waar je vanavond bij moet zijn.' Er verscheen een flits van herkenning op haar gezicht. 'Wacht eens, jij bent toch Max Harrison? Wauw, wat leuk om je te ontmoeten.'

Max gaf het meisje een hand. Ze keek alsof ze zojuist Ryan Gosling had ontmoet.

De liftdeuren schoven open en Max keek Andy aan, met opgetrokken wenkbrauw en een jongensachtig lachje. Ze nam zich voor om meteen Emily te gaan zoeken om haar dit sappige nieuwtje te vertellen, maar dat vergat ze onmiddellijk weer toen ze het dak op liep. Het was betoverend, pure magie. De feestruimte in de openlucht leek zich in alle richtingen kilometers ver uit te strekken, waarbij alleen de twinkelende lichtjes van de skyline een theatrale grens vormden tussen het dakterras en de rest van Manhattan.

Recht voor haar flonkerde het Empire State Building blauw met zilver, met op de voorgrond de rode neonletters van *The New Yorker*. Aan de rechterkant was de zon net ondergegaan achter de Hudson, waardoor de rivier baadde in een dramatische donkerpaars-met-oranje gloed, met daarachter de lichtjes van New Jersey. Overal waar ze keek werden de kantoren en winkels donker en gingen de lampen aan in appartementen, bars en restaurants; het was de dagelijkse overgang van werk naar ontspanning in de stad. De kakofonie – de gebruikelijke mengeling van sirenes, toeterende taxi's, muziek en mensen, heel veel mensen – steeg op vanuit de straten. De stad bruiste en gonsde op deze warme, vroege oktoberavond, en voor Andy was er op dat moment op de hele wereld geen mooiere plek denkbaar.

'Dit geloof je toch bijna niet?' Emily was uit het niets opgedoken en pakte Andy bij de arm. Haar schandalig goede figuur was gestoken in een strak, lichtgevend roze strokenjurkje van Hervé en haar volmaakte rode krullen dansten over haar blote schouders. 'Ziet het er niet krankzinnig goed uit?'

Het verbaasde Andy nauwelijks dat Emily niet naar Clementine informeerde of vroeg hoe het met háár ging. Toen ze na de bevalling uit het ziekenhuis kwam, was Emily langsgekomen, en ze had voor Clementine een belachelijk duur, superonpraktisch setje van kasjmier meegebracht, bestaande uit een kamerjasje, een muts en wantjes (in juni), maar daarna had ze zich nauwelijks laten zien. Andy en

Emily hielden telefonische besprekingen met diverse personeelsleden om hun werk door te nemen en ze mailden elkaar meerdere malen per dag, maar hun vriendschap was merkbaar bekoeld. Andy wist niet of het kwam door de baby of door haar weigering om het aanbod van Elias-Clark te bespreken, of misschien was ze wel hypergevoelig, maar ze had in ieder geval het gevoel dat er tussen hen iets was veranderd.

Max gebaarde dat hij naar de bar ging en zo terugkwam.

Andy richtte zich tot Emily en probeerde het met een grapje. 'Heb je dat jurkje laten innemen en korter laten maken? Was dat korsetachtige model niet strak genoeg van zichzelf?'

Emily deed een stapje terug en keek naar haar eigen buik. 'Zit het te strak? Lijd ik aan spiegelbegoocheling? Want ik dacht dat het me goed stond!'

Andy gaf haar zachtjes een stomp tegen de arm. 'Hou op, mens, je ziet er schitterend uit. Het is pure jaloezie, afkomstig van een nijlpaard dat zich in een douchegordijn heeft gehuld.'

'Echt? Gelukkig maar. Ik dacht het ook, maar je weet nooit.' Ze maakte een armgebaar. 'Jij ziet er ook al wat beter uit.'

'Wat grootmoedig van je. Bedankt.'

'Nee, echt. Je borsten hebben bijna weer een normale omvang en die Chloé-schoenen zijn prachtig.' Ze gebaarde naar de gasten om hen heen. 'Wat een locatie, hè?'

Andy draaide langzaam een rondje en nam het dakterras in zich op. Gietijzeren vuurpotten met dansende vlammetjes. Kriskras opgehangen strengen witte minilampjes. Overal mooie mensen die lachten en nipten van het speciale drankje van de avond, een heftige mix van Patrón-tequila, simpele siroop en citroensap met koriander. Iedereen verplaatste zich soepel tussen de schemerig verlichte bar en de lage, witleren banken met kunststof salontafels die her en der in huiskameropstelling in de ruimte geplaatst waren. Bij de reling stonden groepjes gasten het eindeloze uitzicht in alle richtingen te bewonderen.

Emily nam een trek van haar sigaret en blies langzaam de rook uit. Andy was niet meer zwanger. Eén sigaretje, daar zou ze heus niet van doodgaan. Ze gebaarde naar het pakje.

'Wil je er een?' vroeg Emily, en Andy knikte.

De eerste haal brandde in haar keel en smaakte vies, maar daarna ging het snel de goede kant op. 'Jezus, wat is dat lekker.'

Emily boog zich naar haar toe. 'Patrick Mullan is er om foto's te nemen. Kennelijk zijn Matt Damon en die knappe vrouw van hem er ook, maar ik heb ze nog niet gezien. Er is een hele meute Victoria's Secret-modellen om de mannen tevreden te houden. En Agatha heeft net bericht gekregen van de pr-medewerker van Olive Chase: misschien komt ze nog langs met Clint, ze hadden nog een ander feest in Tribeca. Ik weet niet precies hoe het is gekomen, maar dit begint uit te groeien tot de happening van het jaar.'

Max kwam terug met een koriander-tequiladrankje voor Andy en water voor hemzelf. 'Sorry Em, ik wist niet wat jij wilde.'

Ze verdween naar de bar voordat Andy met haar ogen kon knipperen.

'Ik heb jou in geen jaren zien roken,' zei Max met een blik op haar sigaret.

Andy nam nog een trek. Ze genoot intens, zowel van de sigaret als van Max' verbaasde blik.

In een zithoek vlak bij haar zat Miles te praten met een paar mensen van *The Plunge*, in het bijzonder Agatha, die een mouwloos speelpakje van witte crêpe droeg, haar smalle taille ingesnoerd met een gouden riem met slangenkop, het geheel afgemaakt met een paar heftige gouden glitterhakken die bij ieder ander goedkoop en overdreven zouden staan, maar Agatha werd er alleen maar flitsender door. Het beviel Andy niet dat die twee wel erg vriendschappelijk met elkaar omgingen, maar voordat ze er iets van kon denken, zag Miles haar en sprong hij overeind.

'Ik wil een toost uitbrengen,' zei hij, en hij hief zijn bierpul. 'Op Andy en Emily, waar ze ook mag uithangen. Ze slagen erin om van trouwerijen iets moois en interessants te maken. Iets stijlvols. En wij zijn blijkbaar niet de enigen die er zo over denken.'

Bij die woorden begon de hele tafel te joelen.

Miles zwaaide met zijn glas, tikte het tegen dat van Andy en vervolgens dat van Agatha. '*The Plunge,* gefeliciteerd met jullie driejarig bestaan. Wat een prestatie.'

Andy deed haar best om te glimlachen en te proosten met de anderen. Na een paar minuten over koetjes en kalfjes gepraat te hebben excuseerde ze zich en ging op zoek naar Emily, om zich ervan te verzekeren dat de enorme, door Sylvia Weinstock ontworpen taart die ze had besteld – haar enige taak voor die avond – klaarstond voor de grootse presentatie.

Ze liep langs de kleinere bar in de hoek toen ze een bekende stem haar naam hoorde roepen. Dat kan niet, dacht ze, en ze weigerde te kijken. Hij woont nu in Londen. Hij komt zelden in New York. Hij staat niet op de lijst met genodigden. Pas toen ze de warme hand op haar blote onderarm voelde, wist ze het zeker.

'Wat krijgen we nou? Begroet je me niet eens meer?' Hij trok haar naar zich toe. Hij droeg zoals altijd een Europees – lees: strak – pak, een spierwit overhemd waarvan net een knoopje te veel openstond en geen stropdas. Verder had hij een stoppelbaardje van een dag en misschien wat meer groefjes rond zijn ogen, die absoluut niets afdeden aan zijn sexy uitstraling. En hij keek haar aan met een uitdrukking die duidelijk maakte dat hij dat zelf ook wist.

Er zat maar één ding op: niet denken aan haar inzakkende haar, de afwezigheid van accessoires en het babygewicht dat zich op andere plaatsen had vastgezet (kont, bovenbenen, borsten), en gewoon bluffen. Ze stak haar aanzienlijke borstpartij naar voren toen Christian Collinsworth zijn blik over haar hele lichaam liet glijden.

'Christian,' mompelde ze. 'Wat doe jij hier?'

Hij begon te lachen en nam een slok van zijn drankje, waarvan ze wist dat het een extra droge gin-tonic was. 'Dacht je nou echt dat ik naar New York zou gaan zonder mijn gezicht te laten zien op het feest van het jaar? Terwijl hier de prestaties van mijn Andy worden gevierd?'

Andy probeerde net zo nonchalant te lachen als hij, maar het klonk eerder als het gebalk van een ezel – een rare keelklank, en veel te hard. 'Jouw Andy?' Ze stak haar linkerhand op. 'Ik ben nu getrouwd, Christian. Weet je nog, de bruiloft waar je een jaar geleden zelf bij was? We hebben inmiddels een dochtertje.'

De kuiltjes in zijn wangen kwamen nu volop tevoorschijn; de glimlach die ze veroorzaakte was geamuseerd en misschien ook een beetje minzaam. 'Ik had al zoiets gehoord, maar ik wist niet of ik het moest geloven. Gefeliciteerd, Andy.'

Ik wist niet of ik het moest geloven? Hoezo, omdat je het idee dat ik moeder zou zijn niet kunt bevatten?

Hetzelfde moment legde hij een hand op haar heup, half op haar rug, precies op de plek waar de vetrollen ongelooflijk hardnekkig uit haar corrigerende ondergoed puilden. Hij kneep erin, en ze keek hem vol afschuw aan.

Christian wierp zijn handen in de lucht. 'Wat nou? Ben je behalve getrouwd ook ineens mormoon geworden of zo? Duikt je man dadelijk uit het niets op om mij een stomp in het gezicht te verkopen omdat ik aan zijn bezit heb gezeten?' En weer was daar die glimlach. 'Kom, we halen wat te drinken voor je, dan kun je me bijpraten over wat er allemaal nog meer is gebeurd in je leven.'

Ergens in haar achterhoofd wist Andy dat ze zich nu zou moeten excuseren om Emily te gaan helpen, de nieuwe babysitter te bellen of de toiletten op te zoeken, alles beter dan blind achter Christian Collinsworth aan naar de bar lopen, maar ze kon zich niet van hem losmaken. Dus nam ze de tequilacocktail aan die hij haar overhandigde en deed haar best om op zo'n manier tegen de bar te leunen dat ze zelfvertrouwen en afstandelijkheid uitstraalde en tegelijk sexy overkwam. In werkelijkheid mocht ze blij zijn als ze overeind wist te blijven en haar inmiddels zware borsten niet zouden gaan lekken.

'Hoe heet je dochtertje?' vroeg Christian. Hij keek haar recht in de ogen en slaagde er desondanks in een volslagen ongeïnteresseerde indruk te wekken.

'Clementine Rose Harrison. Ze is in juni geboren.'

'Mooi. En ben je al gewend aan het moederschap?'

Het was genoeg geweest, en Andy was blij dat ze haar stem terugvond. 'Hou toch op, Christian. Wil je nou echt dat ik ga uitweiden over slaapjes en wikkeldoeken? Laten we het over jouw favoriete onderwerp hebben: hoe is het jóú vergaan sinds de laatste keer dat we elkaar zagen?'

Hij nam nog een slokje en leek over haar vraag na te denken. 'Heel goed, moet ik zeggen. Wist je dat ik tegenwoordig in Londen woon?' Hij wachtte Andy's antwoord niet af. 'En dat heeft echt heel goed uitgepakt. Veel tijd om te schrijven, ruimschoots de gelegenheid om Europa te verkennen, een hoop nieuwe gezichten. New York werd zo... afgezaagd.'

'Hmm.'

'Toch? Ik bedoel, ben jij niet ook op het punt aanbeland dat je overal zou willen zijn behalve hier?'

'Nou, ik...'

'Andy, Andy, Andy.' Hij boog zich naar haar toe, liet zijn kin zakken en knipperde met die oneerlijk lange wimpers. 'We hebben het toch heel fijn gehad samen? Waar is het misgegaan?'

Andy moest lachen, ze kon er niets aan doen. 'Waar het is misgegaan? Ik denk op het punt dat we samen wakker werden in jouw suite in Villa d'Este en jij me vroeg of ik je vriendin zou willen ontmoeten? Je vriendin die diezelfde dag naar je toe zou komen, ondanks het feit dat je al een half jaar iets met mij had?'

'Nou, iets hád...'

'Sorry. Ondanks het feit dat je al een half jaar met mij naar bed ging...'

'Het is nooit zo simpel als het lijkt. Ze was niet echt mijn vriendin, het was een ingewikkelde situatie.'

Vanuit haar ooghoek zag ze een flits limoengroen.

'Andy?' Christian was nog dichterbij gekomen, maar Andy had geen oog meer voor hem.

Ze kon nu zien dat het limoengroen een poncho was – een poncho van bont – die deinend steeds dichterbij kwam. Voordat ze de tijd kreeg om zichzelf tot de orde te roepen, had Nigel zijn armen al om haar heen geslagen en drukte hij haar gezicht tegen zijn met bont bedekte schouder.

'*Darling*! Ik hoopte je al te zien. Wat een feest hebben jullie ervan gemaakt. Ik ben onder de indruk.'

Christian fluisterde in haar oor: 'Misschien moet je nu hallo zeggen.' Andy keek woest naar zijn grijnzende gezicht met de kuiltjes, en heel even had ze het liefst haar tong in zijn mond geduwd.

Nigel leek haar schrik niet op te merken. Hij duwde haar bij de schouders naar achteren en zoende haar op beide wangen. Toen zei hij: 'We zijn hier met het hele team vanavond. Niemand wilde een verrukkelijk feest als dit missen!'

Toen ze die woorden hoorde, was Andy bang dat ze zou flauwvallen. Was dit de prijs van het succes? Dat Miranda voortdurend, hardnekkig en ongewenst opdook in haar leven? Moest ze echt tijdens haar eerste openbare uitje na de bevalling Miranda Priestly op haar dak krijgen, terwijl ze al genoeg aan haar hoofd had met een teleurgestelde vriendin, een overspelige ex en bijna lekkende borsten?

Gelukkig kwam Christian ertussen om Nigel te begroeten. Vrijwel onmiddellijk begonnen ze samen de agenda van de naderende Fashion Week door te nemen, zodat Andy de gelegenheid kreeg om naar het team van *Runway* te gluren: Serena, Jessica en drie of vier anderen, allemaal even stralend en glamourvol met hun bossen dik, glanzend geföhnd haar, blote jurkjes, hoge hakken, welgevormde armen, platte buiken, bruine benen en glinsterende sieraden. Niet één misser, bij geen van hen, en samen vormden ze zo'n aantrekkelijk kliekje dat het gewoon... verkeerd leek.

'Is Miranda er niet?' flapte Andy eruit, zich er totaal niet van bewust dat ze Christian en Nigel in de rede viel.

Ze staarden haar allebei aan. Christian met een blik van medeleven, zoals je kijkt naar een brabbelende gek in de metro. Nigel geamuseerd. 'Nee zeg, liefje. Denk je dat Miranda vanavond niets beters te doen heeft dan hierheen te komen? Als het niet zo egocentrisch was, zou ik het bijna schattig vinden.' Hij glimlachte grootmoedig.

Andy keek hem vol afschuw aan. 'Nee, ik wíl niet dat ze komt, ik...'

Nigel knikte traag en richtte zich weer tot Christian, die geen enkele poging deed om de ongemakkelijke situatie te verlichten. Ze werd gered door de komst van Max en een grote slok van haar drankje.

'Hoi, schat,' zei Andy, misschien een tikkeltje overbodig, maar de uitdrukking die ze kortstondig over Christians gezicht zag trekken deed haar goed. 'Max, kun je je Christian Collinsworth nog herinneren? En Nigel ken je natuurlijk.'

'Leuk je te zien,' zeiden Max en Christian in koor terwijl ze elkaar de hand schudden. Toen Max haar ex een klopje op de rug gaf, zag Andy vol trots dat hij een stuk groter en mannelijker was dan Christian.

Nigel griste een roze cocktail met een parasolletje van een passerend dienblad en hief het glas naar Max voordat hij een delicaat slokje nam. 'Enig om u weer eens te zien, meneer Harrison,' kweelde hij.

'Wat een goed feest, hè?' zei Max voordat hij een slok van zijn mineraalwater nam. 'Het is moeilijk voor te stellen dat een blad dat nog maar drie jaar bestaat al zo veel mensen trekt.'

Andy bloosde bij het besef dat Max het tafereel aan Nigel probeerde te verkopen, maar het leek Nigel niet op te vallen.

'Ieder meisje is toch dol op trouwerijen? Dit meisje ook, hoor!' Hij wees kirrend op zichzelf.

Max en Christian staarden hem alleen maar aan, maar Andy begreep het meteen. 'Stappen Neil en jij in het huwelijksbootje?' vroeg ze.

Nigel grijnsde. 'Ik heb Karl al opdracht gegeven om mijn kostuum te ontwerpen. Het wordt een combinatie van James Bond en *Pretty Woman*, met een vleugje *Mary Poppins* om het af te maken.'

Ze knikten alle drie enthousiast.

Christian maakte van de gelegenheid gebruik om het gezelschap te verlaten. Andy zag dat Max hem nakeek.

'Dat klinkt fantastisch,' zei ze tegen Nigel, al had ze geen flauw idee wat hij bedoelde.

'Het wordt de bruiloft van het jaar,' zei hij zonder een greintje ironie of bescheidenheid.

Andy kreeg een geniale inval. Het was zo'n overduidelijk goed idee dat ze de woorden amper over haar lippen kreeg.

'Weet je, ik durf het bijna niet toe te geven, maar *The Plunge* heeft nog nooit een homohuwelijk geportretteerd. Ik zou eerst met Emily moeten overleggen, maar ze vindt het vast net zo'n goed idee als ik als je zou willen overwegen ons jullie bruiloft te laten vastleggen. We zouden je natuurlijk de cover garanderen, plus een mooi diepteinterview over jullie ontmoeting, de eerste dates, de verloving, alles erop en eraan. Ik kan niks beloven, maar misschien kunnen we zelfs regelen dat de foto's door St. Germain of Testino...'

Iets aan de manier waarop Nigel naar haar glimlachte – sluw en alwetend, maar ook een beetje medelijdend – maakte dat Andy haar zin niet afmaakte en zweeg.

'Ongelooflijk, echt waar,' zei hij hoofdschuddend. 'Alsof het zo moet zijn.'

'Dus je vindt het een goed idee?' vroeg Andy hoopvol, en in gedachten zag ze Emily's laaiend enthousiaste reactie op het nieuws al voor zich.

'Een héél goed idee, darling. Miranda en ik hebben het vanmorgen besproken en we waren het erover eens dat het wel een cover waard is. Hoewel zij de voorkeur geeft aan Demarchelier, denk ik toch dat Mario in dit geval geschikter is. Hoe dan ook, het wordt fantastisch. Heerlijk, zo'n plan dat helemaal goed uitpakt.'

'Je hebt het hier met Miranda over gehad?' Andy zocht naar een verklaring. De teleurstelling diende zich vrijwel onmiddellijk aan. 'Ik wist niet dat *Runway* ook in dit soort dingen geïnteresseerd...'

Nigel krijste: 'Wat ben je toch een schatje! Natuurlijk is het niks voor *Runway*, maar het is geknipt voor *The Plunge*.'

Andy keek hem niet-begrijpend aan. 'Dus het valt wel te bespreken? Want ik weet zeker dat we je dolgraag...'

Weer legde Nigels gezichtsuitdrukking haar het zwijgen op. 'Er valt niets meer te bespreken, schat. Het is allemaal al beklonken.'

Andy's blik vloog naar Max, die strak naar de grond keek.

'O wacht, je doelt op het overnamebod van Elias-Clark voor *The Plunge*?' vroeg Andy, in de war gebracht, in een poging de situatie nog een beetje in de hand te krijgen.

Niemand zei iets. Nigel staarde haar aan alsof ze hem zojuist een proefvluchtje in haar ruimteschip had aangeboden.

'Ik weet dat het voorstel op tafel ligt, en we zien er beslist iets in,' loog ze. 'Maar er is nog geen definitief besluit genomen.'

Weer een lange, pijnlijke stilte.

Nigel glimlachte minzaam. 'Natuurlijk, schat.'

Max schraapte zijn keel. 'Hoe het ook loopt, we zijn het er waarschijnlijk over eens dat het een fantastisch artikel zal opleveren. Nogmaals gefeliciteerd! Als jullie ons nu willen excuseren, neem ik

Andy even mee voor een onderonsje. Is dat goed?'

Nigel had zich alweer bij zijn *Runway*-gezelschap gevoegd voordat Max zelfs maar de kans kreeg Andy in de richting van de bar te duwen.

'Begreep ik dat nou goed?' vroeg Andy, terwijl ze als verdoofd het glas wijn aanpakte dat Max haar overhandigde.

'Wat, dat Nigel doordraafde in zijn enthousiasme? Het lijkt me juist een heel goed teken dat hij zijn bruiloft graag in *The Plunge* wil hebben. Of niet soms?'

'Ja, natuurlijk. Maar zoals hij het bracht, kreeg ik de indruk dat het een voldongen feit is, alsof we al in handen van Miranda zijn en zij bepaalt wat er gebeurt. Weet hij dan niet dat de overnameplannen even in de ijskast staan?' En dat ze wat mij betreft voorgoed de vriezer in gaan, dacht Andy erachteraan.

'Ik zou me er maar niet druk om maken,' zei Max. 'Je hebt altijd gezegd dat Nigel nogal snel opgewonden reageert.'

Andy knikte, al kon ze de koude rillingen niet van zich afzetten. Het idee alleen al dat Miranda zou beslissen welke huwelijken zij mochten verslaan en wie de foto's nam, bezorgde haar ijskoud angstzweet. Op dat moment wist ze zekerder dan ooit dat ze dat nóóit zou laten gebeuren.

'Zeg, mijn lief, ik neem nu afscheid,' zei Christian in haar oor, nadat hij ineens achter haar was opgedoken. Andy voelde zich meteen ongemakkelijk toen hij zijn handen op haar heupen legde en haar op de wangen kuste. Tegen Max, die woest naar hem stond te kijken, zei hij: 'Leuk je te zien, man. En nog gefeliciteerd met je heerlijke vrouw. Jij boft maar.'

Max had zijn greep op Andy's schouder verstevigd, en hij knikte alleen maar naar Christian voordat hij Andy weer naar hun tafel dirigeerde.

'Je hoeft niet zo bot te doen,' zei Andy, ook al was ze stiekem dolblij met Max' onuitgesproken reactie: *Blijf met je poten van mijn vrouw af en hoepel op, met je te strakke pak en die kuiltjes in je wangen.*

'Alsjeblieft, zeg. Als ik bot had gedaan, had ik die eikel verboden openlijk met mijn vrouw te flirten en gezegd dat hij moest oprotten.

Het idee alleen al dat je iets met die vent hebt gehád.'

Andy hield wijselijk voor zich dat Christian en zij niks met elkaar hadden gehad, behalve seks. Ze pakte haar echtgenoot bij de hand en sloot zich aan bij de andere aanwezigen, die enthousiast 'Happy Birthday' zongen voor *The Plunge*. Iedereen juichte.

De volgende drie uur gingen voorbij in een waas van hapjes, muziek en korte gesprekjes, en Andy danste zelfs even. Ze sprak tientallen, misschien wel honderden mensen, en al was ze in de verste verte niet dronken – ze was vroeg gestopt met de alcohol als voorbereiding op Clems nachtelijke voeding – ze kon zich achteraf geen woord herinneren van wat er die avond was gezegd, behalve in haar gesprek met Nigel. Waarom deed hij alsof de overname naderde? Ze wilde Emily ernaar gaan vragen, maar toen ze haar zowaar een stuk van de Weinstock-taart zag eten, besloot ze dat ze nog wel één avond zonder het grote Elias-Clark-gesprek zouden kunnen. Andy moest toegeven dat ze nog steeds hoopte – tegen beter weten in, dat wist ze best – dat het hele verhaal vanzelf zou overwaaien. Ze gaf haar vriendin een afscheidszoen, feliciteerde haar met het enorme succes van het feest en kroop naast Max op de achterbank van een taxi.

Toen die stopte voor hun appartementencomplex, vloog Andy meteen de lobby in. Ze had Clem sinds haar geboorte nog nooit zo lang alleen gelaten, en ze kon het geen seconde langer verdragen. Eenmaal binnen nam ze haar zojuist ontwaakte dochtertje in de armen en drukte haar lippen tegen de warme rode babywangetjes. Ik kan haar wel opvreten, dacht ze met een glimlach toen Clems gezichtje betrok en ze haar ongenoegen liet blijken door te gaan huilen.

'Hoe is het met haar?' vroeg Max nadat hij Isla had betaald en haar in een taxi had gezet.

'Verrukkelijk als altijd. De timing kon niet beter, ze is net wakker geworden voor haar nachtvoeding.'

Max hield Clem vast terwijl Andy haar hoge hakken uitschopte en haar jurk uittrok, samen met de waanzinnig knellende corrigerende onderbroek, die ze rechtstreeks in de vuilnisbak gooide. Toen ze naakt onder het wolkenzachte dekbed kroop en zich languit in de berg kussens liet zakken, kreunde ze van genot. 'Kom eens hier met die kleine,' zei ze met uitgestoken armen.

Max overhandigde haar het jammerende bundeltje, en de hele wereld van Nigel en Emily en *The Plunge* en Miranda Priestly verdween door het genot van het moment. Andy ging op haar zij liggen en trok de rits van Clems pyjamaatje open om haar hand op de warme buik van haar dochtertje te leggen. Ze streelde haar borst en haar ruggetje, fluisterde zachtjes in haar oor, bracht haar eigen borst naar Clems mondje en slaakte een zucht van verlichting toen de baby begon te zuigen. Max legde het dekbed over hen heen toen Andy haar lippen tegen Clems hoofdje drukte en met trage cirkels haar ruggetje bleef masseren.

'Prachtig,' zei hij, en zijn stem klonk schor van de emotie.

Andy keek glimlachend naar hem op.

Max kroop volledig aangekleed naast hen in bed.

Andy keek toe hoe haar dochtertje nog een paar minuten dronk en ze zag dat Max glimlachend zijn ogen sloot. Zonder zich een seconde te bedenken gaf ze een kneepje in zijn bovenarm. Hij deed zijn ogen niet open, maar ze wist dat hij wakker was. Er sloeg een golf van hoop en troost door haar heen. Het was een eeuwigheid geleden dat ze het tegen hem had gezegd, ongevraagd, en ze wilde dat hij het wist.

'Ik hou van je, Max,' fluisterde ze.

18

Mond houden en weglopen

Andy bedekte Clems gezicht met kusjes voordat ze haar aan Isla gaf. Ze keek naar de glimlachende baby, die haar armpjes naar haar uitstak, en toen kwamen de waterlanders. Het was niet de baby die huilde. Zou Andy nu tot in de eeuwigheid elke dag als een idioot gaan staan janken? Zou ze straks snikkend bij de schoolbus staan als Clementine 's morgens vertrok, met een rugzakje en dansende paardenstaartjes?

'Het is pas je derde dag,' zei Max geruststellend toen hij het emotionele afscheid gadesloeg. 'Het wordt vanzelf minder.'

'Ik kan haast niet geloven dat het pas woensdag is.' Andy bette voorzichtig haar ogen.

Max hield de voordeur voor haar open en Andy dwong zichzelf om naar buiten te lopen. Het had iets bitterzoets: ze miste Clem verschrikkelijk en vond het vreselijk om haar de hele dag te moeten achterlaten, maar het was ook fijn om weer aan het werk te zijn. Een dag vol volwassen gesprekken, met kleren zonder spuugvlekken, een hele dag haar hoofd gebruiken voor iets anders dan het zingen van 'You Are My Sunshine'.

'Zullen we samen een taxi nemen?' vroeg Max. Hij liep de stoep op en stak een arm op.

'Nee, ik moet nog een paar dingen doen voordat ik naar de redactie ga. Na het werk heb ik daar nooit tijd voor.'

Er stopte een taxi. Max gaf Andy een zoen en kroop op de achterbank. 'Hou je me op de hoogte?'

Andy fronste haar voorhoofd. 'Isla sms't jou toch ook als er iets is?'

'Ik had het over je gesprek met Emily.'

Andy wist heel goed wat hij bedoelde, maar ze deed alsof ze het niet begreep.

'Jullie gaan vandaag toch bij elkaar zitten? Om te bespreken wat de volgende zet moet worden?'

'Hmm,' mompelde Andy. Ze wilde opeens alleen nog maar weg. 'Nog een fijne dag vandaag.'

Max trok het portier dicht en de taxi trok op als een racewagen. Ze keek op haar horloge. Acht uur. De tijd van een rustige kop koffie, verse smoothies en bezoekjes aan de sportschool was voorbij – al ging Max nog zeker drie keer in de week zonder haar – maar Andy vond het niet erg. Ze bracht die uurtjes veel liever door met haar dochter, lekker samen in bed of op het zachte speelkleed. Dat was nu het fijnste deel van haar hele dag.

Op het moment dat Andy haar kleren op de balie legde, begroette de medewerker van de stomerij, een Ecuadoriaan van in de veertig van wie ze altijd zuurtjes kreeg, luidruchtig iemand over haar schouder. 'Ha, nieuwe klant! Welkom meneer!'

Andy draaide zich niet om. 'Wat zou het kosten om deze rok korter te maken?' vroeg ze. 'Een centimeter of twee, drie? Ik wil hem graag net boven de knie hebben in plaats van erop.'

De man knikte, maar het was de stem achter haar die haar aandacht trok. 'Hij mag best wat korter dan net boven de knie. Dat kun je goed hebben met jouw benen.'

De stem trilde door tot in haar tenen, en nog voordat ze zich had omgedraaid, wist Andy al dat het Alex was.

Haar Alex. Haar eerste liefde, de man van wie ze altijd had gedacht dat ze met hem zou trouwen. Hij was er voor haar geweest in de vier jaar van haar studie, tijdens de gekte van de *Runway*-periode en de vervelende nasleep daarvan. Alex was met haar en haar ouders op vakantie geweest. Hij had kerstdiners en verjaardagen meegemaakt, en feestjes ter ere van van alles en nog wat. Alex wist dat ze een hekel had aan plakjes rauwe tomaat terwijl ze verder alles met tomaat erin heerlijk vond, en hij lachte niet als ze bij turbulentie in het vliegtuig zijn hand fijnkneep. Bijna zes jaar lang had hij iedere centimeter van haar lichaam net zo goed gekend als zijn eigen lijf.

'Hé, hoi,' zei ze, en ze liet zich in zijn armen vallen voor een omhelzing die voelde als de meest vanzelfsprekende op aarde.

Hij kuste haar op de wang als een uitbundige oom: ruw, enthousiast, platonisch. 'Ik meen het, Andy. Je wordt toch niet conservatief op je oude dag?'

'Mijn oude dag?' zei ze quasibeledigd. 'Als ik het me goed herinner, ben jij twee maanden ouder dan ik.'

Hij hield haar bij haar bovenarmen een eindje van zich af en bekeek haar van top tot teen, omstandig en traag. De zichtbare genegenheid, de brede grijns, dat lieve knikje: ze voelde zich meteen op haar gemak. Zelfverzekerd zelfs. Ook al woog ze nog steeds een kleine vijf kilo meer dan vóór de zwangerschap en hing alles wat slapper dan anders, ze voelde zich aantrekkelijk.

'Je ziet er fantastisch uit, Andy. Stralend. En ik heb gehoord dat een dikke felicitatie op zijn plaats is, vanwege de kleine Clementine.'

Andy keek hem aan, een beetje van haar stuk gebracht door zijn warme glimlach. Hij leek oprecht blij voor haar te zijn. 'Van je moeder?'

Hij knikte. 'Niet flippen, hoor, maar ze heeft me de foto's gestuurd van jullie eerste dagen in het ziekenhuis. Je moeder was natuurlijk zo blij dat ze die aan haar hele adressenbestand heeft gemaild. Je dochter is prachtig en je man en jij zagen er heel, heel gelukkig uit.'

'Kan ik verder nog iets voor jullie doen?' vroeg de man van de stomerij.

'Sorry, we gaan al. Bedankt nog.'

Ze liep achter Alex aan naar buiten. Daar probeerde ze zich op het hier en nu te concentreren, maar in gedachten nam ze de foto's uit het ziekenhuis van vlak na Clems geboorte door: Andy enkele minuten na de bevalling, bezweet, onopgemaakt en bleek, Clementine eerst onder het bloed en de vernix, en later gewassen maar nog wel vlekkerig en met een punthoofdje; Max ongeschoren, de ene keer met een gezicht alsof hij moest overgeven, de andere keer alsof hij iemand wilde zoenen. Het waren foto's van misschien wel de intiemste periode van hun leven, en Alex had ze gezien. Ze kon haar moeder wel vermoorden, flink straffen, al was ze ergens heel diep in haar hart ook blij dat Alex het indirect had mogen meebeleven.

'Waar was je naartoe onderweg?' vroeg hij. 'Heb je tijd voor een kop koffie?"

Andy keek op haar horloge, maar ze wist al dat ze ja zou zeggen, hoe laat het ook was. Bovendien, waarom zou ze eerder dan alle anderen op het werk moeten zijn? 'Eh ja, leuk. Ik werk nog maar net weer fulltime, dus het maakt ook niet zo veel uit als ik wat later kom.'

Andy bood haar glimlachend een arm, die Andy aannam. In één huizenblok kwamen ze langs een Starbucks, een Au Bon Pain en een Le Pain Quotidien, en Andy vroeg zich af waar ze naartoe gingen.

'Hoe is het om weer aan het werk te zijn?' vroeg Alex onderweg. Het werd al koud, Andy zag dat haar adem wolkjes vormde, maar de zon scheen volop en de ochtend had iets hoopvols.

Met deze allereerste vraag had Alex het onderwerp aangesneden dat Andy dag en nacht bezighield. Na drie dagen was het nog altijd een kwelling om Clem thuis achter te laten. Toch had ze het gevoel dat ze niet mocht klagen. Ze was eigen baas en had redelijke en flexibele werktijden; ze hoefde geen enkele doktersafspraak te missen en kon bij ieder loopneusje meteen naar Clem toe. Isla was fantastisch en Andy vertrouwde haar volledig, en haar moeder zou één middag per week voor haar kleindochter zorgen en thuis de boel draaiende houden. Ze had de financiële middelen om goede mensen in te huren, haar familie stond achter haar, ze had een betrokken echtgenoot en een gemakkelijke baby die zich snel aanpaste en zich vrolijk aan haar eet-, slaap- en speelschema hield. En dan nog viel het niet mee om het allemaal in evenwicht te houden. Hoe deden vrouwen met meerdere kinderen, lastige werktijden, een laag inkomen en weinig of geen hulp dat toch? Andy kon zich er niets bij voorstellen.

'Gaat prima,' antwoordde ze automatisch. 'Ik heb echt geboft met een fijne man en een goede nanny. Ze maken het me allebei een stuk makkelijker.'

'Het lijkt me anders niet meevallen om elke dag bij dat kleine mensje weg te gaan. Het is natuurlijk lekker om het huis uit te zijn en met volwassenen te praten, om je weer op je werk te richten, maar je zult haar wel erg missen.'

Hij zei het heel neutraal, begripvol en zonder over haar te oordelen. Andy's keel werd dichtgesnoerd.

'Ik mis haar verschrikkelijk.' Ze vocht tegen de tranen en dacht aan Clementine, die waarschijnlijk met haar beentjes lag te trappelen op haar speelkleed voordat ze haar warme flesje kreeg, als voorbereiding op haar eerste slaapje die dag. Straks zou ze blij kirrend wakker worden, haar roze gezichtje warm en verkreukeld van het slapen, haar haartjes schattig in de war. Als Andy haar ogen dichtdeed, kon ze haar nekje ruiken en haar fluweelzachte huid voelen, en ze zag de volmaakte appelwangetjes voor zich. En al had hij zelf geen kinderen, iets zei haar dat Alex het begreep.

Hij nam haar mee een trap af, naar een bijna verscholen bakkerij die aanvoelde als een combinatie van een clandestiene kroeg en een Parijs cafeetje. Ze gingen aan het enige vrije tafeltje zitten, en terwijl Alex voor hen beiden ging bestellen bij het buffet, keek Andy op haar telefoon.

'Nog hetzelfde?' vroeg hij en ze knikte.

'Alsjeblieft.' Hij zette een schuimende decafé verkeerd voor haar neer, eerder een soepkom dan een koffiekop, en zelf nam hij een slokje van zijn ijskoffie. Het was alsof er geen minuut was verstreken sinds de tijd dat ze verkering hadden.

'Dank je wel.' Andy likte voorzichtig aan het schuim. 'Oké, nu is het jouw beurt. Vertel eerst maar eens hoe je dit heerlijke koffietentje hebt ontdekt, want ik had het nog nooit gezien, terwijl het maar zes straten van mijn appartement ligt.'

'Ik zou er graag een cool verhaal omheen breien, maar ik heb het gewoon in een reisgids gevonden.'

Andy trok haar wenkbrauwen op.

'Ik ben pas afgelopen herfst weer in New York komen wonen en ik had het gevoel dat ik helemaal opnieuw moest beginnen. Daarom heb ik zo'n *Not for Tourists*-gidsje gekocht, of hoe heten die dingen die eigenlijk gewoon wél voor toeristen zijn? En daar stond in dat hier alleen maar buurtbewoners en insiders komen.'

'Ik ga zo'n gids bestellen zodra ik achter mijn computer zit,' zei Andy grinnikend. 'Waar woon je precies?'

'In de West Village. Christopher Street, ter hoogte van de snelweg. Vroeger was het nogal een foute buurt, maar het is helemaal opgeknapt.'

'En dan ga je in Chelsea naar de stomerij?' kon Andy niet nalaten te vragen.

Alex keek haar geamuseerd aan, alsof hij wilde zeggen: ik heb jou door. 'Nee, ik ga niet in Chelsea naar de stomerij. Ik was hier voor een tentoonstelling in het Rubin Museum. Ik zag je toevallig vanaf de straat en ben naar binnen gegaan.'

'Het Rubin Museum?'

'Kunst uit de Himalaya. Op de hoek van 17th Street en 7th Avenue. Je gaat me toch niet vertellen dat je daar ook nog nooit van gehoord hebt?'

'Natuurlijk wel!' zei Andy iets te verontwaardigd, vooral omdat ze er vrijwel dagelijks langsliep zonder er ooit binnen te zijn geweest. 'Maar wat voert jou terug naar de stad? Je bent pas afgestudeerd, hè? Daar heeft mijn moeder het over gehad. Nog gefeliciteerd!'

Als Alex het net zo raar vond als Andy dat ze alleen via hun moeders de details over elkaars leven kenden, liet hij dat niet blijken. 'Ja, in de lente. Ik ben de hele zomer in Vermont gebleven om een beetje te niksen en bij te komen. Eind augustus ben ik verhuisd, en dat was net zo'n bloedhete, helse bedoening als je zou verwachten. Nu leer ik langzaam de stad weer kennen. Ongelooflijk, zo veel als er is veranderd sinds... de vorige keer dat ik hier woonde.'

Ze zwegen allebei even bij de herinnering.

'Ja, maar New York verandert nooit echt. Het voelt alleen anders als je downtown woont, denk ik,' zei Andy.

'Misschien wel. Of misschien waren wij altijd zo druk aan het werk dat we weinig tijd overhielden om de stad te verkennen. Ik heb nu een paar maanden niets anders te doen gehad dan rondkijken. Volgende week ga ik aan het werk. Ik dacht dat ik er zin in zou hebben, maar eigenlijk baal ik dat het al zover is.'

Andy nam een slokje van haar koffie en probeerde er niet steeds aan te denken dat Alex nog geen woord had gezegd over een wederhelft. Hij hield het hardnekkig bij 'ik' en had zijn vriendin ook niet genoemd als reden om in Vermont te blijven of om naar New York te verhuizen, of als beïnvloedende factor bij de genoemde wandelingen door de stad, die hij vooralsnog in zijn eentje leek te hebben ondernomen. Andy's moeder had beweerd dat ze ieder moment konden gaan trouwen, maar die indruk kreeg Andy nu niet. Misschien was het uit?

'Wat zit je te glimlachen?' Alex glimlachte zelf ook.

Vol afschuw bij het idee dat hij haar gedachten misschien had gelezen schudde ze snel haar hoofd. 'Zomaar. Je begint maandag met werken, zei je. Waar precies?'

'Een nieuwe school in de West Village: Imagine. Ik help met het opzetten van het lesprogramma voordat ze opengaan, en straks word ik er adjunct-directeur.'

'Imagine, Imagine... waar ken ik die naam van?' zei Andy peinzend. 'Is dat die nieuwe particuliere, internationale eliteschool waarvan de leerlingen kunnen verhuizen van New York naar Shanghai of zo'n ander bankiersoord zonder ook maar één les te missen?'

'Precies.'

'Er heeft pas een artikel over in de *Times* gestaan. Was er niet een wachtlijst van duizend mensen, ook al kost de peuterschool alleen al vijftigduizend dollar?'

'Qua kosten gaan we gelijk op met andere particuliere scholen in Manhattan. Het lijkt alleen duurder, omdat we het hele jaar door lesgeven. Leerlingen op scholen die een zomerstop houden lopen dramatisch achter op hun Aziatische tegenvoeters, die niet ieder jaar drie maanden vakantie hebben.'

Andy gaf hem over de tafel heen een stompje tegen zijn bovenarm. Zijn keiharde bovenarm, merkte ze onwillekeurig op. De oude Alex ging zo nu en dan een rondje hardlopen in het park of deed een potje basketbal, maar zo te zien maakte de nieuwe Alex serieus werk van de sportschool. 'Dus jij vertelt me dat je adjunct-directeur wordt van een van de chicste en meest exclusieve commerciële scholen van de Verenigde Staten, meneer Teach for America?'

Alex lachte wrang. 'Op twee na de duurste ter wereld, om precies te zijn. De nummer een en twee zijn ook van ons, een in Hongkong en een in Dubai. Die kosten zelfs nog meer. Maar ik moet zeggen dat het lesprogramma fantastisch is.'

Andy staarde naar de tafel en keek toen weer naar Alex, die met het papiertje van zijn rietje zat te friemelen. Aan de ene kant wilde ze voorzichtig zijn met deze man die ze al jaren niet had gezien, en aan de andere kant wilde ze dat ze open en eerlijk met elkaar konden praten, zoals ze altijd hadden gedaan. Dat was iets waar ze trots op waren geweest.

'Dat is heel wat anders dan het werk dat je vroeger deed, zo te horen. Ben je er blij mee?'

Haar woorden moesten harder aangekomen zijn dan ze had voorzien, want Alex kromp zichtbaar ineen. 'Zoals ik al zei, ze hebben een heel goed lesprogramma en dit is een mooie kans. Of ik liever in de non-profitwereld was blijven werken? Misschien wel. Maar ik verdiende amper genoeg geld om het hoofd boven water te houden en... daar word ik te oud voor.'

Daar had je het. Hij zei het niet met zo veel woorden, maar dat hoefde ook niet. Alex moest een goedbetaalde baan nemen omdat hij getrouwd was of graag wilde trouwen.

Er waren wel duizend dingen die ze nu bijna had gezegd, maar ze leken geen van alle van toepassing. Net toen ze 'hmm' of 'ik snap het' wilde mompelen, zei Alex: 'Sinds de broer van mijn vriendin een baby heeft, kan ze nergens anders meer over praten. En ik heb me laten vertellen dat kinderen behoorlijk wat geld kosten.'

'Nou en of,' was de enige reactie die ze kon bedenken, en het verbaasde haar dat ze het uit haar keel kreeg. Het liep net zo lekker tussen hen... flirterig zonder dat het te ver ging, allebei blij om elkaar te zien, allebei belangstellend voor het leven van de ander. Maar een báby? In aanmerking genomen dat ze zelf getrouwd was en een gezonde dochter had, wist Andy dat ze het recht niet had om zo teleurgesteld op dit nieuws te reageren. Ieder weldenkend mens zou blij zijn dat Alex, van wie ze altijd zielsveel zou blijven houden, ook het geluk had gevonden. En toch voelde ze zich een beetje beroerd.

Haar telefoon ging, en ze was nog nooit zo dankbaar geweest. Maar toen ze zag dat Emily de beller was, drukte ze haar weg en gooide het toestel in haar tas.

'Zag ik nou Emily Charlton in je schermpje staan?' vroeg Alex.

'De enige echte.'

'Ik vind het nog steeds ongelooflijk dat jullie vriendinnen zijn geworden – onvoorstelbaar. Ik weet nog goed hoezeer jullie de pest aan elkaar hadden.'

'Niet zomaar vriendinnen, hartsvriendinnen. En zakenpartners. We kwamen elkaar weer tegen bij een kookcursus en hadden één heel belangrijk ding gemeen: ze had net zo'n hekel aan Miranda als ik.'

Andy viel stil. Opeens drong het tot haar door wat er tussen hen was veranderd. De Emily van de kookcursus had onomwonden gezegd wat ze van Miranda vond: een knettergek wijf dat als een tornado overal overheen walste en dat vernieling en verderf zaaide. Iemand bij wie je koste wat het kost uit de buurt moest zien te blijven. Maar nu, in plaats van net als Andy te gruwen van het idee om ooit weer voor dat gestoorde mens te moeten werken, was Emily weer verworden tot haar oude *Runway*-ik: iemand die Miranda aanbad en al vanaf haar prille jeugd de wens had om voor haar te werken. Emily had maar kort meegelift op de anti-Miranda-trein: zodra haar voormalige bazin ook maar een greintje belangstelling toonde voor *The Plunge*, had Emily het mens onmiddellijk vergeven dat ze haar had ontslagen, vernederd en haar dromen om zeep had geholpen. Emily keek zelfs uit naar het gesprek met Miranda en het team van Elias-Clark, om te brainstormen over hun eventuele samenwerking. En toen Andy lachend had gezegd dat ze tijdens die bespreking het vuur zou openen en iedereen onderuit zou maaien, had Emily schouderophalend gezegd: 'Wat nou? Heb je er nooit bij stilgestaan dat we misschien al die jaren overdreven hebben? Ze zal nooit prijzen winnen met haar charme, maar ze is nu ook weer niet de reïncarnatie van de duivel.'

Andy's telefoon ging weer. Onwillig keek ze op het schermpje. Emily.

'Moet je niet opnemen?'

Ze keek op haar horloge. Het was pas een paar minuten over negen. Ze wist dat het Emily was, die belde om te vragen wanneer ze aan hun gesprek konden beginnen.

'Ik zie haar dadelijk op kantoor.'

Nu was Alex degene die op zijn horloge keek. 'Ik wil graag meer weten over jullie blad. Ik heb het heel vaak gekocht, wist je dat? Weet je wat... Het Rubin gaat pas om tien uur open, heb je tijd voor een snel ontbijt?'

Andy moest stomverbaasd gekeken hebben, of op z'n minst een beetje verward, want Alex zei erachteraan: 'Hier om de hoek zit een tentje waar ze meer serveren dan alleen een muffin. Wat zeg je ervan? Heb je nog een paar minuten?'

Ze wilde alleen nog maar vragen of hij het nummer van *The Plunge* met haar eigen bruiloft ook had gezien, maar ze zei: 'Ja, hoor. Klinkt goed, een ontbijtje.'

Ze liepen samen naar de Chelsea Diner en kozen voor een besloten zitje achterin, waar Andy haar best deed om niet steeds te denken hoe raar het was om daar met Alex te zitten. Het vorige weekend hadden Max en zij Clementine op zaterdagochtend om half zeven meegenomen naar de Chelsea Diner, omdat het de enige zaak in de buurt was die op dat tijdstip open was. Nu wierp ze even een blik op het tafeltje waar ze toen hadden gezeten en ze wenste bijna dat Clementine daar zou verschijnen, trappelend en lachend in haar autostoeltje... Andy keerde met een ruk terug naar de werkelijkheid. Haar telefoon trilde weer. Emily. Ze drukte haar opnieuw weg.

Nog voordat Andy een hap van haar omelet met cheddar nam, flapte ze eruit: 'Vertel eens wat meer over die geheimzinnige vriendin van je.' Het scheelde maar heel weinig of ze had gezegd: 'Volgens mijn moeder is het serieus tussen jullie,' maar ze slaagde erin de broodnodige terughoudendheid in acht te nemen.

Bij het horen van het woord 'vriendin' begon Alex te glimlachen. En alsof dat nog niet irritant genoeg was, leek zijn glimlach ook nog eens oprecht. 'Het is een pittige tante,' zei hij hoofdschuddend. Andy spuugde bijna haar koffie uit. *In bed? Bedoelt hij dat?* 'Door haar loop ik altijd op mijn tenen.'

Wat wilde hij daarmee zeggen? Dat ze fel was? Energiek? Slim? Stoer? Grappig? Charmant? Al het bovenstaande?

'In welk opzicht?' Andy kuchte.

'Gewoon een vrouw met een eigen willetje, weet je wel?' Waarmee hij duidelijk impliceerde dat dit voor Andy niet gold.

'Hmm.' Nog een hap. Ze prentte zichzelf nog eens in dat ze langzaam moest kauwen en slikken. Dat ze gelukkig getrouwd was. Dat ze moeder was. Dat Alex alle recht had op een vriendin, hoe pittig die ook mocht zijn.

'Ze is kunstenares, echt een vrije geest. Ze doet veel freelancewerk, adviesklussen, en ze geeft af en toe les, maar het grootste deel van de tijd sluit ze zich op in haar atelier of is ze op zoek naar inspiratie.'

'Je bent toch vanwege haar werk in New York komen wonen?'

Alex knikte. 'Niet voor een specifieke baan of zo, maar omdat er hier veel meer kansen zijn. Ze is opgegroeid in de stad en heeft hier een ontzettende grote vriendengroep, en haar ouders en haar broer met zijn gezin wonen ook in New York. Een compleet netwerk. Ze heeft me vanaf onze eerste ontmoeting destijds in Burlington duidelijk gemaakt dat ze terug zou gaan naar New York zodra ze de kans kreeg.'

Haar telefoon ging alweer, ergens onder de tafel, maar Andy had het gevoel dat ze zich bevond in die laatste seconden vlak voor een auto-ongeluk, wanneer je hersenen niets anders registreren dan het beeld pal voor je ogen en je gehoor tijdelijk is uitgeschakeld; ieder greintje aandacht was als een laserstraal gericht op het heden.

'Ga je met haar trouwen, denk je?' vroeg Andy. Ze legde haar vork neer en keek Alex strak in de ogen. De spanning die ze voelde was onmiskenbaar; ze kon niet eens meer onverschilligheid of afstandelijkheid voorwenden.

Alex lachte een beetje ongemakkelijk. 'Moet je echt niet opnemen?'

'Wat? O! Nee, dat is natuurlijk Emily weer. Ze kan nogal doordrammen. Waar hadden we het over?'

Maar de betovering was verbroken. Alex bracht het gespreksonderwerp snel terug op Andy; hij vroeg of de baby goed sliep en of Max en zij nog vakantieplannen hadden. Ze voelden zich niet langer volkomen op hun gemak, zoals daarnet. Hij leek net zo nerveus als zij zich voelde, en ze wist niet precies waardoor dat kwam. Natuurlijk was het altijd wat ongemakkelijk om bij te praten met een ex, zeker wanneer die zo veel voor je had betekend als Alex voor haar. Hoe moest je je gedragen als iemand die je door en door had gekend, met wie je al je angsten, gedachten en dromen had gedeeld, opeens min of meer een vreemde voor je was? Het gebeurde zo vaak, maar dat maakte het er niet minder onwerkelijk op. Andy was ervan overtuigd dat wanneer ze Alex over zestig jaar op straat zou tegenkomen, ze nog altijd diezelfde band met hem zou voelen, maar waarschijnlijk zouden ze nooit meer vertrouwelingen of zelfs maar echte vrienden worden.

Alex slaagde er op de een of andere manier in de rekening te betalen voordat die aan hun tafeltje werd gebracht, en Andy's uitputtende bedankjes maakten de situatie er nog ongemakkelijker op.

'Ach, het stelt niks voor,' zei hij terwijl hij de deur voor haar openhield. 'Vanaf volgende week werk ik voor een winstgevende school, dan bulk ik van het geld.'

Andy gaf een tik tegen zijn arm. Het was een opluchting om buiten te staan, weg uit het eettentje, en elkaar niet langer in de ogen te hoeven kijken.

'Neem je een taxi naar je werk of ga je met de metro?'

Ze zag op haar telefoon vijf gemiste oproepen van Emily. 'Ik kan maar beter een taxi nemen.'

Alex stak een hand op, en binnen een paar tellen stopte er met piepende banden een gele taxi naast het trottoir.

'Zo snel heb ik er nog nooit een gehad, zo lang ik in de stad woon,' zei Andy, en ze vroeg zich af of hij de ondertoon hoorde: *Te snel, ik was er nog niet aan toe om afscheid te nemen.*

Alex spreidde zijn armen voor een knuffel. Aarzelend drukte Andy zich tegen hem aan. Het liefst had ze zich aan hem vastgeklampt en haar gezicht in zijn hals begraven. Zijn geur was zo vertrouwd, net als de manier waarop hij over haar rug wreef, tussen haar schouderbladen. Ze had zo de hele dag kunnen blijven staan, maar de taxichauffeur toeterde.

'Het was leuk,' zei Alex met een onbestemde uitdrukking op zijn gezicht. 'Echt heel leuk om je te zien.'

'Vond ik ook, Alex. En bedankt voor het ontbijt. De volgende keer gaan we met z'n vieren op stap. Ik wil heel graag je vriendin leren kennen,' loog ze. Hou je kop! brulde ze in gedachten tegen zichzelf. Mond houden en weglopen!

Alex lachte. Het was geen gemeen lachje, maar het zag er ook niet echt aardig uit. 'Ja, wie weet, ooit. Laten we contact houden, oké? Ervoor zorgen dat er niet weer zo veel tijd verstrijkt voordat...'

Andy kroop op de achterbank. 'Natuurlijk!' riep ze opgewekt. De taxi reed al weg voordat Alex het portier had dichtgedaan. Ze moesten allebei lachen en zwaaiden naar elkaar.

Pas een paar straten verderop blies Andy uit. Haar handen trilden. Toen haar telefoon weer ging, kostte het haar moeite om zichzelf voldoende tot de orde te roepen om het toestel uit haar tas op te diepen.

'Hallo?' Tot haar eigen verbazing dacht ze dat het Alex zou zijn.

'Andy? Is alles goed met je? Ik belde naar kantoor, maar Agatha zei dat je er nog niet was en dat Emily je al de hele ochtend probeert te bereiken.'

Max.

'Ja, alles goed. Wat is er?'

'Waar ben je?'

'Hoezo, hou je me in de gaten?' vroeg Andy, plotseling onredelijk verbolgen.

'Nee, ik hou je niet... Of ja, eigenlijk wel. Je bent twee uur geleden van huis gegaan, op kantoor zeggen ze dat je er nog niet bent en dat je je telefoon niet opneemt. Ja, je kunt wel zeggen dat ik bezorgd werd. Neem het me voorál niet kwalijk.'

Andy zei op mildere toon: 'Sorry. Ik moest nog wat dingen doen. Een boodschapje hier en daar. Ik zit nu in een taxi naar kantoor.'

'Een boodschapje? Twee uur lang? En je neemt nooit een taxi naar je werk.'

Andy zuchtte zo hoorbaar als ze kon. 'Max, ik heb een beetje hoofdpijn,' zei ze, en ze voelde zich schuldig omdat ze tegen hem loog – over de hoofdpijn, over Alex door hun ontmoeting te verzwijgen, over de 'boodschapjes' – maar ze wilde niets liever dan ophangen. Had Max het ook zo gevoeld toen hij besloot haar niet te vertellen dat hij Katherine was tegengekomen in Bermuda? Sommige dingen moest je voor je mogen houden, zeker wanneer strikt genomen niemand iets verkeerds had gedaan: de manier waarop die ander je nog steeds kriebels in je buik kon bezorgen, het gevoel dat je kreeg wanneer hij of zij je arm aanraakte of om je grapje lachte. Een eerste liefde was iets krachtigs en heel persoonlijks, iets wat je lang bijbleef. Je hele leven. Je kon zielsveel van je huidige partner houden, en toch zou altijd een klein, intiem deeltje van je hart gereserveerd blijven voor de eerste van wie je had gehouden. Voor haar was dat Alex, en opeens begreep ze dat Max hetzelfde gevoeld moest hebben voor Katherine.

Ze werd milder. 'Waar belde je voor, mijn lief?'

'Ik wilde je gewoon succes wensen! Ik weet dat vandaag de grote beslissing wordt genomen.'

Elias-Clark. Daarom wilde Max weten waar ze uithing. Waarschijnlijk had Emily hém gebeld om haar op te sporen. Die twee spanden weer eens samen. Andy haalde diep adem om haar ergernis te onderdrukken.

'Dank je wel, Max.' Ze besefte hoe formeel en geërgerd het klonk. Maar voordat hij iets terug kon zeggen, gaf een piepje op de lijn aan dat er een tweede beller was. 'Dat is Emily, voor de duizendste keer. Ik spreek je straks, goed?' Ze klikte hem weg zonder afscheid te nemen.

'Hoi,' zei ze.

'Waar zit jij in godsnaam?' krijste Emily. 'Ik probeer je al de hele ochtend te bereiken.'

'Met mij goed, en met jou?'

'Serieus, Andy. Het is al laat en je weet dat we een hoop te bespreken hebben. Waar zit je nou?'

De taxi stopte net voor hun kantoor en Andy zag Emily staan, met haar rug naar de straat, zonder jas, druk gebarend met een niet-aangestoken sigaret in de hand.

'Ik ben hier.'

'Waar?' Emily moest hard roepen om boven het lawaai van het bouwterrein verderop uit te komen.

Andy betaalde de chauffeur en stapte uit de taxi. Meteen hoorde ze Emily behalve door de telefoon ook over de stoep brullen.

'Rook je die sigaret nog op of sta je alleen maar buiten omdat je geniet van het geluid van die eeuwige drilboor?'

Emily draaide zich met een ruk om, en zodra ze Andy zag, verbrak ze bruusk de verbinding. Ze stak haar sigaret op, nam een diepe trek en spurtte naar de stoeprand. 'Eindelijk! Ik heb Agatha al mijn afspraken laten afzeggen. Dit gesprek heeft zo lang moeten wachten dat het nu alle aandacht krijgt die het verdient.'

'Ook goedemorgen.' Andy voelde het koude angstzweet terugkomen.

'Waar zat je nou?' vroeg Emily streng toen ze in de lift stonden.

Andy glimlachte bij zichzelf. Ze wilde Alex met niemand delen. 'Ik moest gewoon nog wat doen,' zei ze, en ze dacht terug aan het ontbijt: de koffie, hun gesprek, hoe ze hadden gelachen. Hij was pas een paar minuten weg en ze miste hem nu al. Dat was een heel slecht teken.

19

Ceviche en slangenleer: een afschuwelijke avond

Andy stond aan het aanrecht een zakje ORS aan te lengen met lauw water toen haar telefoon ging. 'Agatha?' zei ze, terwijl ze het toestel tussen haar oor en haar schouder klemde. 'Is er iets?'

Zoals gewoonlijk klonk haar assistente vermoeid en belaagd zodra ze haar mond opendeed. 'Emily belde net vanuit Santa Barbara. Ze zal wel slecht bereik hebben daar in de bergen of in het dal of waar ze ook zit, maar ze vroeg mij in ieder geval om door te geven dat Olive en Clint ruzie hebben. De plechtigheid is al een uur uitgesteld en Emily is bang dat de bruiloft helemaal afgeblazen zal worden.'

'Nee,' fluisterde Andy, die de telefoon zo hard tegen haar gezicht drukte dat het pijn deed.

'Meer details heb ik niet. Ze viel steeds weg,' zei Agatha zwaar geïrriteerd, alsof Andy haar twintig vragen had gesteld. Hoe vreselijk kon haar dag nou helemaal zijn? Allebei haar bazen waren weg en ze hoefde de hele dag niets anders te doen dan koffiedrinken en een paar bellers afwimpelen.

In de kinderkamer hoorde Andy Clem huilen.

'Agatha? Ik moet ophangen, ik bel je zo terug.'

'Weet je ook hoe laat? Want het is al vijf uur geweest en...'

Hoe vaak had ze dat niet tegen Miranda willen zeggen? Maar dan had ze op haar tong gebeten en nog drie, vier, vijf uur gewacht. Alleen voelde Miranda zich nooit schuldig. Andy had regelmatig moeten wachten tot tien, elf uur 's avonds – en soms zelfs tot middernacht, als de opmaakafdeling laat was met het Boek. En nu ging haar eigen assistente om vijf uur geïrriteerd doen?

'Wacht gewoon maar even, ja?' Andy hing op zonder verdere uitleg, al had ze het liefst geroepen dat ze geen kant op kon met een baby die al vierentwintig uur alles uitbraakte terwijl haar zakenpartner informatie probeerde door te spelen vanaf het zwarte gat in hun communicatie op een celebritybruiloft in de heuvels van Santa Barbara. Dat mens zou heus niet doodgaan van een half uurtje langer op Facebook rondhangen achter haar bureau.

Andy pakte Clem op en kuste haar gezichtje en haar kruin. Ze voelde warm aan, maar niet koortsig. 'Gaat het een beetje, liefje?' mompelde ze.

De baby jengelde.

Ergens in huis ging de vaste telefoon. Het liefst had Andy gedaan alsof ze het niet hoorde, maar omdat er een klein kansje bestond dat het Clems dokter was die terugbelde of Emily die haar geluk beproefde op de vaste lijn, ging ze naarstig op zoek naar het toestel.

'Andy? Hoor je me?' krijste Emily door de telefoon.

'Luid en duidelijk. Je hoeft niet zo te gillen.' Andy probeerde met weinig succes een kledder babybraaksel van haar schouder te vegen.

'Eens kijken of je dat nog steeds zegt als ik je vertel dat de bruiloft is afgelast. Bam! Voorbij! Ik zit hier in het Biltmore met maar liefst achthonderd bruiloftsgasten en er is geen bruid te bekennen!' Emily begon met ieder woord harder te praten.

'Hoe bedoel je, "geen bruid te bekennen"?'

'Ze heeft de huwelijksvoltrekking al twee keer uitgesteld. Ze is er niet. Niemand heeft haar gezien!' siste Emily.

Andy hapte naar adem. Dit was niet goed. Helemaal niet goed.

'Ze is nu eenmaal Olive Chase,' zei Andy een stuk rustiger dan ze zich voelde. 'Ze heeft de ideale man gevonden, zou ze niet gewoon een beetje laat kunnen zijn?'

'Ze had er verdomme twee uur geleden al moeten zijn, Andy! Er gingen al eerder geruchten, over een ruzie gisteravond die vanmorgen nog niet over was. Niks concreets. Maar de man van een van de gasten beweert dat hij Olive gisteren met haar moeder en haar stylist heeft gezien op het vliegveld van Santa Barbara, waar ze zaten te wachten op een vlucht van American Airlines terug naar LA. Het is afgelopen, Andy. Ze hebben het nog niet officieel laten weten, maar ik zeg je dat Olive foetsie is, net als ons hele nummer over haar bruiloft.'

'Wat nu?' fluisterde Andy. Ze kon haar paniek niet langer verbergen.

'Ik kom als de donder terug naar New York, dan gooien we de boel om. Die twee countryartiesten die elkaar in Nashville hebben ontmoet, hoe heten ze ook alweer? Die kerel die veel knapper is dan zijn vrouw? Hun bruiloft van zes weken geleden kan wel op de cover, daar ben ik niet bang voor. Ik word alleen nogal beroerd als ik denk aan het bijbehorende verhaal over Olive dat nu niet doorgaat.'

Andy besefte dat ieder artikel in het hele nummer wel op de een of andere manier gerelateerd was aan Olives huwelijk: hoe kies je bruidsmake-up voor de 'rijpere' huid, waar ga je op huwelijksreis als je nieuwsgierige blikken wilt ontlopen, plus een gidsje met tips voor Santa Barbara en Louisville, compleet met interviews met plaatselijke winkeliers, partyplanners en hotelhouders.

Ze kreunde. 'O god, dit is te erg. Het gaat ons nooit lukken.'

'En dan hebben we het nog niet eens over de advertentie-inkomsten. Ik zou zeggen dat zestig procent van de verkochte advertentieruimte is verkocht op basis van de Chase-trouwerij. Misschien wel meer. En minstens de helft van die afnemers is nieuw, die móéten we zien te behouden.'

Andy hoorde lawaai in de gang. De voordeur sloeg met een klap dicht.

'Hallo? Wie is daar?' riep ze, waarbij ze probeerde de paniek uit haar stem te weren. Ze verwachtte niemand, maar ze had duidelijk de deur open en dicht horen gaan. Isla had vrij genomen omdat ze examens had en Max was al naar het vliegveld vertrokken voor een korte zakenreis.

Andy hoorde voetstappen in de gang. Ze drukte Clem tegen zich aan en hield de telefoon heel dicht bij haar mond. 'Emily, er is hier iemand. Bel het alarmnummer! Wat moet ik...'

'Rustig maar,' zei Emily geërgerd. 'Dat is je nanny. Ik heb gezegd dat ze zo snel mogelijk moest komen.'

'Isla?' vroeg Andy verbaasd. 'Maar die heeft...'

'Ze kan dat stomme examen wel een andere keer doen, Andy. We hebben je nu op kantoor nodig!'

'Maar hoe wist je...'

'Weet je nog tegen wie je het hebt? Als ik Miuccia Prada kan vinden wanneer ze op nieuwjaarsdag in een hondenslee zonder bereik door de Canadese Rocky Mountains trekt, kan ik die stomme nanny van jou ook echt wel opsporen. Kleed je aan en kom onmiddellijk naar de redactie!'

De verbinding werd verbroken, en ondanks zichzelf moest Andy lachen.

Isla kwam de kinderkamer binnen. 'Hallo,' zei ze. 'Hoe is het nu met Clementine?'

'Wat vervelend, dit!' zei Andy. 'Ik had geen idee dat Emily je zomaar had gebeld. Ze heeft het recht niet om zonder mijn toestemming contact met je op te nemen en te zeggen dat je moet komen werken. Ik zou nooit...'

Isla glimlachte. 'Het geeft niet, ik begrijp het heel goed. En de twee weken extra salaris die ze me heeft beloofd kan ik heel goed gebruiken voor mijn schoolgeld. Dus ik ben er wel blij mee.'

'Ach ja, je kent Emily: altijd de beste ideeën,' zei Andy opgewekt, en in gedachten nam ze alle manieren door waarop ze haar vriendin met plezier zou kunnen vermoorden. Ze kuste Clem op de wang en gaf haar aan Isla.

'De koorts is gezakt, maar kijk alsjeblieft over een paar uur nog een keer en bel me als ze verhoging heeft. Ze mag zo veel flesjes van mijn melk als je haar kunt laten drinken, en verder ORS met water. Als ze maar drinkt. Ik kom zo snel mogelijk terug, maar het zou wel eens laat kunnen worden.'

Isla zwaaide Andy uit met Clem op de arm. 'Emily zei al dat ik hier zou moeten blijven slapen, dus ik heb mijn spullen bij me. Maak je maar geen zorgen, het is allemaal geregeld.'

'Laat dat maar aan Emily over,' mompelde Andy. Ze snakte naar een douche, maar ze wist dat ze daar geen tijd voor had. In plaats daarvan verruilde ze haar blouse met kotsvlekken voor een schone en trok een paar sneakers aan die ze normaal gesproken nooit naar haar werk zou dragen. In minder dan tien minuten was ze de deur uit. Haar telefoon begon schel te rinkelen zodra ze op de achterbank van een taxi plofte.

'Heb je een chip bij me laten inbrengen of zo? Ik stap net in een taxi.'

'Nu pas?' Emily's ergernis was overduidelijk.

'Even serieus, Em. Doe een beetje rustig.' Andy zei het zo speels als ze kon opbrengen, maar Emily's bruuske *Runway*-toon stond haar niet aan.

'Ik moet hollen om de laatste nachtvlucht vanuit LA te halen, en morgenvroeg kom ik uiteraard meteen vanaf het vliegveld naar de redactie. Alle anderen zijn al ingeseind, ze zijn onderweg of komen zo snel mogelijk. Ik heb Agatha opdracht gegeven om voor iedereen eten te bestellen. Chinees, dat gaat het snelst. Als het goed is, wordt het over twintig minuten bezorgd. O ja, en ik heb gezegd dat Agatha de decafécups moet verstoppen. Ik wil dat iedereen vanavond aan de cafeïne gaat, want het wordt een lange zit.'

'Zo! Ga je ons ook nog vertellen wanneer we naar de wc moeten, of mogen we dat zelf beslissen?'

Emily zuchtte. 'Ja, maak me gerust belachelijk, maar jij weet net zo goed als ik dat we niet anders kunnen. Ik bel je over vijf minuten terug.'

Weer hing ze op zonder nog iets te zeggen, opnieuw een onwelkome herinnering aan hun *Runway*-tijd. Andy wist dat ze de hele nacht zou moeten doorwerken en dat Emily haar alleen maar had geholpen door al het voorbereidende werk te doen, maar ze kon het oude gevoel dat ze door Miranda's voormalige eerste assistente werd gecommandeerd en afgeblaft niet van zich afzetten.

Nadat ze de taxichauffeur had betaald liep ze naar binnen, waar Agatha ontevreden opkeek van achter haar bureau.

'Sorry Agatha, maar dit is een...'

Agatha stak een hand op. 'Ik weet het, Emily heeft het me verteld. Ik heb al eten besteld, koffiegezet en iedereen gebeld.' Het klonk zo lusteloos en ellendig dat Andy bijna medelijden met haar kreeg. Tot ze bedacht dat ze zelf haar zieke kind had moeten achterlaten bij de oppas, dat Emily in het vliegtuig moest slapen en ze een onmogelijk lange nacht voor de boeg hadden, en ze bedankte haar assistente slechts en deed de deur dicht.

Bijna twee uur lang werkte ze zonder onderbreking door: de tekst over de twee countrysterren nalezen en alle feiten noteren die nog nagetrokken moesten worden. Toen ze naar de artdirector wilde gaan om de foto's door te nemen, belde Max. Ze keek op de klok: acht uur. Hij was waarschijnlijk net geland in Boston.

'Ik zag je mailtje. Jezus, wat een nachtmerrie moet dat zijn,' zei hij.

'Zeg dat wel. Waar zit je nu?'

'Ik ben nog op het vliegveld. Wacht even, daar is mijn auto. Ik heb over een half uur een afspraak met die lui van Kirby in het centrum.' Max begroette de chauffeur, gaf hem instructies en zei toen: 'Ik had Isla net aan de lijn. Clem heeft geen koorts meer en ze krijgt nu haar flesje.'

'Heeft ze goed geslapen?'

'Dat weet ik niet, het was een kort telefoontje. Isla zei iets over blijven slapen?'

'Ja, dat heeft Emily geregeld. Ik zit de hele nacht hier.'

'Hoezo Emily?'

'Hou maar op.'

Max begon te lachen. 'Oké. Maar wat is er nou precies gebeurd? Het klinkt ernstig.'

'Ik weet niet meer dan wat ik jou heb geschreven: Olive heeft op het allerlaatste moment de bruiloft afgelast. Ik heb het totaal niet zien aankomen. Gelukkig hebben we nog een ander bruidspaar dat we kunnen gebruiken, maar nu raakt het nieuwe nummer op ontelbare manieren in de knel.'

'Tjee, wat lullig. Denk je dat de potentiële verkoop nu ook ongunstiger zal uitpakken?' Ze hoorde dat hij zijn best deed om het voorzichtig te vragen.

'De potentiële verkoop?'

'Het bod van Elias-Clark,' zei Max zachtjes. 'Ik meen me te herinneren dat Emily laatst iets zei over een naderende deadline. Ik weet natuurlijk niet precies hoe het zit, maar het lijkt me beter om hun bod te accepteren voordat er problemen komen met het nieuwe nummer.'

Andy steigerde. 'Elias-Clark is wel het laatste waar ik me nu mee bezighou,' loog ze, terwijl ze bedacht dat deze nachtmerriedag juist uitgroeide tot een typisch Elias-Clark-geval. 'Bovendien weet je hoe ik over die overname denk.'

'Dat weet ik, Andy. Ik denk alleen echt...'

'Sorry Max, ik moet ophangen. Ik heb nog uren werk voor de boeg en het wordt er niet vroeger op.'

Het bleef even stil voordat hij zei: 'Bel je me straks nog?'

Andy stemde toe en hing op. Toen ze naar de zee van papier keek die voor haar lag – storyboards op de vloer, en overal rondrennende assistenten en redacteuren en ontwerpers – wist ze dat deze avond en nacht haar laatste restje energie zouden opslokken.

Toen haar telefoon onmiddellijk weer ging, wachtte ze niet eens tot Agatha opnam. 'Wat?' blafte ze in de hoorn, botter dan de bedoeling was.

'Kan ik Andrea Sachs alstublieft even spreken?' vroeg een stem met een aangenaam maar onbestemd accent.

'Dat ben ik. Met wie spreek ik?' Andy voelde een golf van ergernis door zich heen gaan. Wie belde haar nu om acht uur 's avonds op haar werk, behalve Max of Emily?

'Andrea, met Charla. De assistente van Miranda Priestly.'

Andy's irritatie sloeg snel om in nervositeit. Werd ze gebeld namens Miranda Priestly? Onmiddellijk ging ze in gedachten de mogelijkheden na, die geen van alle aantrekkelijk waren.

'Hallo, Charla. Hoe gaat het met je?'

Het bleef even stil, en Andy wist dat het meisje met stomheid geslagen was omdat iemand naar haar welbevinden had geïnformeerd. Ze kon zich maar al te goed het gevoel herinneren dat de mensen die ze iedere dag sprak, sommigen zelfs ieder uur, het niet eens zouden merken als ze plotseling van de aardbodem was verdwenen – laat staan dat ze het erg gevonden zouden hebben.

'Met mij gaat het prima, dank je wel,' loog het meisje. 'Ik bel namens Miranda.'

Bij het horen van die naam kromp Andy in een reflex in elkaar. 'Ja?' wist ze schor uit te brengen.

'Miranda verzoekt je vriendelijk om aanwezig te zijn bij een etentje aanstaande vrijdag.'

'Een etentje?' Andy kon haar ongeloof niet verbergen. 'Vrijdagavond?'

'Ja, bij haar thuis. Ik neem aan dat je het adres nog weet?'

'Bij haar thúís?'

Charla zei niets. Andy huiverde vanwege haar ijzige zwijgen en vroeg uiteindelijk na een lange, doodse stilte: 'Natuurlijk weet ik het adres nog.'

'Mooi, dat is dan geregeld. Cocktails om zeven uur, diner om acht.'

Andy deed haar mond open om iets te zeggen, maar er kwam geen woord over haar lippen. Nadat het voor haar gevoel een eeuwigheid stil was gebleven, zei ze: 'Het spijt me, maar ik kan vrijdag niet.'

'O? Dat zal mevrouw Priestly jammer vinden. Ik geef het door.'

De verbinding werd verbroken. Andy schudde haar hoofd om deze merkwaardige interactie.

Ze snapte er niks van. Wilde Miranda dat ze een etentje bijwoonde? Waarom? Met wie? Naarmate haar bezorgdheid toenam, wist ze steeds zekerder dat deze uitnodiging maar één reden kon hebben. Ze belde Emily.

'Ja?' zei Emily buiten adem.

'Waar zit je? Je moest het vliegtuig toch halen?'

'Waarom denk je dat ik zo hard loop? Het verkeer rond Santa Barbara was een ramp en ik ben net op het vliegveld van LA. Wat is er?'

'Je gelooft het geen moment, maar ik werd net gebeld namens Miranda.'

'O ja?' Emily klonk in het geheel niet verbaasd. Eerder opgewonden. 'Belde ze om je uit te nodigen voor een etentje?'

'Ja. Hoe weet jij dat nou?'

Andy hoorde dat er via de intercom een vlucht naar Charlotte werd omgeroepen. 'Mevrouw, u gaat helemaal niet naar Charlotte,' zei een mannenstem.

'Ik ben verdomme hartstikke laat, zie je dat niet? Moet ik nou echt mijn ópen schoenen uittrekken voor een veiligheidscontrole, mafkees? Wat een ongelooflijk gelul.'

'Mevrouw, ik moet u erop wijzen dat vloeken tegen een ambtenaar in...'

Emily maakte een grommend geluid en zei toen: 'Mij best, idioot, hier heb je mijn fucking schoenen.'

'Nu word je dus gearresteerd,' zei Andy.

'Ik ben ook gebeld door de assistente van Miranda,' zei Emily onverstoorbaar.

Andy liet bijna de telefoon vallen. 'Wat heb je gezegd?'

'Hoe bedoel je, wat heb ik gezegd? Dat we allebei heel graag komen natuurlijk. Ze zei dat het Miranda een mooie gelegenheid leek om te kijken of we op redactioneel gebied op één lijn zitten. Het is een werkdinertje, Andy, dat kunnen we niet weigeren.'

'Nou, ik wel. Ik heb gezegd dat ik niet kan.'

Er klonk nog meer geritsel en gekraak. Andy zette zich schrap voor Emily's uitbarsting, maar die kwam niet. 'Maak je maar geen zorgen,' zei Emily. 'Ik heb doorgegeven dat we allebei komen en dat we bereid zijn over de toekomst van *The Plunge* te praten.'

'Ja, maar ik heb gezegd...'

'Charla heeft me tien tellen geleden ge-sms't. Net nadat jij had opgehangen, denk ik. Ze zei dat je niet kon en ik heb laten weten dat je zeer zeker wél kunt. Kom op, Andy, we zouden hun voorstel aanhoren, dat hadden we afgesproken. En denk eens aan de ervaring: een etentje bij Miranda thuis!'

Agatha stak haar hoofd om de hoek van Andy's kantoor, maar ze wuifde haar weg. 'Dus jij hebt namens mij de uitnodiging aangenomen? Je hebt já gezegd?!'

'Andy, wees toch niet zo'n loser! Het is een hartstikke mooi gebaar dat Miranda ons heeft uitgenodigd voor een dinertje bij haar thuis. Dat doet ze alleen bij mensen die ze graag mag en voor wie ze veel respect heeft.'

Andy kon het niet laten minachtend te snuiven. 'Jij weet net zo goed als ik dat Miranda helemaal niemand graag mag. Ze wil iets van ons, zo simpel is het. Ze wil *The Plunge* en dit maakt deel uit van haar strategie om die te krijgen.'

Emily begon te lachen. 'Natuurlijk. Nou en? Is het nou echt zo erg om een maaltijd te nuttigen die is bereid door een sterrenchef-kok, in een penthouse aan 5th Avenue met uitzicht op Central Park, in het gezelschap van allerlei interessante, creatieve types? Toe nou, Andy, je gaat gewoon mee.'

'Ik word beroerd als ik eraan denk, maar ik kan moeilijk terugbellen om jouw belofte ongedaan te maken, hè? Nemen we Max en Miles mee? Wat moeten we aan? Komen er nog andere mensen, of alleen wij? Ik trek dit niet, Em, echt niet.'

'Ik moet nu instappen. Niet zo stressen jij. Ik regel iets voor je om aan te trekken, het komt allemaal goed. Op dit moment moet je je concentreren op de redding van het nieuwe nummer, oké? Ik bel je zodra ik geland ben, of eerder, als ik in het vliegtuig wifi heb.' Met die woorden hing Emily op.

Het voltallige personeel van *The Plunge* werkte de hele nacht, de volgende dag en de nacht daarna door, waarbij ze om beurten een hazenslaapje deden op een luchtbed in de voorraadkast en douchten bij een nabijgelegen sportschool. Emily liet de telefoon geen moment los: ze hield smeekbedes en overtuigde de adverteerders die puur op Olives naam ruimte hadden ingekocht dat het nog steeds de moeite waard was om hun advertentie te plaatsen. De opmaakafdeling trok er hard aan om in minder dan een dag tijd de lay-out voor een complete cover en het hoofdartikel af te krijgen, en Andy schaafde uren aan een voorwoord van de redactie om de situatie op een heldere, bondige manier uit te leggen aan de lezers, zonder een beschuldigende toon aan te slaan tegenover Olive of ongevoelig over te komen ten opzichte van de nieuwe bruid die ze voor de cover hadden uitgekozen. Ze waren allemaal uitgeput en overwerkt, en iedereen betwijfelde of hun inspanningen zelfs maar een aanvaardbaar blad zouden opleveren.

De verlossing kwam om één uur de tweede nacht – tien uur 's avonds in Los Angeles – in de vorm van een telefoontje van Olives pr-dame, die hun beloofde dat de bruiloft alsnog zou plaatsvinden. Aanvankelijk geloofden Andy en Emily haar geen van beiden, maar de vrouw, die net zo hysterisch en vermoeid klonk als zij zich voelden, zwoer op haar eigen leven en dat van haar eerstgeborene dat alles was verplaatst naar de volgende middag, tot en met de duiven aan toe die zouden worden losgelaten na het jawoord.

'Hoe weet je dat zo zeker?'

'Als je haar gezicht had gezien toen ze weer met hun helikopter waren geland in Santa Barbara, zou jij het ook zeker weten. De kapper en de visagist beginnen om negen uur. Om elf uur is de brunch met de bruidsmeisjes, om twee uur worden de foto's genomen, de plechtigheid is om vijf uur, gevolgd door het feest, tot de laatste gast erbij neervalt. Geloof me nou maar, ik weet het heel zeker.'

Andy en Emily keken elkaar aan over de telefoon, Emily trok vragend haar wenkbrauwen op en Andy schudde hevig nee.

'Ik kom wel,' zei Emily met een diepe zucht. Ze gaf Agatha, die rode ogen had van vermoeidheid, luidkeels opdracht een ticket voor haar te boeken voor de eerstvolgende vlucht die ochtend en aan de fotograaf in LA door te geven dat hij terug moest naar Santa Barbara. Andy wilde haar bedanken, maar Emily stak een hand op.

'Als je geen kind had, zou jij gaan,' zei Emily, en ze graaide haar spullen bij elkaar om naar huis te gaan en in te pakken voor de reis.

'Natuurlijk,' zei Andy, al was ze daar niet zo zeker van. De dag en twee nachten die ze op de redactie hadden doorgebracht waren een hel geweest, en ze moest er niet aan denken nu in een vliegtuig te stappen. Al zou ze het nooit hardop toegeven, als het aan haar had gelegen, had ze misschien gekozen voor de gemakkelijke uitweg en het nieuwe, aangepaste nummer uitgebracht. Emily's beslissing was de juiste, en Andy was haar dankbaar voor haar doorzettingsvermogen.

De chaos van het schrappen, herschrijven en uiteindelijk weer terugdraaien van Olives nummer was waarschijnlijk het enige op de hele wereld dat Andy had kunnen afleiden van het etentje bij Miranda dat haar boven het hoofd hing, maar zodra Emily had bevestigd dat het huwelijk alsnog was voltrokken, betrapte Andy zich erop dat ze aan niets anders meer kon denken. Miranda. Haar appartement. Wie zouden er nog meer komen? Wat zouden ze bespreken? Wat zouden ze eten? En dragen? Na al die avonden dat appartement binnensluipen als loonslaafje was het niet te bevatten dat Andy nu bij Miranda aan tafel zou zitten. Eigenlijk zou ze moeten afbellen, maar uiteindelijk besloot ze diep adem te halen, de aangeboden jurk van Emily te lenen en zich volwassen te gedragen. Het was maar één avondje, meer niet.

En dat hield ze zichzelf nog steeds voor toen de taxi stopte voor het chique gebouw aan de Upper East Side waar Miranda woonde en een geüniformeerde portier hen naar de lift bracht. 'U komt voor mevrouw Priestly.' Zijn woorden hielden het midden tussen een bevel en een vraag.

'Dat klopt,' zei Andy. 'Bedankt.'

Ze gluurde naar Emily, die haar een waarschuwende blik toewierp, als een geërgerde moeder die naar haar ongehoorzame kind kijkt.

'Wat nou?' mimede Andy. Emily sloeg haar ogen ten hemel.

Op de bovenste verdieping leidde de portier hen de lift uit, en hij was alweer weg voordat Andy zich aan zijn been kon vastklampen en hem kon smeken haar weer mee naar beneden te nemen. Ze zag wel dat Emily het net zo doodeng vond als zij, maar haar vriendin leek vastbesloten om zich kalm en beheerst te gedragen. Voor de deur – dezelfde waardoor ze beiden talloze keren naar binnen gegaan waren met hun eigen sleutel – bleven ze even staan, en uiteindelijk klopte Emily zachtjes aan.

Toen de deur openzwaaide, waren er twee dingen die Andy vrijwel onmiddellijk opvielen: ten eerste dat Miranda zo'n beetje het hele appartement van onder tot boven opnieuw had ingericht en het nu oneindig veel mooier was dan ze zich zelfs maar had kunnen voorstellen, en ten tweede dat het slanke jonge meisje dat had opengedaan en nu met haar rug naar hen toe naar de enorme trap in het appartement liep waarschijnlijk een van de tweelingzusjes was. Dat werd even later bevestigd, toen Cassidy zich op haar tengere blote voeten omdraaide, haar lange haar aan de ene kant van haar half kaalgeschoren hoofd achter haar aan zwiepend, en ze met één hand op de trapleuning zei: 'Mijn moeder komt er zo aan. Maken jullie het je gemakkelijk.' En zonder Andy of Emily nog een blik waardig te keuren stuiterde Cassidy de trap af. Ze leek veel jonger dan haar achttien jaar. Andy vroeg zich af waarom ze begin oktober thuis was, als studente.

'En nu?' fluisterde Andy. Ze gluurde om zich heen naar de dikke, tingrijze vloerbedekking, de kroonluchter met minstens honderd druppelvormige gloeilampen in uiteenlopende maten, de levensgrote zwart-witfoto's van beroemde modellen uit de jaren vijftig en zestig, het assortiment bontspreien die over de victoriaans aandoende banken gedrapeerd waren en, het schokkendst van alles, gezien Miranda's smaak (die ze toch meende te kennen): dieppaarse fluwelen gordijnen, zo weelderig dat Andy het liefst haar gezicht erin had begraven. Het vertrek was elegant maar luchthartig ingericht; het interieur van de hal en de zitkamer had duidelijk meer gekost dan wat een gemiddeld Amerikaans gezin in vier jaar verdiende, maar toch voelde het toegankelijk en comfortabel, en verrassend genoeg ook ronduit hip en funky.

Andy liet Emily voorgaan en nam naast haar plaats op een tweezitsbankje in de huiskamer. Ze sloeg haar benen over elkaar en rechtte ze weer. Ze snakte naar een glas water. Steels gluurde ze om zich heen: er scharrelde genoeg geüniformeerd personeel rond om heel Downton Abby te bedienen, maar niemand bood hun iets te eten of te drinken aan. Net toen ze overwoog om naar de wc te gaan om haar gedraaide, knellende panty recht te trekken, hoorde ze die al te bekende stem.

'Welkom, allemaal,' zei Miranda, en ze klapte bijna meisjesachtig in haar handen. 'Wat fijn dat jullie konden komen.'

Andy en Emily keken elkaar een fractie van een seconde aan – allemáál? – voordat ze hun aandacht richtten op Miranda, die er heel... on-Miranda-achtig uitzag. Voor het eerst zolang Andy zich kon herinneren droeg ze niet iets wat bedacht, dichtgeknoopt of sterk getailleerd was. De vuurrode maxi-jurk zat haar als gegoten en was gemaakt van de fijnste zijde, met prachtige stiksels, maar hij wapperde zacht en elegant om haar enkels. Ze had blote armen – het was ook voor het eerst dat Andy Miranda's schouders zag in iets anders dan een galajurk, aangezien zelfs haar tennispakjes aan de conservatieve kant waren – en droeg een paar schitterende oorhangers met diamanten die het licht flonkerend weerkaatsten. Aan haar linkerarm bungelde natuurlijk een handvol Hermès-armbanden, maar verder was haar enige accessoire een boterzachte reep leer die twee of misschien drie keer om haar slanke taille was gedrapeerd en zichzelf overlapte op een manier die tegelijkertijd kunstzinnig en nonchalant was. Zelfs haar handelsmerk, het bobkapsel, leek op de een of andere manier minder streng; niet dat haar haar echt in de war zat, maar het had iets verfijnd-rommeligs, alsof ze net uit bed kwam. Maar nog verrassender dan de jurk, het haar en de sieraden was iets wat je nooit, maar dan ook nooit bij Miranda Priestly zou verwachten: een glimlach die er volkomen menselijk uitzag. Bijna hartelijk.

Emily sprong op en liep in een rechte lijn naar Miranda toe, waarna er allerlei luchtzoenen, complimenten en bewonderende kreten werden uitgewisseld. Als Miranda haar vreugde over het weerzien met Emily speelde – en Andy was ervan overtuigd dat dit het geval was – dan deed ze dat verdomd goed, moest Andy toegeven. Ze straalde nederigheid en waardering uit toen Emily doorratelde over de prachtige gordijnen, het adembenemende uitzicht en de spectaculaire dessins. Net toen Andy dacht dat het niet gekker kon, gebaarde Miranda naar de eetkamer en zei: 'Zullen we aan tafel gaan?'

Andy keek naar Emily, die heel even geschrokken reageerde. Kwam er verder niemand? Werden er geen cocktails geserveerd voordat ze gingen eten? Als het zo doorging, zouden ze over een uur weer buiten staan. Andy vermoedde dat zij de enige was die daar dankbaar voor was.

Ze liepen achter Miranda aan naar de eetkamer. Tot Andy's opluchting was de enorme tafel gedekt voor vijf personen. Er zouden nog twee anderen komen! Niet bepaald een grote groep waarachter ze zich kon verschuilen, maar het was in ieder geval stukken beter dan dat Miranda zich de hele avond op hen beiden zou concentreren.

Toen ze aan tafel gingen, kwam Cassidy weer binnen.

'Waar is Jonas? Eet hij niet mee?' vroeg Miranda, en ze trok er een afkeurend mondje bij. Jonas stond duidelijk niet hoog op haar favorietenlijstje.

'Nee, moeder. En ik ook niet. Ik hoor net in de keuken dat je weer biefstuk eet. Dat meen je toch niet?' Cassidy viste een meergranenbroodje uit de schaal van gerecycled hout die op tafel stond en nam er een hap uit alsof het een appel was. Haar voor de helft kaalgeschoren hoofd gaf haar een heftig en tegelijkertijd trendy voorkomen.

Miranda keek alsof ze haar dochter wel kon vermoorden. 'Ga zitten, Cassidy,' zei ze, en het klonk als een gegromd bevel. Alle mildheid van daarnet was verdwenen. 'Je gedraagt je onbeleefd ten opzichte van onze gasten.'

Voor het eerst sinds hun komst keek Cassidy naar Andy en Emily. 'Sorry,' zei ze tegen niemand in het bijzonder. Tegen Miranda vervolgde ze: 'Ik ben nu ruim een jaar vegetariër, en het feit dat jij dat weigert te erkennen vind ik...'

Miranda stak haar handpalm de lucht in. 'Goed. Ik laat Damien iets te eten brengen op je kamer. Dat was het.'

Het meisje staarde haar moeder aan. Even leek het erop dat ze iets terug zou brullen, maar ze pakte alleen een tweede broodje en beende de kamer uit.

Ze waren helemaal alleen.

Maar tot Andy's grote verbazing herstelde Miranda zich en werd ze weer supervriendelijk. Tijdens het voorgerecht – tere kristallen kommetjes gevuld met tonijnceviche, avocado en grapefruit – onderhield Miranda hen met anekdotes over de Fashion Week van dat najaar, met alle bijbehorende foutjes, vergissingen en ware rampen.

'Dus daar stonden we met z'n allen, iedereen kwetterend van opwinding, toen ineens de stroom uitviel. Boem. Pikdonker. Je wilt niet weten wat een meute modellen uitvreet in die inktzwarte duisternis. Kun je het je voorstellen?' Miranda begon te lachen en Emily gierde met haar mee, terwijl Andy zich afvroeg wat de modellen dan precies hadden gedaan.

Terwijl de obers borden met dungesneden wagyubiefstuk binnenbrachten, richtte Miranda zich tot Andy. 'Heb je nog reizen in de planning?' vroeg ze, en ze leek niet alleen alert te zijn, maar zelfs geïnteresseerd.

'Alleen voor het blad,' antwoordde Andy. Ze sneed voorzichtig een stukje vlees doormidden en schoof het opzij, te nerveus om al pratende te proberen te eten. 'Ik denk dat ik volgende maand naar Hawaï ga voor de Miraflores-bruiloft.'

Miranda kauwde en slikte delicaat. Ze nam een slokje van haar witte wijn en knikte goedkeurend. 'Hm, ik ben altijd al benieuwd geweest hoe het in het tussenseizoen op het Grote Eiland is,' zei ze. 'Je moet me beslist laten weten wat je ervan vond.' En ze vervolgde: 'Help me herinneren dat ik je de naam van onze chauffeur in Maui geef, als je die kant op gaat. Er is geen betere dan hij.'

Andy bedankte Miranda en keek even naar Emily, die haar onmiddellijk een blik toewierp alsof ze wilde zeggen: zie je nou wel? Andy kon er niets tegen inbrengen. Ze had het niet voor mogelijk gehouden, maar misschien was Miranda in de afgelopen jaren echt milder geworden.

Ze adviseerde het tweetal net een bepaalde villa in de Tryall Club in Montego Bay, toen er gestommel klonk in de hal. Niemand leek het te horen. Miranda ging door met haar beschrijving van het schitterende overloopzwembad, de ultramoderne slaapkamers en het adembenemende uitzicht over de oceaan. Vervolgens richtte ze haar aandacht op Andy en informeerde naar Clementine.

'Wat een schattige naam,' kirde ze. 'Heb je foto's van haar?'

Heb je foto's van haar? Andy peinsde er niet over om haar telefoon erbij te pakken, en ze schudde haar hoofd. 'Nee, sorry, niet bij me.' Miranda gedroeg zich als... een normaal iemand. Net toen Andy haar wilde vragen naar Caroline en Cassidy werd haar blik getrokken door een gestalte bij de deur van het appartement. Miranda en Emily volgden allebei haar blik, en met z'n drieën keken ze toe hoe Charla, die er doodmoe uitzag, op haar tenen terugsloop naar de gang. Het arme kind had het Boek in haar handen, en genoeg kleding van de stomerij om de gehele East Side in het nieuw te steken. Ze zag hen pas kijken toen ze de kleren had opgeborgen in de eerste kast aan haar linkerhand, en het Boek – dat teerbeminde Boek waar iedereen groot ontzag voor had – op het haltafeltje, onder een imposante spiegel met visgraatlijst.

'Het spijt me, Miranda,' fluisterde Charla.

Andy was het liefst van haar stoel gesprongen om het meisje te omhelzen. Ze was niet al te aardig voor haar geweest, niet persoonlijk en niet aan de telefoon, maar Andy begreep het. En nu leek ze doodsbenauwd te zijn.

'Wat spijt je, als ik vragen mag?' Miranda's wenkbrauwen schoten omhoog, maar ze leek minder getergd te reageren op het feit dat ze werden gestoord dan Andy zou hebben verwacht.

Charla's blik flitste naar de deur.

'Het spijt haar dat ik erbij ben!' klonk een zangerige stem. 'Ze wilde me niet meenemen, echt niet, maar ik móést vanavond uitsluitsel hebben.'

Nigel. Hij was blijkbaar meegekomen met de gemakkelijk beïnvloedbare Charla.

'Charla, dat was het!' riep Miranda zichtbaar geïrriteerd. Charla dook de gang in en trok de deur achter zich dicht.

'Darling, waar zit je nou? Ik kan je nooit vinden in dit reusachtige appartement!' riep Nigel theatraal.

Miranda sloeg haar handen ineen. 'Nigel, gil niet zo. We zitten hier, aan de eettafel.'

Zeggen dat Nigel in de eetkamer verscheen zou een understatement zijn: daar was hij, gekleed in verschillende lagen contrasterende Schotse ruit, compleet met kilt en bijpassende kniekousen, en hij leek vanaf een wolk boven Schotland te zijn neergedaald in Miranda's appartement. Het was alsof de muziek luider werd. De sfeer nog geladener. Zelfs de lucht in het vertrek, die tot dat moment reukloos was geweest, kreeg de merkwaardige maar aangename geur van dennennaalden en wasverzachter. Of was het haarlak? Andy zou het niet kunnen zeggen.

Miranda slaakte een zucht, al kon Andy zien dat ze niet zo geërgerd was als ze zich voordeed. 'Waar hebben we dit aan te danken?'

'Ik vind het vervelend om jullie te storen, dat weet je best, maar ik word gek van deze besluiteloosheid. Moeten we de jurk van Oscar de la Renta nemen voor die reportage of de McQueen? Ik weet wel dat ze totaal verschillend zijn, maar ik bedenk me steeds. Ik móést even je mening weten.' Nigel haalde twee opmaakmodellen tevoorschijn uit een slangenleren koerierstas.

Als het Miranda al verbaasde dat Nigel was meegekomen met haar assistente, onaangekondigd haar etentje verstoorde en twee ontwerpen over haar nog niet helemaal leeggegeten bord drapeerde, dan liet ze daar niets van blijken. Ze wierp slechts een vluchtige blik op beide opmaken en wees toen met een lange rode nagel naar de linker, een foto van een roze wolk van een jurk met kantjes en ruches die in Andy's ongeoefende ogen van geen van beide genoemde ontwerpers afkomstig kon zijn. 'Deze natuurlijk,' zei Miranda toen ze Nigel de vellen teruggaf. 'De lezer zal het waarderen dat Oscar buiten zijn *comfort zone* treedt.'

Nigel knikte. 'Dat dacht ik dus ook.' De ninja-achtige bediende kwam als geroepen. Hij haalde Miranda's bord weg en zette een glas met dampende *caffè latte* voor haar neer.

Miranda schepte fijntjes suiker in haar glas en nam een slokje. Ze bood Nigel niet aan te gaan zitten, maar stuurde ook niet aan op zijn vertrek. Er viel een ongemakkelijke stilte, totdat Nigel zei: 'Ach, wie hebben we daar! Waar zijn mijn manieren? Het gouden bruiloftsduo! Hallo Emily, hallo Andy. Hoe voelt het nu om aan deze kant van de tafel te zitten?'

Verdomd bizar, had Andy willen zeggen, maar ze glimlachte alleen maar. 'Hallo, Nigel. Leuk je te zien.'

Nigel bestudeerde hun gezichten net iets langer dan prettig was, om vervolgens zijn aandacht te richten op sieraden, haar en kleding. Hij deed geen enkele poging zijn kritische blikken te verhullen.

'Heel leuk dat jullie er zijn, dames. Vertel eens, valt er al wat te vieren? Of gaat het nog steeds over de stomvervelende praktische kanten van de zaak?'

Andy zag dat Miranda met een ongemakkelijk gezicht naar haar lege dessertbordje staarde. 'We genieten van elkaars gezelschap,' zei ze afgemeten. En toen: 'Marietta, breng eens een bordje voor Nigel.'

Ze was kennelijk niet duidelijk genoeg geweest. 'Dames!' kirde Nigel. 'Is het geen heerlijk vooruitzicht dat *The Plunge* straks deel uitmaakt van de Elias-Clark-familie? Ik vind het in ieder geval enig!'

Toen niemand iets zei, ging Nigel verder: 'Andy, vertel Miranda eens over je idee voor het nieuwe nummer.'

Andy moest hem niet-begrijpend hebben aangekeken, want Nigel drong aan: 'Over *moi*? En mijn geliefde? Dat ben je toch niet vergeten?'

'O ja,' mompelde Andy. Ze wist niet wat ze nog meer moest zeggen, maar ze had er alles voor over om de stilte te doorbreken. 'Het leek me een goed idee om het huwelijk van Nigel en Neil te gebruiken voor het aprilnummer van *The Plunge*.' Ze wendde zich tot Nigel. 'Jullie trouwen toch met Kerstmis? Dat zou voor ons ideaal zijn, qua planning.'

Nigel straalde.

Emily's hoofd zwiepte heen en weer tussen Andy, Nigel en Miranda, alsof ze naar de US Open zat te kijken.

Miranda nam een slokje van haar wijn en knikte. 'Ja, Nigel heeft me over je idee verteld en ik vind het uitstekend bedacht. Al hoort de allereerste fotoreportage over een homohuwelijk natuurlijk thuis in het juninummer. April is eenvoudigweg niet opvallend genoeg. Maar het is een heel goed idee.'

Andy voelde haar wangen gloeien.

Emily mengde zich erin. 'Hoe het ook gaat, het wordt vast heel mooi. Het leek Andy en mij leuk om voor de foto's het moment na te spelen waarop het gelukkige paar in ondertrouw gaat bij het stadhuis. Zodat het geheel aanvoelt als een reportage, om dit historische moment vast te leggen voor het nageslacht.'

Miranda richtte haar aandacht nu op Emily, en daar was een vlaag van haar bekende felheid. 'Het stadhuis roept beelden op van metaaldetectoren en suffe mensen die een uittreksel uit het geboorteregister komen halen. Nigel en Neil staan voor glamour en verfijning. Dat gaat niet samen met het stadhuis.'

'Mee eens, mee eens!' joelde Nigel.

'Ik begrijp wat je bedoelt,' zei Emily, en ze leek het nog te menen ook.

Andy keek strak naar de tafel, en ze haatte zichzelf omdat ze haar mond hield.

'Ik sta beslist achter het homohuwelijk, maar als je zo'n artikel verkeerd aanpakt, heeft niemand er wat aan. Ik ken de lezeres van *The Plunge*, en al vindt zij het prima dat homo's mogen trouwen, ze wil niet betrokken raken bij een saai politiek debat. Ze wil mooie kleding zien! Prachtige bloemen. Dure sieraden. Romantiek!' Met die woorden wendde Miranda zich tot Andy. 'Je mag nooit uit het oog verliezen dat je maar één taak hebt: je lezers bieden waar ze behoefte aan hebben. Met gezeur over gelijke rechten sla je de plank helemaal mis.'

'Goed gesproken,' mompelde Nigel.

Emily leek slecht op haar gemak – waarschijnlijk maakte ze zich druk om Andy's reactie – maar zij knikte ook. 'Je slaat de spijker op z'n kop, Miranda. Andy en ik proberen onze lezeressen altijd te bieden wat ze willen zien. Ik ben het helemaal met je eens. Ja toch, Andy?' Met die woorden wierp ze Andy een waarschuwende blik toe.

Andy's repliek lag op het puntje van haar tong, maar ze hield zich in. Wat had het voor zin om in opstand te komen tegen Miranda Priestly? In zekere zin was het een opluchting dat de oude Miranda was teruggekeerd. Twee gangen was al buitengewoon lang voor iemand die alle capaciteit ontbeerde om zich menselijk te gedragen, maar Miranda was erin geslaagd. Haar charme, vriendelijkheid en gastvrijheid hadden Andy op de zenuwen gewerkt. Dit was tenminste bekend terrein.

Ze zette haar koffiekopje neer. Al die tijd had ze op haar tenen gelopen, maar ze was niet van plan met iedereen mee te praten, alleen om het gezellig te houden. Bovendien was het misschien wel een goed idee om Miranda haar eigen graf te laten graven. Emily zou eens en voor altijd inzien dat ze heel, heel lang aan deze vrouw en al haar opvattingen vast zouden zitten.

'Ik begrijp wat je bedoelt, en natuurlijk streven we ernaar om onze lezers mooie, interessante artikelen te bieden. Uit alle reacties die we krijgen blijkt dat de *Plunge*-lezers graag meer willen zien van andere culturen en tradities, zeker wanneer die sterk verschillen van de onze. Daarom lijkt het me fascinerend om een rubriek in te voeren met homohuwelijken van over de hele wereld. De veranderingen gaan zo snel, en niet alleen in de VS. Je hebt natuurlijk Europa, maar er worden ook grote stappen gezet in allerlei landen in Azië en Latijns-Amerika waarvan je het niet zou verwachten. Ze zijn er nog niet, maar voor het eerst is het optimisme groot. Dat zou een mooie vaste rubriek zijn, vooraan in ieder nummer, iets met behulp waarvan we...'

Miranda begon te lachen. Het was een schelle, vreugdeloze lach, en haar smalle lippen werden weer als vanouds over haar tanden strakgetrokken. Andy huiverde onwillekeurig.

'Wat schattig,' zei Miranda, en ze legde haar dessertvork dwars over haar bordje om aan te geven dat ze uitgegeten was. Onmiddellijk kwam een team van drie bedienden het vertrek binnen om alle borden af te ruimen, ook al zaten Andy en Emily nog te eten.

'Schattig?' Andy had nu een piepstemmetje, tot haar grote ergernis.

'Jullie schrijven over huwelijken, Ahn-dre-ah. Het is geen wetenschappelijk tijdschrift, en ook geen nieuwsmagazine. Een dergelijke rubriek zou ongepast zijn, dat zou ik nooit toestaan.'

Dat zou ik nooit toestaan...

Andy keek met een ruk op, alsof ze een klap had gekregen, maar het leek verder niemand op te vallen of te interesseren dat Miranda zojuist boven iedere twijfel had bevestigd dat ze van plan was elk woord dat in *The Plunge* zou verschijnen goed te keuren, te redigeren, te schrappen, toe te staan of te verbieden en naar haar eigen hand te zetten. En dat niet alleen: het lukte nu al niet, nog vóór de daadwerkelijke overname, om een andere indruk te wekken.

'Goed, maar het is óns blad,' zei Andy, maar het was nauwelijks meer dan een fluistering. Ze wierp een snelle blik op Miranda, die verbaasd keek. Emily en Nigel vielen opnieuw stil.

'Inderdaad, jullie blad.' Miranda leunde achterover in haar stoel en sloeg haar benen over elkaar. Zo te zien genoot ze hiervan. 'Maar moet ik je eraan herinneren dat jullie nog een lange weg te gaan hebben?'

'Er is natuurlijk altijd ruimte voor verbetering. Andy en ik wilden alleen...'

Miranda praatte door Emily heen alsof ze niets had gezegd. 'Het septembernummer zegt alles over een tijdschrift, en dat van jullie was – hoe zal ik het zeggen? – nogal magertjes. Denk eens aan alle bedrijven die in de rij zullen staan om advertentieruimte af te nemen zodra ze horen dat *The Plunge* voortaan gerelateerd is aan *Runway*. Met het bijbehorende gewicht, de ervaring en het prestige van

Elias-Clark. Denk daar maar eens over na. Straks kunnen jullie op een geloofwaardige manier mijn naam gebruiken.'

Emily zat erbij alsof ze het liefst onder de tafel zou kruipen.

Andy kuchte. Ze voelde haar gezicht rood worden. 'Het spijt me, Miranda,' zei ze, verbaasd dat Miranda het ware verhaal kende. 'We gebruikten de naam *Runway* alleen om deuren te openen, maar verder hebben we alles op eigen kracht gedaan.'

'Rustig aan, dadelijk krijg je nog een hartaanval. Natuurlijk is dat zo. Als jullie niet succesvol waren geweest, zaten we hier nu niet. Maar het wordt tijd om een tandje hoger te schakelen. Wie waren dat op jullie laatste cover? Die Grieken?'

Emily vertelde haar dat het Griekenlands beroemdste jonge stel was, de zoon van de premier die trouwde met de erfgename van een van de rijkste mannen op aarde. Beiden waren zeer aantrekkelijk, afgestudeerd aan Cambridge en bevriend met prins William en prinses Kate.

'Zulke types zijn de mensen zo weer vergeten,' zei Miranda. 'Klaar met die buitenlanders, tenzij ze zelf tot een koninklijke familie behoren. Het moet hoog gegrepen zijn. Eerlijk gezegd vond ik het nummer met jouw eigen bruiloft, Ahn-dre-ah, ook op het randje. Maxwell Harrison mag dan afkomstig zijn uit een bekende familie met een lange geschiedenis, maar hij is niet fascinerend genoeg om een heel nummer te dragen. Wie gaat er nu naar de kiosk om een tijdschrift te kopen met een nobody op de cover?'

'De losse verkoop was die maand uitstekend,' wist Andy uit te brengen, al was ze het diep in haar hart niet met Miranda oneens. Maar kon dat mens het niet wat vriendelijker brengen?

Emily zat erbij alsof ze ieder moment uit haar stoel overeind kon vliegen. 'Ik begrijp wat je bedoelt, Miranda. We hadden misschien een andere richting in moeten slaan met de cover, maar omdat we St. Germain konden strikken...'

Miranda's lach klonk als een blaf. 'Nou, als jullie voor mij werken, zullen de grote namen in de fotografie standaard zijn. Met *Runway* achter je wordt iedere deal gesloten op jullie voorwaarden.'

'Jouw voorwaarden, bedoel je,' zei Andy zacht.

'Ik bedoel op voorwaarden die jullie de beste en de beroemdste ontwerpers, fotografen, stylisten en beroemdheden zullen opleveren. Noem het maar op en je kunt het krijgen.'

Nigel floot goedkeurend. 'Ze is top, dames! Luister goed: dat maak je niet iedere dag mee, Miranda Priestly die je goede raad geeft.'

Andy en Emily keken elkaar aan.

Miranda was nog niet uitgepraat. 'En jullie zullen een ander team moeten aannemen. Ik wil alleen de beste mensen. Vandaar dat ik voor jullie kies. Maar de overname is een mooie gelegenheid om schoon schip te maken, om ons te ontdoen van de klaplopers. O ja, en niet langer die flauwekul van "flexibele werktijden" of "werken vanuit huis". Dat hebben we bij *Runway* afgeschaft en het verschil is enorm.'

Andy's eerste gedachte ging uit naar Carmella Tindale, haar geliefde, klompdragende bureauchef, die ongetwijfeld de zak zou krijgen. En wat nog erger was: zelf zou ze afscheid moeten nemen van haar flexibele werkuren. Niet langer op dinsdag- of donderdagochtend thuisblijven bij Clem. Niet meer met haar naar de kinderarts wanneer dat nodig was. Niet langer zelf haar tijden bepalen en werken wanneer dat het beste uitkwam.

Emily schraapte haar keel. 'Ik weet niet of er veel mensen zijn die we kunnen missen.'

Andy wierp haar een woeste blik toe. 'We hebben uitstekende, toegewijde medewerkers die lange dagen maken en heel veel opofferen voor het blad. Van hen zou ik niemand kwijt willen.'

Miranda sloeg haar ogen ten hemel alsof het allemaal vreselijk vermoeiend was. 'Ze maken lange dagen zodat ze de kast met monsters kunnen plunderen en beroemdheden kunnen bellen. Bij Elias-Clark krijgen ze daartoe tien keer zo veel gelegenheid. Daarom moeten ze allemaal representatief zijn. Zoals bij *Runway*. Ik zal daar persoonlijk voor zorgen.'

'Ja, ik denk wel...' begon Emily, maar Miranda snoerde haar de mond.

'Nog even over Nigels huwelijk,' zei ze, en vervolgens zweeg ze net lang genoeg om zich ervan te verzekeren dat alle ogen op haar gericht waren. 'Ik zou persoonlijk garanderen dat het nummer met

Nigel jullie grootste klapper tot nu toe wordt. Met een enorme voorsprong.'

'Ik weet dat ik ook namens Emily spreek als ik zeg dat wij uitgesproken ideeën hebben over de manier waarop we dit nummer...'

'Vrienden!' riep Nigel. 'Laten we niet kibbelen over de details. Jullie moeten natuurlijk allemaal goed beseffen dat wanneer we het hebben over de bruiloft van de eeuw – de mijne –, vanzelfsprekend ik degene ben die de beslissingen neemt. Beschouw mij maar als jullie onverschrokken koning, dan zijn jullie mijn hofdames.' Hij schoof zijn stoel naar achteren, sprong op en sloeg zijn cape om zijn schouders.

Emily was de eerste die lachte, gevolgd door Andy. Miranda produceerde een zuinig, boos glimlachje.

Nigel salueerde. 'Op eensgezindheid over de bruiloft!' Hij was nu op dreef. 'Ik zal jullie één ding beloven: er is genoeg verrukkelijke Nigel-glamour voor iedereen. Zullen we daar dan maar op proosten?'

Als bij toverslag kwam er een ober uit de keuken met een dienblad waarop vier champagneflûtes en een fles Moët stonden.

'Nee, nee, daar doen we het niet voor,' mompelde Nigel. Hij verdween naar de keuken en kwam terug met vier elegante kristallen borrelglaasjes. Bij nadere inspectie bleken het espressokopjes te zijn, maar daar zat Nigel kennelijk niet mee.

'Wat is dit?' vroeg Emily, en ze nam bevallig tussen duim en wijsvinger een glaasje aan.

'Nigel, nou ja!' zei Miranda, met een ergernis die gespeeld klonk. Ze nam desondanks ook een glaasje aan.

'Op een fantastische samenwerking met fantastische vrouwen!' riep hij terwijl hij zijn eigen glas hief. '*The Plunge* boft maar dat er zo veel mensen zijn die van haar houden.'

'Mooi gesproken, Nigel,' zei Emily, en ze boog zich naar hem toe om met hem te proosten. Samen tikten ze ook hun glas tegen dat van Andy en dat van Miranda, waarna ze elegant de inhoud van het glaasje in hun keel goten.

'Drinken!' kirde Nigel, en Emily moest lachen.

Andy keek vol ongeloof toe hoe Miranda voorzichtig een slokje nam, en daarna nog een. Omdat ze niet de enige wilde zijn met een vol glas, keerde ze in gedachten terug naar haar studententijd, haalde diep adem en goot het spul in één teug naar binnen. De alcohol brandde in haar keel en ze kreeg tranen in haar ogen; ze zou niet kunnen zeggen of het wodka, whisky, gin of iets totaal anders was.

'Wat een smerig spul,' zei Miranda, die het restant in haar glaasje aandachtig bekeek. 'Ik vind het een afschuwelijke gedachte dat je dit in mijn huis hebt aangetroffen.'

Nigel toonde een duivels lachje. Hij stak een hand in zijn shirt en haalde een zilveren veldfles met leren hoes tevoorschijn, waar een grote, zwierige N in was gegraveerd. 'Ik heb het hier niet aangetroffen,' zei hij met een grijns.

Het natafelen verliep zonder bijzonderheden, maar het gesprek van daarnet galmde nog na in Andy's hoofd. Miranda leidde iedereen naar de hal, en het kostte Andy grote moeite om haar jas langzaam aan te trekken en niet te vluchten voor deze vreselijke situatie.

'Heel hartelijk bedankt voor de fijne avond,' zei Emily ademloos, en ze kuste Miranda op beide wangen alsof ze studievriendinnen waren die elkaar na lange tijd hadden teruggevonden.

'Ja darling, je hebt jezelf overtroffen,' zei Nigel. Hoewel het buiten beslist niet koud was, trok hij een paar vingerloze handschoenen aan en wikkelde een kasjmieren sjaal zo groot als een deken om zijn hoofd en hals.

Andy was de enige die leek te merken dat Miranda verstarde; haar rug was kaarsrecht en ze klemde haar kaken op elkaar.

'Bedankt voor de uitnodiging, Miranda. Ik heb lekker gegeten,' zei Andy zacht terwijl ze aan de knopen van haar jas friemelde.

'Ahn-dre-ah.' Miranda sprak ook zachtjes, maar met een harde ondertoon. Vastberaden.

Toen Andy opkeek, verloor ze bijna haar evenwicht. Miranda staarde haar aan met zo'n onverhulde, onversneden haat in haar ogen dat het Andy de adem benam.

Nigel en Emily bespraken op luchtige toon de vraag of ze samen een taxi zouden nemen of ieder apart, dus ze zagen geen van beiden dat Miranda haar lange, dunne vingers om Andy's schouder klemde, haar naar zich toe trok en iets in haar oor fluisterde. Andy was nog nooit zo dicht bij Miranda geweest, en de haartjes op haar armen en in haar nek gingen rechtovereind staan.

'Je tekent deze week die papieren,' zei ze. Haar adem was ijskoud op Andy's wang. 'Maak het iedereen niet zo moeilijk.' En toen, net zo snel als ze Andy had geclaimd, gaf ze haar een duwtje tegen de arm. *Ik ben klaar met je. En nu wegwezen.*

Voordat Andy zelfs maar een reactie kon overwegen, verscheen de man van de lift in de deuropening en werd er aan alle kanten afscheid genomen. Niemand merkte dat Andy domweg de lift in schuifelde zonder nog een woord te zeggen.

Beneden rolden ze de straat op, Nigel en Emily tipsy en lachend, hand in hand.

'Welterusten, darlings,' zei Nigel en hij pikte de eerste taxi in, zonder te vragen of er iemand wilde meerijden. 'Ik kan niet wachten tot we weer gaan samenwerken!'

Emily had haar arm al opgestoken om een taxi aan te houden toen er een Town Car naast hen stopte. Een man van middelbare leeftijd met peper-en-zoutkleurig haar en een vriendelijk gezicht zei: 'Bent u de gasten van mevrouw Priestly? Ze heeft me gevraagd u naar huis te brengen, of waar u ook naartoe wilt.'

Emily wierp Andy een triomfantelijke blik toe en liet zich tevreden op de achterbank zakken. 'Hoe fijn is het dat Miranda ons naar huis laat brengen?' vroeg ze, terwijl ze haar benen strekte.

Andy was nog in shock. Had Miranda haar bedreigd? Was dat zojuist echt gebeurd? Ze kon niet eens de woorden vinden om het Emily te vertellen.

'Wat een fantastische avond! Haar appartement is schitterend geworden, en het eten was natuurlijk verrukkelijk,' ratelde Emily. 'Achteraf gezien was het eigenlijk maar beter dat Cassidy en haar vriend niet meeaten. Nu kon Miranda zich honderd procent op ons richten en ons eerlijk vertellen hoe ze precies over *The Plunge* denkt. Ik weet dat het af en toe een tikkeltje... heftig klonk, maar is het niet ongelooflijk dat een van de grootste denkers in de mode- en uitgeverswereld ons wil helpen *The Plunge* naar een hoger plan te tillen? Ik kan het me bijna niet voorstellen!'

Waarom was Emily niet kwaad of van streek? Besefte ze dan niet dat Miranda ronduit had toegegeven dat ze van plan was *The Plunge* te gaan behandelen als haar persoonlijke eigendom? Dat Miranda het personeelsbeleid zou bepalen en ieder besluit zou nemen, van redactie tot advertenties, en dat ze draconische werktijden en kledingvoorschriften zou invoeren? Dat het erop neerkwam dat Emily en Andy weer assistentes zouden worden, zonder echte inbreng of invloed, slechts pionnetjes in Miranda's despotische bewind?

'Het lijkt wel of wij niet hetzelfde etentje hebben bijgewoond,' zei Andy.

'Ik denk dat ze echt in haar voordeel is veranderd, Andy. Ze was vanavond heel charmant.' Emily glimlachte stralend, alsof ze net terugkwam van een verrukkelijke massage.

'Emily! Heb je haar dan niet horen zeggen: "Dat zou ik niet toestaan", alsof het háár blad was? En dat de bruiloft van Nigel en Neil in het juninummer moet? Ik wilde er vanavond niet over beginnen, maar er bestaat een kans dat ik Angelina en Brad kan strikken. Wie krijgt dan de junicover: Nigel, flamboyante tijdschriftredacteur en Priestly-muze, of *Brangelina*? Ik bedoel, doe even serieus!'

Emily sloot haar ogen en blies langzaam uit. 'Kon jij ook wel door de grond zakken toen die assistente binnenkwam?' vroeg ze.

'Ja, dat arme kind. Ze raakte natuurlijk in paniek. Zag je het dan niet? Miranda is nog steeds dezelfde. Ze behandelt haar assistenten als slaafjes. Ze had totaal geen aandacht voor dat meisje, stuurde haar alleen maar weg. Ik durf te wedden dat Miranda haar ontslaat omdat ze Nigel heeft binnengelaten.'

'Ja, welke idioot neemt er dan ook iemand mee naar dat appartement, ook al is het Nigel. Dat is onvergeeflijk. Wij zouden zoiets nooit gedaan hebben. Hoewel, jij misschien wel, maar ik had meteen de deur dichtgegooid. Als Miranda verstandig is, zet ze dat kind morgenvroeg op straat.'

Andy keek door het raampje naar de schitterende, verlichte ramen aan 5th Avenue terwijl de auto in zuidelijke richting zoefde. Er was zo veel veranderd sinds ze bij *Runway* weg was. Het had haar jaren gekost, en hard werken en een hoop ellende, maar nu had ze eindelijk het gevoel dat ze rust had in haar leven: vrienden met wie ze leuke dingen deed, een liefhebbende zus en fijne ouders, een uitdagende, bevredigende carrière en het belangrijkst van alles: een eigen gezinnetje. Een man, een dochter. Het was niet gelopen zoals ze had verwacht, maar wat deed dat ertoe?

'Was het geen heerlijke avond?' verzuchtte Emily. Ze had haar ogen nog dicht en haar wangen gloeiden van plezier.

Andy zei niets.

'Ik vind echt dat Miranda een grote eerste stap heeft gezet. En ze gedroeg zich heus niet alleen zo vanwege ons. Ze is beslist veranderd, in positieve zin, vind je ook niet?'

'Em, ik...' Andy zweeg, te moe voor het conflict dat ongetwijfeld zou volgen als ze eenmaal de woorden had geuit waarvan ze wist dat ze die moest uitspreken. 'Laten we deze week een keer samen lunchen om definitief een beslissing te nemen over die overname door Elias-Clark, oké? De vorige keer dat we dat zouden doen, kwam er iets tussen. Het is duidelijk dat we hier verschillend in staan, maar we zijn het aan onszelf en aan iedereen verschuldigd om een beslissing te nemen. Afgesproken?'

Emily deed haar ogen open. Ze gaf Andy glimlachend een por in haar zij. 'Goed, we gaan lunchen. En ik ben de eerste om toe te geven dat Miranda destijds niet goed snik was, en misschien is er nog steeds een steekje aan haar los, maar dat kunnen wij wel aan, Andy. Let op mijn woorden, we vormen een topteam samen, en bij Elias-Clark kunnen we fantastische resultaten boeken.'

'Lunch,' zei Andy, terwijl de inmiddels bekende koude rillingen bezit van haar namen. Na vanavond was er wat Andy betrof geen ruimte meer voor onderhandeling. Het was afgelopen, einde verhaal, definitief. Ze had te lang en te hard gewerkt om te bereiken wat ze had bereikt, ze zou haar leven niet zomaar in handen van Miranda Priestly geven. Dat ging ze de komende week haarfijn aan Emily uitleggen. Er zat niets anders op.

20

Een container vol botox

De wekker ging. Gedesoriënteerd draaide Andy zich om om te kijken hoe laat het was, en ze viel bijna uit bed van schrik: elf uur! Hoe kon het nu al elf uur zijn?

'Rustig maar,' zei Max, en hij legde een warme hand op haar blote arm. 'We hebben tijd genoeg.'

'Waarvoor? Waar moeten we heen?'

'Ik zei alleen dat we tijd genoeg hebben.'

'Maar waar gaan we naartoe? Waar is Clementine?'

Max lachte. Hij lag volledig aangekleed, in een buttondown overhemd en spijkerbroek, boven op het dekbed iets te lezen op zijn iPad. 'Clem ligt te slapen, maar ze kan ieder moment wakker worden. Je hebt ik-weet-niet-hoe-lang liggen slapen, als een lijk. We worden straks verwacht voor de brunch van je moederclubje, op een nog nader bekend te maken locatie. Gaat er al een belletje rinkelen?'

Andy kreunde. De herinnering aan het etentje van de vorige avond keerde razendsnel terug.

Had Miranda Priestly haar echt die opmerking toegesist? Andy vond haar moederclubje leuk, maar de gedachte om nu zichzelf en de baby te moeten aankleden voor een brunch aan de andere kant van de stad klonk haar net zo aanlokkelijk in de oren als een bezoekje aan de gynaecoloog. 'Helaas wel. De brunch met de echtgenoten. Wij vrouwen wisselen al drie maanden lang allerlei intieme details uit over ons leven, ook over jou. Tijd om het onderwerp van onze collectieve analyses te ontmoeten.'

'Klinkt geweldig. En het begint om half een, zei je?'

Andy knikte. Ze wilde hem net over het etentje bij Miranda vertellen, toen zijn telefoon ging.

'Ik moet even opnemen,' zei hij, en hij liep de slaapkamer uit.

Andy trok haar nachthemd uit en rekte zich uitgebreid uit onder het dekbed. De stof was zijdezacht en koel op haar blote huid, en ze slaagde erin een paar minuten lang niet aan Miranda Priestly te denken. Hoe fijn haar bed ook was, de douche was nog heerlijker en bezorgde haar een paar extra minuten rust. Andy genoot, zoals ze minstens één keer per dag deed, van de combinatie van de ongeëvenaarde waterdruk en de schier onuitputtelijke hoeveelheid warm water in het appartementencomplex, die alle ongemakken van het stadsleven – de viezigheid, het ruimtegebrek, de drukte, de hoge kosten en gewoon het gedoe in het algemeen – goedmaakte.

Ze stapte onder de douche vandaan en droogde zich af. Max kwam de badkamer binnen en sloeg van achteren zijn armen om haar warme, naakte lijf heen. Hij begroef zijn gezicht in haar hals en snoof diep. 'Ik had je vannacht graag wakker willen maken,' zei hij schor.

'Waarom heb je dat dan niet gedaan?' mompelde Andy. Ze wilde niet toegeven dat ze eerder opgelucht dan teleurgesteld was geweest toen ze bij thuiskomst had ontdekt dat Max nog niet terug was van het etentje met zijn klant. Ze had gewoon geen fut meer gehad om hem het hele verhaal te vertellen.

'Je hebt een paar hectische weken achter de rug, je had je slaap hard nodig,' zei Max, en hij spoelde zijn scheermesje af onder de warme kraan. 'Hoe is het gegaan?'

Andy liep naar haar kast en griste er de eerste de beste kledingstukken uit die ze zag. Ze liep ermee naar de badkamer en begon zich aan te kleden. 'Het was... interessant.'

Max trok via de spiegel zijn wenkbrauwen naar haar op. 'Iets meer details?'

'Miranda spande zich duidelijk bovenmenselijk in om charmant te doen – het is bijna vleiend om te zien hoe graag ze *The Plunge* wil inlijven – maar daarna verviel ze weer in haar oude, onmenselijke gedrag.'

'En dat wil zeggen...?'

'Dat ze niet eens de moeite nam om te verhullen dat ze van plan is de baas te gaan spelen over het blad en alles eromheen. Op zich verbaasde het me niet; hooguit het feit dat ze dat openlijk liet blijken.'

Iets aan Max' gezichtsuitdrukking stond haar tegen. 'Wat nou?'

Hij leek bewust oogcontact te vermijden en bestudeerde uitgebreid de stoppels op zijn wang. Toen haalde hij lichtjes zijn schouders op. 'Niks. Ik zeg toch niks?'

'Nee, maar je blik zegt wél iets. Wat is er nou?'

Max legde zijn scheermes neer en draaide zich naar haar om. 'Andy, ik weet dat je denkt dat ik niet begrijp hoe zwaar het voor je is geweest om voor Miranda te werken, en eerlijk gezegd is dat waarschijnlijk ook zo. Maar zou je het niet achter je kunnen laten en nu de juiste beslissing kunnen nemen?'

Andy voelde zich opeens opgelaten met haar blote bovenlijf en pakte een badjas.

'Ik wil alleen maar zeggen dat Miranda er heus niet op uit is jouw leven te verwoesten.'

Andy keek hem strak aan. 'Dat weet ik. Zo gaat ze niet te werk. Het verwoesten van andermans leven is een onbedoeld gevolg, bijzaak, al maakt dat het er volgens mij niet minder erg op.'

'Je kunt goed voor jezelf opkomen, Andy. Als puntje bij paaltje komt, is Miranda gewoon een doorsnee pestkop. Zo'n type dat op school de baas speelde over de andere kinderen.'

'Zoiets zouden alleen mensen zeggen die nooit voor haar hebben gewerkt,' zei ze zo luchtig als ze ondanks haar irritatie kon opbrengen.

Ergens wilde ze dit gesprek het liefst uit de weg gaan, maar ze besefte dat ze, door haar pogingen om Miranda in de loop der jaren uit haar leven te wissen, haar nooit adequaat aan Max had beschreven. Hij wist dat Miranda kortaangebonden was, tegendraads, een 'moeilijke persoonlijkheid'. Hij kende haar reputatie als een lastige, veeleisende baas. En in de loop der jaren had hij haar vaak genoeg ontmoet om uit de eerste hand te ervaren hoe bruusk en afstandelijk ze zich gedroeg. Meer dan afstandelijk zelfs: Max had Miranda 'onvriendelijk' genoemd nadat Barbara hem voor het eerst aan haar had voorgesteld. Maar om de een of andere reden – of eigenlijk omdat Andy het niet kon verdragen erover te praten – leek Max niet de ware Miranda te zien. De kwaadaardige, gemene en zelfs sadistische Miranda die zijn vrouw tot op de dag van vandaag achtervolgde.

Andy haalde diep adem en ging op de badrand zitten. 'Ze is niet zomaar een bazig type, Max. Daar zou ik inmiddels wel mee kunnen leven – dat heb je goed gezien. Het is veel erger. Bijna nog zwaarder om mee om te gaan. Ze heeft maar één doel, en daarbij staat altijd haar eigenbelang voorop, ten koste van alles en iedereen. Haar assistenten, haar redactie, haar zogenaamde vrienden – ik geloof namelijk niet dat ze echte vrienden heeft, alleen kennissen van wie ze iets wil – zijn niet meer dan figuranten in Miranda's reallife game, met als enige opzet Miranda te laten winnen. Tegen elke prijs.

Als je te laat komt voor een lunch met Miranda Priestly maakt het niet uit of je ontwerper bent of Irv Ravitz of de hoofdredacteur van de Italiaanse *Runway*. Ze zal niet razen en tieren en je de les lezen over beleefdheid en respect. Ze bestelt gewoon haar eten op het moment dat het haar uitkomt, of je er nu bent of niet, en als ze uitgegeten is, stapt ze op. Maakt het haar wat uit dat je kind ziek was of je taxi onderweg een aanrijding heeft gekregen? Helemaal niets. Zit ze ermee dat jij pas je soep krijgt op het moment dat zij haar chauffeur belt om zich te laten ophalen? Geen seconde. Omdat je haar niet interesseert. Je komt niet eens voor op haar radarscherm als een medemens met gevoelens of wensen. Miranda leeft niet volgens dezelfde sociale regels als jij en ik. Ze is lang geleden tot de ontdekking gekomen dat de snelste weg om haar doel te bereiken gewoonlijk verloopt via het vernederen, bekritiseren, kleineren en intimideren van mensen, totdat ze doen wat zij wil. Die zeldzame keren dat die strategie niet werkt – zoals in ons geval, met onze weigering om haar *The Plunge* te verkopen – stort ze zich onmiddellijk op een allesomvattend charmeoffensief: extravagante cadeaus, belangstellende telefoontjes en zeer gewilde uitnodigingen. Hetgeen natuurlijk net zo goed een vorm van manipuleren is, om de figuranten in haar allesomvattende spel naar haar hand te zetten.'

Max legde het scheermes weg en bette zijn gezicht met een handdoek. 'Zoals je haar nu beschrijft, klinkt ze als een psychopaat,' zei hij.

Andy haalde haar schouders op. 'Ik ben geen psychiater, maar het is echt een afschuwelijk mens.'

Max sloeg zijn armen om haar heen. Hij kuste haar op de wang en zei: 'Ik snap wat je bedoelt. Ze klinkt vreselijk, echt waar. En ik moet er niet aan denken dat iemand jou ongelukkig zou maken. Maar ik vraag je alleen om naar het grotere geheel te kijken, Andy, er zijn nog...'

Clementines gehuil snoerde hem halverwege de zin de mond.

'Ik ga haar wel uit bed halen,' zei Andy, en ze liet de badjas op de grond vallen en trok een beha en een trui aan. Max leek het nog steeds niet te begrijpen, en ze was blij dat ze een excuus had om over iets anders te beginnen.

Een half uur later stonden ze wonder boven wonder voor Stacy's appartement in 12th Street, ter hoogte van 5th Avenue. Na haar avond bij Miranda en door Max' kennelijke onbegrip van die ochtend had Andy het gevoel dat haar hoofd op ontploffen stond. Hoe moest ze de komende twee uur op een aangename, sociale manier doorkomen?

'Wie zijn die mensen ook alweer?' fluisterde Max toen de portier hen aanmeldde.

'Stacy is een van de moeders uit mijn groepje. Haar man heet Mark, ik weet niet meer wat hij doet. Hun dochtertje Sylvie is een paar weken jonger dan Clementine. Dat is alles wat ik weet.'

De geüniformeerde portier wees hun de lift, en ze drukten het knopje voor het penthouse in. Daar werden ze aan de deur begroet door een zwaargebouwde huishoudster met een schort voor en op orthopedische klompen, die Clementines wandelwagentje wegzette in de enorme hal en hen naar de huiskamer bracht. Max en Andy wisselden een blik toen ze achter de vrouw aan liepen. Ze kwamen uit in een zitkamer waar het wemelde van de mensen, maar Andy had alleen maar oog voor de zes meter hoge glaswanden aan drie kanten van het vertrek, met het spectaculairste uitzicht op de zuidkant van Manhattan dat ze ooit had gezien.

Haar nieuwe vriendinnen begroetten elkaar, stelden hun echtgenoot aan de anderen voor en zetten hun baby's in diverse buggy's en wipstoeltjes, maar Andy kon zich op niets anders concentreren dan het appartement. Een schuine blik op Max vertelde haar dat hij het ook uitgebreid in zich opnam.

In het dubbel hoge plafond waren daklichten aangebracht, en samen met de waanzinnige raampartij wekten ze de indruk dat de ruimte zweefde. Aan de linkerkant was een natuurstenen haard zo groot als een gemiddelde etalage; boven het strakke, moderne gasvuur hing een enorme, spiegelende flatscreen tegen de uitgestrekte grijze steenvlakte. Door de weerkaatsing van zowel het vuur als de herfstzon baadde de hele ruimte in een spookachtig, bijna hemels wit licht. De moderne lage banken waren gestoffeerd met een smaakvolle combinatie van grijs en ivoor, net als de leeshoek met ingebouwde boekenkast. De salontafel was van hetzelfde steigerhout als de eettafel die verderop stond, waar met gemak zestien mensen aan konden zitten, op schitterende hoge stoelen van gebroken wit leer met chroom. De enige kleur in het vertrek was afkomstig van een waanzinnig luxueus hoogpolig tapijt met abstracte slierten kobalt, rood en paars, en een kroonluchter die mondgeblazen leek te zijn en bijna een hele verdieping hoog was; de verschillende vormen van het glas – ovalen, kronkels, spiralen en lange buizen – leken te exploderen in een kluwen van woest blauw. Zelfs de hond, een Cavalier King Charles-spaniël die volgens de naamaanduiding op zijn leren halsband Harley heette, lag op een miniatuurchaise longue in klassieke designstijl, met poten van geborsteld chroom en een gecapitonneerd leren kussen.

'Wauw,' mompelde Andy, en ze moest haar best doen niet te staren. 'Dit had ik niet verwacht.'

'Waanzinnig,' antwoordde Max, terwijl hij een arm om haar schouder sloeg. 'Dit is wel even wat anders dan huize Harrison. Maar schitterend. Op een dag, als mijn vrouw mediamagnaat is geworden, kopen wij ook zo'n appartement.' Hij bracht het als een grapje, maar Andy kromp ineen.

'Andy! Wat kan ik voor jullie inschenken? O, jij bent vast Max. Wat ontzettend leuk je te ontmoeten,' zei Stacy, die naar hen toe was gesneld. Ze zag er bijna *Runway*-achtig uit met haar chique kasjmieren poncho, hoge hakken, gladgeföhnd haar en onberispelijke make-up. Verdwenen waren de legging en de sweater met capuchon, de oneffen huid en het ongewassen haar waaraan Andy in de loop van hun wekelijkse bijeenkomsten gewend was geraakt. Het was een transformatie van epische proporties.

'Hoi,' zei Andy, en ze probeerde te voorkomen dat haar mond openviel. 'Wat een schitterend appartement. En jij ziet er ook fantastisch uit.'

Stacy wuifde het weg. 'Dat is lief van je. Willen jullie iets drinken? Een mimosa misschien? Max, jij hebt vast liever een bloody mary. Daar is onze huishoudster een ster in.'

Stacy kuste Clem op haar voorhoofd en verdween om hun drankjes te bestellen. Andy legde Clem in de kring met baby's op het designvloerkleed, zoals ze de andere moeders zag doen.

'Dit is helemáál geen goed idee,' mompelde ze, en ze legde gauw een spuugdoekje onder het hoofdje van haar dochter.

'Vertel mij wat,' zei Bethany. 'Micah heeft er al op overgegeven – uitgerekend gepureerde spinazie – en ik hoorde dat Tuckers spuitpoep precies op die rand met overlappende kleuren is beland.'

'Willen ze er niet liever een deken overheen leggen of zoiets?'

Bethany haalde haar schouders op. 'Het maakt niet uit, geloof ik. Er komt iemand in uniform aangesneld om het op te ruimen of schoon te boenen en nieuw eten of drinken te brengen. Er loopt hier zonder overdrijven een complete zwerm personeel rond.'

'Had jij dit verwacht?' vroeg Andy zo zachtjes als ze kon. Theo rolde op zijn buik, en Andy klopte hem op zijn ruggetje. Vanuit haar ooghoeken zag ze dat een andere vrouw, ook in uniform, maar een ander dan dat van de huishoudster die hen had binnengelaten, Max een bloody mary gaf. De cocktail werd geserveerd in een smal, hoog glas en was dieprood, om van te watertanden; hij had zo in een tijdschrift gekund. Max nam het glas beleefd aan, maar Andy wist dat hij een plekje zou zoeken om het onaangeroerd weg te zetten. Ze nam zich voor dadelijk een glas jus d'orange voor hem te regelen.

'Echt niet. Stacy ziet er normaal gesproken eerder uit als een zwerfster dan als miljonair. Maar ja, wie niet in ons groepje?'

Binnen een paar minuten was het gezelschap compleet en zat

iedereen geanimeerd te praten terwijl de baby's op het kleed lagen. De meeste mannen waren precies zoals Andy had verwacht – eigenlijk in grote lijnen hetzelfde als haar eigen Max: begin tot halverwege de dertig, een overhemd dat uit hun broek hing, of een T-shirt met een *hoody* erover, gedragen op designerjeans die hun vrouw voor hen had aangeschaft, ondanks de protesten dat de oude Levi's uit hun studententijd nog prima was. Ze hadden kortgeknipt haar, droegen dure horloges en hun gezichtsuitdrukking verried dat ze nu liever de krant zouden lezen, football keken, naar de sportschool gingen of op de bank hingen, alles liever dan in een kamer vol vreemden zitten terwijl hun kind brulde en hun vrouw vol vuur discussieerde over het juiste moment om met gepureerde groente te beginnen.

Slechts een enkeling was verrassend. Stacy's man Mark was zeker vijftien jaar ouder dan alle anderen en kwam, met zijn peper-en-zoutkleurige haar en een brilletje met stalen montuur, gedistingeerd en volwassener over dan de rest, maar Andy mocht hem meteen door de manier waarop hij baby Sylvie lachend in de lucht gooide en iedere nieuwkomer hartelijk begroette.

De ouders van de kleine Lola, de twee kinderartsen, maakten voor de eerste keer hun opwachting in de groep, en voor mensen die meer dan twaalf uur per dag met kinderen te maken hadden leken ze zich allebei zeer slecht op hun gemak te voelen. Ze droegen allebei een nette zwarte pantalon en een geperst blauw overhemd, alsof ze ieder moment een witte jas konden aantrekken om de ronde te gaan doen. Lola stribbelde tegen telkens wanneer haar moeder haar oppakte, en de vader leek nerveus en ongeïnteresseerd, en hij werd nog meer in beslag genomen door zijn telefoon dan alle andere vaders. Ze zagen er allebei uit alsof ze dolgraag weg wilden van deze merkwaardige bijeenkomst, waar alle aanwezigen vreemden voor hen waren terwijl iedereen hun dochter kende.

Eveneens een verrassing was Anita's man Dean, een rockerstype van in de twintig met een portefeuille aan een ketting, hoge skatersneakers en een snorretje dat met pommade in model was gebracht. Hij was vrolijk en extravert en leek zich prima op zijn gemak te voelen, een volslagen onverwachte tegenhanger van zijn muizige, eeuwig schuchtere en vrijwel altijd zwijgende echtgenote. Tot Andy's verbazing haalde Dean een gitaar uit een reistas, en hij ging in de kring met baby's zitten en begon rock-'n-roll-versies van bekende kinderliedjes te spelen, en ze viel bijna flauw toen Anita de tweede stem inzette en hem begeleidde, beurtelings op de tamboerijn, bekkens en professioneel aandoende maracas. De kleintjes die al konden klappen deden dat vol verrukking, en de andere kinderen kirden en kraaiden. Zeker tien ouders haalden hun iPhone tevoorschijn om het spontane optreden te filmen, en een aantal moeders begon te dansen.

'Zie je nou wel?' Andy gaf Max een por tegen zijn schouder. 'Ik neem je alleen maar mee naar leuke plekken.'

Max zat ingespannen op zijn telefoon te turen en probeerde in te zoomen op Clementine die met een maraca rammelde. 'Zeg dat wel. Ze zouden hier entreegeld voor moeten vragen.'

De bel ging, en een dienstmeisje kwam aan Stacy melden dat er nieuwe gasten waren.

Rachel keek om zich heen en telde hardop. 'Maar we zijn er allemaal. Wie komt er dan nog meer?'

'Misschien andere vrienden van hen?' opperde Sandrine.

'Oh my god, je hebt Lori toch niet uitgenodigd?' krijste Bethany. 'Als ze die gitaar ziet, begint ze meteen een vriendschapskring. Dat kan ik niet aan, hoor, op zaterdag, dat coachinggedoe van haar.'

Stacy begon te lachen terwijl de mannen eerst vragend keken en vervolgens hun belangstelling verloren. 'Nee, dat zijn Sophie en Xander,' zei ze, en ze wendde zich tot het artsenechtpaar voor een bevestiging. 'Die zouden toch langskomen?'

De moeder knikte. 'Ze heeft echt een band met jullie opgebouwd. Jullie zien elkaar elke week en zo, dus... ze wilde graag komen. Ik hoop dat dat goed is.'

Andy kreeg een beetje medelijden met de vrouw door de manier waarop ze het zei. Het viel natuurlijk niet mee, een zware baan als arts terwijl je een baby had, en hoe belangrijk haar carrière ook voor haar mocht zijn, het kon nooit fijn zijn om toe te zien hoe je schoonzus een band opbouwde met je dochtertje, met haar naar speelgroepjes ging, haar knuffelde voordat ze ging slapen en erbij was als ze van haar nieuwe speeltjes genoot. Andy nam zich voor wat meer moeite voor de vrouw te doen, zich aan haar voor te stellen en haar een keer op de koffie te vragen.

Sophie zag er zoals gewoonlijk schitterend uit. Haar lange, dikke haar glansde. Haar hele gezicht straalde toen ze iedereen begroette, met schattig roze wangetjes van de wind.

'Ik had gehoopt dat we haar vriend te zien zouden krijgen,' fluisterde Rachel.

Andy knikte. 'Ik ook. Ik ben heel benieuwd naar hem. Al had ik nog liever de nieuwe minnaar gezien, hoe heet hij ook alweer?'

'Tomás,' fluisterde iemand met een overdreven accent. 'Sexy, artistieke Tomás.'

'Waar is je vriend?' riep Bethany, nooit te verlegen, vanaf haar plekje op de armleuning van de bank.

'Die moest nog even een telefoontje afronden. Hij komt eraan. Hij vindt het heel leuk om jullie allemaal te ontmoeten,' zei Sophie met een gemaakt lachje. Ze zag er bezorgd uit. Waarschijnlijk had haar vriend erop gestaan om mee te gaan, en het was duidelijk dat ze zich slecht op haar gemak voelde door alles wat ze hun de afgelopen maanden had verteld. De verhouding met Tomás was uitgegroeid tot een aantal heftige vrijpartijen, ook al waren ze nog niet samen naakt geweest en hadden ze 'nog niets geconsummeerd', in de woorden van Sophie, die nu probeerde zichzelf en alle anderen wijs te maken dat ze strikt genomen niets verkeerds had gedaan. Maar je zag meteen aan de afwezige blik in haar ogen en de opgewonden manier waarop ze haar vingers ineenvlocht dat ze verliefd aan het worden was op haar knappe, jonge fotografiestudent, en ze werd verteerd door schuldgevoel, angst en onzekerheid over wat ze nu met haar huidige vriend aan moest. Het moedergroepje was haar toevluchtsoord geworden: een kamer vol vertrouwelingen die zo ver van haar dagelijkse leven af stonden dat Sophie er geen moeite mee had hun allerlei details te vertellen die ze zelfs haar echte vriendinnen onthield, en Andy besefte dat ze bijna hysterisch moest worden bij de gedachte dat haar twee werelden zouden samenkomen. Het liefst had Andy haar gerustgesteld. *Wees maar niet bang, wij zwijgen als het graf. Niemand zal je geheim doorvertellen aan je vriend...*

De energie in het vertrek werd plotseling anders, maar Andy's aandacht werd even afgeleid door Clementine, die zo hard en hysterisch huilde dat haar moederhart ervan oversloeg. Ze pakte haar dochtertje op en keek haar helemaal na: haar lijfje, haar gezicht, haar mollige handjes en haar pluizige hoofdje, op zoek naar een verwonding of een mogelijke bron van pijn. Toen ze die niet zag, begroef ze haar gezicht in Clementines halsje en begon ze fluisterend te zingen, terwijl ze haar baby zachtjes tegen haar schouder wiegde. Clems gehuil werd langzaam minder, en Andy nam in gedachten de lijst door: honger, moe, nat, warm, koud, buikpijn, tandjes, te veel prikkels, bang of eenzaam. Ze wilde net aan Stacy vragen of ze even met Clem een rustiger plekje kon opzoeken om haar tot bedaren te brengen, toen ze Max' adem in haar oor voelde.

'Is dat niet jouw Alex?' vroeg hij, en hij legde een hand op haar schouder.

Het duurde een lange twintig of dertig seconden voordat zijn vraag goed tot Andy doordrong. 'Haar Alex' kon niemand anders zijn dan Alex Fineman, en hoewel ze dat begreep, kon ze op geen enkele manier bedenken waarom Max nu over hem begon.

'Mijn Alex?' vroeg ze verbaasd.

Max draaide met twee handen haar hoofd in de richting van de hal, waar een man die met zijn rug naar hen toe stond zijn jas uittrok en zijn sjaal afdeed. Andy wierp één snelle blik op het donkere haar en de grijze New Balance-sneakers van de vreemdeling; ze zag zijn houding toen hij een grapje maakte tegen de huishoudster en wist zonder een spoortje twijfel dat dit inderdaad haar Alex was.

Onmiddellijk verdwenen Clementine, Max, Stacy en de hele groep luidruchtige baby's en druk pratende ouders naar de achtergrond; Andy's blikveld had zich vernauwd tot Alex en alleen Alex, en toch kon ze geen enkele reden bedenken waarom hij de brunch van haar moedergroepje zou bijwonen.

'Xander!' gilde Sophie op schokkend on-Sophieachtige wijze. 'Kom hier, mijn lief, dan stel ik je voor aan al mijn nieuwe vriendinnen.'

Xander. Dat ene woord kwam keihard aan bij Andy, alsof ze door een vrachtwagen werd overreden. In de tien jaar dat ze Alex had gekend had niemand – zij niet, hun studievrienden niet, zijn moeder niet, zijn broer niet, níémand – hem ooit anders genoemd dan Alex. Zelfs niet Alexander. Xander? Het klonk belachelijk.

En toch stond hij daar, voor haar neus, en hij kuste zijn mooie jonge vriendin op de mond en wierp de gastvrouw zijn hartverscheurend kwajongensachtige grijns toe. Hij had Andy nog niet gezien, hij had nog niemand anders gezien dan Sophie, Stacy en Mark, en Andy deed in stilte een dankgebedje voor de paar tellen die ze had om zichzelf tot de orde te roepen.

'Dat is toch Alex?' vroeg Max terwijl hij Clementine van haar overnam. 'Je kijkt alsof je een dode hebt gezien.'

'Ik heb gewoon nooit geweten dat Sophie het over hém had wanneer ze ons over haar vriend vertelde,' fluisterde ze tegen Max, en ze hoopte maar dat er niemand meeluisterde. 'Oh my god.'

'Wat?'

'Oh... my... god.'

'Wat is er nou? Gaat het wel?' vroeg Max.

Xander. Al jaren verkering. Ik hou van hem, maar... Veel veranderd. Lijkt me niet meer te zien staan. Beschouwt me als een meubelstuk. Pas gaan samenwonen. Kortgeleden naar New York verhuisd. Tomás. Mijn leerling. Veel jonger. Alleen wat onschuldig geflirt. Heftige vrijpartijen. Ik geloof dat ik verliefd op hem begin te worden...

Ze begreep niet waarom het zo lang had geduurd voordat de puzzelstukjes op hun plaats waren gevallen, maar nu het zover was, kreeg Andy bijna geen lucht meer. Ze had geen tijd om het te verwerken, om alle gevolgen op een rijtje te zetten, om gauw Emily en Lily te bellen en hun in een gezamenlijk telefoongesprek alle ranzige details te vertellen, want een seconde later stond Alex naast haar.

'En dit is mijn vriendin Andy!' zei Sophie met een hoog, opgewonden stemmetje. 'En haar man... Sorry, ik weet je naam even niet meer.'

'Dit is mijn echtgenoot Max.' Tot Andy's opluchting klonk haar eigen stem geruststellend gewoon, niet onvast, al moest ze bijna overgeven. Het kwam vluchtig bij haar op dat dit de tweede keer was dat Max en Alex elkaar zagen – de eerste keer was jaren geleden, die ongemakkelijke ontmoeting bij Whole Foods – maar het drong nauwelijks tot haar door.

'Dit is Xander, mijn vriend. Ik heb nog gezegd dat hij het vast heel saai zou vinden hier, maar hij wilde niet in zijn eentje thuisblijven.'

'Dat meen je niet. Daar zou ik een moord voor gedaan hebben, man.' Max gaf Alex een mep op zijn rug. 'Leuk je weer te zien.'

'Ja, leuk.' Alex keek net zo geschokt als Andy zich voelde.

'Kennen jullie elkaar?' vroeg Sophie, met bezorgd gefronste wenkbrauwen.

Je moest eens weten, dacht Andy. Als je het hele verhaal kende, zou je een container vol botox nodig hebben om die frons weg te werken.

Andy had er alle vertrouwen in dat Max een of ander leugentje zou verzinnen over een werkborrel van honderd jaar geleden, en ze viel bijna flauw toen hij zei: 'Ja, we kennen elkaar. Alex heeft vroeger verkering gehad met mijn vrouw.'

Sophies mond viel open, en Andy wist precies wat ze dacht en hoe ze zich voelde. Ze nam ongetwijfeld de hele waslijst door van alle expliciete details die ze tijdens hun laatste groepsbijeenkomst had losgelaten, geen van alle geschikt om te vertellen aan iemand die de bedrogen vriend in kwestie persoonlijk kende. Andy keek toe hoe Sophies schrik overging in paniek.

Haar blik vloog heen en weer tussen Alex en Andy. 'Jullie hebben verkéring gehad?'

Andy en Alex knikten alleen maar, maar Max had er zichtbaar lol in.

Lachend hield hij Clementine boven zijn hoofd, liet haar zakken, kuste haar op haar neusje en tilde haar weer op. Ze giechelde. 'Nou ja, "verkering" is eigenlijk niet het juiste woord. Ze zijn zes jaar samen geweest, hun hele studententijd lang. Kun je het je voorstellen? Ik mag van geluk spreken dat ze niet getrouwd zijn.'

'Ben jij Andy? Dé Andy? Andy van Brown? Andy de vroegere vriendin? Jezus...' Sophie sloeg een hand voor haar mond.

'Ik word tegenwoordig door nieuwe vrienden Andrea genoemd, dat klinkt wat professioneler.' Ze zweeg. Wat viel er verder nog te zeggen? Ze wist niet of ze zich zorgen moest maken of juist blij moest zijn dat Alex Sophie zo veel over haar had verteld. Wat had hij precies gezegd? Hoeveel details had hij losgelaten? Ze dacht terug aan de manier waarop het was uitgegaan, een beslissing die helemaal bij Alex had gelegen; aan het moment dat hij haar had verteld dat hij zonder haar naar Mississippi zou gaan verhuizen, omdat hij bang was dat haar werk altijd boven hem zou gaan, en ze dacht aan de ruzies die ze hadden gehad, vrijwel vanaf het allereerste moment dat ze bij *Runway* was gaan werken. Het gekibbel, de gekwetste ego's, de wrok, de verwaarlozing en het daaruit voortvloeiende gebrek aan seks en genegenheid. Had hij Sophie over dat alles verteld?

'Jullie waren je er geloof ik niet van bewust dat jullie een gezamenlijke... bekende hadden, hè?' zei Alex, en hij keek er net zo ongemakkelijk bij als Andy zich voelde.

'Nee, absoluut niet.' Er was niets meer over van Sophies enthousiasme.

'Dat kon ook niet,' zei Andy zo luchtig als ze kon opbrengen. 'Ik ken hem alleen als Alex, en hoewel ik wist dat hij een vriendin had, wist ik niet hoe ze heette.'

'En ík wist niet dat de beroemde Andy een baby had,' kaatste Sophie terug, ook al had Andy haar opmerking niet hatelijk bedoeld. Sophie wierp Alex een woedende blik toe. 'Je hebt me niet eens verteld dat Andy getrouwd is, laat staan dat ze een kind heeft.'

'Over dat kind gesproken...' Alex trok zijn boord los, hoewel die niet in het minst te strak leek te zitten, en wees naar Clementine. 'Ik heb nog niet de kans gehad om je dochtertje te ontmoeten.'

Max draaide Clem in zijn armen om, met haar gezicht naar hen toe, en als op commando schonk ze hun een brede, tandeloze glimlach. 'Dit is Clementine Rose Harrison. Clem, dit zijn onze vrienden Sophie en... Xander.'

'Wat is ze mooi,' fluisterde Alex, en zijn oprecht gemeende reactie maakte de onmogelijke situatie er nog ongemakkelijker op.

'Clem is een schatje,' zei Sophie en ze keek om zich heen, duidelijk op zoek naar een ontsnappingsmogelijkheid. 'Ik heb mijn broer en Lola nog niet begroet. Neem me niet kwalijk.'

Ze was weg voordat ze nog iets konden zeggen.

'Wat een ongemakkelijke situatie,' zei Max, en zijn ogen schitterden ondeugend. 'Ik hoop niet dat ik iets verkeerds heb gezegd.'

'Natuurlijk niet,' zei Andy, die precies wist waar hij mee bezig was.

'Ik denk dat ze gewoon verbaasd was toen ze ineens het verband zag,' zei Alex zwakjes.

Anita en haar rocker hervatten hun babyconcert op het vloerkleed en de huishoudster kondigde aan dat de brunch klaarstond in de eetkamer.

'Praten jullie maar lekker bij,' zei Max, en hij zette Clem op zijn schouder. 'Dit kleintje hier wil weer naar de muziek, hè liefje?'

Het bleef even stil toen Max weg was. Alex staarde naar zijn voeten en Andy friemelde nerveus aan haar haar. De enige woorden die door haar hoofd speelden waren: vertel het hem, vertel het hem.

'Ze is echt mooi, Andy.'

Eén afschuwelijk moment dacht Andy dat hij het over Sophie had. 'O, Clem? Dank je. Ja, ik denk dat we haar maar houden.'

Alex lachte en Andy glimlachte als vanzelf terug. Zijn lach was volkomen natuurlijk, had niets terughoudends.

'Wat maf dat Sophie en jij elkaar kennen, hè? Ze heeft me zo vaak verteld over een speelgroepje waar ze met Lola naartoe ging – het was niet helemaal wat ze ervan had verwacht, geloof ik – maar ik heb de link nooit gelegd.'

'Ik ook niet, maar dat is logisch. Er zijn duizenden moeders met een baby in Manhattan. Waarom zouden we in hetzelfde groepje zitten? En dan is Sophie niet eens moeder...' Ze besefte dat dit laatste agressief klonk, of beschuldigend of bemoeizuchtig, of misschien wel alle drie.

'Laat Sophie het niet horen,' zei Alex lachend. 'Ze vergeet steeds dat ze Lola's tante is. En ze heeft het altijd over kinderen... Als het aan haar ligt, is ze binnen de kortste keren moeder.'

Nu was het Andy's beurt om naar de vloer te staren. Ze had plotseling dringende behoefte om ergens anders te zijn, overal behalve daar.

'Sorry,' zei Alex, en hij legde een hand op haar schouder. 'Was dat raar? Wil je zulke dingen niet weten? Dit is voor mij ook helemaal nieuw...'

Andy wuifde het weg. 'We zijn nu volwassen. Het is jaren geleden, het is logisch dat we nu allebei ons eigen leven hebben.'

De muziek hield plotseling op en Andy's woorden galmden door het vertrek, maar alleen Sophie en Max keken om.

'Ik ga maar eens wat te eten halen,' zei Andy.

'Klinkt goed. Ik neem vast afscheid. Ik kwam alleen even langs om kennis te maken met het groepje, maar ik moet nog... het een en ander doen.'

Ze knikten allebei, alsof ze zijn excuus aanvaardden, en hij kuste Andy kuis op de wang. Ze slaagde erin hem niets te vertellen. Als ze er al nauwelijks in slaagden haar dochtertje te bespreken zonder zich opgelaten te voelen, hoe kon ze dan in hemelsnaam plompverloren verkondigen dat zijn vriendin hem bedroog met een van haar fotografiestudenten?

Andy liep in een rechte lijn naar de eetkamer, waar ze tijdelijk werd afgeleid door de weelderige uitstalling op het buffet. De 'brunch' was niet minder uitgebreid dan een huwelijksmaal in het Ritz-Carlton, tot een ijssculptuur in de vorm van een kikker aan toe. Op gasbranders stonden zilveren schalen, hoog opgetast met roerei, spek, gebakken aardappelen, pannenkoeken en wafels. Er waren vijf soorten ontbijtgranen, compleet met glazen karaffen magere en volle melk en sojamelk, plus een fruitbar met schijven watermeloen, trosjes druiven, bananen, kiwi's, ananassen, halve grapefruits, kersen, blokjes honingmeloen en diverse rode vruchten. Daarnaast was er nog een babybuffet, compleet met miniatuurbordjes waarop heel klein gesneden fruit lag, en er waren bekertjes YoBaby-yoghurt in alle smaken met bijpassende lepeltjes, pakjes peuterkoeken en schalen vol biologische gepofte rijst met een smaakje. Rechts was een aparte tafel waar een barkeeper mimosa's en bloody mary's mixte, en bellini's met verse perziknectar. Een vrouw in uniform gaf Andy een bord en een bundeltje bestek, terwijl haar mannelijke evenknie vroeg of ze misschien een omelet of een frittata wilde laten klaarmaken door de chef-kok. Pas op dat moment besefte Andy dat de nonchalante brunch om elkaars echtgenoten te leren kennen werd verzorgd door een cateringbedrijf.

'Wauw, dat ziet er fantastisch uit,' zei Max, die naast haar kwam staan en het eten bekeek. 'Aan zo'n leventje zou ik wel kunnen wennen, jij niet?'

Andy besloot niet op die laatste opmerking in te gaan. 'Zou je er zelfs het begin van de wedstrijd van de Jets voor willen missen?' vroeg ze.

'Bijna.'

Geen woord meer over Alex of Sophie. Andy wist niet of Max het er niet over wilde hebben of dat het hem werkelijk niet interesseerde, maar zelf begon ze er niet over. Om beurten hielden ze Clem vast terwijl de ander at; ze propten zich schaamteloos vol en deden een halfslachtige poging om een gesprekje aan te knopen met de andere ouders. Toen Max haar een half uur later een 'Ik ben klaar'-blik toewierp, stribbelde Andy niet tegen.

Terug in hun appartement was Max zo lief om aan te bieden Clementine in bed te leggen voor haar tweede slaapje en de wedstrijd thuis te kijken, zodat Andy naar de manicure kon – een afspraak die ze al een week probeerde in te plannen. En al had ze toevallig de vorige dag haar nagels laten doen (mannen zien zoiets niet), ze wilde toch graag de deur uit. Binnen tien minuten zat ze aan een tafeltje bij Café Grumpy met Lily te bellen.

'Ik had het niet mogen verzwijgen, hè? Ik had het hem moeten vertellen.'

'Natuurlijk moet je het hem niet vertellen!' Lily's stem sloeg over. 'Hoe kom je daar nou bij?'

'Ik ken Alex al vanaf mijn studietijd. Hij was mijn eerste liefde. Ik zal waarschijnlijk altijd van hem blijven houden. Sophie heb ik een paar maanden lang één keer per week gezien. Ik heb niets tegen haar, moet ik je eerlijk zeggen, maar ik voel ook geen loyaliteit ten opzichte van haar.'

'Dat doet er allemaal niet toe. Het zijn gewoon jouw zaken niet.'

'Hoe bedoel je, het zijn mijn zaken niet?'

Op de achtergrond begon baby Skye te brullen. Lily excuseerde zich, zette de telefoon op de pauzestand en kwam even later terug.

'Wat er al dan niet speelt tussen Alex en zijn ex gaat jou niet aan. Je bent een getrouwde vrouw met een kind, en wie er vreemdgaat en met wie is niet jouw probleem.'

Andy zuchtte. 'Zou jij het niet willen weten als Bodhi een ander had? Je bent mijn vriendin, ik zou niet aarzelen het je te vertellen.'

'Jawel, maar het verschil is dat ik jouw vriendín ben. Alex is niet je vriend. Hij is je ex, en wat er in zijn slaapkamer gebeurt – of niet – gaat je niks aan.'

'Met jou kun je lachen, Lily. Weet je dat?'

'Sorry, ik zeg gewoon waar het op staat.'

Andy vroeg hoe het met Bodhi, Bear en Skye ging en hing vervolgens zo snel mogelijk op. Emily nam haar mobiele telefoon niet op, dus belde Andy het nummer van Miles. Ze wist dat hij met Emily mee was naar Chicago voor een bespreking met een potentiële adverteerder; hij zou doorvliegen naar LA als Emily naar huis ging.

Miles nam onmiddellijk op.

'Hoi Miles, sorry dat ik je stoor, maar ik krijg Emily niet te pakken. Weet jij waar ze is?'

'Ze zit hier naast me. Ze nam expres niet op toen ze zag dat jij het was, zegt ze. We gaan net de huurauto ophalen.'

'Was de vlucht zo erg?'

'Ik geef alleen maar door wat zij zegt.'

'Zeg dan maar tegen haar dat de vriendin van Alex in mijn moederclubje zit en dat ze het doet met een leerling van haar die net uit de schoolbanken is.'

Andy luisterde terwijl Miles de boodschap doorgaf. Zoals ze van tevoren had geweten, nam Emily meteen de telefoon over. Ondanks de spanningen tussen hen over Elias-Clark kon Emily geen weerstand bieden aan een sappige roddel.

'Verklaar je nader. Je hebt me nooit verteld dat Alex een kind heeft. En aangezien jij nog steeds geobsedeerd door hem bent, is het nogal verrassend dat je zoiets weglaat.'

Andy wist niet of ze verontwaardigd moest zijn om Emily's beschuldiging of vanwege het feit dat Miles die ook kon horen. 'Luistert Miles mee?'

'Nee, ik ben een eindje verderop gaan staan. Vertel op.'

'Alex heeft geen kind. Zijn vriendin heet Sophie en is bloedmooi, kan ik je melden. De baby is van haar broer en zijn vrouw, een schatje. Lola heet ze. Afijn, aangezien de schoonzus walgelijk lange werkdagen draait, neemt Sophie Lola mee naar het moederclubje. Volgens mij dacht ze eerst dat het een soort speelgroepje was, in plaats van een soort praatgroep voor vrouwen die pas bevallen zijn, maar toch...'

'Jaja, het is duidelijk. En hoe weet je dat ze een van haar leerlingen neukt?'

'Dat heeft ze me zelf verteld. Ze heeft het de hele groep verteld, om precies te zijn. Ze beweert dat ze strikt genomen niet met elkaar naar bed gaan, maar er hebben wel degelijk ongepaste...'

'Dus je wilt zeggen dat je dat zéker weet, uit haar eigen mond, en dat je het hem niet hebt verteld?'

'Ja.'

'Waarom niet?'

'Hoe bedoel je, "waarom niet"?'

'Lijkt het je geen relevante informatie voor Alex?'

'Jawel. Ik dacht alleen dat het me misschien niks aangaat.'

Emily slaakte een kreet. 'Dat het je niks aangaat? Jezus, Andy, wees niet zo braaf en pak de telefoon. Hij zal je eeuwig dankbaar zijn, neem dat maar van me aan.'

'Ik weet het niet. Denk je echt...'

'Ja, dat denk ik echt. Ik ga nu ophangen, want ik moet nog twee uur rijden na mijn derde vlucht in een week tijd en ik ben in staat om iemand te vermoorden.'

'Hou me op de hoogte,' zei Andy, maar Emily had al opgehangen.

Andy bestelde een glas water en staarde voor zich uit. Moest ze Alex bellen en het hem vertellen? Hoe zou dat overkomen? Hij zou geschokt zijn, gekwetst, zich vernederd voelen. Waarom moest zij degene zijn die hem dat verpletterende nieuws bracht? Of nog erger: stel je voor dat het voor hem helemaal geen nieuws was. Wie zei dat hij het niet allang wist? Misschien had hij wel ontdekt dat Sophie vreemdging of had ze het huilend opgebiecht. Of, nóg erger, stel dat die twee een open relatie hadden of iets dergelijks en Sophie in wezen niets verkeerd deed, ook al voelde ze zich er schuldig over. Dan was Andy natuurlijk de bemoeizuchtige, enge ex en kon ze hernieuwd contact met Alex, en misschien zelfs wel een nieuwe vriendschap, voorgoed op haar buik schrijven.

Het voelde op alle fronten verkeerd en afschuwelijk, maar ze hield haar mond. Daar werd ze nog eens goed in.

21

Voor je eigen bestwil

Max zette een beker koffie voor Andy neer en liep terug naar het apparaat om er voor zichzelf een te maken.

Andy schoof de beker weg en kreunde.

'Heb je liever thee?'

'Nee, niks. Mijn keel voelt als schuurpapier.'

'Dit zou toch binnen vierentwintig uur over zijn? Zei de dokter dat niet?'

Andy knikte. 'Klopt. Maar bij Clem heeft het drie volle dagen geduurd en bij mij is dit nu dag vier. Ik geloof hem dus niet meer.'

Max gaf een kus op haar kruin, zoals je bij een jong hondje zou doen, en maakte een medelevend geluidje. 'Arme schat, je gloeit helemaal. Mag je alweer een pijnstiller?'

Andy veegde het zweet van haar bovenlip. 'Pas over een uur,' zei ze schor. 'Eigenlijk moet ik de boodschap op mijn voicemail opnieuw inspreken. Is mijn stem niet sexy nu?'

'Je klinkt als een pestlijder,' zei hij, terwijl hij een stapeltje paperassen in zijn aktetas stopte. 'Kan ik nog iets voor je doen voordat ik vertrek?'

Andy trok haar badjas steviger om zich heen en maakte hem toen onmiddellijk weer los. 'Ik denk het niet. Isla kan ieder moment komen.' Ze slikte moeizaam en deed haar best om niet ineen te krimpen van de pijn. 'Ik moet echt proberen om vandaag te gaan werken. Emily heeft gisteren drie keer gebeld, telkens zogenaamd om te vragen hoe het met me ging, maar ik weet dat ze het alleen maar over Elias-Clark wil hebben. We gaan morgen samen lunchen om eens en voor altijd de knoop door te hakken.'

In de vier dagen na het etentje bij Miranda was het alsof Emily en Andy allebei hadden aangevoeld dat ze het nooit eens zouden worden over een overname door Elias-Clark. Nu was het afwachten wie de langste adem had...

En Andy wist aan wiens kant haar echtgenoot stond.

Max hield op met zijn bezigheden en draaide zich naar haar toe. 'Je kunt in deze toestand echt niet gaan werken, maar dat Emily de overname wil bespreken snap ik wel.'

Iets in zijn stem maakte dat Andy opkeek. Hij informeerde er al wekenlang subtiel naar en toonde meer belangstelling voor haar werk dan ooit tevoren, maar de afgelopen dagen waren zijn vragen minder subtiel geworden. Hij informeerde voortdurend hoe het ervoor stond en impliceerde dat haar instelling idioot was. Natuurlijk zei hij dat nooit letterlijk zo, maar zijn favoriete woord van de laatste tijd was 'kortzichtig'.

Andy zweeg. Ze had hem wel willen vragen in hoeverre zijn voorkeur voor een overname te maken had met Harrison Media, maar ze wist dat dit geen productief gesprek zou opleveren.

'Het is een hele eer, dat bod. Of maar te zwijgen van de verdomd goede prijs.'

'Dat had je al gezegd, ja.' *Een keer of duizend.*

'Ik denk gewoon dat dit de kans van je leven is.' Max bleef Andy strak aankijken.

Ze peuterde een Ricola uit de verpakking en stak die in haar mond. 'Hm, waar heb ik dat eerder gehoord?'

Haar toon had kennelijk duidelijk gemaakt dat het gesprek voorbij was, want Max gaf Clementine een kusje, zei tegen Andy dat hij van haar hield en vertrok. Ze kreeg het weer gloeiend heet, en omdat ze haar dochtertje niet alleen in haar hoge kinderstoeltje wilde laten zitten maar ze zich te licht in het hoofd voelde om haar eruit te tillen, ging Andy onderuitgezakt op de grond naast Clem zitten. Ze kon Isla wel zoenen toen die een paar minuten later binnenkwam en Andy zich eindelijk kon terugtrekken in de slaapkamer, om een schone pyjama aan te trekken en in bed te kruipen voor een koortsachtige maar droomloze slaap. Ze werd wakker van Stanleys geblaf bij de voordeur.

Andy strompelde naar de keuken en wreef de slaap uit haar ogen. Het dutje had geholpen, ze voelde zich al beter. 'Wie was dat?' vroeg ze aan Isla, die een flesje aan het opwarmen was.

'Een koerier. Hij heeft dit achtergelaten.' Isla gaf haar een grote bruine envelop met aan beide kanten de opdruk FOTO'S – NIET VOUWEN!

'O ja, die zouden vandaag klaar zijn, dat was ik even vergeten.' Ze haalde een stapeltje hoogglansafdrukken van 20x25 centimeter van Olives bruiloft uit de envelop. Op het begeleidende briefje van Daniel stond: *Hopelijk ben je er net zo tevreden over als wij. Had ze naar E willen sturen, maar die zit de hele dag in Chicago. Kun je ze aan haar geven? Laat me weten wat je ervan vindt.*

Andy ging met een beker kamillethee aan de keukentafel zitten en spreidde een tiental foto's voor zich uit. Haar glimlach werd steeds breder toen ze de plaatjes bekeek: ze waren in één woord spectaculair.

Ze stuurde Emily een sms: FOTO'S OLIVE BINNEN. FANTASTISCH. WORDT TOPPER. LIEFS.

Er kwam onmiddellijk antwoord. TOP! ZIT NU BIJ DIE LUI VAN ROLEX. STUUR JE N KOERIER NAAR MN HUIS? FOTO'S NODIG VOOR ONTBIJTOVERLEG MORGEN. X

Andy stuurde DOE IK terug, klapte haar laptop open en begon aan het artikel over Olive. Dat zou gemakkelijker zijn geweest als ze de bruiloft zelf had bijgewoond, maar Emily's aantekeningen waren behoorlijk uitgebreid. Andy had haar een lijst van drie pagina's gemaild met dingen die ze moest noteren – of liever nog aan iemand vragen, als ze de kans kreeg – en Emily was er uitstekend in geslaagd alle leegtes voor haar in te vullen.

Isla kwam nog even met Clem bij haar langs voor een kusje voordat ze naar het speelparkje gingen, waar ze een leeftijdgenootje zouden treffen, en na hun vertrek was het heerlijk rustig in het appartement. Andy werkte drie uur aan één stuk door, voor het eerst sinds ze een paar dagen geleden ziek geworden was.

Tegen de tijd dat Isla en de baby terugkwamen voelde Andy zich bijna weer de oude, en wat nog fijner was: ze had driekwart van het artikel af. Ze tilde Clem uit haar wandelwagentje en overlaadde haar met kusjes.

'Ik voel me een stuk beter,' zei ze tegen Isla, die haar weifelend aankeek.

'Weet je het zeker? Ik wil best langer blijven als dat nodig is.'

'Nee echt, ik ben bijna weer de oude. Als we haar nu in haar bedje leggen, is het voor je het weet alweer tijd voor het avondeten. Bedankt voor alles.'

Clementine sliep anderhalf uur en werd om half vier wakker, met haar heerlijke rode wangetjes en die brede, tandeloze grijns. Het was een enorme opluchting om te zien dat ze weer helemaal beter was; telkens wanneer dat arme kind had overgegeven of gehuild, had Andy zelf buikpijn gekregen. Ze wilde Agatha bellen om haar een koerier te laten bestellen, maar toen ze naar het schitterende oktoberweer buiten keek, besloot Andy een wandelingetje te maken naar Emily's huis.

'Ga je met mama mee als ze voor het eerst in zesendertig uur de deur uit gaat? Ja, natuurlijk ga je lekker mee.'

Andy trok een spijkerbroek en een trui aan en hees haar dochtertje in de lichtgewicht babyboerka die bij het wandelwagentje hoorde. De lucht voelde heerlijk fris, bijna verkwikkend, en Andy had er lol in om Clem aan het giechelen te maken door onder het lopen gekke gezichten te trekken. Toen ze naar haar dochters glimlach keek, wist ze zekerder dan ooit in de vele maanden sinds ze het eerste bod hadden ontvangen dat ze niet, onder welke omstandigheden dan ook, nog een jaar voor Miranda Priestly kon werken. Het was al afschuwelijk genoeg geweest toen ze jong was en geen gezin had, maar ze kon het nu niet, de eeuwig rinkelende telefoon, de niet-aflatende eisen, de verzoeken die vierentwintig uur per dag doorgingen en haar onvermijdelijk van huis zouden voeren, weg van Max en vooral van Clementine. Max en zij waren net een beetje gewend aan het leven met een baby en het ging goed tussen hen. Hun huwelijk was niet perfect, maar welk huwelijk was dat nou wel? Ze was gelukkig. Ze waren samen uitstekende ouders en echte partners, en hij was een attentere, liefdevollere vader voor haar dochter dan ze ooit had durven hopen.

Zelfs op carrièregebied verliep alles vlekkeloos: ze kon zich niet voorstellen dat ze ergens anders zulke flexibele werktijden zou hebben. Als het heel druk was of ze een nieuw nummer moesten afronden, werkte ze meer, en ze nam gas terug zodra het productieschema dat toeliet. Ze was eigen baas, met haar beste vriendin als zakenpartner. Want Emily was nog altijd haar beste vriendin, ondanks alles. Ze hadden te hard en te lang gewerkt om nu hun boeltje te pakken en terug te keren naar Elias-Clark, terwijl Andy ervan overtuigd was dat ze het blad ook zouden kunnen verkopen aan een andere, minder gestoorde uitgever. Het zou pijnlijk worden, maar Andy wist dat ze het aan Emily moest vertellen. Het werd hoog tijd. Zodra ze de volgende dag bij elkaar zaten voor die lunch zou ze het ronduit zeggen: de deal ging niet door.

De vijf treden van het trottoir naar Emily's voordeur waren een hele uitdaging met de wandelwagen. Dat dit trapje haar nooit eerder was opgevallen! Andy was al idioot lang niet bij Emily thuis geweest. Hoe lang precies, twee maanden? Drie? Er was een tijd geweest, vóór Clementine en zelfs voor Max, dat Andy zo'n beetje bij Emily op de bank had gewoond, waar ze scherpe tonijnsushi en kilo's *edamame* aten en hun leven tot in de kleinste details met elkaar bespraken.

Ook al zat Emily nog in Chicago – waarschijnlijk zat ze nu in het vliegtuig naar huis – en was Miles in LA voor de opnamen van zijn nieuwe realityprogramma, Andy kon zich er niet toe zetten zomaar met haar sleutel naar binnen te gaan zonder even aan te kloppen. Ze roffelde op de vuurrode deur, die vrijwel rechtstreeks uitkwam in de huiskamer, en net toen ze de sleutel in het slot wilde steken, hoorde ze binnen iets. Gelach? Gepraat? Ze wist niet wie het waren en wat ze daar deden, maar er waren duidelijk mensen binnen. Ze klopte nog een keer. Geen reactie.

WAAR ZIT JE? sms'te Andy Emily.

Er kwam onmiddellijk antwoord: CHICAGO – GA ZO OPSTIJGEN. FOTO'S NOG STEEDS PERFECT?

WAAR IS MILES?

LA, TOT MORGEN. HOEZO? IS ALLES OK?

JA HOOR, PRIMA.

Was het de televisie die ze hoorde? Zat de werkster in het huis terwijl Emily en Miles weg waren? Of logeerden er vrienden? Andy legde haar oor tegen de deur. Ze kon het niet heel goed horen, maar ze wist gewoon dat er iets niet in de haak was – ze wist het zeker. En als ze een gokje moest doen, zou ze zeggen dat Miles tegen Emily had gelogen over zijn bezoek aan LA terwijl hij gewoon hier zat met een of ander vriendinnetje. Max en Emily hadden geen van beiden ooit rechtstreeks bevestigd dat Miles vreemdging, maar iedereen wist dat het zo was.

Zonder over de gevolgen na te denken, zonder zich af te vragen wat ze tegen Emily zou zeggen als haar vermoeden werd bevestigd, stak Andy de sleutel in het slot en duwde de deur open. Zodra ze het draagbare gedeelte van het wandelwagentje van het onderstel tilde, slaakte Clem een enthousiast kreetje en begon ze met haar voetjes te trappelen. Andy volgde de blik van haar dochter naar de huiskamer, en het verbaasde haar niet dat ze Miles languit op de bank zag hangen. Hij zag er verfomfaaid uit, in een geruit overhemd en een haveloze ribbroek, en leek een kater te hebben. Pas toen Andy nog een stapje verder naar binnen liep, zag ze wie er tegenover hem zat: Max.

Ze begonnen allemaal tegelijk te praten.

'Sorry! Ik had de sleutel, maar ik heb nog geklopt en er werd niet...'

'Hé, Andy, dat is lang geleden. Kom eens hier, dan kan Clem haar oom...'

'Andy? Wat doe jij hier? Is er iets met Clem? Je weet...'

En ze zwegen ook weer allemaal tegelijk. Andy nam als eerste het woord. 'Jullie hebben me zeker niet horen kloppen. Ik kwam alleen deze foto's brengen voor Emily. Ze heeft ze morgen nodig voor haar ontbijtoverleg.'

Ze tilde Clementine uit de buggy en liep de huiskamer in. Max krabbelde overeind om hen beiden te kussen. Andy keek naar zijn pak, zijn aktetas en de geschrokken uitdrukking op zijn gezicht, en ze moest zichzelf dwingen om niet in Miles' bijzijn te vragen waarom hij zo vroeg van kantoor was weggegaan. Ze wist dat Max het de laatste tijd heel zwaar had gehad op zijn werk en hij was al wekenlang niet voor acht of negen uur thuisgekomen. Hij vond het verschrikkelijk als hij er niet bij kon zijn wanneer Clem naar haar bedje ging, en nu zat hij languit tegen het einde van de middag bij Miles in de huiskamer! Hij dronk kleine, snelle slokjes ijsthee uit een flesje, met een gezicht alsof hij zojuist was betrapt met zijn broek op zijn enkels.

Clem kraaide van plezier toen Max haar wilde pakken, maar iets maakte dat Andy haar dochter stevig vasthield. Ze vroeg aan Miles: 'Wat is er aan de hand?' Niemand bood haar een verklaring voor Max' afwezigheid op zijn werk en het feit dat Miles niet in LA zat. En vanwaar die onmiskenbaar schuldbewuste gezichten?

'Niet zo veel,' zei Miles, al suggereerde zijn toon iets heel anders. 'Geef die foto's maar aan mij. Zodra Em thuis is zal ik ze...'

'Zodra ik thuis ben?' Emily's stem galmde door de huiskamer, een fractie van een seconde voordat ze zelf verscheen, met een armvol dossiermappen en notitieblokken en een fles water. Ze droeg een joggingpak, dikke sokken en een bril, haar vette haar was slordig opgestoken en er was geen spoortje make-up te bekennen. Ze zag er niet uit.

Andy was zo verbaasd door Emily's verschijning dat ze bijna vergat dat haar vriendin nog maar een paar minuten eerder had beweerd dat ze op de startbaan in Chicago stond. Toen zag ze de reactie op haar eigen aanwezigheid op Emily's gezicht verschijnen: eerst schrik en daarna paniek.

'Andy! Wat doe jij hier?' Emily leek net zo verbijsterd te zijn als Andy.

'Wat ík hier doe? Ik kom de foto's brengen. Maar wat doe jíj hier?'

Ze werd van alle kanten omhuld door stilte. Vol afschuw keek ze toe hoe het drietal blikken wisselde.

'Wat is hier aan de hand? Er is iets mis, hè?' Ze wendde zich tot Max. 'Ben je ziek? Is er iets gebeurd op je werk?'

Weer die stilte.

Na een hele tijd zei Max: 'Nee, Andy, dat is het niet.'

'Het lijkt me duidelijk dat jullie geen surpriseparty voor mijn verjaardag aan het plannen zijn. Vanwaar dan die geheimzinnigheid?'

Weer die blikken.

'Er moet nu echt iemand zijn mond opendoen, want dit wordt ronduit ongemakkelijk.'

'Goed dan. Ik mag je feliciteren,' zei Miles, en hij haalde een hand door zijn haar. 'Het ziet ernaar uit dat Emily en jij nu officieel succesvolle ondernemers zijn. Om maar te zwijgen van het mooie bedrag dat...'

'Miles!' zei Emily scherp, waarbij ze haar echtgenoot een dodelijke blik toewierp.

'Pardon?' Andy klopte Clem zachtjes op de rug terwijl ze om zich heen keek in het vertrek.

Max ging op zoek naar zijn jas. 'Andy, laten we Clem mee naar huis nemen – ze zal zo langzamerhand wel moeten eten – en dan leg ik je alles uit, goed?'

Andy schudde haar hoofd. 'Niet nodig. Ik wil weten wat er aan de hand is. Emily? Wat bedoelt hij met "officieel succesvolle ondernemers"?'

Niemand zei iets.

'Emily?' Andy's stem werd steeds hysterischer. 'Wat wil hij daarmee zeggen?!'

Emily gebaarde Andy te gaan zitten en deed zelf hetzelfde. 'We hebben het contract getekend.'

'Wát? Wie zijn "we"? Welk contract?' Toen begreep ze het. 'Elias-Clark? Heb je ons verkócht?'

Weer dook Max naast haar op. Eerst probeerde hij Clem van haar over te nemen, en toen Andy haar dochter weigerde los te laten, duwde hij haar zachtjes in de richting van de deur. 'Kom, schat. Ik leg het onderweg naar huis allemaal wel uit. Laten we die kleine...'

Ze keek Max aan, met fonkelende ogen van woede. 'Probeer me niet de hele tijd buiten te sluiten en vertel gewoon wat er aan de hand is. Wist jij hiervan? Je wist dat zij mijn handtekening ging zetten en dat heb je laten gebeuren?'

Emily zuchtte welwillend, minzaam, op zo'n manier dat ze zonder het te zeggen suggereerde dat Andy verschrikkelijk overdreef. 'Andy, schat, je kunt me toch moeilijk kwalijk nemen dat ik een kapitaal voor je heb verdiend. We hebben het hier vaak genoeg over gehad: je krijgt straks weer de tijd en de vrijheid om te schrijven wat je maar wilt, wanneer je maar wilt, en om vaker bij Clementine te zijn...'

'We hebben het hier níét over gehad!' Andy's ongeloof werd steeds groter. 'Het zijn jouw woorden, waar ik het niet mee eens was. Meer tijd? Op welke planeet leef jij? Ik word straks een gijzelaar! En jij ook!'

Emily sloeg met haar hand tegen de rugleuning van de bank. 'Andy, jij gaat zo bekrompen met deze hele situatie om. Zo kortzichtig.' Daar had je dat woord weer. 'Iedereen was het erover eens dat dit de juiste keuze is, en ik heb die keuze gemaakt. Ik ga me niet verontschuldigen omdat ik heb gedaan wat voor ons het beste was.'

Andy geloofde haar oren niet. Dit kon niet waar zijn. Niets drong nog tot haar door of leek nog logisch. Ze voelde de tranen van woede opkomen en haar keel werd dichtgesnoerd. 'Ik doe het niet, Em. Bel ze maar op om te zeggen dat je mijn handtekening hebt vervalst en dat het feest niet doorgaat. Nu meteen.'

Andy zag dat Emily Max een blik toewierp waarmee ze leek te willen zeggen: ga jij het haar vertellen of zal ik het doen?

Clementine begon te huilen. Andy moest hard haar best doen om niet mee te brullen.

Emily sloeg geërgerd haar ogen ten hemel. 'Ik heb je handtekening niet vervalst, Andy. Max heeft getekend.'

Andy draaide met een ruk haar hoofd om naar Max, die paniekerig keek. Precies op dat moment begon Clementine te jammeren, haar piepkleine vuistjes gebald, haar mondje wijd open, het tongetje gekruld.

'Andy, geef haar maar aan mij,' zei Max zo geruststellend als hij kon.

'Blijf met je poten van haar af.' Andy liep bij hem vandaan. Ze groef in de zak van haar spijkerbroek en vond daar tot haar opluchting een speentje, dat op wat losse pluisjes na verder best schoon was. Clem sloot hongerig haar mondje eromheen en kwam tot bedaren.

'Andy,' zei Max smekend. 'Laat me het uitleggen.'

De walging trok door haar lijf als een stroomstoot. Zijn woorden, de smekende toon, de wroeging... het werd haar allemaal te veel.

'Hoe kun je in vredesnaam uitleggen dat je mijn handtekening hebt vervalst onder een contract waarvan je weet dat ik er niet achter sta?'

'Andy, liefje, draaf nou niet zo door. Ik heb je handtekening niet vervalst. Zoiets zou ik nooit doen.'

Emily knikte. 'Natuurlijk niet.'

'Wat heb je dan wél gedaan? Want ik ben er tamelijk zeker van dat ík niets heb ondertekend.'

'Het is allemaal niet zo verschrikkelijk, Andy. Door mijn aanvankelijke investering heb ik een aandeel van achttien procent in *The Plunge*, zoals je je ongetwijfeld zult herinneren. Dus eigenlijk...'

'Goeie god, dat meen je niet.' Opeens begreep Andy het helemaal. De voorwaarden waaronder ze het startkapitaal van hun investeerders hadden aanvaard waren glashelder geweest: Andy kreeg een derde deel, Emily een derde en hun investeerders samen, als groep, ook een derde. Van het deel dat de investeerders hadden ontvangen was achttien procent naar Max gegaan. Destijds had Emily noch Andy zich daar druk om gemaakt, aangezien zij de volledige zeggenschap hielden over het bedrijf – samen konden ze altijd hun veto uitspreken – maar Andy had nooit, maar dan ook nooit kunnen verzinnen dat Max zou gaan samenspannen met Emily. Dat hij het met haar eens zou zijn, ja. Dat hij zou proberen Andy over te halen, ja. Maar haar helemaal buiten de beslissing houden en een contract tekenen zonder dat ze het wist? In geen honderdduizend jaar. Andy maakte een snel rekensommetje en inderdaad, samen hadden Emily en Max net iets meer dan de benodigde 51 procent in handen.

'Ik heb het voor jou gedaan,' zei Max met een stalen gezicht. 'Dit is voor jullie allebei een prachtkans, en jullie hebben er zo hard voor gewerkt. Zo'n gelegenheid krijg je niet iedere dag. Ik wilde niet dat je er spijt van zou krijgen.' Hij probeerde weer een hand op haar arm te leggen, en opnieuw rukte Andy zich los.

'Je hebt me een streek geleverd,' zei ze, en het besef trof haar als een lawine. 'Je was op de hoogte van mijn uitdrukkelijke wensen en je hebt je er niets van aangetrokken. Je hebt tegen me samengespannen! En achter mijn rug om gehandeld.'

Max had het lef om beledigd te reageren. 'Een streek geleverd?' zei hij vol afschuw. 'Ik deed het voor je eigen bestwil.'

'Voor míjn bestwil?' Andy besefte dat ze krijste, maar ze slaagde er niet in zachter te gaan praten of haar stem minder hysterisch te laten klinken. De kwaadheid die ze voelde was angstaanjagend; de schok en het verdriet waren minder groot dan de golf van woede die haar dreigde te overspoelen. 'Je hebt geen seconde aan míjn belang gedacht, anders had je dit nooit gedaan – niets van dit alles. Jij dacht aan jezelf, aan het bedrijf van je vader en de goede naam van je familie. Niet meer en niet minder.'

Max staarde strak naar zijn voeten en keek haar toen aan. 'Ik dacht aan óns familiebedrijf,' zei hij zacht. 'Aan onze eigen naam. Ik heb het allemaal voor ons gezinnetje gedaan. Ook voor Clementine.'

Als Andy haar dochtertje niet in haar armen had gehad, had ze Max misschien een klap gegeven. Nu drukte ze Clementine steviger tegen zich aan en zei: 'Wat een misselijkmakende gedachte.'

Emily zuchtte, alsof het allemaal vreselijk vermoeiend was. 'Andy, je reageert veel te heftig. Er verandert helemaal niets het komende jaar, en misschien wel langer. Jij blijft hoofdredacteur, ik blijf uitgever, en ik ben ervan overtuigd dat de voltallige redactie graag met ons meegaat. Wij hebben het nog altijd voor het zeggen. Waarschijnlijk krijgen we Miranda nooit te zien. We zijn gewoon een van de vele bladen in haar stal.'

Andy keek Emily aan. In haar woede jegens Max was ze bijna vergeten dat Emily er ook was. 'Jij was erbij, Emily. Je hebt gezien hoe ze deed. Hoe denk je dat het écht zal gaan? Denk je soms dat ze in de lunchpauze bij ons op de redactie een yogalesje komt meedoen, of dat ze 's middags gezellig aanschuift bij ons pedicure-uurtje? Dat we samen cocktails gaan drinken en giechelen om jongens?'

Emily voelde haar sarcasme heel goed aan, maar toch glimlachte ze. 'Het wordt nog beter dan dat, dat beloof ik je.'

'Jouw beloftes interesseren me niet, want ik doe niet mee. Ik had het je morgen tijdens de lunch willen vertellen, maar jij kon kennelijk niet wachten.'

'Andy...' begon Max, maar Andy legde hem het zwijgen op.

'Van jou wil ik geen woord meer horen,' zei ze op zachte, woedende toon, waarbij ze haar ogen tot spleetjes kneep. 'Dit is míjn tijdschrift, míjn carrière, en jij huppelt hier binnen onder het mom van een of ander kletsverhaal over je eigen onbaatzuchtigheid, alsof je mij voor mezelf zou moeten behoeden... en intussen naai je me een oor aan omdat je wilt proberen het bedrijf te redden dat je familie te gronde heeft gericht. Zal ik je eens wat vertellen? Dat gaat mooi niet gebeuren. Je kunt doodvallen.'

Emily kuchte. Voor het eerst sinds het begin van het gesprek keek ze bezorgd.

Andy vervolgde tegen Emily: 'Als jij niet doorgeeft dat ik niet meedoe, doe ik het zelf. Blijkbaar kan ik deze deal niet ongedaan maken, maar ik kan wel degelijk mijn ontslag indienen, en wel met onmiddellijke ingang.'

Toen hun blikken elkaar kruisten, leek de energie in de kamer te veranderen. Hun woede was tastbaar, maar Emily leek op het punt te staan iets écht verschrikkelijks te zeggen. Andy keek toe hoe ze haar mond opendeed en hem weer sloot. Ze vergat de wandelwagen, haar telefoon en al het andere behalve het bundeltje kind in haar armen, en ze draaide zich om en beende de voordeur uit.

22

Kleinigheidjes

Buiten adem omdat ze bijna het hele eind naar huis had gerend, en een inzinking nabij, slaagde Andy er maar nauwelijks in om Clementines avondritueel af te werken. Ze waste haar vluchtig in de gootsteen aan het aanrecht, deed haar een nachtluier om en een slaappakje aan en gaf haar de fles, allemaal zonder te huilen. Pas toen Clem veilig in haar wiegje lag, met de lichten uit en de babyfoon aan, stond Andy zichzelf toe om in te storten. Ze was pas een uur thuis, maar het voelde als een eeuwigheid, en ze vroeg zich af hoe ze de lange avond en nacht die voor haar lagen zou moeten doorkomen. Omdat ze niet wilde dat Max haar zou zien huilen, deed ze de badkamerdeur op slot en ging twintig minuten of misschien wel een half uur onder de douche staan, waar de tranen zich vermengden met het warme water en haar hele lijf schokte van het snikken.

Max was nog niet thuis toen Andy eindelijk onder de douche vandaan kwam en zich van top tot teen in flanel hulde. Een snelle blik in de spiegel bevestigde dat haar gezicht een ramp was van rode striemen, dikke wangen en bloeddoorlopen ogen. Haar loopneus leek niet te stelpen. Het woord dat ze zichzelf nog niet had toegestaan één keer bewust in haar gedachten toe te laten in het jaar dat ze nu getrouwd waren bleef zich maar naar de voorgrond dringen: echtscheiding. Deze keer kon ze er niet omheen. Ze weigerde nog één stap te zetten.

Toen het tot haar doordrong dat ze haar mobiel bij Emily had laten liggen, pakte ze de vaste telefoon en belde Jill.

'Andy? Is het goed als ik je morgen terugbel? Ik doe net de kinderen in bad. Jared heeft in het water gepoept, Jake heeft koorts en Jonah vindt het reuze grappig om dat vieze poepwater vanuit het bad in de wc-pot te spetteren, terwijl Kyle vanavond een etentje heeft met zijn werk.'

Andy dwong zichzelf om normaal antwoord te geven. 'Natuurlijk, anders bel ik jou wel...'

'Fijn, bedankt. Doei, liefje!' De verbinding werd verbroken.

De volgende die ze belde was haar moeder, maar toen er niet werd opgenomen, herinnerde Andy zich dat ze op dinsdagavond haar leesclub had en ze pas veel, veel later thuis zou komen, aangeschoten van alle wijn en lachend omdat ze weer drie uur samen hadden doorgebracht zonder het ook maar een moment over boeken te hebben.

De volgende was Lily. Andy had haar vriendin niet willen opzadelen met een ongetwijfeld lang en huilerig gesprek terwijl ze vast haar handen vol had aan Bear en Skye, maar ze had geen andere keus. Toen Lily na één keer overgaan de telefoon opnam en op haar gebruikelijk enthousiaste toon 'Hé, hoi!' riep, barstte Andy weer in tranen uit.

'Andy? Is er iets? Lieverd? Zeg eens wat!'

'Ik had nooit ja tegen hem moeten zeggen!' jammerde Andy. Ze was zich er vaag van bewust dat dat nogal warrig klonk, maar ze kon het niet helpen. Stanley sprong op het bed en begon haar tranen weg te likken.

'Tegen wie? "Ja" waarop? Andy, wat is er?'

Andy vertelde haar alles.

Lily was met stomheid geslagen. Na een hele tijd zei ze: 'Wat erg, Andy. Wat een verraad.'

'Hij heeft tegen me samengespannen.' Ze kon het zelf niet geloven. 'Hij heeft gebruikgemaakt van een juridisch trucje om mijn eigen bedrijf pal onder mijn neus te verkopen. Wie doet nou zoiets? Serieus, wat voor iemand ben je dan?' Haar wangen waren nat van de tranen, maar haar keel voelde als katoen. Ze schonk een glaasje water voor zichzelf in, dronk het helemaal leeg en vulde het glas daarna met witte wijn.

'O, Andy. Ik weet gewoon niet wat ik moet zeggen.'

'Ik laat voor mezelf de gedachte nog niet toe dat Emily – zogenaamd een van mijn beste vriendinnen – tegen me heeft samengespannen met mijn eigen man. Dat gaat er bij mij nog niet in.'

Vanaf haar plekje in bed hoorde ze de voordeur opengaan. Haar maag draaide om. Ze vroeg zich af hoe ze zich door het komende kwartier heen zou moeten slaan.

'Hij is thuis,' fluisterde ze tegen Lily.

'Ik ben er voor je. De hele avond en de hele nacht. Oké? Als je me nodig hebt, hoef je de telefoon maar te pakken.'

Andy bedankte Lily en hing op toen Max in de deuropening verscheen. Zodra ze hem zag, schuldbewust, met een bos oranje tulpen in de ene hand en een tasje van Pinkberry in de andere, kwamen de tranen weer. Alleen gingen ze deze keer gepaard met het misselijkmakende besef dat hij niet langer haar echtgenoot was. Ze trok Stanley dichter tegen haar been aan en begroef haar vingers in zijn vacht.

'Ik zweer op het leven van Clementine dat ik je nooit heb willen kwetsen,' zei hij eenvoudig, zonder uit de deuropening vandaan te komen. 'Op haar leven, Andy. Ik zweer het je. Als je verder niet naar me wilt luisteren, laat dat dan in ieder geval duidelijk zijn.'

Ze geloofde hem. Ze twijfelde er geen moment aan, hoe zwaar het haar ook viel om hem nog langer te vertrouwen, dat hij nooit iets zou zweren op het leven van hun dochtertje als het niet waar was. Andy knikte. 'Dat waardeer ik,' zei ze terwijl ze de tranen wegveegde. 'Maar het verandert niets.'

Max legde de bloemen op de commode en ging in een stoel aan het voeteneind van het bed zitten. Hij hield zijn jas en zijn schoenen aan, alsof hij wist dat hij niet zou blijven. Toen haalde hij een grote beker yoghurtijs uit het Pinkberry-tasje, pinda-chocola bestrooid met koekkruim, en gaf die aan Andy. Ze keek hem alleen maar strak aan.

'Het is je lievelingssmaak.'

'Neem me niet kwalijk dat ik nu even geen trek heb.'

Hij stak een hand in zijn jaszak en overhandigde Andy haar mobiele telefoon. 'Ik heb de wandelwagen ook meegebracht.'

'Fijn.'

'Andy, ik kan je niet zeggen hoe...'

'Doe dat dan ook niet. Bespaar ons allebei een portie nieuwe ellende.' Ze hoestte, en haar keel voelde rauw en pijnlijk. 'Ik wil dat je weggaat, nu meteen,' zei Andy, en ze besefte pas hoezeer ze het meende toen ze de woorden hardop had uitgesproken.

'Andy, we moeten praten. Laten we dit samen oplossen. We mogen Clems belang niet uit het oog verliezen. Zeg maar wat ik...'

Andy keek met een ruk naar hem op, en ze voelde een enorme vlaag van woede toen ze Max in de ogen keek. 'Ik denk juist alleen maar aan Clem. Zij mag niet toekijken hoe haar verrader van een vader haar voetveeg van een moeder een mes in de rug steekt. Over mijn lijk. Zo zal mijn dochter niet opgroeien. Dus neem maar van mij aan dat het in Clementines belang is dat jij nu maakt dat je hier wegkomt.'

Max keek haar aan met tranen in zijn ogen. Het verbaasde Andy dat ze niets voelde. In al die jaren dat ze nu samen waren had ze hem één of misschien twee keer zien huilen, en toch riepen zijn tranen nu geen enkele emotie in haar op. Hij deed zijn mond open om iets te zeggen, maar sloot hem toen weer.

'Ik ga wel,' fluisterde hij. 'Morgen kom ik terug om met je te praten.'

Andy keek toe hoe hij zachtjes de slaapkamerdeur achter zich dichttrok. Even later hoorde ze ook de voordeur in het slot vallen. Hij heeft geen kleren meegenomen, dacht Andy. Niet eens een tandenborstel of spullen voor zijn contactlenzen. Waar gaat hij naartoe? Bij wie slaapt hij vannacht? De bezorgdheid diende zich automatisch aan, zoals ze zich ook druk gemaakt zou hebben om haar moeder, een vriendin of ieder ander in haar leven om wie ze veel gaf. Maar zodra de gedachte aan wat hij haar had geflikt terugkeerde, dwong ze zichzelf om haar zorgen opzij te zetten.

Dat was makkelijker gezegd dan gedaan. Ook al slaagde Andy erin tegen middernacht de slaap te vatten, om één uur werd ze wakker van de vraag waar Max logeerde, om twee uur vroeg ze zich af hoe ze het haar ouders en Jill moest vertellen en om drie uur probeerde ze zich voor te stellen wat Barbara zou zeggen. Om vier uur dacht ze aan Emily's verraad, om vijf uur vroeg ze zich af hoe ze het straks moest redden als alleenstaande moeder. Om zes uur waren de tranen eindelijk opgedroogd, maar ze had barstende koppijn van het slaapgebrek, en de vreselijkste scenario's spookten door haar hoofd. Haar hele schedel deed zeer, van haar nek tot aan het bot rond haar oogkassen, en haar kaken waren verkrampt van een nacht lang tandenknarsen. Ze wist zonder in de spiegel te kijken dat ze vlekkerige, rode ogen had, zo opgezwollen dat ze er ziek of klinisch depressief uitzag; beide lagen dicht bij de waarheid.

Ze kalmeerde pas een beetje toen ze Clem uit haar bedje haalde, haar neus in die perzikzachte pluishaartjes stak en even later zag dat haar dochtertje gulzig van haar flesje dronk. De in fleece gewikkelde baby in haar armen en de geur van haar fluwelige huidje waren de enige dingen op aarde die Andy nu nog een glimlach konden ontlokken. Ze kuste haar dochter, snoof de verrukkelijke geur van haar halsje op en kuste haar toen nog een keer.

Toen om half zeven haar telefoon ging, had Andy er geen moeite mee die te negeren. Maar ze schrok zich rot toen ze ook de deurbel hoorde. Haar eerste gedachte ging uit naar Max, maar die verwierp ze meteen: hoe heftig de crisis ook was waar ze nu doorheen gingen, het was nog altijd zijn huis, met zijn dochter, en hij zou nóóit aanbellen. Verder kende ze niemand die op dat uur van de dag al op was, laat staan dat ze bij haar voor de deur zouden staan, en bovendien had de portier van beneden niemand gemeld. Haar hart ging sneller slaan. Was er iets aan de hand? Had ze reden om nerveus te zijn?

Ze legde Clementine op haar speelkleed en keek door het spiekgaatje. Daar stond Emily, van top tot teen gekleed in dure hardloopkleding – sneakers, broek, knalroze fleecetrui, reflecterend vest en bijpassende zweetband – haar hamstrings te stretchen. Andy zag dat ze op haar telefoon keek en geërgerd met haar ogen rolde. Uiteindelijk beval Emily haar de deur open te doen.

'Ik weet dat je thuis bent. Max heeft bij ons geslapen. Ik moet met je praten.'

Andy wilde niets liever dan Emily negeren, tegen haar brullen dat ze moest ophoepelen of dat ze kon doodvallen, maar ze wist dat het zinloos zou zijn. Omdat ze niet de energie of de wilskracht had om deze strijd met haar aan te gaan, deed Andy open.

'Wat kom je doen?'

Emily boog zich naar haar toe en kuste haar op de wang zoals ze altijd deed, en ze beende langs Andy heen naar binnen zoals ze normaal gesproken zou doen, alsof ze niet kort daarvoor zelf een einde had gemaakt aan hun vriendschap.

'Zeg me alsjeblieft dat je net koffie aan het zetten was.' Emily liep in een rechte lijn door naar de keuken. 'Jezus, wat is het zwaar om zo vroeg op te staan. Hoe doe jij dat toch iedere dag? Ik heb al meer dan vijf kilometer hardgelopen, kun je het je voorstellen? Hallo, Clemmie! Hoi liefje, wat zie je er schattig uit in je pyjamaatje!'

Bij het horen van haar naam verloor Clem heel even de aandacht voor haar mobile, maar ze draaide zich niet om om Emily haar gebruikelijke hartenbrekersglimlachje te schenken. Andy bedankte haar dochter in stilte.

'Hm, geen koffie. Wil jij ook?' Emily wachtte het antwoord niet af: ze pakte een schone beker uit de vaatwasser, gooide de oude koffiepad weg, koos een nieuwe uit, legde die in het apparaat, klapte het deksel dicht en drukte op 'start', onafgebroken ratelend over een adverteerder die haar de vorige avond om tien uur had gebeld met een of andere onbenullige vraag.

'Ben je echt helemaal hierheen gekomen om me te vertellen dat je bent gebeld door een medewerker van De Beers? Om half zeven 's morgens?'

Emily reageerde quasiverbaasd. 'Is het echt nog zó vroeg? Wat onbeschaafd.' Ze pakte de tweede beker onder het koffiezetapparaat vandaan, deed melk in allebei de bekers en schoof er een naar Andy toe. Na een lange slok ging ze aan Andy's eettafel zitten en wenkte haar hetzelfde te doen. Het ergerde Andy dat ze braaf Emily's bevelen opvolgde, maar ze nam evengoed plaats tegenover haar aan tafel en wachtte af.

'Ik wil je laten weten dat ik het heel rot vind hoe dit allemaal is gelopen.'

Emily zweeg nu en keek aandachtig naar Andy's gezicht. Andy staarde alleen maar strak voor zich uit; ze was bang dat ze Emily zou vermoorden als ze zichzelf toestond ook maar een woord te zeggen.

Emily leek het niet te merken en vervolgde haar relaas. ‘Wat dat hele debacle met het contract betreft… ik geef toe dat ik dat misschien wel wat beter had kunnen aanpakken – in ieder geval vanuit jouw perspectief – maar diep in mijn hart wist ik dat als jij deze fantastische kans echt goed had afgewogen, je tot dezelfde conclusie zou zijn gekomen als ik: we konden dit niet aan onze neus voorbij laten gaan. Dat wíst ik gewoon, en ik wilde niet het risico lopen dat alles werd afgeblazen omdat we te lang wachtten met een beslissing. Toen duidelijk werd dat het nummer met Olive in gevaar kwam, wist ik natuurlijk helemaal zeker dat ik zo snel mogelijk moest handelen.’

Andy zei niets. Emily gluurde even haar kant op en verdiepte zich toen in de nagelriemen van haar linkerhand, waarna ze vervolgde: ‘Denk je eens in. Met het geld van de verkoop kun je een poosje vrij nemen om bij Clem te blijven, te reizen, te freelancen, een nieuw project op te zetten, een boek te schrijven… wat je maar wilt! De bewuste clausule van dat ene jaar konden de juristen niet schrappen, maar ze waren wel bereid het bod nog eens aanzienlijk te verhogen. En dat jaar is natuurlijk zo om, Andy! Ik hoef jou toch niet te vertellen hoe snel de afgelopen jaren zijn omgevlogen? We houden allebei gewoon onze eigen baan, het werk dat we het allerliefste doen, voor het blad dat we samen hebben opgebouwd. Het enige verschil is dat we straks in een veel mooier kantoor zitten. Is dat nou echt zo vreselijk?’

‘Dat gebeurt niet,’ fluisterde Andy. Haar stem was nauwelijks hoorbaar.

‘Hmm?’ Voor het eerst in al die minuten keek Emily haar aan, alsof ze zich nu pas herinnerde dat Andy er was.

‘We zitten straks niet in een mooier kantoor. In geen enkel kantoor, trouwens. Ik ben er klaar mee. Dat heb ik gisteren al gezegd en ik meende het. Vanmiddag dien ik officieel mijn ontslag in.’ De woorden rolden uit haar mond voordat ze er goed over kon nadenken, maar toen ze dit eenmaal had gezegd, had ze er geen spijt van.

‘O, maar dat kan niet!’ zei Emily. De eerste tekenen van paniek tastten nu haar verder ijzige kalmte en beheerstheid aan.

'Natuurlijk wel. Ik heb het zojuist gedaan. Nogmaals.'

'Maar in de verkoopovereenkomst staat dat het redactionele kernteam één kalenderjaar moet blijven zitten. Als we ons daar niet aan houden, hebben ze het recht om het contract ongedaan te maken.'

'Dat is nu niet echt mijn probleem, hè?'

'Maar we hebben het getekend, en wel onder die voorwaarden. Als we op dat punt terugkrabbelen, kan al dat geld verloren gaan!'

'"We" hebben getekend? Zei je dat nou echt? Jij bent er verbluffend goed in de geschiedenis te herschrijven, Emily. Ongelooflijk. Ik zeg het je nog één keer: dit is niet mijn probleem, aangezien ik niet langer voor *The Plunge* werk. Ik ontvang mijn percentage van de verkoopsom als jullie het probleem van die clausule weten te omzeilen. Zo niet, dan kun je me uitkopen volgens de voorwaarden in ons gezamenlijke arbeidscontract. Mij kan het niet schelen welke van de twee het wordt, als ik jou maar nooit meer hoef te zien.'

Andy's stem trilde en het kostte haar moeite om niet te gaan huilen, maar ze dwong zichzelf om door te praten. 'Je kunt gaan, wij zijn uitgepraat.'

'Andy, luister nou. Als jij...'

'Ik ben klaar met luisteren. Dit is mijn beslissing, dit zijn mijn voorwaarden. En eerlijk gezegd vind ik het nog heel redelijk. En nu wegwezen.'

'Maar...' Emily zat er verslagen bij.

Voor het eerst in bijna vijftien uur voelde Andy een soort kalmte over zich neerdalen. Het viel niet mee en het was vervelend, maar ze wist dat dit de juiste beslissing was.

'Nu meteen,' zei Andy, en het klonk als een grauw. Clem keek naar haar op, en Andy lachte naar haar dochtertje om aan te geven dat er niets aan de hand was.

Emily bleef zitten met een gezicht alsof ze niet begreep wat er zojuist was gebeurd, maar Andy ging staan, tilde Clementine op en liep naar haar slaapkamer.

'Wij gaan nu douchen en ons aankleden. Ik verwacht dat je weg bent als we terugkomen,' riep ze over haar schouder, en ze stond pas stil toen ze zichzelf met Clem in de badkamer had gebarricadeerd.

Even later hoorde ze het geschuifel van Emily die haar koffiebeker wegzette en haar spullen pakte, en vervolgens ging de voordeur open en dicht. Ze spitste haar oren, en toen ze niets meer hoorde, blies ze opgelucht uit.

Het was voorbij. Voorgoed voorbij.

23

Een *cougar* met een mooie, zongebruinde jongen

Een jaar later…

Andy keek vanuit de eetkamer toe hoe haar moeder het aanrecht langsliep en het folie van schalen fruit en rauwkost, koekjes en eenhapssandwiches verwijderde, waarbij ze even de tijd nam om de inhoud van elke schaal mooi te rangschikken. De afgelopen twee dagen was de toestroom van mensen en schalen met eten in Andy's ouderlijk huis bijna non-stop geweest, en al waren er genoeg anderen die het wilden doen – vrienden, neven en nichten, Jill en natuurlijk Andy –, mevrouw Sachs had erop gestaan alle voorbereidingen voor de *shiva* zelf te doen. Ze beweerde dat het haar gedachten afleidde van haar moeder, van die afschuwelijke laatste maanden met een ziekenhuisbed in huis, een zuurstoftank en steeds grotere hoeveelheden morfine. Ze waren allemaal opgelucht dat de oude dame niet langer hoefde te lijden, maar Andy kon nog maar moeilijk bevatten dat haar levendige, grofgebekte oma er niet meer was.

Ze wilde zich net bij haar moeder voegen toen ze zag dat Charles de keuken in liep, om zich heen keek om zich ervan te verzekeren dat ze alleen waren en van achteren zijn armen om haar moeder heen sloeg. Hij fluisterde haar iets in het oor, en Andy glimlachte om die twee. Haar moeder had gelijk: Charles was een fijne man – aardig, rustig, gevoelig en hartelijk – en Andy was dolblij dat ze elkaar hadden gevonden. Ze hadden pas een half jaar een relatie, maar volgens haar moeder had je geen jaren nodig om iemand beter te leren kennen als je in de zestig was; het klikte of het klikte niet, en deze relatie verliep soepel vanaf de allereerste dag. Ze hadden het er al over om het huis in Connecticut van de hand te doen en samen een appartement in New York te kopen, en Andy bedacht dat ze die stap wel eens gauw zouden kunnen nemen, nu haar moeder niet langer vierentwintig uur per dag voor haar oma hoefde te zorgen.

'Het lijkt me een heel leuke man,' zei Jill, die binnenkwam en Andy's blik volgde. Ze pakte een worteltje en nam een hap. 'Ik ben echt blij voor haar.'

'Ik ook. Ze is zo lang alleen geweest. Ze heeft het verdiend.'

Er viel een korte stilte, waarin Jill voor zichzelf afwoog of ze zou zeggen wat haar op het hart lag en Andy vurig wenste dat ze het niet zou doen. Helaas.

'Jij verdient ook een leuke man.'

'Pa en ma zijn nu bijna tien jaar geleden gescheiden. Mijn...' Ze kreeg het woord 'scheiding' nog altijd niet over haar lippen als het haarzelf betrof, het klonk te vreemd, te ver van haar bed. 'Max en ik zijn pas een jaar uit elkaar. Ik heb Clem en mijn werk, en jullie allemaal. Ik heb geen haast.'

Jill schonk twee plastic bekertjes cola light in en gaf Andy er een. 'Ik zeg ook niet dat je de zaak moet overhaasten. Het zou alleen geen kwaad kunnen als je eens begon met daten. Gewoon voor de lol, meer niet.'

Andy moest lachen. 'Daten?' Het woord klonk haar in de oren als iets van heel lang geleden, uit een vorig leven. 'Mijn wereld bestaat uit speelafspraakjes voor Clem en ontstoken oortjes, aanmeldingen voor het kinderdagverblijf, balletschoentjes passen en groente verstoppen in smoothies. Ik weet niet hoe een date eruit zou moeten zien, maar volgens mij vallen die dingen er geen van alle onder.'

'Nee, joh, natuurlijk niet. Stel je voor dat je een keer iets anders zou moeten aantrekken dan een yogabroek en dat je over iets anders moest praten dan kinderzoutjes naturel versus de variant met cheddarsmaak. Nou, ik heb nieuws voor je: je kunt het. Je dochter slaapt twee nachten per week bij haar vader, jij bent al je babyvet kwijt en als je een paar uurtjes zou investeren in een fatsoenlijke kappersbeurt en misschien een paar jurkjes, zou je zo weer de oude zijn. Jezus, Andy, je bent pas vierendertig. Je leven is nog lang niet voorbij, hoor.'

'Natuurlijk is mijn leven niet voorbij. Ik vind het alleen prima zoals het nu is. Is dat zo moeilijk te begrijpen?'

Jill zuchtte. 'Nu klink je net als ma al die jaren klonk, voordat ze Charles ontmoette.'

Lily kwam binnen met haar broze oma aan de arm, die ze in een stoel hielp. Jill reikte Ruth een bekertje cola light aan, maar oma vroeg of ze een decafé kon krijgen. Lily wilde die voor haar gaan halen, maar Jill gebaarde dat ze moest gaan zitten. 'Ik wilde net verse zetten. Ga lekker zitten, en misschien kun jij mijn zusje aan het verstand brengen dat haar leven als non maar eens voorbij moet zijn.'

'Goh,' zei Lily met opgetrokken wenkbrauwen tegen Jill. 'Je bent erover begonnen.'

'Inderdaad. Als wij het niet tegen haar mogen zeggen, wie dan wel?'

Andy stak een hand op alsof ze een taxi aanhield en zei: 'Hallo! Zien jullie niet dat ik er gewoon bij zit?'

Jill liep de keuken in.

'Is Clem dit weekend bij Max?' vroeg Lily.

Andy knikte. 'Ik heb haar daar afgezet toen ik de stad uit ging. Zodra de taxi stopte voor de deur en ze Max zag, holde ze naar hem toe. "Papa, papa!" Ze vloog in zijn armen zonder zelfs maar naar me om te kijken.' Andy schudde haar hoofd en glimlachte wrang. 'Ze weten wel hoe ze je een fijn gevoel moeten bezorgen.'

'Vertel mij wat. Toen wij gisteren met de kinderen in New York de stad in gingen, vroeg Bear waarom er een man op straat lag te slapen. We probeerden hem uit te leggen dat het daarom belangrijk is dat ze naar school gaan en goed hun best doen, zodat ze later een goede baan kunnen krijgen. Toen vroeg Bear wat voor baan papa dan had, dus we legden uit dat hij een eigen yogastudio heeft, waar hij mensen lesgeeft en andere docenten opleidt. En wat zegt Bear? "Later als ik groot ben, wil ik thuisblijven en de hele dag in pyjama lopen, net als mama."'

Andy begon te lachen. 'Dat lieg je.'

'Echt niet. Ik ben afgestudeerd aan Brown én Columbia en ik ben hard bezig om te promoveren, en mijn zoon denkt dat ik de hele dag voor de tv hang.'

'Dat zet je later nog wel recht. Op een dag.'

'Ja, in al die vrije tijd die ik heb.'

Andy keek haar vriendin aan. 'Hoezo?'

Lily wendde haar blik af.

'Lily! Zeg op.'

'Er zijn, zeg maar... twee dingen die ik je moet vertellen.'

'Ik wacht.'

'Eén: ik ben zwanger. Twee: Alex...'

'Mam! Skye trekt aan mijn haar en doet me pijn! Hij heeft me gebeten! En hij heeft een vieze snottebel aan zijn neus hangen!' Bear leek uit het niets op te duiken en uitte krijsend een litanie aan klachten over zijn kleine broertje. Het kostte Andy de grootste moeite om hem niet met twee handen om zijn keel het zwijgen op te leggen. Lily, zwanger? Dat was op zich al bijna niet te bevatten, maar wat was er met Alex? Kwam hij langs om Andy te condoleren? Had hij te horen gekregen dat hij een vreselijke, dodelijke ziekte had? Was hij voorgoed naar Afrika of het Midden-Oosten verhuisd, om nooit meer terug te keren? En ineens wist ze het. De enige mogelijkheid.

'Hij is eindelijk getrouwd, hè?' vroeg Andy hoofdschuddend. 'Natuurlijk, dat is het.'

Lily wierp haar een blik toe, maar Bears gehuil was geëscaleerd en Skye was inmiddels ook de kamer binnengekomen, eveneens in tranen.

'Niet dat ik onder normale omstandigheden niet blij voor hem zou zijn, heus wel, maar ik kan de gedachte niet verdragen dat hij is getrouwd met dat liegbeest, dat overspelige kreng. Wat is het toch met Alex en mij? Het lijkt wel of we een vreemde, onverklaarbare overeenkomst hebben: we worden allebei aangetrokken tot mensen die ons kwetsen en belazeren. Hoe zou dat komen? Samen hadden we ook onze problemen, zeker, maar we konden elkaar vertrouwen. Of ligt het niet aan ons tweeën, en bedriegt iedereen elkaar tegenwoordig? Hoort dat bij de coole types en is het ouderwets en onredelijk om iets anders te verwachten?' Andy haalde diep adem en schudde haar hoofd. 'Ik klink stokoud, hè?'

'Andy...' begon Lily, maar Bear wierp zich op haar schoot en ramde haar bijna van haar stoel.

'Mama! Ik wil naar hui-huis!'

Andy keek naar Lily's nog kleine maar onmiskenbare buikje. Ze had een heleboel vragen, maar toch keerden haar gedachten steeds terug naar Alex.

Bodhi kwam de eetkamer binnen, en Lily sméét de twee jongetjes zo'n beetje naar hem toe. Ze wierp hem de Blik toe, met ogen als laserstralen, enigszins opgetrokken wenkbrauwen en een zuur mondje, de Blik waarmee ze wilde zeggen: *Jij zou ze bij je houden en moet je nu kijken, ze krijsen en zitten onder het snot en zeuren de hele tijd om mij. Waarom kan ik niet tien minuten ongestoord met mijn vriendin praten? Is dat nou echt te veel gevraagd?* De Blik die iedere moeder vervolmaakt in de eerste week van het leven van haar eerstgeborene.

Bodhi nam de kinderen mee met de belofte van chocolade en bekers melk, en heel even miste Andy Clementine. Het viel niet mee om de hele week met haar alleen te zijn, en meestal genoot Andy van de dinsdag- en de vrijdagavond, wanneer Clem bij Max was, maar nu ze de zoontjes van Lily en Jill om zich heen had, kreeg ze zin om haar dochter te knuffelen. Ze was van plan geweest om in Connecticut te blijven slapen en pas tegen het einde van de volgende dag terug te gaan, maar misschien moest ze morgenvroeg maar meteen naar de stad terugkeren...

'Ben je echt weer zwanger? Ongelooflijk! Hoe lang al? Was het gepland?'

Lily lachte. 'Ik probeerde niet echt zwanger te worden, maar we deden ook niets om het te voorkomen.'

'Aha, mijn favoriete motto.' Andy kon het niet laten Olive te citeren: 'Niet niet-proberen is ook proberen.'

'Toch was het een behoorlijke schok. Er zit straks maar anderhalf jaar tussen Skye en zijn zusje. Het is al bijna vijftien weken, maar ik wilde het je pas vertellen als we wisten wat het wordt. Een meisje! Ongelooflijk, hè?'

'Jongetjes zullen vast ook heel leuk zijn – dat beweren hun ouders tenminste stellig – maar er is niets zo fantastisch als een dochter. Niets.'

Lily straalde.

Andy boog zich over de tafel heen om haar vriendin een kneepje in de hand te geven. 'Ik ben heel blij voor jullie. Stel je voor dat er in het jaar dat wij samen in New York woonden iemand in een glazen bol had gekeken en had voorspeld dat jij op een dag getrouwd zou zijn met een yogaleraar, en dat je in Colorado zou wonen met drie kinderen die nog eerder konden skiën dan lopen. Zou je dat dan geloofd hebben?'

Andy zei niet hardop wat ze nog meer dacht: zou zijzelf hebben geloofd dat ze nog vóór haar vijfendertigste een succesvol tijdschrift had opgericht, uitgebouwd en verkocht, dat ze was getrouwd en weer gescheiden en had moeten leren om in haar eentje een peuter groot te brengen, die gelukkig heel lief en makkelijk was? Het was allemaal lichtjaren verwijderd van haar verwachtingen.

'Even over Alex. Hij is niet getrouwd, Andy. Integendeel. Het is uit met Sophie.' Lily schudde haar hoofd. 'Wie het heeft uitgemaakt weet ik niet, maar ze zijn in ieder geval niet meer samen.'

Andy boog zich dichter naar Lily toe. 'Hoe weet je dat?'

'Hij belde me vorige week toen hij in de buurt was.'

'Hij heeft jou gebéld?'

'Is dat zo raar? Hij had een weekje vrij en had een tussenlanding in Denver, op weg naar een skivakantie met vrienden in Vail. We hebben afgesproken in een koffietentje vlak bij het vliegveld.'

'Een skivakantie met vriénden?'

'Andy! Ik heb niet naar de adressen en sofinummers van de hele groep gevraagd, maar hij heeft me wel duidelijk gemaakt dat er niemand bij zat met wie hij een relatie had. Wilde je dat weten?'

Andy wuifde het weg. 'Natuurlijk niet. Ik vind het gewoon fijn om te horen, voor hem, dat hij niet meer met háár is. Hoe weet je dat het uit is, trouwens?'

'Dat heeft hij me nadrukkelijk laten weten. Hij vertelde dat hij een half jaar geleden is verhuisd, hij woont nu in Park Slope. En hij beweerde dat hij vaak een date heeft, maar geen zin heeft in een serieuze relatie. Typisch Alex, weet je wel?'

'Hoe zag hij eruit?'

Lily lachte. 'Als zichzelf. Leuk. Superlief. Hij had boeken meegebracht voor de kinderen. Zei dat we vaker contact moesten houden en drukte me op het hart te bellen als we in New York zijn. Je kent dat wel.'

'Ik ben blij voor hem. Een hele opluchting,' zei Andy. 'Het zal vast niet gemakkelijk geweest zijn, maar het is altijd nog beter dan trouwen met...'

'Ik heb hem jouw verhaal niet verteld,' zei Lily met een schuldbewust gezicht. 'Had je dat gewild? Ik twijfelde.'

Dat had Andy zich wel afgevraagd, maar ze wilde er niet over beginnen. Ze dacht er even over na en besloot dat het beter was dat Alex dacht dat ze nog steeds gelukkig getrouwd was, tevreden met haar nieuwe gezinsleven. Niet dat ze zichzelf toestond om ook maar één seconde te denken dat het nog iets zou kunnen worden tussen hen – dat hij na al die jaren nog vlinders voelde als ze elkaar tegenkwamen of hij haar naam hoorde – want dat was waarschijnlijk niet erg reëel.

Toch kon ze het niet laten. 'Heeft hij nog iets over me gezegd? Naar me gevraagd of zo?'

Lily staarde naar haar handen. 'Nee. Maar dat wilde hij ongetwijfeld. Jij bent altijd de grote witte olifant die in de kamer staat.'

'Bedankt, Lil. Je weet het altijd zo mooi te zeggen.' Andy dwong zichzelf om te glimlachen. Toen ze opkeek, zag ze dat Lily naar haar zat te staren.

'Wat nou? Wat zit je te kijken?'

'Je houdt nog steeds van hem, hè?' vroeg Lily op fluistertoon, alsof haar oma, de enige andere aanwezige in het vertrek, niets liever wilde dan dit smeuïge gesprek afluisteren.

'Ik denk dat ik altijd van hem zal blijven houden,' zei Andy naar waarheid. 'Het blijft toch Alex, snap je? Maar verder is het wel verleden tijd.'

Lily zweeg. Andy hoopte dat haar vriendin nog iets zou zeggen, maar dat deed ze niet.

'En los van Alex kan ik me niet voorstellen dat ik nu iets met iemand zou beginnen. Nog niet. Ik weet dat het al een jaar geleden is, maar de hele... situatie voelt nog zo vers. Ik ben blij dat Max en ik eindelijk weer normaal met elkaar omgaan, in ieder geval blij voor Clem. Barbara is zo gelukkig dat Max weer beschikbaar is voor "een geschiktere vrouw", dat ze helemaal een ander mens is geworden. Ik had niet gedacht dat ik dit ooit zou zeggen, maar ze is gek op Clementine en is hard op weg een tamelijk leuke oma te worden. Het stof van het afgelopen jaar is eindelijk neergedaald. Rust in de tent. Ik wil nu niet daten. Op een dag misschien, maar nog even niet.'

Lily wierp haar weer die blik toe. Andy wist dat ze tegen haar vriendin loog – of haar in ieder geval niet de hele waarheid vertelde – en dat wist Lily ook. Natuurlijk vroeg Andy zich wel eens af of ze ooit nog iemand zou vinden, of ze zich nog eens mooi zou maken voor een date of zich zou verheugen op een lang weekend met een man. Ze was benieuwd of ze de lusten en de lasten van het ouderschap nog ooit met iemand zou delen, met een man die ze in vertrouwen kon nemen, met wie ze samen zou koken... En wat ze zich vooral afvroeg, was of ze Clem ooit een broertje of zusje zou kunnen schenken.

Ze wist dat het allemaal haalbaar was, als ze het graag wilde, al leek dat voor haar nu misschien niet zo. Haar toekomstige vriend zou waarschijnlijk zelf ook gescheiden zijn, en de kans was groot dat hij al vader was. Welke vrijgezel van in de dertig zou er nu kiezen voor een moeder met een peuter terwijl hij ook een eigen gezinnetje kon stichten, met een veel jonger meisje? Maar dat gaf niet. Als ze eraan toe was, zou Andy zich aansluiten bij een groepje van alleenstaande ouders, zich inschrijven bij Match.com of ingaan op een uitnodiging om een keer met iemand koffie te gaan drinken. Ze was een paar keer gevraagd door alleenstaande vaders die ze was tegengekomen, bijvoorbeeld bij Writer's Space, de gezamenlijke werkruimte waarbij ze zich had aangesloten, of bij de speeltuin. En hopelijk zou het op een dag klikken met een van hen, en in plaats van een grote bruiloft met een witte jurk, een huwelijksreis naar Hawaï met alles erop en eraan of het samen inrichten van hun eerste appartement, zouden ze zich vooral moeten bezighouden met het aan elkaar voorstellen van hun kinderen en exen, het op elkaar afstemmen van al hun bezigheden en het samenvoegen van twee totaal verschillende levens. Het zou heel wat anders zijn, maar het kon evengoed mooi worden. Andy glimlachte bij de gedachte.

'Wat zit je te grijnzen?' vroeg Lily.

'Nee, niks. Ik stelde me voor dat ik op een dag getrouwd zal zijn met een man van veertig met twee kinderen en een wijkende haargrens, wiens ex-vrouw net zo de pest aan mij heeft als Max aan hem. Dan zijn onze gesprekken doorspekt met woorden als "voogdij" en "weekendbezoek" en moeten we samen leren om stiefouders te zijn. Het wordt vast heel mooi.'

'Jij zou een heel goede boze stiefmoeder zijn.' Lily stond op om haar vriendin een knuffel te geven. 'En wie zegt dat je niet een lekker ding van tweeëntwintig tegen het lijf loopt? Een jongen die op *cougars* valt?'

'En op peuters...'

'Hij is ongetwijfeld dol op zijn oudere minnares, en dan ben jij blij dat hij maar één zorg heeft: hoe hij mooi bruin kan blijven in de koude New Yorkse winter.'

Andy moest lachen. 'Ik wil best *cougar mama* zijn voor een mooie, zongebruinde jongen. Ik doe het voor jou, oma, als je ergens met ons meeluistert.'

'Zie je nou wel?' zei Lily, die haar eigen oma overeind hielp en Andy gebaarde naar de huiskamer te lopen. 'Het leven begint nu pas.'

24

Dat was het

De woordenteller van haar schrijfprogramma stuurde knipperend een stilzwijgend alarm: 500 WOORDEN! verscheen er in hoofdletters in beeld, een bericht in feestelijk paars met groen dat over haar hele scherm danste. Andy glimlachte bij zichzelf, drukte op 'opslaan', zette haar geluiddempende koptelefoon af en liep naar de piepkleine zithoek van Writer's Space om een kop koffie te halen. Tegen een van de twee aanrechten, lezend op zijn e-reader, hing Nick, de pasgeleden naar New York verhuisde scenarioschrijver uit LA die een waanzinnig succesvolle pilot voor een tv-comedy had geschreven en nu werkte aan zijn eerste filmscript, waar reikhalzend naar werd uitgekeken. Een paar maanden geleden, toen Andy zich pas bij deze gezamenlijke werkruimte had aangesloten, was hij haar vaste koffievriend geworden, maar Andy was geschokt geweest toen hij haar twee weken geleden vroeg om met hem naar het filmhuis te gaan. Ze was zo verbaasd geweest dat ze van schrik ja had gezegd.

Niet dat haar reactie nou zo elegant was.

'Je weet toch dat ik een dochter heb, hè?' had Andy eruit geflapt zodra hij klaar was met de beschrijving van de Iraanse film waar hij naartoe wilde.

Nick had haar even met een schuin hoofd aangekeken, met dat sprieterige, vaalblonde haar van hem, en was toen in lachen uitgebarsten. Het was een vrolijke, leuke lach.

'Natuurlijk weet ik dat. Clementine heet ze toch? Je hebt me een foto op je telefoon van haar muziekles laten zien, weet je nog? En een foto die je nanny had gestuurd, waarop haar hele gezichtje onder de rode saus zat. Ja Andy, ik weet dat je een dochter hebt. Neem haar gerust mee, als je wilt, maar ik weet niet of de film wel geschikt voor haar is.'

Andy kon wel door de grond gaan. Ze had Lily en Jill oneindig vaak gevraagd hoe ze op een dag een eventuele date zou moeten vertellen over Clementine – wat was het juiste moment, welke omstandigheden waren geschikt en hoe koos je de juiste woorden? – en ze hadden allebei beweerd dat Andy het vanzelf zou weten als het zover was. Dit was waarschijnlijk niet wat ze bedoeld hadden.

'Sorry,' mompelde ze, en ze voelde haar gezicht gloeien. 'Dit is nieuw voor mij, min of meer.' Understatement van de eeuw. Ze was nu anderhalf jaar gescheiden, en al stroomden de uitnodigingen niet bepaald binnen, ze had er uit pure angst een paar afgeslagen. Maar Nick, met zijn vriendelijke ogen en zijn rustige manieren, gaf haar het gevoel dat ze wel ja kon zeggen.

Het was een heel leuke avond geweest. Ze had Clementine eerst nog zelf in bad gedaan en omgekleed en haar vervolgens verteld dat ze met een vriend naar de film zou gaan. Niet dat Clem anders boos zou worden of van streek zou raken, want daarvoor begreep ze het niet goed genoeg, maar toch legde Andy haar altijd alles uit.

'Papa?' vroeg Clem, zoals ze minstens tien keer per dag deed.

'Niet met papa, lieverd. Een andere vriend.'

'Papa?'

'Nee. Iemand die jij niet kent. Maar Isla leest je dadelijk een verhaaltje voor en stopt je in, en als je morgen wakker wordt ben ik er weer.'

Clem had haar vochtige, zoetgeurende hoofdje tegen Andy's borst gelegd, haar knuffeldoekje tegen haar gezicht gedrukt en een lange, diepe zucht geslaakt. Andy moest zichzelf bijna fysiek dwingen om nog de deur uit te gaan.

De date was... prima geweest. Nick had aangeboden haar met een taxi te komen halen, maar Andy vond het fijner om bij het filmhuis met hem af te spreken. Hij had al kaartjes gekocht en stoelen gereserveerd bij het middenpad, dus haalde Andy popcorn en chocola met rozijntjes, en in het kwartier voordat de film begon hield ze een gestage stroom aanvaardbare smalltalk op gang. Na afloop waren ze nog een toetje gaan eten in een koffietent op Houston, waar ze het hadden gehad over Nicks jaren in LA, Andy's nieuwe baan als schrijvend redacteur voor het tijdschrift *New York* en, al had ze zich heilig voorgenomen niet over haar te beginnen, ook over Clementine.

Toen Nick haar thuis afzette, had hij haar vluchtig op de mond gekust en gezegd dat hij een heel leuke avond had gehad. Hij leek het nog te menen ook. Andy had het snel bevestigd – het was inderdaad leuk geweest, en veel relaxter dan ze had verwacht – maar zodra ze de voordeur binnenging, was ze de hele date – en Nick – alweer vergeten. De volgende ochtend had ze er nog wel lang genoeg aan teruggedacht om hem een bedankje te sturen, maar na wat heen en weer sms'en was ze afgehaakt, en later werd ze zo in beslag genomen door Clementine, haar nieuwste schrijfopdracht en de plannen voor het bezoek van haar moeder en Jill het komende weekend, dat ze amper had gemerkt dat Nick vrijwel de hele week daarna niet bij Writer's Space was geweest.

En nu stond hij daar, een en al aandacht voor zijn e-reader – waarschijnlijk had Andy ongemerkt kunnen terugsluipen naar haar bureau – en ze voelde zich belachelijk schuldig. Waarom wist ze zelf niet precies. Maar evengoed schuldig.

Ze schraapte haar keel, pakte een stoel die naast Nick stond en zei: 'Hé, dat is lang geleden.'

Hij keek op, maar leek niet verbaasd te zijn haar te zien. Er verscheen een brede grijns op zijn gezicht en hij zette zijn e-reader uit. 'Andy, wat leuk! Hoe gaat-ie?'

'Z'n gangetje. Ik heb mijn vijfhonderdwoordenpauze en wilde net koffiezetten, wil jij ook?' Ze liep naar het koffiezetapparaat dat op het aanrecht stond, blij dat ze iets omhanden had.

'Ik heb net een volle pot gezet. Die daar is vers.'

'Oké.' Andy pakte haar beker van de plank – een mok met een foto van Clementine die de kaarsjes uitblies op haar eerste, Elmo-verjaardagstaart – en schonk er koffie in. Ze hield zich zo lang mogelijk bezig met melk en zoetjes, want ze wist niet wat ze zou moeten zeggen als ze zich eenmaal had omgedraaid. Nick leek helemaal niet nerveus te zijn.

'Andy? Heb je dit weekend iets te doen?' vroeg hij.

Toen ze tegenover hem aan tafel ging zitten, keek hij haar recht in de ogen.

Ze had er een hekel aan als mensen die vraag stelden zonder eerst te zeggen wat ze van haar wilden. Was ze beschikbaar om met hem naar Bruce Springsteen te gaan, omdat hij kaartjes had voor de eerste rij? Ja, dat moest wel lukken. Had ze uren vrije tijd over om Nick te verhuizen van de ene flat op de zesde verdieping zonder lift naar de andere? Nee, dit weekend zat ze helemaal vol. Andy staarde hem als verstard aan, niet wetend wat ze moest antwoorden.

'Een vriend van me is illustrator en zijn werk is deze week te zien in de National Arts Club. Een besloten tentoonstelling. We gaan er met een heel stel naartoe, en na afloop is er een etentje om het te vieren. Ik zou het heel leuk vinden als je meeging.'

'Naar de tentoonstelling? Of naar het etentje?' vroeg Andy om tijd te rekken.

'Wat je maar wilt. Het liefst allebei,' zei Nick met een onmiskenbaar ondeugende grijns.

Er schoten duizend smoesjes door haar hoofd, maar omdat ze die geen van alle in woorden kon omzetten, knikte ze alleen maar vaag, glimlachend. 'Klinkt goed,' zei ze zonder het minste greintje enthousiasme.

Nick keek haar even bevreemd aan, maar hij besloot waarschijnlijk om zich niets aan te trekken van haar lauwe reactie. 'Leuk. Zal ik je om een uur of zes komen oppikken?'

Andy wist al dat het er niet van zou komen – het oppikken niet, de onvermijdelijke ontmoeting met Clem niet, de hele date niet – maar ze kon het onmogelijk uitleggen. Nick was hartstikke aardig, zag er goed uit en was slim. Hij leek om de een of andere reden iets in haar te zien en maakte, op een heel lieve, terughoudende en niet-bedreigende manier, werk van haar. Dat ze niets had gevoeld toen hij haar kuste, dat ze hem vrijwel onmiddellijk na hun date weer was vergeten, wilde heus niet zeggen dat ze niet bij elkaar pasten. Ze hoorde in gedachten haar zus en Lily al: *Je hoeft niet met hem te tróúwen, Andy! Het is pas de tweede date. Een mens hoeft niet stapelverliefd te zijn om een tweede keer met iemand op stap te gaan, hoor.*

Als het niks wordt, doe je in ieder geval weer wat ervaring op en weet je wat het is om je op de datingmarkt te begeven. Gewoon gaan en ervan genieten. Probeer niet altijd alles naar je hand te zetten. Wat maakt het nou uit als het niets wordt? Probéér het gewoon.

Alsof het zo gemakkelijk was.

'Andy? Is zes uur goed?' Nicks stem haalde haar met een ruk terug naar de werkelijkheid.

'Zes uur? Hartstikke goed.' Ze glimlachte breed en voelde zich meteen belachelijk. 'Ik ga maar weer eens aan het werk!'

'Je zit net.'

'Ja, maar mijn artikel moet vrijdag af zijn en ik ben nog niet eens begonnen met nakijken!' Zelfs in haar eigen oren klonk het raar en geforceerd; hoe belachelijk moest het wel niet op hem overkomen?

'Mag ik al weten waar het over gaat?'

'Zaterdag,' zei ze, al half op weg naar haar bureau. 'Dan zal ik je vermoeien met alle bijzonderheden.'

Haar bureau voelde, toen ze het eindelijk had bereikt, als een veilige haven. Ze probeerde zichzelf ervan te overtuigen dat Nick gewoon een leuke vent was, op z'n minst prima geschikt om zo nu en dan mee af te spreken. Waarom zou ze verder vooruit moeten denken? Heel simpel: dat hoefde niet.

Het komende uur slaagde ze erin zich te concentreren op haar werk en nog eens honderd woorden te schrijven, en ze kreeg er wat meer vertrouwen in dat ze de deadline van vrijdag zou halen. Haar nieuwe redacteur bij *New York*, een zekere Sawyer die afkomstig was van *Vogue*, was een verademing om voor te werken: kalm, redelijk en in alle opzichten professioneel. Hij keurde Andy's ideeën voor artikelen goed – of gaf soms zelf een opdracht – en nam tot in detail met haar door waar hij graag de nadruk op wilde hebben, waarna hij zich terugtrok terwijl zij haar research en schrijfwerk deed, om zich er pas weer mee te bemoeien wanneer ze de tekst inleverde. Vervolgens deed hij uitstekende suggesties en stelde bedachtzame, zinvolle vragen.

Haar huidige opdracht was toevallig een diepteartikel over de manieren waarop homoseksuele stellen hun bruiloft onderscheidend probeerden te maken zonder conservatieve familieleden voor het hoofd te stoten. Het zou haar grootste stuk voor *New York* tot nu toe worden, en ze was tevreden over de totstandkoming ervan. Het inkomen was prima – zeker in combinatie met de rente die ze ontving over haar aandeel in de verkoop van *The Plunge*, een kapitaal dat ze onmiddellijk verstandig had belegd – en ze hield tijd over om te werken aan andere projecten. Een boek, in het bijzonder. Ook al had ze pas zo'n honderd pagina's geschreven en liet ze die aan geen levende ziel lezen, ook daarover had Andy een goed gevoel. Je kon nooit weten of ze echt nog eens een sleutelroman over Miranda Priestly zou publiceren, maar ze wist wel dat ze het heerlijk vond om haar eigen leven weer helemaal in de hand te hebben.

Het icoontje op haar telefoon gaf aan dat er een e-mail was, en in een reflex klikte ze het aan.

GROETEN UIT DE *CITY OF ANGELS*! luidde de onderwerpregel. Ze wist meteen dat het bericht van Emily was.

Lieve vrienden, familie en fans,

Tot mijn grote vreugde kan ik jullie melden dat Miles en ik eindelijk een huis hebben gevonden, dat we nu aan het inrichten zijn. Hij is begonnen met de opnamen van zijn nieuwe serie *Lovers and Losers*, en iedereen die de eerste beelden heeft gezien zweert dat het een ENORM SUCCES gaat worden (een soort combinatie van *Khloe and Lamar* en *The Real Housewives of Beverly Hills*!!!). Mijn nieuwe baan als stylist van de sterren gaat ook lekker. Ik heb al opdrachten binnen van Sofia Vergara, Stacy Keibler en Kristen Wiig, en ik wil niet opscheppen of zo, maar vanavond ga ik borrelen met Carey Mulligan en tegen het einde van het happy hour hoop ik haar tot de clientèle van Emily Charlton te mogen rekenen. We missen New York allebei, en jullie natuurlijk, maar het leven is hier wel erg lekker. Weten jullie dat het vandaag 25 graden was en dat we naar het strand zijn geweest? Helemaal geen straf. Dus kom alsjeblíéft gauw een keer langs… Had ik al gezegd dat we een zwembad EN een jacuzzi hebben?

Langskomen. Echt, je krijgt er geen spijt van.

Liefs,

XXX,

Em

Andy had geprobeerd Emily duidelijk te maken dat ze niet langer haar vriendin was, maar dat was kennelijk niet overgekomen. Hoewel ze haar de ochtend na de ontdekking van het getekende contract haar appartement uit had gegooid en ze vervolgens hardnekkig had geweigerd ook maar één van Emily's telefoontjes en mailtjes te beantwoorden – tenzij ze rechtstreeks te maken hadden met de overname van *The Plunge* – en hoewel Andy Emily steevast negeerde wanneer ze elkaar bij sociale gelegenheden tegenkwamen, wilde Emily haar stilzwijgen niet accepteren. Ze bleef sms'en, bellen en mailen met willekeurige nieuwtjes en grappige roddels en ze begroette Andy steevast met een omhelzing en een enthousiast 'Hoi!' wanneer ze elkaar tegen het lijf liepen.

Daarom was het een grote opluchting geweest toen Andy een paar maanden terug een e-mail van Emily had ontvangen waarin ze aankondigde dat Miles en zij naar Los Angeles gingen verhuizen. Misschien kon de fysieke afstand bewerkstelligen wat Andy zelf niet voor elkaar kreeg en wat ze maar al te graag wilde: de banden verbreken.

Dat Emily na slechts tien weken bij Elias-Clark was ontslagen, had Andy eigenlijk niet moeten verbazen – ze kende Miranda inmiddels – maar toen Max haar het nieuws vertelde, had ze het niet kunnen laten 'Zie je nou wel?' te roepen. Eén nummer van *The Plunge*, meer had Miranda Emily en haar nieuwe hoofdredacteur niet gegund om zich te bewijzen bij Elias-Clark. Ze had de voltallige redactie, die ze vooraf naar eigen zeggen per se wilde behouden, de laan uit gestuurd. En al had het Andy's ellende – symptomen die aan posttraumatische stress deden denken – alleen maar versterkt, ze had het niet kunnen laten gretig alle verschillende berichten over het ontslag te lezen. Een van de gossipblogs had er het uitgebreidst over geschreven, waarschijnlijk op grond van informatie die was verstrekt door Agatha of een van de andere assistentes die getuige waren geweest van de hele zaak, en Andy verslond de artikelen. Het was schijnbaar een dag als alle andere geweest, een week na het verschijnen van het eerste nummer van *The Plunge* bij Elias-Clark. Op de cover stonden Nigel en zijn kersverse echtgenoot Neil, die er – in ieder geval op de foto's – verrassend schlemielerig en onmodieus uitzag, en minstens twintig jaar ouder dan Nigel. Die laatste was wat pafferig geworden, ongetwijfeld door het goede leven zo vlak voor de bruiloft, waardoor, in combinatie met het toch al wat... beperkte uiterlijk van Neil, zelfs St. Germain er niet in was geslaagd er een flitsend plaatje van te maken. En ook al had nooit eerder een trouwmagazine aandacht besteed aan het homohuwelijk en waren er vanuit het hele land bijzonder positieve reacties binnengekomen, met dank aan de smaakvolle en inzichtelijke manier waarop deze lang vergeten groep werd geportretteerd, de cover had niet genoeg glamour en dat was onvergeeflijk. Emily kon daar niets aan doen, maar van dat soort kleinigheden trok Miranda zich niets aan.

Andy wist niet wie het verhaal had gelekt – Emily, Nigel of Charla 3.0 – maar alle gossipblogs waren het erover eens dat dit het definitieve einde had ingeluid van Emily's zeer korte arbeidsperiode bij Elias-Clark.

'Je bent op staande voet ontslagen. En neem je redactie mee.' Op dat punt had Miranda Emily strak aangekeken en eraan toegevoegd: 'We hebben hier liever een frís team.'

Het verhaal was, een beetje gniffelend, geëindigd met de mededeling dat de complete redactie bij terugkeer na de lunch tot de ontdekking was gekomen dat de keycards om het gebouw binnen te komen niet langer werkten. Emily was opnieuw zonder pardon ontslagen door Miranda Priestly, al was er deze keer de troost van de forse overnamesom geweest. Emily had Andy per e-mail laten weten dat de redactieleden goed terechtgekomen waren: een paar mensen werkten bij een ander tijdschrift, anderen hadden de kans aangegrepen om weer een studie op te pakken, Daniel was zijn vriend gevolgd naar Miami Beach en Agatha – die overal recht op meende te hebben – probeerde het nu als junior assistente van Miranda. Die twee verdienden elkaar.

Andy schoof de muis al naar 'delete' om Emily's e-mail te wissen, zoals ze tientallen keren eerder had gedaan, maar iets maakte dat ze uiteindelijk op 'reply' drukte.

Hoi Em,
Gefeliciteerd met je nieuwe baan – lijkt me echt iets voor jou. En ook gefeliciteerd met het huis en het zwembad en zo. Een hele overgang na New York, zou ik zo denken. Het beste met alles.
Andy

Toen ze weer aan het werk wilde gaan, stond Nick ineens aan haar bureau. Ze wenste met haar hele wezen dat hij wegging, haar niet stoorde, en ze had meteen spijt dat ze ja had gezegd op een tweede date. Er was niks mis met Nick en ook niet met daten op zich, maar ze had moeten weten dat het een slecht idee was om dat te vermengen met haar nieuwe, heerlijk rustige schrijfplek. Dat was juist haar gelegenheid om te ontsnappen aan alles wat luidruchtig was en met kinderen te maken had, de enige plek waar ze echt alleen kon zijn en zich van niemand iets hoefde aan te trekken. Ze had Nick bijna gesmeekt haar met rust te laten.

'Andy?' fluisterde hij, geheel tegen de regels. In de stille werkruimte, waar Andy het meest afgelegen bureau had uitgekozen, was praten streng verboden.

Ze draaide zich naar hem toe en trok haar wenkbrauwen op, maar ze zei niets.

'Er is iemand voor je in de keuken.'

'Ik heb niks besteld,' fluisterde Andy niet-begrijpend.

'Hij ziet er niet uit als een bezorger. Ik heb hem binnengelaten omdat hij zei dat het dringend was.'

Dat was wel het laatste waar Andy op zat te wachten. 'Dringend' moest wel betekenen dat het Max was. Er was vast iets met Clem aan de hand. Andy griste haar telefoon uit haar tas en keek snel op het schermpje: geen sms of voicemail van Isla, wat op zich een geruststelling was, maar misschien was het zo'n ernstig noodgeval dat Isla Max had gebeld omdat hij beter te bereiken was. Zonder nog een woord tegen Nick te fluisteren vloog Andy van haar stoel en snelde naar de keuken. Niets had haar kunnen voorbereiden op degene die daar zat, aan hetzelfde tafeltje waar ze eerder die middag met Nick had gezeten.

'Hoi,' zei Alex, alsof het de normaalste zaak van de wereld was.

'Hoi,' antwoordde Andy, totaal niet in staat iets anders te zeggen.

Alex haalde een hand door zijn haar; Andy zag dat hij trilde. Het deed er niet toe. Hij zag er ontzettend goed uit in zijn spijkerbroek, een donkerblauw fleecevest met rits en natuurlijk zijn eeuwige New Balance-sneakers. Toen hij met gespreide armen op haar afkwam om haar te omhelzen, barstte ze bijna in tranen uit: het vertrouwde gevoel van de fleece tegen haar wang, de druk van zijn handen op haar rug en die overweldigende Alex-geur bezorgden haar een brok in de keel. Hoe lang was het geleden dat iemand anders dan haar moeder haar een knuffel had gegeven? Een jaar? Langer? Het was opwindend en geruststellend en troostend tegelijk. Het voelde als thuiskomen.

'Wat doe jij hier nou?' vroeg ze, ervan overtuigd dat zijn aanwezigheid een soort geestverschijning was of, erger nog, stom toeval.

'Jou stalken,' zei hij lachend.

'Nee, serieus.'

'Ik ben serieus. Ik kwam vandaag je nanny met Clementine tegen bij dat cupcakezaakje bij jou in de buurt, en...'

'Je kwam mijn nanny tegen? Met Clementine? Wat deed je daar, drie straten van mijn appartement? Je woont tegenwoordig toch in Park Slope?'

Alex glimlachte. 'Ja, maar zoals ik al zei: ik stalkte jou. Toen ik daar een cupcake zat te eten en voldoende moed probeerde te verzamelen om bij jouw appartement aan te bellen, kwam Clementine binnen. Ze is een stuk groter dan de vorige keer dat ik haar zag. Wat een mooi, lief kind is het, Andy. Ik zou haar uit duizenden herkend hebben.'

Andy probeerde niet al te enthousiast te reageren op Alex' bekentenis dat hij naar haar appartement had willen gaan, en ze kon hem alleen maar aanstaren.

'Dus vroeg ik je nanny of je thuis was. Ik zei dat ik een oude vriend van je was, maar ik denk dat ze de zenuwen kreeg omdat er een vreemde naar je vroeg, dus zei ze dat je "op je schrijfplek" was. Ik geloof dat dat de woorden waren die ze gebruikte.'

'En jij gaat op de gok naar me zoeken op een van de vijftig schrijfplekken die de stad rijk is? Om maar te zwijgen van allerlei particuliere kantoortjes, bibliotheken, koffie- en broodjeszaken, appartementen van vrienden...'

Alex gaf een vriendschappelijke por tegen haar arm, en het liefst had ze zijn vinger beetgepakt en er een kus op gedrukt. 'Ja, of misschien had ik een paar maanden geleden op Lily's Facebook-pagina gezien dat je je had aangesloten bij een werkplek die Writer's Space heet.'

Andy trok haar wenkbrauwen op.

'Jaja, ik weet het, ik zei dat ik nooit Facebook zou nemen. Wel, dus. Nu kan ik net als al die anderen mijn exen stalken. Maar goed, een zekere Nick heeft me hier binnengelaten. Hij zei dat hij je kende...'

'Klopt,' zei Andy.

Alex keek haar vragend aan, maar wendde zijn blik af toen ze niet met aanvullende informatie kwam.

Een vrouw van halverwege de veertig kwam de keuken binnen en begon in de koelkast te rommelen. Andy en Alex keken zwijgend toe hoe ze een Tupperware-bakje met salade uit een van de laden pakte, een flesje vinaigrette schudde, een blikje Pepsi opentrok en vervolgens, nadat ze zich er plotseling van bewust was geworden dat ze kennelijk iets had verstoord, met haar lunch naar een van de verste uithoeken van het zitgedeelte liep, waar ze de oortjes van haar iPod indeed en begon te eten.

'Nou...' Andy keek Alex aan en probeerde hem met haar blik te dwingen als eerste het woord te nemen. Er viel zo veel te zeggen, maar ze wist niet waar ze moest beginnen. Wat kwam hij doen? Wat wilde hij van haar?

'Nou...' Alex kuchte nerveus en wreef in zijn oog. 'Ik word gek van die ene contactlens, al de hele ochtend.'

'Hmm. Dat vind ik altijd heel irritant.'

'Ik ook. Ik overweeg steeds om mijn ogen te laten laseren, zodat ik voorgoed van die lenzen af ben, maar dan hoor je weer verhalen van mensen die droge ogen en allerlei andere problemen...'

'Alex? Het is toch gewoon Alex, hè, en niet Xander? Wat is er?' flapte Andy eruit.

Hij keek haar schaapachtig aan. Nerveus. 'Ja, het is Alex,' zei hij.

Hij friemelde met zijn vingers en plukte aan de kraag van zijn fleecevest. 'Hoezo, moet er iets zijn dan? Omdat ik even langskwam? Is dat zo raar?'

Andy moest lachen. 'Ja, dat is raar. Heel leuk, maar raar. Wanneer hebben we elkaar voor het laatst gezien? Anderhalf jaar geleden? Bij die brunch, toch wel een van de meest merkwaardige bijeenkomsten aller tijden...' Ze kwam heel sterk in de verleiding om naar Sophie te informeren, uit te vissen wat Alex achteraf allemaal bleek te weten, maar ze kon zich er niet toe zetten.

'Het is uit tussen Sophie en mij.' Hij keek strak naar de tafel. 'Al een tijdje.'

'Wat vervelend om te horen.'

'Meen je dat?' vroeg Alex glimlachend.

'Nee. Totaal niet.'

Hij lachte weer. 'Ik weet alles, Andy. Van haar leerling en zo. Ze was er zo stellig van overtuigd dat jij het me na die brunch had verteld, dat ze het zelf heeft opgebiecht. Volgens mij gelooft ze nog steeds niet dat jij je mond hebt gehouden.'

'Ik vind het echt rot, Alex. Alles.' Ze wist dat Alex zou begrijpen waar ze op doelde: dat ze het had geweten en niets tegen hem had gezegd, de pijn die hij moest hebben ervaren toen hij erachter kwam, en het feit dat het überhaupt was gebeurd.

Hij knikte begrijpend. 'Het bleek niet zomaar een flirt te zijn. Ze zijn vrijwel meteen daarna getrouwd en Sophie kan ieder moment bevallen van hun kind.'

Andy had het liefst haar armen om hem heen geslagen.

'Ik weet ook dat Max en jij...' Ook deze keer wendde Alex zijn blik af.

'Dat we...?' Ze wist goed wat hij bedoelde, maar het was heel raar om Alex de naam van haar ex-man te horen uitspreken.

'Dat jullie ge... Ik weet wat er tussen jullie is voorgevallen.'

Andy bleef naar hem kijken tot hij haar blik beantwoordde. 'Hoe weet je dat? Lily heeft wel tien keer gezegd dat ze je het niet heeft verteld, dat jullie het de paar keer dat ze je heeft gezien niet over mij hebben gehad...'

'Niet van Lily, van Emily.'

'Emily? Sinds wanneer hou jij contact met haar?'

Alex glimlachte, maar het was een treurig lachje. 'Niet. Maar een paar maanden geleden belde ze me ineens, zomaar vanuit het niets. Ze praatte vijf kwartier in een uur, alles door elkaar, op het hysterische af. Bijna precies zoals ik me haar herinner uit de *Runway*-tijd.'

'Emily heeft jóú gebeld?'

'Ja. Ze was kennelijk weer ontslagen door Miranda, en haar man en zij waren van plan om naar LA te verhuizen.'

'Ja, daar wonen ze sinds kort.'

'Ze ratelde maar door: dat ze er een zootje van had gemaakt, met Elias-Clark, met Miranda en *The Plunge* en vooral met jou. Ze vond dat ik moest weten dat je, eh… gescheiden bent.'

Ook al kwam het woord 'gescheiden' niet meer zo hard aan als voorheen, Andy kromp nog steeds ineen bij het horen ervan. 'Oh my god. Dat meen je niet.'

'Ze zei dat ze eindelijk iets goeds wilde doen nadat ze het allemaal had verpest, en het enige wat altijd duidelijk goed had gezeten… al die tijd…' Alex kuchte.

Andy kon geen woord uitbrengen. Gebeurde dit echt? Zat Alex echt naast haar in de sombere keuken bij haar schrijfplek en insinueerde hij – of zei hij eigenlijk ronduit – dat hij nog aan haar dacht? Dat hij vond dat ze het nog een keer moesten proberen? En al was dat het scenario van veel van haar dagdromen, toch leek het op de een of andere manier te vergezocht.

Ze zei niets. Hij staarde eerst naar zijn voeten en toen naar het plafond. De stilte duurde misschien twintig of dertig seconden, maar het voelde als een eeuwigheid.

'Wat zou je zeggen van een etentje zondag? Vroeg, met Clementine, om een uur of vijf? Ergens bij jou in de buurt, misschien een pizza of een hamburger? Niks chics of zo.'

Andy begon te lachen. 'Ze is gek op pizza. Hoe raad je het zo.'

'Welk kind houdt er nu niet van pizza?'

Andy keek Alex aan en glimlachte. Ze voelde de vertrouwde, maar lang vergeten vlinders in haar maag toen hij teruglachte. 'Lijkt me heel leuk. Wij zijn van de partij.'

'Fijn! Dat is dan afgesproken.' Zijn telefoon piepte en hij keek op het schermpje. 'Mijn broer is dit weekend in de stad, op bezoek bij oude studievrienden. Ik ben op weg naar hem toe. Hij sleept me straks mee op kroegentocht, God sta me bij.'

'Oliver? Dat hij nu... een echte grote jongen is! Hoe lang heb ik hem niet gezien, tien jaar of zo? Hoe gaat het met hem?'

'Heel goed. Woont in San Francisco, werkt bij Google en heeft een belachelijk sexy vriendin die hem dag en nacht belt. Heel maf is dat.'

'Neem hem zondag mee. Ik zou het heel leuk vinden om hem te zien, na al die jaren...'

'Ik weet niet of een pizza om vijf uur met zijn broer en een kind bovenaan op zijn verlanglijstje staat, maar ik zal het hem zeker vragen.'

'Zeg dan dat ik hem wil zien!'

'Doe ik. Beloofd. Hij wil jou ook vast graag zien. Hij heeft altijd...' Alex bloosde.

'Wat?'

'Niks.'

'Alex! Wat heeft hij altijd?'

'Hij heeft altijd gedacht dat wij weer bij elkaar zouden komen. Hij vraagt zo vaak naar je.'

'Waarschijnlijk gewoon omdat hij niet zo dol was op Sophie.'

'Nee, hij vond haar juist leuk. Superlekker vooral, en...'

Andy stak een hand op. 'Zo is het wel genoeg.'

Alex glimlachte. 'Sorry.'

Andy moest lachen, en ze keek toe hoe Alex opstond en zijn koerierstas schuin over zijn borst hing. Ze zou niets liever doen dan haar armen om hem heen slaan, maar ze wilde niet te vrijpostig zijn.

Een beetje schuchter, misschien zelfs schaapachtig, drukte hij de tas tegen zich aan. Maar toen keek hij haar aan en zei: 'Andy? We doen het rustig aan, dat beloof ik je. Ik wil niets overhaasten, en ik weet dat jij dat ook niet wilt. We pakken het voorzichtig aan.'

'Ja. Voorzichtig.'

'Jij moet aan je dochtertje denken en dat begrijp ik heel goed. Dat respecteer ik. En we zijn allebei gekwetst in een vorige relatie, dus ik denk echt dat we...'

Andy dacht er niet bij na. Met een hoofd dat heerlijk vrij was van alle mogelijke zorgen – over hoe ze eruitzag, zijn reactie, wat ze beiden na afloop zouden zeggen – ging ze op haar tenen staan, sloeg haar armen om zijn nek en kuste hem vol op de mond. Het duurde maar een paar tellen, en toen ze zich weer losmaakten, grijnsden ze naar elkaar.

'Jij mag het zo rustig aan doen als je wilt,' zei ze met een serieus gezicht, 'maar ík ben van plan om me hier roekeloos en vol overgave in te storten.'

'O, echt? Wat versta jij onder "roekeloos"?' vroeg Alex grinnikend.

En ze kuste hem nog een keer.

Dankwoord

Een gewoon bedankje is niet toereikend voor Sloan Harris, mijn literair agent, vriend en zo nu en dan, indien nodig, zielenknijper. Geen paniek zo groot of jij wendt haar af, geen probleem zo omvangrijk of jij kunt het oplossen. Bedankt voor je wijsheid, je niet-aflatende goede raad en je grenzeloze kalmte onder druk. Ik waardeer het meer dan je ooit zult beseffen.

Hetzelfde geldt voor Marysue Rucci, die al bijna tien jaar (!) veel meer voor me is dan een redacteur: MSR, je moedigt me aan, ik kan je alles vertellen en je bent zo'n verstandige, betrouwbare raadgever dat ik me bijna niet kan voorstellen dat ik zonder jou ooit heb kunnen schrijven. Vanaf de allereerste brainstormsessies tot aan het laatste geredigeerde woord: je hebt dit boek op alle fronten ondenkbaar veel beter gemaakt.

Mijn hele familie bij Simon & Schuster wil ik hartelijk bedanken voor al jullie fantastische werk en creativiteit. Jon Karp, Jackie Seow, Richard Rhorer, Andrea DeWerd, Tracey Guest, Jennifer Garza, Jessica Zimmerman en Felice Javitz, jullie zijn het beste team waar een auteur op mag durven hopen. Mijn speciale dank gaat uit naar Aja Pollock, voor de vele manieren waarop je het manuscript hebt verbeterd. Emily Graff, bedankt voor alles. Letterlijk alles.

Verder bedank ik het fantastische team van ICM: Maarten Kooij, Kristyn Keene, Josie Freedman, Heather Karpas en Shira Schindel. Ik waardeer jullie slimme adviezen en geweldige ideeën (en natuurlijk jullie onderlinge stemrondes). Bedankt voor het deskundige advies in iedere denkbare situatie.

Ook het voltallige, uitstekende team in Londen: reuze bedankt voor het grenzeloze enthousiasme en jullie fantastische ideeën op elk gebied, vanaf het ontstaan van dit boek tot aan de publicatie ervan. We werken nu al meer dan tien jaar samen, en ik denk met grote dankbaarheid (en veel liefde) aan mijn voltallige Britse familie. Bij Harper Collins bedank ik Kate Elton, Lynne Drew, Claire Bord en Louise Swannell. Bij Curtis Brown gaat mijn oneindige dank uit naar Vivienne Schuster, Betsy Robbins, Sophie Baker en Claire Nozieres.

De vrienden die zo gul waren met hun tijd en hun expertise: Wendy Finerman, Hillary Irwin, Matthew Hiltzik, Josh Wolfe, Kyle White, Ludmilla Suvorova en al mijn vriendinnen, hier in New York en op alle andere plekken: een dikke knuffel voor jullie allemaal, en laten we alsjeblieft heel gauw samen iets gaan drinken. Morgen bijvoorbeeld.

Ik kan niet onder woorden brengen hoe dankbaar ik Mallory Stehle en Tracy Larry ben. Zonder hen zou dit boek er letterlijk nooit gekomen zijn. Jullie zullen altijd een deel van onze familie zijn.

Mam, pap, Dana: ik hou zo ontzettend veel van jullie. Bedankt dat jullie me met beide benen op de grond hielden en ervoor zorgden dat ik niet (helemaal) knettergek werd, en bedankt voor de vele vormen van hulp, aanmoediging en vooral lol die we samen hadden – en nog steeds hebben.

Mijn voltallige familie bedank ik voor de niet-aflatende aanmoedigingen, het begrip en het feit dat jullie precies weten wanneer je niét naar mijn werk moet informeren: Bernie, Judy, Seth, Sadie, oma, opa, Jackie, Mel, Allison, Dave, Sydney en Emma. De afgelopen jaren zijn een gekkenhuis geweest; we zouden het nooit overleefd hebben (en niet hebben genoten van die wilde achtbaanrit!) zonder ieder van jullie.

En meer dan wie ook bedank ik mijn echtgenoot Mike, die álles mogelijk maakt. Dit boek zou nooit méér geweest zijn dan een bevlieging zonder jouw steun, je suggesties en ideeën, en het feit dat je het manuscript in iedere fase zo nauwgezet hebt gelezen. Een bedankje is niet genoeg voor alle manieren, klein en groot, waarop je mijn leven – onze levens – compleet maakt. En R en S, bedankt dat jullie me meer vreugde schenken dan ik ooit voor mogelijk had gehouden. Het is voor mij uitgesloten om niet met een brede grijns op mijn gezicht te lopen met jullie in mijn buurt. Ik hou met heel mijn hart van jullie drieën.